KB173895

로스트 ロスト

로스트
ロスト

이연승 옮김

오승호 (고 가쓰히로) 장편소설

차례

프롤로그

익숙한 전자음이 귀에 거슬려 죽겠다.

따르릉, 따르릉, 따르릉……. 마치 폭염 속 교통 체증을 견디지 못하는 경적 소리처럼 단 한 번의 짜증이 순식간에 퍼져 불쾌한 음악이 되어 흐른다.

"전화 감사드립니다. 건강과 아름다움을 서포트하는 아테나 웰메이드 뷰티 라이프의 접수 담당원 사사키다입니다."

눈앞에 있는 부스에서 고객 전화에 응대하는 베테랑 상담원의 말투가 지나치게 매끄러워서 오히려 신경에 거슬린다.

─뭐야, 그 쓸데없이 긴 이름은? 웰메이드 뷰티 라이프? 일본어로 번역해 봐. 무슨 뜻인지 모르겠다고. 거기에 사사키다라니. 사사키로 충분하잖아.

누가 들어도 생트집이라는 게 느껴졌다. 클라이언트 고객사의 네이밍 센스는 이쪽에서 어떻게 할 수 있는 문제가 아니고 더군다나 상담원 이름 지적은 더 심하다. 그녀가 장난삼아 가짜 이름을 말했을 리 없다. 그리고 촌스러운 이름을 지적하자면 자신도 비슷하다.

그나저나 정말 재미없네. 시모아라치 나오타카는 입술을 깨물었다.

오전 9시 업무 시작 후 거의 30분 만에 실내 한 층을 가득 메운 전화기 백여 대가 한꺼번에 채워졌다. 콜마스터 애플리케이션을 비추는 모니터로 시선을 향하자 그곳에 표시된 상담원들의 상태가 전부 '통화 중'으로 되어 있다. 옆 그래프에 있는 '콜 큐잉'*이라는 글자. 전화를 걸었지만 아직 연결되지 않은 '대기 중' 전화가 화면을 넘어설 만큼 줄을 잇고 있다.

예정된 첫 광고가 방송을 탔다. 장황한 소개말이 불균형한 화음이 되어 주식회사 애니웨어콜 오사카 센터 안에 울려 퍼진다. 그리고 주문과 비슷한 숫자의 콜백 토크. "죄송합니다. 방송 직후여서 현재 회선이 매우 혼잡한 상황입니다. 잠시 후에 다시 연락드리겠습니다"라는 백 명의 대합창.

구역 안쪽의 30센티미터 정도 위로 솟은 방송 관리석에서 가로 4열, 세로 5열로 이어진 직사각형 부스를 바라본다. 칸막이를 사이에 두고 3대 3으로 마주 보고 있는 상담원들의 옆얼굴이 모자이크처럼 시야를 가득 채우고, 분주하게 움직이는 그들의 입가를 보며 마음에 날이 섰다.

7월 13일 일요일. 한 달에 몇 번 있는 방송 러시의 날이다. 간사이

---

* 모든 상담사가 통화 중일 때 들어온 전화를 대기열에 넣고 순서대로 상담사에게 연결하는 기능.

의 민간 방송국에서 여러 번 송출될 광고는 '반값 체험 키트' 소개 방송이라 엄청난 문의 전화가 예상된다. 또 지난달 회의 때 없었던 급작스러운 추가 편성도 세 개나 들어가 이보다 더 바쁠 수 없다.

격동적인 하루는 몇 명의 어린, 그것도 서로 친한 아르바이트생들의, 약속이나 한 듯한 결근 통보로 시작됐다. 결근 이유를 늘어놓는 그들에게 시모아라치는 "됐어. 오지 마"라고 일축했다. 너무 냉정했나. 나중에 사내 의견함에 불만이 접수될 수도 있다.

이렇게 갑자기 결근할 거면 차라리 그만둬. 속으로 그렇게 생각했지만 몇 달 전 다른 부서에서 아르바이트생들이 집단으로 이직하고 직장 내 괴롭힘이 있었다는 등의 신고가 노동청에 접수된 후 회사는 관리자들의 언행에 신경을 곤두세우고 있다. 내규를 철저히 지키는 건 좋지만 무사안일주의처럼 느껴지는 면도 없지 않다.

결근 통보 직후에는 고객사 담당자의 "오늘만큼은 정말 잘 부탁드립니다"라는 협박 전화. 외국계 고객사들은 아무렇지도 않게 무모한 요구를 한다. 아침 9시부터 저녁 6시까지 반드시 2백 석을 채워주시기를 바랍니다. 하하, 멍청한 자식 같으니. 우리 부서에 있는 전화기를 다 합쳐도 백이십 대야. 어떻게 두 배 가까이 늘리라는 거야.

그러나 하청업체의 정론 같은 건 민달팽이보다 무력하다. 2백 석이라는 목표치가 이미 정해졌고 수치가 그 이하로 떨어지면 개선 보고서를 제출해야 한다. 어차피 제출할 게 뻔하니 어제 대략적인 양식을 미리 만들어 두었다.

그래도 돈은 잘 챙겨 주는 만큼 회사는 철저히 을乙의 입장을 취하고, 덕분에 현장 근무자들은 속이 쓰리지 않은 날이 없다. 아르바이트생들에게는 관대하고 직원에게는 가혹하게 구는 게 회사의 방침일까. 이제는 지긋지긋했다.

하지만 지금 끓어오르는 불쾌감의 가장 큰 원인은 갑자기 회사를 빠진 그 3인조도, 크레이지 클라이언트사도, 회사의 이중 잣대도 아니다.

아즈사다.

무라세 아즈사가 오늘 회사에 나오지 않았다. 연락도 없이 벌써 사흘째다. 오늘이 가장 바쁜 날인지 알고 있으니 오늘만큼은 출근하지 않을까. 그런 희망이 허무하게 날아가 버렸다. 그 점이 제일 화가 났다.

성실하고 일머리도 있는 그녀를 지금껏 어떻게든 붙잡아 왔다. 아르바이트생인데도 상담원들을 지도하는 트레이너 자리에 앉혔고 그에 상응하는 수당도 지급했다. 이 모든 것을 시모아라치가 센터장인 야나기 부장에게 직접 건의해 실현시켰다.

오사카 C팀은 아테나 코퍼레이션 재팬의 전속 센터다. 주로 화장품과 다이어트 식품을 취급해서 아르바이트생 대부분이 여자고 학생부터 주부, 노년층까지 다양한 연령층이 모여 있다.

그런 회사에서 젊고 예쁜 여자는 질투의 대상이 되기 쉽지만, 무라세 아즈사는 타고난 성실함과 업무 능력으로 신뢰를 쌓았다.

그러다가 느닷없이 연락이 두절됐다.

제기랄. 시끄러워.

끊임없이 울리는 전화벨 소리에 시모아라치는 혀를 찼다. 이 나쁜 버릇 때문에 몇 번인가 투서도 올라왔지만 알 바 아니다. 평소보다 더 자제심을 잃고 있었다.

"여전히 대단하네."

다른 자리에서 회의 자료를 작성 중이던 후치모토 오사무가 어느새 시모아라치 옆에 서 있었다.

"건강 기능 식품으로 이 정도면 화장품은 두 배는 예상해야겠어."

"두 배로 그치면 아멘이지."

그렇긴 해. 후치모토가 쓴웃음을 지었다. 왠지 남의 일처럼 말하는 그의 모습에도 은근히 화가 났다.

자신이 방송 관리를 맡고 후치모토가 센터 확장 제안서를 작성하는 현재 상황이 처음부터 거슬리기는 했다. 센터의 가장 높은 자리에 앉아 백 명에게 지시하는 방송 관리자도 회사 입장에서는 소모품에 불과하고 기껏해야 일개 공장장이다. 고객사와의 협상과 영업을 맡지 않는 이상 출셋길은 열리지 않는다.

후치모토는 오른쪽에서 왼쪽으로 손님을 넘기는 컨베이어 벨트로 변해 버린 사무실을 시치미 뗀 얼굴로 바라보고 있다. 그의 웃음에서는 우월감이 느껴졌다.

"내가 도울 일 있으면 말해."

"그럼 나 대신 네가 해."

"화장실 가게?"

"농땡이 좀 부리고 올게."

후치모토가 훗 하고 웃었다.

됐고 그냥 너 하던 일이나 해. 그렇게 말하려는 찰나에 시모아라치를 부르는 날카로운 목소리가 들렸다.

"시모치 선배!"

대학 졸업 후 막 입사한 슈퍼바이저 고타니 사야카가 뒤에서 쪼르르 달려왔다. 보아하니 저 멀리서 상담원이 오른팔을 들고 있다. 좋지 않은 예감이 들었다.

"클레임?"

"그런 것 같습니다."

고타니의 말에 '또 시작이군' 하고 혀를 찼다. 상담원 대신 관리자가 전화를 받아야 하는 클레임 전화가 평소 그리 많지는 않다. 기껏해야 하루 두세 건 정도다. 그런데 하필 이런 타이밍에.

"여자? 남자?"

"남자분입니다."

또다시 혀를 찼다. 직전 광고에서 소개된 제품은 남녀공용 다이어트 식품인데 손님 대부분이 여성이다. 상담원이 감당 못 할 질문을 던지거나 괜한 트집을 잡는 남자 손님은 거의 장난 전화를 걸었거나 상습적으로 클레임을 제기하는 블랙, 즉 블랙 컨슈머일 가능성이 크다.

발신자 번호 표시 제한 전화를 차단한 이후부터 이런 자식들이 급감하기는 했지만 시모아라치는 최근 일하며 기억나는 것만 해도 대여섯 번 그런 이들을 상대했다. 하루에 한 건 이상은 빠짐없이 상대하는 셈이다. 정직원이 자신만 있는 것도 아닌데 이런 타율이라니.

12

그중에서도 특히 남자 손님들의 클레임은 제대로 된 게 없었다. 그나마 알기 쉬운 취객의 시비 전화부터 시작해 광고 문구에 불만을 주절주절 늘어놓는 '나만 옳아' 타입, 건방진 어린 상담원에게 어설픈 의학 지식을 설파하고자 하는 '내가 제일 똑똑해' 타입 등이 있다.

어떤 사람이건 관리자급이 전화를 받는 이상 통화 내용은 보고서로 작성해 고객사에 제출해야 하니 짜증이 날 만하다.

"용건은?"

"어쨌든 관리자를 바꿔 달라고……."

손에 든 마우스를 내려치고 싶은 충동을 꾹 참았다. 이 버릇도 지금껏 몇 번이나 주의를 들었다.

"내가 받을까?"

옆에서 후치모토가 물었다. 아테나의 뜻에 따라 남자 고객은 남자 관리자가 맡아야 한다. 오늘 배치된 관리자급 직원은 네 명, 그중 트레이너가 두 명이고 남자 직원은 시모아라치와 후치모토뿐이었다.

"아니, 내가 받을게. 넌 방송 관리를 부탁해."

자리에서 일어섰다. 후치모토를 배려한 게 아니라 상대에게 분노를 쏟아내고 싶은 욕구가 강했다. 만약 명백한 장난 전화라면 약간의 폭언도 허용된다.

"로그 제출도 해야 해."

뒤에서 후치모토의 충고가 들렸다. 센터 안에서는 모든 통화가 자동 녹음돼 만약 응대에 문제가 생기면 고객사에 음성 데이터를 제출해야 한다. 내용에 따라서는 불이익을 받을 수도 있다. '당신의 고객 응대는 폐사의 브랜드 이미지에 저촉된다' 등의 이유로.

시모아라치는 속으로 '나도 알아!'라고 외치고 시끌벅적한 센터 안을 성큼성큼 걸어갔다. 블루베이지색 카펫을 밟을 때마다 분노가 치밀어 올랐다.

각오해라. 이 빌어먹을 블랙놈아.

자리에서 통화를 보류 중인 상담원이 조심스럽게 시모아라치를 올려다봤다. 아직 경험이 부족한 중년 주부 상담원이다.

"뭐래요?"

"네?"

"뭐라고 해요?"

"아, 그게, 그러니까…… 어쨌든 당신은 안 되니 관리자를 바꿔 달라고……. 저, 전, 확실히……."

말을 더듬거리는 그녀를 손으로 제지하자 끓어오르던 감정이 조금은 식었다. 평범한 고객이 상담원의 응대가 답답해서 화를 냈을 가능성도 있어 보였다.

상담원과 자리를 바꾸고 헤드셋을 손에 들고 다시 심호흡을 했다. 정말로 장난 전화나 블랙 컨슈머라면 혼쭐을 내 주마. 그렇게 단단히 마음먹고 전화를 받았다.

"오래 기다리게 해서 죄송합니다. 관리 책임자인 시모아라치라고 합니다."

─뭐? 시모아라치? 이상한 이름이네.

시모아라치는 '아직이야' 하고 속으로 되뇌었다. 인신공격은 블랙 컨슈머들의 단골 소재지만 그저 입이 험할 뿐인 고객도 있다.

그보다 목소리가 신경 쓰였다. 왠지 모르게 기계적인 울림이 느껴진다.

"저희에게 하실 말씀이 있다고 들었습니다만."

—당신네 회사 이름이 뭐야?

"아테나 코퍼레이션 재팬이라고 합니다."

오사카 C팀은 아테나의 직할 부서처럼 취급돼서 '정말 직원이야?'라고 물으면 '네, 아테나 코퍼레이션의 직원입니다'라고 답한다. 하지만.

—거짓말하기는. 당신네 회사는 아테나가 아닌 애니웨어콜이잖아.

순식간에 체온이 쑥 떨어졌다. 헤드셋의 음소거 버튼을 누르고 고타니에게 물었다.

"우리 회사 이름을 말했어?"

"그럴 리가요. 아니죠?"

중년 주부가 고장 난 장난감처럼 고개를 흔들었다. 고객과 통화하며 '애니웨어콜'의 이름을 언급하는 건 금지다. 신입 교육 때 가장 먼저 배우는 기본 중 기본이다.

—어이, 듣고 있나? 애니웨어콜의 시모아라치 양반.

"네, 듣고 있습니다, 고객님. 저희는 아테나 코퍼레이션과 직접 계약을 체결해……."

—알겠어, 알겠어. 하청업체인 걸 따지려는 건 아니니까.

머리 한구석에 '기업 고로†'라는 단어가 떠올랐다. 방송 관리석에서 모니터링용 무선 헤드셋을 낀 후치모토의 모습이 보인다. 그의 얼굴에서도 긴장감이 느껴졌다.

"오늘은 무슨 일로 전화를 주셨습니까?"

─무라세 아즈사를 데리고 있어.

무심코 "네?" 하고 얼빠진 소리를 내고 말았다.

─거짓말이 아니야. 지금 이 전화도 무라세 아즈사의 휴대폰으로 걸었으니까. 확인하면 금방 알 수 있겠지.

머릿속이 하얘졌다. 상대의 말이 귀에 들어오지 않는다.

─다시 한번 말할게. 지금 난 무라세 아즈사를 데리고 있어. 그리고 이건 장난 같은 게 아니고 엄연한 영리 목적의 납치야.

"자, 잠깐만."

─지금 당장 경찰에 신고하는 게 좋을걸. 그러지 않으면 무라세 아즈사는 죽게 될 거야.

시모아라치가 대답하기도 전에 전화가 끊겼다.

† 사내 비밀 등을 빌미로 기업을 협박, 갈취하는 자들을 일컫는 말.

1부

1

완만한 리듬으로 물방울이 똑똑 떨어지고 있다.

66, 67…….

아즈미 마사히코는 어렴풋한 의식 속에서 양을 세는 것처럼 숫자를 셌다. 후우, 후우 하는 다 죽어 가는 듯한 숨소리는 틀림없는 자신의 숨소리다.

그때 돌연 허벅지에서 극심한 통증이 느껴졌다. "끄앗!" 하는 외침과 함께 턱에 힘이 들어갔지만 입에 문 고무공 재갈에 이가 박힐 뿐이다. 고무공 옆으로 침이 떨어진다. 칼이나 얼음송곳처럼 찌른 게 아닌 둔기로 인한 타격. 아마 망치 같은 것으로 맞았을 것이다.

후우, 후우……. 똑, 똑……. 하나, 둘……. 리셋한 카운트를 다시 시작한다. 그러지 않으면 의식이 아득해져 영원히 깨어나지 못할까 봐 두렵다. 무엇보다 마음의 준비도 안 된 상태에서 불의의 습격을 당하는 상황은 사람을 미치게 했다.

통증이 엄습하는 간격도 제각각이다. 연속으로 날아들 때도 있고 꽤 오랜 시간을 두고 찾아올 때도 있다. 한 번은 숫자를 천오백까지 세다가 방심하고 있을 때 배를 가격당했다. 복근이 함몰되는 듯한 느낌이었지만 정말 느낌에 불과한지 확인할 방법은 없었다.

온몸이 꽁꽁 묶여 있다. 수술대 같은 침대에 누운 채로 팔다리는 물론 머리, 목, 허리부터 발끝까지 꼼꼼하고 철저하게 묶여 있다. 조금이나마 움직이는 것은 안구와 폐뿐이다.

눈을 뜨면 짙은 어둠을 비추는 백열전구가 망막을 덮치고, 들이마시는 숨결은 오물의 악취로 가득 차 있다. 물방울이 떨어지는 단조로운 소리에 안도감을 느끼는 악몽 같은 시간이 온종일 이어지고 있다. 어디까지나 체감상이니 아직 반나절밖에 안 됐을 수도, 혹은 이미 서른 시간을 넘겼을 수도 있다. 어쨌든 긴 시간이 흘렀다.

이 상태로 배설도 두 번이나 했다. 소변과 대변. 그때마다 호스물이 끼얹어졌다. 용의주도한지 허술한 건지 몰라도 갈아입을 속옷까지 준비해 놓지는 않는다. 지금까지 경험으로 봐도 그건 확실하다.

발소리가 들린다. 벌써 수십 번이나 고통에 대비해 기도하고 있다. '의식'의 마무리는 언제나 대화다. 귀를 기울이며 상대가 말을 걸어 주기를 기다린다. 더 계속되다가는 세상을 하직할 것 같았다.

어쩌면 이 오랜 '의식'에 종지부를 찍으려는 걸까. 벌써 아홉 번째 '의식'이다. 슬슬 끝이 다가오고 있는 것 같기도 하다.

'어쩔 수 없나.'

최악의 상상 앞에서 아즈미는 체념했다.

시작은 11년 전. 첫 '의식' 때 그는 나를 죽이려 했다. 고통을 선사하고 철저히 괴롭히며 끝내는 생명을 앗아 가려고 했다. 그러다가 왜 이런 악연이 돼 버린 걸까. 살려 준 게 고마운 일인지 폐스러운 일인지 이제는 분간도 안 될 지경이다.

발소리가 다가온다. 후우. 카운트를 멈추고 청각에 온 신경을 집중했다.

그때 예상치 못한 경쾌한 멜로디가 귀에 꽂혔다. 뒤이어 "알로하" 하는 소녀들의 들뜬 목소리가 들린다.

—저녁 8시가 됐습니다. FM 선라이트에서 보내 드리는 '이토헨의 나이트 댄서'. 안녕하세요. 저는 미코린입니다!

"이토 준입니다", "맛츙입니다" 하고 애교 섞인 콧소리로 자기를 소개하는 이들은 지난해 데뷔해 현재 폭발적인 인기를 끌고 있는 여자 아이돌 그룹 멤버들이다.

—여러분, 이번 주에는 드디어 오사카 공연이에요!

—야호!

—심지어 이번에는 첫 '그것'까지!

—와! 그것인가요!

—드디어 그것이군요!

"이게 뭔지 아나?"

갑작스러운 목소리 톤 변화에 하마터면 지금 처한 상황을 잊고 웃음을 터뜨릴 뻔했다.

"알고 있나?"

밑바닥 없이 낮고 갈라진 목소리가 반복된다. 60대 같기도, 70대 같기도 하지만 이제 막 오십을 넘겼을 것이다.

"알면 검지를 들어."

시키는 대로 해야 한다.

"유명한가?"

손가락을 위아래로 까닥인다.

"너희 사무소와도 관련이 있나?"

손가락을 옆으로 흔든다.

"만날 수 있나?"

'팬이라고 고백이라도 하게?'라고 묻고 싶지만 목소리가 나오지 않는다. 사실을 사실로써 표현한다.

"사인은?"

NO.

"동종 업계 아닌가? 어떻게든 구할 수 있지 않나?"

역시 NO.

가와노 미이코, 이토 준, 마쓰다 아이사로 구성된 3인조 아이돌 그룹 '이토헨'이 속한 도쿄의 패싱 프로모션은 소속 연예인을 엄격히 관리하는 것으로 유명하다. 사규가 '쇄국'이라는 말이 나올 만큼 철저해 동종 업계인조차 접근하는 즉시 클레임이 쏟아진다. 오사카에서 소규모 연예 기획사를 운영하는 아즈미 마사히코는 다가갈 기회조차 없다.

"그런가."

실망하는 듯한 목소리가 들렸다. 이해되지 않는다. 국민 아이돌로 등극한 소녀들과 이 쉰 목소리의 중년 남자 사이에는 지구와 달보다 더 먼 거리가 있다. 접점 같은 건 상상되지도 않는다.

남자의 이름은 무로토 쓰토무라고 한다. 11년 전 여름에 일어난 기념비적인 첫 번째 습격이 그와의 첫 만남이었다.

무로토는 한때 현 의회 의원의 비서로 일했다. 당시 40대로 장래를 촉망받던 정치인 마시로 노리히사의 비서. 아즈미는 그때 20대 중반이었다. 수상한 정치 단체에서 일과 돈을 받으며 하루하루 연명하며 살았다.

아즈미 마사히코, 마시로 노리히사, 무로토 쓰토무. 그해 여름까지 아무 인연도 접점도 없던 사람들이 서로 교차하며 모두의 인생이 궤도를 벗어났다. 얽히고설킨 실타래는 10년이 흐른 지금까지 이어져 이 자유롭지 못한 시간과 폭력으로 귀결되고 있다.

아니, 귀결인지 아닌지는 알 수 없다. To be continued. 자신 또는 상대의 죽음 외에 또 다른 끝이 있을까.

그때 몸 중심부에 둔탁한 충격이 꽂혔다. 방심하고 있었다. 소리 없는 비명이 재갈 틈새로 터진다. 심장을 맞았다는 걸 뒤늦게 깨달았다. 시야가 일그러진다. 눈물 때문이 아니다. 의식이 통째로 날아가기 일보 직전이다.

"다시 오지."

숨소리가 귓가를 스친다. 재앙을 부르는 주문처럼.

다시 오지. 지금껏 남자는 반복해서 이 말을 속삭였고, 반드시 약속을 지켰다. 지난번은 1년 6개월 전이었다. 그전은 2년, 그전은 3년 몇 개월, 그전은.

코에 거즈 감촉이 느껴진다. 사고가 몽롱해진다. 흐릿한 시야 속으로 무로토의 윤곽이 비친다. 천장에 달린 백열전구 불빛에 커다란 그림자 덩어리가 흔들리고 있다.

뭔가 말을 걸고 싶다. 그러나 무슨 말을 해야 할지, 무슨 말을 하고 싶은지 알 수 없다. 두 사람 사이에는 더 이상 대화 같은 목가적인 소통은 존재하지 않는다. 남자는 예고도 없이 불쑥 나타나 아즈미의 시간과 자유를 빼앗고 아즈미에게 고통을 선사하고 떠난다. 다시 오겠다는 말을 남기고.

다음은 언제일까. 깊은 어둠으로 낙하하는 의식 속에서 간신히 떠올렸다. 1년 후? 2년 후? 사흘 후? 열 번째 '의식'이 정말 있는지 없는지조차 자신은 알 수 없다. 설령 무로토가 어디선가 객사해 영원히 약속을 지키지 못한다고 해도 머릿속에 들러붙은 '다시 오지'라는 목소리는 결코 사라지지 않을 것이다.

블랙아웃 직전에 날벌레 한 마리가 빛 속을 가로질렀다. 나비인가 싶어 반사적으로 눈으로 좇았지만 금세 놓쳤고 그 뒤로는 이글거리는 백열전구 불빛만 남았다.

"무슨 일 있었어?"

기타가와 루이의 도도한 얼굴에 우스꽝스러울 정도로 놀란 표정이 떠올랐다. 월요일 밤 양복 차림으로 헤어진 남자가 이틀이나 연락이 끊긴 후 돌연 반바지에 하와이안 셔츠 차림으로 나타났다. 레저 스포츠를 즐기다 온 분위기와는 정반대인 초췌하기 짝이 없는 모습으로.

"목욕물 좀 받아 줘."

그 말만 전하고 아즈미는 현관에서 쓰러졌다.

"구급차를 부를까?"

"아니, 괜찮아. 물 좀 받아 줘."

더 묻고 싶은 게 산더미 같겠지만 루이는 집어삼키고 종종걸음으로 욕실로 향했다. 그녀가 집에 있어 다행이다.

'의식'에서 풀려나 정신을 차렸을 때 아즈미는 인기척 없는 강변에 누워 있었다. 여기가 어딘지 지금이 며칠인지 알 수 없었다. 온몸에서 통증이 느껴졌고 목이 바짝바짝 말랐다. 외투 주머니를 뒤져 보니 전원이 꺼진 스마트폰과 멀쩡한 지갑이 있었다. 비틀거리며 필사적으로 자판기까지 걸어가 물을 샀다. 생수 한 병을 단숨에 비우고 두 병째를 절반까지 들이붓고 나서야 겨우 한숨을 돌렸다. 아침 안개가 뿌옜다. 이대로 바닥에 드러눕고 싶은 충동을 억누르고 일어서서 대로로 향했다. 근육이 썩어 버린 것처럼 무거워 제대로 걸을 수 없었다. 입고 있는 셔츠에는 핏자국이 묻었고 바지는 오물 범벅이었다. 통증 덕분에 의식만큼은 명료했다.

지나가는 택시를 향해 손을 뻗어 봤지만 몰골이 몰골이라 택시가 서지 않아 어쩔 수 없이 걸었다. 비틀거리며 돌아다니다가 편의점을 발견하고 안에 들어가 놀라는 직원에게 "술에 취해 한바탕했습니다"라고 거짓말을 하고 바지와 셔츠를 구입했다. 재킷은 쓰레기통에 버렸지만 오물 범벅인 바지만큼은 버릴 수 없어서 결국 화장실에 들어가 물로 씻었다.

7월 9일. 버려진 곳은 야마토강. 그나마 오사카를 벗어나지 않은 게 다행일까.

간신히 택시를 잡아타고 막 문을 연 마트에 들어갔다. 하와이안 셔츠와 반바지를 사서 악취 나는 바지와 작별을 고했다. 히가시나리구에 있는 집까지 택시비가 5천 엔이 넘게 나왔다. 초로의 택시 기사는 아즈미에게 "괜찮아요?"라고 몇 번이나 물었고, 이상한 손님을 태웠다고 후회하기보다는 진심으로 걱정하는 것 같았다. 병원, 경찰. 그런 단어를 모두 거절하고 민폐 요금까지 합쳐 택시비로 1만 엔을 지불했다.

루이가 다시 현관으로 와 아즈미를 부축했다. 샤워하고 욕조에 몸을 담근다. 상처가 쑤셨지만 그보다 안도감이 컸다. 마음이 편안한 나머지 하마터면 잠이 들 뻔했다.

깨끗한 속옷을 입고 거실에 가니 테이블에 맥주와 음식들이 놓여 있었다. 불안해하는 루이에게 고맙다고 하고 술을 입에 넣었다. 냉장고에 있던 음식들이지만 눈물이 핑 돌 정도로 맛있었다. 살아 있구나. 그렇게 실감했다.

타이밍을 잰 것처럼 루이가 물었다.

"병원에 가는 게 낫지 않을까?"

"괜찮아, 괜찮아."

"또 그 녀석이야?"

루이에게 있어 '의식'은 세 번째다. 첫 번째는 '술김에 싸웠다'라는 말로 어찌어찌 넘겼다. 그러나 두 번째 때는 루이도 아즈미가 범죄 조직에라도 연루된 게 아닐까 진지하게 걱정하며 제대로 설명해주지 않으면 헤어지겠다고 으름장을 놓았다.

무로토 쓰토무와의 십여 년에 걸친 인연을 설명했다. 잊을 만할 때쯤 찾아와 자신을 폭행하고 그러나 결코 죽이지 않고 다시 떠난다. '다시 오지'라는 약속과 함께.

"그러다가 정이 든 건지 이번에는 뼈가 부러질 정도는 아니었어."

농담처럼 말했지만 루이는 심각한 얼굴로 웃지 않았다.

"경찰에 신고하자."

"소용없어."

이미 여러 번 상의한 문제였다. 그러나 결론은 늘 변함없다.

"다음에 녀석이 나타날 때까지 또 몇 년이 걸릴지 모르니까. 그 동안 날 계속 경호해 줄 정도로 경찰이 한가하지 않아."

포기했다. 그의 불타는 집념과 인내심, 그리고 주도면밀함에 맞설 방법은 없다. 어쩌면 무로토는 미치광이일 수 있지만 한편으로 지극히 계산적이기도 하다. 이번에도 감금 장소를 자신에게 들키지 않기 위해 군이 수고를 들여 장소를 옮겼다. 경찰에게 뭐라고 하겠는가. 갑자기 습격을 당했고 어딘가에 감금된 채 괴롭힘을 당하다가 풀려났다? 제대로 설명할 수 있는 건 오직 하나다. 무로토 쓰토무라는 이름.

"그리고 무로토는 이미 수배된 지 오래야."

첫 번째 습격은 길거리에서 일어났다. 칼을 들고 달려드는 무로토를 피해 필사적으로 도망쳐 미수에 그쳤다. 숨 돌릴 새도 없이 두 번째 습격을 당했을 때는 어느 주상복합 아파트에 감금됐지만 이웃 주민이 신고해 줘서 경찰이 출동했다. 구사일생이었다. 이후 무로토는 체포돼 형을 살았다.

출소 후 그는 또다시 아즈미 앞에 나타났다. 이번에는 아무도 도와주지 않았다. 어디에 감금됐는지도 모르는 채로 아즈미는 죽음을 각오했다.

그러나 무로토는 아즈미의 목숨을 살려줬다. 무로토는 살인 이상으로 자신의 복수심을 만족시킬 방법을 터득한 듯했다.

경찰에 신고하고 피해 신고서도 제출했다. 출소한 무로토가 행방불명 상태여서 경찰도 아즈미의 호소를 믿어 줬지만 거기까지였다.

사라진 무로토는 지금껏 붙잡히지 않았고 비정기적인 습격만이 그의 생존을 확인할 수단이 됐다.

"그래도 습격당한 장소 정도는 알잖아? 어쩌면 붙잡을 계기가 생길지도 몰라."

"소용없다니까. 붙잡히더라도 잠시 감옥에 있다가 다시 날 찾아오면 그만이야."

루이가 입술을 깨물었다. 그녀의 분노가 기뻤다. 자신은 더 이상 그런 감정을 가질 수 없다.

유일한 구원이라고는 무로토가 루이를 비롯한 주변 사람들에게는 손을 뻗지 않는다는 점이다. 어째서인지 그것만큼은 확신이 있었다. 왜곡된 신뢰가 싹텄다.

그러니 지금은 괜찮다. 몇 년에 한 번씩 독감에 걸리듯 나만 고통을 받아들이고 이틀 정도 입원하면 아무 문제 없다. 말도 안 되게 비싼 세금이나 마찬가지다.

"그보다 회사 안 가도 돼?"

하필 이럴 때 꺼낼 말일까 싶지만 루이는 아즈미보다 더 일중독이다. 그녀는 아즈미가 사장으로 있는 쇼게키라는 연예 기획사의 부사장으로 일하고 있다.

사장의 질문에 루이는 대답하지 않았다. 자신을 위한 배려 때문만은 아닌 것을 금세 알 수 있었다.

"무슨 일이라도 있었어?"

루이는 조금 망설이다가 대답했다

"사실 아즈사가 어제 촬영에 안 나왔어."

"뭐?"

"그래서 고마오라의 촬영은 채피가 대신."

어차피 기업용 광고 영상 대역은 누가 하든 상관없지만.

"연락은?"

"없어. 전화도 안 받아."

"한 번도?"

루이가 고개를 끄덕였다.

"집은?"

"갔지만 부재중."

"경찰에는?"

힘없이 고개를 가로젓는다.

아즈미는 돌연 자신에게 닥친 비극이 실감됐다.

아즈사가 연락 두절이라고?

"그렇게 말도 없이 일을 취소할 아이가 아니잖아."

"응. 하지만 우리 아이들이 다들 크고 작은 문제를 안고 있는 것도 사실이니……."

그래도 아즈사는 누구보다 책임감이 강한 아이다. 갑작스러운 사정이 생겼다고 해도 연락조차 하지 않는다는 건 이해하기 어렵다.

그것도 이런 중차대한 시기에.

"다른 아이들한테도 물어봤어?"

"모르겠대. 다른 애들이랑 친했던 것도 아니니까."

그렇다고 아즈사를 싫어하는 사람도 없다. 아즈사는 배려심이 깊고 어떨 때는 지나치게 착해 보이기도 한다. 드러내놓고 야망을 불태우는 타입도 아니라 시기와 질투의 대상에 오르기도 쉽지 않다.

"걔는 이제 안 될 것 같아."

무뚝뚝하게 결론짓는 루이를 보며 아즈미는 놀랐다.

"안 된다니?"

"연예인으로서."

"말도 안 돼. 이제야 조금 기회가 찾아왔는데."

"의욕 없이 성공할 수 있는 세계가 아니잖아."

"일하기 싫어서 도망쳤다는 거야?"

"아마도."

그런 아이가 지금까지도 여러 명 있었다. 어느 날 갑자기 인사도 없이 연락을 끊고는 했다.

하지만.

"아즈사는 이런 일이 한 번도 없었잖아."

"그건 그렇지만……."

"어떤 사람도 함부로 포기하지 않는다는 게 우리 회사 정책이야."

입을 꾹 다물고 아즈미를 바라보는 루이의 눈빛이 왠지 고집스러웠다.

그 눈빛을 피하며 아즈미는 말을 이었다.

"아무튼 조금만 더 지켜보자."

드문 일은 아니다. 아무리 기대를 걸어도 당사자의 의지가 약하면 어쩔 수 없다. 간섭은 해도 강요는 하지 않는다. 그것이 바로 아즈미의 경영 철학이었다.

하지만 다른 사람도 아닌 아즈사라니.

묘한 불안이 엄습하는 동시에 뭔가 짚이는 구석도 있었다.

기회가 찾아왔으니 오히려 조용히 물러나는 것. 루이의 냉정한 결론에는 반발했지만 아즈사다운 자세라고도 할 수 있다.

맥주잔을 비우고 한숨을 돌리니 무력감에 휩싸였다.

아즈사, 즉 무라세 아즈사는 제 발로 행복에서 멀어지려는 경향이 있다.

그리고 그런 삶의 방식을 아즈미는 가슴 아플 만큼 잘 이해했다.

2

눈을 떠서 식사를 마치고 거실 의자에 앉았다. 기다리는 동안 담배를 한 대 피운다. 재떨이 옆에는 캔맥주가 놓여 있다. 이는 나베시마 미치오에게 휴일을 시작하는 의식 같은 것이었다.

인터넷에 들어가 즐겨찾기해 둔 사이트에 접속했다. 경정 홈페이지에 표시된 최신 토픽을 살피고 평소 눈여겨보는 선수가 출전하는 시합을 찾는다.

지금 사는 곳 현관문을 지나 조금만 걸어가면 스미노에 경정장이 있다. 작년부터 장외 판매 구역이 확대돼 전국 네 개 경기장에서 주권舟券을 살 수 있게 됐다. 그러나 업무상 자주 드나들고 싶은 곳은 아니다. 낯익은 얼굴을 마주칠 가능성이 크고 만나면 무시 못 할 사람도 있다. 휴일까지 업무 모드로 있는 건 바보 같은 짓이다.

집에 틀어박혀야 할 이유는 하나 더 있다. 요즘은 컴퓨터로도 실시간으로 배당률을 보며 시합을 관전할 수 있고 인터넷 뱅킹을 등록해서 투표도 할 수 있다. 나베시마가 경정에 처음 빠졌던 학창 시절 때는 상상도 할 수 없던 환경 변화였다.

아내 후미에와 함께 살 때는 둘이 함께 자주 경정장을 찾았다. 잔잔한 수면, 적당한 긴장감, 따스한 햇살. 맥주와 함께 먹는 즉석 곱창구이도 일품이었다. 후미에는 주권에는 무관심했고 그저 보트가 일으키는 물보라를 느긋이 구경했다. 여름의 스미노에 경정장에서는 야간 시합도 열리는데 불빛이 비치는 수면은 어딘지 모르게 축제의 흥을 돋웠다.

나베시마는 도박에 소극적이었다. 무작정 많이 사지 않고 오로지 1위와 2위를 한 번에 맞히는 2연단만 샀다. 예산은 하루 1만 엔 이내로 정해 놓고 그마저도 남길 때가 많다. 경정은 총 여섯 척의 보트가 달리는 시합이다. 열여섯 마리의 말이 달리는 경마에 비해 적중률이 높아서 파산하고 싶어도 좀처럼 파산할 수 없다.

최근에는 구매 방식이 조금 달라졌다. 인터넷으로 집에서 전국 시합을 볼 수 있게 된 덕에 좋아하는 선수의 경기를 쫓아다닐 수 있게 됐다. 그들의 시합을 찾아서 그 게임만 구매한다. 처음부터 경정으로 돈을 벌 생각은 없었고 그저 심심풀이 시간 때우기용이었다.

"또 대낮부터 술이야?"

등 뒤에서 어이없어하는 목소리가 들렸다. 돌아보니 현관 앞에 딸 모미지가 서 있었다.

"너도 한잔할래?"

"뭐? 그러다가 잘려도 난 몰라."

"어디 가?"

대답도 없이 발소리가 멀어져 간다. 내심 고개를 흔들며 다시 맥주를 마셨다. 담배를 입에 물고 연기를 뿜는다.

옷차림을 보니 동아리 연습을 하러 가는 건 아닌 걸 알 수 있었다. 이제 곧 쉰을 앞둔 아저씨지만 젊은이들을 접할 기회가 많다. 이 래 봬도 그들 사이에서 인기 있는 편이라고 스스로 자부하기도 한다. 이용당한다는 건 알지만 어차피 피차일반이다. '나베짱'이라고 편하게 불러 주는 그녀들에게서 뜻밖의 보물을 얻기도 한다. 마약, 강제 매춘, 공갈 협박 등의 정보다.

어차피 난바에서 쇼핑을 하거나 노래방, 또는 데이트겠지.

최근 들어 모미지의 옷차림이 눈에 띄게 화려해졌다. 어떤 아이 돌 가수에게 푹 빠졌는지 방에서 걸그룹 노래가 자주 흘러나온다. 이 름은 잊어버렸다. 아무리 청소년 문화를 잘 안다고 해도 수비 범위 밖이다.

고스로리*도 아니고, 갸루†도 아니고 그렇다고 마냥 팬시하지도 않은, 그런 걸 뭐라고 하지…….

다음에 나가면 동네 아이들한테 물어봐야겠다. 분명 흔쾌히 알 려 줄 것이다. 교태 섞인 목소리로 '나베짱, 그런 걸 왜 알고 싶어 해?'라고 물으며. 딸과도 그렇게 편하게 대화할 수 있으면 좋을 텐데.

과거 방범과라 불리던 시절부터 나베시마는 오직 생활안전과 한 길만을 걸어 온 형사다. 계급은 경사. 출세와 연이 없는 일개 병졸이 지만 업무, 지위, 월급에 특별히 불만은 없다. 집은 생가이고 경제적 으로 넉넉하지도 부족하지도 않은 삶을 살고 있다. 10년 후면 정년

---

* '고딕 앤 롤리타'의 줄임말로 고딕 양식과 롤리타 패션이 결합해 만들어진 스타일.

† 진하고 검은 얼굴 화장에 눈 주변은 검은색이나 하얀색으로 칠한 것이 특징인 스타일.

이지만 저축해 둔 돈이 있고 퇴직금도 있다. 모미지를 대학에 보내고 결혼시킬 여유는 됐다.

다만 미래를 생각하면 가끔 허탈해질 때가 있었다.

맥주. 담배. 마우스를 두드리며 최근 열심히 쫓아다니는 선수를 찾는다. 나가타라는 이름의 아직 어린 B1 클래스 레이서다. 출발 솜씨는 물론 첫 번째 코너를 도는 실력이 발군이라 외곽에서 마쿠리‡를 선보일 때는 나베시마도 무심코 주먹을 불끈 쥐게 된다. 가끔 허무하게 실패할 때도 있지만 그런 모습 역시 매력적이다. 올 시즌에는 최상의 컨디션을 유지하며 지난 후쿠오카 시리즈에서도 우승했다. 특히 남자답고 물불을 가리지 않는 면모가 마음에 들었다.

후미에도 그를 봤으면 분명 팬이 됐을 것이다.

나가타는 오늘부터 시작하는 아마가사키 시리즈에 출전한다. 총 엿새간. 5일까지의 성적으로 최종 우승전 출전이 정해진다. 최종 레이스는 GⅡ전이다. 여기서 우승하면 나가타도 마침내 톱 레이서 반열에 오르게 된다.

아침 10시가 지나 첫 레이스가 시작됐다. 주권은 사지 않았다. 하루 예산 1만 엔은 모두 나가타에게 투입할 생각이다.

아마가사키 경정장은 마음만 먹으면 언제든 갈 수 있다. 만약 그가 우승전에 나가면 쌓인 유급 휴가를 써서 오랜만에 경정장에 가 볼까. 그런 충동적 발상도 의외로 매력적이었다.

---

‡   스타트를 빨리 걸어 밖에서 안으로 주행하며 인코스 보트들을 바깥쪽에서 역전하는 턴.

그곳에 후미에가 있을 수도 있다.

아니, 있을 리 없다. 그걸 떠나 있다고 해도 달라질 건 없다.

주권을 사지도 않은 시합이 시작되자 나베시마는 멍하니 모니터 화면을 봤다.

나가타가 출전하는 세 번째 레이스가 곧 시작됐다. 경정은 압도 적으로 1번 코스 주자가 유리하다. 그리고 1위는 거의 첫 번째 코너 에서 결정된다. 스타트 후 불과 수십 초에 결정되는 찰나의 승부다.

본 시합 전 전시가 시작됐다. 객석에 보트의 상태를 보여 주는 모 의 레이스가 코스 순서대로 열린다. 나베시마의 눈은 3번 코스에 있 는 나가타의 붉은 보트에 집중됐다.

스타트는 나쁘지 않았다. 그러나 이후 주회周回에서 별로 느낌이 좋지 않았다. 선수에게 배정되는 보트와 엔진은 추첨으로 정해지며 정비는 선수가 직접 맡는다. 이 역시 경정의 묘미 중 하나로 정비에 서툰 선수는 절대 상위권에 오르지 못한다. 운이 없는 선수도.

첫날이라 컨디션이 완벽하지 않을 수 있다. 데이터를 보면 나가 타의 엔진은 지난 시리즈에서도 좋은 성적을 거두지 못했다.

그래도 나베시마는 나가타에게 투표했다. 다른 선택지가 없었다.

출전표를 보며 2위를 선택한다. B2에서 A1까지 있는 순위에서 나가타보다 상위는 없다. 1번 코스는 B2. 나이를 보면 데뷔한 지 얼 마 안 된 신인 레이서로 보인다. 속도를 내어 마쿠리에 성공하면 나 가타에게도 승산이 있다. 2위로는 4번 코스의 B1 선수를 선택했다.

화려함은 없지만 순위를 어느 정도 예상 가능한 고참급 선수다. 3-4의 배당률은 아홉 배. 대박도 쪽박도 아닌 무난한 수치다. 주권은 2천 엔어치를 구매했다.

만약 데이트라면. 시합을 기다리는 동안 딸을 떠올렸다.

어떤 놈일까. 아버지가 경찰인 걸 알고 멀어지려는 사람도 있지 않을까. 별 볼 일 없는 녀석들은 알아서 떠나줬으면 좋겠지만 조금 안쓰럽기도 했다.

공부는 뒷전이고 놀러만 다니는 아이로 자라는 걸 바라는 건 아니지만 온실 속 화초도 불쌍하다. 불량아로 낙인찍히기 쉬운 길거리 소녀들을 나베시마는 피하지 않았다. 다소 사려 깊지 못하고 쾌락을 좇으며 충동적인 면이 있지만 그래도 인간미 넘치는 아이들이다. 그들에게서 무균실에서 얻을 수 없는 힘을 느꼈다.

모미지는 지금 고등학교 2학년이다. 남자 친구 한 명쯤은 있어도 이상하지 않다. 그게 보통이다. 입맞춤 정도도……. 그 이상은 역시 상상하기 싫지만.

팡파르가 울려 퍼지고 중계 아나운서가 레이스 시작을 알렸다. 실제 시합 때도 코스 순서대로 보트가 늘어섰다. 안쪽 두 개 코스의 보트는 거의 나란히 붙어 있다. 조금 떨어진 뒤쪽에 3번 코스인 나가타. 그 옆으로 4번, 5번, 6번 코스의 돌진 스타트 조는 상당히 뒤쪽에 있다. 대형 시계의 초침이 돌자 모든 보트가 엔진을 가동해 출발한다. 나베시마는 화면에 집중했다. 붉은 보트인 나가타를 중심으로 응시한다. 1번 코스의 스타트는 평범한 수준. 2번은 조금 늦었다. 4번도 조금 늦었나.

5, 6번의 돌진조는? 나가타는?

이런. 코너로 돌진한 1번 보트에 거의 맞붙어 가던 나가타의 보트가 크게 밖으로 빠졌다. 그 틈새로 4번이 기회를 잡았다는 듯 보트를 밀어 넣는다. 1번은 간신히 버텨서 그대로 빠져나갔다. 1번과 4번이 각각 1, 2위. 3위로 5번 코스 보트가 달려든다. 나가타는 꼴찌를 면하면 다행이었다.

두 번째 코너를 돌며 순위가 정해졌다. 남은 두 바퀴는 볼 필요도 없다. '1-4' 조합 베팅은 세 번째로 많았다. 3위까지 뽑는 3연단을 사도 열 배가량 되는 괜찮은 결과였다. 나가타의 패배 원인은 보트 상태와 1번의 출발을 잘못 계산한 것이다. 마쿠리를 노리지 않고 사시[§]로 가야 했다. 1번의 주행이 워낙 안정적이었던 탓에 1위는 어려웠을지 몰라도 역시 5위와 2위는 획득 포인트가 다르다.

앞길이 험난하군.

나베시마가 한숨을 쉬고 담배를 꺼낼 때쯤 휴대폰이 울렸다.

"네, 나베시마입니다."

─자네 지금 어디야?

상대는 이름도 밝히지 않고 대뜸 물었다. 목소리만 들어도 누군지 알 수 있다. 나니와 경찰서의 생활안전과장이었다.

[§]   인코스 보트들보다 약간 뒤처져 턴하는 대신 보트 뒤쪽 공간을 비집고 안쪽에서 역전하는 턴.

"집입니다. 쉬고 있습니다."

―미안하지만 지금 나올 수 있나?

긴급 소집? 살인 사건을 다루는 강력과는 그렇다 쳐도 유흥업소 단속이나 청소년 보호 등이 주 업무인 생활안전과에서 긴급 소집은 이례적인 일이다.

"무슨 일입니까? 지금 한잔 중인데."

―만취만 안 했으면 돼. 주소를 불러 줄 테니 바로 거기로 가도록. 아소 경감이 있으니 그의 지시에 따르도록 해.

만난 적은 없지만 이름은 안다. 아마 부경 본부 수사1과, 그것도 특수범죄과의 주임 형사였던 것으로 기억했다.

"정말 가라는 말씀입니까? 전 그쪽 바닥은 잘 모르는데요."

―거참 말이 많군. 225호야.

"네?"

들어본 적 없는 숫자다. 나베시마는 고개를 갸우뚱했지만 이내 수수께끼의 답을 떠올렸다.

형법 제225조. 죄목은 영리 목적 납치.

납치 사건이 일어났다. 나베시마는 침을 꿀꺽 삼키고 다시 머리를 굴렸다. 인력이 필요한 건 알겠지만 지금껏 그런 종류의 사건을 맡아 본 적 없는 자신에게까지 연락이 오는 상황이 이해되지 않는다. 게다가 오늘은 비번인데.

"대체 무슨 일입니까?"

고함을 들을 각오로 물었지만 과장은 짜증 섞인 목소리로 대답했다.

—그쪽 요청이라고 해. **몸값 운반에 백 명**을 준비하라고 했다더군. 뭐?

아연실색하는 나베시마를 아랑곳하지 않고 과장은 빠르게 주소를 알려 줬다. 급히 메모하고 나서 잠시 후 다시 당황했다. 과장의 말을 번역하자면 이렇다. 범인은 지금 몸값 운반에 형사 백 명을 요구하고 있다.

그런 일은 듣도 보도 못했다.

몰래카메라인가? 설마.

오늘은 만우절이 아니고 자신의 생일도 아니다. 평범한 일요일이다. 날짜는 7월 13일. 나가타의 역전극을 관람하는 것을 포기하고 컴퓨터 전원을 껐다. 현실감이 없는 상태에서 몸을 일으킨다. 시간은 아침 11시를 지나고 있었다.

3

아침 10시, 오사카시 주오구 혼마치 센트럴타워 10층. 애니웨어콜 오사카 C팀의 응접실에 형사 두 명이 찾아왔다. 관료 느낌이 풍기는 젊은 남자는 자기 이름을 아소라고 밝혔고 유도를 했는지 귀가 만두 모양인 중년 남자를 가리키며 미쓰미조라고 소개했다.

"애니웨어콜 오사카 C팀의 주임을 맡고 있는 후치모토라고 합

니다."

무심코 명함을 건네는 동료를 보며 시모아라치도 똑같이 따라 했다. 내 눈으로 봐도 동작이 어색하다. 형사는 같은 과장 직함이어도 자신을 후치모토의 부하로 볼 것이다.

"음성을 들려주시겠습니까?"

아소라는 형사는 외모부터 말투까지 그야말로 엘리트 같은 분위기를 자아냈다. 비슷한 느낌의 후치모토가 "이쪽으로 오시죠" 하고 두 사람을 컴퓨터 앞으로 안내했다.

응접실은 업무 구역과 유리 칸막이로 구분된 작은 방으로 주로 고객사의 견학에 쓰이는 공간이다. 상담원의 통화 품질을 체크하는 모니터링실 역할도 겸하고 있어 업무 구역의 PC와 로컬 네트워크로 연결된 컴퓨터가 두 대 있다. 그중 한 대 앞에 아소와 미쓰미조를 앉히고 후치모토가 가볍게 키보드를 두드렸다.

"모든 통화를 들을 수 있습니까?"

"그렇습니다. 보관 기간은 석 달이고 열람 권한은 관리자 이상으로 제한됩니다."

관리자급 직원과 보좌 직원, 즉 정직원에게만 열람 권한이 있지만 모든 것을 규정대로 하다가는 일이 번잡해진다. 현실에서는 아르바이트생도 관리자의 지시에 따라 일상적으로 이 시스템을 이용하고 있다.

유리 칸막이 너머에서 "처리 부탁합니다!" 하고 상담원들에게 통화를 독촉하는 고타니의 외침이 들렸다. 예기치 못하게 갑자기 방송 관리 일을 떠맡게 된 후배의 절박한 모습을 시모아라치는 꼭 남의 일처럼 바라봤다.

―시모아라치? 이상한 이름이네.

이름이 불려 또다시 몸을 움찔했다. 기계로 가공한 듯한 부자연스러운 목소리가 "거짓말하기는" 하고 과거의 자신을 비난하고 있다.

―당신네 회사는 아테나가 아니라 애니웨어콜이잖아.

"무라세 아즈사는 죽게 될 거야"라는 말을 끝으로 통화가 끝났다.

"통화하신 분은?"

"아, 접니다."

황급히 손을 들고 나서야 반응이 어색한 것 같아 얼굴이 달아올랐다.

"성함이 시모아라치 씨시군요."

"네."

당연한 말을. 문득 그런 생각이 스쳤지만 아소의 예리한 눈빛이 쓸데없는 소리를 할 틈을 주지 않았다.

"통화가 끝난 뒤에 어떻게 하셨죠?"

"음, 우선 수신 번호로 다시 전화를 걸었는데 통화 중이었습니다. 그래서 경찰에 신고하려고 곧장 110¶에 전화를 걸었고 이후 사

¶   우리나라의 112.

장님과 부장님께 전화를."

사장은 전화를 받지 않았다. 센터 책임자인 야나기 부장은 사정을 전해 듣고 지금 교토의 자택에서 이곳으로 오는 중이다.

"장난 전화라고 생각하지는 않으셨습니까?"

"아, 그건……."

듣고 보니 가능성은 있다. 아니, 그쪽이 더 현실적이다. 하지만.

생각을 정리하기도 전에 옆에서 후치모토가 대답했다.

"무라세 아즈사 양은 저희 회사 직원입니다. 비록 아르바이트생이지만 정직원만큼이나 일을 잘해서 중용했죠. 근무 태도도 아주 좋았고요."

아소가 눈짓으로 '그런데?'라고 물었다.

"그런 아즈사 양이 최근 사흘 연속으로 무단결근했습니다. 정확히는 7월 11일 금요일부터. 휴대폰으로 연락해도 전원이 꺼져 있어서 혹시 무슨 일이 생긴 건 아닌지 걱정하고 있었습니다."

아소는 "그렇군요. 경찰에 신고하신 건 현명한 판단이었습니다. 사실……" 하고 말을 이었다.

"저희 쪽으로 같은 시간에 비슷한 전화가 걸려 왔습니다. '무라세 아즈사를 납치했다. 몸값 운반에 형사 백 명을 준비해라'라는 전화가."

그는 진위 여부를 확인할 새도 없이 애니웨어콜의 신고를 받고 뛰어왔다고 했다.

"무라세 양의 주소를 알고 계십니까?"

후치모토는 "이겁니다" 하고 무라세 아즈사의 프로필을 정리한 문서를 아소에게 건넸다.

"비상 연락처가 있는데."

그곳에는 부모의 연락처 등을 기입하는 것이 일반적이지만 확인하지는 않아서 엉터리로 적는 경우도 흔하다. 그러나 아즈사가 적은 번호는 엉터리 번호도 가족 번호도 아니었다.

후치모토가 입을 열었다.

"쇼게키라는 연예 기획사에서 전화를 받더군요."

"연예 기획사? 무라세 양은 연예계 쪽에서 일했습니까?"

"자세한 건 저희도 잘 모르겠습니다. 그쪽에 물어보니 거기도 마찬가지로 무라세 아즈사와 연락이 안 된다더군요."

"수상한 전화가 걸려 온 이후에도 전화를 걸어 보셨습니까?"

"조금 전에도 걸어 봤지만 받지 않았습니다."

아소는 고개를 끄덕이며 입술에 손을 얹었다. 눈은 무라세 아즈사의 프로필에 향해 있다.

"사진 같은 건?"

"이력서가 있을 텐데 오늘은 일요일이라 총무과 직원이 없어서요. 찾을 수 없는 상황입니다."

후치모토는 "부장님이 오시면 찾을 수도 있을 것 같습니다"라고 덧붙였다.

"그 후 범인에게서는?"

"전화가 또 오지는 않았습니다. 현장 직원들에게 그런 전화가 오면 곧장 통보하라고 지시했습니다."

"적확한 대응에 감사드립니다."

형사의 눈길은 시모아라치를 향하지 않았다.

"그런데 정말 전대미문의 사건이네요."

만두귀 형사 미쓰미조가 어울리지 않는 톤 높은 목소리로 끼어들었다.

"이게 정말 영리 목적의 납치라면 무라세 양의 집으로 바로 연락하는 게 일반적일 겁니다. 집이 아닌 직장에 전화를 걸다니. 왜일까요? 여기서 아르바이트생을 위해 몸값을 내 줄 리도 만무한데."

대답하기 곤란하지만 틀리지는 않은 말이다. 하지만 그렇다고 그냥 지나칠 수도 없는 노릇이다.

"부모님의 연락처는 모르는 겁니까?"

아소의 질문에 후치모토는 "네"라고 대답했다.

"알겠습니다. 저희가 직접 알아보죠."

"뭐, 정말 장난 전화일 가능성도 있으니……."

미쓰미조가 말을 마치기도 전에 전화벨이 울렸다. 내선 전화다.

"네. 시모아라치……."

—고타니입니다. 전화가 왔습니다.

고타니가 떨리는 목소리로 보고했다. 심장이 쿵 내려앉았다.

"가서 받을게."

—그게…… 이미 끊겨서…….

"뭐? 왜 더 빨리 말하지 않았어!"

─그게…….

"그게는 뭐가 그게야! 대체 뭐 하는 거야!"

그때 누군가가 시모아라치의 어깨에 손을 얹었다. 후치모토가 '바꿔 줘'라고 눈짓한다. 형사의 눈빛을 보며 시모아라치는 마지못해 수화기를 넘겼다.

"후치모토다. 몇 번 부스로 전화가 왔지? 내선은? 그래, 알겠어. 고마워."

전화를 끊고 컴퓨터로 향하는 후치모토에게 아소가 말을 걸었다.

"실시간 녹음 중인 겁니까?"

"네. 바로 들을 수 있습니다."

냉정한 후치모토와 달리 시모아라치는 흥분과 긴장 때문에 그저 우두커니 서서 상황을 지켜볼 수밖에 없었다.

─전화 주셔서 감사합니다. 건강과 아름다움을 지원하는 아테나 웰메이드 뷰티…….

─7월 11일. 낮 1시경. 이 번호. 내 이름은 퓨와이트.

이후 일방적으로 다시 전화가 끊겼다. 시간으로 치면 채 10초도 안 되는 시간. 고타니가 별다른 낌새를 눈치채지 못한 것도 무리가 아니다.

"어떤 날짜죠?"

아소의 질문에 대답하는 사람은 아무도 없었다.

"'이 번호'라는 건?"

"아마 FD(Free Dial)일 겁니다. 저희 회사에는 발신자 무료 통화 번호가 많아서……."

시모아라치는 반신반의하며 대답하고 고개를 갸웃거렸다. FD는 상품이나 광고 형태에 따라 번호가 여러 개인데 납치범이 그런 걸 신경 쓸까. 또 굳이 전화를 걸어 그것을 알려 줄 필요가 있을까.

"잠깐만요."

후치모토가 그렇게 끼어들고 손을 움직였다. 통화 녹음 시스템에 날짜와 시간을 입력하자 화면에 지정된 로그 목록이 줄줄이 표시된다. 한참을 모니터를 바라보던 후치모토가 잠시 후 "있습니다"라고 했다.

"뭐가 말입니까?"

"무라세 양의 휴대폰 번호로 걸려 온 전화가."

7월 11일 13시 20분경 걸려 온 전화 음성은 다음과 같았다.

─전화 주셔서 감사합니다. 건강과…….

─여보세요. 잠깐 할 이야기가 있어서 말이야. 우쓰보 공원에 있는 동상 뒤 덤불에 봉투가 떨어져 있어. 안에는 재밌는 물건이 있는데.

─고객님, 실례지만…….

─그걸 보면 너희도 믿을 수 있을걸.

기계로 가공한 목소리는 자신을 '퓨와이트'라고 밝힌 자의 목소리가 분명했다.

"과연."

아소가 중얼거렸다. 뭐가 '과연'인지 알 수 없다. 시모아라치가 아는 것이라고는 이 건물 바로 옆에 테니스 코트를 갖춘 우쓰보 공원이 있다는 사실뿐이었다.

"미쓰미조 형사님."

아소의 부름을 듣고 만두귀 형사가 "네" 하고 방을 뛰쳐나갔다.

"후치모토 씨. 지난 일주일간 같은 번호로 걸려 온 전화가 또 있는지 확인해 주시겠습니까?"

후치모토의 손은 이미 움직이고 있었다.

"……없습니다. 무라세 양의 번호로 걸려 온 전화는 없습니다."

"알겠습니다. 아무래도 단순 장난 전화는 아닌 것 같네요."

그렇게 단정 지을 구체적인 근거를 찾지 못한 시모아라치의 눈빛에 아소가 화답했다.

"콜센터 관련 지식이 있는 자의 소행이 틀림없습니다. 그리고 계획적입니다. 장난 전화치고 너무 치밀해요."

마침내 깨달았다. 자신을 '퓨와이트'라고 밝힌 그는 콜센터의 통화 녹음 시스템을 이용해 이틀 전부터 장난 전화를 가장해 지시를 내리고 있던 것이다.

"과연 뭐가 나올지……."

아소가 중얼거렸을 때 전화벨이 울렸다. 시모아라치의 업무용 휴대폰이었다.

"네. 시모아라치입니다."

—뭐가 어떻게 돼 가는 거야?

야나기 부장이었다.

"단순 장난 전화는 아니라고……."

—현장은?

"현장?"

—현장 말이야, 현장. 지금 누가 관리 중이야?

"아아, 네. 고타니가."

—고타니? 이봐, 정말 괜찮겠어?

무슨 말인지 알 수 없었다.

—오늘 현장 책임자는 자네잖아. 아테나에서 최대한 잘 부탁한다고 했는데.

"하지만……."

지금은 그럴 때가 아니지 않나.

—책임질 수 있겠어? 얼른 현장으로 돌아가!

"아, 네."

대답은 했지만 머릿속이 복잡했다. 무라세 아즈사가 납치됐을지 모르는 상황인데 현장으로 돌아가라고? 아테나 쪽에서 잔소리를 들을까 봐? 제정신으로 할 수 있는 말일까.

—됐고, 후치모토 바꿔.

"네, 후치모토입니다. 네, 네. 알겠습니다. 괜찮습니다. 네."

뭐가 '네'인가. 시모아라치의 머리에서 김이 솟기 일보 직전에 또다시 전화벨이 울렸다. 이번에는 아소의 휴대폰이다. 두 사람이 얼굴이 보이지 않는 상대와 통화하는 동안 시모아라치는 목각 인형처럼 그 사이에 우두커니 서 있었다.

"시모치. 현장을 부탁해."

휴대폰을 내미는 후치모토에게 되물었다.

"진심이야?"

"부장님 지시야. 일리도 있고."

"너 지금 날 쫓아내려는 거지?"

"진정해. 현장에는 네가 필요해. 사건을 외부에 알릴 수는 없잖아. 고객사든 언론이든."

"그건, 그렇지……."

"앞으로 저쪽에서 또 한바탕 소동이 벌어질 거야. 상담원들을 관리할 사람이 필요해. 정보 유출을 막아야 해."

후치모토의 주장은 타당했다. 상담원들이 모두 18시까지 근무하는 건 아니다. 중간에 일찍 퇴근하는 사람이 있고 반대로 출근하는 사람도 있다. 만약 무라세 아즈사 사건이 상담원들 사이에서 알려지면 입소문이 나 아즈사의 신변이 위험해질 우려도 있다.

"휴식 시간을 바꾸자. 지금 있는 상담원들은 최대한 뒤로. 일찍 퇴근하는 조는 휴식 없이 하는 걸로 협의해 줘."

포위다. 가급적 이곳에서 사람을 내보내지 않는 방향으로.

후치모토는 "그리고" 하고 말을 이었다.

"고타니에게는 네가 사정을 설명해. 있는 그대로 다 말할 필요는 없어. 악질적인 장난 때문에 경찰 도움을 받기로 했다고 하면 될 것 같아."

후치모토는 "아무튼 잘 부탁해"라고 마무리 지었다. 알겠다고 할 수밖에 없다. 후치모토의 말이 옳다. 잘 생각해 보면 고객사에 올릴 정시 보고도 고타니에게는 맡길 수 없다. 괜한 의심을 살 것이다. 외국계 기업에서 근무하는 경제 지상주의자들은 이곳에 경찰이 와 있다는 것만으로 무슨 일인지 꼬치꼬치 따져 물을 게 뻔했다.

"미쓰미조 형사의 보고가 들어왔습니다."

시모아라치와 후치모토가 동시에 아소를 봤다.

"지시한 장소에 있는 봉투 속에 경찰 앞으로 보낸 편지와 무라세 양의 운전 면허증이 들어 있다고 합니다. 사진도."

"사진?"

"네. 폴라로이드 사진이라고 하네요. 한번 보시죠."

아소가 스마트폰을 내밀었다. 화면에 여자가 비치고 있다. 어두운 바닥 위에서 옆으로 누워 있다. 묘하게 콘트라스트가 강한 사진이다. 검은색 옷이 완전히 뭉개져 몸이 선명하지 않다. 반대로 하얀 피부는 평소보다 더 새하얗게 빛난다. 뒤로 묶여 있는 듯한 두 손을 간신히 알아볼 수 있고, 왼쪽 뺨과 입가에는 테이프가 덮여 있다. 눈은 잠든 것처럼 감겨 있었다.

시모아라치는 말없이 사진을 뚫어지게 봤다. 머릿속에 아무것도 떠오르지 않았다.

"무라세 아즈사 양이 맞습니까?"

그렇습니다…….

떨리는 목소리로 대답한 사람은 후치모토였다.

4

—아즈미 마사히코 씨시죠?

주문한 지 얼마 안 된 카페오레를 다 마시고 전화를 받은 건 아침 11시가 조금 넘어서였다. 장소는 난바에 있는 오픈형 카페의 한구석. 아즈미는 그곳에 홀로 앉아 있었다. 일요일 난바는 한여름인데도 거리를 지나는 사람들로 넘쳐난다. 남녀노소 할 것 없이 노출이 심한 옷차림이다. 흐르는 땀을 귀찮아하면서도 즐거워 보이는 모습이 자신과 전혀 상관없는 풍경처럼 보였다.

"그렇습니다만, 누구시죠?"

—오사카 부경 수사1과에서 근무하는 아소라고 합니다.

"형사님이신가요? 경찰 전화를 받을 만한 짓을 하지는 않은 것 같은데, 무슨 일로?"

—아즈미 씨께서 대표로 계시는 연예 기획사 소속 연예인 중에 무라세 아즈사라는 여성이 있습니까?

"네. 그렇습니다만."

—최근 만나신 적이 있습니까?

"아뇨. 그러지 않아도 일주일 전부터 연락이 안 돼서 저희도 곤란해하던 참입니다. 무슨 일이라도 있었나요?"

저절로 심장이 쿵쾅거렸다. 무리하게 감정을 억누를 필요가 없다며 생각을 고쳤다.

─무라세 아즈사 양이 아르바이트 중인 애니웨어콜이라는 회사를 아십니까?

"자세히는 모르지만 얼마 전 그곳에서 아즈사 일로 전화가."

아즈사가 콜센터에서 아르바이트했다는 걸 그때 처음 알았다. 전화를 받은 사람은 루이였고 아즈미는 애니웨어콜이라는 회사에 대해 전혀 알지 못했다.

"그런데요?"

─그 애니웨어콜에서 오늘 아침 무라세 아즈사 양 일로 경찰에 신고가 들어왔습니다. 혹시 지금 시간 되시면 잠깐 이곳으로 와 주실 수 있습니까?

"지금요? 그건 좀……. 일단 무슨 일인지부터 설명해 주시죠."

─전화로 말씀드릴 사안이 아닙니다. 긴급 상황이라고 이해해 주십시오.

"……전 못 가겠지만 부사장인 기타가와 루이를 보내겠습니다. 아즈사 일은 그쪽이 더 잘 알고 저와 권한도 거의 같으니 괜찮을 겁니다."

─연락처를 알려 주시겠습니까?

아즈미는 루이의 휴대폰 번호를 알려 주고 다시 제안했다.

"괜찮다면 제가 미리 전화해서 이야기해 놓겠습니다. 그게 더 빠를 거예요."

어디로 가야 하는지를 전해 듣고 마지막으로 물었다.

"아즈사에게 직접 전화가 온 건가요?"

―아뇨. 익명의 다른 분께.

아즈미는 침을 꿀꺽 삼켰다.

―아즈미 씨. 번거로우시겠지만 오늘 하루는 계속 전화를 받을 수 있도록 대기해 주십시오. 언제 또 상의해야 할 일이 생길지 모르니까요.

"알겠습니다. 혹시라도 전화를 받기 어려울 거 같으면 루이에게 미리 말해 놓겠습니다.

전화를 끊고 아즈미는 곧장 루이에게 전화를 걸었다.

"지금 어디야?"

―혼마치. 왜?

일정대로다. 모터쇼와 이벤트 도우미, 광고 촬영이 있는데 이벤트에는 소속 여자 연예인들만 갔고 모터쇼와 광고 촬영에는 동행이 필요하니 두 명밖에 없는 회사 직원을 아침 일찍 그곳에 보냈다. 사무실은 텅 비어 있다.

"센트럴타워 10층이래. 어딘지 알아?"

―응. 시간 내서 가는 게 좋을까?

"그래. 부탁해."

루이도 긴장한 기색이 역력했다.

―그쪽은 언제?

"곧 올 것 같아. 어떻게 될지 모르겠어."

아즈미가 지금 기다리는 사람은 전에 쇼게키에 투자해 준 지인이다. 그 앞에서 또 돈 이야기를 꺼내고 싶지 않지만 어쩔 수 없다.

퓨와이트라는 범인이 아즈사의 몸값으로 현금 1억 엔을 요구했기 때문이다.

집에서 잠들어 있던 아즈미의 휴대폰이 울린 건 아침 6시였다. 얇은 커튼 사이로 들어오는 은은한 아침 햇살을 맞으며 잠에서 덜 깬채 전화를 받았다. 회사의 누군가가 갑자기 몸 상태가 좋지 않아 일을 못 갈 것 같다고 호소하는 전화쯤으로 예상했다.

상대의 목소리는 왠지 기묘했다. 나중에 돌이켜보니 보이스 체인저 같은 것을 써서 전화한 게 틀림없었다.

—아즈미 마사히코 씨? 지금 당장 회사에 가 보는 게 좋을걸. 무라세 아즈사가 걱정된다면.

마지막 한마디, 오직 그것만으로도 단숨에 잠기운이 달아났다.

서둘러 나갈 채비를 했다. 옆에서 잠들어 있던 루이도 깨워 둘이 함께 아파트를 나섰다. 루이가 화장을 오래 하는 습관이 없어 다행이었다.

오사카시 주오구 다니마치 9번지 건물 3층에 쇼게키의 사무실이 있다. 30분 만에 달려갔지만 무라세 아즈사는 보이지 않았다. 대신 회사 문 앞에 '유한회사 쇼게키의 아즈미 마사히코 님'이라는 글자가 인쇄된 두툼한 봉투가 있었다. 조심스럽게 열어 보니 안에서 편지와 선불폰이 나왔다.

편지 내용은 간결했다.

'경찰에 신고하면 무라세 아즈사는 영영 돌아오지 않는다.'

그렇게 적힌 첫 문장에 이어 몇 가지 지시 사항이 나열돼 있었다. 마지막에는 '퓨와이트'라는 서명과 함께 그 옆에 복사한 아즈사의 면허증 사진도 붙어 있었다.

루이는 경찰에 신고해야 한다고 했지만 아즈미는 거부했다. 편지에서 자신을 '퓨와이트'라고 밝힌 범인이 '경찰에는 내가 직접 연락한다'라고 명시한 것도 이유 중 하나였다. 그러나 그보다 아즈사를 지키기 위해서라면 뭐든 하겠다는 결단이 아즈미를 움직였다.

편지에는 내 지시에 절대복종할 것, 멋대로 굴다가는 최악의 사태가 찾아올 것, 이것들만 지키면 무라세 아즈사는 무사히 돌아올 것이라는 내용에 더해 다음 세 가지 주의 사항도 적혀 있었다.

편지와 나의 지시를 경찰에 일절 알리지 말 것.

봉투와 편지, 동봉된 선불폰을 항상 소지하고 다니며 연락이 가능한 상태를 유지할 것.

마지막으로 정오까지 현금으로 1억 엔을 준비할 것. 그리고 그 몸값에 대해서는 이해하기 어려운 주의 사항까지 있었다.

조금 전만 해도 악의적인 장난일 가능성도 고려했지만 그 희망은 사라졌다. 퓨와이트는 자신이 선언한 대로 경찰에 직접 연락했다. 장난이 아닌 것이다.

"여어."

눈앞에 모습을 드러낸 사람은 마른 체격에 반소매 셔츠, 청바지를 입은 수수한 차림새의 남자였다. 짧게 자른 검은 머리에 얼굴에는 연청색 선글라스를 꼈다. 목걸이 같은 건 하지 않았다. 얼핏 보면 휴일 산책이라도 나온 중년 남자의 모습이다. 그러나 신발에서만큼은 묵직한 무게감이 느껴졌다. 철판이 박힌 안전화를 신는 게 그의 습관이었다.

"오랜만이군."

남자는 직원에게 "카페모카"라고 주문하고 미소 지으며 입을 열었다.

"특별히 상의할 게 있다고 하면 대체로 좋은 일이 아니던데."

도야마 이쿠는 겉으로는 인터넷으로 생활용품 등을 판매하는 IT 벤처 기업의 오너다. 실상은 다단계 사업이지만 어쨌든 회사 자체는 합법이다.

두 사람의 인연은 고등학교 시절로 거슬러 올라간다. 불과 몇 년 전만 해도 아즈미는 도야마의 오른팔을 자처하며 오랫동안 함께 일했다. 그중 상당수는 불법적인 일이었다.

"디플레이션이니 불황이니 들먹이며 주위에서 하도 성화를 부려서 말이야. 설마 너까지 돈 문제로 날 곤란하게 할 작정은 아니겠지?"

얼굴은 웃고 있지만 눈은 어떨까. 도야마가 선글라스를 끼는 건 단순한 패션이 아니다. 한쪽 눈이 의안인데 그야말로 아름답고 새파란 돌이 보는 이를 공포에 떨게 했다.

"이쿠 씨. 죄송합니다만 말씀하신 대로입니다."

그러자 이쿠가 훗 하고 코웃음을 쳤다.

"너만큼은 정신머리가 똑바로 박힌 녀석이라 믿었는데. 그때 나한테 했던 말 기억하나?"

도야마가 쇼게키의 전신인 프로덕션 회사를 아즈미에게 넘긴 건 8년 전 일이다. 연예 기획사를 자처했지만 실상은 그리 녹록지 않았다. 지방에서 막 상경한 여자나 술집 여자들에게 접근해 연예인으로 데뷔시켜 준다고 하고 지역 심야 방송이나 V시네마**에 출연시켜 경력을 쌓게 한 후 기회를 봐서 AV 배우로 전향시킨다. 그런 식으로 '그 유명 아이돌이 AV에!'라는 광고 문구가 완성되는 것이다.

떳떳한 일이 아닌 것을 알면서도 지금껏 함께 일해 온 이유는 도야마에 대한 의리, 그리고 그가 갖추고 있는 최소한의 도덕성 때문이었다. 도야마는 결코 강요하지 않았다. 최종적으로 AV에 출연하면 얼마만큼의 돈을 주겠다며 미리 설명했고 모든 것을 공개적으로 밝히며 신뢰를 얻었다. 무엇보다 도야마에게는 남녀를 불문하고 상대의 마음을 열게 하는 묘한 매력이 있었다. 약속을 어기는 일은 없지만 대신 상대가 자신을 배신할 경우에는 가차 없는 보복을 가했다.

도야마 곁을 떠나기로 결심했을 때 아즈미도 나름대로 각오는 했다. 두들겨 맞아서 사람 구실을 못 하게 될 가능성도 염두에 뒀다.

** 극장 개봉이 아닌 비디오 발매를 전제로 만들어진 영상 작품.

도야마가 어두운 뒷골목 세계와 넓고 깊게 관계를 맺고 있는 만큼 혼자 맞설 방법도 없었다.

그러나 결심을 전했을 때 도야마는 거의 군말 없이 독립을 허락했다. 조건은 단 두 가지. 새 회사에 자신이 출자하게 할 것. 그리고 그 돈만큼은 확실히 갚을 것.

그렇게 쇼게키가 설립됐다. 약속대로 도야마는 거액의 돈을 빌려주고 경영에 일절 간섭하지 않았다. 군소 연예 기획사인 만큼 매출은 미미했지만 그동안 쌓아 온 인맥으로 버텼고, 유능한 파트너인 기타가와 루이의 도움도 받아 경영이 조금씩 순탄 궤도에 올랐다. 그렇게 빚을 전부 갚은 게 2년 전이다. 그때 도야마를 찾아간 아즈미는 이렇게 말했다.

이로써 저도 도야마 씨에게서 정식으로 졸업하는 겁니다.

도야마는 그 말을 듣고도 그저 희미하게 미소 지을 뿐이었다.

"그때 난 기뻤어. 동네 양아치처럼 내 뒤만 졸졸 따라다니던 녀석이 졸업이라니. 내 면전에서 당당하게 졸업하겠다는 말을 꺼내다니. 다 컸구나, 이 자식. 그때는 꼭 네 아버지나 삼촌이라도 된 기분이었다고. 정말."

등에 식은땀이 맺혔다. 더위 때문이 아닌 정말로 모골이 송연했다.

"기쁜 한편으로 조금 외롭기도 했지. 아, 이 녀석도 날 떠나는군. 그렇게 생각하면 역시 조금은 센티멘털해지는 거야. 나 같은 인간도. 게다가 너와는 줄곧 함께해 왔으니까."

아즈미는 "죄송합니다" 하고 고개를 숙였다.

"죄송은 무슨. 꼴사납게. 아무튼 더 이상 날 실망시키지 마라."

부드러운 목소리에 날카로운 칼날이 숨어 있다. 아즈미는 황급히 고개를 들어 도야마를 똑바로 봤다. 이 남자에게는 오로지 정면 돌파만 통한다.

"그래서, 얼마나 필요하지?"

아즈미는 보조 가방을 테이블에 올려놨다.

"통장과 회사, 아파트의 권리 증서. 제 전 재산입니다."

대략 2천만 엔의 가치가 있을 것이다. 도야마는 안색 하나 바뀌지 않고 가방을 집어 들었다.

"……9천만 엔을 마련해 주실 수 있을까요?"

"언제까지?"

"당장."

그러자 도야마가 웃음을 터뜨렸다.

"못 본 사이에 배짱이 두둑해졌잖아. 혹시 선물 같은 데 손이라도 댔나? 아니면 더 심각한 곳?"

"이유는 말씀드릴 수 없습니다. 다만 반드시, 무슨 수를 써서라도 갚겠습니다. 그러니 제발 도와주십시오."

아즈미는 다시 고개를 숙였다. 어쩔 수 없다. 은행 문을 닫는 일요일에 자신이 모을 수 있는 현금은 집과 사무실 금고를 다 합쳐도 1천만 엔 정도다. 아무리 긁어모아도 1억에는 미치지 못한다.

"무모한 소리 하지 마라. 난 빌 게이츠가 아니고 아랍의 석유왕도 아니야."

즐거운 듯 말하는 도야마를 아즈미는 지그시 바라봤다. 무모하다는 건 알고 있다. 액수도 액수지만 시간이 부족하다. 그러니 더욱이 남자에게 의지할 수밖에 없는 것이다.

"……제가 고액의 생명 보험에 가입돼 있다는 건 도야마 씨도 알고 계시죠?"

도야마의 미소가 굳었다. 아즈미와 무로토 쓰토무의 '의식'에 대해서는 도야마도 알고 있다. 아즈미가 만약의 사태에 대비하고 있다는 것도.

"절 어떻게 하시든 상관없습니다. 부탁드립니다."

두 사람은 한동안 서로를 마주 봤다. 아즈미는 목숨값이 매겨지는 느낌이었다. 제발 진심을 읽어 달라고 기원했다.

이윽고 도야마가 휴대폰을 꺼냈다.

"어, 나야. 잠깐 금고 좀 확인해 봐. 아니, 그거 말고 불단 쪽."

불단이란 도야마가 오래전부터 사용 중인 암호로 세금 신고를 하지 않은 비자금을 뜻한다.

"얼마나 있지? 흐음. 거기에 얼마나 더 가능해? 지금 당장. 급해. 아, 그래. 알겠어. 곧 가지러 갈 테니 준비해 둬. 뭐? 무슨 소리를 하는 거야. 그냥 닥치고 시키는 대로 해. 멍청아."

도야마는 전화를 끊고 웃으며 말했다.

"요즘 어린 애들은 잔소리가 심하다니까."

"도야마 씨……."

"따라와라. 우는 소리는 듣고 싶지 않으니."

5

혼마치 센트럴타워 9층의 트레이닝 룸이라고 적힌 곳에 나베시마는 발을 들였다. 넓은 실내 한구석에 긴 접이식 책상과 겹겹이 쌓인 의자, 그리고 화이트보드가 있다. 정면에는 프로젝터 스크린이 커튼처럼 내려와 있다. 방 안에는 이미 형사들이 모여서 무덥고 시끌벅적하다. 모두 이례적인 사태에 당황한 듯했다. 나베시마는 그 안에서 낯익은 얼굴을 발견해 다가갔다.

"오, 나베시마. 너까지?"

동기이자 지금은 부경 본부 수사1과에서 근무하는 기타 슈키치가 환하게 웃었다.

나베시마는 "고생 많아" 하고 말을 이었다.

"비번까지 불러내다니. 대체 뭐가 어떻게 돌아가는 거야."

"나도 잘 이해가 안 돼. 아무리 납치 사건이라지만 천하의 수사1과에 손을 벌리다니."

기타는 평소에도 살인처럼 중대 사건을 다루는 강력계가 경찰의 일군 전력이라고 거침없이 주장하곤 했다. 친구의 폭언에 익숙해진 나베시마는 웃으며 대꾸했다.

"몸값 운반에 백 명이 동원될 거라는 게 사실이야?"

"그런 것 같아. 그게 아니면 이렇게 좁은 곳에 땀 냄새 나는 녀석들을 잔뜩 불러 모을 이유가 없겠지. 다른 과까지 동원해서."

확실히 방 안에 모인 구성원의 면면은 제각각이었다. 형사 특유의 분위기가 물씬 풍기는 사람, 폭력 조직의 구성원을 연상케 하는 사람, 피부가 허여멀게서 영 미덥지 않아 보이는 사람도 있다.

"어중이떠중이들을 모조리 불러 모은 것 같은데 뭐, 어쩔 수 없나."

"한가한 인간들의 집합소야" 하고 비아냥거리는 기타의 견해는 일리가 있었다. 사건이 어떻게 흘러갈지 모르는 상황에서 기동대나 파출소 지역과 직원들은 현장에 대기할 수밖에 없다. 결과적으로 백 명의 운반조는 현재 손이 비어 있는 이들로 한정된다.

경찰은 납치 사건에 과민하게 반응하는 조직이다. 납치 사건만큼은 반드시 막아야 하는 이유는 그것이 현재 진행형 범죄, 즉 경찰력으로 해결할 수 있는 사안이라는 점이 크다. 공식적으로는 지금껏 범인의 뜻이 관철된 납치 사건은 존재하지 않는다. 범인이 피해자를 살해한 사례는 있어도 몸값 갈취에 성공한 사례는 없는 것이다. 반대로 말해 그것이 이뤄졌을 경우 경찰은 오랫동안 이어져 온 신화를 폐기해야 하고 윗선은 지위와 미래를 잃는다. 무엇보다 납치 사건은 언론 반응이 빠르다. 막으면 경찰 만세, 실패하면 역적이다.

"그렇다고 해도 백 명이면 서비스가 너무 과한 거 아니야?"

나베시마의 질문에 기타가 귓속말을 했다.

"다카노 형사부장님의 칙령이래. 안티가 많은 만큼 이번 기회에 공을 세우고 싶어서 안달 나 있겠지. 거기에 만에 하나의 경우도 있고."

"만에 하나?"

"피해자가 유명인일 경우. 우리의 준비 부족으로 피해자가 죽기라도 하면 체면이 땅에 떨어지지 않겠어?"

기타는 기쁜 듯이 말했다. 부경 본부에서 현장 인력과 윗선이 서로 으르렁거리고 있다는 소문이 사실인 듯했다.

"아소라는 주임은 누구지? 잘하려나?"

"특수범죄과 주임이니 어련히 잘하겠지. 경찰청 출신으로 미국 연수도 다녀왔다고 해."

경력을 들어보니 우수한 성적으로 경찰학교를 졸업한 인재가 틀림없었다.

"프로라는 말인가."

"뭐 그렇겠지."

"인간적으로는 어때?"

"그건 나도 몰라. 나이 차이도 나고 따로 인연이 있었던 것도 아니니. 그런데 다카노 형사부장과 같은 대학, 같은 동아리 출신이라 부장의 오른팔이라고 해. 후한 지원도 이 기회에 후배를 한번 띄워보려는 선배의 배려 아니겠어?"

말 군데군데에 가시가 있다. 젊은 주임 형사는 기타 같은 베테랑에게 썩 유쾌한 존재가 아닌 듯했다.

"아무튼 일개 병졸은 명령에 순순히 따를 수밖에."

'그런 취급을 받을 정도는 아닌데' 하고 생각하고 있을 때 뒤쪽에서 문이 열렸다. 덩치 큰 남자가 사람들 사이를 헤치며 성큼성큼 걸어온다. 고대 이집트의 바다가 그랬던 것처럼 인파가 좌우로 갈라졌다.

장군님의 출두시군, 하고 기타가 속삭였다. 말하지 않아도 안다. 오사카부 안에서는 모르는 사람이 없는 무투파 형사의 대명사 같은 존재. 한때는 유도를 해서 올림픽 강화 선수로 뽑힌 적도 있다고 한다.

"수사1과 특수범죄과의 미쓰미조다. 오늘 이렇게 모두 모여 줘서 고맙다. 휴가 중인 사람도 있었겠지만 일단 잊고 수사에 전념해 주기를 바란다. 들어서 알겠지만 납치 사건이 발생했다. 오사카 부경이 총력을 기울이기로 했으니 자네들도 그런 각오로 임해 주기를 바란다."

뒤이어 미쓰미조는 사건의 개요를 간략히 설명했다. 무라세 아즈사라는 여자가 납치됐다. 그녀가 일하던 애니웨어콜이라는 회사에 범인에게서 두 번 연락이 왔다. 공원에서 발견된 봉투에는 피해자의 사진과 몇 가지 지시 사항. 몸값은 1억 엔. 그리고 몸값 운반을 위해 형사 백 명을 모아라.

설명이 뒤로 갈수록 술렁이는 소리가 커졌다. 백 명이 몸값을 운반하는 것도 생전 처음 듣는 이야기지만 1억이라는 액수도 거액이기 때문이다.

"피해자가 대체 어떤 사람입니까?"

질문이 날아들었다. 그 정도 액수를 요구한 걸 보면 대기업 회장의 가족이나 정치인의 딸이라는 추측도 타당하다. 자연히 사건 주목도가 높아질 테니 기타가 말한 '만에 하나'가 맞는 걸까.

상사의 지시에 부하 중 한 명이 프로젝터를 조작했다. 가장 먼저 스크린에 비친 것은 운전 면허증 사진이다. 귀엽고 탐스러운 복귀가 눈에 띈다. 이목구비가 뚜렷한 청순 미인 같은 인상. 그리고 한 장 더. 이건 폴라로이드 사진일까. 검은 옷을 입은 여자가 바닥에 누워 있고, 귀는 검은 머리카락에 가려져 있다. 온몸이 묶인 채 정신을 잃은 듯했다.

"나이는 스물셋. 거주지는 고노하나구. 집 명의는 본인. 동거인 없음. 지금으로서는 이렇다 할 배경이 알려지지 않음. 관계자 말에 따르면 피해자는 연예인으로 활동했다고 한다. 하지만 이런 곳에서 아르바이트를 할 정도였으니 경제 사정은 변변치 않았겠지."

"가족은?"

"지금 연락처를 계속 수소문 중이다."

아무래도 기타의 예상은 빗나간 듯했다. 유력자의 숨겨 둔 애인의 딸 같은 가능성은 있겠지만.

그 뒤로도 형사들의 질문이 끊이지 않았다.

"범인의 전화는 어디서 걸려 온 겁니까?"

이른바 역탐지 기술은 교환기의 디지털화 덕분에 비약적으로 발전했다. 지금은 피해자의 집 전화기에 특수 기계를 설치해 통화를 최대한 길게 끌고 가는 **시대극**이 사라졌다는 것 정도는 나베시마도 알고 있었다.

"통신사의 협조를 얻었지만……."

미쓰미조는 끝까지 말을 잇지 못했다. 수발신 시점에 통화는 자동으로 기록되고 휴대폰 발신이어도 기지국으로 대략적인 위치를 파악할 수 있다. 뭐가 문제일까.

"퓨와이트라고 이름을 밝힌 그놈은 피해자의 휴대폰으로 아테나 코퍼레이션의 무료 전화번호로 전화를 걸었다. 자세한 설명은 생략하겠지만, INS 회선이라고 해서 같은 번호로 동시에 수신할 수 있는 전화기가 약 백 대. 어떤 전화기로 전화가 걸려 올지 알 수 없는 상황이다."

"수신자 쪽 상황은 상관없지 않습니까? 피해자의 휴대폰을 사용 중이라면 그 번호로 전화를 건 순간 기지국 위치를 파악하는 프로그램을 만들면 되지 않을까요?"

이과생 분위기의 젊은 형사가 묻자 미쓰미조가 고리눈을 떴다.

"그런 건 이미 오래전에 요청했다. 하지만 정확한 위치까지 밝혀낼 수 있는 건 아니지. 현재 밝혀진 범위로는 첫 번째 전화가 주오구. 부경에 건 전화도 이곳에서 걸려 왔다. 다음이 나니와구. 미세 전파 추적도 불가능하다고 하는 걸 보면 범인은 현재 휴대폰 전원을 끈 채 이동 중인 것으로 추정된다."

물론 해당 지역 파출소에는 이미 통보됐을 것이고 기동 수사대도 움직이고 있을지 모른다. 그러나 오사카의 대표적 번화가인 나니와구에서 범인을 특정할 수 있을까. 심지어 이동 중이라면 더욱 어렵다. 두 번째 전화가 걸려 온 지는 벌써 한 시간이 지났다.

"범인은 피해자를 데리고 다니지 않는 겁니까?"

"예단은 금물이겠지만 그렇다고 볼 수 있겠지."

"일당의 소행으로 보면 될까요?"

평범하게 생각하면 인질을 방치한 채 돌아다닐 리는 없다. 감금 상황에 따라 다르겠지만 심리적으로도 어렵다. 여러 명이 연락 역할과 인질 감시 역할을 나눠서 맡고 있다고 보는 게 자연스럽다.

"그럴 가능성이 크겠지. 즉 연락책을 함부로 붙잡았다가 인질의 목숨이 위태로워질 수 있다는 뜻이다. 그쪽 수사는 우리가 한다. 너희는 너희 할 일이 있으니 지금은 쓸데없는 참견은 삼가라."

미쓰미조가 질문을 차단했다. 일단 설명도 얼추 끝나 상황이 어떻게 돌아가는지 지켜보며 대기할 줄 알았지만 미쓰미조가 다시 입을 열었다.

"모두 휴대폰을 꺼내도록."

형사들은 고개를 갸웃거리면서도 지시에 따랐다.

"지금부터 SNS 계정을 만들 거다. 모두에게 ID를 줄 테니 용지에 이름과 소속을 적어."

곧장 종이가 배부되고 잠시 후 나베시마 앞에도 종이가 도착했다. 1에서 100까지의 번호. 그 옆에 붙은 작은 종이에서 자신의 번호를 뜯는다. 가로로 긴 종이에는 '66@66'으로 시작하는 주소가 적혀 있다. 유명 소셜 네트워크 서비스의 계정이었다.

"숫자 아래 알파벳은 똑같다. 계정을 만들면 곧장 그룹을 등록하도록. 모르는 사람은 거수."

나이가 지긋한 몇몇 형사가 재빨리 손을 들었다. 그중에는 기타도 있었다.

"한심하네. 내가 가르쳐 줄게."

"어떻게 하는지 알아?"

"생활안전과를 무시하지 말라고."

노골적으로 얼굴을 찌푸리는 기타에게 나베시마는 설명을 시작했다. '66@66osakapolice' 계정을 생성하고 다른 번호가 포함된 그룹을 등록하자 각자 보내는 메시지가 공유되는 상태가 되었다.

"마지막으로 00번을 등록해라. 이건 우리, 즉 나와 아소 주임의 계정이다. 장난으로 메시지를 보내지 마라. 용도는 오직 수신. 업무 보고를 비롯한 너희의 발신은 원칙적으로 금지다."

"이것도 범인 지시입니까?"

불만이 섞인 듯한 질문에 미쓰미조가 "그렇다"라고 대답했다.

"마지막으로 'AZ@101osakapolice'를 그룹에 등록해라."

AZ. 나베시마는 그것이 무라세 아즈사의 이름을 연상시킨다는 것을 깨달았다.

"이것이 무라세 아즈사, 즉 퓨와이트의 계정이다. 앞으로 녀석은 피해자의 휴대폰으로 SNS상에서 우리에게 지시를 내리겠다고 했다."

그렇게 말하는 미쓰미조의 표정은 잔뜩 구겨져 있었다.

6

정오. 회사 대표 전화가 울렸다. 상대는 아테나 코퍼레이션의 현장 담당자였다.

—콜 수 1천3백 건에 주문 건수 7백 건……. 언제나 그렇듯 형편
없군요.

하청업체의 목을 조이는 것만이 삶의 보람인 듯한 목소리를 들
을 때마다 시모아라치는 입술을 오므리고 히죽거리는 그의 모습이
떠올랐다.

"죄송합니다. 오전 첫 방송 때는 괜찮았는데 두 번째 방송이 예
상보다 빨리 나와서요. 수신과 발신의 균형이 어긋난 게 원인 같습니
다."

—맞습니다, 시모치 씨. 바로 그거예요. 아주 잘 아시네. 이미 수
없이 비슷한 일을 겪었으니 그럴 만도 하죠. 이번이 처음이 아니잖습
니까. 그러니 보통 그 정도는 예상해서 보험을 들어 둘 텐데.

거듭 "죄송합니다"를 반복한다.

—대체 애니웨어콜은 언제나 성장하는 모습을 보여 줄 겁니까?
아무리 현장 담당자라고 해서 제가 무작정 두둔해 드릴 수 없다는 거
잘 알잖아요?

어차피 두둔해 줄 생각도 없으면서. 시모아라치는 속으로 떠올렸
다. 그러면서 계약을 끊을 마음이 없다는 것 또한 잘 안다. 이 담당자
는 일부러 하청업체에 무리한 부탁을 하거나 억지를 부리는 게 업무
다. 이런 통화도 이제는 루틴, 즉 짜고 치는 고스톱에 지나지 않는다.

—오후에는 어떡하실 건가요?

"방송 타이밍을 놓치지 않게 담당자를 배치했습니다. 또 발신 중

인 상담원이 즉시 다시 접수로 돌아올 수 있게 체제를 강화하겠습니다. 누락되는 일이 없도록 세심하게 주의를 기울이겠습니다."

―그건 당연한 거 아닌가요? 설마 오전에는 그렇게 안 했어요?

하지 않았다. 두 번째 광고가 나올 시점을 알지 못해 접수 인원이 크게 부족했다.

콜센터의 가장 중요한 지표는 콜 수 대비 주문 건수, 즉 수주율이다. 금일 아테나에서 제시한 목표치는 70퍼센트. 예상 콜 수를 고려하면 사실상 불가능한 수치지만 어떻게든 목표에 근접하게 최대한 궁리해야 한다.

광고에서 체험 키트가 소개되는 순간의 콜 수는 평균 4백에서 6백 콜. 상담원이 총 백 명이면 최소 3백 콜이 비게 된다. 이쪽을 수주하기 위한 방법이 바로 콜백, 스내치 등으로 불리는 방식이다. '상담원이 모두 통화 중이니 잠시 후 다시 연락드리겠습니다'라는 멘트로 양해를 구하고 보통 7, 8분 정도 걸리는 전화 수신 시간을 단축해 회전율을 높인다.

전화가 연결되지 않아 구매를 포기하는 고객과 여러 번 전화를 걸어 오는 고객이 가장 좋지 않다. 전자의 경우 수주율이 제로이고, 후자도 전화를 세 번 걸면 수주율이 33퍼센트가 된다. 자동 음성 안내 시스템을 도입한 곳도 있지만 아테나는 쓰지 않는다. 오직 인력만이 전부다.

전화가 집중되는 타이밍에 최대 인원을 투입해 대응하는 것이 원칙이지만, PT라고 불리는 광고 형식의 경우 일정 시간대 중 언제 광고가 방송될지 미리 알 수 없다. 관리자는 눈앞의 업무를 처리하면서도 센터 안에 걸린 TV에 항상 주의를 기울여야 하고 광고가 나오는 즉시 상황에 맞춰 지시를 내려야 한다.

두 번째 방송 때 그 부분에서 완벽히 실패했다. 방송을 놓쳐 절반이 넘는 상담원이 첫 번째 광고 고객들을 상대하고 있었다. 심지어 두 번째 광고는 화장품이라 순간 콜 수 5백 건. 그에 비해 실시간 응대 인원은 채 50명도 되지 않아 파멸적인 수치를 기록하는 게 당연했다.

그때 상담원들을 관리한 사람은 고타니다. 처음인 데다 지원 인력도 없는 상황에서 어쩔 수 없었겠지만 고객사에 통할 이야기는 아니다. 애초에 아테나는 고타니를 관리 책임자로 인정하지도 않았다.

"죄송합니다. 오후에는 더 철저히 관리하겠습니다."

—시모치 씨는 맨날 그 말뿐이네요. 사과만 하고 끝. 다음에는 그렇게 대충 넘어갈 수 없으니 정말 제대로 해 주시지 않으면 곤란합니다.

네, 네, 하고 연신 반복하는 자신이 그야말로 보잘것없는 인간처럼 느껴졌다.

—정 힘들면 관리 일을 후치모토 씨한테 넘기는 건 어때요?

목구멍까지 치밀어 오른 욕설을 애써 집어삼키며 "오후에는 반드시 기대에 부응하겠습니다"라고 대답했다. 분노 때문에 떨리는 손으로 수화기를 내려놓는다. 머리에 피가 쏠려서 심호흡을 했다. 감정이 금방 식을 것 같지 않았다.

고타니가 다가와 "시모치 선배님" 하고 말을 걸었다.

"죄송합니다."

고개를 숙이는 후배에게 소리치고 싶었다. 방송에 주의를 기울이는 건 그야말로 기본 중의 기본이잖아! 언제까지 뒤치다꺼리하게 할 거야! 이 멍청한 자식!

"됐어, 됐어."

손을 휘휘 저으며 뿌리쳤다. 고타니는 할 말이 더 있어 보였지만 결국 말없이 자기 자리로 돌아갔다.

물론 할 말은 있을 것이다. 느닷없이 현장 관리 일을 맡게 돼 좌충우돌하며 패닉에 빠질 만했다. 제 잘못이 아니에요. 그것은 틀리지 않지만 지금 시모아라치는 자상하게 그녀를 위로해 줄 여유가 없었다.

응접실로 시선을 향하니 유리 칸막이 너머에서 아소와 후치모토, 야나기 부장이 뭔가를 상의하고 있다. 골프를 하도 쳐서 햇볕에 검게 그을린 야나기의 옆얼굴이 보인다. 무라세 아즈사의 몸값을 내줄 수 있겠냐는 질문을 받았을까.

그때 내선 전화가 울렸다. 전화를 건 사람이 후치모토라는 걸 건너편 상황으로 알 수 있었다.

"뭐야? 왜?"

─형사가 전화기 수를 줄일 수 있겠냐고 묻는데.

"뭐?"라고 되묻는다.

"그게 무슨 소리야."

─범인한테 전화가 왔을 때 즉각 대응하려면 착신 전화기가 적은 편이 낫대.

"어떻게?"

―좋은 방법 없을까?

없다.

―회선을 줄이는 건 어때?

발신자 무료 번호당 전화를 받을 수 있는 회선 수를 바꿀 수는 있다. 그 수만큼 동시에 착신할 수 있는데 현재는 한 번호당 150개로 설정돼 있다. 백 명이 전화를 받으면 50명이 대기하고 그 뒤로는 통화 중으로 연결 자체가 되지 않는다.

"하나로 합치라는 거야? 그건 불가능하잖아.

―꼭 한 개가 아니더라도 줄일 수 있을까? 예를 들어 30개. 그럼 착신 전화기 수도 30대로 할 수 있잖아.

"전부 콜백으로 하고 다른 상담원들은 손가락 빨고 있으라고? 무모한 짓이야. 수치가 엉망진창이 될 거라고. 그리고 회선 수는 아테나도 다 알잖아."

NTT[††]의 고객 관리 페이지는 ID와 비밀번호만 알면 누구든 접속할 수 있다. 아테나 담당자도 확인하고 조작도 가능하다.

―회선 수는 그대로 하고 전화기 수만 줄이는 건?

전화기는 특정 ID로 로그인하지 않는 한 착신되지 않으니 착신 전화기 수를 제한할 수는 있다. 하지만.

"대기를 120개로 만들라는 거야? 말도 안 돼."

[††] 일본 최대의 통신 회사.

대기 중 멘트에 지친 손님들이 전화를 끊는 결말이 자연스레 떠올랐다.

"조금 전에도 아테나 담당자한테 한 소리 들었어. 할 거면 그 녀석 허락을 받고 해."

—그건 안 돼.

"그럼 나도 어쩔 수 없어. 이 이상 수치가 떨어지면 내 목이 달아날 판이라고."

—……어떻게든 안 될까?

뭘 어떻게 하라는 말인가.

—아니, 됐어. 미안.

전화가 끊겼다.

가슴에 흐릿한 안개가 피어올랐다. 후치모토도 불가능하다는 걸 알 것이다. 납치범에게 전화가 걸려 온다는 상황을 설명하지 않고서는 절대 그럴 수 없다. 아테나는 물론이고 야나기조차 인정하지 않을 것이다. 하청업체에서 일하는 사람으로서 당연한 판단이다.

'나도……' 하고 시모아라치는 생각했다.

아테나 담당자가 자신보다 후치모토를 더 신뢰한다는 건 알고 있다. 관리 능력에 별 차이가 없고 오히려 판단과 속도 등에 있어서는 뒤처지지 않는다는 자신감도 있다. 그래도 역시 후치모토의 논리 정연한 말투, 적당히 겸손한 화술이 상대방에게는 더 좋게 비친다. 같은 결과여도 후치모토라면 '잘 버텼다', 나라면 '더 잘할 수 있었을 텐데'가 된다. 한마디로 이곳에서 내 처지는 욕받이다. 호들갑이 아니라 오늘 수치가 어떻게 나오느냐에 따라 현장 책임자 자격 자체를 박탈당할 수도 있다.

그래서 후치모토의 무모한 제안은 받아들일 수 없었다. 생각하면 당연한 일이다.

하지만…….

뭘까. 이 찝찝한 느낌은.

"광고가 시작됐습니다!"

방송을 확인하는 여직원이 외쳤다.

"모두 접수로 돌려보내고 콜백. 콜백은 두 시간 이내."

시모아라치의 지시에 따라 고타니와 직원들이 상담원들에게 지시하며 돌아다녔다.

가슴속 안개는 여전히 가시지 않았다.

현장 관리는 스포츠 경기 같은 측면이 있다. 그때그때 상황을 적절히 파악해 한수 앞을 내다보며 판단해야 한다. 집중하다 보면 시간 가는 줄도 모른다.

그러나 시모아라치는 지금 자신의 의식이 어딘가 다른 곳에 향해 있다는 느낌을 지울 수 없었다.

—어떻게든 안 될까?

후치모토의 질문이 계속 귓가에 맴돌았다.

TV 화면에 요금이 표시됐다. 그 위에 엑스 자가 그려지더니 순식간에 반값으로. '지금 바로 전화하세요!'라는 선동 문구. 자, 온다. 노력 없이 살을 빼고 싶은 얼간이들이 수화기를 손에 들고 달려오고 있다. 백여 명의 상담원이 그들에게 맞선다. 찰나의 정적은 폭풍전야를 연상시킨다. 예전에 죽도를 들고 상대와 대치하던 시절의 긴장감이 떠올랐다. 현재 할 수 있는 최대한의 준비를 마쳤다. 일종의 고양감과 쾌감이 느껴진다. 콜센터 업무에서 시모아라치가 유일하게 좋아하는 시간이었다.

그런데도 역시 가장 중요한 부분에서 고개를 갸웃거리고 있다.

"시모치 선배님!"

고타니가 뛰어왔다. 슬슬 여기저기서 전화벨 소리가 울리고 있었다.

"뭐야?"

"왔습니다."

"뭐가?"

다음 순간 물새들이 일제히 날아오르는 듯한 전화벨 소리가 구역 전체를 휘감았다.

7

교세라 돔 앞에서 루이를 만났다. 거의 정오가 다 된 시간. 루이가 운전해 온 프리우스 차량 안에서 경찰에게 설명받은 사건 상황을 전해 들었다.

"편지 내용대로 범인의 요구는 현금 1억 엔."

형사는 루이에게 아즈사의 가족과 연락이 되지 않았느냐고 재차 물었다. 그러나 루이의 대답은 '모른다'로, 거짓말은 아니었다.

"그리고 말할 수 있는 범위에서 그 아이에 대해서 알려 줬어. 집안 사정이 절대 좋지 않았다는 것도."

과장을 섞어 말하면 무라세 아즈사는 천애고아다. 가족들이 뿔뿔이 흩어졌다. 아직 20대인 그녀는 혼자 힘으로 생활을 영위하고 있었다.

"그 이상은?"

"뭐 하러 말하겠어. 군이 쓸데없는 이야기까지 할 이유가 없잖아."

목소리에 가시가 돋쳐 있다. 루이도 신경이 곤두선 듯 보였다.

"돈 얘기는?"

그렇게 묻자 루이는 한숨 섞어 "그게……"라고 운을 뗐다.

"아즈사가 일하던 애니웨어콜이라는 회사 부장한테 타진해 봤는데 그건 지나치다면서 거절했대. 결재 없이는 현금을 융통할 수 없다느니 뭐니. 핑계겠지만 뭐, 그게 당연하겠지."

그것도 그렇다. 아무리 일하던 사람이라고 해도 아르바이트생 몸값을 회사에서 내는 건 지나치다. 그것도 1억 엔이라는 거금을.

"형사가 조금 더 구슬리니 되레 '경찰은 얼마를 주실 수 있습니까?'라고 했대. 그런데 난 그런 사람 별로 싫어하지 않아."

루이의 표정이 살짝 풀렸다. 평소에도 겉치레나 빈말을 싫어하는 성격이다.

그 후 형사는 루이에게도 같은 질문을 던졌다. 루이에게 전화가 걸려 온 건 30분 전쯤. 구조에 있는 도야마 이쿠의 사무실에서 나온 직후였다.

"그래서?"

"어떻게 될지 모르니 일단 사장님과 상의하겠다고 하고 나왔어."

"의심하지 않았어?"

"뭐 조금 의심했을 수도. 그런데 우리도 애니웨어콜과 입장이 다르지 않아. 회사 규모는 우리 쪽이 더 작고."

"그러니 유연하게 대응할 수 있다는 식으로 해."

루이는 불만스러운 얼굴로 아즈미를 봤다.

"거기에 우리는 연예 기획사니까. 보험 같은 것도 일반 회사와 다르지."

"거짓말은 하고 싶지 않아."

"거짓말이 아니잖아. 큰 데는 다 그렇게 해."

실제로 몸을 쓰는 일에는 다양한 보험이 존재하지만 보험료가 비싸서 쇼게키 같은 중소 기획사는 엄두를 내지 못한다.

"돈은 준비했어?"

아즈미는 말없이 보스턴백을 두드렸다. 가방에는 도야마에게 받은 현금 1억 엔이 있었다.

"무거워 죽겠어. 기념 삼아 한번 들어 볼래?"

"어차피 들고 가야 하잖아."

루이는 한숨을 푹 내쉬었다.

"역시 경찰에는 솔직히 이야기해야 할 것 같아."

혼란스러워 보이지는 않는다. 루이는 냉정하게 사고한 끝에 마땅한 결론에 이르렀을 것이다.

"어차피 금세 들통날 거야."

"아즈사가 무사히 돌아온 뒤에 해도 돼."

"납치범 말을 믿는 거야?"

"믿을 수밖에."

"그 녀석이랑은 달라."

무로토 쓰토무.

아즈미 역시 자신의 감각이 뒤틀려 있다고 생각했다. 무로토와의 기묘한 관계성이 범죄자를 신뢰하는 것에서 오는 저항감을 마비시키고 있는지도 모른다. 하지만.

"아즈사를 죽게 내버려둘 수는 없어. 이해해 줘. 이건 내 신념과 관련된 문제야."

루이는 말없이 입술을 깨물었다. 눈빛에서 연민이 느껴진다.

"슬슬 가 볼게."

"일 다 마치면 아즈사랑 곱창전골 먹으러 가자."

"난 그런 음식 싫어해"라는 루이의 말을 등 뒤에서 들으며 아즈미는 차에서 내렸다.

"루이, 미안."

"됐어. 이미 포기한 지 오래야. 무슨 일 생기면 문자 할게."

떠나는 프리우스를 끝까지 지켜봤다. 순식간에 할 일이 없어졌다. 편지 속 지시에는 이다음 할 일이 적혀 있지 않았다. 당분간 사태의 추이를 지켜봐야 한다.

문득 피로감이 몰려왔다. 새벽에 걸려 온 전화 이후 팽팽했던 긴장감이 풀렸다. 동시에 이제야 간신히 사건을 냉정하게 돌이켜볼 여유도 생겼다.

이상했다.

관련 지식이라고는 형사 드라마나 추리 소설에서 보고 들은 것뿐이지만, 아무리 생각해도 평범한 납치 사건은 아니다. 범인이 직접 경찰에 연락했다는 점, 피해자의 집이 아닌 직장에 연락했다는 점, 그리고 무엇보다 가장 중요한 몸값 문제에 너무나 무계획적이라는 점.

애니웨어콜은 몸값 대납을 거부했다. 루이의 말마따나 그 판단은 타당하다. 그렇다면 아즈미 또한 그러지 않으리라는 보장은 어디에도 없다. 아니, 오히려 이 짧은 시간, 그것도 하필 일요일에 소속 신인 연예인을 위해 현금으로 1억 엔을 준비할 확률은 낮다. 그렇게 생각하면 아즈사가 왜 타깃이 됐는지도 불분명하다. 그녀는 일단 유명인이 아닐뿐더러 가족들과도 연락하지 않는다.

모두가 아즈사를 버리면 퓨와이트는 어떻게 할 생각이었을까.

단순히 쾌락을 위해 범죄를 저지르는 쾌락범일까. 하지만 그러기에는 너무 공들이는 느낌이다.

나를 아는 녀석일까.

자연스럽게 그런 가설에 도착했다. 설마 도야마 이쿠의 존재까지 계산했을 것 같지는 않지만 자신을 잘 아는 사람이라면 자신이 무라세 아즈사를 버리지 않을 거라 판단할 수도 있었을 것이다. 1억 엔까지는 아니어도 상당한 금액을 준비할 거라고.

그렇게 생각하면 용의자 후보가 사뭇 좁혀진다. 자신은 성인聖人이 아닐뿐더러 유명인도 아닌 그저 수상해 보이는 중소 연예 기획사의 사장이며 과거 실제로 수상한 일을 한 적도 있다. 경찰 신세를 진 적도 한두 번이 아니다.

자신의 숨겨진 내면을 아는 사람. 그런 사람이라면 오직 한 명밖에 없다.

기타가와 루이.

그럴 리 없다고 곧장 생각을 고쳤다. 그러나 아무리 생각해도 퓨 와이트의 이번 계획은 아즈미의 인간성에 기대는 측면이 크다. 루이의 충고에 따라 자신이 모든 걸 경찰에 털어놓을 가능성도 있었다.

뭔가 석연치 않은 기분이었다.

도야마 이쿠 밑에서 일하던 시절, 아즈미는 다양한 범죄자를 상대했다. **뛰어난** 지능범들은 머리가 좋다. 그들은 낭비를 싫어한다. 실패의 원인이 될 수 있다는 걸 누구보다 잘 알고 있기 때문이다. 그리고 요행을 바라지 않는다.

이런 경험에 비춰 볼 때 퓨와이트는 저속한 부류에 속한다. 즉흥적인 아이디어로 어떻게든 일이 잘 풀릴 거라 낙관하는 동네 건달 수준이다. 그런 의심이 들지만 크게 와닿지는 않았다. 이유는 역시 돈 때문이다.

퓨와이트가 아즈미 앞으로 보낸 편지 속 주의 사항. **몸값 대부분을 아즈사와 함께 돌려보낼 것이라는 문구.**

영리 목적의 납치인데도 돈을 돌려준다? 무슨 뜻인지 도무지 알 수 없었다.

멍하니 걷는 아즈미 앞으로 소녀 세 명이 지나갔다. 부채를 손에 들고 시끄럽게 떠들고 있다. 아즈미는 그런 일행이 눈앞에 여럿 보인다는 걸 알아차렸다. 남자들도 있다. 돌아보니 교세라 돔이 눈앞에 있다. 언제 봐도 맛없는 팬케이크처럼 보이는 외양이다.

공연이라도 하는 걸까. 아직 사람이 그리 많지 않은 걸 보면 공연 시작까지는 시간이 있는 듯했다.

자연스럽게 아즈사가 떠올랐다. 외모가 반듯하고 근성도 있다. 독특한 감각을 가졌고 연예인으로서 재능도 있지만 인기와는 거리가 멀었다.

그것은 바로 아즈미 자신 때문이기도 하다. 쇼게키에는 인기 스타를 키울 역량이 없고 그걸 떠나 거물급 인재를 회사에 둘 생각도 없다. 싹수가 보이는 아이가 있으면 대형 기획사에 소개해서 영입을 주선한다. 약간의 이적료도 소중한 수입원이다.

아즈사도 그런 이야기가 오가고 있었다. 입사 2년, 지금은 주로 마니아들을 대상으로 한 행사에서 노래를 부르거나 카탈로그 모델, 케이블 방송사 프로그램에 출연하는 수준이지만 그녀를 눈여겨본 어느 대형 연예 기획사와 이적 이야기가 구체화되고 있었다. 신인으로서는 천재일우의 기회다. 문제는 루이가 반대한다는 것과 아즈사의 의향이 분명하지 않다는 것이었다.

아즈사는 TV 출연을 꺼렸다. 영화나 드라마에 소극적이고 기왕이면 무대 위가 좋다고 했지만 그마저 열정적이지 않았다. 아이돌이라는 이미지에 집착하는 것 같지도 않고, 재능은 있지만 구체적으로 뭘 하고 싶은지 갈피를 잡을 수 없는 아이였다.

돌이켜보면 누구의 소개도 없이 처음 사무소 문을 두드렸을 때 그녀는 어딘지 모르게 겁에 질린 것처럼 보이기도 했다. 자신감이 넘치는 사람들이 모이는 업계에서 보기 드문 타입이었다.

이달 중 슬슬 옮겨 갈 소속사 면접을 앞두고 연락이 두절된 걸 아즈사의 의사 표시로 해석한 게 후회스러웠다. 그때 바로 경찰에 신고했더라면.

아즈사를 마지막으로 본 건 지난주 저녁이었다. 일을 마치고 사무실로 돌아가니 아즈사는 혼자 창가에 앉아 인파로 가득한 거리를 내려다보고 있었다.

별다른 일이 없는 날에도 아즈사는 사무실에 나와 기꺼이 잡일을 맡아서 했다. 대가를 바라지 않고 "이것도 공부죠"라며 밝게 웃었다.

그러나 그때 아즈사에게서는 평소의 쾌활하고 부지런한 느낌이 없었다. 오히려 묘한 기운이 감돌고 있었다. 그녀는 콧노래를 흥얼거렸다. 가사 있는 팝송이 아닌 슬픈 느낌의 멜로디였다. 아즈미는 한동안 그 노랫소리에 귀를 기울였다.

"좋은 선율이네."

그렇게 말하자 아즈사는 놀란 얼굴로 돌아봤다. 하얀 얼굴이 상기돼 "들으셨어요?"라고 물었다.

"아즈사. 너, 노래하고 싶어?"

평소처럼 아무렇지 않게 물었다. 대답까지의 짧은 시간 동안 아즈사의 표정이 복잡하게 흔들렸다. 씁쓸함과 달콤함이 뒤섞인 표정처럼 보였다.

"……추억의 곡이에요. 절대 잊어서는 안 되는 소중한 노래."

그때 사무실에 직원이 돌아와 대화는 거기서 끝났다.

언젠가 속내를 터놓고 대화하고 싶었다. 할 수만 있다면, 그녀가 떠안은 어두운 과거 이야기도.

아즈사, 돌아와라.

넌 행복해져야 해.

그때 퓨와이트에게 받은 선불폰이 처음으로 진동했다. 화면에는 '발신자 번호 표시 제한'이라고 적혀 있다. 시간은 오후 12시 20분.

8

트레이닝 룸 안쪽에 선 미쓰미조의 딱 바라진 어깨는 그야말로 경비견을 연상케 했다. 그 발밑에 쌓인 돈다발을 보며 "우와" 하는 탄성이 터져 나왔다.

"눈이 호강하네."

장난스럽게 귓속말하는 기타의 목소리에서 흥분이 느껴졌다. 나베시마도 마찬가지였다. 사진이라도 찍어서 모미지에게 보내 주고 싶다는 생각마저 들었다.

"이런 거금이 어디서 나왔을까. 설마 이 회사는 아닐 거고."

기타의 질문에 속삭이듯 말했다.

"오사카 부경 쪽?"

"만약 그렇다면 내일부터 파업해야지. 우리 보너스에는 그렇게 쩨쩨하게 구는데."

기타와의 만담이 끝난 건 미쓰미조의 호령 때문이었다.

"잘 들어라. 시간이 없으니 설명은 한 번만. 다들 귀 세우고 들어."

백 명의 남자들이 일제히 입을 다물었다. 미쓰미조의 고함은 순식간에 분위기를 가라앉히는 힘이 있다. 1억 엔의 돈다발은 진귀한 구경거리에서 이번 임무의 심각성을 보여 주는 불길한 상징물로 바뀌었다.

"이제부터 이 돈을 너희에게 한 묶음씩 나눠줄 거다. 받으면 곧장 번호를 기록해라."

또다시 주위가 술렁거렸다. 1억 엔을 백 명에게 나눠 준다? 한 사람당 백만?

"범인의 지시입니까?"

"질문은 받지 않는다. 시간 없다고 했지. 어서 와서 가져가!"

시키는 대로 줄을 서서 돈과 함께 하얀 봉투를 건네받았다. 애니웨어콜에서 쓰는 회사용 봉투다. 그 안에 지폐 번호를 적은 종이가 함께 들어 있다.

"다 쓴 사람은 종이를 가져와. 빠르고 정확하게 적도록."

무모한 지시다. 그렇게 생각하면서도 순순히 따랐다. 한 사람당 백 장이면 그리 힘든 일은 아니다. 30분이면 끝날 것이다.

"그대로 쓰면서 듣도록. 이것도 역시 범인 지시다. 한 사람당 백만. 무슨 의도인지 몰라도 모든 인원에게 똑같이 돈을 나누라고 했다."

상황이 점점 이상하게 흘러가는군. 나베시마는 속으로 생각했다. 백 명의 운반책을 요구한 것도 그렇지만 모두에게 백만 엔씩이라니. 이해할 수 없었다.

"범인의 의도가 뭘까요?"

사무직 느낌의 남자가 손을 움직이며 물었다.

"정확한 건 아직 알 수 없지만 아마 교란 목적이겠지. 너희를 한데 모으지 않고 흐트러뜨리려고."

지극히 타당한 추리였다. 흩어진 백 명의 형사들의 행방을 일일이 확인하는 건 쉽지 않다. 인력에도 한계가 있다. 천 명을 모아도 한 사람당 열 명. 쉽지 않다.

"다른 현으로 가야 할 일이 생길지도 모른다. 지금 긴키 쪽에도 협조를 요청하는 중이다."

긴키 지역으로 한정될지 장담할 수도 없다. 교란 목적이라면 일본 전역에 흩어진 사람들 중 '당첨'과 '낙첨'이 있다는 뜻 아닐까. 영리하다고 할 수밖에 없다.

하지만.

겨우 백만?

이렇게까지 소란을 부려 놓고 고작 백만 엔이 목적이라고?

범인이 여러 명이라면 몫은 더 줄어든다. 둘이면 50만. 이 정도면 납치극 따위 벌이지 말고 성실하게 일해서 버는 게 더 나은 수준 아닌가. 아니면 운반책 여러 명을 동시에 덮칠 계획일까. 열 명을 덮치면 1천만 엔. 그럼 차라리 처음부터 운반책을 열 명으로 하고 그중한 사람을 노리는 게 더 효율적이지 않을까.

"범인이 무슨 생각을 하는지 아직 예단할 수 없다. 너희는 그냥 시키는 대로 움직여라. 알겠나? 절대 멋대로 행동하지 마."

신경질적인 명령이었다. 미쓰미조도 범인의 의도를 알지 못해 답답해 보였다.

"거참 웃기는 일이네."

기타가 옆에서 펜을 돌리며 중얼거렸다.

"납치극의 바겐세일, 박리다매인가."

"디플레이션 시대상이 반영된 건가?"

"그럴지도. 그런데 멍청한 녀석한테는 따끔한 맛을 보여 주는 게 우리 임무 아니겠어? 만약 내가 '당첨'이라면 녀석의 코를 납작하게 줄 거야."

"멋대로 행동하다가는 네 코가 납작해질 것 같은데."

"체포하면 본부장 명의로 금일봉까지 나오지 않을까?"

하지만 '낙첨'이면 모든 게 물거품이다. 어느 쪽이 운이 좋은 걸까. 이런 일에 휘말린 마당에 이미 불운이 분명하지만.

나베시마도 번호표 작성을 마치고 종이를 제출했다. 시계를 보니 낮 1시를 앞두고 있다.

"만약 홋카이도로 오라고 하면 어떡합니까?"

펀치파마 머리의, 어떻게 봐도 사무직으로는 보이지 않는 외모의 남자가 물었다.

"그때는 비행기를 타러 이타미로 가야겠지."

"비즈니스석에 타도 될까요?"

"거울이나 보고 지껄여라. 네 꼬락서니가 비즈니스석에 어울리는지."

웃음이 터졌다. 한 방 맞은 펀치파마가 어깨를 움츠렸다.

"설마 해외로 가라고 하지는 않겠죠."

기타가 중얼거렸다.

"가라고 하면?"

"사실 마카오에 한번 가 보고 싶기는 합니다만."

그 말을 듣고 미쓰미조도 "정말 멍청한 녀석들만 모였군" 하고 피식 웃음을 터뜨렸다. 방 안에 잠시 느슨한 공기가 흘렀다. 폭풍전야 같은 느낌이다.

"경위님."

나베시마가 손을 들었다.

"뭐야. 이제 장난은 그만."

"아뇨. 장난이 아니라 질문이 하나."

미쓰미조가 말없이 턱짓했다.

"지금 저희는 모두 어디로 보내질지 모르는 상황이잖습니까."

미쓰미조는 대답 없이 뒷이야기를 재촉했다.

"그리고 한 사람당 백만. 이중 누군가는 범인과 접촉하게 되겠죠."

모두가 나베시마의 발언에 귀를 기울였다. 어느새 장난스러운 분위기가 사라지고 진지한 눈빛이 모여들고 있다. 곧 다가올 현실을 상상하는 게 틀림없었다.

"그런데 뭐랄까, 조금 이상합니다."

"지난 30년간 난 이상하지 않은 범죄자는 못 만나 본 것 같은데."

웃음소리는 들리지 않았다.

"그건 그렇죠. 범죄, 그것도 납치 같은 건 제대로 된 인간이 할 짓이 아니니까요. 하지만 도무지 납득이 가지 않습니다."

"무슨 말을 하려는 거지?"

"아, 저도 납치는 처음이라 잘 모르겠지만……. 이 범인, **돈을 벌 생각이 정말 있는 걸까요?**"

미쓰미조의 얼굴에서 표정이 사라졌다. 또 한 소리 듣겠군. 나베시마가 그렇게 각오한 순간.

띠링.

형사들이 소리의 출처를 찾아 서로를 살폈다. 그러자 또다시 띠링.

"아, 접니다!"

"저도."

목소리가 터졌다. 그 뒤로도 띠링, 띠링 하는 얼빠진 착신음이 이어졌다.

"진정해라! 범인에게서 온 거다. 내용을 확인하고 시키는 대로 해!"

띠링, 띠링 소리가 멈추지 않고 울려 퍼진다.

한 번, 또 한 번. 띠링, 띠링.

잇따라 띠링, 띠링, 띠링, 띠링, 띠링.

AZ의 지시. 나베시마는 문득 자신이 정체 모를 축제의 한가운데에 던져진 듯한 공포를 느꼈다.

곧이어 나베시마의 휴대폰도 띠링 소리를 냈다.

부랴부랴 도착한 메시지를 읽는다.

……이게 뭐지?

―아이치현, 오아시스21, 히어로 쇼가 끝날 때까지.

2부

1

아소 요시하루는 지금껏 악을 미워한 적이 없다. 마찬가지로 정의를 믿은 적도 없다. 범죄자를 향한 증오와 피해자를 향한 연민 모두 그의 내면에서는 생기지 않았다. 그것을 타고난 기질이라고 아소는 추측했다. 허세를 부리고 싶어 하는 허무주의자나 세상만사에 통달한 듯한 상대주의자인 척하려는 것은 아니다. 정말 모를 뿐이었다.

누군가를 위해 진심으로 눈물을 흘리는 감정. 누군가를 진심으로 미워하는 감정. 예컨대 타인을 죽이는 것. 그런 행위의 리스크를 잊게 할 만한 격정이 아소에게는 없었다.

영리 목적의 행위라면 그나마 이해할 수 있다. 강도나 보험금을 노린 살인 같은 것. 어리석은 놈이라고 범인을 평가하고 운이 없다며 피해자를 안타깝게 여길 수도 있다.

하지만 원한 같은 건 생기지 않았다. 사실로서 이해할 수는 있지만 동기나 정황 등은 도무지 와닿지 않았다.

자신이 수사1과 안에서도 지능범들을 상대하는 특수범죄과(오사카 부경에서는 MAAT라고 부르기도 한다)에 배속된 건 그나마 다행이었다. 마음 같아서는 2과에 가거나 검사를 목표로 특수부에 가고 싶었다. 뇌물이나 부정부패 사건에는 오로지 이해관계라는 잣대만이 존재하기 때문이다.

오래전부터 냉정하다는 말을 자주 들었고 자각도 했다.

어릴 때 아무렇지 않게 벌레를 손으로 짓이겨 죽이던 시절이 있었다. 시골 초등학교에서 수업을 마치고 돌아오는 길에 메뚜기를 발견하면 반 토막을 냈고 잠자리를 잡으면 날개를 뜯었다. 망설임 같은 건 거의 들지 않았다. 자신의 행동이 남들 눈에 섬뜩하게 보일 수 있다는 건 중학교에 입학하고 나서야 알게 됐다.

딱히 그런 행동에 골몰했던 것은 아니고 할 때마다 흥분을 느낀 것도 아니다. 아버지가 아끼는 회중시계를 분해할 때와 마찬가지로 눈앞에 있는 생명체의 신체 구조를 알고 싶었다. 이상한 건 아무것도 없다고 생각했다. 그래서 친구들의 격렬한 혐오 반응에 아소가 더욱 놀랐다.

나는 제정신이 아닐지도 모른다는, 그 가능성을 인정해야만 했다.

형사 초기에는 잔인하기 짝이 없는 사건을 목도하면 이런 나도 감정이 흔들리지 않을까 은밀하게 기대하기도 했지만, 이미 오래전에 포기했다.

끔찍한 범행 현장이나 울부짖는 피해자 유족들을 봐도, 어린 소녀를 범하고 살해한 후 썩은 시신을 가족에게 보낸 범인의 옅은 미소를 봐도 아소의 마음은 여전히 차갑게 식었고 머릿속에서는 '아아, 그렇군' 같은 생각만 들었다. 피해자를 동정하고 가해자에게 분노하는 동료들을 옆에서 관조하며 내린 결론은 이랬다. 역시 난 제정신이 아니다.

단추를 하나만 잘못 끼워도 금세 '저쪽'으로 넘어갈 수 있는 사람. 형사라는 직업을 택한 것은 어쩌면 그런 나 자신을 억지로라도 '이쪽'에 남게 하기 위한 처세술일 수 있었다.

아소는 그 판단이 합리적이라고 믿었다. 그리고 형사로 남아 있는 한 자신은 평범한 회사원이나 마찬가지고, 그렇다면 출세를 목표로 하는 것도 합리적이었다.

계급은 경감. 서른 중반이라는 나이는 늦지 않고 지금의 형사부장과 인연이 있기도 하다. 사실 윗선에서 보면 아소는 다루기 쉬운 존재일 것이다. 감정 없이 지시에 잘 따르며 일 처리는 빈틈없고 정확한 동시에 신속하다. 객관적으로도 그렇게 느꼈다. 감정에 휘둘리지 않는 이성적인 사람이기에 어떤 현장에서든 최선의 선택을 도출하고, 망설임 없이 실천할 수 있다. 지금껏 큰 실책은 한 번도 없었고 앞으로도 그럴 자신이 있다. 20여 년 후 나름의 지위에서 퇴임하고 나름의 회사에 재취업한다. 그것은 거의 정해진 노선이었다.

만약 자신이 앞으로 고꾸라진다면 그것은 분명 외부의 뭔가에 발목이 잡힐 경우다.

지금 아소의 눈은 애니웨어콜 응접실에 가져온 노트북 화면에 향한 채 퓨와이트가 백 명의 운반책에게 보낸 지시를 응시하고 있었다.

―가가와현, 유메타운, 4시까지.

―지바현, 나카야마 경마장, 마지막 시합 출발 전까지.

―히로시마현, 히로시마시 문화 교류 회관, 공연 시작 전까지.

―교토부, 기요미즈데라, 오후 2시 30분까지.

문이 열리고 미쓰미조가 들어왔다. 9층에서 계단을 뛰어왔는지 가쁜 숨을 내쉰다.

"운반조가 모두 출발했습니다."

"수고하셨습니다."

험악한 얼굴과 근육질 몸을 가졌고 이마에 '형사'라고 써 붙인 듯한 이 나이 많은 부하를 아소는 싫어하지 않았다. '오사카 부경 형사부 수사1과 강력계에는 그가 있다'라고 칭송받던 사람이 아소의 부임에 맞춰 특수범죄과로 옮긴 것은 형사부장의 배려였다. 의도를 추측해 보자면 이렇다. 수사1과 베테랑 형사들을 다루는 건 자네에게 너무 무거운 짐이니 보좌를 붙여 주겠다.

그 판단이 틀리지 않을 것이다. 그들의 기이한 자존심이나 고집 같은 건 아소에게 승진 시험의 난문 같은 것으로, 머리로는 이해해도 직접 대처하는 건 힘들 게 분명했다.

미쓰미조는 그런 아소의 부족한 공백을 메워 주는 훌륭한 퍼즐 조각이었다.

"본부는 뭐라고 합니까?"

미쓰미조는 벌써 숨을 다 고르고 물었다. 50대 중반의 나이지만 체력으로는 절대 맞설 수 없다.

"아직 각 지자체 경찰에 협조를 요청하는 단계지만 설마 거절하지는 않겠죠."

"그건 그렇겠죠."

"퓨와이트가 운반조에 내리는 지시는 본부도 열람하며 상황에 맞춰서 대응할 거라고 합니다."

"총괄은 누가?"

"와타나베 관리관입니다."

"**불여우** 말인가요."

"부경에 수사본부를 설치 중입니다. 다카노 형사부장님께서 직접 지휘를 맡을 거라고 합니다."

"부장님이? 불여우와는 궁합이 맞지 않을 텐데."

그렇게 중얼거리고 미쓰미조는 "윗선이 이쪽에도 옵니까?"라고 물었다.

"아뇨. 여기는 저와 미쓰미조 형사님만."

"그건 정말 다행이군요. 이건 뭐, 보기만 해도 이해가 안 되는 상황이라서요. 쓸모라고는 없는 윗대가리들이 많아져 봐야 성가실 뿐이죠. 사공이 많으면 배가 산으로 간다는 말도 있잖습니까."

순간 '그 쓸모없는 뱃사공 중에 나도 포함되는 걸까' 하는 생각이 들었지만 별다른 감정 변화는 없었다.

이번 사건이 단순한 장난이 아니라고 판단한 순간 아소는 다카노 형사부장에게 사안을 보고했다. 소속된 1과 과장을 뛰어넘은 것은 그전에 다카노에게 이미 언질을 받았기 때문이었다.

─재밌는 사건이라면 그 즉시 나한테 알리도록.

아소는 지시에 따랐다. 1억 엔이라는 거금, 그리고 운반책 백 명을 요구한 범인에게 맞서려면 과장급의 결재로는 부족하다고 판단했다.

다카노는 오사카 부경 형사부장의 권력을 활용해 백 명의 인원을 긁어모았다. 만전을 기한다는 건 명분일 뿐이고 힘을 과시하는 게 목적일 것이다. 일을 벌여 놓고 책임을 부하에게 떠넘기는 다카노의 이런 방식은 빈축을 사고 현장과도 마찰을 빚고 있다. 그가 어디선가 일발 역전을 노린다는 건 아소도 알고 있었다. 감정은 이해하기 어려워도 정치라면 이해할 수 있다.

현재 애니웨어콜에는 아소, 미쓰미조 외에 특수범죄과 형사 세 명이 더 상주해 있다. 한 명은 애니웨어콜의 야나기 부장과 함께 총무실에 있다는 무라세 아즈사의 이력서를 찾고 있다. 다른 한 명은 센터 안에서 후치모토와 시모아라치라는 직원 옆에 서 있다. 그리고 마지막 한 명은 이곳 응접실에서 전화를 담당하고 있다.

"그런데 정말 이해가 안 됩니다."

미쓰미조가 얼굴을 찡그렸다. 분노하는 인왕상 같다. 거친 인상과 행동 때문에 태생부터 모든 것을 몸으로 때우는 무투파라고 생각하기 쉽지만 미쓰미조는 절대 단순 무식하지 않다.

"그 자식들은 대체 어떻게 돈을 뜯어내려는 걸까요?"

"아직 잘 모르겠지만 어쨌든 지금으로서는 퓨와이트의 뜻대로 게임이 진행되는 것 같습니다."

흐음, 하는 불만 섞인 신음 소리. 뒤처지는 것으로 모자라 게임이라는 표현에 불쾌감을 느끼는 듯하다. 그러나 아소는 역시 아무런 감흥이 없었다.

한 시간 전쯤 걸려 온 세 번째 전화에서 퓨와이트는 전화를 받은 상담원에게 이렇게 지시했다.

―시모아라치를 바꿔라. 20초 안에 바꾸지 않으면 끊는다. 다른 녀석이 받아도 끊는다.

수사 경험이 없는 시모아라치는 당연히 당황하며 눈빛으로 도움을 청했지만 아소는 그대로 그에게 전화를 받으라고 지시했다. 후치모토의 도움으로 통화를 실시간으로 모니터링할 수 있었다.

―시모아라치 전화 받았습니다.
―오, 잘 지냈나? 바쁜데 미안. 어차피 오래 이야기할 생각 없으니 얼른 끝낼게.
―경찰이 옆에 계십니다. 바꿔 드릴까요?

수화기를 넘기고 싶은 본심이 고스란히 드러나는 말이었다.
퓨와이트는 웃음을 터뜨렸다.

―됐어. 당신으로 충분해. 전화기를 넘기면 끊을 테니 그리 알아.

그리고 어차피 형사가 이 통화를 듣고 있잖아? 상관없어. 시간도 없고. 내 질문에만 간단히 대답해.

—저, 저는…….

—돈은 준비됐나? 1억.

—일, 억이요……?

—어이, 초등학생도 아는 단위잖아. 자, 시모치 씨. 대답은? YES? NO?

도움을 바라는 듯한 울상을 보며 아소는 오케이 사인을 보냈다.

—네. 괘, 괜찮을 것 같습니다.

—혹시라도 나중에 거짓말인 게 들통나면 가만두지 않을 거야. 무라세 아즈사를 죽이고 시신을 토막 내서 신문과 방송국에 보낼 거라고. 오사카 부경의 부주의 탓이라는 편지와 함께.

시모아라치는 땀을 뻘뻘 흘리며 다시 아소를 봤다. 아소는 말없이 고개를 끄덕였다.

—괘, 괜찮습니다. 괜찮을 겁니다.

—몸값 운반에는 백 명?

이번에도 오케이 사인.

—정말? 백 명을 다 모았어? 대단하네. 일본은 역시 대단한 나라라니까.

퓨와이트는 흥분한 것처럼 말을 이어 갔다.

—그럼 그 사람들한테 각각 백만씩, 애니웨어콜 회사용 봉투에 넣은 몸값을 들고 기다리라고 해. 그럼 나중에 또 보자고, 시모치 씨.

바로 중계국 위치를 문의했다. 니시구 일대가 나와서 기동 수사대를 투입했지만 범인은 이미 사라진 뒤였다.

그로부터 약 한 시간 후 SNS를 통해 운반조에 지시가 내려왔다. 한꺼번에 전송된 메시지를 범인이 실시간으로 입력했을 리 없고 예약 전송 프로그램 같은 것을 쓴 것으로 추정됐다. 그러나 백 곳의 목적지를 정한 시점에 이미 상당한 공을 들였고 퓨와이트가 이 게임에 진지하게 임하고 있다는 게 느껴졌다.

"왜 민간인을 협상 상대로 정한 걸까요?"

"흥정하고 싶지 않은 것 같습니다. 이번에는 통화를 길게 끌지도 못했습니다."

굳이 콜센터를 협상 창구로 택한 것도 그런 이유일 것이다.

이럴 때는 보통 '거금을 준비하려면 시간이 걸린다'라고 하는 게 마땅하다. 실제로도 무라세 아즈사의 가족과 연락이 닿지 않는 게 사실이니 정말 그렇게 됐을 가능성이 크다. 심지어 1억 엔이라는 거금이다. 몸값 운반 또한 갑자기 그렇게 백 명을 어떻게 모으냐고 따지며 대화를 길게 끌고 갈 수 있다. 역추적 탐지를 위해서만이 아니라 길게 끌고 갈수록 범인의 정보도 그만큼 많이 얻을 수 있다. 타협점을 찾기 수월해진다.

아마 앞으로도 이 시모아라치라는 운 나쁜 직원이 계속 협상 상대로 지목될 것이다. 아소는 센터에 있는 부하를 불러 시모아라치에게 기본적인 납치 응대 매뉴얼을 숙지시키라고 지시했다.

"계속 그 자식 손아귀에서 놀아나는 느낌이네요. 인질의 안위조차 확인되지 않는 상황은 바람직하지 않습니다."

다음 통화에서 그것만은 절대 양보할 수 없지만 범인이 순순히 인질의 안위를 알려 줄지에 대해 아소는 회의적이었다. 애초에 전화가 다시 걸려 올지도 모르는 상황이다.

퓨와이트의 방식이 예상을 뛰어넘는다는 건 인정하지 않을 수 없었다. 자진해서 경찰을 불러 놓고 협상 상대로 이번 일과 거의 무관한 콜센터 직원을 지목할 줄은 아소도 예상치 못했다. 만약 협상 상대가 무라세 아즈사의 가족이라면 가장 먼저 인질의 안위를 확인한 후 최대한 통화를 길게 이어 가라고 일렀을 것이다. 그러나 현실에서는 협상은커녕 일방적으로 정보만 착취당했다.

내가 잘못 판단한 걸까.

시모아라치에게 돈을 아직 마련하지 못했다고 말하게 해야 했나. 형사 중 누군가가 대신 전화를 받게 해야 했나.

상황을 잠시 되짚어 보다가 어쩔 수 없었다는 결론에 이르렀다.

애초에 이번 일은 퓨와이트와 시모아라치의 통화로 시작됐으니 범인은 시모아라치의 목소리를 알고 있다. 게다가.

"뭐 어쩔 수 없겠죠. 이놈은 왠지 모르게 피해자의 안위에 별로 집착하는 것 같지 않습니다. 자칫 섣불리 협상했다가 치명적인 결과를 낳을지도 모릅니다."

아소의 생각을 읽은 것처럼 미쓰미조가 말했다.

"어쨌든 지금은 최대한 무능한 척하다가 기회가 찾아오면 단숨에 끝장내는 게 좋을 것 같습니다."

미쓰미조는 주먹으로 손바닥을 툭 치며 말했다. 형사 정신에 불이 붙은 걸까. 아니면 지휘관을 고무시키는 것도 자기 임무라고 생각하는 걸까.

"그보다 돈 말입니다만, 밑에서 운반책 중 한 명이 흥미로운 말을 꺼냈습니다. 이 범인이 과연 돈을 벌 생각이 있기는 하냐더군요."

"금액이 한 사람당 백만이라?"

"네. 확실히 영리 목적 납치치고는 값이 싼 편입니다. 아무리 생각해도 수지가 맞지 않아요."

"운반책 여러 명을 노리는 걸까요?"

"그럼 너무 위험하고 번거롭지 않을까요? 게다가 그럼 범인이 여러 명일 가능성이 커지는데 아무리 애써 봐야 한 사람당 몇백 수준입니다."

그건 아소도 느끼고 있었다. 불합리했다.

흩어진 형사들은 지금 긴키 지역뿐만 아니라 일본 전역으로 향하고 있다.

"긴키가 30명. 주부, 간토가 20명씩. 주고쿠, 시코쿠에 각각 10명씩. 규슈에도 10명. 참 골고루도 보냈네요."

모든 형사에게 목적지와 도착 시간이 제시됐다. 각 지자체 경찰에 목적지 주변 경비를 요청했지만 범인의 지시가 거기서 그칠 가능성은 작다. 제2, 제3의 이동이 있을 것이다.

"가장 가능성이 큰 건 인원이 많은 지역에서 여러 명을 한 번에 기습하는 방식이겠죠."

미쓰미조의 의견은 타당했다. 그러나 아소의 생각은 달랐다.

"조금 신경 쓰이는 게 있습니다. 조금 전 전화 말인데, 뭔가 이상합니다."

"이상한 걸 따지면 한두 개가 아니죠. 목소리, 태도, 방식까지."

하지만 그걸로 부족하다. 뭔가 조금 다른 느낌이다.

어차피 느낌만으로 고민해 봐야 소용없다. 아직 정보가 압도적으로 부족했다.

아소가 그렇게 판단했을 때 전화벨이 울려 전화기 앞에 있던 형사가 수화기를 들었다.

"주임님. 와타나베 관리관입니다."

동정하는 듯한 미쓰미조의 얼굴을 보며 아소는 전화를 받았다.

—아소. 자네가 형사들을 출발시켰다고?

하이톤의 목소리는 처음부터 비난하는 조였다.

"퓨와이트가 지시한 시간까지 목적지에 도착하려면 지금 당장 출발하지 않으면 늦습니다."

―누구 판단으로 그런 결정을 내렸지?

"접니다."

수화기 너머에서 깊은 한숨 소리가 들렸다.

―이봐. 자네, 수사원 백 명이 이동하는 데 드는 비용이 얼마인지 알아?

신칸센을 타야 하는 사람도 있으니 왕복 평균 최소 2만 엔 정도 일까.

―2백만이라고, 2백만.

"비행기 탑승은 허락되지 않습니다."

―그건 당연하지! 바보 같기는!

날카로운 고함이 귓전을 때렸다.

―자네는 국민 혈세를 대체 뭐라고 생각하는 거야! 우선 상황 파악, 그리고 범인과의 협상이 상식 아닌가?

"범인은 민간인을 협상 상대로 지목했습니다. 고도의 교섭이 불가능한 상황입니다."

―그 부분을 어떻게든 해결하는 게 자네 역할이잖나! 대체 미국에서 뭘 배웠지? 지하철 타는 법과 핫도그 먹는 법?

말없이 뒷이야기를 기다린다. 이럴 때 대꾸해 봐야 소용없고 쓸데도 없다.

―만약 이번 일이 그냥 정신 나간 자식의 장난이라면 어떡할 작정이야? 피해자가 외국으로 휴가라도 간 거라면? 몸값이 되돌아온

다고 해도 이 짓에 쓴 경비는 돌려받지 못해!

현장에서 불여우라는 험담을 듣는 이 남자의 잔소리는 유명하지만 아소에게는 유독 가혹했다. 아소를 별로 탐탁지 않게 생각하는 것이다.

"다카노 형사부장님께서 만전을 기해 수사에 임하라고 하셨습니다."

그러자 수화기 너머에서 후후 하는 웃음이 터졌다.

─그 다카노 부장도 지금 머리끝까지 화가 나 있어!

'네?'라는 말을 간신히 집어삼켰다.

─본부장님이 벼락을 내리셨거든. 오사카 부경은 범인이 시키는 대로 하는 꼭두각시냐고 하면서.

체온이 쑥 내려가는 것을 느꼈다. 본부장은 말 그대로 오사카 부경의 수장이다. 계급도 최고위직에 해당하는 사람만 맡을 수 있다.

의기양양하게 진두지휘에 나선 다카노가 현장의 섣부른 판단 등을 운운하며 재빨리 방향을 튼 것은 상상하기 어렵지 않다.

수사의 지휘권은 이미 넘어갔다고 보는 게 좋을 것이다. 와타나베의 발탁으로 보건대 후임은 아소가 보고를 건너뛴 수사1과장 센다일까.

'그럴 수 있겠군' 하고 아소는 추측했다.

"본부의 협력은 어떻습니까?"

─뭐? 자네는 반성의 한마디도 없나?

"전 사건 해결이 모든 문제의 해결로 이어진다고 생각합니다."

—그렇게 나온다면 이렇게 말해 주지. 만약 실패하면 자네 목이 달아날 것도 각오하라고.

"지역 경찰 상황은 어떻습니까?"

잠시 침묵이 흐른 후 마지못한 것처럼 와타나베가 대답했다. 한마디로 지체는 없다고 했다.

—이미 출발한 건 어쩔 수 없다고 치지. 그런데 잘 들어. 그들을 보낸 건 자네야. 그건 잊지 마.

알맹이 없는 통화가 끝났다. 아소는 수화기를 내려놓으며 상상했다. 이런 타이밍에 무라세 아즈사가 아무렇지 않게 출근한다면 그건 또 그것대로 귀찮아지겠다고.

2

낮 1시 30분. 센터 안에 조금이나마 여유로운 분위기가 흘렀다. 총 여덟 편의 광고 중 다섯 번째까지 슬슬 마무리돼 상담원들이 한숨 돌리는 참이었다.

"화장실에 다녀와도 될까요?"

누군가 묻자 뒤이어 몇 사람이 "저도" 하고 손을 들었다.

"얼른 다녀오세요."

고타니가 허락하자 몇 사람이 사무실을 빠져나갔다. 시모아라치 옆에 있는 형사의 눈빛이 날카로워졌다.

"건물 밖으로 나가면 안 된다고 꼭 전해 주십시오."

"평소에도 화장실 시간은 5분 내 규칙을 엄격하게 적용 중입니다."

비슷한 또래로 보이는 형사에게 시모아라치는 퉁명스럽게 대답했다

"휴대폰은?"

"소지품은 전부 저곳에."

유리 칸막이 너머 입구 바로 옆에 설치된 로커를 가리켰다. 센터에 들어오려면 일단 모든 소지품을 사물함에 넣고 비밀번호를 입력한 후 문을 지나 와야 한다.

"휴식 시간 외에는 반출 금지. 물론 센터 안으로의 반입도 금지입니다."

"개인 정보와 관련된 건가요?"

형사가 신경 쓰는 건 개인 정보가 아닌 납치 정보의 유출일 것이다.

"저희는 외국계 회사의 직할 부서라 특히 까다롭습니다. 실은 지금 이곳에 형사님이 와 계신 것도 들키면 시말서예요."

그런 외부인인 형사에게 여러 명의 시선이 쏠리는 상황을 시모아라치는 신경 쓰고 있었다. 상담원들끼리 뭔가를 숙덕거리고 있다. 내부의 이변을 눈치챘을 것이다. 주의를 주고 싶지만 그럴 수도 없다. 가뜩이나 바쁜 날에 출근해 준 사람들이고 실제로도 고된 노동을 방금 막 끝낸 상태였다.

거기에 아직 휴식 시간도 주지 않고 있다. "휴식 없이 일을 시키

는 건 너무하지 않나"라거나 "오늘은 최악이네"라며 노골적으로 불만을 드러내는 사람도 있었다. 그럴 때마다 고타니와 다른 직원들이 돌아다니며 조금만 참아 달라며 달랬다. 간곡한 설득 끝에 점심 퇴근조는 연장 근무를 받아들였지만 그래도 3시에는 일곱 명이 퇴근한다. 장시간 근무조에도 휴식은 3시 이후로 해 달라고 부탁했다.

"3시까지는 어떻게든 되겠죠?"

"그쪽에서 어떻게 나오느냐에 따라."

너무나 뻔한 대답에 진저리가 났다. 3시까지 해결되지 않으면 정보를 통제하기 어려워진다. 상담원들도 정확히 무슨 일이 일어났는지는 몰라도 분위기를 예의주시하고 있다. 거기에 범인의 전화를 받은 사람도 있다. 어디서 어떤 이야기가 흘러 나갈지 모른다.

사건이 장기화될 조짐은 회사나 경찰의 사정과 별개로 시모아라치에게 개인적인 우울감도 안겼다.

그 범인을 내가 또 상대해야 하는 걸까.

단숨에 가슴이 갑갑해졌다. 퓨와이트라는 그와의 두 번째 통화 때 목소리가 귓가에 맴돌았다. 그는 태연하면서도 반박을 허락하지 않겠다는 듯이 시모아라치를 위협했다. 전화를 끊겠다는 말을 들을 때마다 등골이 오싹해졌다. 내가 큰 실수라도 저지른 게 아닐까 하는 공포는 고객을 상대할 때도 느끼곤 한다. 무심코 무례한 말을 내뱉거나 실수를 했을 때다. 책임자를 자처한 이상 용납될 수 없는 과실은 고객사의 질책보다 자존심에 더 큰 상처를 입혔다.

'말도 안 돼.'

시모아라치는 무릎에 올린 두 손을 꼭 쥐었다.

'이런 건 상상도 못 할 일이잖아.'

옆에 선 무표정한 형사에게 협상 시 주의 사항에 대해 들었는데 그의 말투에서는 지금까지의 시모아라치의 대응에 실망한 듯한 기색이 묻어났다.

인질의 안위를 확인하라, 가급적 피해 당사자를 바꿔 달라고 하라, 최대한 통화를 길게 끌고 가라, 정보를 하나라도 더 얻어내라, 통화하면서 상대가 어떤 사람인지 가늠해라.

지금까지는 너무 급작스러운 상황에 마음의 준비도 못 한 탓에 서비스업의 프로치고 부끄러울 정도로 당황했다. 얼른 그 녀석과 다시 통화해 실수를 만회하고 싶기도 했다.

동시에 두려움도 느꼈다.

그는 무라세 아즈사를 죽이고 시신을 토막 내 신문사와 방송국에 보내겠다고 했다. 오사카 부경의 부주의 탓이라는 편지와 함께.

상상만 해도 구토가 쏠릴 것 같았다.

"어이, 시모치."

고개를 들자 후치모토가 와 있었다. 퓨와이트의 전화가 언제 올지 몰라 방송 관리를 후치모토에게 맡기고 시모아라치는 센터 구석에서 형사와 함께 재판을 기다리는 피고인처럼 앉아 있었다.

"그리고 형사님."

후치모토는 피로에 지친 얼굴로 형사를 봤다.

"이제는 아르바이트분들께 짧게라도 휴식을 줘야 합니다. 몇 명씩 돌아가며 쉬는 방식으로 안 될까요?"

"죄송하지만 불가능합니다. 상담원분들도 지금 상황이 뭔가 이상하다고 슬슬 느끼고 있을 겁니다. 이럴 때 그분들을 내보낼 수 없습니다. 양해 부탁드립니다."

"차라리 솔직하게 상황을 설명하고 외부에 유출되지 않도록 부탁해 보는 건 어떨까요?"

형사는 고개를 흔들었다.

"그럴 수 없습니다. 인명과 관련된 일입니다."

침묵할 수밖에 없다. 인명. 또다시 시모아라치의 어깨가 무거워졌다.

"숫자는 어때?"

시모아라치는 분위기를 바꾸고 싶어 후치모토에게 물었다.

"괜찮은 편이야. 콜 수도 오전만큼은 아니고 연장 근무를 받아 준 사람이 있는 만큼 인원이 많아졌으니까. 아테나 담당자도 기분이 좋은 것 같더라."

제길. 묻지 말았어야 했다. 이렇게 후치모토의 주가는 오르고 나에게는 또 무능 낙인이 찍혔다.

"형사님."

후치모토가 다시 형사와 협상을 시도했다.

"정말 어떻게 안 될까요? 점심도 못 먹고 벌써 네 시간째입니다. 이러다가 근로기준법 위반이라는 말을 듣게 될 겁니다."

"설마요."

"아뇨. 요즘은 다들 그런 법을 꿰고 있습니다."

"어쨌든 3시까지만 버텨 주십시오. 모두."

소귀에 경 읽기가 바로 이런 상황을 뜻할 것이다. 후치모토가 힘 없이 한숨을 내쉬자 시모아라치도 덩달아 따라 했다. 만약 휴식을 허락받는다고 해도 결코 마음 편히 쉴 수 없으리라 생각했다.

3

낮 1시 40분. 나베시마는 신오사카역에 있었다.

퓨와이트의 지령을 받아 혼마치 건물에서 뛰쳐나온 게 1시 조금 넘어서였다. 양복을 입은 백 명이 일제히 건물을 뛰어나가는 모습은 왠지 우스꽝스러웠다. 꼭 작년에 TV에서 본 오사카 마라톤의 출발을 보는 것 같았다.

지하철역으로 달려가 미도스지선을 타고 북쪽으로 향했다. 같은 차량에 서른 명 정도 되는 동료가 탔다. 옆 칸에도 비슷한 수가 있었을까. 대부분 긴키 지역을 벗어나는 사람들이다. 긴장된 표정에서는 조금 들뜬 느낌도 감돌고 있다. 꼭 장애물 경주를 앞둔 운동회 같은 분위기였다.

"넌 어디야?"

기타가 나직이 물었다.

"나고야."

"미소카쓰*네. 장어덮밥을 먹을 돈은 없을 테고."

나베시마는 "오지랖 부리기는" 하고 핀잔했다.

"넌?"

"지바현. 나카야마."

"오. 좋겠군. 마카오 정도는 아니어도 도박꾼들의 성지 아니야?"

"흥. 사실 미리 마권도 사 뒀어."

웃음이 터졌다.

"예기치 않게 현장에서 직접 응원할 수 있겠네. 잘됐잖아."

"잘되기는. 지금 지바에 가면 아무리 빨라도 4시야. 최종 레이스에 맞출 수 있을지 애매하지. 내가 산 메인 경주는 그보다 한 타임 전이고."

"전광판으로 결과 정도는 볼 수 있겠네."

기타는 "만약 꽝이면 이 돈을 전부 마지막 경주에 쏟아부어야겠어" 하고 돈다발 때문에 부푼 재킷을 툭툭 두드렸다.

문득 흥미로운 발상이라는 생각이 들었다.

경마는 무리겠지만 경정처럼 선택지가 적고 승률이 비교적 확실한 시합이라면.

나베시마는 상상했다.

납치범이 경정의 몇 번째 시합에 몸값을 베팅하라고 지시한다. 주목도가 낮은 일반전, 그것도 실력 있는 선수가 당당히 1번 코스를

---

* 된장으로 만든 소스를 끼얹은 나고야 지역의 명물 돈가스.

차지하고 있는 시합이다. 판매 종료 직전 가장 승산 없어 보이는 6번 코스 보트에 전액을 투입하라고 지시한다. 그러면 당연히 다른 보트들의 배당률이 껑충 뛴다. 범인은 1번 단승†을 사서 돈을 챙긴다. 그럼 납치 사건의 최대 난관인 몸값 전달 문제를 돌파할 수 있지 않을까.

물론 아무리 실력이 있어도 1번 코스 주자가 성공적으로 승리할 확률은 70퍼센트 정도다. 거기에 공제도 있어 배당은 기껏해야 열 배 정도일 것이다. 범인이 이익을 보려면 그만큼의 돈을 쏟아부어야 하고 그러면 반대로 배당은 내려간다. 1억을 투입하면 단승에서도 20배는 될지 모르지만 나베시마도 정확히는 알지 못했다.

어느 쪽이든 그야말로 조잡하고 엉뚱한 발상이다.

"어쨌든 백 만만 다시 들고 돌아가면 되잖아. 불린 액수만큼은 내가 챙겨도 되겠지."

"네 입으로 들으면 농담으로 들리지 않는 게 문제야."

기타는 사람 좋은 녀석이지만 그와 돈 이야기만큼은 하고 싶지 않았다. 나베시마를 훨씬 능가하는 도박광인 데다가 출처가 좋지 않은 빚도 있다고 들었다. 직업상 도박의 늪에 빠져서 허우적거리는 사람을 많이 봐 왔는데, 기타에게서는 왠지 그들과 비슷한 냄새가 났다.

잠시 후 신오사카에 도착해 신칸센 티켓 발권소로 뛰어갔다. 기타와 함께 표를 사고 서쪽으로 향하는 조원들과 헤어져 상행선 승강장으로 향한다. 이번 열차를 놓치면 끝이다.

† 1등만을 맞히는 방식의 티켓.

"젠장. 중년을 뛰게 만들다니."

투덜거리는 것치고 기타는 체력이 좋은 편이지만 나베시마는 숨이 턱턱 막혔다. 신칸센 '노조미'에 겨우 올라타 한숨을 돌렸다.

"그 히어로 쇼라는 건 몇 시에 끝나지?"

"3시."

스마트폰으로 검색해서 주최 측에 전화로 확인했다. 행사장인 오아시스 21은 TV탑 옆으로 나고야역에서 택시로 10분 남짓 거리. 도착한 뒤에도 똑같이 뛰어야 할 것이다.

"그런데 이해가 안 되는 게, 우리가 목적지에 도착했는지 어떻게 확인하지?"

옆자리에서 페트병에 든 녹차를 마시며 기타가 중얼거렸다. 역시 수사1과 형사답다. 허튼 생각만 하는 것은 아니다.

"글쎄. 현지에서 플래카드라도 들고 있으면 좋을 텐데."

"게다가 지정 장소들이 애매해. 일요일 나카야마 경마장에 사람이 얼마나 많은데. 그냥 나카야마라고만 하면 마누라도 못 찾지 않을까?"

"우선 마누라부터 만들고 말해."

그러자 기타는 시끄럽다고 되받아치고 말을 이었다.

"아마 또 어디론가 불려 갈 것 같아."

"백 명이 다? 그렇게 많은 장소를 찾는 것도 일이겠다."

"그렇기는 해. 게다가 그렇게 해서 손에 들어오는 돈은 겨우 몇백. 도저히 수지가 안 맞는다니까."

수고를 들인 것에 비해 말도 안 되는 액수다.

"혹시 우리를 어디 한곳으로 모으려는 건 아닐까?"

속으로 그럴 수도 있겠다 싶었다. 따로따로 흐트러뜨린 후 다시 한곳에 집합시키는 것이다.

"전부는 아니더라도 동일본, 서일본 이런 식으로. 그럼 액수도 늘어나겠지."

"복잡해지기만 하고 별 장점은 없을 것 같은데."

"멍청한 놈이잖아. 그러지 않았다면 이런 짓은 시작도 안 했어."

"그건 그래" 하고 고개를 끄덕였을 때 열차가 교토역에 정차했다. 가족 단위 관광객으로 붐비는 승강장을 동료 몇 명이 뛰어간다. 나베시마는 속으로 수고하라며 인사를 건넸다. 이곳을 떠나면 다음 정거장은 나고야다. 이제는 나베시마가 동정받을 차례였다.

눈을 감은 친구 옆에서 나베시마는 조금 전 추리를 검토했다. 한 번 흐트러뜨렸다가 다시 불러 모으는 수법.

그렇게 할 이유는 교란 말고는 없을 것이다. 그러나 범인이 운반책을 한곳에 모으면 그것은 그들이 곧 '당첨'이라고 만천하에 알리는 것과 같다. 그중 설령 '낙첨'이 있더라도 경찰 입장에서는 괜찮다. 또 몸값 운반책들은 일반인이 아닌 경찰이다. 모은 돈을 가진 사람이 본부에 알리지 않을 리 없고 그것은 퓨와이트도 알 것이다.

기타의 말마따나 멍청한 자식일까. 왠지 꼼수를 부리는 것 같기도, 완전히 무의미한 짓을 하는 것 같기도 하다. 아니면 우리는 예상 못 할 뭔가 다른 속셈이 있는 걸까.

문득 응원하는 경정 선수를 떠올렸다.

나가타를 좋아하게 된 건 작년 이맘때쯤이다. 계기가 된 시합에서 그는 6번 코스에서 출발해 바늘구멍을 뚫는 듯한 마쿠리를 선보였다. 눈이 번쩍 뜨인다는 게 바로 그런 순간을 뜻할 것이다. 구입한 주권은 쓰레기통에 처박혔지만 나베시마는 흥분했다. 대부분의 예상을 뒤엎고 만주권‡을 만들어낸 그에게 매료됐다.

이번에도 그런 반전이 있을까.

지금쯤이면 슬슬 나가타의 두 번째 시합이 시작될 시간이었다.

4

낮 2시 정각. 퓨와이트가 지시한 목적지에 가장 먼저 도착한 형사에게서 전화가 걸려 왔다. 지정 시간에 딱 맞춰 도착했다. 장소는 만국 박람회 기념 공원 안에 있는 태양의 탑. 백 명의 운반책이 지정받은 장소 중 유일하게 오사카부 안에 있는 곳이다. 그 사실을 아소가 부하에게 전해 들은 건 도착한 형사가 본부에 연락한 지 10분이 지나서였다.

—아무것도 없었다고 합니다.

"아무것도 없다니요?"

‡　배당금이 1만 엔이 넘는 주권.

—일요일이라 관광객이 많은데 그중에 특별히 퓨와이트로 추정되는 인물이나 다음 행선지를 알려 주는 사람은 없었다고 합니다.

　어차피 범인이 제 발로 느긋하게 올 거라고는 생각하지 않았다. 이미 가까운 경찰서에서 형사들이 나와서 잠복 중인 것도 퓨와이트는 알고 있을 것이다. 하지만 다음 지시가 없는 건 이상했다. 이대로 둬서 범인에게 좋을 건 없다.

　애초에 시간과 장소를 정해서 이동하게 한 사람들의 도착을 범인은 어떻게 확인하려는 걸까.

　아소가 그렇게 떠올린 직후 상황이 움직였다.

　—앗, 범인에게서 전화가.

　수화기 너머에서 부하가 중얼거린 순간 띠링 하고 노트북에서 소리가 들렸다. 휴대폰을 귀에 갖다 댄 채 화면을 확인한다.

　—모두에게 전달. 지정 시간까지 현장에서 사진을 찍어서 올릴 것. 장소, 얼굴, 애니웨어콜 봉투가 반드시 찍혀 있어야 함.

　과연. 이런 수법이었나. 꼭 실시간 질의응답처럼 대답이 돌아왔다는 사실에 섬뜩함을 느끼며 아소는 입을 열었다.

　"시키는 대로 하라고 하세요."

　—죄송합니다. 저로서는 어렵습니다. 지금 와타나베 관리관님이…….

　답답했다. 이토록 큰 사건의 지휘를 자신에게 맡길 리 없다고는 생각했지만 반 발짝 뒤처지는 건 역시 속이 쓰렸다.

　"과장님은?"

―계십니다만.

"바꿔 주세요."

―하지만…….

"어서."

잠시 후 수사1과장 센다가 "뭐야?" 하고 불쾌한 것처럼 전화를 받았다.

"아소입니다. 본부로 돌아가게 해 주십시오."

―뭐? 범인 지시는 거기서도 확인할 수 있잖아. 필요 없어.

"제가 본부에 있어야 합니다. 퓨와이트와 직접 소통하는 사람은 저뿐이니까요. 거기 있는 편이 더 유리합니다."

―직접? 무슨 잠꼬대 같은 소리지? 일반인에게 협상을 맡겨 놓고 지금껏 휘둘리기만 한 주제에.

"상황이 그러니 어쩔 수 없었습니다."

―결과가 전부야!

아소는 감정을 집어삼켰다. 센다와 와타나베 관리관은 둘 다 다카노 형사부장과 사이가 좋지 않다.

"그래도 퓨와이트와 가장 가까운 사람은 접니다."

―통화라면 여기서도 듣고 있으니 잔말 말고 자네는 거기를 지키고 있어.

"미쓰미조 경위로 충분합니다."

―그럼 미쓰미조를 이쪽으로 보내. 충분하다면.

아소는 몇 마디 따지려다가 그만뒀다. 어차피 소용없다.

"상황만이라도 조용히 전달해 주시기를 부탁드립니다. 범인에게서 전화가 왔을 때 말이 맞지 않을 수도 있습니다."

—두 번째 실수하면 그때는 아웃이야.

희미한 조롱의 울림. 이런 건 무시할 수 있다.

"부탁드립니다."

—그리고 말하지 않아도 조용히 전달하고 있으니 오버하지 마.

통화 종료.

"올라온 것 같습니다."

미쓰미조의 목소리에 정신을 차리고 노트북 앞으로 돌아가니 펀치파마 머리의 형사가 애니웨어콜 회사용 봉투를 한 손에 들고 허탈한 표정을 짓고 있었다. 뒤로 태양의 탑의 기둥 부분이 비치고 있다.

"얼굴이 이렇게 험상궂어서야 원. 만나면 저도 모르게 체포해 버릴 것 같네요."

"범인 쪽에서도 쉽게 접근하지 못할 인상이네요."

미쓰미조가 히죽 웃었지만 아소는 자신의 말이 전혀 웃기지 않았다. 어쩌면 이렇게 사진을 올리게 해서 퓨와이트가 형사들의 얼굴을 확인하려는 게 아닌가 하는 우려가 들었기 때문이다. 겉모습으로 사람을 판단하는 건 유치한 짓이지만 사진을 보고 쉽게 상대할 만한 사람만 골라서 조준하려는 것일지도 모른다.

"다음 도착 예정은?"

"2시 30분. 와카야마와 교토에 셋, 나라에 둘. 3시에 미에, 나고야⋯⋯"라고 낭독하는 전화 담당 부하를 손으로 제지하고 아소는 시계를 봤다. 2시 20분. 형사들의 사진이 속속 업로드되고 있지만 퓨와이트의 다음 지시는 아직이다. 맨 처음 올라온 펀치파마 머리 형사는 계속 태양의 탑에서 기다리고 있다고 했다.

"간류지마 작전§일까요?"

상대를 애태우려는 걸까. 그렇다면 너무 안일하다. 아무리 애태워도 최소한 날짜가 바뀔 때까지 수사가 끝날 리 없다. 설령 끝난다고 해도 돈을 빼앗길 틈을 줄 만큼 허술하지도 않다.

3시. 띠링, 띠링 소리와 함께 형사들의 얼굴이 계속 업로드됐다. 지금까지 서른 명 정도. 3시 반에 절반, 4시에는 거의 모든 인원이 현장에 도착한다.

범인의 의도를 알 수 없었다. 첫 번째 형사가 도착한 지 벌써 한 시간이 흘렀지만 다음 지시가 없다. 그렇다면 시간을 왜 정했을까. 무의미하지 않은가. 백 명 중 몇 명은 '낙첨'이 틀림없다. 그렇다면 '당첨'의 도착을 범인도 기다리고 있는 걸까. 4시에 도착하는 사람 중에 있을까.

그때 띠링 소리가 났다.

―5번, 10번, 54번, 71번, 92번, 아웃. 나머지 95명.

"뭐야?"

미쓰미조가 눈을 부릅떴다. 아소는 곧장 본부 부하에게 전화를

---

§　에도 시대의 검술가 미야모토 무사시와 사사키 고지로의 대결을 일컫는 말. 미야모토 무사시는 약속 장소인 간류지마에 뒤늦게 나타나 사사키 고지로와 싸워 이겼다고 전해진다.

걸었다.

"무슨 일이죠?"

—시간에 못 맞췄습니다.

두 명은 열차 지연과 교통 체증 때문에 늦었고, 또 한 명은 중간에 길을 잃었고, 다른 두 명은 사진 업로드가 늦어졌다. 스마트폰을 조작할 때 시간이 많이 들었고 위치를 특정할 만한 각도를 찾지 못했다고 했다.

미쓰미조가 "멍청한 놈들" 하고 감정 섞어 내뱉었다.

"이제 어떡할 겁니까?"

본부 직원은 당혹감을 감추지 못한 채 빠르게 대답했다.

—어쨌든 목적지까지 보내서 사진을 업로드하고 대기시킬 거라고 합니다.

바로 다시 돌아오게 할 수도 없는 노릇이다. 범인에게 우리도 열심히 노력하고 있다는 걸 어필하려는 걸까.

하지만. 아소는 또다시 의문을 품지 않을 수 없었다.

다섯 명이 아웃돼 이제 남은 사람은 95명. 이 다섯 명이 정말 탈락이라면 **몸값은 9천 5백만 엔으로 줄어든다.** 그런데도 퓨와이트가 보낸 문자에서는 마치 탈락자가 생긴 상황을 즐기는 듯한 분위기가 느껴지는 건 내 착각일까.

따르릉. 내선 전화가 울렸다. 후치모토의 다급한 목소리가 들렸다.

"왔습니다!"

아소는 응접실을 뛰쳐나갔다.

5

―시모짱. 잘 지냈지?

시모아라치의 등줄기에 식은땀이 흘렀다.

"요, 용건이?"

목소리가 떨리는 게 느껴진다. 옆에서 형사가 무선 모니터링 헤드셋을 끼고 침을 꿀꺽 삼킨다. 손에 든 펜과 필담용 메모지.

―이미 몇 명이 아웃됐어. 경찰은 정말 인질을 지킬 마음이 있기는 해?

옆에서 형사가 적는 글을 시모아라치는 그대로 낭독했다.

"……물론입니다. 인질의 안위가 가장, 중요하고, 물론 지시대로, 움직이고 있으며, 그, 사진? 사진도 제대로 업로드하고 있습니다."

사진? 업로드? 시모아라치는 뭔지 몰라도 어쨌든 필사적으로 짧은 단어들을 연결해 문장으로 만들었다.

―하하. 지금 옆에 형사가 있지? 시모짱이 할 말을 즉석에서 써주고 있는 거야? 뭐 그래도 상관없지만. 그래서, 시모짱은 어떻게 생각해? 경찰은 정말 무라세 아즈사를 진지하게 보호하려고 해?

"물론입니다."

―시모짱은?

"네?"

―시모짱의 마음의 소리가 궁금해.

조롱하는 듯한 말에 말문이 막혔다. 대화를 듣는 형사의 손도 멈춘다.

─얼른 대답해. 앞으로 5초 줄게. 일, 이…….

"잠깐! 잠깐만요!"

─사아암, 사아아아.

누군가가 거칠게 종이에 뭔가를 갈겨썼다. 고개를 들어 보니 조금 전까지 옆에 있던 형사가 아닌 아소라는 책임자가 서 있다. 그가 쓴 종이에는 '나, 걱정'이라고 적혀 있었다.

─오오오오오오…….

"저도! 저도 무라세 아즈사 씨를 걱정하고 있습니다!"

─진짜? 왠지 누가 그렇게 말하라고 시킨 것 같은데.

"아닙니다! 전…… 무라세 아즈사 씨를 좋아합니다."

그러자 상대가 잠시 침묵하더니 잠시 후 봇물 터지듯 웃음소리가 들렸다.

─크하핫. 옆에 셰익스피어 같은 형사님이 있나 보네. 오케이. 시모짱의 고백 덕에 이번 실수는 그냥 넘어가기로 할게. 그런데 다음번은 어떨까? 한 명 늦을 때마다 시모짱의 부끄러운 대사들을 수집해 볼까? 아니면 무라세 아즈사의 몸을 하나씩 잘라 볼까?

"안 돼!"

무심코 그렇게 소리치고 말았다. 아소의 표정이 일그러진다. 그러나 부자연스러운 기계음 목소리의 주인공은 아랑곳하지 않고 계속했다.

─우선 예쁜 귀부터. 시모짱, 형사한테 잘 말해 둬. 시간을 지키지 않으면 마지막은 목이라고.

전화가 끊기자마자 시끄러운 소리가 귀를 때렸다. 오늘 일곱 번째 광고가 시작됐다. 주변 상담원들이 시모아라치를 둘러싼 어수선한 분위기에 눈살을 찌푸리며 "현재 회선이 혼잡한 상황이라······" 하는 뻔한 콜백 토크를 읊고 있다.

"수고하셨습니다."

아소가 어깨를 가볍게 두드렸을 때 몸이 뻣뻣하게 굳었다는 걸 깨달았다. 땀이 주르르 흘러내린다. 목이 바짝바짝 마르고 속이 욱신거렸다.

"이쪽으로."

시모아라치는 부축받듯 아소와 함께 응접실에 가 소파에 주저앉았다. 형사들이 바쁘게 움직이고 있고 잠시 후 후치모토도 불려 왔다. 통화 녹음이 어땠는지 묻는 말이 들린다. 수화기를 든 누군가가 눈에 들어왔다. 멀리서 "직통으로 돌려주세요!"라는 고타니의 외침이 들렸다.

"시모아라치 씨."

그 이름이 자신을 지칭한다는 것을 깨닫기까지 시간이 조금 걸렸다.

"괜찮으신가요?"

내려다보는 아소와 눈이 마주쳤다.

"괜찮을 리 없잖습니까!"

반사적으로 외치고 두 손으로 얼굴을 감쌌다. 어금니가 딱딱 소리를 내며 부딪쳤다.

"진정하십시오. 시모아라치 씨는 최선을 다하셨습니다. 괜찮습니다."

괜찮다고? 괜찮기는 무슨. 그 자식은 무라세 아즈사의 몸을 자르겠다고 했다. 귀를…….

귀를 만진다. 호흡이 거칠어졌다.

"왜 늦은 겁니까? 도대체 무슨 상황이에요!"

영문도 알지 못한 채 소리쳤다. 늦었다는 의미조차 자신은 알지 못했다.

"일단 심호흡을."

"자, 이걸."

만두귀 형사가 생수병을 내밀었다. 뚜껑을 따서 목구멍에 물을 흘려보낸다. 다시 역류할 것 같아 배에 힘을 줬다.

"형사님. 시모치는 더는 무리입니다. 제가 대신해도 될까요?"

옆에 서 있던 후치모토가 아소에게 제안했다.

"대신할 수만 있다면 제가 대신할 겁니다. 심정은 이해하지만 범인이 지시한 이상 어쩔 수 없습니다. 지금 협상 창구가 바뀌면 협상이 아예 결렬될지도 모릅니다."

귀……. 또다시 그 단어가 머리를 스쳤다. 그리고 마지막은 **몸**이라는 말도.

"시모아라치 씨. 시모아라치 씨도 현재 상황을 알고 계셔야 합니

128

다. 설명해 드리겠습니다."

"저도 들어도 될까요?"

후치모토가 또다시 아소에게 부탁했다.

"아시겠지만 정보 유출은 금지입니다. 언젠가 재판정에 서게 되실지도 모릅니다."

"네. 알겠습니다."

후치모토는 물러서지 않았다. 그 모습을 보며 시모아라치는 무라세 아즈사의 귀와 목을 떠올렸다.

옆으로 퍼진 귀여운 귀였다. 큰 귓불과 어우러져 나비 날개를 연상케 했다. 약간 길고 하얘서 투명한 목도 아즈사의 특징이었다.

그 귀를……

"그전에 휴식 시간을 어떻게 할지부터 정해 주십시오. 더 이상은 어렵습니다."

예정된 3시가 이미 지났다. 마침 광고가 나와서 대응에 쫓기느라 신경을 못 쓰고 있지만 30분만 지나면 그것도 끝이다. 퇴근할 사람도 있다.

"후치모토 씨. 그건 불가능합니다. 지금 여기 계신 분들을 밖에 내보낼 수 없습니다."

"그럼 저분들께도 상황을 설명할 수밖에 없습니다. 지금 저희도 최대한 협조해 드리고 있으니 형사님들께서도 한 발짝만 양보해 주십시오."

아소가 입을 다물었다. 그러나 후치모토를 바라보는 표정에서 당혹감 같은 건 티끌만큼도 보이지 않는다. 두 사람의 대결이 시모아라치의 눈에는 멍청하게 비쳤다.

"후치모토. 고타니한테 가서 인원수만큼 밥을 사 오라고 해. 이 안에서 먹으면 돼."

"센터 안에서? 그건."

"사규 때문에 금지? 엿이나 먹으라고 해. 지금 그런 걸 따질 때야?"

시모아라치는 발끈해서 소리쳤다. 그리고 회사용 휴대폰을 꺼내 들이밀었다.

"형사님. 형사님이 저희 야나기 부장한테 대신 말씀 좀 해 주십쇼."

아소의 대답은 빨랐다.

"물론입니다. 식사를 사러 가실 때 저희 인원도 함께 보내겠습니다."

전화를 받은 야나기는 처음에는 꺼리는 듯했지만 금세 마음을 바꿨다. 퇴근조는 형사들이 옆에 붙어서 함께 가기로 했는데 아마 차 안에서 입막음을 단단히 할 것으로 보였다.

"나중에 문제 될 수도 있어."

"나중? 문제라면 지금 이미 되고 있어."

후치모토는 불안한 얼굴로 "그건 그래"라고 중얼거렸다.

될 대로 되라지. 시모아라치는 그렇게 생각했다. 현실감이라곤 없다. 무라세 아즈사의 얼굴을 떠올리려고 하지만 초점이 맞지 않는 것처럼 상이 맺히지 않는다. 나비 날개 같은 귀만 묘하게 선명하게 그려졌다.

"그럼 상황을 설명해 드리겠습니다."

아소의 목소리가 왠지 아득하게 들리는 듯했다. 무라세 아즈사는 이제 돌아오지 못할 거라는 생각이 문득 머리를 스쳤다.

6

아이치현 나고야시 히가시구 히가시사쿠라 1번지. 낮 3시. '물의 우주선'이라 불리는 기괴한 모양의 전망대 아래에 지하도로 연결되는 거대한 계단이 있다. 그곳을 필사적으로 뛰어 내려가는 나베시마의 하체는 비명을 지르고 있었다. 근육통 정도면 괜찮지만 극심한 허리 통증은 정신력으로 감당할 수준이 아니다. 조금만 더 버텨 달라고 기도하며 지하 광장에 도착하고 나서 시끌벅적한 분위기에 안도했다. 아이를 동반한 가족이 대부분이다. 정면 무대에서는 여섯 색깔의 히어로들이 마지막 포즈를 취하고 있다. 박수가 터졌다.

"죄송합니다. 사진 좀 찍어 주시겠습니까?"

근처의 아이 아버지처럼 보이는 남자에게 고개를 숙였다. 40대로 추정되는 그는 처음에는 수상쩍은 듯이 나베시마를 봤다. 숨을 헐떡이며 히어로 쇼 사진을 찍고 싶어 하는 양복 차림의 중년 남자. 경계하지 않을 리 없다.

"딸에게 자랑하고 싶어서요."

그러자 남자의 표정이 밝아졌다. 그는 품에 안은 아이를 내려놓고 나베시마가 내민 휴대폰을 받아 들었다.

"저, 간판과 이 봉투가 함께 나오게 찍어 주실 수 있을까요?"

나베시마의 요청에 남자가 또다시 얼굴을 찌푸리며 셔터를 눌렀다. 이제 와서 거절할 수도 없을 것이다.

"고맙습니다. 사실 오사카에서 출장을 왔는데 이 히어로 쇼 시간에 맞출 수 있을지 딸과 내기를 해서요."

그렇게 말하며 손을 움직여 사진을 SNS에 업로드한다. 3시 5분. 이 정도는 세이프로 해 줘.

"간신히 제가 이긴 것 같네요."

"화목해 보이십니다. 저희 집사람은 아이를 저한테 떠넘기고 혼자 느긋하게 쇼핑 중인데."

"저로서는 부럽습니다. ……그런데 요즘은 저런 데 나오는 히어로가 여섯 명이나 되나요?"

남자는 "그런 것 같네요" 하며 곤란한 듯이 어깨를 으쓱했다. 나베시마가 어릴 때만 해도 히어로라고 하면 홀로 바이크를 타고 외롭게 악과 싸우는 존재였다. 현대판 정의의 사도들은 훨씬 많은 혜택을 누리고 있다.

쇼가 끝나자 관람객이 하나둘 사라졌다. 사진을 찍어 준 남자도 나베시마에게 인사를 건네고 떠났다. 그의 품에 안긴 아이가 손을 흔들어서 나베시마도 미소 지으며 손을 흔들어 줬다.

숨을 고르며 SNS를 확인했다. 새 지시는 없다. 타임라인에 같은 처지인 남자들의 얼굴 사진이 줄줄이 표시된다. 모두 관광지 특유의 분위기와는 한참 거리가 먼 찌푸린 표정이고 땀에 흠뻑 젖은 게 사진으로도 느껴졌다. 남의 일이 아니다. 애니웨어콜 봉투를 든 사진 속 남자는 해외 영화 등에서 자주 본 전형적인 용의자의 모습이었다.

근처에 있는 벤치에 앉았다. 주변을 둘러보니 몇 명인가 눈에 띄는 사람이 있다. 가까운 경찰서 형사가 틀림없고 멀리서 자신을 감시하는 중으로 보였다. 나베시마는 속으로 '고생이 많군' 하고 그들을 동정했다. 그들도 나베시마를 보며 비슷하게 느낄 것이다.

긴장이 풀리자 조금 전 만났던 아버지와 아이의 모습이 다시 떠올랐다.

딸일까.

나이는 두 살 정도 됐을까. 외모로 성별을 구분할 수 없는 나이다. 어쨌든 앞으로 귀여운 아이로 자랄 것 같다는 느낌이 들었다. 분명 엄마를 닮았을 것이다.

모미지도 엄마를 닮았다. 조신하고 사랑스러운 후미에의 모습을 그대로 물려받았다.

후미에와는 중매결혼이었다. 서른이 넘었을 때 평소 나베시마를 잘 챙겨 주던 상사의 권유로 만났고 별다른 갈등 없이 1년 정도 사귀다가 결혼에 골인했다. 지극히 자연스러운 흐름이었다. 드라마틱한 사건 같은 건 없었고 그렇다고 애정이 없었던 것도 아닌, 처음부터 만나야 할 두 사람이 만난 듯한 느낌이었다. 남의 일처럼 말하지만 나베시마는 그렇게 느꼈다. 자신은 후미에를 사랑한다고 실감했다. 그로부터 1년 후 모미지가 태어났다. 이름은 후미에가 지었다. 가을에 태어났으니 모미지[*]. 진부하지만 나베시마는 잘 어울리는 이름이라고 생각했다. 행복했다. 형사라는 직업을 가진 것치고 평온한 삶이었다. 그로부터 10년이 지날 때까지 겉으로는 극적인 사건 같은 건 일어나지 않았다.

그날, 후미에가 집에 돌아오지 않은 날 밤까지는.

띠링.

사색을 차단하는 불길한 소리에 나베시마는 몸을 움찔했다. 부랴부랴 문자 메시지를 확인했다.

'5번, 10번, 54번, 71번, 92번 아웃. 나머지 95명.'

한 번 더 번호를 확인했다. 66번이 없는 것을 보며 안도한다. 그러고 나서 '정말?' 하고 생각했다. 자신이 아직 퓨와이트의 손에 들린 패 중 하나라는 게 다행인지 불행인지 알 수 없었다.

7

'1번, 6번, 24번, 42번, 64번, 81번 아웃. 나머지 89명.'

4시에 여섯 명이 더 탈락했다. 마치 생명의 카운트다운 같다. 운

---

[*] 일본어로 '단풍'을 '모미지'라 읽는다.

반조 형사들이 하나둘 탈락할 때마다 무라세 아즈사의 죽음이 다가오고 있다. 말 그대로 게임이다. 범인이 피해자의 안위에 관심이 없다는 예상이 틀리지 않을 수도 있다.

"대체 뭘 하려는 거야?"

짜증 섞인 미쓰미조의 목소리에 내심 고개를 끄덕였다. 그렇다. 대체 뭘 하고 싶은 건지 알 수 없다. 형사들을 최대한 많은 곳에 흩뿌려서 수사를 교란할 작정이라면 그들을 아웃을 시키는 건 역효과일 뿐이다. 시간에 맞추든 못 맞추든 다음 지시를 내리면 된다. 그러면 늦게 도착한 이들도 당황해 다음 장소로 향할 것이다. 그 이동에 맞춰 경찰은 또 인력을 움직여야 하니 그야말로 혼란을 야기할 만한 절호의 기회도 만들어진다.

본부는 현재 상황을 11명이 아웃된 게 아닌 89명으로 좁혀졌다고 생각할 것이다. 그것은 아소도 마찬가지다.

범인을 과대평가하는 건 위험하다. 특히 퓨와이트는 쾌락범일 가능성이 크니 그의 행동 하나하나를 이성적으로 평가하는 게 소용없을지 모른다. 하지만.

"과장님, 나왔습니다."

애니웨어콜의 부장이 가져다준 무라세 아즈사의 이력서를 확인했다. 현 주소는 오사카시 고노하나구. 채용 당시 나이 22세. 사진 속 인물은 퓨와이트의 편지 속에 있던 인물과 동일 인물로 추정됐다. 자격은 보통 면허증 하나. 지원 동기란에는 '타인과 소통하는 걸 좋아합니다'라고 각진 글씨로 적혀 있었다.

주목할 만한 건 약력 정도다. 최종 학력은 돗토리현에 있는 고등학교. 그리고 이전 직장란에는 '사회 복지 법인 커뮤니케어'라는 이름. 이력서를 믿는다면 무라세 아즈사는 고등학교 졸업 후 곧장 오사카에 와서 취업 후 3년 만에 퇴사했다.

"무라세 아즈사 씨의 이전 직장에 대해 들으신 게 있습니까?"

시모아라치에게 물었다. 초췌한 얼굴의 그는 멍한 눈빛으로 아소를 보며 고개를 가로저었다.

"사적인 이야기를 하는 사이가 아니었습니다. 딱히 수다스러운 성격도 아니었고요."

연예계에서 일하는 사실조차 몰랐으니 당연할지 모른다. 지금 본부에는 무라세 아즈사가 소속돼 있다는 연예 기획사의 부사장이 와 있다. 비슷한 질문이 오갈 것이다.

"인간관계 같은 것도 전혀 모르십니까?"

"모릅니다."

"이 안에서 특별히 친했던 동료분은?"

시모아라치는 힘없이 고개를 흔들었다.

"그래서 네가 안 되는 거야."

대뜸 옆에서 야나기라는 부장이 목소리를 높였다.

"상담원들과의 소통도 관리자의 임무라고 입에 침이 마르도록 강조했건만. 회사 안에서 친한 사람 한 명도 모른다니."

상사의 비난에 시모아라치는 냉소로 반응했다.

"뭐야? 그 태도."

"부장님. 시모아라치 씨는 지금 극도의 긴장 상태입니다. 그런 지적은 나중에 하셔도 됩니다."

그러자 야나기의 분노가 중재에 나선 아소에게 향했다.

"경찰도 이제 슬슬 적당히 해 주시지 않으면 곤란합니다. 무라세 아즈사가 우리 아르바이트생이었던 건 맞지만 최근 계속 무단결근을 해서 원래라면 계약 해지였어요. 더 이상 뒤를 봐줄 이유가 없습니다."

"지당한 말씀입니다만 역시 인명과 관련된 상황이라 협조를 구하지 않을 수 없습니다."

"협조하고 있잖습니까. 저희 업무에 지장을 끼치면 곤란하다는 말입니다. 센터에 외부인을 들이는 것으로 모자라 먹고 마시고 아주 난장판 아닙니까. 거기에 저희에게 책임까지 떠넘기시면 안 되죠."

"책임 전가 같은 건 하지 않습니다. 오히려 귀사의 헌신적인 협조에 감사하고 있습니다."

"형사님께 칭찬 들어 봐야 소용없습니다. 만약 기자가 냄새를 맡고 들이닥치기라도 하면 이 피해는 어디에 청구해야 할까요?"

범인을 고소하면 된다. 아소는 그런 정론을 집어삼켰다.

"어쨌든 사건 해결이 최우선입니다. 이번 사건이 잘 해결되면 회사 평판이 더 좋아질 겁니다. 그렇지 않을까요?"

"그때는 기자 회견이라도 할까요?"

비꼬는 말투에 본심이 숨어 있다. 비열한 납치범과 맞서 싸운 콜센터장이 되어 카메라 플래시 세례를 받는 망상이라도 떠올린 걸까.

마음대로 해. 어차피 자신과는 상관없는 이야기다.

"……종알종알 종알종알. 정말 시끄러워 죽겠네."

그때 목소리가 들려서 돌아보니 시모아라치가 몸을 덜덜 떨며 입을 움직이고 있었다.

"뭐? 이봐, 자네, 지금 뭐라고 했어?"

"시끄럽다고 했어. 회사니 평판이니, 계속 방해할 거면 그냥 집에 가 버려."

옅게 그을린 야나기의 얼굴이 순식간에 새빨개졌다.

"자네, 지, 지금, 누구 앞에서 그런 망발을……."

"부장님."

"시모아라치 씨도 그만."

미쓰미조가 중재에 나섰지만 시모아라치는 멈추지 않았다.

"업무에 지장을 끼친다고? 무슨 지장을 어떻게 끼쳤는지 말해 봐! 후치모토와 고타니가 저렇게 열심히 일하고 있는데!"

"시끄러워! 자네가 회사에 대해 뭘 안다고!"

"많이 알아서 좋겠수다. 거들먹거리기는."

"두 분 다 그 정도로 하십시오."

미쓰미조가 배 속에서 울리는 듯한 걸걸한 목소리로 두 사람을 제지했다.

"부장님은 일단 다른 곳에서 대기 부탁드립니다. 언제 또 도움이 필요할지 모르니."

미쓰미조의 으름장에 야나기도 더 이상 반박하지 못하고 부하를 힐끔거리며 응접실을 나갔다.

"시모아라치 씨도 열 좀 식히세요."

미쓰미조가 시모아라치의 얼굴을 보며 조언했다.

"순간적인 감정을 토해내는 건 좋지 않습니다. 지금껏 이런저런 사건을 다뤄 봐서 아는데 그 어떤 끔찍한 사건도 그것 하나로 모든 게 끝나지 않습니다. 사건 이후에도 삶은 계속됩니다."

시모아라치의 눈길이 미쓰미조를 향했다.

"아시겠습니까? 그러니 여기서 모든 걸 소진하시면 안 됩니다."

시모아라치는 힘없이 고개를 끄덕였다.

"자, 가서 세수라도 한번 하고 오세요."

시모아라치가 전화 담당 부하와 함께 나가자 미쓰미조는 한숨을 푹 쉬었다.

"피곤하네요."

"훌륭하십니다."

"네?"

"저는 절대 그렇게 못 할 겁니다. 똑같은 말을 해도 설득력 면에서 전혀 달라요."

"나이 때문이겠죠. 그리고 주임님은 너무 고지식한 면도 있고."

비꼬는 느낌은 아니었다. 미쓰미조는 역시 자신의 부족한 부분을 채워 주는 훌륭한 부품이다.

"다만 저분을 밖에 보낸 건 경솔한 선택이었습니다. 퓨와이트에게서 연락이 올 수 있는데."

"지난번에는 지정 시간 직후였죠. 이번에는 아마 안 올 것 같습니다."

"예단은 위험합니다."

미쓰미조는 "그건 그렇죠" 하고 고개를 끄덕였다.

"하지만 지금 상태가 더 위험하다고 판단했습니다. 멋대로 행동해서 죄송합니다."

"아뇨. 그 판단이 옳습니다."

미쓰미조는 쓴웃음을 지었다. 의견을 수시로 바꾸는 상사에게 실망했을지도 모르지만 이번에는 정말 미쓰미조가 옳았다. 그뿐이다.

"그런데 아웃 말고는 다른 말이 없는 걸 보면 이 퓨와이트라는 놈은 대체 무슨 생각을 하는 걸까요."

아웃에 페널티가 없으면 긴장이 풀릴 수 있다. 아니면 퓨와이트는 오히려 형사들이 제때 도착하지 않기를 바라는 걸까.

띠링.

그때 도착한 문자가 아소의 추리를 뒤엎어 버렸다.

ー다음은 목.

무미건조한 글에 첨부된 사진에는 잘린 귀의 살점이 찍혀 있었다.

8

거울에 비친 얼굴을 보면서 놀랐다. 얼굴이 핼쑥하고 눈도 충혈
돼 있다. 몸은 여전히 조금씩 떨린다. 비단 사건 때문만은 아니라 야
나기에게 내뱉은 폭언이 떠올라 속이 쓰렸다.

해고될까.

해고까지는 아니더라도 징계는 피할 수 없다. 완고한 상사들 중
야나기는 그나마 배려심과 융통성이 있는 편이다. 인간적으로도 매
력 있지만 상하 관계에는 예민하다. 고등학교, 대학교에서 럭비를 해
온 그는 태생부터 운동선수 스타일이었다.

시모아라치는 초등학생 때부터 검도를 했다. 평범한 일반 학교
의 취미용 동아리였으니 야나기처럼 선후배 간의 끈끈한 정을 중시
하는 문화는 없었지만 그런 분위기가 익숙하기는 했다.

이 나이가 돼서야 무도가 강인한 정신력을 형성하는 데 반드시
도움 되지 않는다는 걸 깨닫게 될 줄이야.

지금 자신은 냉정함이 결여돼 있다. 혼란의 극치에서 무턱대고
죽도를 휘두르고 있다. 원인은 위협이다. 공포에 꺾인 인간이 조급
하게 구는 건 당연하다.

세수를 두 번 했다. 호흡을 가다듬으며 '시합인가'라고 떠올렸다.

이것은 시합이다. 범인과 나의.

취미로 배우기는 했어도 지는 건 싫었다. 부족한 실력과 노력을
본선에서 정신력으로 극복해 왔다. 지고 싶지 않다는 일념 하나로 강

팀 상대를 꺾은 적도 있다. 운도 작용했겠지만 그것을 부른 건 나 자신의 의지가 틀림없다.

첫 번째, 두 번째, 세 번째 시합까지 지금껏 상황 파악도 제대로 못 하고 산산이 패배하고 있다. 단체전이라면 이미 오래전에 승패가 정해졌을 것이다.

나는 패배한 걸까. 아니다.

이 시합은 중간에 끝나지 않는다. 끝까지 포기하지만 않으면 승리할 수도 있다.

세 번째 물을 얼굴에 끼얹었다.

침착해라. 상대 호흡을 읽어라. 상대가 뭘 원하고 뭘 원하지 않는지, 나는 뭘 할 수 있고 뭘 할 수 없는지. 냉정하게 전황을 파악하라. 그리고 최선을 다한 혼신의 일격을.

지금은 무라세 아즈사를 생각하지 마라. 회사도. 야나기 앞에서 심한 말을 했다. 만두귀 형사의 말처럼 앞으로 삶이 계속된다고 해도 애니웨어콜 안에서의 미래는 기대할 수 없다. 그렇다면 단칼 공격으로 적에게 작은 상처 하나쯤은 입히고 싶다.

"괜찮으십니까?"

복도에 서 있던 형사가 얼굴을 들이밀며 물었다.

"네. 괜찮습니다."

다음번 범인에게서 전화가 오면 그때는 단칼 공격을. 시모아라치는 거울 속 자신과 눈싸움하며 그렇게 다짐하고 발걸음을 돌렸다.

응접실 분위기를 보니 사태가 움직이고 있다는 게 느껴졌다. 아소가 긴박한 얼굴로 노트북을 들여다보고 있고 미쓰미조는 옆에서 분주하게 펜을 움직이고 있다.

"무슨 일이 있었나요?"

시모아라치가 묻자 아소는 시모아라치를 보지도 않고 입을 뗐다.

"다음 지시가 내려왔습니다. 다만……."

평소 침착한 그의 얼굴에 당혹감이 떠올라 있다.

"대체 뭘 하려고……."

어깨 너머로 화면을 들여다본다. 아소는 시모아라치를 제지하려다 곧 다시 손을 내렸다. 정보를 숨기는 게 득이 되지 않는다고 판단한 듯했다.

모니터에는 운반조 형사들에게 붙은 숫자가 나열돼 있었다. 그리고 몇 가지 지명이 눈에 띄었다.

'이온 시네마 후쿠오카', '무빅스 구라시키', '신주쿠 피카딜리'.

"이게 뭐죠?"

"운반조의 행선지입니다. 전국 67곳. 오후 6시 30분 시작 전까지 극장 안으로."

"극장? 영화 말입니까?"

"아뇨. 콘서트입니다."

또다시 의문을 제기했다.

"콘서트라니. 여긴 극장들 아닙니까?"

"네. 라이브 뷰잉입니다."

그제야 시모아라치는 '아, 그렇구나' 하고 이해했다. 극장에서 실시간 콘서트를 상영하는 이벤트다.

"오늘 밤 '이토헨'이라는 아이돌 그룹의 라이브 뷰잉 상영회가 열린다고 합니다."

그런 곳에 형사를 보낸다?

"실제 공연 장소는 오사카 교세라 돔입니다."

도무지 상황이 이해되지 않아 바로 조금 전의 단칼 공격 결의가 흔들릴 뻔했다.

9

오후 5시를 앞두고 나베시마는 또다시 뛰고 있었다. 휴대폰에 온 지시 목록을 훑어보니 다음 목적지는 전부 극장이다. 전국 도처 방방곡곡의 극장 이름이 나열돼 있었다.

'66번, 우메다 부르크7.'

처음에는 '왜?'라고 의아해했다. 지금 자신이 있는 나고야에도 극장이 두 곳 있다. 그런데 왜 하필 오사카로 가라고 하는 걸까. 이유는 금방 알 수 있었다. 제한 시간에 아슬아슬하게 도착할 만한 장소를 지정한 것이다. 인질의 것으로 추정되는 귀 사진도 방금 확인했다. 생각할 시간도 아깝다. 어쨌든 지상으로 뛰어 올라가 택시를 잡아탔다. 저녁이 가까워져 도로는 혼잡했다. 도중에 내려 다시 뛰었다. 나고야역 신칸센 티켓 판매소로. 티켓을 사서 승강장으로. 온몸이 비명을 내질렀다. 폐가 터지기 일보 직전이었다. 신칸센 좌석에 앉아 간신히 한숨 돌리고 퓨와이트의 지시를 한 번 더 확인했다.

총 67개 장소. 간토에서 규슈까지 골고루 흩어져 있다. 남은 인원이 89명이니 22명이 중복되는 줄 알았는데 그렇지는 않은 듯했다. 지시를 못 받은 사람이 22명 있고 그중에는 기타의 번호도 있었다.

나고야에서 오사카로 보내진 자신처럼 주부 지역 사람은 간토로, 간토 지역 사람은 주부로, 규슈 지역 사람은 주부로, 규슈 지역 사람은 주고쿠로 보내지는 듯했다. 지시에 고분고분 따르지 않고 그냥 가까운 극장으로 가면 좋을 텐데 하는 생각도 들었지만 이미 모든 운반조의 얼굴 사진이 업로드됐다는 걸 깨달았다. 새삼 치밀하다고 느꼈다.

하지만, 극장이라니.

이번에는 또 뭘 시키려는 걸까. 이번에도 또다시 탁구공처럼 어딘가 다른 곳에 보내질까.

피로로 녹초가 된 몸이 겨우 정상 궤도로 올라올 무렵 신오사카에 도착했다. 역을 뛰쳐나간다. 우메다 부르크7까지는 지하철로 가도 30분이 걸린다. 아무리 짧게 계산해도 아웃이다. 또 그 귀 사진이 뇌리를 스쳐 갔다.

쓰레기 같은 새끼.

처음으로 명백한 분노가 치밀었다. 어쩌다 휘말려 버린 이 부조리한 장애물 경주는 의심할 여지 없이 범죄다. 용납할 수 없다. 기껏해야 스물 남짓한 여자의 귀를 자르는 만행은 몇 번을 다시 죽어도 갚을 길 없는 중죄다.

지하철을 타고 가며 심호흡을 했다. 감정이 격해지면 실수를 한다. 지금은 어쨌든 시키는 대로 극장에 가자.

우메다에서 내려 목적지로 향했다. 그 길에 띠링 하고 휴대폰이 울렸다. 서둘러 화면을 확인한다. 오늘 몇 번째인지 모를 "어?" 하는 얼빠진 소리가 입에서 새어 나왔다.

스물두 명의 대기조에 보내진 지시는 다음과 같았다.

'그 자리에 몸값을 놓고 철수.'

기타의 얼굴이 떠올랐다.

10

"이런 미친 자식 같으니."

미쓰미조의 화난 목소리가 들렸다.

"본부는 대체 뭐 하고 있는 겁니까? 이런 지시를 따른다고요?"

"따르지 않을 겁니다. 어디까지나 '척'하는 거죠."

운반책들은 장소를 벗어나지만 감시는 계속된다. 당연한 조치다.

"범인이 찾아올 거라 보십니까?"

"아뇨. 다만……."

거기까지 말했을 때 전화벨이 울렸다.

"본부입니다."

아소는 수화기를 앗아 들었다.

"네. 아소입니다."

―주임님. 나타났습니다.

"네?"

―도쿄입니다. 운반책이 내려놓은 애니웨어콜 봉투를 웬 젊은 남자가 주워서 지금 달아나는 중입니다.

'설마' 하고 생각했다.

"추적은?"

―뒤쫓고 있습니다. 그런데 사람이 너무 많아서…….

"과장님을 바꿔 주십시오."

과장이 곧장 전화를 받았다.

―뭐야? 지금 바빠.

"신병을 확보해 주십시오."

―뭐?

센다는 노골적으로 불쾌감을 드러냈다.

―지금 잠꼬대하나? 인질의 안위도 모르는 상황인데 미행하면서 동료들의 합류를 기다리는 게 상식 아니야?

"그 남자는 가짜입니다."

―어떻게 그렇게 단언하지?

어떻게?

이유. 그리고 논리적 증거.

"어쨌든 붙잡아야 합니다."

—말도 안 되는 소리 하지 마.

"……아즈미 마사히코 씨의 허락은 받았습니까?"

몸값을 가져왔다는 연예 기획사 사장의 이름이 절로 입에서 튀어나왔다.

—부사장이 허락했어.

"아즈미 씨와는 연락이 되지 않나 보군요. 그렇다면……."

함부로 움직여서는 안 된다.

—부사장에게 전권을 준다고 하지 않았나?

그렇다. 아즈미 마사히코가 그렇게 말했다고 본부에 전한 사람은 자신이다. 그래도.

"그를 붙잡아야 합니다. 그래야 범인에게서 또다시 연락이 올 겁니다. 그렇게 만들어야 합니다."

—이번에는 잘린 머리 사진을 보고 싶은 건가?

대답할 수 없었다.

—자네는 그냥 잠자코 있…… 뭐? 뭐라고?

"무슨 일입니까?"

대답이 없다. 아소는 이를 악물었다. 속으로 '냉정해지자'라고 되뇌었다.

얼마 후 부하 직원의 목소리가 들렸다.

—교토에서도 봉투를 가져갔다고 합니다.

"뭐?"

―그리고 지바, 시즈오카. 아, 조금 전 태양의 탑에서도…….

대체 뭘까. 무슨 일이 벌어지고 있는 걸까.

―봉투를 훔친 범인이 도주 중입니다. 현재 추적 중.

"잡아. 그들을 잡아야 해."

―하지만.

"자네가 대신 전해 줘. 서두르라고."

―그건…….

소용없다. 소용없지만 이대로 포기해도 되는 걸까.

―죄송합니다. 일단 끊겠습니다.

아소의 대답을 듣지도 않고 전화가 끊겼다.

"주임님?"

미쓰미조와 시모아라치가 불안한 얼굴로 아소를 봤다.

"범인이 나타났습니다. 철수조가 둔 봉투를 들고 가서 감시 중이
던 인원들이 추적 중이라고 합니다."

미쓰미조는 "몇 명입니까?"라고 즉시 물었다.

"형사 말입니까? 아니면 범인?"

"당연히 범인이."

진정해. 아소는 자신에게 다시 지시했다.

"전해 들은 건 다섯 명입니다. 하지만 이미 다른 곳에서도 비슷
한 일이 일어나고 있을지 모릅니다."

"저희는 안중에도 없는 걸까요."

자존심에 상처가 나는 건 상관없다. 그러나 수사에 혼선이 생기

는 상황에 화가 났다.

"가짜일 겁니다. 진짜 범인은 따로 있습니다."

미쓰미조가 단언했다. 아소도 그렇게 판단했다. 가짜다. 틀림없다. 확신이 있었다.

그러나 논리적으로 생각을 정리하기도 전에 전화기 앞에 있던 부하가 "주임님!" 하고 소리쳤다. 그의 손에 스마트폰이 들려 있다.

"이걸."

그가 내민 스마트폰 화면에 보이는 건 나카야마 경마장을 이용하는 사람들이 모인 커뮤니티 사이트였다. 그 아래에 사진이 첨부된 글이 보였다.

'스페셜 이벤트! 봉투를 주운 분께 봉투 속 백만 엔을 드립니다!'

봉투 사진은 형사가 도착 당시에 찍어서 업로드한 것이다. 수사1과 형사인데 이름이 기타라고 했다.

"태양의 탑 쪽도 찾아봐 줘."

얼마 지나지 않아 똑같은 내용의 글이 커뮤니티 게시판에서 검색됐다.

"이곳만이 아닙니다. 각종 게시판과 SNS에서 정보가 확산되고 있습니다. 아, 이건⋯⋯."

'오사카의 아이돌 아즈짱이 납치 중.'

"제기랄!"

미쓰미조가 주먹으로 탁자를 내려쳤다. 게시글에는 온몸이 꽁꽁 묶인 무라세 아즈사의 사진이 첨부돼 있었다.

"본부에……."

그 순간 띠링 소리가 울렸다. 굳이 확인할 것도 AZ에게서 온 메시지였다.

'모두에게 전한다. 극장 좌석 번호와 백만 엔이 든 봉투를 찍어서 19시까지 업로드한 후 극장을 떠날 것.'

"'이토헨' 팬 사이트!"

아소는 그렇게 소리치고 직접 노트북 키보드를 두드렸다. 예상대로다. 이곳에도 백만 엔 경품 이벤트를 알리는 글이 적혀 있었다.

'자세한 사항은 공연 시작 후! 행복은 선착순입니다YO.'

온몸에서 핏기가 가시는 게 느껴졌다. 이 정신 나간 축제에 편승하는 바보들은 반드시 나오기 마련이다. 만약 그중 진짜 범인이 있다고 가정해도 그가 누군지 밝힐 수 있을까. 아니, 애초에 진짜 범인이 이 백만 엔을 가지러 오기는 할까.

바로 조금 전만 해도 돈을 가져간 이들이 가짜라고 판단했다. 몸값을 갈취하는 방식이 지금까지 보여 준 퓨와이트의 수법과 달리 너무 허술했기 때문이다.

그러나 이제는 또 다른 가능성이 머리를 지배하기 시작했다.

이 녀석은 **진정한 미치광이가 아닐까.**

생각이 정리되지 않았다. 이런 적은 처음이다.

"주임님. 본부에 연락을."

미쓰미조의 말에 "아, 네" 하고 몸을 일으키는데 이번에는 따르릉 하는 전화벨 소리가 울렸다. 내선 전화기 앞으로 가장 먼저 달려간 사람은 시모아라치였다.

"네, 시모아라치…… 알겠어. 지금 바로 갈게."

아소를 바라보는 시모아라치의 얼굴이 창백했다.

"그 자식입니다."

오후 6시 10분.

11

—귀는 봤나?

"귀?"

배에 힘을 집어넣고 임한 네 번째 시합. 첫 번째 공격으로 던져진 수수께끼 같은 말에 시모아라치는 자세가 흐트러지는 걸 느꼈다.

상대는 곧 다시 공격 각도를 바꿨다.

—메시지를 다시 읽어 줄게. 제한 시간까지 사진을 업로드한 형사들은 그 즉시 극장을 떠날 것. 어때?

"잠깐만요. 무슨 말인지 잘 모르겠습니다."

—시모짱은 몰라도 돼. 자, 옆에 있는 형사 양반. 얼른 부하들에게 지시해. 괜히 영웅심에 취해서 우쭐하다가는 돌이킬 수 없게 될 거야.

퓨와이트는 시모아라치를 넘어 통화를 감청 중인 형사에게 직접 말을 건넸다. 일대일 시합을 기대했는데 결국 자신은 고장 난 교환기에 불과한 걸까.

─알겠지? 7시까지 몸값을 좌석에 놓고 사진을 찍어서 업로드. 그 뒤 곧장 철수하는 거야.

"잠깐만요."

─티켓이 매진됐다거나 그런 핑계는 인정 못 해. 국가 권력이든 뭐든 총동원해서 극장에 꼭 들어가. 공연 끝나면 내가 다시 메시지 보낼게. 그때까지 관객들에게 손을 뻗는 건 금지. '이토헨'의 첫 전국 공연 생중계라고. 방해는 용서하지 않아.

"잠깐만요!"

─무슨 일이 생기면 즉시 인터넷에 소식이 올라올 텐데 그럼 게임 오버야. 아까도 말했듯 모든 건 경찰 때문이라는 글과 함께 무라세 아즈사의 살점이 언론사에 보내질 거라고. 나도 그러기 귀찮으니 모쪼록 그런 상황을 만들지 말아 줘.

"이보세……."

그때 누군가가 시모아라치의 어깨에 손을 얹었다. 아소가 고개를 흔든다. 더 이상 말하지 말라는 뜻이다.

─모든 일을 성공적으로 끝마치면 무라세 아즈사가 지금 감금된 장소를 알려줄게. 의심하겠지만 이 약속은 반드시 지킬 거야. 예정 시각 22시. 귀는 얼음물에 담가 놓고 있으니 다시 붙일 수 있을지도.

"잘랐어?"

아소가 어깨에 얹은 손에 힘을 넣었지만 시모아라치는 무시했다.

"무라세 아즈사의 귀를 잘랐어?"

─응? 몰랐어? 이것도 다 경찰 때문이야. 규칙을 지키지 않았거든. 규칙을 지키지 않으면 페널티를 줘야지. 유치원생도 이해할 만한 상식 아닌가?

귓가에서 "시모아라치 씨……" 하고 말리는 목소리가 들렸다. 시모아라치는 그것을 무시하는 것으로 모자라 어깨에 있는 손을 아예 떼어냈다.

"아즈사를 바꿔."

─응? 갑자기 세게 나오네. 시모쨩.

"무라세 아즈사가 무사한지 확인되지도 않는 상황에서 네 지시를 따를 이유는 없어. 무라세 아즈사를 바꿔. 지금 당장."

─지금은 전화를 받을 수 없는 상황이야. 무사한지 아닌지는 믿기 나름이겠지. 이건 게임의 전제 조건이고 받아들이지 못하면 포기하면 돼. 이상.

"헛소리 그만해!"

─이봐, 시모치. 너무 흥분하지 마. 너 때문에 마음이 돌변해서 다음으로 무라세 아즈사의 코가 사라질 수도 있다고.

다시 한번 어깨에 손이 올라왔다. 그러나 시모아라치는 이번에도 손을 뿌리치고 말했다.

"아즈사는 이미 죽었잖아?"

대답이 없다. 침묵이 흐른다. 의식 한구석으로 주변 상담원들이 놀란 얼굴로 자신을 쳐다보는 게 느껴졌다.

"시모아라치 씨. 이제 그만하세요."

아소가 귓가에 대고 속삭였다. 다급한 목소리. 시모아라치는 그 모든 것을 무시했다.

"아니야? 대답해! 이 새끼야!"

—……이야, 무서운 소리를 다 하네. 혹시 화났어? 시모짱.

"대답이 없다는 건 인정한다고 봐도 되겠지? 돈을 가져간 녀석들은 전부 체포할 거야. 너한테는 한 푼도 안 가."

—어차피 시모짱 돈도 아니잖아. 그리고 뭘 할 수 있는 것도 아니면서 왜 그렇게 열을 올려?

"대답해. 무라세 아즈사가 무사한지 지금 당장 확인시켜 줄 의향이 있는가, 없는가. YES? NO?"

대답이 들리지 않는다.

"5초 준다. 5, 4, 3……."

—됐어. 이제 그만할래. 형사 바꿔.

"거절한다. 네 상대는 나야!"

"시모아라치 씨! 바꿔 주세요!"

—시모짱, 정말 괜찮겠어? 인질로 붙잡힌 부하를 내다버린 잔인한 상사로 매도당해도?

"마음대로 해! 2, 1……."

"시모아라치 씨!"

시모아라치는 귀에 댄 헤드셋을 손으로 누르며 몸에 힘을 줬다.

절대 양보하지 않는다. 오직 그것만 생각했다.

'영' 하고 입을 떼기 전에 먼저 대답이 돌아왔다.

―알겠어. 내가 졌어. 시모짱, 정말 장난이 아니네.

"……지금 당장 무라세 아즈사의 목소리를 들려줘."

―당장은 안 돼. 이해해 줘. 난 지금 거기 없거든.

"그럼 알아봐. 시간은 한 시간. 무라세 아즈사가 무사한 게 확인되면 즉시 형사들을 극장 밖으로 내보낼게."

―아니. 예정대로 7시로 해. 어차피 근처이니 괜찮을 것 같아.

"7시까지 전화 줄 거지?"

―오케이. 서두를게.

"부탁한다."

전화가 끊기자 시모아라치는 몸을 일으켰다.

"후치모토. 6시 퇴근하는 사람들은 모두 집으로 보내. 난 남아서 연락을 기다릴게."

"시모아라치 씨."

시모아라치는 아소와 얼굴을 마주 봤다.

"어차피 상관없잖습니까. 기자놈들도 다 알아차렸을 텐데."

"그게 아닙니다."

"그럼 뭡니까?"

"감사합니다."

그렇게 말하고 아소는 출구로 뛰어갔다. 그의 뒷모습을 보며 시모아라치는 떠올렸다. 단칼 공격에 성공한 걸까.

그러나 성취감이라곤 없었다.

12

우메다의 패션가 빌딩에 도착해 극장 로비로 향했다. 직원에게 이름을 전하자 직원은 곤혹스러운 듯이 "경찰이신가요?"라고 물었다. 본부에서 이미 연락을 받은 듯했다.

상영관은 한 층 위에 있다고 했다.

"좌석은 L15입니다."

"시작했나요?"

"아직입니다."

"감사합니다."

상영관 문을 열고 들어가니 안은 뜨거운 열기로 가득 차 있었다. 대부분 들어찬 좌석 중 L15는 극장 뒤쪽 중앙에 가까운 자리였다. 주변에 앉은 젊은 남자들의 수상쩍어하는 시선을 한 몸에 받으며 나베시마는 애니웨어콜 봉투를 좌석에 내려놓고 사진을 찍었다. 그때 전화벨이 울렸다.

"네, 나베시마……."

—봉투 위에 앉아서 대기. 지시가 있을 때까지 이동 금지.

알겠다고 대답하자마자 전화가 끊겼다. 아무래도 운반조 모두에게 전화를 돌리고 있는 모양이다. 자리에 앉자마자 숨 돌릴 새도 없이 상영관 맨 앞줄에 앉은 사람이 일어나 뒤를 보며 외쳤다.

"여러분. 저희는 '이토헨' 팬클럽 오사카 지부에서 나왔습니다. 오늘 '이토헨'의 라이브 뷰잉 이벤트에 와 주셔서 감사합니다! 상영관을 찾아 주신 분들께 팬클럽에서 부탁드릴 말씀이 있으니 잠깐만 들어주세요. 오늘은 극장 측의 허락을 받아 스탠딩 관람으로 진행합니다. 환호성과 합창 또한 허용됩니다. 괜찮으시다면 다 함께 일어서서 춤추고 노래하며 신나게 즐겨 보는 게 어떨까요?"

박수가 터졌다. 특별히 놀라는 기색이 없는 걸 보면 대부분의 관객이 이미 예상한 듯했다.

그러던 중 상영관의 조명이 꺼졌다. "와!" 하는 환호성이 터진다. 상영관 안에 전자음 섞인 멜로디가 흐르자 "오오!" 하는 외침이 들렸다. 예고한 대로 맨 앞줄에 앉은 사람들부터 몸을 일으키는 모습이 보였다. 뒤이어 많은 이들이 따라 일어섰고 나베시마 양옆에 앉은 사람들도 일어섰다.

인상적인 인트로 음악이 요란하게 흘러나왔다. 왠지 TV 광고 같은 곳에서 들었던 것 같은 곡이다. 아니면 일 때문에 들락날락하던 술집이나 유흥주점에서 들은 음악일까. 앞좌석에 앉은 여자 일행이 일어서는 바람에 스크린이 잘 보이지 않지만 어떤 상황인지는 대충 짐작할 수 있다. 인트로 음악에 맞춰 관객들의 흥분도 점점 높아진다. 스크린에는 아직 어둠에 잠긴 무대와 음악만 흐르고 있다. 처음에는 단순했던 멜로디에 다양한 장식이 더해지더니 잠시 후 객석에서 "준!" 하는 함성이 터졌다.

그리고 모든 소리가 흡수되는 것처럼 사라져 일순간에 상영관 안이 고요해졌다. 잠시 후 빛과 소리가 한꺼번에 터지고 우렁찬 환호성이 이어진다. 스크린 속 무대로 뛰어나온 세 명의 소녀들. 그녀들의 노래가 메아리치고 경쾌한 비트에 맞춘 댄스가 시작되자 환호성이 더욱 커졌다. 이것은 축제, 페스티벌이다. 나베시마는 그렇게 생각했다. 페스티벌이라는 단어에 어울리는 해방감이 폭발하고 있었다.

지금 난 여기서 뭘 하는 걸까. 하마터면 어떤 상황인지 잊어버릴 뻔했다.

그때 스크린에 관객석이 비쳤다. 실시간으로 공연이 열리는 교세라 돔의 아레나 좌석이다. 물 흐르는 듯한 카메라 워크를 통해 흥분과 감격에 가득 찬 얼굴들이 연이어 보였다.

어?

나베시마는 무심코 엉거주춤 몸을 일으켰다.

찰나의 영상에서 왠지 모미지의 얼굴이 보인 것 같았다. 그리고 그 옆에는.

그때 쿵 하고 몸이 흔들렸다. 비틀거리다가 옆에서 춤을 추던 청년의 몸에 기댄다. 뒤늦게 누군가가 자신을 밀친 것을 깨달았다. 맞닿은 청년의 노골적인 찌푸린 얼굴을 보며 "미안합니다" 하고 자세를 가다듬었다. 어두운 시야 속에서 종종걸음으로 상영관 출구로 향하는 누군가가 보였다. 그리고 그전까지 깔고 앉아 있었던 애니웨어 콜 봉투가 사라진 것을 깨달았다.

13

천재일우의 기회가 찾아왔다. 시모아라치의 폭거가 예상치 못한 선물을 가져다줬다. 그것은 퓨와이트가 인질의 안위를 확인해 주겠다고 한 약속만을 뜻하지는 않는다.

범인 입장에서도 예상치 못했을 협상 상대의 반항으로 통화가 길어졌다. 그리고 그사이 무라세 아즈사가 사용 중인 휴대폰이 **기지국을 넘나들었다.** 도요사키 기지국에서 도가노 기지국으로. 하나의 기지국이 커버하는 지역은 반경 3킬로미터 정도지만 기지국 사이 지점이면 상당히 좁힐 수 있다.

오사카 우메다 부근에 현재 퓨와이트가 있다.

본부는 즉시 형사들에게 출동 준비를 내렸을 것이다. 아소가 직접 지휘하지는 않지만 그런 상황에 기여한 형국이 됐다. 손을 한 번만 삐끗해도 실이 바늘구멍을 벗어나는 것처럼 엄청난 실책이 되겠지만 바늘구멍만 통과하면 그것은 공적이 되어 돌아온다.

"그놈이 정말 연락할까요?"

그렇게 묻는 미쓰미조의 얼굴에도 긴장감이 감돌았다. 퓨와이트가 충동적으로 책임지지도 못할 말을 꺼냈을 수 있다고 상기하는 듯한 어조였다.

"이것 역시 교란 작전이다? 그렇다고 보기에는 너무 위험합니다. 자신의 현재 위치까지 알려 줬으니까요."

설령 무라세 아즈사 쪽으로 가겠다는 말이 거짓말이어도 기지국으로 파악한 위치 정보는 거짓이 될 수 없다.

"뭔가 이상합니다."

"그런가요?"

"덜미를 드러내는 방식이 뭐랄까, 조금."

"조금 전 시모아라치 씨의 행동은 퓨와이트도 예상 밖이었을 겁니다. 변칙적인 상황이었어요."

"상대의 기세에 눌려 무심코 허점을 보였다는 말인가요?"

"보통 인간은 그럴 때 실수를 하죠."

이런 상황에서 주저하는 건 너무 소극적이지 않을까. 조직 안에서도 행동파로 유명한 미쓰미조의 미온적인 반응이 이해되지 않았다. 그래도 아소는 선배 형사의 의견을 검토하기로 했다.

"만약 이게 퓨와이트의 함정이라면 그에게 어떤 이익이 있죠?"

"바로 그겁니다. 전혀 없죠. 그저 자기 위치만 공개했을 뿐."

"그러니 더욱 실수 아닐까요? 돈을 받을 수 없게 되면 범행의 의미도 사라진다. 그래서 한 발짝 양보하기로 마음먹은 결과 실수를 범했다."

"그건 맞지만……. 아니, 신경 쓰지 마십시오. 어차피 돈 봉투를 가져간 녀석들을 쫓는 건 필수입니다. 그 점에는 이견이 없습니다."

그럼 어떤 점에.

"범인을 너무 과대평가 하시는 것 아닌가요?"

"그럴지도 모르죠. 어디로 튈지 알 수 없는 녀석이니."

머릿속이 식었다. 분명 퓨와이트는 예측하기 어려운 범죄자다.

돈을 목적으로 한 영리 납치치고 수법이 너무 허술하다. 그러니 쾌락 범일 가능성이 커 보이지만.

"쾌락범이라면 인질의 안위를 확인해 주겠다고 공언한 게 이해 되지 않습니다."

미쓰미조의 중얼거림은 근원적인 모순을 암시하고 있었다.

그는 돈을 벌 마음이 있기는 한 걸까.

그게 아니면 왜 **진짜 협상처럼 보이는 협상을 한 걸까.**

그때 휴대폰이 울렸다. 본부에 있는 부하에게서였다.

─우메다 인근에 형사들을 모아 수색 태세를 갖췄습니다.

총 5백 명에 달하는 형사들이 오사카의 심장부라 할 수 있는 구 역을 에워싸고 있다.

─그리고 전국 각지에서 몸값을 챙겨서 도망친 자들의 신병을 확보하라는 지시가 내려왔습니다. 모두 열한 명이고 그중 일곱 명을 이미 붙잡았습니다. 나머지도 추적하고 있으니 시간문제입니다.

"그중에 퓨와이트의 동료가 있었나?"

─지금까지는 인터넷 게시판 등지를 보고 재미 삼아 온 사람들 인 것 같습니다. 관할 경찰서에서 조사 중입니다.

역시 가짜다. 예상은 했지만 실제 겪으니 또 다른 풍경이 보이는 것 같았다.

─그런데 딱 한 곳 놓친 곳이 있습니다.

"어디지?"

─나카야마 경마장입니다.

통화 내용을 전하자 미쓰미조는 "멍청한 자식 같으니" 하고 내뱉었다.

"그래도 그 한 명을 퓨와이트의 동료로 보기는 어려울 것 같습니다. 핵심은 결국 극장이었다는 말이 됩니다만……."

그러나 뭔가 확 와닿지 않았다. 그렇다. 극장이든 경마장이든 마찬가지다. 한 사람당 금액은 결국 백만 엔. 이런 위험을 감수할 만한 액수가 아니다. 결국 문제는 계속해서 같은 곳으로 귀결됐다.

이 범인은 돈을 벌 마음이 있는가. 그게 없다면 단순한 쾌락범? 쾌락범이라면 무라세 아즈사의 안위를 우리에게 증명해 줄 이유가 있는가.

"지금 여기서 고민해 봐야 소용없겠죠."

한 번 싹튼 의심을 아소는 좀처럼 떨칠 수 없었다. 나는 지금 뭔가 큰 착각을 하는 게 아닐까. 해야 할 다른 일이 있는 건 아닐까. 미쓰미조의 말처럼 여기서 고민해 봐야 소용없다. 해답은 퓨와이트와 무라세 아즈사의 신병부터 확보하고 나서 찾으면 된다.

그러나.

"시간이 됐네요."

7시. 잠시 후 전화벨이 울렸다.

14

주요 방송이 끝나 센터 내부가 한산해졌다. 6시에 퇴근하는 상담원들이 사라져 부스에는 이제 스무 명 남짓한 인원만 남아 있다. 전화기가 아예 울리지 않는 것은 아니다. 낮에 방송을 본 고객이 전화를 걸거나 이미 주문을 마친 고객들의 문의 전화도 걸려 온다. 전화기가 울릴 때마다 시모아라치는 상담원들 뒤에서 대기하며 언제라도 대신 전화를 받을 수 있게 준비했다.

아직까지는 퓨와이트에게서 연락이 없다.

슬슬 언론이 움직이기 시작한 걸까. 퇴근한 사람들이 함구령을 얼마나 잘 지킬지는 알 수 없다. 그쪽 대응은 야나기 부장이 맡을 거라고 후치모토가 알려 줬다.

"넌 안 가?"

"갈 수 있겠어?"

"가면 되지. 근무 시간은 끝났잖아."

"아쉽지만 야근이야. 회의 자료에 손도 못 댄 상황이라."

시모아라치는 '맞아, 그게 있었지' 하고 떠올리며 내심 조금 우스워졌다.

"아테나에서는?"

"아직 연락 없어. 수치는 떨어졌지만 뭐 이 정도면 양호한 수준으로 보고 있겠지."

"다행이네. 회의 자료에 개선 보고서까지 쓴다면 오늘은 아예 집에 가는 걸 포기해야 했는데.”

“아무튼 오랜만에 하는 야근도 나쁘지 않은 것 같아.”

애니웨어콜은 스물네 시간 가동되는 센터다. 아테나에서도 적지만 심야 광고 방송을 하고 있다. 그러나 통화량은 낮에 비할 바가 못 돼서 심야 근무 상담원은 열 명 남짓이다. 그들의 관리는 젊은 직원들이 한 사람씩 돌아가며 맡는다. 도와주겠다고 나서면 반길 것이다.

“고타니를 보내 주자. 걔는 집이 가와치나가노 쪽이잖아.”

편도 한 시간이 넘는 데다가 내일도 아침 일찍 출근해야 한다.

“이미 가라고 했어. 그런데 목표량을 채우기 전까지는 꿈쩍도 안 할 건가 봐.”

고집 센 녀석이다.

“전표 정리를 도울 사람도 필요해. 아무래도 내일은 대체 휴무를 쓰는 것도 괜찮겠네.”

“부장이 허락해 줄까?”

“해 주겠지. 야나기 부장이라면.”

시모아라치는 내심 맞장구를 쳤다. 상사로서 절대 나쁜 상사는 아니다.

“아무튼 일 다 마치면 같이 사과드리러 가자.”

시모아라치의 폭언을 후치모토도 부장에게 직접 전해 들었다. 야나기 부장은 그 일 때문에 어지간히 속을 끓이는 듯했다.

“넌 왜? 멍청한 짓을 한 건 난데.”

“나라도 분명 똑같은 말을 했을 테니까.”

후치모토였다면 더 잘 설득했을 수도 있었을 것이다. 문득 그런 생각이 들었지만 기분 나쁘지는 않았다.

6시 45분.

"왜 무라세 아즈사였을까?"

후치모토가 중얼거렸다. 곁을 떠날 생각이 없어 보인다.

"모르지. 그냥 운이 나빴을 수도."

"불쌍해."

잘린 귀에 대해서는 일부러 함구했다. 그 이야기를 꺼냈다가 또 다시 평정심을 잃고 흥분할 것 같았다.

전화벨이 울렸다. 상담원 뒤로 갔지만 얼마 안 돼 평범한 고객이라는 걸 깨달았다.

6시 50분.

고타니가 다가왔다.

"가서 먹을 거라도 사 올까요?"

그러고 보니 지금껏 아무것도 입에 대지 못했다. 후치모토가 "피자라도 먹을까?" 하고 유쾌하게 제안했다.

"아무리 그래도 그건 부장님이 용서하지 않을걸요."

"역시 좀 그런가."

"부장님은 콜레스테롤에도 민감하시잖아요."

후치모토와 고타니 둘 다 자신의 기분을 풀어 주려고 노력하는 게 느껴졌다. 그냥 내버려 두라는 마음과 배려받는 데서 오는 기쁨이 뒤섞여 혼란스러웠다. 생각해 보면 이 두 사람도 자신과 다른 의미로 싸우고 있다. 회사 업무를 대신 떠맡는 평소와 별반 다름없는 싸움이지만, 덕분에 시모아라치는 협상 상대 역할에 전념할 수 있었다.

"고타니. 너 오늘 하루 동안 꽤 성장한 것 같네."

"네. 제가 생각해도 그런 것 같아요. 그도 그럴 게 시모치 선배님이 늘 가장 바쁠 때 사라지셨으니."

고타니가 농담처럼 던진 말에 시모아라치는 흠칫했다.

"그러고 보니 맞아. 그것도 전부 광고가 나오는 타이밍에."

후치모토도 비슷한 결론에 도달한 것 같았다.

"……TV를 보고 있었을까?"

한산한 시간에 전화를 걸면 전화가 연결되기도 쉽다. 범인이 굳이 광고 시간을 택한 건 이쪽에 여유를 주지 않을 목적이었을까.

범인은 콜센터의 녹음 기능을 이용해 우쓰쿠 공원에 버려둔 무라세 아즈사의 면허증이 든 봉투를 가져가게 했다. 통화 모니터링 기능도 알고 있었다. 그는 오늘이 총 여덟 편의 광고가 나오는 바쁜 날인 것도 알고 있었을까.

"시간이야."

후치모토의 목소리에 퍼뜩 정신을 차렸다.

7시. 약속 시간이다.

센터는 고요했다. 모든 전화기가 침묵하고 있다. 후치모토와 고타니의 얼굴에 긴장이 감돈다. 어느새 잡담을 나누는 소리는 사라지고 무거운 분위기가 센터를 팽팽하게 채우고 있다. 옆에 있는 형사가 손목시계를 유심히 살폈다.

시모아라치는 호흡을 가다듬었다. 다섯 번째 시합이 다가오고 있다. 네 번째는 무승부였다. 퓨와이트의 뜻대로 되지는 않았지만 그렇다고 내 승리도 아니라는 느낌이다. 실전에 나서는 자만이 얻을 수 있는 체감이었다.

시간이 흐른다. 1초, 또 1초. 시모아라치는 죽도를 들고 다다미 위에 있는 자신의 모습을 머릿속에 그렸다. 정좌한 채 시작 신호를 기다린다. 상대의 모습은 아직 보이지 않는다.

그때.

일직선으로 다가오는 두 명의 발소리. 아소와 미쓰미조다. 7시 15분.

"시모아라치 씨."

원래 이렇게 창백했나 싶을 정도로 핏기 가신 얼굴로 아소가 입을 열었다.

"무라세 아즈사 씨를 찾았습니다. 기타구에 있는 아파트에서."

"네?"

순간 심장이 철렁했고 그 후 온몸의 힘이 풀렸다. 다다미 위에 정좌하고 있던 자신이 일어서려다가 다리를 헛디뎌 콰당 넘어진다. 그런 상상이 머리를 스쳤다.

"진정하고 들어주십시오."

아소는 감정 없는 얼굴로 말을 이어 갔다.

"무라세 아즈사 씨는 돌아가셨습니다."

"네?"

센터 안의 모든 소리가 사라졌다.

"이미 살해되어 사망한 상태였습니다."

고타니가 소리 죽여 흐느끼기 시작했다. 후치모토가 비틀거리다가 책상에 몸을 기댄다. 시모아라치는 그저 꼿꼿이 서 있었다.

"유감입니다."

그때 전화벨이 울렸다. 돌아보니 베테랑 상담원이 시모아라치 쪽을 연신 신경 쓰며 어색하게 안내 멘트를 더듬거리고 있다.

시모아라치는 결국 무릎을 꿇고 바닥에 털썩 주저앉았다. 다다미 위에 무참히 쓰러진 자신의 모습이 떠올랐다.

15

나베시마는 어둠에 떠오른 누군가의 뒷모습을 쫓기 시작했다. 허리가 비명을 지르며 등에 기분 나쁜 통증이 스쳤다. 그러나 박차고 달려 나간 기세를 멈추지 않았다. 리듬에 맞춰 춤추는 관객들의 따가운 시선을 온몸에 받으며 밀고 나간다. 음악과 환호성, 빛의 소용돌이가 펼쳐진 상영관 통로를 뛸 때 마침 상영관 문이 닫혔다. 나베시마를 밀치고 애니웨어콜 회사 봉투 속 백만 엔을 앗아 간 인물이 문 너머로 사라지고 있다. 나베시마는 무의식적으로 뛰어가 양문형 문을 부술 듯 열고 입구에 선 여직원에게 물었다.

"방금 나온 관객은?"

갑작스러운 추궁에 직원이 눈을 동그랗게 떴다.

"내려가셨습니다."

"남자였습니까?"

"아…… 네."

나베시마는 감사를 전할 새도 에스컬레이터를 타고 내려갔다. 로비에서 주변을 두리번거린다. 상영 시작을 기다리는 관객들 중 문제의 남자는 없었다.

"방금 어떤 남자가 나오지 않았습니까?"

이번에는 매점 직원에게 가서 물었다.

"어디로 갔죠?"

"죄송합니다. 못 봤습니다."

속으로 욕지거리를 내뱉고 몸을 돌려 엘리베이터로 향했다. 세 대 중 한 대가 내려오고 있다. 바로 1층으로 가는 엘리베이터다. 서둘러 옆에 있는 버튼을 누른다. 엘리베이터를 기다리는 수십 초가 돌이킬 수 없는 손실처럼 느껴졌다. 도착한 엘리베이터에 올라타자 몸이 땀에 흠뻑 젖은 걸 깨달았다. 낮부터 줄곧 달리기만 했다. 호흡을 가다듬으며 안정을 되찾았다. 식은 머리로 사태를 돌이키다가 잠시 후 아연실색했다.

몸값을 갈취당했다. 몸을 부딪치자마자 자세가 무너져 바보처럼 빼앗겼다. 심지어 자신은 범인의 얼굴도 보지 못했다. 그것이 얼마나 큰 실책인지는 깊이 생각하지 않아도 알 수 있다. 발밑에서부터 몸의 무게가 사라지는 듯한 감각에 휩싸였다.

이런 어처구니없는 실수가 생긴 건 봉투를 계속 깔고 앉아 있으라는 지시를 무시하고 몸을 일으켰기 때문이다. 만약 지시에 충실히 따랐다면 도둑맞지 않았을 것이다. 팔걸이가 있는 좌석에서 형사를 밀치는 것도 만만찮은 일이다. 통로가 좁은 데다 양옆의 관객들이 서서 춤추고 있는 상황에서 쉽게 가능했을 리 없다.

그러나 나베시마는 그때 앉아 있지 않았다. 스크린 속에서 딸과 비슷한 사람을 발견하고 반사적으로 허리가 들썩였다. 임무 중인 것도 잊은 채 허점투성이 목각 인형이 돼 있었다.

변명할 여지 없는 실수다. 그 사실을 깨닫고 온몸에서 핏기가 가셨다.

엘리베이터가 4층에 멈춰 섰다. 중년 여자 두 명이 엘리베이터에 올라탄다. 수다를 떠는 두 사람의 새된 목소리를 들으며 또다시 조바심이 났다.

3층에서 엘리베이터가 멈추자 나베시마는 참지 못하고 뛰쳐나갔다. 마침 눈앞에 내려가는 에스컬레이터가 있다. 시선을 신경 쓰지 않고 냅다 달렸다.

1층에 도착했다. 주변을 둘러봤지만 남자의 모습은 보이지 않는다. 세련된 옷 가게가 주변을 빙 둘러싸고 있고 고개를 들어보니 개방형 천장 때문에 위층이 훤히 보였다. 직통 엘리베이터를 탔으니 1층으로 갔을까. 아니면 지하일까. 만약 1층에서 내렸다고 해도 그 후 어디로 향했는지 알 수 없다. 다시 위로 올라갔을 수도 있고 화장실에 들어가 변장할 가능성도 있다. 쇼핑객들 사이에 숨으면 알아챌 수 있을까. 어둠 속에서 뒷모습을 살짝 본 것이 전부다.

"나베시마 선배님."

화들짝 놀라서 뒤를 돌아봤다. 목소리의 주인공은 마쓰모토라는 이름의 기동대 소속 젊은 형사였다. 건장한 체구와 얼굴이 낯익었다.

"괜찮으십니까?"

"뭐가?"

"땀이⋯⋯."

어쩔 줄 몰라 하는 나베시마를 보며 마쓰모토가 더 당황했다.

"잠복 중이었나?"

"네. 총 다섯 명이 돌고 있었습니다. 혹시 범인을 쫓아오신 건가요?"

호칭이 '도주한 범인'이 아닌 그냥 '범인'이라 다행이다. 나베시마는 엉뚱한 생각을 했다.

대답하지 않는 나베시마에게 마쓰모토가 재빨리 귀띔했다.

"그럼 걱정하지 않으셔도 됩니다. 제대로 따라붙고 있습니다. 놈은 1층에서 내려서 건물을 빠져나갔습니다. 저도 가 보려고 하는데 어떡하시겠습니까?"

나베시마는 당연히 "나도 가야지"라고 했다.

차를 운전하며 후배는 상황을 설명했다.

"저희는 두 번째 목적지가 지정된 이후 배치됐습니다. 로비에도 관객으로 가장한 형사가 한 명 있다가 그대로 상영관에 들어갔고

172

요.”

“내 근처에 있었나?”

“아뇨. 맨 뒷자리였습니다.”

전체를 내려다볼 수 있게 자리를 잡았다고 했다.

“극장 측 협조를 받아 관리실에도 인원을 배치했습니다. CCTV
로 로비를 확인하려고요.”

상영 시작 직후 급하게 상영관을 빠져나간 관객은 굳이 형사가
아니어도 수상하게 여길 것이다.

“무전으로 누군가가 나갔다는 말을 듣고 한 명이 그를 쫓아갔습
니다. 그 후 CCTV를 확인하는 형사에게서 그 녀석 손에 애니웨어콜
봉투가 들려 있다는 보고가 들어왔죠. 본부에서는 신중하게 대응하
라는 지시가 내려왔습니다.”

“왜지?”

“혹시라도 진범일 가능성이 있으니까요.”

그놈이? 나를 밀치고 돈을 빼앗아 간 그 녀석이 퓨와이트라고?
내가 ‘당첨’인 걸까.

“내가 멋대로 일어서는 바람에…….”

“네? 범인의 지시로 일어서신 거 아닌가요?”

뭐? 나베시마는 순간 당황했다.

“상영관에 있는 형사들에게 돈을 두고 상영관을 나가라는 지시
가 내려오지 않았나요?”

아니다. 그 후 본부에서 직접 다시 대기하라는 지시가 왔다. 그러

나 범인에게서 7시까지 상영관을 나가라는 지시가 내려온 것도 사실이다. 그럼 이번 실수의 책임은 묻지 않는 걸까.

그럴 가능성이 크리라 예상했다. 아니, 그렇게 믿으려고 했고 그러자 몸의 긴장도 조금 풀렸다. 나베시마는 조수석 시트 등받이에 깊숙이 기댔다. 안도감을 옆자리 후배에게 들키지 않게 주의했다.

"녀석이 차를 탔나?"

"네. 택시를 타고 나카쓰 쪽으로 향하는 것 같습니다."

"그를 왜 진범이라고 추측하는 거지?"

"범인의 현재 위치가 우메다 부근이라고 합니다. 본부에서도 형사들이 출동 중입니다."

나베시마는 "그렇군" 하고 눈을 감았다. 아마 애니웨어콜에 걸려 온 전화를 역추적해서 위치를 알아낸 듯하다. 두 번째 목적지 중 오사카 지역은 자신이 있던 극장뿐이고 그것도 우메다 지역이라면 누가 봐도 녀석이 범인이나 범인의 일당이 맞다고 추측할 것이다.

어느 쪽이든 상관없다. 내 역할은 끝났다.

돈을 빼앗긴 게 실책이 아니라면 이 차에 타지 않고 극장에 남아 있는 게 차라리 나았을 거라는 생각마저 들었다. 아직 범인으로 확정된 건 아니니 녀석의 체포는 다른 형사들에게 맡기고 자신은 보험 삼아 극장에 있는 게 더 합리적인 선택 아닐까.

"저희가 1등입니다."

마쓰모토의 흥분이 나베시마에게는 와닿지 않았다.

그때 무전기에서 다급한 목소리가 들렸다.

—용의자, 도요사키 4번지 교차로 부근에서 택시에서 하차. 뛰어서 도주. 이쪽도 내려서 추격 중.

　마을 공장과 가옥이 늘어선 일대에서 남자를 추적하는 형사와 합류했다. 아파트 입구가 보이는 위치에 세워진 차로 다가간다.

　"조금 전 놈이 이 아파트로 들어갔어. 다른 출입구는 없고."

　"층수는?"

　"8층짜리 건물이야. 엘리베이터가 선 곳은 7층이고."

　"계단으로 올라갔을 가능성도 있군."

　나베시마는 마쓰모토와 동료가 나누는 대화를 옆에서 들었다.

　주위는 이미 어두워졌지만 한여름의 잔열이 남아 있다. 목욕탕에서 땀을 흘리고 시원한 맥주를 한잔하고 싶었다. 안주로 방어회를 집어 먹으며 나가타의 시합을 관람하고 싶었다.

　나베시마가 그런 상상을 하고 있을 때 어디선가 비명이 들렸다. 주의 깊게 듣지 않으면 놓칠 만큼 작았지만 사람의 비명이 틀림없다. 단숨에 긴장감이 감돌았다.

　"뭐지?"

　"글쎄. 저기서 들린 것 같은데."

　젊은 형사들이 같은 곳을 봤다. 아파트 7층. 나베시마도 덩달아 건물을 올려다봤다.

　"어떡하지?"

　"……자넨 본부에 연락하고 여기 남아 있어. 내가 선배랑 가서

175

확인하고 올게."

마쓰모토가 눈빛으로 '괜찮죠?'라고 물었다. 솔직히 내키지 않았지만 거절할 명분이 없다. 비명이 들린 마당에 그냥 내버려 두는 것도 이상하고 차후 도착할 본부 형사에게 상황을 설명하려면 역시 가 보는 게 낫다.

"가지."

나베시마는 마쓰모토와 함께 아파트 입구로 들어섰다. 지은 지 수십 년은 된 듯한 낡은 아파트다. 입구에 방범 시설도 없어 아파트라 부르는 게 옳은지 불분명할 지경이다. 입구를 지나 오른쪽으로 꺾자 다이얼식 우편함이 있는 구역이 보인다. 엘리베이터는 한 대뿐이었다.

"전 계단으로 올라가며 각 층을 확인하겠습니다."

후배의 배려가 고마웠다. 몸 상태 때문에 계단은 솔직히 엄두가 나지 않았다. 7층에 멈춰 선 엘리베이터를 불러 올라타자 1인용인가 싶을 정도로 좁았다. 몸을 움직일 때마다 허리가 쑤셨다.

7층에서 엘리베이터에서 내렸다. 복도를 사이에 두고 양옆에 집이 늘어선 구조다. 입구 우편함에는 이름표가 하나도 없었다. 어스름한 복도의 삭막한 풍경에서 이웃이 자주 교류하는 아파트는 아니란 걸 짐작할 수 있다. 무엇보다 비명이 들렸는데도 문밖으로 얼굴을 내미는 주민이 한 명도 없었다.

나베시마는 발소리를 죽이며 천천히 복도를 걸었다. 귀를 기울이지만 아무 소리도 들리지 않는다. 시간은 7시를 앞두고 있다. 저녁

시간인데도 이 정적은 뭘까. 꼭 동굴에 들어온 것 같은 기분이었다.

평소 술집에서 일하는 젊은이들과 건달을 자주 상대하는 만큼 이런 분위기 자체는 익숙했다. 위치상 주소나 기타신치와도 가까우니 어떤 사람들이 사는지도 대략 짐작할 수 있다. 그러나 묘한 불안감은 가시지 않았다. 무더운 날씨에 으스스한 한기마저 느껴졌다.

복도 가장 끝 서쪽 모퉁이에 있는 집 앞에 도착했을 때 집 안에서 "우우……" 하는 신음이 들렸다.

마쓰모토를 불러야 할까.

범인은 무기를 소지하고 있을 가능성이 크니 자칫 잘못 움직였다가는 최악의 결과를 낳을 수도 있다.

그러나 그런 상식적인 판단은 "아앗!" 하는 남자의 비명 때문에 날아갔다. 순간 무라세 아즈사의 귀 사진이 머리를 스쳤다.

부끄럽게도 지금껏 잊고 있었다. 돈 봉투를 빼앗긴 실수 같은 건 별로 큰일도 아니다. 지금 가장 중요한 건 고작 스무 살 남짓한 여자가 납치돼 신체를 훼손당하고 목숨이 위태로운 상황이라는 점이다.

대번에 망설임이 사라져 문손잡이를 잡았다. 천천히 돌리지만 문은 잠겨 있지 않았다. 짧게 숨을 내쉬고 각오를 다진다. 범인을 맞닥뜨리면 죽는 한이 있어도 놓치지 않겠다. 그렇게 다짐하며 힘차게 문을 열고 집 안에 들어섰다.

"경찰이다!"

온 힘을 다해 외쳤다. 좁은 현관문을 지나 느릿느릿 안쪽으로 들어간다. 집 안 불은 꺼져 있었다. 어둡고 좁은 통로를 걷는다. 오른편에 부엌이 있는데 어둠 속으로 이상하리만큼 거대한 냉장고가 보였다. 복도 끝에는 얇은 칸막이 커튼이 드리워져 있다. 커튼을 걷으려는 순간 집 안이 기이한 추위로 가득하다는 걸 깨달았다. 마치 한겨울 같은 온도다.

다다미 여덟 장 크기의 방이 눈앞에 펼쳐졌다. 플로어링 바닥은 뜯겨 있고 침대가 없을뿐더러 TV도 없다. 그러나 단 하나, 있어서는 안 될 장소에 있어서는 안 될 물건이 있었다.

욕조다. 하얗고 매끈한 재질의 욕조가 집 한가운데에 놓여 있었다. 바나나를 옆으로 눕힌 듯한 매끈한 곡선 속으로 빨려드는 것처럼 시선이 향했다.

욕조 바닥에 깔린 건 아마 드라이아이스일 것이다. 드라이아이스 팩 여러 개가 빈틈없이 욕조에 가득 들어차 있다.

그리고.

여자, 알몸의 여자가 그 안에서 눈을 감고 있었다.

검은 머리, 하얀 피부, 가는 턱. 오른쪽 귀는 보이지 않는다. 사진으로만 아는 여자.

무라세 아즈사.

창백한 몸에 생명이 깃들지 않았다는 건 굳이 의사 소견을 들을 것도 없이 명백했다.

그뿐만이 아니다. 드라이아이스 팩 틈새로 보이는 팔다리가 현실에 있으면서도 그야말로 부자연스러운 균형을 이루고 있다. 마치 조잡하게 만든 전통 인형 같다.

어떻게 이런 일이.

배 깊숙한 곳에서부터 치미는 두려움을 필사적으로 참았다.

욕조 안에 있는 여자는 몸이 **조각조각 나 있었다.**

우우우…….

그제야 나베시마는 그의 존재를 알아차렸다. 집 한구석에서 마치 기도하듯 엎드려 있는 중년 남자. 우우…… 아아악! 남자는 오열하며 주먹을 연신 바닥에 내려치면서 나베시마 쪽을 쳐다보지 않았다. 그 옆에 낯익은 봉투가 있다. 애니웨어콜의 봉투다.

"자네가 이랬나?"

남자는 대답 없이 우우우 하고 계속 울음만 터뜨렸다.

"이봐! 자네가 이랬어?"

난폭하게 남자를 일으켜 세우고 멱살을 움켜잡았다. 어둠 속에서 눈물과 콧물, 침으로 범벅된 얼굴이 보였다.

나이는 40대. 옅게 염색한 짧은 머리. 각진 턱에는 다박수염이 나 있다.

"어서 말해! 네놈 짓이야?"

"아즈사가, 아즈사가……."

"너지? 네 이름은?"

대답이 돌아오지 않는다. 남자는 마치 고장 난 인형처럼 하염없이 눈물만 흘렸다.

남자가 입은 양복 재킷의 가슴 주머니가 불룩한 것을 보고 나베시마는 그 안에 손을 넣었다. 지갑에서 면허증을 꺼내 남자의 이름을 확인했다.

"네가 퓨와이트인가?"

나베시마의 손에서 풀려나 다시 바닥에 쓰러진 아즈미 마사히코는 이번 질문에도 대답하지 않았다.

"나베시마 선배님!"

그렇게 외치며 뛰어온 마쓰모토가 "으앗!" 하며 순식간에 몸이 굳었다.

"이 여자는……."

"무라세 아즈사다."

아연실색한 후배의 눈길을 따라 나베시마도 다시 욕조를 들여다봤다. 그러고 있을 때 "그렇게 노력해도 결국 행복해지지 못하다니……"라는 아즈미의 중얼거림이 들렸다.

무라세 아즈사가 담긴 '관'에서는 달빛을 받은 하얀 수증기가 한밤중의 신기루처럼 피어오르고 있었다.

3부

1

무엇을 어디서 어떻게 잘못했는지 다시 돌이켜봐도 잘 모르겠다.

미에현에 거주하는 아즈미 마사히코의 부모는 성실했다. 자동차 제조 공장에서 일하던 아버지와 도시락 가게에서 아르바이트를 하던 어머니는 연애결혼을 했다고 한다. 형은 아버지에게 물려받은 기계들을 좋아해 판금 공장 경영을 목표로 공업 고등학교에 진학했다. 유복하지는 않지만 큰 불화는 없었고 기껏해야 사소한 말다툼 정도만 있었다.

그러다가 문득 정신을 차리니 오직 아즈미만 길을 벗어나 있었다.

초등학생 때부터 싸움에는 자신이 있었고 중학교에 들어가서는 친구들의 다툼에 끼어들어 중재하는 일이 많아졌다. 질 나쁜 선배에게 담배와 술을 배웠고 무면허로 오토바이를 몰고 다니며 마리화나를 피운 적도 있다. 이유는 알 수 없어도 정신이 들어 보니 어느새 그런 사람이 돼 있었다. 그렇게 설명할 수밖에 없었다.

고등학교 2학년 때 두 살 연상인 도야마 이쿠를 만났다. 고등학교를 중퇴한 도야마는 이미 지역 유명인이었고 이런저런 소문도 많이 돌았다. 별명은 '무엇이든 하는 도야마'. 계기는 잊어버렸지만 아즈미는 왠지 모르게 도야마에게 호감을 품었고 그 뒤로 그를 졸졸 따라다니게 됐다. 모두가 두려워하는 남자에게서 제멋대로 친근감을 느끼며 그의 행동에 매료됐다. 그 옆에서 어깨를 나란히 하고 걷게 되기까지는 그리 오랜 시간이 걸리지 않았다.

얼마 후 도야마는 오사카로 떠났고 졸업과 동시에 아즈미도 그를 따라갔다. 처음 만났을 때부터 폭력 조직과 연이 깊었던 도야마는 오사카의 어느 번화가에서 술집을 경영하며 조직에도 발을 담그고 있었다. 간사이를 대표하는 폭력 조직 산하의 우익 단체였는데, 우익이라는 단어가 무슨 뜻인지도 몰랐던 아즈미는 왠지 도야마에게 어울리는 것 같다고 느꼈다. 거대한 뭔가를 적으로 삼아 싸우는 듯한 이미지였다.

도야마의 소개로 아즈미도 그 단체에 소속돼 여러 가지 일을 했다. 일상적 괴롭힘과 모함, 협박의 연속. 경찰서를 제 집 드나들 듯했다. 가두선전 차량을 타고 거리를 달리는 건 우스꽝스럽지만 기업을 상대로 이런저런 수법을 동원해 잘난 척하는 임원들을 두려움에 떨게 하는 건 재미있었다. 성과가 나오면 그저 기뻤다. 승패에 일희일비했다.

마시로 노리히사를 알기 전까지만 해도 아즈미는 순진무구했다. 다시 한번 자신이 어디서 뭘 어떻게 잘못했는지 떠올려 본다. 어머니의 지갑에서 돈을 훔쳤을 때일까. 형의 스쿠터를 허락 없이 타고 다니다가 고장 냈을 때일까. 도야마 이쿠의 냉혹한 미소에 가슴이 뛰었을 때일까. 아니면…….

분명 그 모든 업보가 쌓이고 쌓여 지금의 자신이 있는 것이다.

아즈미 마사히코는 오사카 부경 소네자키 경찰서 취조실의 간이 의자에 앉아 있었다.

"잘 잤나?"

미도라고 이름을 밝힌 또래 형사가 물었다. 훤한 대머리에 수염을 길러 험악한 인상인 그는 오사카 부경 수사1과 소속에 직급은 경사라고 했다.

아즈미는 "네, 뭐"라고만 대답했다. 실제로는 눈을 거의 붙이지 못했다. 미도가 실력 있는 형사라면 아즈미의 피부와 눈빛만으로 쉽게 알아챌 것이다.

어젯밤 아즈미는 도요사키 4번지에 있는 아파트에서 경찰차를 타고 병원에 가서 간단한 진찰을 받았다. 대답을 제대로 했는지 기억나지 않는다. 병실 침대에서 잠을 이루지 못한 채 아침을 맞았고 점심이 되기 전 이곳에 옮겨졌다. 익숙했던 경찰서나 취조실이 마치 비현실 세계 속 장소처럼 보였다. 인식이 현실을 따라잡지 못하는 느낌이었다.

"……저, 체포된 겁니까?"

"체포된 기억이 있나?"

185

아즈미는 대답하지 않았다. 미도는 아즈미를 가만히 바라보다가 결국 어쩔 수 없다는 듯이 입을 열었다.

"일단은 중요 참고인. 병원에서도 설명했을 텐데."

기계적으로 "그래요?"라고 되묻고 다시 물었다.

"범인은 아직 잡히지 않았습니까?"

"어떤 범인 말이지?"

"아즈사를…… 무라세 아즈사를 납치해서 죽인 범인 말입니다."

아파트에서 본 아즈사의 얼굴이 떠올랐다. 기이하게 꺾인 팔다리가 떠올랐다. 비명을 지르고 싶은 충동을 이를 악물고 참았다.

미도는 말없이 아즈미의 얼굴을 노려봤다. 도야마 밑에서 일할 때 수없이 받았던 의심의 눈빛이었다.

결국 미도는 아즈미의 질문에 끝까지 답하지 않았다.

"어제 어디서 뭘 했는지 자세히 들려주겠나?"

아즈미는 이른 아침에 전화를 받고 일어난 이후 일들을 말했다. 퓨와이트의 편지, 그 안에 적혀 있던 지시, 선불폰. 미도는 경청하는 역할에 충실하면서도 날카로운 눈빛만큼은 한순간도 떼지 않았다.

"회사는 기타가와 루이에게 맡기고 전 즉시 몸값 마련에 나섰습니다. 현금 천만 엔은 구할 수 있었지만 나머지는 구할 방도가 없었죠. 그래서 지인들에게 연락해서 어떻게든 도움을 청했습니다."

"나머지 9천만 엔. 어마어마한 액수잖아. 그 지인이 누구지?"

"IT 관련 사업가입니다."

"이름이?"

"……폐를 끼칠 수 있으니 말씀드릴 수 없습니다."

관찰하는 듯한 침묵이 깔린다.

"제 생명보험을 담보로 했습니다."

"생명보험?"

"조사하면 금세 아실 수 있을 겁니다. 1억 정도 나오는 보험입니다. 수취인은 기타가와 루이고요."

형사는 흥, 하고 코웃음을 치고 말없이 뒷이야기를 재촉했다.

"교세라 돔 앞에서 기타가와 루이를 만나 돈을 건넸습니다. 그것으로 일단 범인의 지시를 마쳤으니 일대를 걷고 있었죠. 그런데 얼마 후 퓨와이트에게서 받은 선불폰이 진동했고……."

※

7월 13일 오후 12시 20분. 선불폰 스피커 너머에서 들리는 목소리는 아침에 통화한 상대가 틀림없었다. 기계로 가공된 듯한 귀에 거슬리는 목소리였다.

─돈은?

전화를 받자마자 퓨와이트는 물었다.

"준비했습니다. 저희 부사장이 지금 센트럴 타워로 가져가는 중이에요."

─정말 1억인가?

"네. 확실히 확인했습니다."

휘유. 기계를 통해 전해지는 휘파람 소리는 마치 오류음 같았다.

—대단한걸. 다 마련할 줄은 몰랐는데.

"돈 같은 건 중요하지 않습니다. 전 시키는 대로 했습니다. 얼른 아즈사를 무사히 돌려보내 주십시오."

—물론이지. 쿼드 프로 쿼(quid pro quo).

"네?"

—물물교환, 상호주의. 억만장자든 사형수든 이 원칙은 변하지 않아. 불변의 이치를 왜곡할 생각은 추호도 없어.

"강의는 됐으니 그보다 아즈사랑 통화하게 해 주십시오."

—그건 불가능해.

"이보세요. 물물교환이면 그쪽이 가진 물건이 진짜인지 확인하는 게 당연하지 않나요?"

—어이, 아즈미 씨. 이건 신용 거래야. 그쪽이 일방적으로 이쪽을 믿어야 하는 거래라고.

"그런 말도 안 되는 이야기가 어딨습니까? 얼른 아즈사를 보내 줘요."

—잘 들어. 난 뭐가 어떻게 되든 상관없는 상황이야. 당신이 지금 당장 경찰서에 달려가 모든 걸 털어놓으며 날 신고해도 전혀 무관하다고. 그럼 돈은 포기하고 무라세 아즈사의 몸을 갈기갈기 찢어 버리면 되는 거지. 당신네 회사에는 뭘 보내 줄까? 눈? 내장?

"그만!"

소리치고 나서 후회했다. 퓨와이트가 누군지도 모르는 상황에서 감정에 휩쓸리고 말았다.

"그만하십시오. 제발, 제발."

─킥킥. 자꾸 그렇게 재밌게 굴지 마. 너무 즐거워서 질식할 것 같다고.

뒤틀린 사디즘의 느낌이 들었다. 아무래도 제대로 된 협상은 포기해야 할 듯했다.

─자. 무라세 아즈사를 만나고 싶으면 내 지시를 완벽히 클리어해야 해. 단 한 번이라도 실수하면 게임 오버니까 필사적으로 해.

"알겠습니다. 시키는 대로 하겠습니다. 어떻게 하면 됩니까?"

─일단 덴노지로 가. 거기 가면 긴테쓰아베노바시역 지하에 '타셋'이라는 카페가 있어. 3시까지 그곳에서 연락을 기다려. 자리는 안쪽 자리로. 입구를 마주 보고 앉아야 해. 얼굴을 가릴 수 있는 모자와 선글라스를 구해서 쓰고 들어가. 핸드폰은 전원을 꺼 두고 선불폰을 손에 꼭 쥐고 있는 게 좋을 거야. 두 번 만에 안 받으면 끝이니까.

전화가 끊겼다. 시계를 본다. 긴테쓰 아베노바시역까지는 시간에 맞출 수 있다. 아즈미는 지요자키역으로 뛰어갔다.

목적지에 약속 시간보다 한 시간 전에 도착했다. 가게를 확인하고 모자와 선글라스를 샀다. 그것들을 쓰고 거울을 보니 왠지 수상한 중년 남자가 완성돼 있었다.

넓은 카페에는 손님이 꽉 차서 범인이 정한 조건에 맞는 자리가 없었다. 온몸에서 핏기가 가시려는 순간 마침 모자 쓴 청년 한 명이 일어서서 아즈미는 득달같이 그곳에 앉았다. 주문한 아이스 카페오레를 금세 비우고 리필을 요청한 후 선불폰을 들고 가만히 기다렸다. 그저 기다렸다. 시끄러운 소음과 지나치게 낮게 설정된 에어컨 온도도 신경 쓰이지 않았다. 하염없이 시간이 오기만을 기다렸다. 3시. 그러나 선불폰은 울리지 않았다.

상황에 변화라도 생겼을까. 가장 바람직한 가능성은 경찰의 사건 해결이다. 최악의 상황은 상상하고 싶지 않았다.

어느 쪽이든 이렇다 할 움직임이 있었다면 루이에게서 연락이 올 텐데……. 아니, 지금 내 휴대폰은 퓨와이트의 지시로 전원이 꺼져 있다. 루이와 경찰, 도야마와 연락이 닿지 않는다. 불안을 해소할 방법은 없다.

루이는 센트럴타워에서 형사에게 돈을 건네고 그길로 수사본부가 있는 곳으로 간다고 했다. 마침 퓨와이트에게서 연락이 온 직후 몸값 운반을 맡은 형사가 출발했다고 마지막 문자로 알려 줬다.

루이에게 다음 소식이 도착했을지 모른다. 몇 초라도 휴대폰을 켜 볼까…….

유혹은 달콤했지만 그것이 초래할 비극을 상상하면 실천에 옮길 수 없다. 통화음 두 번 이내라는 지시가 야기하는 긴장감 속에서 선불폰과 눈치 싸움을 계속해야 했다.

그리고 마침내 그것이 진동했다.

"네, 아즈미입니다."

─입 가리고 목소리 낮춰. 주변에서 못 듣게 조심해.

시키는 대로 했다.

—가게 분위기는 좀 어때? 손님은 많나? 거기 추천은 롤케이크야. 크림이 진하고 빵이 아주 촉촉하지. 한번 시켜 보는 건 어때?

여유로운 그의 말에 아즈미는 선뜻 대답하지 못했다.

"죄송하지만 식욕이 없어서."

—그럼 안 돼. 밥은 잘 챙겨 먹어야지.

무슨 이야기를 하려는 걸까.

—가만있지 말고 뭐 한마디라도 해 봐.

"……아즈사의 상태는 어떻습니까?"

—질문 말고. 당신 이야기를 하라는 거야.

혼란스러웠다. 이 녀석은 정말 정신 나간 미치광이일까.

"이런 상황에서 무슨 제 이야기를 하라는 겁니까."

—그럼 숫자를 세.

"숫자요?"

—그래. 일, 이, 삼, 하고.

"장난은 제발 그만두십쇼."

—아니. 이건 명령이야. 특별 서비스로 사만 세도 되게 해 줄게. 큰 소리로 '사아!'라고 말해. 알겠어? 방금 내가 말한 것처럼. 배에 힘을 주고.

"진심으로 하는 말씀입니까? 모든 사람들이 절 쳐다볼 겁니다."

—얼른.

"……사아!"

주변의 시선이 쏠리는 게 느껴졌다. 모두 한결같이 놀란 표정을 짓고 있다.

—나쁘지 않아. 흉내 잘 내네?

아즈미는 이를 악물었다.

—어이, 말 좀 해 보라니까.

"……도대체 뭘 하라는 거야?"

—질문은 안 된다고 했지. 아즈미 씨. 당신 이야기를 해.

"내 이야기 따위 없어."

—그럼 무라세 아즈사 이야기. 걔는 좀 어땠어? 아이돌로 미래가 있었나?

"물론이지. 얼마든 성장할 가능성이 있는 아이야."

—그렇군. 당사자의 의욕은?

대답하기 곤란했다. 아즈미도 사실 그 부분만큼은 회의적이었기 때문이다.

속으로 '거짓말해도 괜찮으니 어서 대답해' 하고 스스로 다그쳤다.

"의욕도 있었어. 아직은 탐색 단계일지도 모르지만 다른 사람을 기쁘게 하는 걸 좋아하는 아이라고. 자신을 희생해서라도 누군가를 행복하게 해 주고 싶다는 마음을……."

—오, 이런. 시간이 다 됐군. 우메다 다이이치 빌딩 지하에 있는 '모아레'라는 가게로 5시까지 와.

갑작스럽게 그 말만 남기고 퓨와이트는 전화를 끊었다.

도무지 이해할 수 없었다. 이대로라면 마치 자신이 몸값을 운반하는 모양새 아닌가. 안타깝게도 손에 쥔 돈은 5만 엔도 채 안 된다.

그러나 불평할 상대는 이미 전파 너머로 사라졌다. 자신이 할 수 있는 것은 마차를 끄는 말처럼 뛰어다니는 것뿐이다. '타셋'을 나가 지하철 미도스지선으로 향했다.

시간은 오후 3시 30분.

4시가 조금 넘었을 때 '모아레'에 도착했다. '타셋'과 비슷한 카페지만 좌석 수는 더 적다. 휴일인데도 정장 차림의 회사원이 많이 보였다. 자리를 잡고 앉아 카페오레를 주문했다. 오늘 하루 동안 벌써 석 잔인데 넉 잔째다. 신문이나 잡지를 볼 엄두는 나지 않아 결국 선불폰을 손에 꼭 쥔 채 시간이 흐르기를 기다렸다. 루이가 보낸 문자 메시지를 확인하고 싶은 충동을 억눌렀다. 어쨌든 퓨와이트의 연락이 예정된 이상 게임은 끝나지 않는다.

문득 이게 뭘 위한 게임일까 하는 의문이 들었다. 퓨와이트는 정말 돈 때문에 이런 짓을 벌이는 걸까. 하지만 돈이 목적이 아니면 뭐가 목적일까. 전혀 알 수 없었다.

오후 5시. 선불폰이 진동했다. 즉시 통화 버튼을 눌렀다.

"네, 아즈미입니다."

─목소리 낮춰. '타셋'보다 더 조용한 곳이니.

아즈미는 입을 가린 채 "알겠습니다"라고 조용히 대답했다.

─이제야 레이스가 마지막 코너를 돌았어. 곧 끝이야. 당신 일도 끝난다고.

"아즈사를 돌려보내 줄 거죠?"

―당연하지. 그런데 지금부터가 진짜 승부야. 여기서 실패하면 굿바이.

"제가 뭘 하면 됩니까?"

―설명은 딱 한 번만 할게. 집중해서 들어.

그가 시키는 대로 아즈미는 온 신경을 청각에 집중했다.

※

미도는 팔짱을 끼고 말없이 아즈미의 이야기를 들었다. 얼굴에서 동정심 같은 건 티끌만큼도 찾아볼 수 없다. 바늘로 찔러도 피 한 방울 나오지 않을 것 같은 인상이다.

"퓨와이트가 서둘러 도요사키에 있는 아파트로 가라고 했습니다. 706호 우편함의 비밀번호를 알려 주고 그 안에 스마트폰이 있으니 선불폰과 바꿔 가라고 하더군요."

"아파트에 도착한 건 몇 시지?"

"5시 반쯤이었던 것 같습니다."

"용케 기억하네."

"스마트폰을 봤거든요. 퓨와이트에게 SNS 앱을 열어 보라고 지시받았습니다. 지금 66번 운반책이 가 있는 곳에 6시 반까지 가라고. 우메다에 있는 극장이었습니다."

"'이토헨'의 라이브 뷰잉이 열린 그 극장 말이군."

"네, 맞습니다. 그곳에 가서 티켓을 사고 좌석에 앉아 기다렸습니다. 7시가 되면 66번 운반책이 사라질 테니 봉투를 들고 아파트로 돌아가라더군요. 업로드된 사진 속 자리는 L15번이었고요."

가운데쯤에 앉아 있던 아즈미는 자리에서 일어나 뒤로 이동했다. 그사이 상영관 내 불이 꺼지고 공연이 시작됐다. L15 좌석을 보니 장년 정도로 보이는 남자가 앉아 있었다. 아무리 봐도 아이돌 공연을 보러 온 사람 같지는 않았다.

그러나 퓨와이트의 말과 달리 남자는 움직이지 않았다. 아즈미는 초조해졌다. 뭔가 문제가 생긴 게 아닌가 걱정했지만 어쨌든 그가 들고 있는 봉투를 손에 넣어야 했다.

"그때 형사님이 일어서셨습니다."

바로 지금이라며 아즈미는 거칠게 다른 관객 사이를 뚫고 지나갔다. 그리고 형사를 밀치고 봉투를 낚아채고 상영관을 빠져나갔다.

"택시를 타고 도요사키에 있는 아파트에 가서 706호로 향했습니다."

"그곳에 무라세 아즈사 양이 있었군."

아즈미는 고개를 끄덕였다. 드라이아이스 팩에 둘러싸여 영원한 잠에 빠진 아즈사의 모습이 머릿속에 떠올랐다.

"……퓨와이트 자식은 처음부터 아즈사를 돌려보낼 마음이 없었습니다. 돈 같은 것도 필요 없었고 그저 아즈사를 죽이고 한바탕 소동을 부리고 싶었을 뿐이었겠죠. 정말 쓰레기 같은 자식입니다."

미도는 침묵했다.

"형사님. 빨리 그 자식을 붙잡아 주십쇼. 그걸 위해서라면 뭐든 하겠습니다. 도울 일이 있다면 돕겠습니다. 제가 아즈사에게 해 줄 수 있는 건 이제 그뿐입니다."

"마음가짐이 가상하네. 자, 그럼 지금부터 당신의 이야기에서 이상한 부분을 하나씩 없애 가 볼까."

미도의 말 속에 아즈미를 향한 배려는 없었다.

"전 있는 그대로 모든 걸 말씀드렸습니다."

"그럼 우선 당신 회사 앞에 있었다는 편지를 보여 주겠어?"

"그건 아파트 우편함에 넣었습니다."

"706호 우편함 말인가?"

"네. 그 안에 선불폰과 함께 넣으라고 했습니다."

"편지를 거기까지 들고 간 것도 퓨와이트의 지시였나?"

"네. 반드시 지참하라고 적혀 있었습니다."

"사본 같은 건?"

"그건……. 거기까지는 머리가 안 돌아가서."

"손 글씨였나? 아니면 워드프로세서?"

"워드프로세서였습니다. 왼쪽 모서리에 아즈사의 운전면허증 사진이 있어서 장난 같은 게 아닐 거라 믿었습니다."

"거기 적혀 있던 지시 사항을 정확하게 읊어 봐."

무라세 아즈사를 납치했다. 경찰에 신고하면 용서하지 않을 것이고 어차피 차후에 내가 직접 할 것이다. 형사에게 전화가 걸려 와도 모르는 척하라. 몸값은 1억. 정오까지 준비할 것. 동봉한 선불폰과 편지를 계속 함께 들고 다녀라. 상기 지시를 어기면 무라세 아즈사의 목숨은 없다.

"몸값의 절반 이상을 돌려받을 수 있으니 일단 1억만 준비하라고도 적혀 있었습니다."

"그렇군."

뭐가 '그렇군'인가.

"그 말을 믿고 당신은 자기 돈뿐만 아니라 회사 운영 자금, 그리고 빚 9천만 엔을 합쳐 총 1억 엔을 마련한 건가."

"딱히 믿었던 건 아닙니다. 그냥 시키는 대로 할 수밖에 없었습니다."

"그런데 그런 거금은 하늘이 무너져도 나올 곳이 없다고 읍소하는 게 보통 아닌가? 당신은 사무소에 소속된 한 사람만을 위해 그런 돈을 모았어. 심지어 자기 목숨까지 담보로 해서 말이야. 당신에게 무라세 아즈사 양은 그렇게까지 가치 있는 인재였나?"

"······무슨 뜻이죠?"

"그냥 사실 확인을 하려는 거야. 실제로도 돈은 거의 무사히 돌아왔지. 다행 아니야?"

불길한 기운이 느껴졌다. 무라세 아즈사가 죽은 아파트에 함께 있던 자신을 경찰이 참고인 신분으로 데려온 것까지는 이해할 수 있다. 현행범으로 체포해도 이상하지 않은 상황이라는 것도 안다. 그건 어쩔 수 없지만 그물에 걸린 물고기를 선별하는 듯한 미도라는 형사의 태도가 마음에 들지 않았다.

미도가 변함없는 톤으로 다시 입을 열었다.

"선불폰 번호를 기억하나?"

"그놈에게서는 계속 발신자 번호 표시 제한으로 연락이 왔습니다."

"그거 말고, 당신이 가지고 있었다는 그 선불폰 번호 말이야."

"그건 모르겠습니다. 알아볼 생각을 하지 않았고 애초에 잠금 상태였으니까요. 패스워드는 네 자리 숫자였습니다."

"수신만 할 수 있는 상태였나 보군. 유감이네. 그 번호만 알면 내역을 조사해 증언의 신빙성을 확보할 수 있었을 텐데……."

말투가 거슬렸다.

"확실하게 말씀해 주십쇼. 지금 절 의심하시는 겁니까?"

"앞서가지 마. 하나씩 하고 있으니."

한치도 흔들리지 않는 형사의 눈빛을 보며 아즈미는 그제야 처음 두려움을 느꼈다.

"아무튼 당신의 행동을 정리하자면 이래. 먼저 아침 6시가 지나 히가시나리구에 있는 자택 아파트에서 나와 주오구 회사로 향했다. 난바에서 지인과 만난 시간은 아침 11시쯤. 교세라 돔에서 기타가와 루이에게 1억을 건넸고, 12시 20분에 범인에게 전화가 왔다. 그 후 아베노로, 다음은 우메다. 도요사키의 아파트에 갔다가 저녁 6시 반에 '부르크7'. 7시에 다시 도요사키의 아파트에 가서 무라세 아즈사의 시신 앞에 주저앉아 있다가 형사에게 붙잡혔다. 여기서 뭐 틀린 거라도?"

아즈미는 말없이 고개를 흔들었다.

"그런데 범인은 왜 무라세 아즈사 양의 가족이 아닌 직장으로 전화를 걸었을까?"

"……아즈사에게는 가족이라 할 만한 사람이 없습니다."

"호오, 그건 또 무슨 소리지."

"직접 알아보시죠."

협조를 아끼지 않겠다고는 했지만 다른 사람의 과거를 함부로 밝힐 수는 없다.

"그래. 그렇게 하지."

미도는 신경 쓰지 않는다는 듯이 다시 말을 이어 갔다.

"……애니웨어콜이라는 상담 하청업체에 퓨와이트가 전화를 다섯 번이나 걸었다더군. 9시 반, 11시, 정오 넘어, 3시경, 6시경. 통신사에 남은 기록에 따르면 발신은 전부 무라세 아즈사 양이 쓰는 스마트폰으로 이뤄졌어. 기지국 정보로 대략적인 위치도 알 수 있었고."

미도는 거기서 말을 한 번 끊었다. 냉랭한 눈빛으로 지그시 아즈미를 본다.

"……뭐죠?"

"그다음 이야기를 하기 전에 뭐 하고 싶은 말 없나?"

왠지 협박처럼 들려서 등골이 오싹했다. 아즈미는 감정을 숨기며 중얼거렸다.

"없습니다. 계속하세요."

"그래. 자, 그럼 범인이 전화를 건 곳은 각각 주오구, 나니와구, 니시구, 아베노구, 그리고 기타구야."

미도가 열거한 장소를 머릿속에서 검토하자 또다시 온몸에 소름이 돋았다.

시간과 장소 모두 자신의 움직임과 정확히 겹친다.

"아베노와 우메다에 간 건 퓨와이트의 지시에 따랐을 뿐입니다!"

"주오구와 난바, 그리고 교세라 돔이 있는 니시구는? 퓨와이트는 돈도 없는 당신이 향한 곳을 일일이 졸졸 쫓아다녔다는 말인가?"

그랬던 게 틀림없다. 생각해 보면 회사로 가라고 한 사람도 퓨와이트였으니 쇼게키에서 기다리면 자신이 올 게 분명했다. 그 뒤로는 이동하는 자신을 따라오기만 하면 된다.

"범인이 피해자의 고용주를 미행하다니. 정말 듣도 보도 못한 이야기네."

"그건 제 알 바 아니고요. 하지만 그런 해석 말고 또 어떤 해석이 가능한지 모르겠습니다."

"뭐 일단 넘어가도록 하지. 범인에게 전화가 걸려 온 시간에 당신이 어디 있었는지는 우리도 알아. 찻집에는 CCTV도 있을 테니 조사하면 되고."

아즈미는 '마음대로 하세요'라고 하려다가 멈칫했다. 아베노에 있는 카페 '타셋'이 떠올랐다. 그때 퓨와이트는 왜 집요하게 '사아!'라는 말을 하라고 시킨 걸까.

"혹시 범인이 3시에 전화를 걸었을 때 숫자를 읽었습니까?"

"……왜 그렇게 생각하지?"

미도의 말투가 날카로움을 머금었다. 이것으로 충분하다. 틀림 없다. 퓨와이트는 '사아!'라고 말했다.

"전 함정에 빠졌습니다."

"함정에 빠졌다고? 이상한 소리를 다 하는군. 이봐, 아즈미 씨. 근본적인 질문을 하나 하겠는데 당신, 왜 경찰에 모든 걸 털어놓지 않은 거야?"

"왜냐니……. 당연히 그런 짓을 하면 무라세 아즈사의 목숨이 위험해질 것 같아서죠."

"그게 영 납득이 안 돼. 범인은 스스로 경찰에 자신의 납치 사실을 알렸어. 우리가 움직인다고 해서 당신 잘못은 아니었던 거야. 군말 없이 시키는 대로 해 봐야 무의미했다고."

"아즈사의 목숨이 최우선이었습니다. 설령 돈을 빼앗긴다고 해도 그 아이가 돌아오면 충분했어요."

그리고 또 한 가지, 경찰에 대한 불신도 있었다. 오래전부터 경찰을 상대해 본 경험으로 그들의 목적과 수단이 때로는 피해자의 의사를 전혀 고려하지 않는다는 것을 몸소 알고 있었다.

"돈만 주면 아즈사가 돌아올 거라고 믿었습니다. 그래서 퓨와이트가 시키는 대로 한 거고요."

"그것도 이상해. 이번에는 범인이."

"네?"

"범인은 왜 당신한테 돈을 직접 받으려고 하지 않았을까?"

"뭐라고요?"

"당신이 경찰에 신고하지 않는다면 그냥 조용히 당신한테서 돈을 받으면 되잖아. 왜 그렇게 하지 않았을까?"

"······절 믿지 못했나 보죠."

"당신 뒤를 졸졸 쫓아다녔는데?"

지시에 따라 움직이는 모습을 보고 있었다.

"당신은 운반책인 형사를 밀치고 돈을 빼앗아 달아났어. 범인의 계획대로 지시에 잘 따르는 충실한 꼭두각시였지. 그런데도 무라세 아즈사 양은 살해당했어. 그리고 돈은 거의 다 돌아왔고. 이건 뭔가 이상하지 않아? 이래서는 범인이 돈을 어떻게 손에 넣으려 한 건지 도무지 알 수가 없는데."

"저한테 묻지 말고 퓨와이트에게 직접 물어보시죠."

"그럼 질문을 바꿔 볼게. 몸값이 무사히 돌아와서 **가장 이득을 본 사람은 누굴까?**"

"······너, 이 자식."

분노가 치밀어 올랐다.

"지금 장난해? 난 피해자야! 말조심해!"

아즈미의 분노를 미도는 냉정한 얼굴로 받아넘겼다. 그리고 대뜸 물었다.

"당신, 7월 7일 밤, 그러니까 정확히 말하면 낮 2시 이후에 어디 있었어?"

"뭐? 7월 7일?"

"그래. 바로 지난주 월요일."

"그건 왜?"

"필요하니까. 어차피 조사하면 다 나오니 솔직히 말해."

"……아는 사람을 만났어."

"증명할 제삼자가 있나?"

있을 리 없다.

"없나? 그렇군."

미도가 입을 다물었다. 몸 깊숙한 곳에 짜증이 차곡차곡 쌓여 갔다.

"어설픈 연기 그만해. 대체 무슨 말을 하려는 거야!"

"무라세 아즈사에 대해. 무라세 양이 마지막으로 목격된 날짜는 7월 7일. 그날 점심시간에 애니웨어콜에서 나간 무라세 양은 동료 몇 명과 카페에서 함께 밥을 먹었다더군. 새우 크림 파스타를 먹었다고 해. 동료들의 증언에 따르면 무라세 양은 평소 9시부터 6시까지 근무했는데 그날은 누군가 사람을 만나야 한다며 조기 퇴근을 신청했다더군."

"사람을 만난다고 했다고?"

"그날은 칠월칠석이었으니까. 동료들은 애인이라도 만나러 가는 거냐고 물었지만 그냥 웃어넘기기만 했대. 그로부터 약 한 시간 후 카페를 나가 사람들과 헤어졌고 그 뒤로 연락이 끊겼어."

"그건 우리도 마찬가지야. 다음 날 촬영 때 대역을 섭외했다고."

"평소에도 그런 일이 자주 있었나?"

"아니, 적어도 아즈사만큼은 그런 식으로 갑작스럽게 취소한 적은 한 번도 없었어. 이 업계에서 스케줄을 어기는 건 금기나 마찬가지니."

"그럼 그날 아즈사 양에게 평소와 다른 사정이 있었다는 말이군. 대역은 당신이 섭외했나?"

"……소속 연예인 관리는 전적으로 기타가와 루이에게 맡기고 있어. 그래서 난 뒤늦게 알았고."

미도는 "그렇군" 하고 건조하게 대답했다. 고개를 끄덕이는 아즈미의 손바닥에서 땀이 배어났다.

미도가 다시 질문을 이어 갔다.

"무라세 양이 애니웨어콜에 갈 때 입고 갔던 옷은 집에서 발견됐어. 훼손 흔적은 없다더군. 일단 집에 돌아가 옷을 갈아입고 다시 나간 것으로 추정되는 상황이야."

이후 행보는 아직 확인되지 않고 있다.

"시신은 살해 후 냉동 보관해서 부패를 막았지만 대략적인 사망 추정 시간은 나왔어. 사흘에서 일주일쯤 전이라더군. 그리고 위 속 내용물은 새우 크림 파스타. 적어도 8일에는 휴대폰 전원이 꺼져 있었다는 말이야. 그게 무슨 뜻인지 알겠나?"

설마.

"무라세 양이 사망한 시점은 납치극보다 일주일 전인 7월 7일 밤이었을 가능성이 커."

충격이었다. 무라세 아즈사의 생명을 구하려고, 오직 그것만을 위해 움직였던 자신의 행동이 처음부터 헛수고였다는 말인 것이다.

납치가 일어난 시점에 무라세 아즈사는 이미 죽어 있었다. 그것도 일주일 전에. 퓨와이트는 자신이 죽인 여자를 인질 삼아 돈을 뜯어내려고 했다는 말인가. 이런 정신 나간 종자가 또 있을까.

"자, 그럼 그걸 바탕으로 다시 물을게. 당신, 그날 어디서 뭘 했어?"

"뭐?"

"7월 7일 말이야."

아즈사가 살해된 것으로 추정되는 날.

"회사에 있었어. 평소처럼 일하다가 6시 전에 퇴근했고. 우리 직원에게 물어보면 누군가는 기억하고 있을 거야."

"그 이후는?"

그 이후.

"대답 못 하겠나? 그럼 내 상상을 말해 주지. 당신은 그날 밤 무라세 양을 만났어. 그리고 어떤 트러블이 생겨 그녀를 죽였지. 궁지에 몰린 당신이 고심해서 쥐어짠 해결책이 바로 이번 납치극이고."

아즈미는 입을 떡 벌리며 아연실색했다.

"내가 무라세 아즈사를 죽이고 납치극을 벌였다고?"

"그래. 가짜 납치극을. 당신은 일주일 동안 준비한 계획을 어제 실행에 옮긴 거야."

아즈미를 압박하려는 듯이 미도는 상반신을 앞으로 기울였다.

"무라세 아즈사 양은 납치 후 살해된 게 아니라 살해 후 납치됐어. 당신의 계략 속에서."

"헛소리 하지 마!"

"헛소리는 무슨."

조용히, 그러나 화내는 목소리 이상의 박력으로 미도는 아즈미를 몰아붙였다.

"당신은 무라세 양을 살해한 죄를 가상의 납치범인 퓨와이트에게 덮어씌우려고 했어. 경찰에 연락하지 않은 건 이번 일이 자작극이었기 때문이지. 1억 엔이라는 거금을 준비한 건 어차피 돈이 다시 돌아올 걸 알고 있었으니. 영리 목적의 납치범이 몸값에 집착하지 않은 것도 이번 사건의 진짜 목적은 돈이 아닌 살인 은폐였기 때문이야."

"웃기지도 않아."

"그래. 웃기지도 않지. 그래서 당신은 지금 여기 있는 거고."

아즈미는 고개를 숙였다. 머리를 감싼 채 필사적으로 이 거짓말 같은 미궁의 출구를 찾았다.

"……무로토 쓰토무."

"뭐?"

"7월 7일 밤 내가 만난 사람 이름이야."

"그게 누구지?"

"한때 정치인 비서로 일했던 사람. 난 지난 10년 동안 그 녀석에게 계속 시달려 왔어. 경찰에 피해 접수도 해서 전에 한 번 녀석이 체포된 적도 있어. 조사해 보면 내 말이 사실이라는 걸 알 수 있을 거야."

"7월 7일에 그 녀석을 만났다고?"

"그래."

"장소는?"

"……모르겠어."

"모르겠다?"

"난 그날 밤 사무실에서 나가 주차장으로 가는 길에 녀석에게 납치된 후 폭행당했어. 풀려난 건 9일 아침이었고."

미도는 팔짱을 끼고 간이 의자에 등을 기댔다.

"그 녀석은 지금 어딨지?"

"내가 알 리 있나. 갑자기 나타나서 나에게 고통을 주고 다시 떠나 버리는 녀석인데."

잠시 침묵이 흐른 뒤 미도가 싸늘하게 말했다.

"이봐. 아즈미 씨. 내가 그런 이야기를 믿을 것 같아?"

믿을 거라고 생각하지는 않는다. 자신도 미도 입장이라면 절대 믿지 않았을 것이다.

"……기타가와 루이에게 연락하게 해 줘."

"안 돼. 증거인멸 가능성이 있으니."

문득 퓨와이트는 단순히 정신 나간 녀석이 아닌 잔인하고도 교활한 미치광이일지 모른다는 생각이 들었다.

그리고 분명 그 녀석의 계획 때문에 지금 자신이 살인자가 돼 가고 있다는 걸 느꼈다.

저녁에 미도가 다시 취조실에 돌아왔다.

잠시 휴식 시간이 주어졌지만 아즈미는 이 좁은 방 안에 계속 머물러 있기를 원했다. 그렇게 네 시간 동안 감시를 맡은 기록 담당 형사와 침묵을 지키며 시간을 보냈다. 불평 한마디 없이 기다렸다. 미도가 들고 올 정보를 한시라도 빨리 듣고 싶었다.

"이것저것 밝혀졌지만 일단 중요한 것만 알려 줄게."

미도는 앉지도 않고 아즈미를 내려다보며 말을 이었다.

"무라세 양의 사인은 질식사 가능성이 크다는군. 단적으로 말하면 목을 졸렸다고 해."

구체적인 살해 수법을 들으니 역시나 마음이 착잡했다. 그나마 다행인 것은 그녀의 죽은 얼굴이 마치 잠든 사람처럼 흐트러지지 않았다는 사실 정도일까.

그러나 미도의 다음 한마디로 모든 게 물거품이 됐다.

"무라세 양의 몸은 총 일곱 토막으로 절단돼 있었어. 양팔, 양다리. 몸은 명치 부분부터 절반. 그리고 머리와 귀까지 포함하면 총 여덟 토막인가. 아무튼 전부 사후에 절단된 것으로 추정되고."

문득 메스꺼움이 몰려와 입을 틀어막았다. 그러나 미도는 담담히 사실을 설명했다.

"당신이 도요사키에 있는 아파트에서 손에 넣은 스마트폰은 무라세 양의 것이었어. 퓨와이트라는 범인이 경찰과 애니웨어콜에 전화를 걸었던 그 스마트폰이지. 그리고 아파트 우편함에서는 선불폰과 편지 같은 건 발견되지 않았다고 해. 지문은 오로지 당신 것만 나왔고."

온몸의 체온이 내려갔다.

"아베노바시 카페에 있는 CCTV 영상에 당신과 비슷한 남자가 찍힌 것도 확인됐어."

"'사아!'라고 외친 남자를 기억하는 목격자도 확보했나?"

"그건 아직. 어제 근무한 여직원에게는 아직 이야기를 못 들어서."

아즈미는 흥 하고 다소 허세를 부렸다.

"선불금과 편지는 당연히 퓨와이트가 회수해 갔겠지. 그래서 난 두 번이나 아파트에 가게 된 거고."

"두 번 갔다는 걸 증명할 수 있나?"

"두 번 다 택시를 탔으니 택시 기사를 수소문해 보면 알 수 있을 거야."

"그렇군. 머리를 꽤 잘 굴린 것 같네."

이를 악물었다. 누가 봐도 미도는 지금 자신을 피해자로 보고 있지 않다. 선불폰과 편지를 우체통에 넣었다는 증언 자체를 의심하고 있다.

"선불폰과 편지는 루이도 봤어."

"루이?"

"기타가와 루이 말이야. 쇼게키의 부사장."

"아, 그래. 그 여자도 그러더군. 사무실 문 앞에 있던 봉투에 그런 게 들어 있었다고. 다만 처음 걸려 온 아침 6시 전화는 기억나지 않는다고 했어."

"……통화 기록은?"

209

"무라세 양의 휴대폰에서 당신 전화로. 하지만 중계국은 히가시 나리구. 이해하겠나? 당신이 당신 집에서 당신 휴대폰에 스스로 전화를 걸었을 가능성도 배제할 수 없다는 뜻이야."

아즈미는 반박할 말을 찾지 못했다.

"편지와 선불폰 모두 당신이 사전에 준비했을 가능성도 남아 있어."

"그럼 그것들은 다 어디로 사라졌지?"

"자기 가슴에 대고 직접 물어보는 게 더 빠르지 않겠어?"

"……나한테는 무라세 아즈사를 죽일 동기가 없어."

"원래 남녀가 함께 있다 보면 동기 같은 건 차고 넘치게 만들어지는 법이지. 무라세 양이 칠월칠석날 밤에 만나기로 한 '누군가'가 바로 당신이었을 수도."

"말도 안 되는 소리 하지 마. 그게 무슨."

"증명할 수 있나?"

"증명, 증명, 그놈의 증명. 그럼 당신네 엄마가 이번 일과 상관없다는 것부터 증명해 보시지 그래?"

"무서운 소리 하지 마. 그리고 도요사키의 아파트 말인데, 그곳 명의는 무라세 아즈사였어."

"뭐?"

"사건 나흘 전 수요일. 계약하러 온 사람은 남자였다더군."

"설마 지금 그 사람이 나였다는 말인가? 내 도플갱어인가 보네."

"그건 아직 확인되지 않았어. 남자는 자기 이름을 '히와'라고 하고 부동산을 통하지 않고 직접 집 주인을 찾아와 거래했다고 해. 뭔가 부자연스러운 장발에 색안경, 마스크를 끼고 있었다더군. 요새는 미세먼지 때문에 1년 내내 마스크를 쓰고 다니는 사람도 많아서 별로 의심하지는 않았대. 보통 키, 보통 체격에 나이는 40에서 50대 정도.”

그 정도면 자신 역시 모든 조건을 충족할 것이다.

“히와는 집주인에게 즉시 입주할 집을 찾는다고 했대. 당신도 알다시피 아파트 상태가 그 모양이라 돈만 주면 내일 당장에라도 마음대로 들어가 살아도 된다고 집주인은 대답했다더군. 남자는 무라세 아즈사가 연예인이라고 하고 보증은 그녀가 소속된 연예 기획사가 맡을 거라고 했어.”

“뭐라고?”

“쇼게키. 당신 회사 말이야.”

“난 전혀 모르는 일이야.”

“당신은 몰라도 집주인은 알아. 심지어 회사 직인이 찍힌 서류까지 있다고.”

말도 안 된다. 어떻게 그런 일이.

“남자는 계약금과 석 달 치 월세를 선불로 내고 집 열쇠를 받고 떠났다고 해.”

아즈미는 힘없이 고개를 좌우로 흔들었다.

“당신, 계약한 변호사는 있어?”

그 말에는 입 다물고 대답하지 않았다.

2

소네자키 경찰서 복도에서 마침내 센다를 따라잡았다. 그 옆에는 부경 홍보 담당 직원이 있었다.

"과장님. 드릴 말씀이."

아소를 돌아보며 센다는 노골적으로 불쾌한 표정을 지었다.

"나중에 해. 기자 녀석들이 기다리고 있어."

"오래 걸리지 않습니다. 아즈미 마사히코 조사에 저도 동석하게 해 주십시오."

부처님처럼 통통한 얼굴이 순식간에 찌푸린 표정으로 바뀌었다.

"조사는 지금 강력계가 맡고 있어. 곧 자네에게도 이야기를 들으러 갈 테니 그전까지 얌전히 기다려."

"전 제 이야기를 하고 싶은 게 아니라 그의 이야기를 듣고 싶습니다."

"정말 호기심이 왕성한 양반이구만. 자네는 일을 게임처럼 하나?"

"그럴 수밖에 없습니다. 저도 제 일을 위해 아즈미가 정말 퓨와이트인지 아닌지를 확인해야 합니다."

"체포 영장 청구를 준비 중이라고 하지 않나? 그 자식이 범인이 맞아."

"전 아직 그걸 확인하지 못했습니다."

"내 판단에 일일이 자네 확인이 필요하나?"

"초기 대응에 관여한 사람으로서 납득하고 싶을 뿐입니다."

"자네가 엮인 건 납치 사건이야. 그것도 가짜로 벌인. 아직 모르겠나? 자네가 우왕좌왕하기 일주일 전에 이미 무라세 아즈사는 죽었다고."

"그 이야기는 바로 조금 전에 저도 들었습니다."

목소리에서 감정이 묻어났다. 아즈미 마사히코가 연행되고 무라세 아즈사의 사망이 확인된 시점에 사건은 특수범죄과의 손을 떠났다. 이후에는 센다의 입김이 닿는 강력계가 주도권을 잡아 아소에게는 정보가 전달되지 않는다. 무라세 아즈사의 사망 추정 시간도 미쓰미조의 인맥을 통해 들은 것이었다.

"이봐. 아소. 납치의 시간은 이미 끝났어. 이제는 살인 사건의 시간이야. 자네가 끼어들 여지가 없어."

"저도 1과 형사입니다. 참여 자격은 있습니다."

특수범죄과가 사후 수사에 관여하지 않는 게 관례인 걸 잘 아는 아소에게 센다는 한숨과 쓴웃음을 지으며 어깨에 손을 얹고 말했다.

"지금 이런 데서 농땡이 피울 때야? 자네한테는 더 중요한 일이 있잖나. 자네의 지나친 의욕 때문에 쓸데없이 낭비된 경비 청구서를 쓰는 일이. 그게 끝나고도 시간이 남으면 가서 화장실이라도 청소해."

떠나는 센다의 뒷모습이 그야말로 의기양양해 보였다. 아소는 우두커니 그 모습을 바라봤다. 분노는 들지 않았다. 다카노의 주가가 떨어진 지금 부경 안의 정치 역학은 센다에게 쏠려 있다. 또 초기 수사의 책임을 자신에게 떠넘기고 싶어 한다는 점에서는 양측의 입장이 일치하기도 한다.

다카노에게서는 그동안 전화나 문자 한 통도 없었다.

원래 이런 것임을 알면서도 아소는 발걸음이 무거웠다.

소네자키 경찰서를 나가자 경적 소리가 울렸다. 회색 렉서스의 운전석 안에서 미쓰미조가 몸을 숙이며 가볍게 손을 들었다.

"어떠셨습니까?"

"어떻긴요. 수확은 없습니다."

미쓰미조는 "그런가요" 하고 미도스지 방향으로 차를 몰며 만두 귀를 거칠게 만지작거렸다.

"그나저나 정말 쪼잔하네요. 전 강력계 시절부터 센다를 별로 좋아하지 않았습니다. 뛰어난 감각과 능력을 오직 조직 내부 정치에만 쓰고 있으니 한심해 보이더군요."

아소는 미쓰미조의 말을 흘려들었다. 센다 개인에 대한 감정은 자신 안에 존재하지 않았다.

"그런데 뭐, 그의 말도 일리는 있습니다. 억울하기는 하지만요. 사건이 살인 사건이 됐다면 납치는 부수 문제죠. 게다가 그게 살인을 은폐하기 위한 연극이었다면 더더욱."

"하지만" 하고 미쓰미조는 말을 이었다.

"제가 화나는 건 그 추론을 본부에 전한 사람은 주임님이잖습니까. 그런데도 이렇게 대놓고 배제하는 건 너무하지 않나요?"

형사 특유의 감각이라고 생각했다. 경찰은 정의감만으로 똘똘

뭉친 조직이 아니다. 내부에서는 치열한 경쟁의식이 팽팽히 맞서고 있다. 사건이 크면 클수록 '내가 해결했다'라는 훈장을 모두가 원한다. 비단 금일봉이나 출세를 위해서만은 아니다. 오히려 그런 것들과 무관한 열혈 형사들일수록 공로에 집착한다. 그들이 존재를 증명할 수 있는 거의 유일한 수단이기 때문이다.

아소에게 사건은 해결만 하면 되는 것이었다. 누가 MVP가 될지는 관심이 없다. 평소 같았으면 순식간에 사고를 회전해 센다의 말대로 어떻게 하면 일을 잘 마무리할 수 있을지 골몰했을 것이다.

"누가 그를 조사 중이죠?"

"미도 하지메라고 하는 대머리 형사놈입니다."

"실력이 괜찮나요?"

"글쎄요. 뭐 그럭저럭. 저도 잘 아는데, 뭐 어쨌든 흔들리지 않는 아수라상 같은 형사입니다. 그리고 한번 문 상대는 끝까지 물고 늘어지는 타입. 그래서 별명이 '미도스지'랬나."

"그게 뭐죠?"

"뭐냐고 하시면?"

"별명의 의미 말입니다."

"아, 지하철 미도스지선은 거의 일직선이잖습니까."

지금 막 그 미도스지에 합류하기 직전이었다.

"아무튼 미도가 맡았다면 괜찮을 겁니다. 그렇다고 해도 저희한테 딱히 메리트는 없네요. 옆에서 훼방 놓겠다는 것도 아니고 그냥 동석만 시켜 달라는 건데. 그것도 저희는 사건 발생 당시부터 사건을 수사해 온 사람들이잖습니까."

미쓰미조가 옛 거처인 강력계보다 아소의 입장에 진심으로 더 동조하는지는 알 수 없지만 사건에 대한 관심을 잃지 않은 것만은 분명해 보였다.

"미쓰미조 형사님. 정말 이 사건을 전부 아즈미 마사히코가 벌인 일이라고 생각하시나요?"

"정황상 그럴 수밖에 없죠. 애초에 납치 발생 당시부터 이상했습니다. 영리 목적인데 범인의 돈을 챙기기 위한 계산이 너무 허술했으니까요. 지나치게 연극적으로 느껴진 것도 인질을 죽인다는 결말에 맞춘 연출이었다고 생각하면 납득 못 할 것도 아닙니다."

"이상 성격의 소유자로 보시는군요."

"네. 아즈미 마사히코의 계획은 전적으로 7월 7일 무라세 아즈사를 죽인 사실로부터 경찰들의 눈을 돌리는 데 집중돼 있었습니다. 평범하게 생각하면 어지간히 정신 나간 놈이 아닌 이상 죽은 사람을 인질 삼아 몸값을 요구하는 사건은 일으키지 않겠죠. 그러니 그는 백 명의 운반책을 준비하게 하고 SNS에 스스로 사건을 공개해 일반인들을 선동하고 시신을 훼손하는 등의 쾌락범 같은 범인상을 만들어낸 겁니다. 이 모든 게 수사 회의 때 주임님이 들려주신 추리입니다만."

아소는 대답하지 않았다. 아즈미 마사히코가 구속된 직후 회의에서 무라세 아즈사 사망 시점이 사건 당일이 아니라는 말을 듣고 가장 먼저 머리를 스친 시나리오였다. 그것은 직감이 아닌 합리적 귀결이었고 그야말로 유희적이고 목적 없어 보이던 퓨와이트의 계획이 무라세 아즈사의 이른 죽음으로 윤곽이 잡힌 느낌이었다.

아소는 입가에 손을 얹고 추론을 재확인했다. 돌이켜봐도 이 시나리오에는 의심의 여지가 없어 보인다. 하지만.

왠지 모를 위화감이 배 밑바닥에서 꿈틀거리고 있다. 말로는 잘 표현할 수 없는, 불합리하고 애매모호한 느낌이.

"납득이 안 되시는 겁니까?"

"……아뇨. 그냥 사건을 빼앗긴 질투심 때문일지도 모르겠네요."

미쓰미조는 훗 하고 웃음을 터뜨렸다. 꼭 아소가 자신과 같은 부류인 것을 알게 돼 기쁜 듯했다.

"조금 움직여 볼까요?"

"독자 수사 말인가요? 무의미합니다."

"그런 거창한 거 말고요. 뭐, 말하자면 그동안의 노고를 격려하는 차원이라고 할까요."

미쓰미조는 히죽거리며 만두귀를 비틀었다. 무슨 속셈인지 모르겠지만 아소는 무심코 한숨이 나올 것 같았다.

"미쓰미조 형사님께 폐를 끼칠 생각은 없습니다."

"괜찮습니다. 나중에 미도 녀석에게도 슬쩍 속을 한번 떠 보겠습니다. 잘되면 조만간 그 취조실에 과장님 자리가 생길지도 모릅니다."

자신만만하게 말하는 미쓰미조 옆에서 아소는 묘한 기분에 휩싸였다. 부하의 섣부른 용단에 놀라면서도 비난할 말은 떠오르지 않았다.

가장 큰 걱정은 술을 마시지 못하는 자신에게 술이 포함된 자리는 고통스럽다는 것이었다.

3

7월 14일 월요일. 나베시마는 낮에 집을 나섰다.

휴일 근무를 한 몸값 운반조 형사들은 대부분 오늘 대체 휴가를 받았다. 그럼에도 불구하고 오사카 부경 청사에 가야 한다는 사실이 조금은 짜증스러웠다. 허리 통증은 사라졌지만 온몸이 근육통 때문에 욱신거리고 있다. 또 어제는 흥분한 나머지 잠도 제대로 이루지 못했다.

어젯밤 모 아파트 706호에서 피해자와 용의자를 동시에 맞닥뜨린 나베시마는 뒤늦게 도착한 마쓰모토에게 현장을 인계하고 부경 수사관에게 상황을 간략히 설명한 후 집에 돌아갔다. 백 명의 운반책 중 '당첨'이었던 자신은 유일하게 용의자를 직접 접촉한 데다 우여곡절 끝에 신병 확보도 했다. 윗선에서 자세한 보고를 요구하는 건 당연했다.

"휴일에 다시 불러서 죄송합니다. 금방 끝낼 테니 걱정 마십시오."

붙임성 있는 수사1과 형사가 나베시마를 맞이했다. 용의자 남성은 현재 소네자키 경찰서에 구금돼 있는데 조사는 부경에서 맡고 있다. 현관에 모여든 기자와 카메라맨 숫자가 이번 사건에 언론이 얼마나 관심을 가지고 있는지를 증명했다.

"뉴스는 보셨습니까?"

스포츠머리에 우람한 체격의 형사가 물었다. 나이는 마쓰모토와 비슷한 정도일까.

"TV를 틀면 어디든 나오던데요."

"무명이기는 해도 연예인이 납치돼 살해당한 것으로 모자라 그 사실이 인터넷에 공개됐으니까요. 거기에 토막 살인이라면 조용히 넘어가는 게 무리겠죠."

"쓸데없는 마찰은 피하고 싶습니다만."

"괜찮을 겁니다. 나베시마 형사님을 비롯한 운반조 형사들의 이름은 함구령이 떨어져서요."

그런 건 어차피 종이로 만들어진 제방에 불과하다는 걸 두 사람 다 알고 있다. 나베시마는 조만간 눈치 빠른 기자가 자신을 찾아오리라 확신했다.

"혹시 기자가 오더라도 모르는 척해 주십시오."

"그러죠. 형사부장에게 직접 가서 물어보라고 하겠습니다."

스포츠머리 형사의 입꼬리가 올라갔다.

나베시마는 자신이 소속된 나니와 경찰서 생활안전과 과장에게 긴급 소집 명령을 받은 후의 행적을 시간순으로 설명했다. 대부분 확인 작업에 불과했고 어차피 목적지에는 각 지역 경찰관들이 나와서 잠복 중이었기 때문에 자신의 행동을 전부 파악하고 있다. 뭔가를 숨길 새도 없었을뿐더러 숨길 이유도 없었다.

"그렇게 저녁 6시 반에 '부르크7' 상영관 L15 좌석에 도착했습니다."

"당시 주변에 뭔가 이상한 낌새는?"

"아마 없었을 겁니다. 시간이 촉박해서 느긋이 관찰할 여유는 없었지만."

"그 뒤로 그 용의자가 형사님을 밀친 겁니까?"

나베시마는 고개를 끄덕였다.

"어떤 식으로 밀친 겁니까?"

"사실 잘 기억나지 않습니다. 온종일 뛰어다니느라 지쳐 있었으니까요. 아마 범인에게 상영관 밖으로 나가라는 지시가 도착해 거기에 따르려고 한 찰나 그런 일이 벌어졌던 것 같네요."

스포츠머리 형사가 의아해하는 표정을 지었다. 나베시마는 내심 가슴이 두근거렸다.

"운반조에는 따로 이쪽 지시가 있을 때까지 움직이지 말라는 지시가 내려간 것으로 아는데요."

"맞아요. 그런데 뭐, 깜빡하고."

나베시마는 미리 준비한 말을 덧붙였다.

"어쨌든 시간이 거의 다 돼서 얼른 일어나려고 했습니다. 그때 절 감시했던 형사는 뭐라고 하던가요?"

"공연이 시작되자 상영관 안에 있는 사람들이 우르르 일어나는 바람에 잘 안 보였다더군요. 황급히 상영관을 빠져나가는 용의자 정도만 알아볼 수 있었다고 합니다."

스포츠머리 형사는 정직하게 알려 주는 듯했다. 어차피 나베시마가 피의자인 것도 아니다. 몸값은 빼앗겼지만 결국 범인 체포에 일조했으니 비난받을 일은 없다.

"결과적으로는 잘됐으니 그 부분은 뭐, 조금 손봐서 보고하면 되지 않을까요?"

"알겠습니다. 그런데 나베시마 형사님도 참 운이 없었네요. 하필 백 분의 일의 확률에."

"그러게요. 휴일에 뛰어다니고 밀치고 밟히고 채이고……."

스포츠머리 형사가 쓴웃음을 짓더니 그 표정 그대로 상반신을 앞으로 숙였다. 지금부터가 핵심이라는 걸 알 수 있는 몸짓이었다.

"형사님을 밀친 그가 706호에 있던 남자가 확실합니까?"

"그럴 겁니다. 다만 그때는 상영관 안이 어두웠고 갑자기 일어난 일이라 얼굴은 못 봤습니다. 인파를 헤치고 걸어가는 뒷모습만 멀리서 봤을 뿐이죠. 옷차림은 아파트에서 본 남자와 비슷했던 것 같습니다."

"이건 어떻습니까?"

스포츠머리 형사가 사진을 내밀었다. CCTV 영상을 촬영한 사진으로 보인다. 카페 같은 공간에 모자와 선글라스를 쓴 남자가 있었다.

"옷 색은 기억하십니까?"

"카키색 얇은 재킷이었을까요. 정확한 건 아닙니다만."

"상당히 중요한 부분입니다."

"압니다. 그래서 저도 신중하게 생각 중입니다. 키나 체형은 이 것과 비슷했습니다."

"뭐 행적 추적이 잘되고 있고 나베시마 형사님이 가지고 계시던 봉투도 현장에서 발견됐으니 동일 인물이 거의 틀림없겠습니다만."

재판까지 염두에 둔 조사가 분명했다.

"증언이 필요한 거면 얼마든 가서 하겠습니다."

"그렇게 말씀해 주신다면야 감사합니다."

사진을 보며 나베시마는 문득 물었다.

"그런데 이 남자가 대체 누굽니까?"

"TV에 나오지 않았나요? 이미 실명도 보도가 다 됐습니다. 피해 자가 소속돼 있던 기획사의 사장이니 숨기려 해도 숨길 수 없겠죠."

어차피 피해자의 이름이 공개되면 이런 건 자동으로 알려진다. 그리고 무라세 아즈사의 이름은 범인에 의해 공개됐다.

"아즈미 마사히코. 쇼게키라는 연예 기획사의 사장입니다."

"쇼게키?"

"직원이 둘, 소속 연예인이 스무 명 정도 되는 중소 기획사라더 군요."

"쇼게키의 아즈미 마사히코……."

"혹시 아는 분입니까?"

"네? 뭐, 이름은 들어본 것 같네요. 생활안전과 소속이라 그런 종 류 이야기들이 자연스럽게 귀에 들어와서."

"안 좋은 소문이라도 있었나요?"

"자세히 아는 건 아닙니다."

스포츠머리 형사는 "그런가요?" 하고 아쉬워하는 표정을 지었다. 나베시마의 입에서 상사를 기쁘게 할 이야기라도 나올 것을 기대했다가 실망하는 게 손에 잡힐 듯이 느껴졌다. 새삼 '젊구나' 하고 생각했다.

"녀석은 실토했습니까?"

"그러지 않아도 이제 곧 조사가 시작될 시간이네요. 아무래도 자작극 납치일 가능성이 크다고 합니다."

"무슨 말이죠?"

"실은 무라세 아즈사가 살해된 시점이 일주일 전쯤이라고 합니다. 그 여자를 죽인 범인이 아즈미 마사히코이고 살인을 감추려고 가짜 납치극을 벌인 게 아니냐는 겁니다."

나베시마는 잠시 구도를 이해하지 못해 머리를 싸맸다. 결국 살인을 가상의 납치범에게 뒤집어씌우려는 계책이었다는 것을 깨달았다.

"그럼 왜 저한테서 돈 봉투를 빼앗아 간 거죠? 그런 위험한 짓은 굳이 안 해도 될 텐데."

"납치범이 있다는 걸 확실히 각인시킬 의도 아니었을까요? 인터넷에서 선동당해 몸값을 가져간 일반인들은 대부분 신원이 밝혀졌으니 끝까지 도망치는 사람도 한 명은 있어야 했겠죠."

내심 고개를 끄덕였다. 납치의 목적이 돈이 아니라면 경찰은 범인의 진짜 목적을 추적한다. 그러면 무라세 아즈사가 이미 살해됐다는 사실과 함께 '살인 은폐'라는 진짜 목적도 알아챌 가능성이 크다. 아즈미 마사히코는 무라세 아즈사를 살해하고 그 시신을 이용해 영리 목적 납치를 계획한 '퓨와이트'라는 진범을 만들어야 했다. 경찰이 가상의 범인을 계속 쫓게 하기 위해 위험한 다리를 건넌 걸까.

"그런데 골치 아픈 건 일반인 중에도 아직 행적이 묘연한 사람이 한 명 있다는 겁니다."

"설마 그 녀석이 진범일 리는 없겠죠."

"돈 봉투를 잃어버린 곳이 지바라서요. 아닐 거라 믿지만 가능성만 놓고 보면 진범일 수도 있습니다."

아즈미 마사히코가 자백하지 않는 한 변호사가 그 부분을 파고들 게 틀림없다.

"지바의 어디였죠?"

"나카야마 경마장입니다. 나뭇잎을 숨기려면 숲속이라는 말도 있죠. 그곳에는 하나같이 수상한 녀석들투성이니 찾으려면 애 좀 먹을 겁니다."

조사를 마치고 다음으로 뭘 할지를 떠올렸다. 몸은 노곤하지만 이상하게 머리가 맑다. 이대로 집에 가면 분명 쓸데없는 잡념에 시달릴 것 같았다.

우메다에 가서 보트피아*라도 가 볼까. 나가타는 어제 두 번째

---

*   장외 경정 주권 판매장.

시합에서도 3위로 뒤처졌다. 오늘 시합에서 포인트를 따내지 못하면 우승 레이스 출전에 노란불이 켜진다. 그러나 인파들 사이에 끼어 있을 기분이 아니었다.

멍하니 생각에 잠긴 채 걷고 있을 때 복도 너머에서 남녀 세 명이 다가오는 모습이 보였다. 나베시마는 발걸음을 멈췄다. 양복 차림 형사와 제복 차림 여경 사이에 있는 키 큰 여자가 재촉을 받으며 취조실 안으로 들어갔다. 그녀의 옆모습이 나베시마의 기억을 흔들었다.

'기묘한 인연이로군······.'

나베시마는 그녀를 알고 있었다. 그녀가 쇼게키의 부사장이라는 사실도.

기타가와 루이.

나베시마는 한때 기타가와 루이를 직접 수사한 적이 있었다.

4

사와노다 야스시는 아즈미 마사히코를 빤히 쳐다봤다. 웃을 때는 사람 좋아 보이지만 위아래로 길쭉한 눈동자를 부라리는 버릇이 있어 마주하다 보면 무심코 허리를 뒤로 빼고 만다. 벌써 10년 이상 인연이 있는 변호사와의 오랜만의 재회였다.

"밥은 잘 챙겨 먹고 있나? 이럴 때 체력이 따라주지 않으면 금방 무너져."

"챙겨 먹으려고 하는데……. 자꾸 아즈사가 떠올라서요."

욕조 속 드라이아이스에 파묻힌 무라세 아즈사의 하얀 피부와 얼굴이 머리를 떠나지 않았다. 지난 이틀간 잠도 거의 못 잤다. 의식이 몽롱해진다고 느낀 순간 다시 잠에서 깼다. 호흡을 가다듬고 아즈사의 모습을 지우고 다시 눈을 감는 것의 반복이었다.

집에 보내 달라는 요청은 검사를 이유로 거절당했고 병실 앞에는 하루 종일 자신을 감시하는 형사가 서 있다.

둘째 날 조사에서도 미도는 자백을 요구했고 그때마다 아즈미는 목소리를 높여야 했다.

"도야마가 많이 걱정하고 있어."

"도야마 씨 이야기는 꺼내지 않았습니다. 언젠가 밝혀질 수도 있겠지만 어디까지나 선의로 절 도와준 제삼자이니."

"그래도 도야마한테 억 단위를 가져갔다며. 그건 장부에도 없는 돈이야. 파 봐야 먼지밖에 안 나오겠지. 조만간 찾아가 제대로 고개 숙이지 않으면 험한 꼴을 볼 수도."

무서운 말과 정반대로 입꼬리는 웃고 있다. 이 남자가 세간에서 말하는 '악덕 변호사'인 건 알지만 이유는 지나친 이윤 추구보다 그의 성격 때문일 수 있다. 타인의 불행을 삼시 세끼보다 더 좋아하는 사람이다.

"자, 그럼 우선 이것부터 솔직히 말해 줬으면 하는데, 자네가 그런 게 맞아?"

두 사람만 있는 자리라 그런지 사와노다는 단도직입적으로 물었다.

"말도 안 됩니다. 제가 아즈사를 죽일 리 없잖습니까."

"다들 처음에는 그렇게 우기곤 하지. 그러다 열흘 내내 형사한테 붙잡혀서 시달리다 보면 어느새 백이 흑으로 맥없이 뒤집어져. 난 그런 근성 없는 자식들을 수없이 봐 왔다고."

"전 아닙니다. 절대 아니에요."

"도야마에게 그렇게 보고해도 되나?"

"물론입니다."

"그렇군. 그럼 끝까지 아니라고 잡아떼도록 해. 이 상태에서 자백이라도 하면 감옥 안에서도 누울 자리가 없을 거야."

아즈미 마사히코는 침을 꿀꺽 삼켰다. 도야마는 자신을 기만한 사람을 결코 용서하지 않는다.

"그럼 우선 자네가 퇴원부터 할 수 있게 만들어 볼게. 그런데 쉽지는 않을걸. 이렇게 난리부르스들을 추고 있으니. 가짜 납치극에 속아 형사 백 명이 이리저리 뛰어다니고 다른 지역 경찰들에까지 폐를 끼쳤으니 경찰도 멘붕이 올 수밖에."

사와노다는 큭큭 웃음을 터뜨렸다.

"게다가 자네는 지금 VIP 대접이니 아마 조사 강도도 장난이 아닐 거야. 협박, 공갈, 회유. 모든 수단을 총동원해 자네의 자백을 받아 내려고 하겠지. 아프지도 않은 배를 강제로 째서 내장을 휘저을 수도 있다는 말이야. 어때? 최근에 뭐 켕기는 짓을 한 건 없나?"

"……그런 건 없습니다."

"경비 과다 처리 같은 것도?"

"눈에 띄는 정도로는 안 했습니다."

"정말? 멍청하네. 그런 식으로 연예 기획사 같은 걸 굴리다니. 내가 다음에 이것저것 가르쳐 줘야겠는걸."

사와노다는 "하지만" 하고 다시 진지한 표정으로 눈을 크게 떴다.

"그 눈에 띄지 않는 정도로도 자네 목을 조르기는 충분해. 탈세라느니 영업 정지를 들먹이며 협박하겠지. 그리고 자네 와이프."

"루이와는 혼인 신고를 안 했습니다."

"그런 건 상관없지. 애인이면 더 안 좋아. 머리부터 발끝까지 철저히 훑어서 인질로 만들 거야."

"인질?"

"그래. 루이도 전에 우여곡절이 많았다지? 그런 이야기들을 언론에 흘려서 주간지 등에 엉터리 기사를 쓰게 하는 방법도 있지. 자네가 그렇게 버티면 버틸수록 자네 가족이 괴로워진다는 걸 보여 주려고."

"……침묵은 어떻습니까?"

"안 돼. 일본에서 침묵은 묵시적 동의를 뜻하니까. 애매모호한 반응으로는 불가능해. 아아, 라거나, 흐음, 같은 추임새도 넣지 않는 게 좋고. 위험하거든. 그리고 대화를 글로 옮기면 생각도 못 한 덫에 빠지는 경우도 있어. 어쨌든 다 떠나서 자네한테 아주 불리한 상황이야. 난 자네가 정말 그런 짓을 저질렀다고 해도 눈 하나 깜짝하지 않을 것 같은데."

새삼 울적해졌다. 만약 경찰이 처음부터 마음먹고 덫을 깔았다면 피할 자신이 없었다.

"방법은 하나야. 사실을 처음부터 끝까지 과부족 없이 전달하는 거지. 몇 번이나 같은 질문을 받아도 그때마다 처음 받는 질문으로 생각하고 제대로 대응해. 알겠어? 절대 포기하면 안 돼. 혹시라도 내가 이런 말을 해서 누가 피해를 볼까 같은 것도 떠올리지 마. 회사가 망하든, 소속 연예인들이 거리에 나앉든, 가족들이 손가락질을 당하고 루이가 쌍욕을 들어먹든 간에. 오로지, 전적으로 자네 결백만을 계속 주장하는 거야."

만약 실패해서 결국 체포돼 기소당하기라도 하면.

"유죄율 99.9퍼센트의 멋진 사법 제도가 자네를 기다리고 있다고."

그리고 도야마 이쿠의 보복까지.

이틀 만에 만난 루이의 얼굴에서는 아무것도 읽을 수 없었다. 평소처럼 차분한 모습이고 마음고생 같은 건 티끌만큼도 느껴지지 않아서 오히려 안도감과 쓴웃음이 나왔다.

변호사와는 달리 면회에 입회 조건이 있었다. 시간도 30분뿐이었다.

"생각보다 괜찮아 보여서 다행이네."

"벌써 사흘이나 입원해 있으니까. 변화는 없지?"

"매일매일 기자들이 들이닥치고 있어. 우리 애들을 취재하는 거면 환영인데."

"너한테 와서 쓸데없는 걸 묻지는 않아?"

"어차피 곧 나한테도 찾아오겠지만 상관없어. 그보다 애들이 불쌍해."

보아하니 제대로 일을 할 수 없는 상황인 듯했다. 회사에 들어오는 요청이라고는 폭로성 취재 의뢰나 '사건으로 화제에 오른 연예 기획사'라는 홍보 문구를 내세운 AV 출연 의뢰 정도라고 했다.

"다 거절해. 상대해 주지도 마."

"당연하지. 그런데 일단은 사무실 문을 좀 닫아 둬야 할 것 같아."

직원 두 명도 불안해하고 있다. 그러지 않아도 유동적인 업계이니 언제 그만두겠다고 하고 떠날지 모른다.

"애들한테 다른 데를 소개해 주는 게 나으려나. 오사카 말고 나고야나 규슈 쪽에도 내가 아는 괜찮은 곳이 있으니 귀띔이라도 해 봐."

"이미 하고 있어. 하지만 쉽지 않아. 이사도 힘들고 그쪽에서도 문제 있는 소속사 아이를 굳이 받아 줄 이유가 없잖아. 그리고 이번 일을 계기로 활동을 접을 애도 나올 것 같아."

그건 남이 어떻게 할 수 없는 문제다. 현재 스무 명 남짓한 쇼게키 소속 연예인 중 그나마 가능성이 있어 보이는 인재는 세 명 정도. 그중 한 명이 바로 무라세 아즈사였다.

"다음 일도 찾아 줄 거지?"

"응. 항상 그래 왔잖아."

루이는 연예 활동을 포기하는 아이들의 애프터케어에 대한 아즈미의 집착을 누구보다 잘 알았다.

"힘들게 해서 미안."

"미안하다고? 정말 그렇게 생각해?"

루이가 날카롭게 되물어서 아즈미는 말문이 막혔다.

"당신이 잘못한 게 없으면 나한테 사과할 필요도 없어. 그러니 쉽게 사과하지 마."

"……그건 당연해. 내가 사과하고 싶은 건 경찰에 신고하라는 당신 충고를 무시한 거야."

"그건 맞아. 여기서 나가면 꼭 맛있는 거 사 줘."

갑자기 가슴이 벅차올랐다. 루이는 나를 믿고 있다. 신뢰에 별다른 근거가 있는 것 같지도 않다. 그래서 기뻤다.

"돈은 어떻게 됐어?"

"피해액은 총 백만 엔. 빌린 돈은 이자까지 붙여서 돌려줬어."

"그렇구나. 어깨에 얹힌 짐이 조금은 가벼워졌네."

"당신은 함정에 빠진 거지? 아까 사와노다 씨가 그렇게 말하더라."

"그래, 맞아. 퓨와이트는 처음부터 나한테 무라세 아즈사를 죽인 죄를 덮어씌우려 했어. 7월 7일의 알리바이가 없다는 게 가장 큰 걸림돌이야."

"무로토 쓰토무한테 끌려갔던 날이지? 나도 마찬가지야. 그날은 계속 당신을 기다리며 집에 혼자 있었으니까."

루이도 루이 나름대로 불안한 밤을 보내고 있었다.

"있지. 이건 어디까지를 예상한 계획일까?"

"어디까지?"

"내 조언을 듣고 당신이 정말 경찰에 신고할 가능성도 있었잖아. 또 지시한 돈을 다 못 모을 가능성도. 그런데 당신은 그 모든 걸 해냈어. 절대 칭찬할 일은 아니지만."

아즈미도 그렇게 생각했다. 납치 사건의 한창때도 비슷한 생각을 했다. 범인은 혹시 나를 잘 아는 사람이 아닐까, 하고.

"경찰에 신고했어도 결과는 달라지지 않았을 거야. 결국 아즈사가 발견된 아파트의 보증 회사가 쇼게키라는 점 때문에 난 궁지에 몰렸을걸."

"어떤 경우라도 당신은 의심받았겠구나."

"아마도."

이후 전개에 다소 차이는 있을지언정 엇비슷했을 것이다.

"그게 신경 쓰여?"

이제 와서는 별 상관없는 문제일 것이다. 아즈미는 이미 퓨와이트의 훌륭한 하수인이 되어 움직였으니까.

"그 사람은 당신 위치를 알고 있었어. 아마 집에서부터 쭉 따라왔겠지?"

"그렇다고 볼 수밖에."

적어도 난바에서 만나기로 한 건 퓨와이트의 지시가 아닌 아즈미의 의지와 편의에 따른 것이었다.

루이는 말없이 생각에 잠겼고 아즈미는 초조해졌다. 면회에는 시간제한이 있다.

"그런데 그게 왜?"

"아마 당신 말이 맞는 것 같아. 아니, 그 방법밖에 없어. 선불폰이나 편지에 GPS 같은 게 달려 있었다면 모를까."

마지막 가능성은 생각도 못 했다. 똑똑한 여자라고 새삼 감탄하면서도 소지품을 빼앗긴 지금은 이런 가능성들을 검토해 봐야 소용없을 것 같다는 생각도 들었다.

"어쨌든 그 녀석은 그날 내 위치를 알 방법이 있었다는 거지?"

"응. 하지만 7월 7일 밤에 당신이 있었던 곳까지 파악했을 것 같지는 않아."

아즈미는 "뭐?" 하고 어리둥절해했다.

"아즈사가 살해당한 게 그날 밤이랬지? 그럼 그날 밤 당신의 행동을 확인할 수는 없었어."

"……그래. 그걸 떠나 그때는 날 함정에 빠트릴 이유도 없지."

"그래. 그래야 할 이유가 생긴 건 범인이 아즈사를 죽인 이후야. 즉, 7월 8일 이후."

"그렇다면?"

아즈미는 루이의 말을 아직 제대로 이해하지 못했다.

"모르겠어? 당신은 그날 밤 먼저 가겠다고 하고 사무실을 나갔어. 하지만 그 후 어딘가에서 밥을 먹거나 누군가를 우연히 만났을 수도 있어. 만약 그랬다면 범인의 계획은 아예 성립될 수가 없는 거야."

간신히 논지를 따라잡았다. 중요한 살인 당일의 알리바이가 있으면 적어도 살인범이 되지는 않았을 것을 이해할 수 있었다.

"중요한 건 여기서부터야. 당신은 그날 밤 무로토한테 납치돼 감금됐어."

"사무실 근처 주차장에서 기습을 당했지."

"그리고 9일 아침에 풀려났어. 거기에는 증인도 있어. 편의점 직원, 택시 운전사 등등."

"하와이안 셔츠와 반바지를 샀던 마트 직원도."

"혹시 그 이야기를 형사한테도 했어?"

"했어. 그런데 어떨지는 모르겠네. 내가 위장하려고 일부러 그런 거라 의심할 수도."

"뭐, 그럴 수도 있겠지. 하지만 그건 퓨와이트도 마찬가지 아니야?"

"뭐?"

그때 밖에서 "슬슬 시간이 다 돼 갑니다" 하고 재촉하는 목소리가 들렸다.

"당신한테 7월 7일의 알리바이가 없다는 건 퓨와이트에게 반드시 필요한 정보였어. 하지만 그걸 알 수 있는 사람이 누가 있을까?"

그날 아즈미는 경찰은커녕 병원에도 가지 않았다. 그래서 알리바이 증명에 더 어려움을 겪고 있다. 퓨와이트는 어땠을까.

알 수 있었을 리 없다. 그는 자신이 무로토에게 납치당해 감금된 사실을 어떻게 알 수 있었을까.

"그걸 알 수 있는 사람은 딱 한 명, 무로토 쓰토무뿐이야."

"……그리고 나."

"바보" 하고 조용히 내뱉고 몸을 일으키는 루이를 보며 아즈미는 자신과 무로토 외에도 그날 밤의 알리바이를 알 수 있는 사람이 한 명 더 있다는 것을 깨달았다.

루이다.

오후부터 시작된 조사에서 아즈미는 가급적 사와노다의 조언에 따랐다.

"당신이 '사아!'라 외친 걸 웨이트리스가 기억하고 있다더군."

"범인이 시키는 대로 했을 뿐입니다."

"증명할 수 있나?"

"다른 숫자는 읊지 않았습니다. 삼, 이, 일도. 조사해 보시죠."

"말한 건 기억해도 말하지 않은 건 기억할 리 없잖나."

"그럼 제가 삼, 이, 일이라고 말했다는 걸 증명해 보세요."

미도는 팔짱을 낀 채 멀뚱히 아즈미를 바라봤다. 지고 싶지 않지만 과연 언제까지 견딜 수 있을지는 의문이다.

"무라세 아즈사 양 말인데."

미도가 방향을 바꿨다.

"오사카에 온 이후 어디서 뭘 했는지도 조금 밝혀졌어. 그 여자,

당신네 회사에 들어가기 전까지 '사회 복지 법인 커뮤니케어'라는 곳에서 일했다던데. 알고 있었나?"

"……범죄 피해자를 지원하는 단체라고 들었던 것 같습니다."

"그래. 참 기묘한 인연이지."

미도는 그렇게만 말했지만 아즈미는 그 말에 숨겨진 의미를 알 수 있었다.

"무라세 양에게 유독 각별하지 않았나?"

"그냥 소속 연예인들 중에 재능이 있다는 점에서 다른 아이들보다 조금 더 눈여겨봤던 건 사실입니다."

"그런 것 말고, 조금 더 사적인 감정이나."

"남녀관계를 말씀하시는 거면 그런 건 전혀 없었습니다."

그러자 미도의 표정이 한결 부드러워졌다.

"로봇 같은 대답만 하지 말아 줘. 아즈미 마사히코 씨. 난 당신이 어떤 사람인지 궁금해."

그 말은 오른쪽 귀에서 왼쪽 귀로 흘려들었다. 이렇게 상대에게 마음을 연 척하는 게 형사들의 진부한 수법이라는 걸 오랜 경험으로 알고 있다.

"사건과 무관한 이야기를 할 생각은 없습니다."

미도는 표정을 바꾸지 않고 그대로 말을 이어 갔다.

"돗토리에서의 무라세 양의 행적은 아직 밝혀지지 않았다고 해. 현재 이력서 최종 학력에 기재된 학교에 문의 중이야. 당신은 혹시 모르나?"

"사건과 관련 있습니까?"

"무라세 양이 왜 살해당한 건지, 만약 당신이 범인이 아니라면 그 이유가 따로 있을 거 아니야."

"전 그 아이가 살해될 이유 같은 건 전혀 모르겠습니다. 저 자신을 포함해."

그러자 미도는 흥 하고 코웃음을 쳤다.

상대의 태도가 조금은 바뀌었다고 느낀 걸까. 이렇게 강하게 나가는 것이 좋은 선택인지는 아직 확신이 서지 않았다.

루이가 들려준 추리를 미도에게 말해 봤지만 반응은 냉담했다.

"제발 조금 더 그럴싸한 핑계를 떠올리는 게 어때?"

"그럴싸하고 뭐고도 없습니다. 전 진지하게 가능성을 검토해서 가장 가능성이 있어 보이는 걸 말씀드리는 겁니다."

"오, 그래, 고생이 많네. 그럼 반대로 내가 묻고 싶은데, 지금 당신이 한 이야기는 전부 그 무로토 쓰토무라는 남자의 존재를 전제로 하고 있지 않나? 그가 7월 7일에 당신을 감금하고 폭행했다는 주장 말이야. 그런데 당신은 지금 그 무로토 씨가 어디 있는지 모르고, 심지어 자신이 감금됐던 장소조차 모른다고 하고 있어. 그런 말을 나더러 어떻게 믿으라는 거야?"

미도가 한숨을 푹 내쉬었다. 연기처럼 보이지는 않았다.

"증명이라고는 할 수 없는 주장을 근거로 그 무로토 쓰토무라는 사람한테 살인죄를 뒤집어씌우려는 건 아무리 그래도 너무하지 않나? 판사 앞에서 '저는 어떤 미친놈이 설치한 덫에 걸렸습니다'라고 호소라도 하게? 심지어 그놈은 지금 어디론가 사라지고 없지만 나만은 결백하다? 미안하지만 나 같으면 그 미친놈의 존재보다 당신을 더 미쳤다고 의심할걸."

틀릴 게 없는 말이다. 알고 있다. 알리바이를 증명하기 위해 무로토 쓰토무의 이름을 꺼내는 이상 이 딜레마에서 벗어날 수 없다. 그러나 그것 말고 다른 방법은 없다. 왜냐면 그것이 진실이기에.

"……아파트 집주인에게 무로토의 사진을 보여 주는 건 어떻습니까?"

"히와가 그 무로토라는 양반이라는 건가?"

"그 녀석이 퓨와이트라면 그럴 가능성이 큽니다."

"그 무로토의 사진은?"

"찾으면 어딘가에 있을 겁니다. 10년 전 사진이……."

미도가 또다시 한숨을 쉬었다. 진정으로 어처구니없어하는 게 느껴진다.

"이봐. 아즈미 씨. 이제는 좀 솔직히 털어놓는 게 어때? 이런 대화를 앞으로 몇만 년 반복해도 상황은 나아지지 않을 거야. 당신, 7월 7일 밤에 어디서 뭘 했어?"

"빌어먹을. 외계인에게 끌려갔다고라도 하라는 말이야?"

"진지하게 대답해 줘."

"회사 주차장으로 가는 길에 뒤에서 기습을 당했어. 아마 전기 충격기 같은 것에 맞고 의식을 잃었을 거야."

"기습당할 거면 주차장 안에서 당했어야지. 그럼 CCTV에 찍혔을 수도 있는데.”

미도의 비아냥거림을 흘려들으며 아즈미는 말을 이어 갔다.

“정신을 차렸을 때는 팔다리가 묶인 채로 꼼짝도 할 수 없었어. 어딘지는 몰라. 머리도 뭔가에 고정돼 있었고 주변에는 어둠뿐이었지. 천장에 백열전구가 달려 있어서 엄청나게 눈부셨던 것만은 기억해. 그리고 폭행을 당했어. 풀려난 건 7월 9일 아침이었고.”

“맹세코 사실인가?”

“당신 어머니를 걸고 맹세할게.”

미도는 코웃음치며 표정을 풀었다. 그리고 곧 다시 험악한 얼굴로 말했다.

“이봐, 아즈미 씨. 솔직히 말하면 당신은 지금 벼랑 끝에 서 있는 거나 마찬가지야. 아주 조금만 밀어도 당신 의지나 말 같은 것과는 상관없이 뚝 떨어질 판국이라고.”

“협박을 할 거면 조금 더 그럴싸하게 해.”

“아니, 이건 협박이 아닌 엄연한 사실이야. 윗선에서는 하루라도 빨리 당신을 체포해서 기소하고 싶어 해. 그리고 그건 나도 마찬가지지. 이런 재미없는 일 따위 누가 오래 끌고 싶겠어.”

“본심이 드러났네. 시민의 권리 같은 건 아랑곳하지 않는 국가 권력의 민낯이.”

“최소한의 규칙을 어기는 인간의 권리 같은 건 소가 외우는 경보다 가치가 없지.”

“기자회견에서 그렇게 한번 말해 보지 그래? 인권 운동가 친구들이 늘어날걸."

"그래. 그럼 그 횡포한 국가 권력의 하수인으로서 충고 하나 하지. 자꾸 속이고 얼버무리다가 큰코다쳐."

미도가 뿜는 위압감에 아즈미는 기세가 꺾였다.

"우리는 마음만 먹으면 다 할 수 있어. 지구 끝이든 바다 밑바닥이든 어디든 찾아가서 증거를 수집해 올 거라고. 그럼 당신만 궁지에 몰리는 게 아니야. 이게 무슨 말인지는 알겠지?"

"……마음대로 해."

"정말 마음대로 해도 돼?"

주먹 쥔 손에 힘이 실렸다.

"다시 한번 물을게. 아즈미 씨. 당신, 7일 밤에 어디서 뭘 하고 있었어?"

눈을 감았다. 루이의 얼굴이 떠오른다. 회사 소속 아이들의 얼굴, 오래전에 연이 끊긴 미에현의 가족, 그리고 도야마 이쿠. 마지막으로 죽은 무라세 아즈사의 얼굴이 떠올랐다.

아즈미는 눈을 뜨고 미도에게 선언했다.

"무로토 쓰토무에게 감금된 후 폭행을 당했어. 그리고 9일 아침에 풀려났어."

미도는 아즈미에서 눈을 떼지 않았다. 아즈미도 그의 눈을 똑바로 봤다.

"각오는 됐겠지?"

"그래."

"……그렇군. 알겠어."

미도는 몸을 일으키더니 체념한 듯 중얼거렸다.

"조만간 마시로 다케유키한테 당신 이야기를 들으러 갈 거야."

순간 마음이 흔들렸다. 조용히 숨을 들이마신다.

"만난 적이 있나?"

"……아니."

미도는 "그렇군" 했다.

"그러는 김에 무로토 쓰토무도 같이 찾아 주면 참 좋을 텐데 말이야."

당혹감을 감추려고 내뱉은 아즈미의 말을 미도는 깔끔히 무시했다.

마시로 다케유키. 지금껏 단 한 번도 만나지 못했고 목소리도 들어본 적 없는 남자. 그리고 아마도 자신이 인생을 망가뜨렸을 청년. 다케유키는 과거 아즈미가 몰락시킨 정치인, 마시로 노리히사의 아들이었다.

다음 날 사와노다의 입을 통해 놀라운 소식이 전해졌다. 아즈미의 귀가가 허락됐다고 했다.

5

7월 17일 목요일. 미쓰미조에게 아즈미 마사히코가 풀려났다는 소식을 듣고 아소는 잠시 넋을 잃었다. 구속된 지 불과 나흘. 너무 느슨하지 않은가.

체포도 하지 못한 아즈미 마사히코를 검사 입원이라는 명목으로 구속한 방식 자체가 칭찬받을 만하지 않지만 그렇다면 체포하면 된다.

많은 비판에도 불구하고 현행법상 용의자는 체포 후 48시간, 그리고 송치 후 최대 21일까지만 구금할 수 있다. 처음 법을 제정할 때 그 정도면 용의자의 자백을 받아낼 수 있을 거라고 계산했을까. 어쨌든 선택을 미룬 본부의 판단은 사건의 주목도를 감안할 때 이해하기 어려웠다.

언론에는 어떻게 대응하려는 걸까. 카메라를 향해 마음껏 지껄일 자유를 부여받은 아즈미 마사히코가 경찰의 강압적인 조사 방식을 악의적으로 비난하는 모습이 눈에 선했다. 여론이 그의 편으로 돌아서기라도 하면 막상 체포, 재판에 들어갈 경우 그에게 유리한 소재로 활용될 수 있다.

오히려 그런 행동을 견제하기 위한 현명한 판단일까. 아니면.

곧장 '생각해 봐야 소용없어' 하고 마음을 고쳤다.

나는 내가 할 일을 하면 된다.

그러나 과연 이것이 내가 해야 할 일일까.

그런 의문을 품은 채 아소는 미쓰미조의 권유에 따라 혼마치에 있는 레스토랑에 자리를 잡고 앉아 있었다. 점심때가 지났지만 가게가 붐비고 있다. 잠시 후 어떤 청년이 가게 입구를 지나 들어오는 모습이 보였다.

"아, 여깁니다."

세련된 분위기를 깨뜨리는 걸걸한 목소리를 듣고 오늘의 상대, 시모아라치 나오타카가 아소 쪽으로 고개를 돌렸다.

"일은 좀 어떻습니까?"

"시끄러워서 일이 안 돼요. 하이에나 같은 녀석들이 들러붙어서 아주 못살게 굽니다."

수염이 눈에 띄고 눈 밑의 다크서클도 짙다. 한눈에 봐도 야윈 게 느껴졌다.

"사실이 아닌 것까지 꼬치꼬치 캐묻더군요. 시도 때도 없이 전화가 걸려 옵니다. 그런 건 원래 경찰이 단속해 주지 않나요? 아니면 여러분께서 직접 정보를 흘리고 있는 겁니까?"

의심 섞인 질문에 아소는 사무적으로 대답했다.

"그럴 리 없죠. 애니웨어콜은 이번 수사에 협조해 준 협력사이자 피해사이기도 합니다. 기자들이 너무 심하게 굴면 경찰과 상담하세요. 소개해 드리겠습니다."

"그렇게 하면 이번에는 뭐 찔리는 거라도 있냐고 기사를 쓰겠죠?"

시모아라치는 체념 섞인 미소를 지으며 말했다.

"심지어 무라세 아즈사가 저랑 사귀었다는 소문도 돈다더군요. 정말 웃기지도 않죠."

"그런 사실은 없겠죠?"

"있겠습니까?"

"남녀 문제는 모를 일이라."

"저도 모릅니다."

시모아라치는 시종일관 자포자기한 태도였다.

"뭐라도 좀 시키시죠. 소중한 휴식 시간을 빼앗았으니 저희가 사겠습니다."

미쓰미조의 제안에 시모아라치는 "블렌딩 커피로"라고 했다.

"배는 안 고프십니까?"

"다이어트 중입니다. 언제 TV에 나와도 괜찮도록."

정말 그럴 의도면 수염도 깎았을 것이다. 야윈 게 약간 심각해 보이는 지경이지만 아소는 자신이 신경 써 봐야 소용없다고 판단하고 본론으로 들어갔다.

"무라세 아즈사 양에 대한 이야기를 듣고 싶습니다."

"다른 형사분들께 이미 여러 번 말씀드렸습니다. 우리 직원과 아르바이트생, 심지어 무라세 아즈사의 이름조차 모르는 임원들까지 불려 가서요."

"저는 시모아라치 씨의 이야기를 듣고 싶습니다."

거듭해서 묻는 아소에게 시모아라치는 체념한 듯이 어깨를 으쓱했다.

"조사 때 무라세 아즈사 양의 사망 원인이 밝혀졌다고 하던가요?"

"그런 건 저보다 형사님들이 더 잘 알잖습니까."

정식 수사가 아니라고는 차마 말할 수 없었다.

"직장 내 소문 같은 건 어떻습니까? 그런 곳에 의외로 중요한 사실이 숨겨져 있는 경우도 있어서."

"그런가요. 그럼 다른 분을 찾아가시는 게 빠르겠네요. 다들 절피하고 있거든요."

"왜죠?"

"모르겠습니다. 그냥 엮이기 싫은 거겠죠. 제가 사건과 연루됐다고 뒤에서 숙덕거리는 사람이 많습니다."

"근거 없는 억측이네요."

"그러지 않아도 좁은 곳입니다. 제가 무라세 아즈사에게 고백했다가 차여서 일부러 협상도 내던졌다고도 하던데요."

"무라세 아즈사 양은 그 일이 있기 일주일 전에 이미 살해당했습니다."

"우리 회사 아주머니들께 형사님이 직접 그렇게 설명해 주세요."

아소는 그의 불평을 흘려들었다.

"무라세 아즈사 양을 최근까지 따라다니던 남자가 있었다고 하던데요."

"네. 그런 말이 돌더군요. 전 잘 모릅니다. 무라세 아즈사와는 회

245

사 안에서만 얼굴을 마주하는 사이였어요. 사회성이 좋기는 했지만 자기 이야기를 잘 안 하는 타입이었죠. 연예계에서 활동했다는 것도 몰랐습니다."

사건 당일 이야기했던 그대로다.

"7월 7일 무라세 양이 조기 퇴근을 신청했다더군요."

"네. 열흘 전쯤에 들었던 것 같네요. 7일은 별로 바쁘지도 않고 평소에 걔가 그런 적이 없어서 그러라고 했죠."

"왜 그랬는지는 알고 계십니까?"

그러자 시모아라치는 힘없이 고개를 저었다.

미쓰미조의 정보에 따르면 7월 7일 무라세 아즈사와 함께 점심을 먹은 동료 세 명은 그 자리에서 무라세 아즈사의 연애 이야기를 물었다고 했다. 나이대가 다른 그들의 의견은 하나로 모였다. '무라세 아즈사에게는 지금 사귀는 사람이 있다'라고.

후보로 거론된 사람 중에는 시모아라치도 포함돼 있었지만 무라세 아즈사는 단호히 부인했다고 했다.

아소는 굳이 그 이야기를 꺼내지 않고 질문을 이어 갔다.

"사내에서 혹시 짚이는 사람이 있습니까?"

"글쎄요."

"후치모토 씨는 어떻습니까? 무라세 양은 연예계에서 활동할 수준이었으니 회사 안에서도 인기가 많았겠죠?"

"그야 아르바이트생이든 직원이든 남자라면 한 번은 아즈사에게 호감을 느끼지 않았을까요. 그런데 후치모토는 아닐 겁니다. 그 녀석은 고등학생 때 만나서 결혼한 와이프가 있어요. 애처가라는 점이 녀석이 사내에서 좋은 평가를 듣는 이유 중 하나입니다."

"그렇군요. 그 밖에는?"

"아마 아즈사가 받아 준 사람은 없을 겁니다. 호의를 베풀기는 하지만 오래 가지 않는다고 할까요. 빈틈이 없다고 할까요. 그 아이는 누구에게나 똑같이 친절했지만, 그렇다고 여지를 주지는 않았습니다."

"아이돌이 팬을 대하는 것과 비슷한 느낌일까요?"

미쓰미조가 끼어들어 물었다.

"형사님. 비유가 훌륭하시네요."

시모아라치는 자조 섞어 미소 지었다.

"무라세 아즈사가 왜 그런 일을 당했는지는 저한테 물어보셔도 소용없습니다. 지금에 와서는 더 알고 싶지도 않고요."

시모아라치는 넋이 나간 것처럼 중얼거리고 다시 내뱉었다.

"그리고 범인은 이미 붙잡혔잖습니까."

"아직 체포된 게 아니고 단독범으로 확정된 것도 아닙니다. 무라세 양과 친하게 지냈다는 사람이 나타나지도 않았고요. 사건이 이토록 널리 알려진 상황에서도."

"그 사람이 수상한 건 맞나요?"

시모아라치가 관심을 보였다.

"그건 아직 모르겠습니다. 다만 세세한 부분까지 정확히 짚고 넘어갈 필요는 있는 것 같습니다."

시모아라치는 허공을 보며 잠시 상념에 잠겼다. 아소는 그가 생각을 정리할 때까지 잠자코 기다렸다.

"……무라세 아즈사는 회사에서 일반 아르바이트생 이상의 업무를 소화했습니다. 저희는 트레이너라고 부르는데, 상담원들에게 업무 스킬과 지식을 전수하는 일이죠."

아소는 고개를 끄덕이며 뒷이야기를 재촉했다.

"아무튼 그래서 고객사와도 접점이 있었습니다. 신상품 출시나 캠페인이 시작되기 전 그쪽에서 저희에게 설명하는 자리에 아즈사가 참석하는 일이 많았어요. 외모도 반반하니 부장님도 적극적으로 보내라고 하셨죠."

"그런데?"

"그런데, 라고 하시면 곤란한데……. 아무튼 그, 친한 사람을 찾는 거면 그런 쪽을 찾아보시는 게 더 빠를 수도 있습니다."

"애니웨어콜의 고객사 말인가요?"

"근데 확신이 있는 건 전혀 아닙니다. 아니, 오히려 가능성이 낮을 거예요. 얼굴을 마주친다고 해 봐야 몇 달에 한 번꼴이고 연락처 같은 걸 교환할 시간도 없었을 테니."

"혹시 뭐 신경 쓰이는 점이라도 있는 겁니까?"

미쓰미조가 상반신을 기울이며 물었다.

"신경 쓰이는 수준은 아닌데……."

"어떤 사소한 정보든 상관없습니다. 무라세 양의 목숨을 빼앗아 간 놈을 붙잡을 열쇠가 될지 모릅니다. 말하는 데 따로 돈이 드는 것도 아니고요."

침묵을 지키던 시모아라치가 잠시 후 입을 열었다.

"범인은 저희가 애니웨어콜이라는 걸 알고 있었습니다."

아소는 "네?" 하고 손가락을 입술에 가져갔다.

"평소 고객 상담에서는 '애니웨어콜'이라는 이름을 밝히지 않습니다. 아테나의 콜센터가 애니웨어콜이라는 걸 아는 사람은 업계 관계자나 아르바이트생 정도죠."

"일반인이 알기는 어려운 정보인가요?"

"뭐 조사하면 나올 수도 있겠지만……. 그리고 범인에게 걸려 온 전화 타이밍 말인데, 마지막 전화 말고는 전부 광고가 나오는 타이밍이었잖습니까."

순간 허를 찔린 기분이었다. 그런 건 전혀 의식하지 못했다.

"그날은 유독 고객사의 광고가 많이 방송되는 날이었습니다. 그것도 주요 민간 방송국에서. 거기에 추가 편성까지 있어서 현장이 그 야말로 난리였죠."

"하필 그럴 때 납치 사건이 일어난 거군요. 정신이 없으셨을 만합니다."

"맞습니다. 하필이면 그럴 때……. 그런데 지금 생각해 보면 그것도 다 범인의 계략이었는지 모르겠어요."

범인은 일부러 바쁜 날을 골라 전화를 걸었다. 협상 창구인 콜센터의 여유를 없애기 위해.

"하지만 그날 저희가 바쁠 거라는 건 일반인들은 알 수 없었습니다."

아소는 손가락으로 입술을 훑으며 물었다.

"……범인은 애니웨어콜의 관계자다?"

"아니, 그러니까…… 조금 전에도 말씀드렸지만 무라세 아즈사와 특별히 친했던 사람이 저희 회사에 있었던 것 같지는 않습니다. 거기에 당사자인 무라세 아즈사도 바쁜 날인 걸 알고 있었으니."

거기까지 말하고 시모아라치는 눈을 감았다.

"뭐, 이제 와서 전 뭐가 어떻게 되든 상관없습니다만."

"시모아라치 씨."

미쓰미조가 목소리에 힘을 실어 시모아라치에게 말했다.

"그날 제가 드린 말씀을 기억하십니까? 어떤 끔찍한 사건이 일어났어도 시모아라치 씨의 인생은 계속됩니다. 포기해서는 안 됩니다."

그날과 마찬가지로 시모아라치는 미쓰미조를 지그시 바라봤다.

"우선 밥을 잘 챙겨 드시고 잘 주무십시오."

시모아라치는 지친 얼굴로 "네……"라고 대답했다.

떠나는 그의 뒷모습을 보며 머지않은 미래에 그가 회사를 그만두지 않을까 하는 생각이 문득 들었다.

"제법 흥미로운 이야기를 들었네요."

운전대를 붙잡은 미쓰미조를 향해 아소는 고개를 끄덕였다. 시모아라치의 증언은 아소를 비롯한 경찰 관계자들에게 맹점이라 할 만한 사실을 담고 있었다.

"그런데 참 안타깝습니다. 아마 매일 밤 자책하고 있을 거예요. 더 잘할 수 있었을 텐데, 더 도움이 될 수 있었을 텐데 하고."

"어차피 결말은 달라지지 않았겠죠."

"그래도 후회를 쉽게 떨칠 수 없을 겁니다. 그도 무라세 아즈사에게 호감을 품었던 사람 중 한 명이었을 테니까요."

아소는 대답하지 않았다. 그렇다고 해서 뭔가 해 줄 수 있는 것도 아니다.

화제를 바꿨다.

"아즈미 마사히코가 풀려난 이유는 뭐라고 보십니까?"

"아마 무라세 아즈사와의 관계를 캐내지 못한 것 같습니다. 살해된 장소도 모르는 상황에서 오래 붙잡아 두기는 어렵죠."

오사카부 안에 있는 호텔을 돌며 수사하고 있지만 두 사람이 묵었다는 정보는 아직 나오지 않았다. 도요사키의 아파트는 무라세 아즈사의 사망 이후 계약돼 살해 장소로 논외였다.

"무라세 양의 시신은 사건 발각 전까지 냉동고에 보관돼 있었다고 합니다."

706호 안에 있던 대형 냉동고에서 무라세 아즈사의 혈흔과 체모가 발견됐다. 살해 현장은 그렇다 쳐도 시신을 토막 낸 곳 역시 이 아파트라고 보는 시각이 다수지만, 마찬가지로 유력한 증거는 없다. 파란 시트 등을 깔고 했다면 증거가 남지 않을 수도 있다.

욕조와 냉동고를 주문하고 받은 사람은 선글라스와 마스크를 낀 장발의 중년 남자였다고 한다.

"일단 풀어 놓고 지켜볼 심산인 듯합니다."

24시간 확인 체제를 구축해 아즈미 마사히코를 감시한다. 그가 증거인멸을 시도하거나 협력자와 접촉할 때까지 기다린다. 사건 해결은 서둘러야 하지만 이토록 주목받는 사건이 증거 불충분으로 불기소되거나 재판에서 패소하면 그때는 본부장의 목이 위태로워진다. 본부와 미도 형사는 아즈미 마사히코가 쉽게 입을 열지 않을 것으로 보고 있다. 그래서 도박에 나선 것이다.

"본부도 절박합니다. 이다음은 바로 체포예요. 이렇게 된 이상 더 이상 물러설 수 없습니다. 그전에 우리도 움직일 수 있는 만큼 움직여 보죠."

아소는 자신이 왜 미쓰미조에게 반대하지 않는지 다시금 떠올려 봤지만 이성적으로 설명하기는 어려웠다.

요도가와강을 건너면 나오는 오사카 시내 북쪽. 주조에 있는 술집 개별 룸에 도착한 사람의 찌푸린 얼굴은 그가 거짓말에 속은 피해자라는 걸 여실히 말해 주고 있었다.

"동석자가 있을 거라고는 못 들었는데요."

미도 하지메는 문 앞에 선 아소와 미쓰미조를 차례로 흘겨봤다.

"무슨 상관이야. 야쿠자나 공산당원을 데려온 것도 아닌데."

"저한테는 실례입니다."

"어이, 섭섭하게 왜 그래. 설마 이 사람의 존재가 나랑 마시는 것보다 중요해?"

스포츠머리의 미도가 다시 나가려다가 움직임을 멈췄다. 어중간한 자세 그대로 얄미운 듯이 미쓰미조를 봤다.

"어이, 미도. 내가 네 뒤를 봐준 게 얼만데. 하나하나 다 읊어 볼까? 오늘 밤 잠도 못 이룰걸."

"……알겠습니다."

미도는 한숨을 내쉬더니 미닫이문을 닫고 맞은편 자리에 털썩 앉았다. 오래전부터 미쓰미조의 이런 수법에 당할 대로 당한 사람의 자세였다.

"하지만 전 어디까지나 선배님과 술을 마시러 온 겁니다. 그 부분은 제대로 해 주셔야 합니다."

"나도 은혜를 원수로 갚을 생각은 없다고."

또다시 한숨을 내쉬는 후배를 시치미 떼는 얼굴로 받아넘기고 미쓰미조는 직원을 불러 음식을 주문했다.

"여기는 네기야키가 일품이야. 삼겹살 지붕 위에 대파 눈이 팍팍 뿌려진."

"어울리지도 않는 문학적인 비유 같은 건 그만두십쇼. 저까지 페이스가 흐트러져요."

얼마 지나지 않아 주문한 음료 다섯 병이 나왔다. 천천히 대화할 수 있게 한꺼번에 주문한 병들 중에는 맥주를 비롯해 진저에일도 한 병 섞여 있었다.

"이건 뭡니까?"

미도가 노골적으로 비난 섞인 눈빛으로 아소를 힐끗했다.

"다른 의도는 없습니다. 전 신경 쓰지 마시고 편히 드세요."

"저와는 같이 술을 못 마시겠다는 겁니까? 그쪽은 업무 모드인데 저만 편하게 있는 건 이상하잖습니까."

"야, 인마. 범인을 취조 중인 것도 아니고 시시껄렁한 일로 시끄럽게 굴지 마."

미쓰미조가 "자" 하고 술잔을 내밀었다. 선배가 주는 술은 절대 거절하지 않는 게 이런 사람들의 스타일이다.

"다음 잔부터는 각자 따라 마시기로 하고, 일단 건배."

부루퉁한 얼굴의 미도와 미쓰미조, 그리고 진저에일 잔을 든 아소까지 셋이 무미건조한 의식을 치렀다.

"마음 같아서는 괜찮은 교통과 여경이라도 한 명 데려오고 싶었는데 말이야. 너, 언제까지 독수공방할 거야?"

"그건 정말 오지랖이십니다. 전 제멋대로 살다가 죽을 겁니다."

"명색의 민중의 지팡이가 그럼 쓰나. 얼른 좋은 사람을 만나. 3년 안에."

"3년 전에도 똑같은 말씀을 하셨잖습니까."

"그건 이미 시효가 지났으니 괜찮아. 이번에는 집행유예 없이. 설마 너, 내 딸이 다 클 때까지 기다리는 건 아니겠지?"

"전 징병제에 반대하는 사람입니다."

미쓰미조에게는 세 명의 딸이 있다고 한다. 부인은 전직 간호사인데 사건 수사를 통해 알게 됐다. 아소는 물론 얼굴도 모른다.

잠시 후 주문한 음식들이 나와 여섯 명은 둘러싸고 앉을 법한 테이블이 가득 들어찼다. 미도는 식성이 좋아 보였다. 아소도 미쓰미조가 추천한 네기야키를 입에 넣었지만 너무 기름져서 한입 먹고 젓가락을 내려놓았다.

"아즈미 마사히코는 좀 어때?"

주문한 음식이 다 나오자 미쓰미조가 먼저 포문을 열었다.

"어떻고 뭐고도 없습니다. 그 정도 사고를 쳤으니 정말 자기가 했어도 일단 부인하고 보겠죠."

"동기는? 뭐일 것 같나?"

"치정 문제와 관련됐을 가능성이 커 보입니다. 그에게는 기타가와 루이라는 여자가 있습니다. 쇼게키의 부사장이죠."

"아. 돈 가져왔을 때 만났어. 얼굴이 반반하던데."

아소도 기억했다. 길게 뻗은 팔다리와 지적인 느낌이 인상적이었다.

"그 여자, 원래는 쇼게키 소속 연예인이었다고 하더군요. 사장인 아즈미 마사히코와 친분을 쌓아 일을 관두고 그 자리에 오른 겁니다. 아즈미 마사히코에게는 전적이 있었습니다."

"본인이 직접 그런 이야기를 했나?"

"아뇨. 기타가와 루이를 통해 들었습니다. 그 녀석은 사건과 관련 없는 이야기는 일체 하지 않습니다. 얼마 전에는 변호사가 면회를 왔는데 아무래도 헛바람을 집어넣고 간 것 같더군요. 사와노다 야스시라고 아십니까?"

"모르겠는데. 유명한 사람인가?"

"그쪽 세계에서는 꽤 유명한 것 같던데요. 뒷골목의 수호자라는 별명으로 통한다고."

"그런 인물이 왜 아즈미 마사히코의 변호를 하러 나섰지?"

"아즈미 마사히코도 그쪽 사람이니까요."

미도는 맥주잔을 비우고 자세를 고쳐 앉았다.

"사실 아즈미 마사히코는 오래전부터 저희 단골이었습니다. 감옥에는 안 갔지만 경범죄로 여러 번 붙잡혀 왔죠. 녀석은 20대 초 때 야마코시회의 멤버로 활동했습니다."

야마코시회는 '일본의 진정한 독립'을 표방하는 우익 단체. 그러나 그것은 명분일 뿐 실제로는 간사이 지역 폭력단의 산하 조직이었다.

"점찍은 기업이나 정치인을 갖은 수단을 동원해 닦달하며 돈과 이권을 챙기는 녀석들이었죠. 아즈미 마사히코는 그곳에서 4년 정도 빌붙어 살았습니다. 그때 아즈미 마사히코를 야마코시회에 소개해 준 사람이 바로 도야마 이쿠고요."

"도야마 이쿠 말인가."

미쓰미조가 중얼거리고 아소 쪽을 봤다.

"요즘은 조용히 지내지만 도야마는 저도 전에 한 번 상대한 적이 있습니다. 야마코시회를 관둔 이후 사업가 흉내를 내고 있지만 여전히 그쪽 세계에 사는 녀석이죠. 사기와 매춘, 불법 사채업 등등 그가 가담하는 악업이 셀 수 없을 만큼 많습니다. 심지어 살인 혐의가 떠올랐던 적도 있죠. 결국 증거 불충분으로 무혐의 처분을 받았지만."

미쓰미조는 쓰라린 기억을 지우듯 맥주 한 병을 통째로 들어서 마셨다.

"사와노다는 도야마가 고용해서 수족처럼 부리는 변호사입니다. 그리고 아즈미 마사히코와 도야마는 동향이기도 하니 인연이 있겠죠."

"그럼 그 9천만 엔의 출처도 대충 예상이 되는군요."

"네. 십중팔구 도야마 은행일 겁니다."

옆에서 미쓰미조가 "돈으로 위세를 부리는 걸 좋아하는 녀석이기도 하고요" 하고 동의했다. 경찰청에서 내려온 지 2년째인 아소는 여전히 모르는 게 많았다.

"그럼 아즈미 마사히코의 심증만큼은 최악이네. 거기에 더해 도야마의 입김까지 작용했다면 이건 뭐 비둘기도 까마귀로 보일 지경이잖아."

"뭐 그렇기는 하죠."

왠지 심드렁한 미도의 반응에 미쓰미조가 눈썹을 치켜세웠다.

"혹시 뭐 걸리는 거라도 있나?"

"아무래도 결정타가 없는 느낌입니다. SNS와 게시판 글까지 전부 무라세 아즈사의 폰으로 작성한 바람에 추적이 불가능한 상태라죠. 애니웨어콜에 걸려 온 전화의 음성 분석도 이렇다 할 성과는 없고요."

"보이스 체인저를 썼으니 어쩔 수 없겠지."

"그것도 그렇지만 말투도 아즈미 마사히코와 별로 비슷하지 않습니다. 전문가에게 감정을 의뢰하기는 하겠지만 '동일 인물일 가능성을 부정할 수 없다' 정도로 나오겠죠."

"하나 마나 한 소리군."

"한 가지 더. 도요사키의 아파트를 임차한 사람이 누군지 모르겠습니다."

"히와라는 이름을 댔다던데. 그 사람도 아즈미 마사히코는 아닌 건가?"

"그곳 집주인에게 아즈미 마사히코의 사진과 조사할 때 녹음한 목소리를 들려줬습니다. 그런데 그때도 하나 마나 한 대답이 돌아오더군요."

팔십이 넘은 노인의 귀, 게다가 상대는 마스크를 쓰고 있었다고 하니 그럴 만했다.

"그 세련된 디자인의 욕조를 수입 잡화점에서 주문한 사람과 706호에서 그걸 받은 사람도 마스크와 안경을 낀 보통 키, 보통 체격의 중년 남자입니다. 그때 욕조를 배달한 사람이 말하기를 남자의 긴 머리가 마치 가발 같았다고 하네요."

"아즈미 마사히코일 수도, 아닐 수도 있는 건가."

미도가 고개를 끄덕였다. 집 임대차 계약서 보증인란에는 쇼게키의 회사 직인이 찍혀 있지만 그마저 가짜였을 가능성이 있다.

"무엇보다 무라세 아즈사가 어디서 살해됐는지가 확실치 않습니다. 아즈미 마사히코의 집이나 쇼게키 사무실은 아닌 것 같아요."

가장 중요한 핵심 포인트다. 아무리 정황 증거가 모여도 그것이 불분명하면 재판을 끌고 갈 수 있을지 의심스러워진다. 감식반의 현장 검증도 아즈미 마사히코는 순순히 수락했다고 한다. 괜찮을 거라는 자신감이 있었을 것이다.

"무라세 아즈사의 집도 아닙니다."

"시신을 훼손한 곳도?"

미도는 고개를 끄덕이고 덧붙였다.

"사실 사람 몸을 일곱 토막 내는 게 그리 쉬운 일은 아닙니다. 아마추어라면 아무리 노력해도 증거를 남기기 마련이죠. 그런데 그 집 안에서는 아무것도 발견되지 않았습니다. 못 찾은 걸로 치면 그 잘려나간 귀의 행방도 아직 불분명해요."

"귀 같은 건 잘게 잘라서 변기 같은 곳에 버리면 되지 않나."

"아즈미 마사히코가 그걸 가지고 있기라도 했다면 한 방 먹였을 텐데요."

아소의 손가락이 입술로 향했다. 뭔가 마음에 걸리는 게 있었다.

"아즈미 마사히코와 무라세 아즈사의 관계를 짐작할 만한 증거 같은 것도 나오지 않았습니다. 아니, 꼭 아즈미 마사히코뿐 아니라 남녀불문하고 무라세 아즈사와 친하게 지냈다는 사람이 아예 나타나지 않는 상황이에요."

"휴대폰이나 컴퓨터는?"

"특별히 눈에 띄는 건 없었습니다. 7월 7일 무라세 아즈사가 어디서 뭘 했는지도 확실치 않죠. 밝혀진 거라곤 그녀가 평소 사람들과 어울리는 걸 별로 좋아하지 않았다는 점 정도입니다."

그리고 그날 조기 퇴근을 신청한 것과, 사귀는 사람이 있는 것처럼 보였다는 동료들의 느낌뿐. 결정적인 증거가 부족하다는 말은 타당했다.

"그래서 일부러 풀어 준 건가?"

미도는 부루퉁한 얼굴로 대답하지 않았다.

"당연히 수사관의 촉 같은 것도 전부 고려해 내린 판단이겠지? 자신 있으면 그냥 체포했으면 좋았을 텐데. 특히 너라면 정면승부로 쓰러뜨릴 수 있었을 거잖아. 그런 결정은 '미도스지'라는 별명에 어울리지 않는데."

미쓰미조의 도발에도 미도는 반응하지 않았다. 팔짱을 끼고 허공을 응시하다가 잠시 후 벌레 씹은 표정으로 입을 열었다.

"사실 아즈미 마사히코는 11년 전 야마코시회에서 활동하며 당시 아마가사키에 거주하던 효고현 현의원을 타깃으로 삼은 바 있습니다. 이름은 마시로 노리히사. 그 일을 계기로 마시로 씨는 스스로 목숨을 끊었죠."

"······그래서?"

미쓰미조의 말에는 '그게 이번 일과 무슨 상관이지?'라는 함의가 담겨 있었다.

"무라세 아즈사가 살해된 것으로 추정되는 7월 7일 밤부터 9일 아침까지 아즈미 마사히코는 어떤 남자에게 감금된 채 폭행을 당했다고 주장하고 있습니다. 그 남자의 이름은 무로토 쓰토무. 오래전 그 마시로 노리히사의 비서관으로 일하던 사람입니다."

"정말로 감금됐었다는 증거라도 있나?"

"기타가와 루이가 9일 아침 아즈미 마사히코가 상처투성이가 되어 돌아왔다고 증언했습니다. 그날 아즈미 마사히코가 들른 편의점과 마트 직원, 택시 기사도 그의 주장을 뒷받침했죠. 그런데 문제는 아즈미 마사히코는 그날 경찰서는커녕 병원에도 가지 않았습니다."

"뭔가 신빙성이 떨어지는군. 만약 기타가와 루이가 거짓말을 하지 않았다고 해도 그날 아즈미 마사히코가 무라세 아즈사와 다투다가 다쳤을 가능성도 있지 않나?"

무라세 아즈사와 다투다가 우발적으로 살해에 이르렀다는 시나리오에 해당하는 추론이었다.

"시신에 눈에 띄는 외상은 없었습니다만 저희도 그런 가능성을 검토하지 않은 건 아닙니다. 다만 무로토 쓰토무가 아즈미 마사히코를 지금껏 여러 번 습격한 건 사실 같습니다."

아즈미 마사히코가 무로토 쓰토무에게 폭행당했다고 경찰에 신고한 적도 있다. 그러면서 한 번은 무로토 쓰토무가 현행범으로 체포되기도 했다. 그는 복역을 마치고 출소 후 자취를 감췄다.

7월 7일의 알리바이가 범행 현장에 버금가는 사건의 핵심 포인트인 것은 틀림없다. 아즈미 마사히코가 무라세 아즈사를 죽이지 않았다면 가짜 납치극의 이유도 사라지기 때문이다. 이에 대한 아즈미 마사히코의 묘한 주장이 미도를 혼란에 빠뜨리는 것 같았다.

"다 지어낸 이야기 아니야? 애초에 현행범으로 붙잡혔을 때를 제외하고 아즈미 마사히코가 무로토 쓰토무에게 계속 당했다는 증거가 없잖나? 실제로는 다른 사람한테 당해 놓고 무로토 쓰토무 탓으로 돌리는 거 아니야? 그놈들이 사는 세상에서는 그런 건 대수롭지도 않은 일일 테니."

자신을 공격한 진범을 감싸는 기이한 사례도 어둠의 세계에서는 충분히 있을 수 있다.

"그 구도는 이번 가짜 납치극과도 비슷하군요."

아소의 첫 번째 의견 제시에 미쓰미조도 동의했다.

"맞습니다. 가상의 인물에게 죄를 덮어씌우는 아이디어 역시 자신의 실제 경험에서 힌트를 얻었을 수 있죠."

미도는 날카롭게 두 사람을 쳐다보기만 했다.

"합리적으로 생각하면 무라세 아즈사를 살해한 범인이 아즈미 마사히코일 확률은 백 퍼센트에 가까워 보입니다. 그런데 미도 형사님은 지금 그렇게 생각하시지 않는 것 아닌가요?"

미도는 이번에도 침묵으로 일관했다. 그러더니 갑자기 직접 맥주병 뚜껑을 따고 맥주를 벌컥벌컥 들이켰다.

"어이. 한마디라도 해 봐."

"전 오늘 선배님과 술 마시러 온 겁니다. 말씀드렸잖습니까."

"자꾸 어린애처럼 투정 부릴래? 지금 우리는 네 일에 관여하려는 게 아니야. 그저 우리가 한때 엮였던 일의 경과를 알고 싶을 뿐이지. 넌 지금 형사로서의 그런 근성에 침을 뱉으려는 건가?"

미도는 말없이 아소를 응시했다. 대머리 아래로 보이는 예리한 눈빛에서는 힘이 느껴진다. 평범한 범죄자라면 이 눈빛만 봐도 궁지에 몰린 기분이 들 것이다.

"특수범죄 수사과에서 아직 보고서가 올라오지 않았다던데요. 경찰청에서 내려온 주임이 일부러 일을 보이콧하고 있다는 소문이 돌고 있습니다."

말투 역시 취조를 연상케 했다.

"보이콧할 이유가 없습니다. 전 이번 사건이 어떤 성격의 사건인지 아직 파악하지 못했을 뿐입니다."

"가짜 납치극 보고서에 그런 게 뭐 필요합니까. 아니면 다른 이유라도 있는 겁니까?"

"다른 이유? 뭘까요. 잘 모르겠습니다만."

"예를 들어 가짜 납치극에 들어간 경비 책임을 지기 싫다, 같은 건 어떨까요?"

옆에서 미쓰미조가 "야 인마" 하고 목소리를 높였다. 미도는 아랑곳하지 않고 퍼부었다.

"주임님이 이번 사건에 집착하는 것도 사실 그것 때문 아닌가요? 단순한 가짜 납치극으로는 곤란하다. 조금 더 사건의 형태를 갖출 뭔가를 찾아야 한다. 어떻습니까?"

"피해자가 일주일 전 사망한 시점에 이미 헛수고입니다."

"아니잖아요. 퓨와이트가 정말 존재하고 몸값 운반조를 투입하라는 지시가 체포에 도움이 됐다면 체면도 서지 않겠냐는 이야기입

니다."

"인마. 지금 우리가 사건을 일부러 왜곡시키고 있다는 거야?"

"우리가 아니라 이분 말입니다. 이분 머릿속에 그런 계산이 정말 없느냐고 묻는 겁니다."

두 사람의 실랑이를 지켜보며 아소는 묘하게 납득하는 자신을 발견했다. 그렇다. 이대로 아즈미 마사히코가 범인으로 체포되면 납치 자체가 완전히 엉터리 사기극이었다는 말이 된다. 하지만 반대로 퓨와이트라는 진범이 존재한다면 납치는 또 다른 의미를 지니게 된다.

금전 목적은 아니다. 그럴 가능성은 제로에 가깝다. 그렇다면 목적이 뭐였을까.

아소는 사건 당시 느낀 위화감을 다시 떠올렸다.

퓨와이트에게 세 번째 전화가 걸려 왔을 때였다. 몸값 1억과 운반조 백 명을 준비했다는 이야기를 접한 그의 반응을 들으며 아소는 떠올렸다.

이 녀석은 어쩌면 돈보다 백 명의 운반조가 모인 사실에 더 기뻐하고 있는 게 아닐까.

만약 정말 그랬다면. 그에게 돈보다 백 명의 인원을 모으는 것 자체가 더 중요했다면…….

납치극이 아즈미 마사히코의 가짜 연극이라면 돈 역시 그가 준비했으니 놀랄 것도 없다. 불확실한 운반조의 숫자가 궁금해지는 것도 이해가 간다. 하지만 애초에 왜 백 명이었을까. 왜 1억이었을까.

'천만 엔을 한 명이'는 안 되는 거였을까. 열 명은? 단지 쾌락범을 가장하려고 아즈미 마사히코는 빚까지 내서 거금을 모은 걸까. 그런 부자연스러운 지점들 때문에 자신에게 혐의가 씌워질 거라고는 예상 못 했을까.

"진범이 있다고 가정하면."

아소는 자신의 추론을 천천히 되짚으며 말을 이어 갔다.

"그 녀석도 분명 아즈미 마사히코에게 죄를 덮어씌우려 했을 겁니다. 무라세 아즈사를 죽인 죄를."

옆에서 미쓰미조가 "흐음" 하고 신음했다.

"'아즈미 마사히코가 퓨와이트에게'가 아닌 '퓨와이트가 아즈미 마시히코에게' 말인가요?"

"그렇습니다. 그런데 우발적인 범행으로 보기는 어렵습니다. 진범은 무라세 양의 직장이 어딘지 알았고 아즈미 마사히코의 연락처도 알고 있었죠. 쇼게키의 회사 직인을 준비했을 뿐 아니라 콜센터 내부 사정에도 정통했습니다."

그러나.

"애니웨어콜 안에서 무라세 양은 연예계 활동 사실을 숨기고 있었습니다. 쇼게키는 그녀가 콜센터에서 일한다는 사실을 몰랐죠. 하지만 퓨와이트는 콜센터 내부 사정을 꿰뚫고 있었고 무라세 양이 쇼게키에 소속돼 있다는 것도 알고 있었습니다. 현재로서 그 조건에 부합되는 사람은 무라세 아즈사 당사자뿐입니다."

다시 말해.

"퓨와이트는 무라세 아즈사 양과 상당히 친밀한 관계였던 인물로 추정됩니다.”

그렇다면.

“만약 7월 7일 밤에 그녀가 그를 만날 계획이었다면.”

짧은 침묵이 흘렀다.

낮에 전해 들은 시모아라치의 이야기가 이 추론을 뒷받침해 주고 있다. 범인은 하청에 불과한 콜센터의 정식 명칭을 알고 있었고 사건은 가장 바쁜 날 일어났다. 퓨와이트의 전화는 수많은 주문이 쏟아지는 타이밍에 걸려 왔다. 이를 사전에 알 수 있었던 사람은 애니웨어콜, 고객사, 광고 대행사, 방송국 관계자들뿐이다. 만약 그중에 범인이 없다면 범인은 무라세 아즈사에게 직접 그 정보를 전해 들었을 가능성이 크다. 친한 사람 앞에서라면 직장 이야기도 할 법하다. ‘이번 주 일요일은 바쁘다’ 같은.

범인이 콜센터 사정을 잘 알고 있었던 이유도 자연스럽게 이해할 수 있다. 사내에서 일반 아르바이트생보다 더 중용받았던 무라세 아즈사는 센터의 구조를 꿰고 있었다. 녹음 시스템이나 모니터링 기능 등에 대해서도 퓨와이트는 무라세 아즈사 본인에게 직접 전해 들은 게 아닐까.

몸값보다 백 명의 운반조가 왜 더 중요했는지에 대한 해답은 아니지만, 적어도 그날 현장에 있었던 아소는 이 가설에 설득력을 느꼈다.

하지만.

“그 가까운 누군가가 아즈미 마사히코일 가능성도 있겠죠.”

미도의 지적은 옳았다. 현 단계에서는 누구든 될 수 있다. 시모아라치나 후치모토, 기타가와 루이, 심지어 야나기 부장까지. 아즈미 마사히코가 그가 아니라는 논리적 증명은 되지 않는다.

"전 수사본부의 뜻에 따라 조사할 뿐입니다."

그렇게 잘라 말하는 미도에게 미쓰미조가 물었다.

"확신도 없이? 아즈미 마사히코가 범인이 아닐 수도 있다고 생각하면서?"

미도는 입을 다물었다. 그의 내면에 깃든 말로 형용하기 힘든 초조감을 아소는 어렴풋하게나마 이해할 것 같았다.

"이봐, 미도. 형사로서의 사적인 호불호나 감정 같은 건 접어 두고 일단 우리끼리 공동 전선을 구축해 보는 건 어때?"

"농담이시죠? 그랬다가는 강력계 안에서 제 자리가 사라질 겁니다."

"결과만 갖다 바치면 누가 뭐라고 하겠나."

"두 분은 수사권도 없으면서 뭘 어떻게 하시려는 겁니까?"

"수사권이라면 있습니다."

아소의 말에 미도가 날카로운 눈빛으로 아소를 봤다.

"납치 사건은 끝났습니다. 이제는 살인 사건이에요."

"위계 업무 방해. 퓨와이트의 납치극 때문에 인건비, 교통비 등 수백만 엔의 손실이 발생했죠. 전 그걸 수사할 의무가 있습니다."

즉흥적으로 입에 담은 말에 미도는 입을 쩍 벌렸다.

"……진심으로 하는 말씀인가요?"

"물론 이건 구실일 뿐이죠."

"구실이든 잠꼬대든 두 분이 움직여서 좋아할 사람은 조직 안에 한 사람도 없습니다. 아무도 협조하지 않을 겁니다."

"알겠습니다. 그런데 우리가 조사한 내용을 미도 형사님께 전하는 건 상관없겠죠? 그 결과 아즈미 마사히코가 체포된다면 그건 또 그것대로 괜찮지 않을까요."

미도는 말없이 아소를 바라봤다.

가게를 나가 미도와 헤어지자마자 미쓰미조가 아소에게 말했다.

"술을 못 드시는 건 역시 불편하네요. 앞으로는 차라리 종교적인 이유라고 하시는 건 어떨까요?"

"그러다가는 더 기피하겠죠."

미쓰미조는 웃으며 덧붙였다.

"그래서, 내일부터는 어떡하실 겁니까? 미도네랑 같은 일을 해 봐야 어차피 못 이깁니다. 머릿수 자체가 다를뿐더러 이쪽은 정식 수사도 아니잖습니까. 눈에 띄면 빈축을 살 게 뻔합니다."

형사부장과 사적인 인연이 있다는 특권은 이제 족쇄일 뿐이다. 이 정도 규모 사건에 괜한 풍파를 일으킬 수 있는 행동이 환영받을 리 없다.

"주임님 말씀대로 퓨와이트가 실존한다면 무라세 아즈사의 지인일 가능성이 크겠죠. 그렇다고 해서 무턱대고 움직여 봐야 소용없지 않을까요."

"뭔가 다른 구실이 필요하다는 말씀이겠죠?"

"네. 그때 저희는 현장의 최전선에 있었습니다. 전기 신호로 퓨 와이트와 서로 마주 보고 있었습니다. 그 강점을 살려야 합니다."

미쓰미조는 장난꾸러기 아이처럼 씩 웃었다. 그 얼굴을 보며 아소는 문득 궁금해져서 물었다.

"미쓰미조 형사님은 아즈미 마사히코가 범인이 아니라고 확신하시는 겁니까?"

"설마요. 누가 봐도 그 녀석이 제일 수상한 건 맞습니다."

그렇다면 왜.

"전 주임님의 부하니까요. 상사가 하고 싶은 대로 내버려 두는 게 제 일이잖습니까."

그 말을 듣고 아소는 내심 '그렇군. 합리적이야' 하고 고개를 끄덕였다.

6

마스카라와 인조 속눈썹, 진한 색 블러셔로 치장해 감기에 걸린 판다처럼 생긴 소녀가 눈앞에서 이맛살을 찌푸리고 있다. 책상에 팔꿈치를 올린 채 두 손으로 볼을 감싸고 있다. 나베시마는 나니와 경찰서 생활안전과 접견실에 지금 막 불려 온 참이었다.

"냐쿤이 또 파친코로 컴백했어. 마아얀의 월급도 다 가져갔다고. 정말 너무하지 않아?"

"냐쿤은 몇 살이지?"

"열일곱."

"18세 미만의 도박은 불법이야."

"그러니까 체포해 줘. 이대로 가다가는 마아얀, 돈 다 뜯겨서 빈털터리가 될 거라고."

나베시마는 쓴웃음을 지었다.

"현행범 체포가 아니면 힘들어. 냐쿤은 어떻게 생겼지?"

"엄청 삭았어."

"그럼 어려울지도 모르겠네. 가게에서 일일이 신분증을 확인하지도 않을 테니."

"그러니 특별히 나베짱에게 부탁하는 거잖아. 얼른 냐쿤을 체포해 줘."

"네가 직접 마아얀에게 냐쿤과 헤어지라고 하는 건 어떨까?"

"안 돼. 냐쿤은 케사짱이랑 친하잖아. 케사짱한테 혼날 거야."

냐쿤, 마아얀에 케사짱이라니. 본명을 전혀 예측할 수 없다.

"케사짱은 어때? 걔도 한때 말에 빠져서 고생하지 않았나."

"괜찮아. 그날 이후로는 한 번도 안 했대. 나베짱 덕분이야."

이 소녀는 자신을 '링고'라고 부른다. 이 역시 본명과는 무관하다.

링고는 아메리카무라에 있는 걸즈바에서 일하고 있다. 나이는 열아홉. 변변치 못한 남자들과만 사랑에 빠지는 몹쓸 버릇이 있어 남자 친구가 시키는 대로 관광객을 상대로 한 바가지 가게에서 일하던 시절 나베시마를 처음 만났다. 당시 나이 16세. 이후 무슨 일이 있을 때마다 나베시마를 찾아와 불평불만을 토로하고 돌아가고는 했다.

지금 사귀는 남자 친구인 자칭 DJ 케사짱과도 돈 문제로 다툼이 있었다. 손찌검을 당하고 나베시마를 찾아와 울먹였다. 관할을 조금 벗어나는 일이었지만 그냥 내버려 둘 수 없어 나베시마는 그를 찾아가 면담했다. 형사의 갑작스러운 방문에 위축된 케사짱이 순순히 반성을 늘어놓은 게 석 달 전쯤 일이다.

덧붙이자면 마아얀도 같은 바에서 일하는데 그녀는 스무 살의 미혼모라고 했다.

"지켜보다가 너무 심한 것 같으면 마아얀을 데려와. 이야기 들어 줄게."

"쉽게 말하지만 아무래도 경찰은 허들이 높아."

"넌 이렇게 제 집 드나들 듯이 다니는데."

"난 나베짱이랑 한 가족이잖아."

"어이. 이상한 소리 하지 마. 난 네 포켓몬이 아니야."

"언제 적 포켓몬 이야기를 하고 있어. 지금은 요괴 워치라고. 메차가 엄청 좋아해."

"메차는 또 누구야?"

"당연히 마아얀의 아들이지."

갈수록 태산이다.

"아아, 정말 뭔가 사건이 일어나지 않는 한 경찰은 도움이 안 된다는 말이 사실이었구나."

"우리가 있으니 범죄가 일어나지 않는 거야. 억지 효과라고 해."

"그런 걸 궤변이라고 하던데."

궤변이라는 단어는 또 어디서 배웠을까. 어이가 없었다.

"그러고 보니 키미카가 곧 AV에 출연할 수도 있대."

"왜지? 너처럼 또 이상한 남자를 만나 발목을 잡혔나?"

링고가 "아니거든" 하고 토라진 듯이 말했다.

"케사짱은 착해. 머리가 좀 안 좋기는 해도."

또다시 어이가 없었다. 그래도 남자가 바보인 걸 알아차릴 정도
로 링고도 성장한 듯했다.

"키미카는 소속사가 망할지도 모른다면서 불안해하고 있어."

키미카도 링고와 함께 경찰서에 몇 번 놀러 온 적이 있다. 자해하
는 버릇이 있어 여름에도 늘 긴팔을 입고 다니는 아이였다.

"멘털이 너무 약해. 내가 계속 말리고는 있는데."

미묘한 문제다. 성인인 키미카의 AV 출연이 불법은 아니다. 강
요당한 거면 모를까 자기 의사라면 막을 수 없다.

"키미카는 뭐라고 해?"

"어차피 쓴다고 닳는 것도 아니니 괜찮지 않냐고 해. 그런데 그
것도 다 불안해서 그래. 돈 벌 수 있는 시기가 지금뿐이라고 생각하
니까."

"넌 뭐라고 설득하는데?"

"닳을 거라고."

그 말을 듣고 흠칫했다.

"키미카는 손목을 긋는 것도 어차피 닳지 않으니 괜찮다고 하고

있어. 하지만 난 닮는다고 생각하거든."

"설마 피가 줄어서 사라진다거나 그런 말을 하려는 건 아니겠지?"

"나베짱은 내가 바보로 보여?"

링고는 전형적인 미인은 아니지만 매력이 있다. 머리는 좋지 않을지언정 감이 좋다.

"키미카네 사무실은 어디지?"

"쇼게키라는 곳."

시기가 시기이니 짐작하고 있었다. 또다시 '기묘한 인연'이라는 느낌을 지울 수 없었다.

"그럼 내가 키미카를 직접 만나서 조언 좀 해 줄까?"

"뭐? 그럼 마아얀도 만나 줘."

나베시마는 키미카 쪽이 먼저라고 다소 억지를 섞어 가며 설득했다.

점심이 지나 아마가사키 경정 결과를 휴대폰으로 확인하려고 자리에서 일어섰다. 직장에서 당당하게 주권을 살 용기는 없지만 오늘 결과에 따라 나가타에게도 우승 가능성이 생긴다.

일어난 김에 화장실에라도 다녀오려고 부실을 나서기 직전 생활 안전과 과장이 불러 세워서 나베시마는 당황했다.

"부르셨습니까?"

"나베시마. 본부 1과에서 자네한테 지원 요청이 들어왔어."

"1과 말입니까?"

"그래. 그 납치 사건의 수사를 도와 달래."

나베시마는 신경 쓰지 않는 척했지만 머릿속에 또다시 '기묘한 인연'이라는 다섯 글자가 떠올랐다.

"피해자인 무라세 아즈사에 대해 자네가 좀 알아봐 주겠나?"

"무라세 아즈사 말인가요. 그런데 그런 중요한 일은 이미 그쪽에서 하고 있지 않습니까?"

"그건 그렇지. 자네한테 부탁하려는 건 보완 수사야. 난바, 신사 이바시 일대는 자네가 구석구석 꿰고 있으니까. 거기서 무라세 아즈사를 만났거나 함께 술을 마신 적이 있는 사람을 찾아보거나, 소문 같은 것도 좋으니 뭐든 물어 와 봐. 이번 주말부터 움직여 주겠나? 응? 혹시 뭐 불만이라도?"

"아뇨. 불만이 있는 건 아닌데 뭔가 너무 급한 것 같아서요. 정식 의뢰인가요?"

"쓸데없는 건 묻지 말고 혹시 뭐라도 알아내면 여기에 직접 보고 해."

그가 건넨 메모지에 휴대폰 번호가 적혀 있었다.

"얼렁뚱땅하다가 큰일 날 거야. 호랑이 선생님이시거든."

번호 아래에는 '미쓰미조'라고 갈겨 쓴 글자가 적혀 있었다.

정시에 일을 마치고 나니와 경찰서를 나갔다. 납치 사건 이후 과장의 배려로 나베시마는 요즘 야근을 하지 않고 일찍 귀가하고 있다.

그 대가가 이 쪽지라니. 곤란할 따름이다. 과장이 한때 미쓰미조의 부하였다는 건 누구나 아는 이야기다. 제법 귀여움을 받았다고 들었다. 계급과 직급으로 선배 형사를 뛰어넘은 지금도 그 앞에서는 여전히 고개를 조아린다고 했다.

그저 기묘한 인연쯤으로 치부했던 일이 현실이 되자 마음이 급격히 무거워졌다. 마침 키미카와 만날 준비를 하고 있었으니 운이 좋았다고 생각하며 나베시마는 발걸음을 옮겼다.

신사이바시 빌딩 지하에 '과차로'라는 클럽이 있다. 몇 년 만에 찾았다. 아직 문을 열지 않은 가게 안에서는 영업 준비에 여념이 없는 직원 한 명이 보였다.

"아, 아직입니다."

뻔한 반응에 이해한다는 얼굴로 고개를 끄덕이고 나베시마는 큼지막한 니트 모자를 쓴 청년에게 다가갔다.

"그런 걸 쓰고 있으면 덥지 않나?"

"……형사님이십니까?"

눈치가 빠르다.

"나니와 경찰서 생활안전과. 잘 부탁해."

"네. 저도 잘 부탁드립니다. 그런데 아직 오픈 전이라 죄송하지만 아무것도 못 드릴 것 같네요."

"내가 뭐 뜯어먹으려고 온 것 같아?"

남자가 입을 다물었다. 형사라고 해서 겁먹는 타입은 아닌 듯했다.

"점장인가?"

"네."

"젊네. 어제까지 미성년 아니었어?"

"저한테 뭐 볼일이라도 있으신가요?"

"왜? 영장이라도 제시해 달라고 하게?"

"그런 건 아닙니다만 오픈 전에 손님을 받으면 안 돼요. 사장님이 그런 거에 예민하시거든요. 지난번 점장이 멋대로 하다가 단속을 당했다고……."

"그거, 내가 단속한 거야."

순간 남자의 안색이 달라졌다. 위기 센서의 감도도 좋은 것 같다.

"……무슨 일이신가요?"

"근처를 지나다가 잠깐 들렀을 뿐이야. 여긴 변함없네. 좁고 아늑해. 요즘 장사는 좀 어떻지?"

"풍속 영업법 문제만 해결되면 조금 나아질 텐데."

2010년 풍속 영업법 제2조 3호에 따라 오사카에서 벌어진 집중 단속은 20개 이상의 업소, 60여 명 정도 되는 체포자를 낳은 일대 캠페인이 되었다. 오사카뿐 아니라 전국의 댄스 클럽 업계에 충격을 준 이 소동에는 나베시마도 참여했지만 속으로는 솔직히 쓸데없다고 생각했다. 불법 업소를 반드시 악으로 볼 수 없는 건 법 자체에 현실과 괴리된 측면이 있기 때문이다.

"국회에서 싸우고 있는 것 같던데. 적당한 선에서 타협점을 찾으면 좋을 텐데 말이지."

"형사님이 직접 그렇게 말씀해 주시니 조금이나마 희망이 생깁니다.”

“나쁜 짓만 안 하면 돼, 나쁜 짓만.”

잠시나마 느슨했던 분위기가 다시 팽팽해졌다.

“아무튼 일찍 끝내 주세요. 저도 일해야 해서.”

“사키나카 씨한테 연락 좀 해 줄래? 생활안전과의 나베시마가 오랜만에 보고 싶어 한다고.”

“아, 그건 좀……. 정말 무슨 욕을 들을지 모릅니다.”

“정 바쁘면 무리하지 않아도 돼. 다음에 정식으로 부르면 되니까.”

남자의 판단은 빨랐다. 휴대폰으로 어딘가에 전화하더니 통화를 마치고 다시 나베시마를 봤다.

“곧 오신다고 합니다.”

“좋아.”

20분 정도 지나자 계단을 내려오는 사람이 보였다. ‘과차로’의 오너 사키나카가 나베시마 옆으로 다가와 자리에 앉았다.

“뭐야. 공짜 술이라도 마시러 왔어요?”

7 대 3으로 가르마를 탄 숱 적은 머리, 축 처진 어깨가 특징인 남자에게서는 한때 게이바에서 잘 나갔던 흔적은 전혀 보이지 않지만 말투는 누가 봐도 게이다.

“무서운 이야기를 할 거면 빨리 끝내 줘요. 곧 가게 문을 열어야 하니.”

“끝날 때까지 계속 있으면 민폐려나?”

"괴롭히지 마세요. 저희는 예나 지금이나 '품위 있게 살자'가 모토라고요."

이곳 외에도 소에몬초와 기타신치에 게이바를 차린 수완 좋은 사업가다. 가게의 모토대로 품위를 잘 지켜서인지 나베시마는 지금껏 그의 연락처조차 모르고 있다.

"그때도 전 아닌 밤중에 홍두깨였어요. 페코짱이 멋대로 벌인 짓인데."

페코는 나베시마가 체포했던 이 가게의 전 점장이다. 교묘하게 여자 손님들을 꾀어 매춘을 시키던 인간 말종이었다.

"그때의 교훈을 잘 살려서 가게에는 항상 나오고 있어요."

"괜찮아. 나도 당신을 자주 만나고 싶지 않으니 오히려 달갑지."

"뭐예요. 정말 실례네" 하고 토라지는 얼굴이 묘하게 애교스러워서 곤란할 따름이다.

"그래서, 오늘은 정말 무슨 일이에요?"

"전에 여기서 일했던 기타가와 루이라는 여자를 기억해?"

"아, 정말. 또 그 이야기를 하려고요?"

페코가 했다는 매춘 알선도 실제로는 기타가와 루이가 지휘하지 않았을까. 당시부터 나베시마는 그 가능성을 의심하고 있었다. 그러나 페코는 루이에게 완전히 사로잡혔는지 루이에 대해서는 입도 벙긋하지 않았다.

"아니야. 그냥 좀 신경 쓰여서."

"저기요. 제가 이런 말 하는 것도 좀 그렇지만 루이가 나쁜 애는 아니에요. 다만 애가 너무 현실주의자라고 할까."

"그때도 그런 식으로 말했었지. 무슨 뜻인지 잘 몰랐는데."

"저라고 뭐 자세히 알겠어요? 그냥 왠지 그런 느낌이라는 거죠. 여자의 촉이라고 할까."

"여자의 촉이라."

고상한 척하며 생각에 잠긴 사키나카에게 나베시마는 물었다.

"페코와 루이는 그 뒤로 어떻게 됐지?"

"그 사건 이후 연이 끊겼어요. 페코가 워낙 순정남이라 안타깝기는 해도 상대가 루이면 뭐 어쩔 수 없죠."

"괜찮은 여잔가 보네."

"그걸 넘어 걔는 우리와 아예 차원이 다른 아이예요. 하루 벌어하루 먹고사는 불나방이 아니에요."

"흐음."

나베시마는 어정쩡하게 반응했다. 기타가와 루이를 만난 건 조사 때 몇 번뿐이다. 사적인 대화는 전혀 나누지 않았다.

"그 뒤로 어떻게 됐는지 모르나?"

"그만두겠다고 해서 다른 곳을 소개해 줬어요. 연예 기획사인데."

쇼게키다. 나베시마도 사실 여기까지는 알고 있다. 당시 기타가와 루이가 신경 쓰여서 개인적으로 조사했다.

"그 정도 미모면 모델도 할 수 있잖아요. 애가 근성도 있고."

"거기는 믿을 만한 곳이었나?"

"……그 일 때문이네요."

사키나카가 느닷없이 고개를 홱 돌렸다.

"그 일이라니, 무슨 일?"

"저도 뉴스 정도는 보거든요."

아즈미 마사히코 수사와 관련된 것임을 알아차린 듯했다. 그러나 이 역시 예상한 일이다.

"난 생활안전과 소속이야. 살인 사건 같은 건 무서워서 얼씬도 못 한다고."

"글쎄요."

"이봐, 쇼게키는 정말 제대로 된 곳이었어? 그 정도는 알려 줘도 되지 않아?"

사키나카는 니트 모자를 쓴 점장에게 "맥주 한 잔 주세요" 하고 맥주를 받더니 단숨에 잔을 비웠다. 거리낌 없이 맥주를 들이켜는 모습에서 질투마저 들었다.

"형사한테 불필요한 말을 하지 않는다. 그게 제 모토예요."

이렇게 삶의 모토가 많은 게이가 또 있을까.

"오후 5시를 기점으로는 나도 일반인이야."

"그럼 같이 한잔해요."

나베시마는 어쩔 수 없다고 속으로 변명하며 맥주를 주문했다.

"걱정 안 해도 되는 곳이에요. 뒷배도 확실하고 괜찮은 곳이죠."

"뒷배라니?"

"무서운 사람이에요. 페코를 조용히 만든 것도 그 사람."

이름을 언급할 마음은 없는 듯했다.

"기타가와 루이랑도 연결돼 있나?"

"연결돼 있는 사람은 그 기획사 사장님. 하지만 그 사람은 정말 성실해요. 품위가 있는지는 몰라도 적어도 소속사 여자애들만큼은 소중히 대해 주거든요. 그건 확실해요."

"어떻게 알지?"

"이런저런 일들이 있었으니까."

"하나만 알려 줘. 내가 살게."

사키나카는 "그건 당연하죠" 하고 핀잔을 주고 말을 이었다.

"처음 알고 지내던 무렵만 해도 그러지는 않았어요. 그때도 연예 기획사는 있었지만 소속 아이들 대부분이 AV에 출연했죠. 하지만 그 사람이 직접 나서서 분위기를 바꾼 거예요. 뒷배에 있는 무서운 사람과 직접 담판해 제대로 된 자기 사무소를 차렸다고 했어요. 루이 말고도 제가 몇 명인가를 그곳에 소개해 줬고요. 재능이 없어 중간에 그만둔 아이들 중에도 그 사람만큼은 나쁘게 말하는 아이를 본 적이 없어요. 거의 친아빠처럼 잔소리를 많이 한다며 투덜거리기는 했지만 다들 고마워하더라고요."

나베시마는 또다시 "흐음" 하고 일부러 건성으로 반응했다.

"그러니까, 그 사람이 자신과 소속사 아이를 한꺼번에 죽이는 그런 짓을 벌일 리가 없다는 말이에요. 절대로."

근거가 빈약한 그 의견에 나베시마는 어째서인지 납득했다. 아즈미 마사히코와 함께 있던 시간은 채 한 시간도 되지 않는다. 대화다운 대화를 나누지 못했다.

"아무튼 제가 말할 수 있는 건 여기까지예요."

아직 입도 대지 않은 맥주잔을 보며 나베시마는 기타가와 루이를 떠올렸다. 똑똑한 여자였다. 조사 때도 결코 빈틈을 보이지 않았다. 그 여자가 페코와 둘이 짜고 매춘을 알선한 건 틀림없다. 아니, 오히려 그때 갓 스무 살이 넘은 그녀가 페코를 전적으로 조종하지 않았을까. 나베시마는 그렇게 확신했지만 근거를 확보하지는 못했다. 당시 나베시마는 이런 의문을 떠올리기도 했다. 매춘 일당의 실질적 보스가 기타가와 루이라면 그 좋은 머리로 왜 하필 이런 짓을 벌였을까, 하고.

취조실에서 마주한 기타가와 루이는 눈빛이 맑았다. 작은 얼룩 하나 보이지 않았다. 죄책감이라고는 없었고 오히려 가끔 자신이 그녀에게 질책당하는 것처럼 느껴지기도 했다. 그 눈빛이 지금도 여전히 나베시마의 가슴 한구석에 남아 있다.

나베시마는 기타가와 루이를 조금 더 조사해 봤다. 나라 시청에서 근무하는 아버지는 딸의 소식을 듣고 "그래요?"라는 한마디로 반응했다. 냉담하기 짝이 없었다. 어머니는 일찍 세상을 떴고 아버지와 후처 사이에 다른 딸이 있었다. 열 살 터울의 여동생. 기타가와 루이는 고등학교를 중퇴하고 가출과 다름없이 집을 나갔다.

또 선명하게 기억하는 것은 당시 피해자였을 여자아이들이 모두 기타가와 루이를 감쌌다는 점이다. 루이 씨는 상관없다. 루이 씨는 저에게 친절하게 대해 줬다, 오히려 고맙다 등등.

기묘한 인연이로군. 새삼 그렇게 생각했다. 백분의 일의 관문을 통과한 나베시마는 아즈미 마사히코라는 존재를 맞닥뜨렸다. 그리고 그 옆에는 오래전 자신을 스쳐 간 기타가와 루이가 있다.

"이제 그만해요. 아니면 둘이 어디 다른 데 가서 한 잔 더 할래요?"

나베시마는 정중히 거절하고 가게를 떠났다.

집으로 가는 길에 휴대폰이 울렸다. 기타였다.

"너한테 전화가 먼저 올 줄이야. 내일은 해가 서쪽에서 뜨겠는걸."

―얼마 전 오랜만에 만났는데 대화다운 대화도 못 한 것 같아서.

"오, 뭐 맛있는 거라도 사 주게?"

―내 주머니 사정 뻔히 알면서. 나중에 더치페이로 같이 한잔하든가. 그나저나 너, 부경에 왔었다며?

"그래. 처음으로 취조당하는 기분을 맛봤지."

―나도 마찬가지야. 어때? 뒤가 구린 사람들끼리 정보 교환이라도 하지 않겠어?

"내 좌우명은 '품위 있게 살자'인데."

―내 걸 언제 또 베꼈어? 됐고, 지금 당장 시간 어때?

알겠다고 하고 장소를 정한 후 전화를 끊고 문득 떠올렸다. 납치 사건에서 몸값 운반을 맡았다가 진정한 의미로 백만 엔이 든 봉투를 빼앗긴 사람은 단둘, 그중 한 명은 자신이다.

결국 당시 몸값을 가져간 아즈미 마사히코는 붙잡혔지만 실수를 저질렀다는 의식은 여전히 가슴에서 지워지지 않고 있다. 그리고 다른 한 명이 바로 기타다.

이것도 기묘한 인연인가······. 신사이바시스지 상가를 지나 요쓰바시역으로 향하는 길목에서 나베시마는 형용할 수 없는 불안감에 휩싸였다. 주변에는 어둠이 장막처럼 깔리기 시작했다.

다니마치 초입에 있는 건물 3층, 눈에 익은 체인 술집 좌식 룸에 앉은 친구의 얼굴은 한두 잔 걸친 수준으로 보이지 않을 만큼 주홍빛을 띠고 있었다.

"왜 이리 늦었어. 자, 건배."

오늘따라 놀랄 일이 많다고 생각하며 나베시마는 맥주잔을 부딪쳤다.

"언제부터 있었어?"

"6시."

"납치 사건 수사 중 아닌가? 팔자 좋네."

"난 배제됐어. 징벌 인사."

나베시마는 "그런가" 하고 대답했다.

"그래도 그 정도로 끝나서 다행이라고 할 수도 있지 않아?"

"정말로 끝난 거면 그럴지도. 사건이 제대로 종결되면 상관없겠지만 아무래도 냄새가 나."

"무슨 소리야?"

기타가 쓸쓸한 표정을 지었다.

"아즈미 마사히코가 범행을 전면 부인하고 있어. 그래서 하필 내가 놓친 놈이 진범이 아니라고 말할 수도 없게 된 거지."

"말도 안 돼. 지바 아닌가? 무라세 아즈사의 시신이 발견된 곳은 오사카잖아. 그리고 몸값을 빼앗아 간 다른 사람들은 전부 관련 없는 것으로 나오지 않았어?"

"내가 '당첨'이었을 가능성도 부정할 수 없어."

백 분의 일의 확률에 걸린 재수 없는 사람이 여기에도 있었다.

"이건 살아도 사는 게 아니야. 수사에 참여도 못 하고 매일 피만 마르고 있다니까."

친구의 초조함이 마치 내 것처럼 와닿았다. 나베시마도 비슷한 처지였고 낮에 과장에게 불려 갔을 때 그런 감정이 머리를 스쳤다.

"아즈미 마사히코에게 돈 봉투를 도둑맞은 사람은 나야."

"하지만 넌 되찾아 와서 오히려 공을 세웠지."

아즈미 마사히코를 놓친 게 결과적으로 무라세의 행방을 밝히는 결과로 이어졌다. 거기에 그의 신병을 확보하게 됐다는 점도 분명 공이라고 할 수 있다.

나베시마는 자신의 생각을 집어삼키듯 맥주잔을 기울인 후 기타를 다시 마주 봤다.

"그럼 네가 봉투를 도둑맞은 건 실수가 아니었단 거야?"

"도둑맞은 녀석은 나 말고도 많지. 하지만 놓친 사람은 나뿐."

그러지 않아도 의문이었다. 다른 사람도 아닌 기타다. 부경 수사

1과 강력계에서 명성을 떨치던 그가 왜 일개 시민을 놓쳤을까.

"대체 어떤 상황이었어?"

"……방심했어."

기타의 이야기를 들어보니 절도범은 머리를 금색으로 염색한 청년이었다고 했다. 처음에는 돈 봉투 옆을 서성거리며 주위를 살피더니 이내 봉투를 들고 달아났다. 기타는 "잠깐! 거기!"라고 외치고 그를 뒤쫓았다.

"한참을 달렸는데 그놈이 근처 건물 안으로 도망치더라. 1층 화장실에서 맞닥뜨렸을 때는 다 끝난 줄 알았어. 체구도 왜소해서 솔직히 우습게 본 게 사실이거든. 그렇게 붙잡으려고 다가갔다가 내동댕이쳐졌지 뭐야."

"뭐? 내동댕이?"

기타는 유도 유단자다.

"그러니까 방심했다는 거지. 순간 눈앞에서 불똥이 팍 튀더라고. 간신히 낙법을 하기는 했지만 콘크리트에 부딪혀서 잠깐 동안 정신을 못 차렸어."

그사이 남자는 창문을 통해 도망쳤다고 했다.

"너만 그놈을 뒤쫓은 건 아닐 거 아냐. 그래도 놓쳤나?"

"근처에 역이 있었으니까. 인파에 뒤섞이면 찾을 도리가 없지."

나베시마는 미간을 찌푸렸다.

"뭐야? 불만이라도 있어?"

"없어."

"이런 말도 안 되는 실수를 저질렀는데 불만이 없기는. 한심한 동기라 미안하다."

평소에 이렇게 약한 소리를 하는 녀석이 아니다. 아무래도 정신적 타격이 꽤 큰 듯했다.

"결국 아즈미 마사히코는 범인이 아닌 건가?"

"지금으로서는 한없이 검정에 가까운 회색 정도. 그 녀석이 무라세 아즈사를 죽였다는 증거가 전혀 안 나오고 있어."

"도요사키의 아파트는? 거기서도 아즈미 마사히코의 지문이나 머리카락 같은 게 안 나왔나?"

"안 나왔어. 아니, 물론 있기는 했지. 눈곱만큼. 그날 밤 그 녀석이 그곳에 처음 찾아갔다고 해도 이상하지 않을 정도로만."

가슴이 술렁거렸다. 아즈미 마사히코는 범인이 아니다. 그 말을 어째서인지 순순히 받아들이는 자신이 있다. 지금껏 안면이라곤 없었던 사람이다. 정황상 범인으로 판단해도 이상하지 않은 인물이기도 하다. 그런데도 나베시마는 지금껏 그를 범인으로 확신하지 못하는 자신을 자각했다.

기타가와 루이 때문일까. 나베시마는 기타가와 루이를 믿었다. 그 똑똑한 여자가 이런 멍청한 범죄를 저지르는 남자와 함께할 리 없다고 생각했다.

근거라고는 없지만 그렇다고 단순한 직감도 아니다.

그날 밤을 떠올린다. 엉망진창이었다. 글로 된 보고서를 읽으면 그 정도는 아닐지 몰라도 실제 겪은 입장에서 아즈미 마사히코의 행동은 엉망진창이었다. 극장 상영관 좌석에 앉은 형사를 밀치고 돈 봉투를 빼앗아 간다? 만약 붙잡히기라도 하면 모든 게 끝인데도?

그리고 그는 그 후 왜 피해자가 있는 아파트로 갔을까. 아즈미 마사히코는 그때 이런 말을 중얼거리기도 했다. 무라세 아즈사의 시신 앞에서 "그렇게 노력해도 결국 행복해지지 못하다니……"라고.

지금 생각해 보면 그 말의 의미는 대체 뭐였을까.

"……사실 나한테 지원 요청이 들어왔어."

"퓨와이트 사건으로?"

"그래. 무라세 아즈사 쪽을 훑어 달라더군."

"수사본부에서? 처음 듣는 이야긴데."

"너만 모르는 거 아니야?"

"이래 봬도 내가 1과 짬밥을 먹은 게 얼만데. 수사에서 제외되기는 했어도 정보 정도는 들어와."

화가 섞인 목소리다. 나베시마는 "그래" 하고 맞장구치고 말했다.

"미쓰미조 형사가 날 지목했다고 해."

"정말? 뭔가 이상한데. 미쓰미조 선배가 있는 특수범죄과는 퓨와이트 사건에서 제외됐어."

"뭐?"

"그 옆에 있는 주임을 센다 과장이 싫어해서 말이야. 공은 전부 강력계에서 챙겨 갈 생각이야."

그렇다면 미쓰미조가 사적으로 진행하는 비공식 수사의 지원 요청이었을까.

"아무튼 괜히 주제넘은 짓은 하지 않는 게 좋을 것 같아. 본부는 일부러 아즈미 마사히코를 풀어 놓고 뒤를 밟고 있어. 미쓰미조 선배가 무슨 생각을 하는지 모르겠지만 만약 방해라도 했다가는 너한테까지 불똥이 튈 거야."

나베시마는 할 말을 잃었다. 기묘한 우연은커녕 재앙 아닌가.

집으로 돌아가는 길에 까맣게 잊고 있던 아마가사키 경정 결과를 검색했다. 나가타는 우승 레이스 출전 가능성을 놓치고 말았다.

7

샤워를 마친 루이가 침대 안으로 들어왔다. 하얀 피부에서 덧없는 위태로움이 느껴진다. 술집을 운영하는 지인 소개로 처음 만났을 때 이 여자는 잘나갈 거라고 직감했다. 그러나 오래 갈 수 있을지는 의문이었다. 기타가와 루이의 아름다움은 손을 뻗어도 닿지 않는 내면과의 거리감에서 빚어지는 듯했다.

2년 남짓 소속사 모델로 활동하다가 루이는 어느 날 갑자기 일을 그만두겠다고 했다. 이제 막 이름을 알리기 시작했는데 왜 그러냐고 묻는 아즈미에게 루이는 이렇게 대답했다.

—이 일에 제 행복은 없어요.

망설임이라고는 없었다. 자신의 말에 확신을 가진 사람의 태도였다. 그 후 마음을 돌리겠다는 명목으로 사적으로 루이를 만나기 시작했고 서로의 속마음을 털어놨다. 아즈미 쪽에서 밀어붙이듯 처음 관계를 가진 게 그로부터 반년쯤 지난 후였을까.

본능에 충실하려고 만난 것은 아니었다. 루이가 연예계를 떠난다는 아쉬움만 있었던 것도 아니다. 이유는 만나다 보니 어느덧 잊어버렸다.

지금 다시 생각해 보면 자신은 루이의 행복을 알고 싶었던 것 같다. 평소 행동과 태도에서 욕망이라곤 보이지 않는 여자의 진정한 행복이 무엇인지 궁금했다.

그리고 지금 역시 마찬가지다.

"너도 이제 곧 서른인가. 나도 나이 먹은 건 마찬가지지만."

"프러포즈라도 할 줄 알았더니 결국 자기 이야기였어?"

말에 가시는 없다. 오히려 오랜만에 자신을 탐닉했으면서도 만족스럽게 품지 못한 중년 남자를 향한 배려가 느껴졌다.

본능에 몸을 맡기려고 해도 머릿속에서 아즈사의 얼굴이 자꾸만 깜빡거렸다.

"원래 인간은 마흔을 앞두면 신중해지기 마련이야."

루이와의 결혼을 여러 번 고민하기는 했다. 언제든 할 수 있고, 언제든 하고 싶었다. 그러나 과감히 결정하지 못했던 것은 무로토 쓰토무의 존재 때문이다. 자신은 언제 그 녀석에게 살해당해도 이상하지 않다. 그런 자신이 과연 루이를 행복하게 해 줄 수 있을까. 기껏해야 고액의 생명 보험에 가입해 만약의 사태에 대비할 수밖에 없는 게 아닐까. 거듭해 온 그 질문에 대한 답이 예상치 못한 형태로 현실이 된 게 아이러니했다.

"설마 옥중 결혼에 동경 같은 게 있는 건 아니지?"

"못 만나는 건 싫어. 신혼여행도 가고 싶고."

평소와 다름없는 대답에 쓴웃음이 나왔다. 루이의 머리를 쓰다듬는 이 순간만큼은 아즈미도 행복을 느꼈다.

"하지만 당신은 아니잖아. 그러니 걱정 안 해."

"세상에는 억울하게 죄를 뒤집어쓰는 사람도 많아. 사와노다 변호사가 기쁜 듯이 그러더라. 어쩌면 그 사람의 꿈은 무고하게 감옥에 갇힌 사람의 변호를 맡아 사형대에 세우는 것일지도."

"무능한 변호사네."

"무능을 넘어 그냥 변태지. 그런데 그 꿈이 절대 이뤄지지 않을 만큼 똑똑한 사람이기도 해. 무엇보다 도야마 이쿠 씨가 고용한 변호사니까. 그 사람은 이런 말도 했어. 자기는 노란불이라고."

"뛰면 건널 수 있잖아."

나도 모르게 웃음이 나왔다.

"장난이 아니라 진심이야."

"하지만 풀려난 것도 사실이야."

"아무래도 함정 같아. 밖에 나가면 꼭 형사가 뒤따라 와."

"용의자이니 어쩔 수 없지 않아?"

"드래프트 일 순위지. 그런데도 날 쉽게 풀어 준 건 사와노다 변호사 말로는 내가 움직이기를 바라서라고 해."

"움직이다니?"

"글쎄. 어쨌든 경찰이 부르면 언제든 뛰어가야 하고 조사도 지금까지와 똑같이. 그리고 다른 때는 집에서 잠자코 있으래."

"형사한테 그 사람 이야기는 했어?"

"했어. 그런데 경찰은 애초에 무로토의 존재 자체를 의심하고 있어. 나도 그럴 만하다고 생각하고."

"그 사람을 찾을 수는 없어? 탐정이라도 써서."

역시 재미있는 여자다. 자신보다 더 자신을 지킬 방법을 고민하고 있다.

"탐정을 써서 찾아낼 수준이면 경찰이 이미 진즉 찾았을 거야. 그놈은 벌써 몇 년이나 도망 다니고 있어."

"……도야마 이쿠 씨에게 부탁해 보는 건 어떨까?"

그러지 않아도 지금까지 몇 번이나 검토해 온 최후의 수단이다. 도주 중인 무로토 쓰토무가 생활을 영위하려면 뒷골목 세계와 접촉을 피할 수 없다. 가짜 주민등록증, 면허증. 어딘가에서 먹고살 돈을 벌어야 하고 눈을 붙일 장소도 있어야 한다. 도야마가 마음만 먹으면 충분히 찾아낼 것이다.

하지만 그건 역시 최후의 수단이다. 도야마에게 빚을 진다는 죄책감뿐만 아니라 굳은 각오가 필요한 문제였다.

도야마에게 부탁하면 그는 무로토 쓰토무를 찾아내서 죽일 게 분명하기에.

"이제 와서 너무 늦었어."

독백 같은 중얼거림은 흔들리고 있었다.

도야마에게 고개를 숙여 그의 힘을 빌린다. 그걸 주저할 이유가 있을까. 이대로 무로토 쓰토무를 찾지 못하면 살인죄로 감옥에 갈지도 모른다. 그것을 피하기 위해 모든 수단과 방법을 강구하는 게 상식적인 판단으로 보인다. 몸값을 빌려 달라고 하는 것보다 더 타당한 선택일 것이다. 하지만.

루이의 말에 고민이 끊겼다.

"앞으로 어떡할 거야?"

"할 일은 있어. 회사 일도 있고 무엇보다 매일매일 찾아오는 기자들을 무시하는 가장 중요한 일을 해야 해."

아즈미의 농담을 루이는 받아 주지 않았다.

"회사는 내가 알아서 할게. 지금 당신이 나서면 오히려 역효과야."

"그래. 컴퓨터도 압수된 마당이니 집에서 그냥 TV라도 볼까."

자신의 말에 아즈미는 순간 흠칫했다.

TV?

아니, 라디오.

그날 '의식' 도중 무로토 쓰토무는 느닷없이 라디오를 켰다. 무로토와는 다음 생애까지 인연이 없을 듯한 어떤 아이돌 그룹이 MC를 맡은 프로그램이었다. '이토헨의 나이트 댄서'.

퓨와이트가 몸값 운반 형사들을 불러 모은 장소는 그 아이돌 그룹의 라이브 공연을 상영하는 극장이었다.

이건 과연 우연일까. 주사위 백 개가 동시에 1이 나올 정도로 낮은 확률이다. 아니면 무로토 쓰토무는 진정으로 '이토헨'의 사인을 원했던 걸까. 설마.

"무슨 생각 해?"

"우연의 확률. 생각할수록 이해가 안 돼. 세상이 엉망진창으로 만들어진 것 같아."

"그러니 철학 같은 걸로 밥 벌어먹고 살 수 있는 거잖아. 반면에 당신은 이런 꼴을 당하고 있고."

이런 꼴이라.

복잡한 감정이 가슴을 가득 채웠다. 이 세상은 엉망진창일지 몰라도 내가 처한 상황은 결코 우연이 아니라는 생각이 들었다.

"어이. 루이."

아즈미는 루이를 보며 입을 열었다.

"범인은 7월 7일 나한테 알리바이가 없다는 걸 아는 사람이라고 했지? 그리고 그걸 아는 사람은 무로토 쓰토무뿐. 그러니까 무로토 쓰토무가 범인. 맞지?"

"그래. 단순히 생각하면 그렇지."

"그런데 냉정히 생각하면 이상해. 무로토 쓰토무에게는 알리바이가 있어. 날 감금하고 폭행했다는 어엿한 알리바이가."

"그건 상관없어. 중간에 잠깐 사라질 수도 있었을 거고. 당신은 의식을 잃고 감금 장소로 옮겨져 언제 깨어났는지도 모르잖아. 그게 8일인지, 9일 새벽인지."

루이는 "아니면" 하고 담담하게 가능성을 제시했다.

"그때 아즈사가 당신 바로 옆에 있었을지도."

아즈미는 할 말을 잃었다. 자신이 감금된 곳에 아즈사가 있었고 심지어 살해된 상태였다면⋯⋯. 끔찍한 상상을 떨치려고 억지로 가볍게 입을 열었다.

"루이 너, 추리 소설이라도 써 보는 게 어때?"

루이는 "생각해 볼게" 하고 태연히 말했다. 루이는 농담할 때도 절대 웃지 않는다. 그럴 수 있는 건 익숙함보다 상대와의 거리감에 기인한 것이리라.

'그래도' 하고 아즈미는 떠올렸다. 루이의 말대로 7일 밤 납치된 이후의 기억은 모호하다. 외부가 보이는 곳이 아니었으니 의식을 되찾은 시간도 불분명하다. 무로토 쓰토무의 존재를 줄곧 지근거리에서 느꼈던 것도 아니고 그 상황에서는 무라세 아즈사가 같은 공간에 있었어도 알아차리지 못했을 것이다.

그래도 무로토 쓰토무가 아즈사를 죽인 퓨와이트라고는 생각되지 않았다. 탁상 위 논리로는 성립할 수 있겠지만 감각이 거부하고 있다.

"무로토 쓰토무가 날 폭행할 이유는 있어도 아즈사를 죽일 이유는 없어."

"⋯⋯당신을 괴롭힐 목적이라면."

"그럼 아즈사가 아닌 널 노렸겠지, 루이."

루이는 표정 변화 없이 말했다.

"내가 좋아할 말을 해 줘도 소용없어."

"보통은 이럴 때 좋아하기보다 겁먹지 않나."

역시 표정 변화가 없다. 대범하다기보다는 마치 이것이 일상인 듯한 모습이 루이다웠다. 그리고 이런 모습은 때때로 아즈미를 불안하게 했다.

무라세 아즈사에게도 비슷한 분위기는 있었다. 생각해 보면 연예인으로서 성공에 집착하지 않았다는 점도 루이와 비슷하다.

닮았다고 하면 또 하나, 두 사람 다 당일에 갑자기 스케줄을 취소하는 일은 절대 없었다는 점이다.

루이가 "저기……" 하고 아즈미에게 안겼다. 그리고 아즈미를 봤다.

"경찰에 병원 이야기는 했어?"

"병원? 무로토가 날 공격했을 때 병원에 가지 않은 이야기?"

루이는 대답 없이 강렬한 눈빛으로 아즈미를 빤히 쳐다봤다.

의도를 알지 못해 아즈미는 당황했다.

혹시 결백을 증명할 방법이라도 떠올린 걸까 하고 기대했을 때.

"내 착각이네."

루이는 그렇게 말하고 아즈미의 가슴에 얼굴을 파묻었다.

"루이."

아즈미는 루이의 머리를 쓰다듬으며 거의 무의식적으로 입을 움직였다.

"아즈사와 연락이 끊겼을 때 왜 경찰에 신고하지 않았어?"

루이는 대답하지 않는다. 대답하지 않고 눈을 피한다. 눈을 피한 채 몸을 일으킨다.

"왜? 이상해?"

루이는 싸늘하게 아즈미에게 다시 물었다.

예상치 못한 반응에 당황하면서도 아즈미는 말을 이었다.

"이유도 없이 스케줄을 취소할 아이가 아니야. 아니, 이유가 있다고 해도 연락이 없었던 건 이상해."

"처음 겪는 일이라 그렇게까지 해야 할 일인지 몰랐어. 당신이 사라졌을 때도 난 방치돼 있었고."

"나랑 아즈사는 달라."

루이의 입가가 살짝 풀렸다. 어이가 없다는 듯이.

아즈미 자신도 무라세 아즈사와 연락이 끊긴 상황을 일주일간 방치했다. 루이의 말을 듣고 아즈사가 연예계 활동을 그만두고 싶어한다고 믿었기 때문이다.

미도 형사가 설명하기를 7일 7일 밤 아즈사는 누군가와 만날 약속이 있었다고 했다.

"루이……."

목소리가 긴장되는 게 스스로도 느껴졌다.

"너, 혹시 아즈사가 어디 있는지 알고 있었던 거 아니야?"

그래서 경찰에 신고하지 않았다. 일주일간 연락이 끊긴 상황에서도 평소처럼 지낼 수 있었다.

루이는 대답하지 않았다. 아즈미에게 등을 돌린 채로 조용히 입

다물고 있다. 아즈미는 대답을 원했다. 명확하고 납득할 수 있는 대답을.

잠시 후 루이는 한숨 섞어 중얼거렸다. "그런 걸 어떻게 알았겠어?"라고.

"채피한테 물어봐도 돼?"

"……뭘?"

"아즈사의 대타로 그 일정에 참석하기로 한 게 언제 정해졌는지."

하얗고 가냘픈 뒷모습을 봐도 루이의 내면은 멀기만 하다.

"마음대로 해."

루이가 침대에서 내려갔다.

그 후 며칠 동안 아즈미는 루이에게 선언한 대로, 그리고 사와노다와의 약속을 지키기 위해 집에 틀어박혔다. 기자들이 지겨울 정도로 뻔질나게 찾아왔지만 그때마다 없는 척했다. 등록되지 않은 번호로 오는 전화는 전부 무시했다. 풀려난 첫 주말에는 경찰에서도 연락이 없었다. 월요일은 점심에 픽업 차량을 타고 가 조사를 받았다. 7월 7일의 알리바이를 집요하게 캐물었고, 아즈미는 여전히 같은 대답을 되풀이했다.

7월 23일 수요일. 그날도 아즈미는 소네자키 경찰서의 익숙한 취조실에 앉아 있었다. 역시나 익숙해진 미도의 얼굴은 많이 상해 있었다. 잠을 제대로 못 잤을 것이고 심적 피로가 쌓인 게 틀림없어 보였다. 자신이 완강하게 부인하는 탓이겠지만 그것만큼은 어쩔 수 없었다.

조금 안타깝지만 미도의 한마디에 그런 마음도 금세 사라졌다.

"어제 마시로 다케유키를 만나고 왔어."

첫마디를 들은 순간 아즈미는 가슴이 뛰었다.

"……그렇군요."

"왜? 별로 듣고 싶지 않은 이야기인가?"

"아뇨. 그런데 뭐, 기대되지도 않습니다."

"자신이 나락으로 떨어뜨린 사람이라서 그런가."

아즈미는 입을 다물었다.

"이번에는 투덜거리지도 않네."

가슴이 찌릿했다.

"그도 그럴 게, 정말 못된 짓을 했더구만."

미도는 아즈미의 과거 이야기를 언급하기 시작했다. 11년 전 아즈미가 스물여섯 살 때 일이다.

그때 소속 우익 단체의 지시로 효고현 의회 의원이던 마시로 노리히사를 만났다. 아마가사키 출신이던 그는 당시 시장 선거 출마를 선언하고 한창 선거 운동 중이었다. 현 의원 시절부터 혁신파를 표방해 기득권에 집착하는 이해 당사자들의 눈에는 탐탁지 않은 존재였다. 선거 방해팀의 리더를 맡게 된 아즈미는 마시로를 조사했고, 여러 방면에서 얻은 정보로 젊고 열정적인 정치인의 압도적 인기와 미식축구로 다져진 승부 근성을 알게 됐다. 어설픈 비방 정도로는 절대

꺾지 못할 상대였지만 야마코시회와 도야마는 상대에게 직접적인 폭력 행위는 금지했다.

그래서 아즈미는 다른 각도로 그를 공격했다. 가두선전 차량 등 겉에 드러나는 방식을 쓰지 않고 전적으로 그의 가족에게 포커스를 맞췄다.

당시 마시로 노리히사에게는 중학생 아들과 대학생 딸이 있었다. 아버지의 선거 운동을 돕던 딸을 아즈미는 철저히 뒷조사했다. 지역 명문가인 마시로 가문의 장녀는 평판이 좋은 여자였다. 수재에다 아버지를 뒤에서 조용히 돕는 속 깊은 성격의 소유자. 취미는 여행이고 선거 전에 운전면허를 취득했다고 했다.

공시일로부터 일주일쯤 지났을 때 공작 기회가 찾아왔다. 그날 밤 선거 사무실에서 집으로 돌아가던 딸은 얼마 전 구입한 미니밴을 혼자 운전했다. 그리고 사람을 치었다.

깜짝 놀라 피해자에게 달려가는 여자에게 아즈미는 우연을 가장해 말을 걸었다.

—저, 혹시 마시로 노리히사 씨의 따님 아니신가요?

그녀는 벌벌 떨었다.

—아, 이런. 큰일이네. 숨은 아직 붙어 있는 것 같은데 의식이 없네요. 여기는 제가 잘 처리할 테니 얼른 가 보시는 게 좋을 것 같습니다.

"하지만……" 하고 당황하는 그녀에게 아즈미는 다시 말했다.

—괜찮아요. 아버지가 지금 가장 중요한 시기라는 건 누구보다

잘 알고 계시잖아요? 저도 마시로 씨를 응원하고 있습니다. 아시겠죠? 이 일은 누구에게도 말하면 안 됩니다. 큰일 날 수 있어요.

그날 차에 치인 사람은 아즈미와 사전에 입을 맞춘 자해 공갈단원이었다.

다음 날 아즈미는 딸의 휴대폰으로 전화를 걸었다.

—생명에는 지장이 없습니다. 다만 위자료를 내놓으라고 좀 성가시게 구네요.

2백만 엔이라는 금액은 그녀가 비밀리에 준비할 수 있는 액수라고 계산했다.

—지금부터 말씀드리는 주소로 직접 가져다주세요. 그럼 다 해결됩니다. 괜찮습니다. 중간까지 제가 따라갈 테니까요. 절 믿으세요.

딸은 순순히 아즈미의 지시에 따랐다. 지역 폭력 조직 두목의 집인 줄도 모르고 현관까지 찾아와 돈을 건넸다. 충돌 사고와 돈을 건네는 모습 모두 몰래카메라로 촬영했다. 물론 아즈미는 그 프레임에 한 번도 찍히지 않았다.

거기서부터 마시로 노리히사와의 협상이 시작됐다. 우선 교통사고. 구급차를 부른 사람은 아즈미이니 형식상 뺑소니였다. 그리고 금품 수수. 딸은 아버지의 선거 운동원이었다. 공직 선거법상 연좌제 같은 걸 군이 언급할 필요도 없이 지역 폭력 조직원에게 현금을 직접 건네는 사진은 그 어떤 것보다 강렬했다.

증거 영상의 폐기 조건은 선거 출마를 취소하는 것.

노리히사에게서 답장은 없었다. 그러나 그날 이후 출마 당사자가 빠진 선거 운동이 시작됐다.

그리고 투표일 직전, 마시로 노리히사는 자택에서 스스로 목을 매 목숨을 끊었다.

"증거 불충분으로 당신은 무혐의. 덫에 걸린 딸은 정신병을 얻었고 지금도 시설에서 요양 중이라고 해. 아내 역시 그 일 이후 정신적 충격으로 사람이 변했다고 하고. 아들인 다케유키는 혼자 살면서 지금도 대인 공포증에 시달리고 있다지. 그야말로 일가가 뿔뿔이 흩어진 상황인 거야. 유일한 희망이라고는 수중에 일하지 않고도 살 수 있는 돈이 남았다는 것뿐."

이미 아는 이야기였다. '의식' 때마다 무로토의 입을 통해 반복적으로 듣고 있기 때문이다.

"어떤 기분일까? 아무 죄 없는 인간을 심연으로 몰아넣는 기분이. 당신 같은 인간들에게는 역시 쾌감이려나."

그렇다. 그렇다고 생각했다. 아니, 깊게 생각한 적은 없다. 그냥 게임이다. 얼마나 조건을 잘 충족하고 높은 점수를 내는지를 겨루는 놀이. 그리고 아즈미는 게임에 열중했다. 상대가 자신과 같은 삶을 살아가는 인간이라고 상상할 여지가 없었다. 그래서 그런 일을 아무렇지 않게 할 수 있었다.

"그 이후에도 당신, 여자애들을 아이돌로 데뷔시켜 준다고 하고 AV에 출연시키는 등 뭐, 이건 거의 교과서에 실릴 정도의 악당이었네."

"그건 아니야. 그 일은 아이들도 동의했어. AV 출연은 처음부터 합의된 거였다고."

"그래서 상관없다는 건가? 난 그런 정신세계를 도무지 이해 못 하겠는걸."

침묵밖에 방법이 없었다. 아즈미 나름의 명분은 있었지만 세상에 통용되는 것은 아니다. 더군다나 용의자를 조사하는 형사 앞에서는 더더욱 그렇다.

"아무튼 슬슬 악행을 그만두나 싶었는데 질리지도 않고 또 연예 기획사라니. 밤마다 아이돌 지망생들을 품고 자는 버릇이 생긴 건가?"

"말도 안 되는 소리 하지 마. 지금껏 단 한 번도 그런 짓은 한 적 없어."

"오, 그러셔? 기타가와 루이 부사장은? 그분이 섭섭해할 것 같은데?"

이를 악물고 버텼다.

"알아보니 당신네 회사 소속 여자들은 하나같이 사연도 많은 것 같던데. 유흥업소에서 일하다가 파산한 사람, 마약 중독자, 강간 피해자 등등. 그런 여자를 좋아하나? 그런 취향이야?"

"시끄러워."

"부사장님도 사연이 많으시더군. 전에 매춘 알선에 관여했었다며? 하여튼 끼리끼리 잘 만났네. 금슬이 오죽 좋을까."

"루이는 상관없잖아."

"꼭 그렇지도 않아. 당신이 주범이고 그 여자가 공범일 수도."

"너 이 자식. 자꾸 헛소리하면 나도 가만있지 않을 거야."

"그러시던가. 잊었나? 이쪽은 횡포한 국가 권력이라는 걸. 당신한테는 이미 진즉 충고했어. 괜히 발악하다가 여러 사람한테 더 폐만 끼칠 거라고."

"……정말 더럽기 짝이 없네."

"소속 연예인의 몸을 토막 내고 그걸 숨기려고 한 인간이 누구더러 더럽다는 거야? 앙?"

미도가 처음으로 목소리를 높였다.

"약자를 있는 대로 부려 먹고 철저히 망가뜨려 놓고는 자신은 권리를 주장하려는 건가? 웃기지도 않지. 그동안 당신이 쌓아 올린 악행을 내가 깨끗이 청산해 줄 테니 각오해."

미도의 분노 안에는 협상의 기미가 보이지 않았다.

"입 다물고 있어 봐야 소용없어. 곧 무라세 아즈사를 살해한 장소가 나올 거니까. 거기에는 당신 머리카락이나 피부 조각 같은 게 남아 있겠지. 현대 과학 수사를 얕잡아보지 마. 호스 물로 세척했다고 해도 반드시 뭔가는 남게 돼 있어."

미도는 의자에 등을 기대고 앉아 팔짱을 꼈다.

"자, 오늘은 여기까지 하지."

"……이제 가도 돼?"

"그래. 그런데 너무 싸돌아다니지는 마. 우리 애들도 힘드니까. 특히 밤에는. 그 일대는 너무 조용해서 8시만 지나도 졸음이 쏟아진다고 해.”

　무거운 짐을 짊어진 기분으로 집에 돌아가 소파에 몸을 던졌다. 미도가 언급한 자신의 과거 이야기 때문에 신경이 곤두섰다.

　마시로 노리히사의 자살은 그야말로 충격적이었다. 당시 아즈미는 그런 결말을 전혀 예상치 못했다.

　성격이 거침이 없고 누가 뭐라고 해도 자기 길을 가는 열혈남아라고 모두가 입을 모아 그를 평가했다. 어떤 상대든 피하지 않고 정면으로 부딪치며 비뚤어지는 것을 용납하지 않았다. 그런 사람이 고작 그 정도로 목숨을 끊을 줄이야. 누가 봐도 딸은 누군가가 설치해 둔 덫에 걸려든 게 분명했고 경찰이 제대로 움직이기만 하면 비난의 화살은 아즈미에게 쏠릴 게 뻔했다. 아즈미는 그래도 상관없었다. 어쨌든 그의 당선만 저지하면 일은 성공한 것이기에. 정치권에서 우익단체의 괴롭힘 같은 건 너무나 일상적이라 큰일로 이어지지 않을 거라고 확신했다.

　푼돈으로 살인자 오명까지 쓰는 건 너무합니다. 도야마와 직접 그렇게 담판했다. 다소 허세를 부렸지만 실제로는 자신 때문에 벌어진 사태에 두려움을 느끼고 있었다.

　야마코시회에서는 무사히 나갈 수 있었지만 그 뒤로 무로토 쓰토무에게 쫓기는 신세가 됐다.

　무로토 쓰토무는 마시로 노리히사에게 심취해 있었다. 그가 체포된 두 번째 기습 때 무로토는 아즈미를 폭행하며 말했다. 마시로

305

노리히사는 내 꿈이었다. 언젠가 그에게 국정을 맡기는 게 내 삶의 목표였다. 그리고 형사들에게 두 팔을 붙들려 끌려가던 장년의 남자는 피 흘리며 웅크린 아즈미를 돌아보며 선언했다.

—또 올게.

이후 10년 동안 일곱 번이나 경찰의 눈을 피해 무로토는 약속을 지키고 있다. 그야말로 무시무시한 집념이다.

자신은 엄청난 중죄를 저질렀다. 누군가의 인생을 송두리째 망가뜨렸다. 어떤 의미에서 그것을 깨닫게 해 준 사람은 무로토였다.

유족에게 사죄하자. 그렇게 생각했을 때는 이미 시간이 너무 많이 흐른 뒤였다. 이제 와서 무슨 낯짝으로 찾아갈 것이며 편지를 쓴다고 해도 변명만 늘어놓을 것 같았다. 그렇게 이런저런 이유를 들어가며 지금껏 외면해 왔다.

나름대로 속죄는 해 왔다고는 생각했다. 도야마에게서 독립해서 만든 쇼게키가 바로 아즈미의 그런 심정을 반영한 회사였다.

그러나 이런 자기만족에 어떤 의미가 있을까.

무라세 아즈사가 납치됐다는 소식을 처음 들었을 때 자신 안에 생긴 놀람과 그녀를 걱정하는 마음은 거짓이 아니었다고 믿고 싶었다. 그러나 한편으로 마음 한구석에는 마침내 때가 왔다는 안도감도 있지 않았을까. 마침내 죄를 갚을 수 있게 됐다. 모든 것을 포기하고 아즈사를 구하기로 결심한 건 결국 이기적이고 자기 편의적인 생각 아니었을까.

결국 나는 계속 속이고 있는 것이다. 비슷한 이유로 무로토의 보복도 받아들여 왔다.

왠지 텅 빈 공간에 있는 듯한 착각에 빠졌다. 홀로 서 있는 거실은 싸늘해서 마치 창살 없는 감옥 같았다. 창살이 없으니 출구도 없다.

아즈사를 떠올렸다.

그녀는 아픈 과거를 떠안고 있었다. 밝고 쾌활한 모습 뒤에 어떤 마음이 있었는지는 알지 못한다. 모르지만, 아즈미는 그녀를 행복하게 해 주고 싶었다. 추악한 속임수일지언정 그렇게 바랐다.

누가 죽였을까.

순간 체온이 올랐다. 주먹을 쥐었다. 내장이 조여 올 정도로 온몸이 잔뜩 긴장했다. 뒤틀린 갈등을 잊을 정도로 분노가 치밀어 올랐다.

심호흡을 한 번 하고 최대한 침착하게 사건을 돌이켜봤다.

범인은 내가 쇼게키에 속한 연예인들을 절대로 그냥 죽게 내버려 두지 않을 거라는 걸 알고 있었다. 그러지 않으면 1억 엔의 몸값도 성립되지 않는다.

떠오르는 인물은 두 사람. 바로 무로토 쓰토무와 기타가와 루이다.

루이를 믿을 수 없게 된 자신에게 경악하면서도 아즈미는 상념을 이어 갔다.

동기는 불분명하지만 만약 루이가 실종으로 위장해 아즈사를 죽였다면? 그녀가 뭔가를 숨기고 있는 듯한 것도 설명이 된다.

그러나 동기는 넘어간다고 쳐도 루이가 왜 자신에게 죄를 뒤집어씌우려 하는지 알 수 없다. 평범하게 생각하면 경찰에 신고해야 한다고 거듭 주장한 그녀를 퓨와이트라고 의심하는 것 또한 무리일 것이다.

그렇다면 역시 무로토 쓰토무일까. 그 녀석이라면 당연히 7월 7일 나의 알리바이가 없다는 걸 알고 있다.

무로토가 날 괴롭히려고 아즈사를?

아니, 그렇지 않다.

너무 단순한 사실을 간과하고 있었다. 무로토는 그날 밤 나를 감금했다. 그것이 진실이라는 걸 나는 알고 있다.

이게 바로 아즈사를 죽인 범인이 무로토가 아니라는 것을 믿을 수 있는 근거다.

그렇다면 누가…….

휴대폰이 진동했다. 문자 도착을 알리는 싱거운 소리가 울려 퍼진다. 기계적으로 내용을 확인했다. 루이가 집에 갈 시간을 알리는 문자이거나 어느 기자의 취재 요청 정도로 생각했다. 그러나 문자 속 내용은 그 어느 쪽도 아니었다.

저녁 8시. 루이를 남겨 두고 아파트를 나섰다. 청바지와 티셔츠, 두 손은 빈손. 열대야가 계속되고 있다. 해가 진 뒤에도 끓는 냄비가 사우나로 바뀌었을 정도의 차이다. 아파트 건물 옆에 세워진 회색 왜건으로 다가가 옆 창문을 두드리자 천천히 창문이 내려갔다.

"뭐죠?"

운전석에 앉은 양복 차림의 젊은 남자가 언짢은 듯이 물었다. 졸고 있었던 것 같지는 않다.

"제가 아즈사를 죽인 현장을 찾아가기를 기다리시죠?"

"……무슨 말씀이신지?"

"죄송하지만 소용없습니다. 전 그런 짓을 하지 않았으니까요."

형사는 대꾸하지 않았다. 이 부자연스러운 석방과 감시는 자신에게 증거인멸을 종용하려는 속셈이 틀림없었다.

"잠깐 다녀오겠습니다. 괜한 의심을 사고 싶지 않으니 미리 보고부터 드리려고."

"어디를?"

"편의점. 요새 계속 불끈불끈해서요. 콘돔이 다 떨어졌습니다. 같이 가시겠습니까?"

형사는 대답하지 않고 아즈미를 쫓아내듯 앞으로 고개를 돌렸다.

"10분 안에 돌아오겠습니다."

그렇게 말하고 아즈미는 걷기 시작했다. 모퉁이를 돌아 속도를 높이고 한참을 걷다가 휴대폰을 꺼내 들었다. 문자에 적힌 번호로 전화를 건다. 파친코 가게로 연결됐다.

"히가시오사카의 다나카를 바꿔 주시겠습니까?"

얼마 지나지 않아 통화 대기 멜로디가 끊겼다.

"여보세요? 나야, 아즈미. 집에서 나와서 지금 걸고 있어."

문자 내용에서는 형사가 차 안에서 통화를 감청할 가능성도 지적했다. 그럴 수도 있겠다고 생각했다.

"이야기라는 게 뭐지?"

아즈미는 무로토 쓰토무의 대답을 기다렸다.

8

사회 복지 법인 커뮤니케어 사무실은 오사카부 다카쓰키시에 있었다. 소박한 건물 2층의 아담한 사무실에서 부이사라는 초로의 남자와 마주했다.

"무라세 아즈사 씨 이야기는 얼마 전 다른 형사님께도 했습니다만."

"네. 그런데 확인할 게 좀 더 있어서요. 지난 형사와 똑같은 걸 여쭐 수도 있겠지만 모쪼록 협조 부탁드리겠습니다."

불필요한 설명은 하지 않아도 될 것 같아 아소는 오히려 안도했다.

남자는 차분하게 질문에 대답했다.

"주요 활동은 범죄 피해자의 사회 복귀를 돕는 것입니다. 멘털 케어와 생활, 일, 그리고 금전 문제 등을 지원하고 있죠."

강간 사건을 비롯해 범죄 피해자가 사회로부터 소외당하는 경우는 적지 않다. 아무 잘못도 없는 사람이 사건 이후부터 직장을 다니지 못하게 되거나 쉽사리 집 밖에 나가지 못해 고립된 삶을 살게 된다.

"기본적으로 오사카부 내 경찰서나 지자체에서 소개해 준 분들을 지원하고 있습니다. 간혹 현 밖에 계신 분도 담당하지만 뭐, 긴키를 벗어난 경우는 없죠."

"여기서 일하려면 자격증이 있어야 합니까?"

"법인 자체는 지자체의 인가를 받았습니다. 직원은 각자 다르고요. 멘털 케어라고 해도 친절하게 이야기를 들어주는 정도라고 할까요. 물론 필요하면 상담사를 소개해 주기도 합니다. 법률 부문은 변호사 몇몇 분들과 업무 제휴를 맺고 있습니다."

"무라세 아즈사 양도 특별한 기술은 없었던 것 같던데요."

이력서에 적혀 있는 건 일반 자동차 면허뿐이었다.

"저희도 특별히 원하는 게 없으니까요. 사무 업무도 많고 박봉으로 괜찮다고 하면 저희로서야 환영이죠. 마음가짐만 확실하다면."

"마음가짐 말인가요."

"네. 그것만큼은 확실히 봅니다. 무엇보다 목숨과 관련된 일이니까요. 또 저희를 찾아오는 상담자 대부분은 억울하게 상처받고 고통받는 분들이죠. 어중간한 마음가짐으로 할 수 있는 일이 아닙니다."

차분한 말에서는 확고한 신념이 엿보였다.

"무라세 양도 그런 마음가짐이 있었다는 말씀인가요?"

"그랬을 거라고 믿습니다. 실제로도 그분의 업무 능력에 감탄한 바 있고."

"왜 일을 그만두게 된 걸까요?"

"저도 정확한 이유는 알지 못합니다. 그런데 이곳에서 일하다 보면 여러 가지 모순에 부딪히게 됩니다. 법률적 모순, 사회 제도의 모순. 무엇보다 피해자라는 위치에 있는 분들이 반드시 선량한 사람은 아니라는 모순도 있죠."

남자는 담담하게 설명을 이어 갔다.

"악인이 범죄 피해자가 되기도 합니다. 심지어 그런 분들 중 일부는 자신의 처지를 악용해 최대한의 이익을 뽑아먹으려는 자도 있고요."

"그런 사람들도 상대해야 하는 거군요."

미쓰미조가 놀란 듯이 말했다.

"그렇습니다. 그러니 일종의 각오가 필요하죠. 형사님들이 하시는 일도 비슷하지 않나요?"

미쓰미조가 연신 고개를 끄덕였다. 아소도 머리로는 이해할 수 있었다.

"높은 이상을 가진 사람일수록 이런 간극 때문에 힘겨워합니다. 안타깝지만 어쩔 수 없죠."

"무라세 양도 그랬을까요?"

"그건 모르겠습니다. 그런데 제가 알기로 그녀가 그런 사안을 맡은 적은 없을 겁니다. 아직 3년 차라 어려운 일은 일부러 맡기지 않았으니까요."

"무라세 양은 그만두는 이유를 뭐라고?"

"오직 자신만이 할 수 있는 일이 있다더군요."

그 일이 아이돌을 뜻한다면 무라세는 꽤나 꿈 많은 연예인 지망생이었다고 할 수 있다.

"그러나 마음가짐만큼은 달라지지 않았을 거라고 봅니다. 누군가를 구하고 싶다는 마음가짐이요. 그녀의 경우 그 일은 분명 트라우마였을 테니까요."

"트라우마 말인가요?"

"의붓아버지에게 성폭행을 당한 소녀의 면담을 맡긴 적이 있습니다. 그때 무라세 양은 소녀가 입에 담는 증오의 말을 듣고 너무 놀라서 사과를 했지요. 몇 번이고, 몇 번이고 미안하다며 고개를 숙였습니다. 우리가 달려갔을 때는 오히려 상담자인 소녀가 무라세 양을 달래고 있더군요."

"너무 예민한 것 아닌가요?"

"네. 지나친 감이 있죠. 하지만 그럴 만했을지도 모릅니다. 나중에 알게 된 사실이지만, 사실 무라세 양 또한 비슷한 경험이 있었다고."

"아버지에게 성폭행을 당한 경험 말입니까?"

"아뇨. 무라세 양에게는 피가 섞이지 않은 여동생이 있었는데, 바로 그 여동생이 피해자라고 합니다."

재혼 상대가 데려온 딸은 무라세 아즈사와 동갑이었다. 아버지는 그 아이를 능욕했다고 했다.

"그것을 알게 된 재혼 상대가 경찰에 신고해 아버지는 체포됐다고 합니다. 사건은 해결됐지만 그녀의 가슴속에는 여동생에 대한 강렬한 죄책감이 계속 남아 있었겠죠."

부모는 이혼했고 아버지는 감옥에 갇혔다. 무라세 아즈사는 결국 사망한 친어머니의 본가에 맡겨졌다. 그 후 아버지는 물론 의붓어머니, 여동생과 연락이 끊겼다. 그녀를 키워 준 조부모도 그녀가 오사카에 가자마자 세상을 떠나 무라세 아즈사는 말 그대로 천애고아 신세가 됐다.

"그런 사정 때문인지 무라세 양은 범죄 피해자에게 지나치게 헌신적인 면이 있었습니다. 어쩌면 속죄의 의미일 수도 있겠죠."

남자는 "현실에서" 하고 말을 이었다.

"범죄 피해자 구제에는 한계가 있습니다. 심신의 문제뿐 아니라 예를 들어 금전적인 문제 같은 것도 그렇습니다. 범죄 피해 때문에 일을 할 수 없게 된 사람을 돕는 건 쉽지 않습니다. 실제로 저희가 해 드릴 수 있는 일이라곤 미미하니까요."

연약한 미소 아래로 보이는 무릎에서 주먹을 꽉 쥐고 있다. 아소 는 내심 '그런 건가' 하고 생각하며 질문을 바꿨다.

"이곳에서 무라세 양과 특별히 친분이 있던 분이 있습니까?"

"지난번 형사님도 물어보셨는데 그런 사람은 없습니다."

"상담자와도?"

"그건 이야기가 조금 다르죠. 아까도 말씀드렸지만, 사안에 따라 서는 지나치게 다가서는 것 같기도 했으니까요. 사적인 부분은 저희 도 잘 모릅니다."

아소는 고맙다며 감사 인사를 하고 몸을 일으켰다.

"딱한 아이네요. 아버지의 죄에 사로잡혀 있다가 끝내 자신이 범 죄 피해자가 되다니, 세상 참 너무합니다. 제게도 딸이 있어서 그런 지 정말 안타깝습니다."

운전대를 잡은 미쓰미조의 말이 아소는 와닿지 않았다. 안타까 운 심정을 이성으로는 이해할 수 있지만 미쓰미조가 느끼는 감정은 자신과 엇비슷하면서도 다른 것 같았다.

"주임님은 어떻게 생각하십니까?"

"저는 딸도 배우자도 없습니다."

"아뇨, 그게 아니라 무라세 양이 살해당한 이유 말입니다."

그 말이었나.

"아즈미 마사히코가 범인이 아니라면 뭔가 다른 이유가 있겠죠. 그런데 무라세 양의 주변에는 그녀와 친했던 사람의 그림자도 보이지 않습니다. 이건 대체 무슨 연유일까요."

미쓰미조의 의뢰로 현재 우메다, 난바, 교바시 등 번화가에서 무라세 아즈사를 아는 사람을 찾고 있다. 정식 수사가 아니라 인원이 한정돼서 그런지 지금껏 눈에 띄는 성과는 없었다.

"오늘 들은 이야기에서 조금 신경 쓰이는 게 바로 무라세 양의 여동생의 존재입니다."

미쓰미조는 전방을 보며 말을 이었다.

"만약 치정 문제가 아닌 다른 동기라면 저는 이 여자가 의심스럽습니다."

"자신을 못 본 척한 언니에 대한 복수일까요?"

"뭐 가능성이 없지는 않겠습니다만."

말해 놓고 자신도 믿지 않는 것 같다. 설령 그녀가 무라세 아즈사에게 살의를 품었다고 해도 가짜 납치극을 벌일 이유는 없다.

"아무래도 큰 줄기는 주임님의 추리가 맞는 것 같습니다. 퓨와이트는 무라세 아즈사를 돌발적으로 살해했다. 그리고 그것을 은폐하기 위해 가짜 납치극을 계획했다. 본부와 저희의 차이는 범인을 아즈미 마사히코로 보는지, 아니면 아즈미 마사히코도 피해자로 보는지 뿐이겠네요."

만약 후자라면 퓨와이트는 분명 무라세 아즈사의 주변에 있었을 것이다.

"하지만 잘 이해가 안 됩니다. 만약 무라세 아즈사와 친했던 사람, 예를 들어 연인 같은 사람이 있었다면 이제는 슬슬 그 존재가 드러나야 합니다. 본부에서도 무라세 양의 컴퓨터와 휴대폰을 조사하며 아즈미 마사히코와의 관계를 훑고 있습니다. 그런데 아무 흔적이 없다는 게 신기할 따름이죠."

그것은 아소도 품고 있는 의문이었다. 이렇게까지 타인과 접촉한 흔적이 없다면 존재 자체를 의심하거나, 아니면 처음부터 퓨와이트가 뭔가 수상한 동기로 그녀에게 접근해 일부러 자신의 존재를 숨기려고 한 게 아니냐고 생각될 정도다.

그러나 한편으로 그렇게 거창한 계획이 있었을 것 같지도 않은 게 문제다. 무라세 아즈사가 살해된 후 도요사키의 아파트가 급하게 계약된 점으로 미뤄볼 때도 그것은 불합리하다.

"뭐, 아무튼 오늘 밤에는 조금 재밌는 이야기를 들을 수 있을 것 같으니 기대해 보죠."

납치극에서 '당첨'된 나니와 경찰서 생활안전과 소속 형사를 만나기로 약속돼 있었다.

나들목에 다다르자 렉서스는 고베 방면으로 방향을 틀었다.

"이번에도 의미 있는 시간이었으면 좋겠습니다."

아즈미 마사히코가 범인이 아니라는 선택지를 택하는 이상 퓨와이트가 납치극을 벌일 동기로는 두 가지를 가정할 수 있다. 하나는 무라세 아즈사 살해를 은폐하기 위한 것이었을 가능성. 그리고 또 하나는.

아즈미 마사히코에 대한 복수였을 가능성이다.

사건 발생 11일째인 7월 23일 수요일. 목적지는 마시로 다케유키의 집이었다.

아담한 주택이 여유롭게 늘어선 한 켠에 목적지인 빌라가 있었다. 한 채에 네 집이 있는 2층 높이 건물 세 동이 나란히 붙어 있다. 외관만 보면 분양 빌라처럼 보인다. 세련된 디자인을 보면 콘도미니엄이라고 부르는 게 더 어울릴까.

2층 B호에 가서 초인종을 누르자 안에서 "들어오세요"라는 목소리가 들렸다. 문손잡이를 돌리니 스르르 돌아갔다. 어두운 현관에서서 "오사카 부경에서 온 아소라고 합니다"라고 하자 "어서 오세요"라는 무뚝뚝한 대답이 돌아왔다. 목소리는 눈앞에 있는 문 안쪽에서 들렸다. 아소는 미쓰미조와 눈짓을 주고받으며 집주인의 지시에 따랐다.

거실에 들어서자 남향에 있는 커다란 창문 오른편에 시선을 빼앗겼다. 묵직한 무게감이 느껴지는 새까만 그랜드 피아노가 있었다.

"취미입니다."

목소리가 들린 곳을 돌아보니 청년이 리클라이닝 침대에 앉아 있었다. 등 뒤로 컴퓨터 모니터 세 대가 나란히 있다. 가장 끝에는 냉장고도 보였다.

"안녕하세요."

검은 생머리가 안경 절반을 덮고 있다. 하얀 티셔츠 밖으로 가는 팔이 보인다. 아래에는 흰색 트레이닝복 바지와 맨발. 스물다섯 살인 마시로 다케유키는 무표정한 얼굴로 방문객을 바라봤다.

"안녕하세요."

아소는 기계적으로 답례하며 어색함을 느꼈다.

"차는 못 드릴 것 같습니다. 그런 걸 잘 못해서."

"괜찮습니다. 음악을 하시나요?"

피아노와 별개로 나란히 놓인 컴퓨터 한가운데에 신디사이저 키보드가 보였다.

"그냥 취미예요."

"그렇군요."

무뚝뚝한 대답을 듣고서야 왜 어색했는지 그 이유를 깨달았다. 무려 다다미 스무 장이 넘어 보이는 넓은 거실에 소파나 쿠션 같은 게 하나도 없다. 책장과 TV, 오디오 기기도. 컴퓨터 세 대가 그것들의 역할을 대신하고 있고 필요한 기능은 모두 다케유키가 앉은 리클라이닝 침대에서 손을 뻗으면 닿는 범위에 집약돼 있다. 아소가 서 있는 위치에서 다케유키가 있는 곳까지의 6미터 남짓한 거리. 그 사이에 있는 것은 나무 바닥과 창문으로 들어오는 햇살뿐이다. 이 병실 같은 집에는 다른 사람을 맞이할 의지가 느껴지지 않는다. 그런 사실이 아소의 마음을 묘하게 불안하게 했다.

"무슨 일이시죠?"

청년이 물었다. 아소는 순간 집에 대한 자신의 느낌을 비난받는 듯한 착각이 들어 무심코 아무것도 아니라고 대답할 뻔했다.

"아즈미 마사히코 씨에 대한 이야기를 듣고 싶습니다."

"똑같은 이야기를 또?"

"그럴 수 있겠습니다만 확인 작업으로 생각하시고 모쪼록 양해 부탁드립니다."

"그러죠."

다케유키의 말에는 군더더기가 없었다. 놀라울 정도로 간결해 행간을 읽지 않으면 의사소통이 불가능할 정도다. 다른 누군가를 맞이할 의지가 없는 집의 주인에 걸맞았다.

"납치 사건은 알고 계시겠죠? 아즈미 마사히코 씨는 현재 용의자로 조사를 받고 있습니다."

청년은 대답하지 않는다. 당연한 사실에는 맞장구조차 필요 없다고 생각하는 듯했다.

"아즈미 씨를 마지막으로 만난 게 언제입니까?"

"한 번도."

"지금껏 전혀?"

"네."

"대화를 나눈 적은?"

"없습니다."

"연락 같은 걸 주고받은 적은? 예를 들어 이메일이나."

침묵.

"없습니까?"

"네."

차라리 로봇이 더 붙임성 있을 것이다. 아소는 지금 자신의 느낌이 나답지 않다고 자각했다. 손에서 땀이 배어났다.

"아즈미 씨에 대해 지금은 어떻게 생각하십니까?"

"죽었으면 좋겠습니다."

"네?"

"죽었으면 좋겠다. 그렇게 생각합니다."

감정이라고는 담겨 있지 않은 목소리였다.

"그 말씀은…… 죽이고 싶다, 와 같은 뜻으로?"

"죽었으면 좋겠다. 그뿐입니다."

강력계 형사가 찾아왔을 때도 마시로 다케유키는 아즈미 마사히코에 대한 혐오감을 감추지 않았다고 한다. 그러나 이렇게까지 노골적일 줄은 상상도 못 했다.

"그 이유는 11년 전 다케유키 씨의 아버지께서 아즈미 씨 때문에 스스로 목숨을 끊었기 때문인가요?"

"네."

"남은 가족분들이 고생하셨다고 들었습니다."

"네."

마치 눈가리개를 하고 방망이를 휘두르는 기분이다. 휘둘러도

휘둘러도 반응이 없다. 공이 날아오는지조차 의심스럽다.

"혹시 이번 사건에서 뭐 느끼신 바가 있습니까?"

"타당하다고 생각합니다."

"타당하다?"

"그 사람이라면 타당하다. 놀랍지 않다."

"그렇군요. 피해자인 무라세 아즈사 씨를 알고 계셨나요?"

"압니다. 뉴스에서 봤습니다."

"사건 이전에는?"

"아이돌을 좋아하거든요. '이토헨'도 좋아합니다."

갑작스러운 고백이었다. 다케유키는 한발 앞서 가고 있다.

"무라세 양과 친분이 있습니까?"

"행사에서 악수를 나눈 적이 있습니다."

약간의 흥분을 느꼈다.

"언제쯤이죠?"

"작년 가을 무렵이었던 것 같네요. 정확히는 기억나지 않습니
다."

"대화도 주고받으셨나요?"

"힘내라는 말 정도는 한 것 같습니다."

"그다음은?"

"이벤트가 없었습니다."

"행사가 아닌 자리에서는? 혹시 길거리에서 만나거나 할 기회는
없었습니까?"

"밖에 잘 나가지 않아서요."

"다른 방법으로는? 이메일이나 전화 등."

"주소를 모릅니다."

한번 싹튼 흥분은 서서히 당혹감으로 바뀌었다. 눈앞의 청년이 거짓말하는 것 같지는 않지만 진실인지도 분간할 수 없다. 질문을 거듭할수록 왠지 핵심에서 멀어지는 느낌이었다.

"무로토 쓰토무 씨를 아시죠?"

"네. 아버지의 비서로 일했던 분이죠."

"무로토 씨는 마시로 노리히사 씨 일로 격분해 아즈미 마사히코 씨를 폭행 후 형을 살았습니다. 출소 이후에는 행방이 묘연해졌고요."

"알고 있습니다. 전에도 경찰이 와서 물어봤습니다."

"그때 무로토 씨의 행방을 물었나요?"

"네."

"뭐라고 대답하셨습니까?"

"모른다고."

"연락 같은 건?"

"전화번호나 이메일 주소가 없습니다."

"아즈미 마사히코 씨는 그 뒤로도 무로토 씨에게 여러 번 납치돼 폭행당했다고 주장하고 있습니다. 무라세 씨가 살해된 것으로 추정되는 날에도 그는 무로토 씨에게 납치돼 폭행당했다고 하더군요."

침묵.

"어떻게 생각하십니까?"

"타당하네요."

"무로토 씨가 아즈미 씨를 폭행한 것 말인가요?"

"네."

"아즈미 씨가 거짓말을 한다고는 보시지 않습니까?"

"그것도 타당합니다. 둘 다."

"혹시 뭐 짚이시는 건?"

"없습니다."

아무리 시간이 지나도 공은 앞으로 날아가지 않는다. 다케유키와의 불과 6미터의 거리가 엄청나게 멀게 느껴진다.

불현듯 아소의 기억의 문이 열렸다

주저 없이 벌레를 잡아먹던 소년 시절, 단 한 번의 예외가 떠올랐다. 중학교에 올라가기 직전 본가 집에 우연히 들어온 호랑나비 한 마리. 허공을 하늘하늘 날아다니는 그 모습에서 아소는 눈을 뗄 수 없었고, 잠시 후 나비는 아소의 손바닥 위에 앉았다.

"무라세 아즈사 씨의 어떤 점이 마음에 들었습니까?"

미쓰미조였다. 정신을 차린 아소의 눈에 처음으로 놀라는 듯한 다케유키의 얼굴이 보였다.

"평소 외출을 거의 하지 않는 다케유키 씨가 일부러 행사장까지 가서 악수를 청하신 거죠? 외모입니까? 아니면 캐릭터?"

"……이유를 설명하기 어렵네요."

"그런가요. 뭐, 그럴 수 있겠죠. 사람이 사람을 좋아하게 되는 데

323

는 이유가 없는 법이니."

다케유키는 눈을 가늘게 뜨고 미쓰미조를 봤다.

"그건 그렇고, 사건 당일에는 어디 계셨습니까? 7월 13일 말입니다만."

"집에 있었습니다."

"계속?"

"아마도. 편의점에 갔을지도 모르겠네요. 기억나지 않습니다."

"7월 7일은 기억하시나요?"

"지지난주 말인가요?"

"네. 월요일 밤입니다."

"기억나지 않습니다. 알아보겠습니다."

"꼭 부탁드립니다. 혹시 아시게 되면 이쪽으로 연락 주십시오."

미쓰미조는 명함을 꺼내 6미터의 거리를 가로질렀다.

"어제 조사는 어땠습니까? 그때도 지금과 같은 질문을 받았나요?"

"'네'라는 대답을 총 열일곱 번 했습니다."

"네?"

"그렇습니다. YES요."

"……그걸 세셨습니까?"

"따분해서."

"오늘은 어떻습니까? 몇 번 말씀하셨죠?"

"세지 않아서 모르겠네요."

미쓰미조가 싱긋 웃었다. 그 얼굴을 보는 다케유키의 얼굴에서도 마찬가지로 입꼬리가 올라갔다.

"언젠가 한 번 더 시간을 내 주실 수 있을까요?"

청년은 표정을 그대로 유지한 채 "네"라고 대답했다.

"어떻게 생각하십니까?"

차에 올라타자마자 날아든 질문에 아소는 질문으로 답했다.

"미쓰미조 형사님은 어떠셨나요?"

미쓰미조는 만두귀를 비틀며 짧게 숨을 내쉬고 대답했다.

"강력계에서 와서 뭘 물었을지 훤히 보이더군요. 자신들에게 유리한, 즉 아즈미 마사히코의 심증을 안 좋게 하기 위한 질문만 던졌겠죠. 그 녀석들은 오직 그것만 노리고 있으니 그게 당연하겠지만."

다케유키 씨의 가족도 아즈미 마사히코에게 이런 식으로 당했군요? 아즈미 마사히코는 타인을 불행하게 하는데 거리낌이 없는 사람인가요? 자신을 지키기 위해 아무렇지도 않게 사람을 죽이는, 그런 인간인가요?

그리고 다케유키는 간결하게 대답했다. '네'라는 열일곱 번의 대답.

"그렇지만 저희는 다릅니다. 다케유키 씨가 아즈미 마사히코에게 죄를 덮어씌우려고 하는 게 아닌지 의심했죠. 제가 다소 과하게 파고들어간 겁니다. 알리바이 확인까지 했으니까요."

미쓰미조는 "하지만" 하고 아소를 봤다.

"다케유키는 그런 저에게 한마디 항의도 하지 않았습니다. 보통 알리바이를 확인받으면 누구나 불쾌하기 마련입니다. 기억나지 않는다면 더더욱 그럴 거고요. 그리고 확인 날짜가 7월 13일뿐만 아니라 왜 7월 7일인지도 묻지 않았습니다."

무라세 아즈사의 사망 추정일은 사건 발생 일주일 이내라고만 발표됐다.

"다케유키가 하필 증오해 마지않는 아즈미 마사히코의 회사에 소속된 연예인의 팬이라는 점도 뭔가 아이러니하죠."

"아즈미 마사히코 회사 소속이라 관심을 가지게 된 순서라면 부자연스럽지는 않습니다. 그리고 뭔가 켕기는 게 있다면 단호히 부인했겠죠."

"어차피 조사하면 다 밝혀지니까요. 그날 행사장에 가서 악수한 것도 누군가 기억하고 있을지 모르고."

"……자기 입으로 '이토헨'을 언급한 건 예방 주사였다?"

"검색 이력을 조사하면 무라세 아즈사나 '이토헨'을 검색한 사실이 나올 수도 있습니다. 그러면 변명이 필요해집니다."

합리적인 추측이었다.

"'이토헨'을 정말 좋아해서 일부러 납치 목적지로 극장을 선택했을 가능성도 있겠습니다만."

알 수 없다. 너무 끼워 맞춘 느낌도 들었다. 그러나 가능성을 완전히 버릴 수 없는 것도 사실이다.

"도요사키의 아파트를 계약하러 온 사람은 중년 남자입니다. 변장한다고 해도 다케유키는 어렵습니다. 거기에 쇼게키 회사 직인도 있고요."

"회사 직인은 상관없습니다. 무라세 양과 접점이 있다면 실물 도장을 볼 기회가 있었을 수도 있죠. 그걸 바탕으로 가짜를 만들었을 수도."

그건 다케유키뿐 아니라 진범도 그랬을 가능성이 크다.

"아파트를 계약한 '히와'라는 녀석은 조력자겠죠."

"너무 억지스럽지 않을까요?"

"원래 억지스러운 스토리일수록 미스터리한 인물이 빠지지 않는 법입니다."

여유롭게 미소 짓는 미쓰미조에게 아소는 다시 물었다.

"마시로 다케유키가 정말 퓨와이트라면 동기는 아즈미 마사히코에 대한 복수일까요? 단지 그것 때문에 아무 상관도 없는 여자를 죽이고 시신을 토막 낸 후 납치극을 벌이는 건 너무 지나치지 않을까요?"

"그야말로 정신 나간 짓이지만……. 네, 분명 잘 와닿지는 않죠."

웃음기가 사라진 미쓰미조의 옆얼굴을 보며 한 발 더 나아가 보기로 했다.

"만약 다케유키 씨가 무라세 양의 '친한 사람'이었다고 해도 무라세 양과 친밀하게 연락을 주고받은 흔적 같은 건 남아 있지 않습니다. 이건 어떻게 설명할 수 있을까요?"

"애초에 아즈미 마사히코에게 복수하려고 무라세 양에게 접근했기 때문에 일부러 눈에 띄지 않게 철저히 기획했다……는 어떨까요?"

그러다가 어떤 트러블이 생겨 무라세 아즈사를 죽이고 순서가 뒤바뀌었다.

하지만 그 역시 이상하다.

"무라세 양 쪽에서 관계를 숨길 이유가 없습니다."

"연예인이라면 누구든 남녀 관계를 숨기고 싶어 하죠."

"그렇다고 해도 개인용 휴대폰에 번호도 등록하지 않았다는 건 지나칩니다."

미쓰미조는 웃으며 두 손의 손바닥을 들어 올렸다.

"제 추론이 아직 공상에 불과하다는 건 저도 잘 압니다. 다케유키가 정말 퓨와이트라면 단순한 아이돌과 팬이 아닌 두 사람의 접점부터 찾아야 할 것 같습니다."

미쓰미조는 "나니와 경찰서 생활안전과 녀석이 답을 가져다주면 좋을 텐데……"라고 중얼거리고 렉서스의 시동을 걸었다.

"주임님은 어떻게 생각하십니까? '다케유키=퓨와이트' 설을."

"논리적으로 불충분합니다."

"형사의 직감은 믿을 만하지 않을까요?"

"직감으로 체포할 수 있다면 재판도 필요 없겠죠."

"거 참 힘드네요."

미쓰미조의 쓴웃음과 함께 빌라 건물이 점차 멀어졌다.

조수석에서 입을 다문 아소는 텅 빈 하얀 집에 우두커니 서 있던 다케유키의 모습을 떠올리며 조금 전 자신이 했던 말과 상반된 생각에 사로잡혀 있었다.

다케유키는 분명 나비를 손에 움켜쥔 채 죽이고 있다.

그것은 분명한 직감이었다.

오사카 시내에 갔을 때 아소의 휴대폰이 울렸다. 상대는 센다였다.

―어이, 자네들 지금 뭐 하는 거야?

대답을 듣지도 않고 상사는 아소를 빠르게 몰아붙였다. 아소는 고막을 찌르는 그의 목소리를 잠자코 들었다. 조금 전 다케유키의 집에서 침묵하고 있던 그랜드 피아노를 힘껏 두드리면 이런 소리가 날지도 모르겠다고 생각하며.

9

두 번의 급작스러운 약속 취소를 거쳐 나베시마는 마침내 키미카와 재회했다. 이제 미쓰미조의 호통을 듣지 않아도 될 것이다.

미나미호리에 있는 카페에서 링고의 회사가 있는 아메리카무라까지는 엎어지면 코 닿을 거리였다. 키미카는 기억 속 모습보다 더 야위어 보였다. 여전히 긴팔 티셔츠를 입고 있다.

"덥지 않나?"

힘없는 미소가 돌아왔다. 식은땀을 넘어 오히려 빈혈이 걱정될

만큼 안색이 창백하다. 멘털이 약해진 상태라는 링고의 판단이 납득이 됐다.

"밥은 잘 먹고 다니나? 지난번에 만났을 때 과일만 먹는다고 했잖아."

"그때는 다이어트 중이었으니까. 이제는……."

'필요 없다'로 이어질까. 모델들의 고민은 하나도 둘도 몸매 유지다. 기이한 강박관념에 사로잡혀 거식증을 앓는 사람도 드물지 않다.

나베시마뿐 아니라 아마 세상 사람들이 생각하는 것보다는 조금 더 많은 남자들이 통통한 여자에게 매력을 느끼지 않을까. 그러나 모델이라는 직업에 요구되는 '품질'은 남자들의 잣대와 다른 가치관에 기반하고 있다. 그것은 오브제로서 정해진 규격과 비슷한 느낌이 들었다.

"그래서, 요새는 잘 챙겨 먹고 있어?"

쓸데없는 질문이라는 건 알고 있었다. 생기가 느껴지지 않는 건 정신이든 육체든 마찬가지다.

"나베 짱, 오늘 수사하러 온 거야? 너무 무신경하네."

옆에 있는 링고가 나베시마를 힐난했다. 출근 전이어서 그런지 평소 나니와 경찰서에 놀러 올 때보다 더 '여자다움'이 느껴지는 메이크업이었다.

"어차피 모델 일을 쉬는 거면 조금은 먹어도 되지 않나. 복귀할 때 다시 다이어트하면 되잖아."

"그게 그렇게 산수처럼 되는 게 아니에요."

키미카의 말투에는 '당신은 몰라'라는 체념이 묻어났다.

"찌는 건 쉽지만 빼는 데는 두 배의 시간이 들고 그걸 넘어 힘들어요. 잘 찌는 체질이라 금세 찌기도 하고요. 한번 늘어난 피부가 다시 팽팽해지는 데는 반년이 걸리고……."

피부가 늘어날 정도로 살이 찐다는 건 과장이고, 팽팽해지는 데 반년이라는 근거도 불분명하다. 그러나 키미카는 그렇게 믿고 지금껏 가혹하게 자신을 절제해 왔을 것이다. 손목을 긋는 자해 행위와 비슷하게 느껴지기도 했다.

"다른 회사로 옮길 생각은 없나?"

대답이 없다. 고개를 숙인 얼굴에는 울음 일보 직전의 미소를 머금고 있다.

"무서워요."

잠시 후 키미카가 툭 내뱉었다.

"뭐가? 미래?"

"네. 그것도……. 솔직히 말해서 전 얼굴도 못생겼고……."

"그런가. 나라면 옆을 지나치면 돌아볼 것 같은데."

링고가 "변태" 하고 면박을 줬지만 키미카에게는 위로되지 않은 듯했다.

"길거리에 나가도 저 정도 되는 아이는 쌔고 쌨어요. 어제 들른 휴대폰 매장 직원도 저보다 예뻐요."

나베시마는 속으로 '중증이군' 하고 생각했다.

"어차피 그 일만으로 먹고 살 수 없기도 하고……."

"다 똑같지 않아. 성공하는 사람은 소수야. 운도 작용하고."

"응. 운이 중요하기는 해. 그리고 내 마음과 상관없이 일어나는 일도 많잖아."

옆에서 링고가 이해한다는 표정으로 거들었다. 이 아이는 의외로 세상을 잘 알고 있다. 이성이 아닌 감성으로.

"……아즈사 씨처럼?"

키미카가 겁먹은 듯 물었다. 예상치 못하게 이야기가 본론으로 들어갔다.

"그 무라세 아즈사 말인데."

"……전 정말 무서워서."

가까운 곳에 있던 동료가 죽었으니 그럴 만하다. 그것도 살인. 거기에 범인으로 지목된 사람이 회사 사장이라면 평온할 리 없다.

나베시마가 위로의 말을 건네기도 전에 키미카는 자신의 어깨를 끌어안았다. 떨고 있다.

"무서워요."

나베시마는 진지하게 걱정하며 "괜찮나?" 하고 물었다. 전문가의 도움이 필요한 수준처럼 보였다.

"제 탓일지도 몰라요."

허를 찔렸다. 나베시마는 당황한 기색을 감추며 물었다.

"무슨 뜻이지?"

"……제가 아즈사 언니를 질투해서."

그러더니 키미카는 조심스럽게 자신이 평소 무라세 아즈사를 어떻게 생각했는지 고백했다.

무라세 아즈사는 아름다웠다. 외모는 물론 행동과 표정도 눈부시게 빛났다. 자기 욕망을 드러내지 않고 주변을 배려해서 모두에게 사랑받았다.

"인간관계에 계산이라곤 없는 사람이었어요. 뭐랄까, 정말 너무 아름다운 사람이라 전 도저히 그렇게 될 수 없다고 느꼈죠."

"그런데 무라세 아즈사는 연예계 일 말고 다른 일도 하고 있었어."

"어차피 한때였을 거예요. 아즈사 언니라면 조만간 어딘가 대형 기획사에서 스카우트해 갈 게 뻔했죠. 성공할 게 눈에 보였어요. 반면 전 소외되고 나이 들어 잊힐 게 뻔했고……."

지나친 자기애가 뒤집혀 만들어진 자기 비하다. 일단 이 회로에 한번 얽매인 자를 되돌리기란 쉽지 않다. 적어도 자신의 직분에서 벗어난다.

그럼에도 불구하고 나베시마는 직분 안에서 목소리를 냈다.

"무라세 아즈사가 그렇게 된 게 네 잘못은 아니잖나."

"죽었으면 좋겠다고 생각했어요!"

그 말에 나베시마는 입을 다물었다.

"죽었으면 좋겠다고…… 몇 번이고 생각했어요. 저렇게 예쁘고 귀엽고 모두에게 사랑받고 빛나는…… 그런 축복받은 사람은 내 시야에서 사라졌으면 좋겠다고 계속 빌었어요."

"생각은 누구나 할 수 있지. 네가 무라세 아즈사를 죽여 달라고 누군가에게 직접 부탁한 게 아닌 이상."

불안한 침묵이 깔렸다. 무슨 일이라도 있었을까. 단순한 망상이 아닌, 구체적인 무언가가.

키미카 옆에서 링고도 하얗게 질려 있다. 눈치가 빠른 아이다.

"……아즈사 언니는 우리 회사에서 제일 인기가 많았어요. 고객사에서도 반응이 좋았고 팬도 있었죠. 저희 같은 수준에서는 팬들이 그리 쉽게 생기지 않아요. 이름과 얼굴을 기억해 주는 경우도 드물죠. 그냥 지나가는 마네킹이나 마찬가지예요."

자기 비하는 무시했다. 그보다 무라세 아즈사의 이야기를 듣고 싶었다.

"전 그게 싫었어요. 주변에서 전부 아즈사, 아즈사, 아즈사. ……고통받았으면 좋겠다고 생각했어요."

"그래서 무슨 일이라도 저질렀나?"

키미카는 눈물을 흘리며 고백했다.

"그래서…… 아즈사 언니 앞으로 온 팬레터를 전부 불태워 버렸어요."

뭐? 나베시마는 순간 엉거주춤 몸을 일으킬 뻔했다.

"회사로 오는 편지 같은 거 말인가?"

"네, 맞아요. 그러다가 사장님에게 들켜서 야단을 맞았고, 그때도 아즈사 언니는 자기는 괜찮다고, 신경 쓰지 말라고……. 그런데도 전 그렇게 착한 아즈사 언니가 죽었으면 좋겠다고 생각하면서……."

봇물 터뜨리듯이 오열한다. 그런 키미카의 모습을 나베시마는 싸늘하게 바라봤다. 한심하다. 그렇게 생각하지 않으려고 해도 그런 생각이 들었다. 이것은 피해망상에서 변질된 가해 망상이다. 이 아이는 앞으로 제대로 살아갈 수 있을까. 힘 빠진 의식 한구석에서 그런 걱정이 들었다.

"언제 얘기지?"

"······반년쯤 전이요. 밸런타인데이 즈음에."

콧물을 흘리며 훌쩍여도 나베시마의 마음은 움직이지 않았다. 그래도 일단 상사에게 보고할 소재는 될까.

"경찰에도 이야기했나?"

"루이 씨가 경찰이나 언론에 불필요한 이야기를 하지 말라고 해서······"

기타가와 루이의 도도한 얼굴이 떠올랐다. 아즈미 마사히코가 의심받는 이상 똑똑한 그녀가 소속사 아이들을 그냥 내버려 두지는 않을 것이다. 더군다나 키미카라면 손쉽게 경찰의 유도 신문에 걸려들 수 있다.

"루이 씨 말을 잘 지키고 있나 보네."

키미카가 고개를 끄덕였다. 오늘 이렇게 나베시마 앞에서 이야기를 털어놓은 건 서로 안면이 있는 데다가 옆자리에 함께 있는 링고에 대한 믿음 덕분일 것이다.

"다른 아이들은?"

"잘 모르겠지만 루이 씨를 배신할 아이는 없을 거예요. 다들 사장님도 좋아했고······."

여기서도 기타가와 루이의 카리스마가 느껴졌다. 연예인을 지망하는 이들은 보통 자기 자신이 최우선인 사람이 많다. 의리나 인정도 계산에 불과하다. 쇼게키 소속 연예인들도 다들 어느 정도 야망이 있을 테니 소속사의 비극을 역이용해서 유명세를 탈 수도 있다. 무라세 아즈사 같은 캐릭터가 드문 것이다.

그러나 놀랍게도 아직 그런 이야기를 듣지 못했다. 인원이 적은 탓도 있겠지만 지금 정도면 아즈미 마사히코와 무라세 아즈사와의 관계를 암시할 증언이 나올 법도 한데 전혀 없다. 나베시마는 그 원인이 꼭 아즈미 마사히코와의 의리만이 아닌 기타가와 루이의 힘 때문이라고 생각했다. 과거 '과차로'에서 매춘을 알선했을 때도 피해 소녀들은 기타가와 루이를 두둔했다. 그녀는 불우한 아이들을 순한 양처럼 길들이는 천재 양치기일까.

"무라세 아즈사와 특별히 친했던 사람은 있나? 예를 들어 애인이라거나."

"그런 이야기는 전혀……. 저 따위가 그런 소문을 들을 수 있었을 리도 없고요."

키미카는 또다시 무라세 아즈사가 얼마나 훌륭한 사람이고 그에 비해 자신이 얼마나 열등한 사람인지를 반복했다. 거의 한 시간 동안 쓸데없이 룰렛이 회전하는 모습을 꾹 참고 기다렸다. 빨간색이 나오면 무라세 아즈사에 대한 찬사, 검은색이 나오면 자기 비하. 어느 쪽이든 배당금은 없다.

이 아이들의 정신세계는 항상 타인의 대가 없는 사랑을 갈망하고 초조감과 비슷한 갈증에 허덕인다. 순수한 사랑을 동경하며 자신이 최고 자리에 오르면 그것을 얻을 수 있다고 믿는다.

대가 없는 사랑은 복권보다 더 당첨되기 힘든 것인데도.

그렇게 깨달은 자만이 이 무간지옥에서 탈출할 수 있다. 자기 자신과 세상을 받아들일 수 있다. 그것은 허무를 동반한 성장이다.

가치관의 다양성을 입을 모아 찬미하는 지금, 젊은이들의 공통된 가치는 돈과 성性이다. 돈을 가지고 있느냐, 이성에게 인기가 있느냐. 그것만이 모두에게 통용되는 잣대가 돼 가고 있다고 나베시마는 느꼈다.

"AV에 출연하려고 결심한 이유는 뭐지?"

그전까지 말이 많던 키미카가 잠시 침묵했다가 다시 조심스레 입을 열었다.

"다른 할 수 있는 일이 없고…… 돈은 있어야 먹고살잖아요. 할 거면 지금이 아니면 안 된다고 판단했어요."

또 하나의 가치. 젊음. 그러나 그것은 이내 사라진다. 절대적이다. 이들은 스무 살이라는 나이를 '끝났다'라고 웃어넘김으로써 또다시 자기 자신을 궁지에 몰아넣는다.

링고의 시선이 느껴졌다. 뭐라고 위로 한마디라도 하라며 눈빛으로 비난하고 있다.

"지금 회사의 소개인가? 아니면 다른 곳을 통했나?"

대답하지 않는다. 망설이는 것이다. 그러나 나베시마가 덧붙일 말은 없었다. 적어도 링고가 기대할 만한 말은.

"네가 정말 하고 싶은 거면 해도 돼. 난 그걸 막을 힘이 없고 막을 생각도 없어."

끼어들려는 링고를 제지하고 나베시마는 말을 이어 갔다.

"다만 하기로 결심했다면 제작사 이름이라도 알려 줘. 괜히 어디 이상한 데는 아닌지 내가 알아봐 줄 테니."

그러자 키미카는 울음을 터뜨렸다. 닭똥 같은 눈물을 뚝뚝 떨어 뜨린다. 당황한 링고가 친구를 달래기 시작했다.

나베시마는 영수증을 들고 일어섰다.

"고기 먹고 싶을 때도 연락해. 같이 가 줄게."

과연 이런 방식이 경찰관으로서 적절한지는 알 수 없었다.

미쓰미조에게 전화를 걸자 미쓰미조가 "자네 지금 어디야?"라 고 물었다.

"스미노에입니다."

―그럼 우리가 거기로 갈 테니 기다려.

언제 어디서 만나자고도 하지 않았다. 결국 6시가 넘을 때까지 소식이 없었고 연락이 온 건 나니와 경찰서를 나온 직후였다.

―스미노에에 맛있고 저렴하고 차분하게 대화도 할 수 있는 가 게가 있나?

"흐음. 맛은 장담할 수는 없지만."

―그럼 거기서 9시. 혹시라도 우리가 늦으면 먼저 먹고 있어.

횡포의 극치지만 이런 체육계의 분위기는 익숙하다. 기타가 표현하기를 '사우나 속 미온탕'인 생활안전과 역시 경찰 조직인 건 마찬가지다. 일단 집에 돌아가 단골 철판구이 가게의 개별 룸을 예약했다.

모미지는 집 안에 있는 듯했다. 방에서 음악이 흘러나오고 있다. 귀에 익은 멜로디다. 노크하고 방 안에 얼굴을 들이밀었다.

"밥은?"

"먹었어."

모미지는 침대에 누워서 잡지를 읽고 있었다. 고등학교 2학년. 어디서 이상한 자식이라도 만나는 건 아닐까 걱정되는 게 사실이지만 지금은 그런 걱정이 왠지 기우처럼 느껴졌다.

언젠가 이 아이도 속아 넘어갈까. 대가 없는 사랑이라는 환상에.

가슴이 아팠다. 자신이나 별 상관없는 타인의 일이면 얼마든 이해한다는 얼굴로 위로할 수 있다. 세상은 원래 그렇다. 평범한 삶 속에야말로 행복이 있다. 그러나 그 상대가 딸이라면 입바른 말만 늘어놓기도 어렵다.

복권에 당첨됐으면 좋겠다고 생각했다. 대가 없는 사랑에 당첨됐으면 좋겠다고.

"왜 그래?"

모미지는 얼굴을 돌리지 않은 채로 불쾌한 듯이 물었다. 오히려 링고가 훨씬 나베시마에게 마음을 열고 있다.

"'이토헨'이잖아."

딸의 어깨가 살짝 들썩였다.

"알아?"

"조금. 지난번에 교세라 돔에서 라이브 공연했지?"

"잘 아네."

"……팬이야?"

"왜? 팬이면 안 돼?"

"아니. 여자 팬도 많나?"

"반반 아닐까? 남자가 좀 더 많으려나."

"그렇구나."

"왜 그래?"

딸에게 '왜 그래?'라는 질문을 받을 때마다 말을 그만둬야 할 것 같았다. 그래도 이번에는 말을 이었다.

"너도 평소에 라이브 같은 거 보러 가나?"

모미지는 대답하지 않았다.

"보러 가?"

"지금 수사하는 거야?"

모미지는 이번에도 아빠를 돌아보지 않았다.

"수사라니. 왜 그런 생각을."

"나도 알아. 얼마 전 그 납치 사건. 현장이 '이토헨'의 라이브 공연장이었다며."

부정확한 부분도 있지만 지적하려다가 그만뒀다.

"인기 연예인이면 타깃이 되기도 하지."

"준이 불쌍해. 생애 첫 라이브 뷰잉 이벤트였는데."

연기가 아닌 진심 어린 분노가 묻어났다. 아무래도 열렬한 팬인 듯하다.

"거기에 '퓨와이트'라니. 장난치는 것도 아니고."

"……그건 무슨 말이지?"

무라세 아즈사 살해, 납치 사건은 세간에서 '퓨와이트 사건'으로 불리고 있다. 물론 범인의 이름에서 따온 것이다. 그러나 모미지의 분노는 장난스러운 가명을 쓴 범인이 아닌 그 이름 자체에 향하는 것 같았다.

"퓨와이트라는 이름에 뭐 문제라도 있나?"

"그것도 몰라? 가와노랑 마쓰다를 좋아하는 멍청한 애들이 지금 이상한 소문을 퍼뜨리고 있잖아. 퓨와이트가 '이토헨'을 노린 건 준의 팬이어서 그런 거라고."

"그건 또 무슨 소리지?"

우선 가와노와 마쓰다가 누군지 몰랐다. 나중에 알아보니 같은 그룹 팬들 사이에도 파벌이 있고 '최애[†]'가 다른 사람들끼리 다투는 일도 드물지 않다고 했다.

"준이라는 그 여자아이가 퓨와이트랑 어떻게 이어지는데?"

모미지는 한숨을 푹 내쉬며 무식한 아버지에게 정보를 알려 줬다.

"준은 이토 준. 준은 순수할 순[‡]. 모르겠어?"

"전혀 모르겠는데."

[†]　아이돌 멤버 중 가장 좋아하는 구성원을 지칭하는 신조어.

[‡]　순수할 순(純)은 일본어로 '준'이라 읽는다.

또다시 한숨이 터졌다.

"퓨와이트라는 건 퓨어, 이토로 볼 수도 있잖아."

순간 무릎을 탁 칠 뻔했다.

퓨어 이토. 이토 준.

정말이지 그야말로 기발한 상상력에 온몸에서 힘이 풀렸다.

"그래서 근거도 없이 준을 비난하는 사람들이 있어. 정말 바보 같아."

"그래서, 너도 라이브 공연을 보러 다녀?"

"보러 다닌다면? 왜 그래?"

또 '왜 그래'다.

"물으면 안 되나? 그냥 아버지로서 궁금해서."

"평소에는 궁금해하지도 않으면서."

그래서 '수사'라고 한 걸까.

"지난번 교세라 돔에도 다녀왔어?"

모미지는 대답하지 않았다.

"모미지."

"됐어. 그 사람이 왜 집을 나갔는지 알 것 같아."

순간 가슴에 칼이 꽂힌 느낌이었다.

"……내가 형사여서?"

모미지는 읽지 않은 잡지를 짜증스럽게 휙휙 펼쳤다.

"됐어, 이제 그만해."

결국 나베시마는 딸의 방에서 나갔다. 미닫이문을 닫으며 '대가 없는 사랑'이라는 단어를 떠올렸다.

모미지가 '그 사람'이라 부르는 사람은 한 명뿐이다. 모미지의 어머니이자 나베시마의 아내인 후미에다.

후미에가 이유도 없이 자신을 왜 떠났는지 나베시마는 알지 못했다. 실종된 게 아니고 현재 거주지도 정확히 알고 있다. 친정이 있는 도쿠시마현이다. 그러나 만나러 가지 않았다. 처가에서 잠시만 기다려 달라고 간청하는 바람에 포기했다. 지금은 연락하지 않고 그쪽에서도 연락이 없다. 벌써 2년. 호적상으로는 아직 부부다. 언제 이혼 신고서가 날아올지 모르고 당사자가 홀연히 다시 돌아올 수도 있다.

물론 전자의 확률이 더 높아 보이는 게 사실이다. 그때는 분명 좋은 사람을 만났다고 믿었다. 아니, 단순히 만난 게 아니다. 소원을 이뤘다고 하는 게 더 옳은 표현일까.

후미에의 과거를 알게 된 건 10년 전. 모미지가 초등학교에 입학하던 때였다. 당시 중매를 서 준 상사를 통해 직접 들었다. 그는 '내가 너무 소홀했다'라며 나베시마에게 고개를 숙였다. 배경 조사를 소홀히 했다고 했다. 나베시마는 아연실색했다.

후미에에게는 다른 남자가 있었다. 나베시마를 만나기 몇 년 전까지 열렬히 사랑했던 남자였다. 고향인 도쿠시마에서 어부로 일하던 그는 술집에서 싸움을 일으켜 사람을 죽이고 도망쳤다.

오랫동안 그 사실이 알려지지 않은 건 후미에가 그 남자와 불륜 관계였기 때문이다. 주변 사람들은 두 사람의 관계를 전혀 알지 못했다. 10년 만에 밝혀진 것 또한 남자의 본부인이 죽었기 때문이었다.

그녀가 숨겨 둔 남편의 편지가 발각됐는데 사죄하는 편지에는 후미에에 대한 내용이 적혀 있었다.

나베시마는 후미에에게 그 이야기를 하지 않았다. 자신이 아는 사실도 밝히지 않았고 중매를 서 준 상사에게도 다른 사람에게는 말하지 말아 달라고 부탁했다. 남의 시선을 신경 쓰거나 출셋길이 막힐까 봐 두려워서는 아니었다. 다 큰 어른들이 만나기 전 과거를 신경 써서 뭐 하겠는가. 그런 관대한 태도를 견지했다. 견지할 생각이었다.

하지만 나베시마는 형사였다. 생활안전과라는 미지근한 부서일지언정 피의자에게 진실을 끌어내는 걸 생업으로 삼는 형사였다. 눈빛과 말투에서 후미에가 의혹의 기운을 감지했는지도 모른다. 그리고 무언의 압력에 시달리며 자책감을 견디지 못했을까. 가끔 그런 상상이 들었다.

한편으로 후미에가 '대가 없는 사랑'을 믿었을지도 모른다는 생각도 들었다. 언젠가 그 남자와 또다시. 그런 낭만을 동경했던 게 아닐까. 후미에가 집을 나간 시점이 남자가 저지른 죄의 공소시효가 만료된 직후라는 점도 나베시마의 추론을 뒷받침했다.

후미에와 자신을 이어 주던 것은 모미지, 그리고 종잇조각에 불과한 법률뿐이었다.

우울해졌다. 오랫동안 느끼지 않은, 잊으려고 한 낙담이었다. 다시 데려오면 된다. 몇 번이나 그렇게 생각했다. 하지만 그 선택이 후미에의 행복으로 이어질까. 정말 자신을 사랑하기는 할까. 알 수 없었다. 애초에 남녀관계는 타산과 관성. 그렇게 거짓말하기에도 자신은 너무 소심했다. 결국 소거법을 통해 방치라는 선택만 남았다.

전화가 울렸다.

"네, 나베시마입니다."

—나야, 미쓰미조. 미안하지만 오늘 밤은 어려울 것 같아.

"그런가요" 하고 건성으로 대답했다. 이미 만날 기분도 아니어서 오히려 감사했다.

—조금 귀찮은 일이 생겼어.

"사건에 무슨 변화라도?"

수화기 너머에서 한숨 소리가 들렸다.

—좋지 않아. 아무튼 이 빚은 곧 갚지.

통화를 마치고 반사적으로 주소록에서 기타의 이름을 찾았다.

"혹시 뭐 움직임이라도 있었어?"

—아즈미 마사히코 말인가? 못 들었는데.

"본부는?"

잠시 침묵이 흘렀다. 그러다가 기타가 되물었다.

—왜? 미쓰미조 선배가 뭐라고 했어?

"그래. 오늘 만나기로 했는데 일방적으로 취소를."

—그쪽에 지원 요청이 간 것 같던데.

"뭐?"

—특수범죄과에 지원을 요청했다는 소문이 돌고 있어. 임무는 CCTV 영상을 통해 납치 당일 아즈미 마사히코의 행동 확인.

"뭐? 주임님과 미쓰미조 선배한테 그 일을?"

신참 형사에게나 맡길 일이다.

—센다 과장님의 일성. 전형적인 징벌 배치라 할 수 있겠지.

비슷한 처지인 기타가 왠지 즐거운 것처럼 말했다.

10

그날 저녁 아즈미 마사히코는 루이와 함께 아파트를 나섰다. 뒤에서 형사의 따가운 시선이 느껴졌다. 역으로 향하는 내내 옆을 걷는 루이의 표정은 굳어 있었다. 어젯밤 말다툼의 여파가 아직 가시지 않았다. 지하철을 타고 미나미모리마치로. 그사이에도 루이는 말없이 지하철 좌석에 앉아 있었다.

오늘의 '외출'은 미도에게도 알렸다. 오랜만에 바깥 공기를 쐬고 싶다고 했다.

미도는 마지못해 승낙했다. 그게 연기인 걸 알아차릴 정도로 아즈미도 미도라는 사람을 파악하게 됐다. 속으로는 '드디어 때가 왔다'라고 기대했을 것이다.

7월 25일 금요일. 미나미모리마치역 앞은 엄청난 인파로 붐볐다. 오키나와 음식점에 들어가 가볍게 저녁을 먹었다. 술은 한 잔만. 평소와 달리 루이는 석 잔을 마셨다. 홧술일까. 평소에 거의 보여 주지 않는 감정적인 면모를 아즈미는 흐뭇하게 바라봤다. 동시에 미안한 기분도 들었다.

가게를 나오니 어느새 해가 뉘엿뉘엿 기울고 있었다. 사람들은 계속 늘어나고 있다. 인파의 흐름을 따라서 둘이 함께 걸었다. 어디선가 전통 음악 소리가 들렸다. 들뜬 분위기 속에서 아즈미와 루이는 하염없이 걸었다. 도중에 루이의 손을 잡았다. 남들 앞에서 스킨십을 싫어하는 루이도 오늘밤만큼은 거부하지 않았다.

펑 하는 소리가 났다. 군중들이 소리의 출처를 찾아 하늘을 올려다본다. 밤하늘에 불꽃놀이가 펼쳐졌다. 오사카의 여름 지역 축제인 덴진마쓰리의 시작이다.

일부러 느릿느릿 걸었다. 미행하는 형사에게 불필요한 심적 부담을 주고 싶지 않았고 무엇보다 루이와 함께하는 시간을 만끽하고 싶었다. 방향은 동쪽을 향하고 있다. 교바시, 사쿠라노미야방면이다. 불꽃이 터지는 소리가 간헐적으로 울려 퍼질 때마다 환호성이 터져 나왔다.

보행자 전용 도로가 된 교차로는 한신 타이거즈가 우승했을 때와 비슷한 인구 밀도를 보였다. "멈추지 말고 천천히 가세요!" 하는 경찰의 외침이 들렸다. 헛수고다. 이 많은 사람들, 그리고 축제라는 치외법권. 사람들은 이미 유쾌한 폭도로 변해 있었다. 경비를 맡은 경찰 중 한 명은 제멋대로 오가는 사람들 앞에서 체념한 듯이 허허 웃었다. '어쩔 수 없다'라는 자막이 얼굴 아래로 보이는 듯했다.

건물과 건물 사이에서 불꽃이 원을 그렸다. 퍼지고, 떨어지고, 사라진다. 그리고 다음 펑. 삭막한 오피스 빌딩 거리에서 터지는 찰나의 빛은 통쾌했다. 차들을 몰아내고 마치 내 땅인 것처럼 거리를 걷는 것도 상쾌했다. 수많은 인파 또한 화려함의 연출 같았다.

"거리를 걸으며 불꽃놀이 구경하니까 좋네. 맥주 마시고 싶어."

"마시면 되지. 흥청망청 놀아."

가시가 돋친 말투다. 토라진 듯한 울림이 사랑스러웠다.

"즐거움은 남겨 둬야지. 정말로 마실 거면 너와 함께 여유롭게 마시고 싶어."

"······당신은 바보야."

"그래. 지금 내 머릿속 대부분을 차지하는 건 널 어디로 데려갈지에 대한 고민이야. 기노사키는 어때? 게를 먹고 혼욕 노천탕에서 아침까지 뜨겁게 즐기는 거야."

"당신 나이를 생각해."

이제야 조금 평소 같다고 느껴졌다. 기뻤다. 이대로 영원히 걷고 싶다. 루이의 손을 잡은 채, 귀찮은 모든 것을 잊어버리고.

목적지인 편의점이 보였다.

"자, 가자."

루이는 아무 말 하지 않았다. 다만 아즈미를 바라보는 눈동자가 전등과 불꽃놀이 빛을 복잡하게 반사했다.

그 눈빛이 아즈미를 멈춰 세웠다.

"하나만 알려 줘."

물어볼지 말지 망설이던 질문이 입 밖으로 나왔다.

"왜 아즈사에게 일을 그만두게 한 거야?"

루이는 놀라는 기색도 없이 담담하게 질문을 받아들였다.

아즈사의 대타 역할을 맡았던 아이에게 직접 확인한 후 아즈미 스스로 내린 결론이었다. 그 아이가 갑작스럽게 대타에 나설 수 있었던 건 이미 열흘 전에 그날 스케줄을 비워 두라는 지시를 받았기 때문이었다. 물론 아즈미는 그렇게 하라고 한 기억이 없으니 루이가 시킨 게 틀림없었다.

루이는 아즈사가 7월 8일 촬영 현장에 오지 않을 것을 알고 있었다. 그 말은 곧.

"그날 일정 자체를 아즈사한테 알리지 않았지?"

그래서 갑작스러운 불참이 생겼다.

루이가 퓨와이트가 아닌 이상 그런 일을 계획할 이유는 하나밖에 없다. 아즈사의 은퇴를 아즈미가 받아들이게끔 하기 위해서다.

"왜 그렇게까지 해서……."

연예계 생활을 청산시키려 했을까.

루이는 눈을 내리깔더니 잠시 후 아즈미를 똑바로 봤다.

"그 아이의 행복은 거기 없었으니까."

그 말의 의미를 아즈미는 이해할 수 없었다. 다만 쓸쓸한 목소리가 루이 역시 아즈사의 불행을 결코 원치 않았다는 것만큼은 믿게 했다.

그 밖에도 묻고 싶은 게 있었다. 그리고 여기서 헤어져야 한다는 아쉬움은 그보다 더 컸다.

하늘에 불꽃이 터졌다. 루이의 얼굴에 빛이 비친다. 등 뒤로 인파가 천천히 흐르고 있다.

"반드시 돌아올게."

그렇게 선언하고 아즈미는 루이에게 등을 돌렸다. 편의점 안으로 들어간다. 형사가 아무리 경계한다고 해도 설마 우연히 들른 편의점에 출구가 하나 더 있고 그곳으로 아즈미가 빠져나가리라고는 예상치 못할 것이다. 그 가능성에 모든 것을 걸었다.

재빨리 화장실로 향했다. 운 좋게 비어 있는 칸막이에 들어가 재빨리 재킷과 바지를 벗었다. 그 아래로 티셔츠와 반바지를 입었다. 두 번째 가방에서 모자를 꺼냈다. 벗은 옷과 가방은 그대로 화장실에 두고 빠른 걸음으로 다시 편의점 뒷문을 나섰다.

인파에 섞여 한참을 걸었다. 모든 게 지시대로였다. 미행을 뿌리쳤다면 이제 곧 누군가가 자신을 불러 세울 것이다.

그때 딱딱한 무언가가 등 뒤에 닿는 게 느껴졌다.

"그대로 걸어."

발걸음을 멈추지 않고 앞으로 나아갔다. 뒤에 따라붙은 사람을 확인하고 싶은 충동을 억누른다. 펑, 하고 유난히 큰 불꽃 소리가 들렸다.

"돌아보지 마."

고개를 끄덕이고 걸었다. 길목에 큼지막한 다리가 보인다. 사쿠라노미야 다리다. 사방이 구경꾼으로 가득했다.

"시키는 대로 할게. 어차피 뭘 어떻게 할 생각은 없어."

상대는 묵묵부답이다. 아즈미의 생각을 읽고 있는지도 모른다.

"미행한 형사를 봤겠지? 날 놓쳐서 엄청 당황했을걸. 혹시 그게 연기로 보였어? 내가 당신을 붙잡아서 '이 사람이 바로 내 알리바이입니다'라고 해도 당신이 모른다고 하면 말짱 도루묵인 걸 알잖아. 그런 자신감이 있지?"

대답이 없다.

"난 그저 협조해 주기를 바랄 뿐이야."

"너한테 협조 따위 안 해."

무로토 쓰토무의 갈라진 목소리가 들렸다.

아즈미는 침을 꿀꺽 삼키고 대답했다.

"감옥에 들어가기 전에 죽여 버릴 생각으로 날 불렀어? 그럼 나도 마땅히 저항해야겠지만."

"닥쳐. 내가 못 할 줄 아나?"

딱딱한 물건이 다시 몸에 닿자 등골이 오싹했다. 그러나 여기서 꺾일 수 없다.

"할 말이 있다고 한 사람은 당신이야."

"네 놈 짓이 아니야."

10년 만이다. 아니, 거의 처음 제대로 된 대화를 나눴다.

아즈미는 입술을 깨물었다.

"그래. 난 안 했어. 그걸 당신만 안다는 게 문제지."

눈앞에 다리가 점점 다가온다. 소걸음처럼 느리게 군중들이 움직이고 있다. 펑, 펑, 펑, 할 때마다 주변이 밝아졌다.

"그 이야기를 경찰한테도 해 주면 참 좋을 텐데 말이야."

"교도소로 돌아갈 마음은 없어."

"그날 함께 있었다고만 해 주면 돼. 당신한테 불리한 진술은 하지 않을게."

"거절한다. 널 도와 줄 생각은 없으니."

굳은 결의가 담긴 말이었다. 아즈미는 낙담했다. 그러나 당연하다고도 느꼈다.

"그럼 날 왜 불렀지?"

아즈미와 접촉해서 생길 리스크를 알고 있을 것이다. 그런데도 무로토는 메일을 보냈다. 납치해서 휴대폰을 빼앗았을 때 주소를 적어 뒀을 것이다. 발신자를 숨기는 공작도 했다. 그러나 메일을 보내면 아즈미에게는 그 내용이 남는다. 개인을 특정할 내용이 아니더라도 위험한 수단임은 틀림없다.

무로토는 대답하지 않았다. 등 뒤에 달라붙은 채 가만히 숨죽이고 있다.

"당신이 한 짓도 아니야."

아즈미는 그렇게 말했다.

"당신이 아즈사를 죽이고 그 죄를 나한테 덮어씌우려고 했다면 그냥 날 감금하고 내 옆에 아즈사의 시신을 두면 됐겠지. 굳이 그런 거창한 납치극 따위 벌일 필요 없이."

반대로 말하면 납치극에도 감금은 필요 없었다. 무로토가 그날 밤 아즈미를 감금했다는 건 그 시점에 무로토가 무라세 아즈사가 살해 사실을 몰랐다는 것을 뜻한다.

그러나 퓨와이트는 감금된 사실을 이용해 가짜 납치극을 계획했다.

어떻게 그럴 수 있었을까.

"······당신이 히와야?"

아즈미는 물었다. 도움이 아닌 다른 목적으로 무로토가 자신에게 접촉할 이유는 하나밖에 없다. 진실을 밝히려는 것이다. 청렴결백을 신조로 삼은 남자의 전직 비서관으로서.

"······그래."

무로토의 말에 심장이 덜컥 내려앉았다.

"우리 회사 직인을 준 사람도 당신이지?"

대답은 없지만 무로토는 한때 정치인의 비서관으로 일했다. 친한 도장 장인 한 명쯤은 있어도 이상하지 않다. 당일 입주가 가능한 물건도 쉽게 찾을 수 있었을 것이다.

"마시로 다케유키인가."

확인보다 독백이었다. 무로토는 대답하지 않는다. 평생을 바쳐 섬긴 마시로 노리히사는 아들을 끔찍이 사랑했다고 들었다. 다케유키도 그걸 알고 있으니 무로토를 이용한 것이다.

복수. 아버지를 자살로 몰고 일가족을 파멸로 이끈 아즈미 마사히코에게.

"······이유는 못 들었어."

무로토의 말에 앞을 바라본 채로 고개를 끄덕였다.

"연락하고 있었구나. 언제부터? 어떻게?"

"······대답할 의무는 없겠지."

출소 후 행방이 묘연해진 상태에서도 무로토는 마시로 다케유키와 모종의 방법을 통해 연락을 주고받았다. 공동의 적인 아즈미에게 복수할 계획도 다케유키에게 전했을 것이다.

다케유키는 7월 7일의 감금에 대해서도 알고 있었다. 그리고 그 것을 이용해 아즈미에게 살인죄를 덮어씌울 계획을 세웠다. 무로토 를 시켜서 준비를 마치고 가짜 납치극을 결행했다.

"다케유키는 당신의 행동을 어떻게 평가했지? 날 공격하는 그 행동 말이야."

대답이 없다. 다케유키의 이름을 거론하면 무로토는 입을 다물 어 버렸다.

"그럼 표현을 바꿀게. 그는 여전히 날 원망하고 있나?"

"당연하지."

이번에는 즉답이었다. 이의를 제기할 여지도 없다.

"그렇군……."

공허가 가슴을 가득 채웠다. 어쩔 수 없다. 줄곧 그렇게 되뇌어 왔다. 자신은 그토록 큰 잘못을 저질렀고, 돌이킬 수 없다. 죽음을 돌 이킬 수 없는 것처럼. 그러나 마음속 어딘가에는 시간이 죄를 용서해 주지 않을까 하는 기대도 있었다.

어쩔 수 없다. 하지만.

"그런데 아즈사랑은 상관없잖아. 대체 왜 아즈사를?"

목소리가 떨렸다. 분노가 치밀어 오른다. 무로토의 복수 방식을 못마땅하게 여긴 다케유키가 직접 강경책에 나섰을 가능성이 떠올 랐다. 그렇다면 나는 다케유키를 죽일 수도 있다.

죽일 거면 날 죽이면 된다. 왜 상관없는 사람을 끌어들였을까. 그것이 얼마나 추악한 행위인지도 알고 있었을 텐데.

무로토는 대답이 없다. 조금 전 그는 말했다. 자신은 이유를 듣지 못했다고.

"당신은 어떡하고 싶어? 나한테 뭘 기대하는 거야?"

펑, 펑, 펑.

하늘에서 불꽃이 터지고, 흩어졌다.

"……널 죽일 사람은 나야."

"그럼 지금 당장 죽이는 게 어때? 그렇게 해서 끝을 내는 거야. 아즈사를 죽인 그 녀석에게는 당신이 직접 죄를 갚게 해."

"우쭐대지 마라."

"당신도 원하지 않아? 내가 진범을 폭로해 주기를."

"거들먹거리기는. 너 따위가 뭘 할 수 있다고."

다리에 접어들었을 때 뒤에서 그가 티셔츠를 잡아당겼다.

"넌 나한테서 도망칠 수 없어."

"당신한테서가 아니야. 내 과거한테서지."

무로토는 입을 다물었다. 옆을 지나가던 젊은 남자가 멈춰 선 중년 커플을 보며 눈을 흘겼다.

펑, 펑.

"그 자식에게도 과거를 짊어지게 할 속셈이야?"

"닥쳐."

"알려 줘. 내가 뭘 해야 할까?"

무로토는 그걸 알고 있다. 그것을 전하려고 오늘 밤 위험을 무릅쓰고 나를 불러낸 것이다.

"녹음기 같은 건 없어. 그런 걸 가져올 거면 형사한테 직접 이야기했어."

어젯밤 루이에게 잔뜩 혼이 난 원인이었다.

"제발. 알려 줘."

무로토 쓰토무의 존재를 증명하지 않고 자신의 알리바이를 증명하는 건 완전히 모순되는 일이다. 무로토에게 그런 의사가 없다면 경찰은 앞으로도 아즈미 마사히코를 계속 의심할 것이다. 다케유키의 의도대로.

증명할 것은 내 무죄가 아닌 다케유키의 유죄다. 그러나 그것을 끌어내 제시할 방법을 아즈미는 알지 못했다.

"이대로 있다가는 진범이 도망칠 거야. 경찰은 지금 날 놓쳐서 난리가 났을 테니 곧 강압적으로 날 체포하겠지. 시간이 지나면 증거도 사라지기 마련이야. 시간이 없어. 부탁이야. 알려 줘. 내가 뭘 어떡하면 좋을까?"

어떻게 해야.

"끝낼 수 있을까?"

진심 어린 외침이었다. 알려 달라고 기도했다. 기도할 수밖에 없다. 이기적인 바람이라는 것은 알고 있다. 알고 있기에 끝내야 한다.

밤하늘에 커다란 섬광이 꽃을 피웠다. 관객들이 일제히 "오오" 하고 탄성을 지른다.

"……진범에게는 알리바이가 없어."

7월 7일 밤의.

"하지만, 있기도 하지."

"뭐?"

"알리바이가 있다고. 난 그걸 알고 있어."

그러더니 무로토는 아즈미의 귓가에 대고 속삭였다. 마시로 다케유키의 알리바이를.

"……살고 싶으면 이걸 무너뜨려라."

등에서 줄곧 느껴지던 압력이 사라졌다. 어둠과 군중에 섞여 아즈미의 과거의 화신이 사라졌다.

아즈미는 고개를 돌렸다. 무로토와 반대 방향으로 간다. 돌아갈 마음은 없다. 지갑에 지폐를 가득 채워 뒀다. 휴대폰은 조금 전 버린 가방 안에 있다. 지금 가지고 있는 건 오래전 계약하고 방치해 둔 회사 소유 휴대폰으로 주소 이전은 끝났다. 어설픈 조사로는 이 전화기가 사무실에서 사라진 것을 알아낼 수 없다. 루이가 입을 열지 않는 한.

아즈미는 이대로 도망치기로 결심했다.

루이에게 전화했다. 미안하다고. 이 방법밖에 없다. 내 손으로 진범을 밝혀내 아즈사를 애도하는 것 외에 다른 방법이 없다고.

하지만 과연 무슨 의미가 있을까. 문득 그런 생각이 들었다. 그러나 발걸음은 멈추지 않았다.

펑, 펑, 펑.

환호성, 불빛, 연기.

한밤의 어둠에 떠오르는 것은 한순간의 환상이다. 터지고, 이내 사라지는 거품이다

그러나 그것은 때때로 결코 퇴색되지 않는 기억으로 다시 새겨진다.

다리를 건너 국도 1호선으로 갔다. 택시를 잡아타고 목적지를 알렸다.

"난바로."

택시 문이 닫히기 직전, 무로토가 처음으로 '또 오지'라는 말을 꺼내지 않았다는 것을 깨달았다.

4부

1

오랜만에 맞이한 블랙 컨슈머는 예상보다 더 사람의 화를 돋웠다. 제품의 과대광고를 들먹이며 말꼬리를 붙잡고 끈질기게 늘어지는 남자 고객이었다.

─그래서 내가 묻고 싶은 건 하나라니까. 정말 효과가 있느냐. 당신들은 왜 효과가 있다고 말을 못 해?

"죄송합니다만 해당 제품은 의약품이 아니므로 효과나 효능을 말씀드릴 수 없습니다. 개인차는 있겠지만 저희로서는 자신감을 가지고 제품을 추천해 드리고 있습니다."

─아니, 잠깐만. 개인차니 뭐니 하면서 도망치지 말아 줄래? 광고만 보면 무조건 살이 빠질 것처럼 말하잖아. 그렇지 않아?

"고객님께서 그렇게 느끼셨다면 표현에 혼동을 드렸을 수도 있겠습니다. 소중한 의견으로 받아들이겠습니다."

─그게 아니라 왜 '살이 안 빠졌어요'라는 사람은 안 보여 주냐

고. 개인차가 있다면 그것도 제대로 소개해야 하는 거 아니야?

"소중한 의견 감사합니다."

—아니. 딱히 소중한 것도 아니고 그냥 평범한 의견이야. 아무튼 이런 과장 광고를 계속 내보내도 되겠어?

"저희로서는 그런 인식이 없지만 앞으로도 고객분들께서 만족할 만한 광고를 만들기 위해 계속 노력하겠습니다. 소중한 의견 감사합니다."

—아, 당신. 자꾸 전화를 끊으려고 하네.

당연하지. 시모아라치는 하마터면 대놓고 혀를 찰 뻔했다.

상담원 자리에 앉아 팔짱을 끼고 기계적으로 대답한다.

"진심으로 송구스럽습니다만, 더 이상 다른 고객님의 시간을 지체해서는 안 된다는 판단입니다."

시선이 천장에 달린 TV로 향한다. 소리는 나오지 않지만 실시간 자막으로 내용을 파악할 수 있다.

시사 정보 프로그램의 예능 리포터가 심각한 표정으로 컨디션 난조를 이유로 프로그램 녹화를 갑자기 취소한 아이돌에 대해 이야기하고 있었다. '이토헨'의 이토 준 이야기다.

소리 없는 영상에 반 발짝 늦게 자막이 흐른다.

'이달 들어 벌써 두 번째입니다. 소속사 발표에 따르면 여름 감기라고 하는데, 이토 씨는 현재 가장 잘나가는 아이돌 그룹의 센터인 만큼 이대로 넘어가서는 안 된다는 의견도 속출 중입니다.'

이누이라는 이름의 예능 리포터의 해설에 사회자가 맞장구를 쳤다.

'정말 인기가 대단하더군요.'

'네, 그렇습니다. 지난번 전국 투어도 대성공을 거둬 이미 내년까지 스케줄이 꽉 찼다고 합니다. 그런데 갑자기 일정이 취소된 만큼 뭔가 내부 문제가 있는 게 아니냐는 의견이.'

'단순 감기가 아니다?'

'네. 조금 더 심각한.'

'이성 교제라도?'

―이봐, 내 이야기 듣고 있어?

시모아라치는 남자에게 "네. 듣고 있습니다" 하고 건성으로 대답하며 TV에서 눈을 떼지 않았다.

―그러니까 말이야.

'그게 말이죠. '이토헨'이 소속된 패싱 프로모션은 소속 아이돌을 엄격히 관리하는 것으로 유명한 곳입니다. 그래서 그런지 지금껏 스캔들이 거의 없었죠. 이번에 갑자기, 그것도 잘나가는 센터 아이돌에게서 이런 일이 일어나 업계에서도 고개를 갸우뚱하는 사람들이 많다고 합니다.'

'지난번 공연 때는 납치 소동이 있었죠?'

'그렇습니다. 간사이에서 활동하는 어느 아이돌 멤버의 안타까운 결과를 낳은 그 사건. 당시 무대로 선택된 곳이 바로 '이토헨'의 라이브 뷰잉을 상영하던 극장이었습니다.'

'뭔가 영향이 있었을까요? 정신적인 충격이라거나.'

'있었을 것으로 추정되는 상황입니다. 그 라이브 공연장이 있는 오사카에서 시신이 발견됐고 피해자는 같은 아이돌이었으니까요. 그리고……'

리포터 뒤에 있는 디스플레이 속 영상이 바뀐다.

'인터넷 게시판 등지에는 현재 이런 추측들이 나돌고 있습니다.'

그것은 납치범의 이름인 '퓨와이트'가 '퓨어 이토=준 이토'이기 때문에 다음으로 이토 준이 표적이 되지 않을까 하는 망상 같은 가설이었다.

'조금 과한 것 같습니다만.'

해설자이자 연륜 있는 배우의 모습이 화면에 비쳤다.

'이토 준 씨는 지금 몇 살이죠? 10대?'

'스물셋입니다. '이토헨'은 조금 늦게 꽃을 피운 그룹이지요.'

'그럼 괜찮을 겁니다. 저도 전에는 그런 편지를 많이 받았거든요. 일일이 신경 쓰다가는 이 일도 못 합니다.'

'아니, 그래도 나카노 선생님께선 남자시라.'

'그런 건 상관없습니다. 아무튼 이 일로 먹고살려면 그 정도 각오는 있어야 해요.'

어느새 남자는 이미 전화를 끊은 뒤였다.

아아, 실수했다. 어떤 상대건 확실히 응대했다는 증거를 남겨 둘 필요가 있다. 상대가 지쳐서 전화를 끊더라도 '감사합니다. 그럼 실례하겠습니다'라고 말해야 한다. 이 역시 아테나의 룰이다.

천천히 몸을 일으켜 관리석으로 돌아가니 후치모토가 말을 걸었다.

"이따가 오랜만에 한잔하러 갈까?"

"와이프한테 한 소리 들으려고?"

"부부싸움도 일상의 자극이지."

성실한 애처가치고는 재치 있는 농담이었다.

"생각해 볼게."

후치모토는 체념한 듯 다시 책상 위 모니터로 시선을 돌렸다.

습관적으로 컴퓨터를 켰다. 시시한 블랙일지언정 전용 단말기로 보고 전표를 올려야 한다. 마지막에 남자가 무슨 말을 했는지 기억나지 않았다. 적당히 지어서 쓰자.

애니웨어콜 안에서 시모아라치가 받은 조치는 '처분 보류'다. 납치 사건 당시 사규를 위반해 야나기에게 폭언을 한 것이 원인이다. 강등이나 해고 위기는 면했지만 별로 기쁘지는 않았다.

이제는 회사 안에서 완전히 붕 뜬 존재가 돼 버렸다. 원래부터 까칠한 관리자로 상담원들의 기피 일 순위였지만 그래도 인정받았던 것은 적어도 주어진 일만큼은 제대로 해냈기 때문일 것이다. 업무 의욕을 잃은 폭군을 따르는 부하가 있을 리 없다. 어차피 주어진 업무도 일상적인 사무뿐이었다.

앞으로 어떡해야 할까. 창가 책상 앞에 앉아 허공을 봤다. 오늘의 방송 관리는 고타니가 맡고 있다. 아테나에서 현장 책임자 권한을 부여받은 그녀는 나날이 실력이 늘고 있다.

내가 없어도 이곳은 돌아간다.

당연하지 않은가. 지금까지도 수많은 사람이 일을 그만뒀다. 언젠가 고타니와 후치모토, 야나기도 일을 그만두면 누군가 그 자리를 대신할 것이다.

천장을 보며 얼마 전 회사를 찾은 형사들과의 대화를 떠올렸다. 그들의 요청에 따라 음성 분석에 협조한 건 이번이 벌써 세 번째였다.

총 다섯 명의 목소리를 들었다. 낭독된 문장은 퓨와이트의 대사를 기반으로 한 게 분명했고 부자연스럽게 숫자를 읽는 부분도 있었다. 차이는 단 하나, 이번 목소리에는 부자연스러운 기계적 가공이 없었다.

시모아라치는 매번 같은 말을 반복했다.

"솔직히 뭐라고 말씀드리기 힘듭니다."

말투나 뉘앙스 같은 건 어떨까요? 소통의 프로이신 시모아라치 씨께서 판단해 주셨으면 합니다만.

공치사였다. 그러나 시모아라치는 떠올렸다. 직접 대화라도 나누면 모를까, 이미 정해진 문장을 낭독하는 거니 말투 같은 것에서 느껴지는 특징도 없다. 그걸 떠나 애초에 음성이라면 경찰에 이미 제출했다. 그것과 비교해 직접 들어보면 되지 않은가. 그렇게 속으로 불만을 토해냈다.

한 번만 더 들어 달라고 간청해서 다섯 명의 음성이 반복됐다. 어떻습니까? 형사는 허리 숙여 물었지만 시모아라치는 거의 흘려들었다. 어차피 결과는 다르지 않을 것이었다.

"혹시 기억에 남는 목소리 없습니까?"

"……세 번째."

"세 번째에서 어떤 느낌을?"

"전에 들었던 것 같네요. 왠지."

"말투나 분위기가?"

"네. 뭐, 왠지 그런 느낌이."

"퓨와이트와 비슷합니까?"

대답하지 않았다. 세 번째 남자의 목소리가 귀에 익은 건 사실이지만 그렇다고 확실한 건 아니다. 세 번의 검사에서 오로지 그의 목소리만 세 번 다 포함돼 있다. 그게 무슨 뜻인지 모를 정도로 멍청하지 않았다.

"세 번째 목소리가 가장 비슷한 겁니까?"

"뭐 그럭저럭……."

"시모아라치 씨. 정말 감사합니다. 큰 도움이 됐습니다."

그렇군요. 다행이네요. 저희 회사 임원들께도 시모아라치에게 도움받았다고 보고 부탁드립니다. 야나기 부장님께 회사에 보탬이 되라는 엄명을 받아서요.

한심하다.

보잘것없는 기억에 침을 뱉었을 때 시야 속에서 상담원의 손이 보였다.

후치모토가 가서 대신 전화를 받았다. 한참을 이야기하고 다시 돌아온다.

"무슨 일이야?"

"……그 영감."

"자마짱 말인가."

연말쯤부터 자주 장난 전화를 걸어 오는 단골손님이었다. 장난이라고 해서 악의가 있는 건 아니고 왠지 치매 증세 같다. 시설에 있는 전화로 일주일에 몇 번씩 전화를 걸어 온다. 그리고 "아즈사, 아즈사"를 반복했다.

응대가 마음에 들어 상담원을 직접 지목하는 고객도 있지만 보통 바꿔 주지 않는다. 남자 블랙 컨슈머는 남자 관리자가 맡는 규칙도 있다. 그러나 자마 노인만은 달랐다. 그는 아즈사가 받을 때까지 계속 전화를 걸었고, 아즈사가 한번 전화를 받으면 그날은 더 이상 걸지 않았다. 처음에는 노인이 입소한 시설 관계자에게 호소하며 예방에 힘썼지만 소용없었다. 어쩔 수 없이 아즈사에게 받아 달라고 부탁하자 그녀는 곤란한 듯 웃으며 "괜찮아요"라고 고개를 끄덕였다. 그러다가 어느새 '자마짱 전화'라는 한마디로 통할 만큼 일상화돼 버렸다.

"뭐라고 했어?"

"무라세 양은 이제 없다고 했지."

시모아라치는 "그렇구나"라고 했다.

"영감님이 잘 넘어가 줬네."

"넘어갈 수밖에 없잖아."

시모아라치는 "그렇겠지"라고 했다.

"보고 전표 올려야겠다."

"그래. 아테나에 수신 거부 설정도 같이 요청할게."

후치모토의 표정이 어두운 것은 번거로운 의뢰서 작성 때문이 아닐 것이다. 아마 자신도 같은 표정 아니었을까.

무라세 아즈사는 이제 없다.

2

중심에서 소외된 사람 귀에도 아즈미 마사히코의 실종 소식이 전해졌다. 아소는 소네자키 경찰서 면회실에서 소식을 들었다.

"지금쯤 누군가는 13계단*을 오르는 기분이겠군요."

미쓰미조가 센다의 이름을 굳이 언급하지 않은 건 면회실에 수사1과의 젊은 형사가 함께 있기 때문일 것이다. 아소와 미쓰미조에게 등을 돌린 채 묵묵히 작업에 몰두하는 그는 조수라는 이름의 감시자가 분명했다.

지금 아소와 미쓰미조에게 주어진 임무는 아즈미 마사히코의 행동을 CCTV 영상으로 입증하는 것이다. 사건 당일 아즈미가 갔던 커피숍, 영화관 등 주요 장소는 이미 강력계에서 확인을 마쳤다. 아소와 미쓰미조에게 지시가 내려온 것은 그 사이를 연결하는 보충 작업으로, 필요성은 낮다. 기간은 종료까지 무기한에다 휴일 없음. 한마

---

* 일본에서 사형 집행 교수대까지 이르는 계단의 숫자.

디로 직장 내 괴롭힘이었다.

장시간 영상이 정중히 마련돼 있었다. 역 구내 등지에서는 비교적 쉽게 아즈미 마사히코의 모습을 찾을 수 있지만 난바와 아베노의 지하상가, 우메다에서 도요사키까지 경로 확인은 절대 쉽지 않았다. 수많은 인파 속에서 아즈미를 찾는 건 마치 한때 유행한 <월리를 찾아라!> 같은 것이다. 그래도 이틀 동안 나름의 성과는 있었다. 몇몇 곳에서 아즈미 마사히코로 추정되는 인물을 찾아내 지도에 시간을 기록했다. 그 모든 게 아즈미 마사히코의 증언과 일치했다.

"언젠가 형사가 하는 일이 이런 일이 될지도 모르겠네요."

오사카 시내 CCTV 촬영 지역이 상당히 넓다는 걸 아소는 새삼 깨달았다. 그러나 그렇다고 해서 모든 걸 담을 수는 없다. 예를 들어 아베노바시의 '타셋'에서는 가게에 출입하는 모습뿐만 아니라 자리에 앉아 있는 아즈사의 모습도 영상에 찍혔지만 전부 뒷모습이었다. 화질이 거칠고 동작도 선명하지 않았다. 퓨와이트가 애니웨어콜에 네 번째 전화를 건 시간에 아즈미 마사히코가 휴대폰을 귀에 대고 있었는지 판단하기도 어려웠다. 요새는 골전도를 이용한 이어형 헤드셋 등도 있으니 단순 동작은 중요하지 않다. 최소한 입의 움직임이라도 보이면 좋을 텐데 뒷모습으로는 무리한 주문이었다.

완전히 엉뚱한 영상도 있었다. 아즈미가 들렀다고 주장한 우메다의 카페 '모아레'에는 카메라가 없었고, 가게 주인은 아즈미를 기억했지만 그가 그곳에서 뭘 했는지는 정확히 기억하지 못했다.

가장 중요한 장소도 수비 범위 밖이었다. 봉투가 발견된 우쓰쿠 공원과 도요사키의 아파트 일대다. 결국 우메다 일대에서 아즈미의 모습이 잡힌 곳은 영화관뿐이었다.

CCTV 영상 정밀 분석이라는 말단 임무는 그래도 지금 눈 밖에 나 있는 아소와 미쓰미조에게 아즈미 마사히코의 행동을 파악할 수 있다는 장점을 안겼다. 아즈미의 주장은 대체로 옳고 그것이 기지국을 통해 파악한 퓨와이트의 행동과도 정확히 일치한다는 사실 확인에 불과하기는 했지만.

"고야마. 그쪽은 좀 어때?"

미쓰미조가 조심스레 말을 걸었지만 감시 역할을 맡은 젊은 형사는 대답하지 않았다. 고야마도 놀고 있는 건 아니다. 그가 확인 중인 화면에는 군중이 빈틈없이 가득 차 있었다.

"사라진 아즈미 마사히코의 경로를 추적 중인가 봅니다."

미쓰미조가 안타까운 듯 속삭였다. 아즈미는 그저께 밤, 덴진마쓰리에 참가했다가 감시 형사의 눈을 피해 사라졌다. 편의점 CCTV 영상에는 화장실에 가서 옷을 갈아입는 모습이 찍혔지만, 그것을 마지막으로 자취를 감췄다. 본가가 있는 미에로 향했다는 정보도 입수됐지만 자세한 소식은 전해지지 않고 있다. 어느 쪽이든 오사카 부경은 지금 총력을 기울여, 그리고 비밀리에 그의 행방을 쫓고 있다.

"체포 영장을 발부받아 지명 수배하자는 의견도 나왔다고 합니다."

그도 그럴 것이 경찰이 아즈미 마사히코를 쫓고 있다는 건 이미 주지의 사실이다. 그를 놓친 것만으로도 큰 문제인데 혹시라도 그가 어디선가 스스로 목숨을 끊거나 자포자기해 누군가를 해치기라도 하면 끝장이다. 그의 신병을 확보할 때까지 윗선은 스트레스를 받고 안절부절못하는 나날이 계속될 것이다.

"하지만 정말 바보 같은 짓을 했네요. 이제 아즈미 마사히코는 완전히 범인 취급 아닙니까."

그렇게 말하며 팔짱을 끼는 미쓰미조에게서 이 징벌 작업을 향한 열정 같은 건 눈곱만큼도 느껴지지 않았다.

"그래도 어떤 면에서는 운이 좋은 것일 수도. 아즈미 마사히코를 찾을 때까지 윗선에서는 저희 따위 신경 쓸 여유가 없을 겁니다."

"미쓰미조 형사님."

"네?"

"폐를 끼쳤습니다. 언젠가 저희도 조사를 받게 될지 모릅니다. 그때는 제 지시였다고 말씀해 주십시오."

"갑자기 그게 무슨 말이죠?"

"의리를 지킬 필요가 없다는 말입니다."

나이 많은 부하는 코웃음을 쳤다.

"시키지 않아도 그렇게 할 겁니다. 아즈미 마사히코가 진범이라고 밝혀지는 순간에."

미쓰미조가 "주임님" 하고 얼굴을 가까이했다. 갑자기 무더운 실내에서 습도가 높아진 것 같았다.

"전 아직 아즈미를 범인으로 확신한 건 아닙니다. 저희의 이런 상황이 바로 그걸 대변하고 있지 않습니까?"

센다의 갑작스러운 전화로 떨어진 징계 배치에는 이유가 있었다. 아소와 미쓰미조의 움직임이 윗선에 전달된 계기는 미도의 고자질이 아닌 마시로 다케유키의 항의였다. 아소가 집을 찾아간 직후 다케유키는 오사카부 경찰서에 전화를 걸었다. 수사1과 담당자를 상대로 "조금 전 아소 경감님의 질문에 답해 드리려고 합니다"라고 운을 뗐다고 한다. 그리고 마지막에는 지금까지 살면서 이런 취급을 받은 적이 없다며 변호사와의 상담도 고려 중이라는 말로 통화를 마쳤다.

"그쪽도 꽤나 능구렁이 같습니다. 저희가 비공식 조사 중인 걸 알아채 가장 아픈 방법을 택했어요. 얄미운 놈입니다."

미쓰미조의 말에는 화와 그에 못지않은 투쟁 의식이 배어 있었다.

"저희도 반격해야죠. 우선 그럴싸한 구실을 만들어 이 지긋지긋한 감옥에서 나갑시다."

"미쓰미조 형사님."

아소는 이번에는 부하를 똑바로 쳐다봤다.

"이제 그만하시죠."

미쓰미조의 눈가에 주름이 잡혔다.

"그게 무슨 말입니까? 그 녀석의 반응이 뭔가 뒤가 켕긴다는 증거 아닌가요?"

"그냥 저희가 마음에 들지 않았던 것일 수도 있습니다. 보통은 그렇게 생각합니다."

"하지만……."

"게다가 그에게는 알리바이가 있습니다."

미쓰미조는 아소를 응시한 채 입을 다물었다. 다케유키는 전화로 다음과 같이 말했다고도 했다.

7월 7일 알리바이가 생각나서 보고합니다. 전 그날 하루 종일 누나가 있는 시설에 있었습니다. 점심쯤 가서 밤에는 시설에서 주최하는 칠석 행사에 참석했습니다. 그리고 다음 날 아침 식사 시간까지 그곳에 있었습니다. 시설 관계자가 증언해 줄 겁니다.

"당연히 위장 공작입니다."

"그렇게까지 말한 걸 보면 시설 직원도 7일부터 8일 아침까지 다케유키가 있었다고 증언할 게 분명합니다."

"한밤중에 왔다 갔다 했을지도 모릅니다."

"기후에 있는 시설에서요? 바이크를 타고 편도 세 시간 거리를 말입니까?"

마시로 다케유키는 자동차 면허가 없다. 있는 것은 이륜차 면허뿐이다.

"불가능하지는 않겠죠."

"불가능하지 않더라도 불합리합니다."

무라세 아즈사 살인은 계획이 아닌 돌발적인 사고일 가능성이 크다. 그렇다면 다케유키가 누나를 병문안 간 그날 밤 무라세 아즈사를 만나는 건 이상하다. 일부러 기후와 오사카를 왔다 갔다 할 이유가 없다.

"무라세 아즈사가 기후에 갔다면 어떨까요?"

"그럼 시설 쪽에서 연락이 왔을 겁니다. 매일 뉴스가 나오고 있으니 무라세 양의 얼굴을 모를 리 없지요."

"변장 같은 걸 했을 수도."

"무슨 목적으로?"

대답은 돌아오지 않았다.

"아즈미 마사히코는 도망쳤습니다. 그것도 의도적으로. 그런 그의 행동을 범행 자백으로 해석하는 건 지극히 상식적입니다. 제 직감은 빗나갔습니다."

"주임님."

"자, 일을 하시죠."

"……지시인가요?"

"네."

그렇게 말하자마자 미쓰미조는 책상에 두 다리를 올리고 눈을 감았다. 아소는 부하의 보이콧을 질책하지 않고 영상에서 아즈미 마사히코의 모습을 찾기 시작했다. 이것이 바로 지금 자신이 할 수 있는 유일하고도 합리적인 선택이라고 스스로 되뇌었다.

3

아즈미 마사히코는 역 승강장에 서 있었다.

여기까지 오는 길에 유리창에 비친 자신의 모습을 보고 기분이 묘해졌다. 언뜻 보면 그야말로 잘나가는 회사원이다. 이런 옷차림이

의외로 잘 어울린다는 소소한 발견을 했다.

도피 생활 이틀째인 일요일 아침 10시. 위아래 4만 엔짜리 양복과 3만 엔짜리 비즈니스 가방을 손에 들고 짧게 깎은 머리에 패션 안경, 마스크를 꼈다. 이제 가발만 쓰면 완전히 '히와'가 되겠다며 쓴웃음을 지었다.

덴진마쓰리 날 밤, 난바에 도착한 아즈미는 우선 대형 마트에 가서 셔츠와 바지, 모자를 샀다.

경찰은 현재 편의점 CCTV 영상을 한창 분석 중일 것이다. 그날 아즈미 마사히코를 태운 택시도 찾아낼 게 분명하다. 난바로 향했다는 사실이 알려지는 건 시간문제다.

"긴데쓰 전철은 몇 시까지 운행하나요?"

사쿠라노미야에서 택시를 잡아타서 기사에게 물었다.

"오늘 밤 안에 본가에 가고 싶어서요."

고향이 어디십니까? 미에입니다. 이런 아마추어적인 교란 작전이 통할지 모르지만 만약에 대비해 역 창구에서 나바리행 티켓도 샀다. 그리고 서둘러 옷을 갈아입고 미나토마치의 고속버스 탑승장으로 달려갔다.

목적지에 도착한 건 새벽 4시 30분. 패스트푸드점에서 시간을 때우고 양복을 갖춰 입었다. 안경을 쓰고 가방을 들고 백화점 화장실 거울로 본 자신의 모습은 내 눈으로 봐도 누군지 알아보기 힘들 정도였다. 그래도 역시 경찰과 마주칠 때는 간담이 서늘했다.

밤에는 출장 온 회사원으로 가장해 호텔에 묵었다. 신분증을 요구하지 않는 유스호스텔 같은 곳을 찾았다. 그리고 오늘 아침 그곳에서 나와 곧장 역으로 향했다.

호텔에서 TV를 확인하니 자신의 도피 소식이 아직 세간에 널리 알려지지는 않았다. 그러나 호텔과 택시 회사는 뒤에서 경찰과 긴밀히 연결돼 있다. 호텔에서 묵을 때도 다소 불안하기는 했지만 변장을 해야 해서 어쩔 수 없었다. 운에 맡기기로 했다.

열차가 굉음을 울리며 기후역 승강장에 들어왔다. 바람이 휘몰아친다. 눈앞을 빠르게 지나치는 유리창으로 다시 한번 내 모습을 봤다. '아버지를 위해 요양 시설을 물색 중인 엘리트 회사원 아들'에 걸맞은 남자가 비치고 있었다.

기후현의 어느 시골 역 앞 교차로에 수상한 차량이 멈춰 서 있었다. 가까이 다가가니 예상대로 운전석에 앉은 청년이 밖에 나와 물었다.

"와카바야시 님이신가요?"

아즈미는 시치미 뗀 얼굴로 "네" 하고 대답했다.

"안녕하세요. 전 라파홈의 이제키라고 합니다."

연녹색의 편안한 옷차림이다. 회사 유니폼일 것이다. 청년은 도요타 미니밴에 올라타서 안전벨트를 매며 다시 입을 열었다.

"시간이 좀 걸리는데 화장실은 괜찮으실까요?"

출발한 차 안에서 아즈미는 활기찬 청년에게 말을 걸었다.

"요즘 요양 시설들이 인기가 많다고 들었습니다."

라파홈은 직원이 상주하며 입주자를 대상으로 간병과 생활 지원 서비스를 제공하는 노인 요양 시설이다.

이제키가 씩씩하게 말했다.

"네. 요새는 입주까지 몇 달을 기다려야 하는 곳도 많습니다."

"라파홈도 그렇겠죠?"

"그 부분은 매니저께서 안내해 드릴 테니 안심하셔도 됩니다."

아즈미는 "알겠습니다" 하고 고개를 끄덕였다. 아즈미는 아직까지는 자신의 연기력에 만족했다.

예고대로 차는 한 시간 남짓 도로를 달렸다. 픽업을 부탁한 게 옳은 결정이었다. 택시를 타고 갔다면 거액의 운임이 나왔을 것이다. 산길을 빠져나가 완전히 시골 풍경으로 뒤바뀐 곳에서 이제키가 다시 목소리를 냈다.

"저기 보이기 시작합니다."

작은 언덕 너머에서 건물이 보였다.

"위치는 다소 불편하지만 공기가 아주 좋은 곳이죠. 그리고 조용합니다. 저희가 제공하는 건 여생이 아닌 휴양. 그게 바로 저희 사훈입니다."

"별장 같은 분위기라는 뜻일까요?"

"그렇게 받아들이셔도 괜찮습니다. 지친 삶의 쉼표 같은 곳이죠. 번잡한 속세를 벗어나 본연의 원기를 되찾는 곳. 마침표가 아닌 쉼표인 게 중요합니다."

순간 가슴이 찌릿했다. 삶의 마침표를 찍어 버린 사람들의 얼굴이 머리를 스쳤다.

시설 부지에 들어가 깔끔하게 정돈된 정원을 지나 주차장에 도착했다. 차에서 내려 건물을 올려다본다. 가로로 긴 3층 건물. 빌딩이나 아파트 느낌이 아닌 세련된 호텔처럼 보인다. 화이트베이지색 벽은 따뜻한 느낌을 줬다.

"휴대폰 전원을 꺼 주시겠습니까? 심박 조율기를 달고 계신 입주자분도 계셔서."

순순히 그 말에 따르고 건물 내부로 발을 들였다.

로비도 깔끔한 분위기였다. 유리로 된 벽면 앞에 놓인 편안한 소파에서 노인 몇 명이 앉아 담소를 나누고 있다. 그야말로 우아한 자태를 뽐냈다.

"어서 오세요. 전 라파홈의 매니저인 야마네라고 합니다."

카운터 안쪽에서 나타난 마른 남자가 명함을 건네서 아즈미는 수줍게 미소 지어 보였다.

"죄송합니다. 전 명함을 깜빡했네요."

"네, 네. 괜찮습니다. 자, 이쪽으로 오시죠."

남자의 발걸음이 여유로웠다. 의식적으로 이렇게 걷는 듯하다. '휴양'이라는 사훈에 설득력이 느껴졌다.

"업무 도중에 방문하셨을까요?"

"출장으로 오사카에 왔습니다. 뭔가 온 김에 들른 것 같아 송구스럽습니다."

그러자 야마네는 "아뇨, 아뇨. 괜찮습니다" 하고 시종일관 친절하게 말했다. 응접실로 안내한 후 야마네가 시원한 차를 내왔다.

"사시는 곳은 어디십니까?"

"도쿄입니다. 광고 대행사에서 일하고 있습니다."

회사 이름을 언급했다. 실존 회사, 실존 직원이다. 업무상 알게 된 어떤 남자의 인생을 빌렸다.

"아버지가 효고에 계십니다. 혼자 아파트에 사시고 정신은 아직 또렷하신데 다리가 불편하신 상태에서 자꾸 여기저기를 다니시려고 해서요."

"네, 네. 그렇군요."

야마네가 연신 고개를 끄덕였다.

"언제쯤 입주를 희망하십니까?"

"내년을 목표하고 있습니다만."

호텔에서 구상한 스토리를 적당히 들려주자 야마네는 역시나 "네, 네" 하고 호들갑스럽게 고개를 끄덕였다. 실제 문제를 떠안은 입주 예정자들 눈에 야마네의 이런 모습은 부담 없고 친근하게 비칠 것이다.

그러다가 비용 이야기가 나왔다. 입주 형태에 따라 초기 비용이 달라진다. 인터넷 평판대로 라파홈은 고급 부류에 속하는 시설인 듯했다. 야마네는 이곳에서 어떤 것을 서비스하고, 반대로 어떤 서비스가 불가능한지도 설명했다. 아즈미는 설명 중간 중간에 적당히 박수를 치며 호응했다.

"그런데 와카바야시 씨께서는 저희 시설을 소개받으셨다고 들었습니다만."

예약할 때 했던 거짓말은 원활한 견학 목적 외에도 필요했다.

"네. 마시로 씨께."

그러자 야마네는 "오" 하고 놀라는 모습을 보였다.

"마시로 씨라면, 마시로 다케유키 씨 말씀이신가요?"

"아뇨. 정확히는 다케유키 씨의 아버지이신 노리히사 씨와 친분 있는 분께 소개받았습니다."

"성함을 여쭤도 될까요?"

"그건 좀……. 죄송하지만 제가 다른 곳을 선택할 가능성도 있으니."

대충 얼버무린다. 실제로는 그런 사람 따위 모르기 때문이다.

"마시로 씨께서 이 시설의 출자자라고 들었습니다만."

정확히 말하면 운영사의 출자자다. 그 사실을 알려 준 사람은 무로토 쓰토무였다. 마시로 노리히사는 죽었지만 마시로 가문은 여전히 시설의 오너 가족이다.

"사실 저도 노리히사 씨께 도움을 받았던 시절이 있어서."

"오오, 그렇습니까."

"다케유키 씨에 대해서도 조금은 알고 있습니다."

그렇군요, 그렇군요.

"고즈에 씨도."

순간 야마네의 얼굴에서 웃음기가 사라졌다.

"여기 계신다고 들었습니다만."

대답이 없다. 속내를 가늠하는 듯한 얼굴로 아즈미를 본다.

"아, 죄송합니다. 다른 분의 사생활에는 관심이 없지만 그냥 정말로 오랜만이라 얼굴이라도 한번 뵐 수 있을까 해서."

"죄송합니다."

"네, 알고 있습니다."

온화하게 미소 지어 보인다. 시설 오너의 가족이니 본래 고령자들을 위한 시설에 이제 막 서른을 넘긴 고즈에가 들어와서 살 수 있는 것이다.

"다케유키 씨도 누나를 자주 찾아온다고 들었습니다. 지난 7월 7일 때도 왔었다죠?"

야마네는 대답하지 않았다.

"응? 아닌가요? 소개해 주신 분이 그렇게 말씀하셔서 당연히 그런 줄."

"아, 자주 방문하시기는 합니다."

아즈미의 거짓말을 슬슬 믿기 시작한 듯했다.

"괜찮아 보이시던가요?"

"네, 네. 7일에는 낮부터 오셔서 계속 누님과 함께 계셨죠. 그리고 밤에는 작은 파티가 열렸는데 다케유키 씨께서 직접 연주를 하셨습니다. 모두 연주 솜씨에 감탄했습니다."

"연주 말인가요?"

"네. 키보드를 들고 오셨습니다. 정확히 어떤 곡인지 모르지만 너무나 아름답고 힐링되는 곡이었습니다."

"오래전 누나와 둘이 피아노를 배웠다고 하니까요."

11년 전 마시로 가문을 조사하던 때의 기억이 떠올랐다. 마시로 가문은 노리히사의 아버지 대에서 시작한 부동산 사업으로 부를 일 궜다. 차남인 노리히사 대신 장남이 가업을 물려받았고, 노리히사는 정치의 길로 들어섰다. 청년 시절 노리히사는 미식축구 선수로 활약 했지만 정작 자신의 딸과 아들에게는 음악을 배우게 했다. 그것을 격식을 갖추지 못한 이인자의 콤플렉스라고 아즈미는 당시 비웃었다.

"괜찮으십니까?"

걱정 섞인 야마네의 목소리에 퍼뜩 정신을 차렸다. 눈두덩에서 열이 났다.

"죄송합니다. 옛 추억 때문에 저도 모르게 그만."

연기가 아니었던 것이 효과를 발휘했는지 야마네가 이해한다는 것처럼 입을 열었다.

"정말 안타까운 남매입니다. 다케유키 씨는 그렇다 쳐도 고즈에 씨는 지난 십여 년간 말도 제대로 하지 못하셨죠. 이곳에 오시고 나서도 한동안은 힘들었습니다. 툭하면 분노하실 때가 많아서."

연기처럼 보이지 않는 우울한 얼굴로 말을 이었다.

"다케유키 님께서 이곳을 찾게 되며 기이한 행동은 다소 줄어들 었지만, 여전히 마음을 닫고 계신 상태입니다. 그럴 만하죠. 아버지 가 돌아가신 게 지금도 자기 때문이라고 믿고 계시는 것 같으니까 요. ……어머니께서는 단 한 번도 고즈에 씨를 보러 오지 않으셨습니다."

"네?"

"딸을 원망하는 건 아닐 겁니다. 하지만 실제로 얼굴을 보면 원망 섞인 말을 내뱉을지도 모른다며 걱정하시겠죠. 그러니 따님을 뵈러 오지 못하시는 것 같습니다."

노리히사와 그의 아내는 열렬한 연애 끝에 결혼에 골인했다. 아즈미는 그들의 결혼 과정과 자식을 향한 두 사람의 마음도 철저히 조사했다. 그리고 이용했다.

야마네가 나직이 한숨을 내쉬었다.

"사실 몇 년 전 고즈에 님께서 느닷없이 담당 여직원을 껴안으신 적이 있습니다. 그 가냘픈 몸 어디에 그런 힘이 있는지 모를 정도로 힘이 엄청났다고 하더군요. 그리고 나서 고즈에 님은……."

야마네가 자신의 오른쪽 어깨를 가리켰다.

"깨무셨습니다."

마치 짐승처럼.

"이렇게 흔적이 남을 정도로요. 마침 다케유키 님이 옆에 계셔서 간신히 제지해 주셨지만 그러지 않았다면……."

먼 허공을 보며 말한다.

"왜 그런 일이 일어났는지는 알 수 없습니다. 직원이던 그녀는 고즈에 님을 헌신적으로 보살폈고 다케유키 님과도 친하게 지내는 분이었죠."

그 일로 충격을 받은 그녀는 마시로 가문으로부터 위로금을 받고 그대로 일을 그만뒀다고 했다.

"다케유키 님께서 방 안에 키보드를 넣어 준 이후부터 고즈에 님은 안정을 되찾으셨습니다. 다케유키 님의 연주를 들을 때만큼은 표정이 아주 평온하시더군요. 굳이 말하지 않아도 두 분은 강력한 유대감으로 엮여 있는 것 같습니다."

야마네는 감정이 북받친 것처럼 갑자기 코를 훌쩍였다. 그 모습이 우스꽝스럽지는 않았다.

"알겠습니다."

야마네가 무릎을 툭 치고 말했다.

"대화는 불가능하겠지만 고즈에 님이 계신 방이라도 한번 보고 가시죠."

최고층 맨 안쪽 방을 눈앞에 두고 아즈미의 심장은 요동쳤다. 쾌적한 에어컨 바람과 상관없이 땀이 줄줄 흘렀다.

"야마네입니다. 잠깐 실례하겠습니다."

문을 두드리고 유치원 아이에게 말을 걸듯 외친 후 야마네가 미닫이문을 열었다. 그 안쪽에 똑같은 문이 하나 더 있었다.

"들어가도 될까요?"

딸깍 소리가 났다. 전동식 자물쇠라 안에서 리모컨으로 문을 열 수 있다고 했다.

"다른 방에는 없지만 아무래도 젊은 여성분이라."

그 문을 옆으로 당기니 하얀 베일 같은 얇은 커튼이 시야를 가렸다. 야마네가 익숙한 손놀림으로 커튼을 걷었다.

방은 넓었다. 꼭 면적을 말하는 게 아니라 삭막한 실내에 쓸모없는 물건이라고는 단 하나도 없었다. 창문, 커튼, 침대, 소파. 그게 전부였다.

고즈에는 소파에 앉아 있었다. 창밖을 바라보고 있다. 윤기가 흐르는 검정 머리. 그 가냘픈 실루엣은 방 안의 공허한 분위기와 어우러져 하나의 덧없는 오브제 같았다.

"……가시죠."

아즈미는 신음하듯 그 한마디를 쥐어짜 냈다. 1초라도 빨리 이곳을 벗어나고 싶었다. 11년 전 자신이 나락으로 떨어뜨린 여자가 눈앞에 있었다. 자신 때문에 마음의 병을 앓게 된 여자가 눈앞에 있었다.

그녀는 바로 아즈미 마사히코의 과거 그 자체였다.

마시로 고즈에는 아즈미가 방에 들어온 순간부터 나갈 때까지 단 한 번도 뒤돌아보지 않았다.

"특별한 방인가요?"

복도를 걸으며 야마네에게 물었다. 당혹감을 감추기 위한 질문이었다.

"뭐 그렇다고 할 수 있겠죠. 저 정도 크기 방은 보통 부부가 함께 사용하니까요."

침대도 더블 사이즈라고 했다.

"욕실에 화장실은 물론 부엌도 있습니다."

"부엌도?"

"요리가 삶의 보람인 분도 계셔서."

고급 아파트 못지않은 시설이라 할 수 있었다.

"사실 지나치게 넓은 방이라 괜찮을지 가끔 조금 걱정되기도 합니다. 실례되는 말일지 모르지만, 마음이 아프신 분들께는 적합하지 않을 수도 있어서."

야마네의 말대로 그 방에 들어차 있던 것은 안락함과는 거리가 먼 그저 텅 빈 공백뿐이었다.

"하지만 고즈에 님께는 다케유키 님이 계시니."

"자주 오나 보군요."

"일주일에 한 번은 꼭. 두세 번 오실 때도 있고 하룻밤 묵고 가실 때도 있습니다. 청소와 빨래, 요리까지 전부 다케유키 님께서 도맡아 하십니다."

"다케유키 씨가 전부?"

"네. 본인이 직접 그러기를 원하셨죠. 그런 건 전부 자신이 처리할 테니 최대한 그곳에 사람을 들이지 말아 달라고. 다케유키 님의 희망에 맞춰 간이침대를 설치했고 냉장고도 가정용으로 바꿨습니다."

평소에는 방에서 거의 나오지 않고 사람을 들일 때는 오로지 식사 때뿐. 그것도 다케유키가 와 있을 때는 들이지 않는다. 그곳은 남매가 틀어박힌 고치나 마찬가지였다.

팸플릿 자료 등을 받고 아즈미가 라파홈을 떠난 건 정오가 넘어서였다.

"7일에 열린 칠석 파티는 즐거웠습니까?"

운전하는 이제키에게 말을 걸었다.

"네. 그러지 않아도 저희 입주자분들은 다들 건강하고 활기차셔서요. 가족분들도 오셨고 음악 공연까지 열려서 분위기가 아주 좋았습니다."

"……그때 혹시 한밤중에 빠져나간 사람은 없었을까요?"

"네?"

"실은 보안 설비 설명을 못 들어서."

"아, 그런 건 걱정하지 않으셔도 됩니다. 10시에 불이 꺼지면 경보 장치가 작동해 누군가 시설을 빠져나가면 경비원분들이 바로 알아차립니다."

"들어오는 것도 불가능하겠군요."

이제키는 웃으며 불가능하다고 단언했다.

"7일 밤처럼 파티가 열릴 때도 마찬가지겠죠?"

"마찬가지입니다. 그때는 파티가 8시에 끝났고 그 후 커뮤니티 룸은 같은 곳은 조금 더 개방했지만 소등 시간은 평소와 똑같았습니다."

"방 창문은? 그 정도로 경보가 울리면 시끄러울 텐데."

"창문에는 센서가 없지만 그곳에도 사람이 드나들 만한 틈새는 없습니다."

호텔의 자살 방지 창문과 동일한 구조라고 했다.

"그렇군요. 확실하네요."

네, 하는 힘찬 대답이 돌아왔다.

"음악 연주라고 하셨는데, 외부에서 사람을 부른 겁니까?"

"그럴 때도 있지만 7일 파티 때는 입주자의 가족분께서 연주하셨습니다."

"8시에 끝나서 집에 가려면 힘들겠네요."

"그분이라면 아마 시설에서 하룻밤 주무시고 가셨을 겁니다."

"아침까지 있었다는 말인가요?"

"네. 가시는 길에 인사도 했으니까요."

"송영이나 픽업 서비스는 없었습니까?"

"직접 바이크를 몰고 오셨습니다. 중후한 느낌의 SR[†]을 타고 오셨죠. 짐도 연주할 때 쓸 키보드만 가져오셨으니 배송 같은 건 필요 없다고 하셨습니다."

"흐음."

"그만큼 입주한 가족분을 소중히 여기시는 거겠죠. 그 주에는 거의 매일같이 오셨으니까요."

"7일 이후에도 왔나요?"

"네. 몇 번 더 뵈었습니다."

들자 하니 8일 화요일 아침에 집에 돌아간 다케유키는 수, 목, 금에도 라파홈을 방문했다고 했다. 누나를 향한 다케유키의 강렬한 집념이 느껴졌다.

---

†   야마하사에서 제조, 판매하는 바이크 차종.

시설은 좀 어떻던가요? 괜찮았죠?

네, 좋더군요. 감사합니다.

그런 대화를 나누며 아즈미는 차 뒷좌석에 등을 묻었다. 피로에 찌든 머릿속으로 이곳을 찾은 것을 후회했다.

자신의 과거는 여전히 살아 있다. 휴양 같은 긍정적 단어와는 전혀 어울리지 않는 형태로.

수확은 오직 하나. 마시로 다케유키의 알리바이가 탄탄하다는 걸 확인했다는 것뿐이었다.

홀로 남겨진 이후 불현듯 갈 곳을 잃었다. 넓은 시골의 역 앞에는 상점가가 없고 투박한 교차로 외에 오직 편의점 정도만 사람 사는 냄새를 풍겼다. 그리고 파출소. 아즈미는 개찰구와 편의점, 파출소가 빚어내는 삼각형의 중심에 우두커니 서 있었다.

내 손으로 진범을 찾아낸다. 그리고 마시로 다케유키를 퓨와이트로 경찰에 고발한다. 그것을 위해 무모한 도주를 감행했지만 처음부터 승산이 있었던 것은 아니다. 재료라고 해 봐야 무로토 쓰토무에게 전해 들은 다케유키의 알리바이뿐이고, 그것이 흔들리지 않는 것으로 확인된 이상 이제는 손 쓸 도리가 없다. 남은 건 다케유키를 직접 추궁하는 것뿐이었다.

하지만 그것은 위험하다. 나 자신의 신변이 위험할뿐더러 다케유키를 상대하다가 진짜 살인자가 될 가능성도 있다.

고즈에의 뒷모습이 눈앞을 어른거렸다. 지나치게 넓은 방에 멍하니 앉아 있던 여자는 마치 목적지를 잃고 떠다니는 연 같았다. 버려진 인형 같았다. 아즈미가 아무리 사죄하고 그 자리에서 칼로 배를 긋는다고 해도 그녀가 잃어버린 건 돌아오지 않는다.

그렇게 생각하니 다리가 움직이지 않았다. 어디론가 가야 했다. 도망치든, 쫓아가든, 포기하든. 이곳에 있어 봐야 소용없다. 어쩔 수 없는 일이다. 무라세 아즈사는 죽었다. 마시로 노리히사도 죽었다. 시간은 흘렀고, 그 누구도 그때로 다시 돌아갈 수는 없다.

그러나 자신은 지금도 뻔뻔하게 살아가고 있다. 루이라는 파트너를 얻었고 가끔 고기를 먹고 술을 마시며 웃기도 한다. 고생은 계속되지만 축복받은 삶이다. 하지만 그 모든 걸 반납한다고 해도 역시 고즈에의 마음을 되돌릴 수는 없을 것이다.

속죄란 무엇일까.

가만히 푸른 하늘을 올려다보고 있자니 몸에서 보이지 않는 입자가 빠져나가는 것 같았다. 어디에도 갈 수 없다. 이곳은 감옥이다. 창살 없는 감옥이다. 한번 여기 있다고 깨달은 사람은 두 번 다시 나갈 수 없는, 그야말로 완전 무적의 감옥이다.

어쩌면 마시로 다케유키의 죄를 짊어지는 게 자신에게 허락된 단 하나의 속죄일지도 모른다. 고즈에를 보며 그 가능성을 진지하게 검토하는 내가 있었다. 창살 없는 감옥에서 벗어나려면 창살 있는 감옥으로 갈 수밖에 없다.

한 걸음 내디디려는 순간 휴대폰이 울렸다. 이 휴대폰의 번호를 아는 사람은 루이뿐이다. 그러나 루이에게서 걸려 온 전화는 아니었다. 만약 경찰 전화라면 그것은 루이의 의지, 또는 더 큰 어떤 존재의 의지일 것이다. 그때는 순순히 거기에 따르기로 했다.

"네. 아즈미입니다."

—여어, 잘 지내고 있나?

도야마 이쿠였다.

4

6시가 되자 아소는 채비를 시작했다. 이대로 집에 가는 건 아니고 부경 본부로 돌아가 형식적인 업무 보고를 해야 했다.

"수고하셨습니다."

말을 건넨 상대는 묵묵부답이었다. 같은 방에 갇혀 있는 나흘 동안 고야마와의 대화는 성립되지 않았다.

"안 가시나요?"

발걸음을 멈춘 채 물었다. 이제 갓 스무 살을 넘긴 청년은 말없이 모니터만 바라보고 있다. 프레임이 끊기는 조잡한 영상이 슬로모션으로 화면에서 흐르고 있다.

"아베노군요?"

반응 없음.

"급한 거면 도와드릴 수 있습니다만."

"……점수를 따시려는 건가요?"

그 말에는 역시나 쓴웃음이 나왔다. 경찰이라는 수직 사회에서 두 계급 이상 차이 나는 후배에게 들을 말은 아니다. 이게 바로 지금 자신이 처한 위치인 것이다.

"작업 지연은 제 책임이기도 합니다."

"이건 강력계 일이라."

"같은 오사카부 경찰 일입니다."

고야마는 눈길 한 번 주지 않았다.

"지금 이 안에서 가장 직책이 높은 사람은 접니다. 필연적으로 제가 책임을 지게 됩니다."

"부하 한 명도 통솔 못 하시면서 그렇게 말씀하셔 봐야."

순간 한숨을 내쉴 뻔했다. 고야마의 말이 아닌 그 사실 자체에.

오늘 미쓰미조는 소네자키 경찰서에 나타나지 않았다. 부경에도 확인했지만 출근하지 않았고 따로 결근한다는 연락도 없었다. 휴대폰으로 전화를 걸어도 받지 않았다.

"미쓰미조 형사 일을 보고할 건가요?"

대답하지 않는 고야마의 뒷모습을 봤다.

"형사님도 수사1과면 그분의 도움을 받은 적이 있지 않나요?"

"잠자코 있으라는 겁니까?"

"저에게 일임해 달라고 부탁드리는 겁니다."

"어차피 마찬가지 아닌가요."

생각보다 고집이 세다. 젊어서 그럴까. 아니면 겁이 많아서 그럴까. 어느 쪽이든 강력계에 어울리는 성격이라 할 수 있다.

"전 작년에 배치됐습니다. 경위님에 대해 거의 알지 못합니다."

거기까지 고려한 인사 배치였을까. 적어도 미쓰미조와 센다가 견원지간인 것만은 분명해 보였다.

"그럼 지시하겠습니다. 미쓰미조 경위의 처분은 제게 맡겨 주십시오."

"전 경감님의 부하가 아닙니다."

"말을 바꾸죠. 오늘 미쓰미조 경위가 나오지 않은 건 제 지시였습니다."

그렇게 선언하고 아소는 문으로 향했다.

"……보고할 겁니다."

"네. 그게 당신 일이니."

조사실을 나갔다.

택시를 부르고 싶지 않아 부경 본부까지 걸었다. 걸어서 30분은 걸리는 거리다. 시간이 아깝지만 희한하게도 거슬리지 않았다. 무심코 피곤하다고 느꼈다. 하루 종일 모니터를 쳐다보느라 눈을 혹사했고 어깨도 뻐근했다. 그러나 원인이 꼭 그것만은 아닐 것이다.

왜 그런 말을 했을까. 미쓰미조는 조직의 지시를 무시하고 무단으로 결근했다. 공무원의 의무를 방기했다. 이유가 확실하지 않은 이상 자신은 이를 상부에 전달하고 처분을 맡겨야 한다. 그것이 자신의 의무다.

그런데도 자신은 미쓰미조를 두둔했다. 당사자가 져야 할 책임을 멋대로 짊어졌다. 자신답지 않다. 오사카에 부임한 지 2년 동안 자신을 도와 온 부하에게 은혜를 갚으려는 걸까. 아니, 그건 아닐 것이다. 미쓰미조는 지금껏 자기 일 때문에 아소를 섬겼고, 아소 역시 그를 뛰어난 부하 이상으로 대접한 적은 없다. 늘 그랬다. 어떤 경우에도 아소가 중시하는 것은 합리성이지 인정 같은 게 아니다. 더군다나 정의는 더더욱 아니었다.

생계 수단으로 주어진 일을 성실히 해낸다. 거기에는 어떤 분노나 거창한 사명감도 없다. 어떤 의미에서 경찰은 묵묵히 임무를 수행하며 피의자를 시정市井에서 법정으로 옮기는 일을 하는 일꾼에 불과하다. 죄를 판가름하는 사람은 검사와 변호사, 판사다. 아무리 분노하고 의분에 휩싸여 피의자를 체포해도 형량을 결정하는 건 다른 누군가의 몫이다. 그것으로 충분하다고 생각했고, 그래서 이 일을 하고 있다. 만약 경찰이 죄와 형벌까지 정해야 한다면 자신은 이 직업에 부적격일 것이다.

그렇다, 부적격이다. 지금 자신에게는 그런 낙인이 찍히려 하고 있다. 죄와 벌을 내리는 결정권자가 아닌, 현장 작업자로서.

부경 청사 수사1과 구역은 한산했다. 시간은 8시가 넘었다. 책상에 앉아 보고서를 정리한다. 일을 끝내고 방금 만든 파일을 열었다. 납치 사건 보고서다.

시간 순서에 따른 경과가 일목요연하게 나열돼 있다. 또 다른 시트에는 몇 시 몇 분에 누가 어느 역에서 무엇을 타고 어디로 향했는지, 시간은 얼마나 걸렸는지 같은 정보가 총 백 명 분량으로 빠짐없이 적혀 있다. 시간에 맞추지 못한 사람, 시간에 맞춰서 다음 장소로 간 사람.

이제는 문장으로 정리해 보고서 형식을 갖추면 된다. 이대로 끝낼까. 그렇게 생각했을 때 키보드로 뻗은 손이 멈췄다.

화면을 응시하며 멈춰 있던 손가락이 입술로 향했다. 눈길은 운반조 1번 형사의 내용에서 떨어지지 않고 있다.

가가와현 유메타운, 4시까지.

혼마치에서 목적지인 쇼핑몰까지 1번 형사는 비노출 경찰차를 타고 고속도로를 달렸다. 휴가철 일요일인 탓에 곳곳에서 정체가 발생해 도착 시간이 늦어졌다.

하지만. 아소는 입술을 깨물었다.

교통 체증만 없었다면 과연 제때 도착했을까.

아소는 난바에서 출발하는 고속버스의 소요 시간을 조사했다. 세 시간이 훌쩍 넘는다. 불가능하다. 이 미션은 처음부터 성공할 수 없는 미션이었다.

뒤처진 사람은 그 외에도 많다. 총 열한 명이 퓨와이트의 지시를 이행하지 못했다. 대충 살펴보니 그중 적어도 다섯 명, 즉 1번, 5번, 6번, 10번, 24번은 조건이 갖춰졌다고 해도 도착 시간보다 일찍 목적지에 도착하기는 어려워 보였다.

일부러 이렇게 정한 걸까. 아웃을 만들어서 경찰을 혼동시킬 속셈이었을까.

하지만 그럼 왜 **1번 형사가 포함됐는지 알 수 없다.** 1번만이 아니다. 도착 불가능한 운반조는 주로 낮은 번호대에서 눈에 띄었다.

불합리했다. 퓨와이트의 지시는, 적어도 처음에 일괄로 발송된 지시는 예약 프로그램을 사용한 것이다. 운반조 인원을 확인한 후 보냈을 리 없다.

만약 경찰이 **운반조를 열 명밖에 모으지 못한다면 그는 어떡할 생각이었을까.** 스무 명만 모여도 4분의 1은 탈락이 확정이다. 일부러 낮은 번호대 사람들에게 무리한 임무를 맡기고 한 명도 시간에 맞추지 못했을 때는 어떻게 할 작정이었을까.

그래서 녀석은 돈보다 백 명의 운반조가 준비됐다는 사실을 더 반긴 걸까.

뭔가가 잘못됐다는 느낌이 들었다. 납치의 목적이 돈이 아니라 아즈미 마사히코에게 살인죄를 덮어씌우는 것이었다고 해도 이 위화감은 지울 수 없다.

"아소."

사고를 차단하는 목소리에 고개를 드니 입구에 백발이 성성한 남자가 서 있었다. 그는 뒤에서 대기 중인 수행원에게 "먼저 가" 하더니 아소를 향해 손짓했다. 아소는 빠른 걸음으로 그에게 다가가 인사를 건넸다.

"지금 여기서 뭐 하는 거지?"

인적 없는 복도에서 다카노 형사부장이 불쾌한 듯이 말했다.

"오늘 수사 결과를 정리하고 있습니다."

"바보 같기는. 그걸 묻는 게 아니잖나. 보고서를 왜 아직도 안 올리고 있지?"

"납치 사건 말인가요?"

다카노는 당연하다는 것처럼 아소를 노려봤다.

"자네라면 그런 건 단숨에 해치울 텐데."

곧바로 대답이 나오지 않았다. '네'라고 하려다가 정작 다른 말이 입 밖에 나왔다.

"사건은 아직 끝나지 않았습니다."

그러자 다카노의 얼굴에 주홍빛이 스쳤다.

"납치극은 끝났잖나. 센다 자식이 귀찮게 굴고 있어. 경무부까지 끌어들여 내가 감독을 소홀히 했다며 떠들어대고 있다고. 아즈미 마사히코까지 놓치는 바람에 앞으로 또 어떤 짓을 할지 몰라."

불만을 토로하는 모습에서 초조함이 묻어났다. 아즈미 마사히코를 놓친 건 당연히 형사부장의 책임이기도 하다.

"아즈미 마사히코의 체포 영장을 청구하실 건가요?"

그러지 않으면 지명 수배를 내릴 수 없다. 아마 고야마가 밤새워 작업하는 이유도 거기 있지 않을까.

그러나 다카노는 질문에 대답하지 않고 말했다.

"더 이상 일을 번거롭게 만들지 마."

침묵하는 아소를 보며 한층 표정이 험악해진다.

"내 얼굴에 먹칠을 하려는 거냐?"

아소는 대답하지 않았다.

"파출소로 돌아가고 싶어?"

몸이 조금 굳었다.

"아무튼 내일 안에는 보고서를 올리도록. 알겠나?"

"부장님."

"뭐?"

상반신을 반쯤 뒤로 젖힌 다카노에게 말했다.

"납치 사건은 아직 끝나지 않았습니다."

"지금 나랑 장난해?"

아소는 "아뇨" 하고 말을 이었다.

"납치 사건이 바로 퓨와이트 사건입니다. 퓨와이트를 잡기 전까지는 보고서를 작성할 수 없습니다."

"너 이 자식, 설마 그때 들어간 경비 때문에?"

그러더니 "멍청한 자식" 하고 내뱉었다.

"그런 건 대충 얼버무리면 되잖아. 실제로 납치 과정에서 살인 사건이 드러났어. 그 상황에서 그게 최선은 아니었더라도 차선책이 었던 건 맞는 거야. 와타나베나 센다가 뭐라고 하건 간에."

자신의 지시 때문에 아소가 그런 결정을 내렸다는 건 이미 깨끗이 잊어버린 듯했다.

"아니면 뭐지? 그냥 쪽을 팔기 싫다는 건가?"

"그런 건."

"그래. 내가 자네를 높이 사는 건 그런 쓸데없는 체면 같은 걸 신경 쓰지 않아서야. 자네는 오로지 손익만으로 움직이는 사람이야. 그래서 좋아."

긴장이 조금 더 커졌다.

"언젠가 자네를 경무부로 보낼 테니 그때까지만 얌전히 지내도록 해."

다카노가 떠나고 나서도 아소는 한동안 가만히 서 있었다.

관사까지 택시를 타고 갔다. 경무부로 보내 주겠다는 다카노의 말이 계속 귓가를 맴돌았다.

현장 일선인 형사부와 달리 조직 운영을 맡는 경무부 일은 말 그대로 관공서 업무에 가깝다. 인사나 예산을 쥔 부서는 막강한 권력을 쥐고 있다. 객관적으로 분석해도 적성에도 맞을 것이다.

대체로 어느 지역 경찰이든 형사부와 경무부는 사이가 좋지 않다. 형사부는 현장에 가지 않는 경무부를 경멸하고, 경무부는 조직에 소홀해지기 쉬운 형사들의 낭만을 비웃는다. 이 수직적 구조를 깨뜨리려는 움직임은 있지만 쉽지 않다. 서로가 서로의 허점을 찾으며 발목을 잡는, 민간 기업에서나 볼 법한 광경이 일본의 치안 유지를 맡는 조직에서도 일상적으로 펼쳐진다.

다카노가 자신을 경무부로 보내려는 것도 수직적 구조 해소 같은 그럴싸한 명분이 아니다. 표면적으로는 형사부와 경무부의 융합을 내세우겠지만 사실상 자신에게 부여될 임무는 첩보 활동, 즉 스파이다.

경무부에서도 그걸 알고 있을 테니 자신은 분명 그곳에 가는 순간 고립될 것이다. 아소에게는 그런 상황을 견딜 수 있는 정신력이 있다고 다카노는 믿고 있다. 그것은 옳은 판단이다. 자신은 분명 그런 환경에서도 평소와 똑같이 업무를 수행하며 암약할 게 틀림없다. 이것이 바로 내 일이라고 생각하며.

신기했다. 형사 일이 적성에 맞지 않는다고 줄곧 생각해 왔는데 막상 그곳을 벗어날 가능성을 제시받아도 기분이 썩 좋지 않았다.

어쨌든 다카노의 지시는 완수해야 한다. 아무리 폭군일지언정 상사는 상사, 일은 일이다. 오늘 밤을 새워 납치 보고서를 작성한다. 겉보기에는 그럴싸한 관공서용 논문을.

—납치 사건은 아직 끝나지 않았습니다.

나는 왜 그런 말을 했을까. 몇 가지 의문이 남기는 했어도 납치 사건은 끝났다. 피해자는 사망했고 몸값 중 백만 엔을 분실했다. 소요 경비는 2백만 정도. 중요 참고인으로 아즈미 마사히코의 신병을 구속했지만 그는 다시 도주했다. 상황은 명백하게 아즈미 마사히코의 범인설 쪽으로 기울고 있다.

나는 무엇에 이렇게 집착하는 걸까.

창밖을 본다. 주오대로에 그럴싸한 야경 같은 건 없다. 콘크리트 그림자만 짙게 늘어져 있을 뿐이다.

문득 미쓰미조는 지금 뭐 하고 있을지 궁금했다. 바보 같은 생각을 하지 않기를 바랄 뿐이다. 조만간 그와의 콤비도 해산되겠지만 이 일로 더 이상 폐를 끼치고 싶지 않은 게 본심이었다.

미뤄 둔 일이 떠올랐다. 이제 와서는 별게 아닐 수도 있다. 그러나 꼭 해야 한다. 사라지지 않는 응어리를 없애기 위해서라면.

"죄송합니다."

택시 기사에게 말을 걸어 행선지를 바꿨다. 5분의 지각을 용서받은 66번 남자를 만나러.

"스미노에 쪽으로 부탁합니다."

5

오사카 북부의 지정된 역에서 내리자 주변은 저녁 직전의 밝음을 유지하고 있었다. 쇼핑하는 사람과 퇴근하는 직장인으로 북적이는 상가 안에서 고개를 두리번거리고 있으니 누군가 등을 툭툭 두드렸다.

"아즈미 마사히코 씨시죠?"

멋지게 차려입은 남자였다. 자신의 변장을 한눈에 알아본 것에 놀라며 아즈미가 고개를 끄덕이자 그는 이쪽으로 오라며 아즈미에게 손짓했다. 길거리에 세워진 개인택시 좌석에 나란히 앉자마자 목적지도 묻지 않고 기사가 차를 출발했다. 얼마 후 주변에 깔린 황혼이 사라지고 밤이 다가왔다.

"이 녀석도 이쿠 씨에게 신세를 진 적이 있습니다. 오늘 일은 절대 발설하지 않을 겁니다."

50대쯤 돼 보이는 기사는 그 말에 반응하지 않았다. 지금의 대화

자체가 그에게는 존재하지 않을지 모른다.

양복을 입은 남자는 아즈미보다 젊어 보이고 언뜻 평범한 회사원처럼 보이기도 했다.

"어떻게 저란 걸 알았죠?"

"전에 그런 일을 했으니."

평범한 뒷골목 세계 주민은 아닌 듯한 분위기에 쉽게 상상할 수 있었다. 아마 전직 형사 아닐까.

"여러 사정이 있어서 지금은 이쿠 씨 밑에서 밥을 얻어먹고 있습니다. 아즈미 씨 후배인 셈이죠."

아즈미는 대답하지 않았다. 한때 도야마 이쿠 밑에서 일했던 자신을 자랑스러워하는 마음과 부끄러워하는 마음 사이에서 여전히 갈피를 못 잡고 있다.

"이쿠 씨는 뭐라고?"

기후현 역에서 갑작스럽게 전화를 걸어 온 도야마 이쿠는 먼저 아즈미의 현 위치를 확인했다. 솔직하게 알려 주고 "이 번호를 누구한테 들으셨습니까?"라고 물었다. 그러자 도야마는 웃으며 "내가 모르는 게 있을 것 같나?"라고 되묻더니 무슨 속셈인지 몰라도 일단 얼굴을 한번 비추라고 지시했다. 정확한 용건은 듣지 못했지만 대략 예상은 됐다.

남자가 입을 열었다.

"저는 오시지 않는 쪽에 베팅한 탓에 1만 엔을 날렸습니다."

"안타깝군요."

"부자에게 돈을 바치는 것만큼 불합리한 일이 없죠."

농담하면서도 남자의 표정은 굳어 있다. 있는 그대로의 의미일 수도, 뭔가를 암시하는 말일 수도 있다. 그러나 이제는 둘 중 무엇이든 상관없다. 자신은 지시에 따라 이 자리에 앉아 있고, 이제 와서 발버둥쳐 봐야 소용없다. 아니, 이제는 내 힘으로 할 수 있는 게 없다.

"왜 도망치지 않으셨죠?"

"이쿠 씨에게서 말입니까? 도망칠 방법이 있으면 알려 주시죠."

"저 같으면 경찰서로."

"그럼 교도소 안에서 우발적인 사고로 죽겠죠. 어차피 결과가 바뀌지 않는다면 이치에 따르는 게 낫습니다."

"너무 안일한 생각 아닐까요?"

훗 하고 자조 섞인 웃음이 새어 나왔다. 그렇다. 자신은 안일하다. 도야마 이쿠가 아직 자신을 보호해 줄지 모른다는 희망을 버리지 못하고 있다.

"지금 당장 충고에 따르면 어떻게 되죠?"

"글쎄요. 고통의 시간이 길어지거나 빨리 끝나거나. 둘 중 하나겠죠."

남자의 오른손이 줄곧 재킷 허리춤에 맞닿아 있다. 들고 있는 건 아마 칼 아니면 권총일 것이다.

끝인가.

문득 무로토 쓰토무가 떠올랐다.

녀석은 왜 끝내지 않았을까. 왜 계속 다시 올 거라고 했을까. 과

404

연 내가 죽으면 모든 게 끝나는 건 맞는 걸까.

어둠 속으로 어렴풋이 떠오른 풍경은 과수원처럼 보였다. 장소 선정에도 택시 기사와 마찬가지로 이유가 있을 것이다. 흙길을 걷는 다. 양복 입은 남자는 이제 권총을 숨기지도 않고 아즈미의 등에 겨누고 있다. 칼도 가지고 있을 것이다.

공장 앞에 문지기가 있었다. 보기만 해도 앳된 청년인데 이토록 적대적인 눈빛으로 상대를 쏘아보면 고생 많다는 가벼운 인사치레도 하기 어렵다.

아즈미는 문을 지나 어둡고 탁한 실내를 말없이 걸었다. 그 끝에는 잔인한 미소를 머금고 있는 재판장이 앉아 있었다.

"여어."

선글라스 너머의 파란 눈동자가 일직선으로 아즈미를 향했다.

"앉지."

도야마 이쿠 앞에는 1인용 의자가 놓여 있었다. 검은 가죽으로 된 마치 사장님이 앉을 법한 의자. 평범한 의자가 아닌 안마 의자라는 걸 깨달았다. 두 다리를 완전히 감싸는 타입이다.

"감사합니다. 그러지 않아도 요새 제대로 못 쉬어서 삭신이 쑤시던 참인데."

"그래. 사이즈가 조금 작기는 해도 착석감이 나쁘지 않다고."

그의 말대로 의자는 편안했다. 시트가 부드럽고 등받이 부분은 빨려 들어갈 것처럼 푹신하다. 잠깐 방심했다가 잠이 들 것 같았다.

덜컥덜컥 소리를 내며 조여드는 고문 기구만 없다면.

"현대판 전기의자일까요?"

"그러고 보면 전기의자도 정말 한번 만들어보고 싶었는데 말이야. 원한다면 다른 도구도 얼마든 있어."

"수고를 끼친 것 같아 죄송할 따름입니다."

도야마가 큭 하고 웃었다.

"혹시 깨달음이라도 얻었나? 아니면 아직도 내 친절을 믿고 있나?"

"깨달음 쪽에 더 가까울지 모르겠네요. 지쳤습니다. 아무래도 막다른 골목인 것 같아요."

"그럼 자포자기하거나 아니면 고양이를 물 기세로 덤벼들거나. 확실히 해야지."

"어느 쪽이든 결과는 마찬가지입니다. 그냥 피곤합니다."

도야마는 흐음 하고 마치 진귀한 생명체라도 보는 것처럼 아즈미를 봤다.

"왜 이렇게 됐는지는 알고 있나?"

"제가 도망쳤으니?"

"그래. 왜 나와 상의하지 않았지?"

"도야마 씨와는 관련 없는 일이니까요."

"관련 없다? 나도 함께 외나무다리를 건넜던 것 같은데?"

도야마 이쿠는 비자금을 동원해 아즈미를 도와주었다.

"덕분에 고생깨나 했지. 2과와 세무서 놈들의 입을 틀어막느라 쓸데없는 수고와 지출이 생겼거든. 그 녀석들은 실적만 올릴 수 있다면 수단과 방법을 가리지 않는 놈들이야. 그리고 네가 도피를 시작했다는 소식이 뜨자마자 또 나한테 들이닥쳤어."

당신이 아즈미 마사히코의 은신처를 제공하는 게 아니냐고 캐물었다고 했다. 아즈미의 행동은 도야마를 호시탐탐 노리는 이들에게 훌륭한 명분을 줬다. 그것을 알고 있기에 아즈미도 일부러 도야마를 찾지 않았다. 그러나 그런 변명이 통할 세계가 아니다.

"은혜를 원수로 갚는다는 게 정확히 이럴 때 쓰는 말 아니겠나."

"……네, 그런 것 같네요."

순간 코가 휘는 것 같은 고통에 휩싸였다. 옆에 서 있던 양복 입은 남자의 주먹이 정통으로 얼굴에 꽂혔다. 코에서 피가 콸콸 쏟아진다. 정말로 코뼈가 부러졌을지 모른다.

"세상에는 입만 산 녀석들이 많지. 범죄자에게도 인권이 있다느니, 폭력에 폭력으로 맞서는 건 야만적이라느니. 그런 인간들은 폭력의 사슬을 끊는 게 중요하다고 하기도 해."

도야마는 즐거운 듯이 떠들었다.

"그런 인간들 덕분에 나 같은 건달도 어엿한 시민으로 대접받을 수 있는 거야. 어느 날 갑자기 경찰에게 총살당하거나 붙잡혀서 사형당할 일도 없지. 설령 내가 저지른 짓 때문에 몇 명이 스스로 목숨을 끊는다고 해도."

도야마는 "이건 내 생각인데" 하고 말을 이었다.

"우리 같은 존재들은 대다수 인간들의 '좋은 사람이고 싶다'라

407

는 소망 덕분에 살아가는 것 같기도 해. 그들이 계속 좋은 사람으로 남아 있는 한 우리에게도 최악의 상황은 좀처럼 찾아오지 않지. 그리고 그런 인간들을 먹잇감 삼아 뭐, 앞으로도 계속 행복하게 살면 되는 거야. 그래. 그 녀석들은 분명 '좋은 인간'이 맞아."

아즈미는 입에 흘러드는 피를 뱉어냈다. 머릿속이 계속 징징 울렸다.

"하지만 우리는 다르지. 기본적으로 우리는 함무라비 법전을 믿는 신자들이니까. 눈에는 눈, 이에는 이. 오직 이것만이 교리인 거야. 폭력의 사슬을 부드럽게 끊는 감성 따위 없어. 우리의 신조는 이거야. 불만 있는 인간들은 한꺼번에 깡그리 처리해 버리는 게 옳다."

"……도야마 씨가 미국 대통령이 아니라 다행입니다."

그러자 도야마는 하하 하고 유쾌하게 웃었다.

"아무튼 그래서 난 날 바보 취급한 녀석을 웃으면서 용서할 능력은 없어. 그에 상응한 보복을 하는 게 맞지. 그러지 않으면 우리 세계에서는 폭력의 사슬이 생겨 버리니까. 이해하나? 이 아이러니를."

순간 도야마의 얼굴에서 표정이 사라졌다.

"네가 죽였나?"

웃음기라고는 없는 목소리다. 배 속 깊숙한 곳에서 울리는 듯했다.

"죽이지 않았습니다."

"그럼 왜 내뺐지?"

"이대로 가다가는 조만간 체포돼 유죄가 나올 겁니다. 그러니……."

"진범을 잡으려고 했다?"

거친 숨을 몰아쉬며 고개를 끄덕였다.

"그런데 그 덕분에 내가 피해를 봤어. 그럼 난 어떡해야 할까?"

이번에는 턱에서 통증이 느껴졌다. 아랫니가 흔들린다.

"진범이 누구야?"

아즈미는 대답하려다 멈칫했다.

"응? 뭐야. 여기서 입 다무는 건 네가 사기꾼인 걸 자백하는 거나 마찬가진데."

다음으로 오른쪽 뺨에 주먹. 쿨럭 하는 기침과 동시에 핏방울이 바닥에 튀었다.

"말해 봐. 진범이 누구야?"

손바닥으로 입가를 후려치자 뇌가 흔들렸다. 의식을 잃기 직전에 물벼락을 맞고 다시 정신을 차렸다.

"자, 다음은 손가락으로 갈까?"

그럼에도 불구하고 아즈미는 침묵했다. 도야마는 지금 나를 구하려고 하고 있다. 도야마의 체면과 아즈미의 목숨을 동시에 구하기 위해서는 자신이 도야마에게 거짓말을 하지 않았다는 증명이 필요하다. 그러기 위해 도야마는 진범을 찾아서 몰아세울 생각인 것이다. 지금 자신이 당하는 것과 비슷한 방식으로. 자비라고는 없는 폭력으로.

아즈미는 입을 열었다. 목소리를 내려고 했다. 그러나 이내 다시 입술을 깨물었다.

손가락이 부러졌다. 골전도를 통해 전해지는 소리로 왼손 새끼가 휘어진 걸 알 수 있다. 인내심의 한계를 넘어 끄아아 하는 비명이 터졌다.

"오, 목청이 아직 짱짱하잖아. 그런데 걱정하지 마. 이곳 반경 5
킬로미터 안에는 사람이 살지 않으니."

뒤이어 중지와 검지 손톱에 스치는 날카로운 통증. 이제는 목소
리도 나오지 않는다. 뇌수에 직접 바늘을 찔러 넣는 듯한 전류가 느
껴진다. 또다시 물을 끼얹었다.

"정말 이해가 안 되네. 왜 입을 다물지? 널 함정에 빠뜨린 진범을
내가 찾아내 해결해 주겠다는데도. 대체 뭐가 문제야?"

"……도야마 씨와는 관련 없는 일입니다."

"관련 있다니까. 그놈이 한 짓이 돌고 돌아 나한테도 피해를 주
고 있다고. 나도 당사자야."

"아니, 접니다. 당사자는 저뿐입니다."

뭔가가 허벅지를 푹 찔렀다. 그게 무엇인지는 눈물로 뿌예진 시
야 때문에 잘 보이지 않았다.

"이봐, 아즈미. 넌 지금 착각하고 있어. 원래 모든 일은 단순하게
가는 게 제일이야. 누군가 어떤 일을 저지르면 다시 당하게 돼 있고,
당하면 또다시 되갚게 돼 있는 거야. 그렇게 하지 않으니 여러 가지
가 얽히고설켜 결국 누구도 풀 수 없게 되지. 뭐가 잘못인지, 뭐가 원
인인지, 아무리 짚고 또 짚어도 계속 엉뚱한 곳에 도달하게 돼. 그러
다 결국 아무것도 해결되지 않은 채 다음 거짓이 탄생하지."

"그럼! 그렇다면 전 그때 죽었어야 합니다!"

최대한 크게 외쳤다. 고통을 잊기 위해, 도망치기 위해.

"그때 무로토는 절 죽였어야 합니다. 그럼 다 끝났을 텐데. 그렇지 않나요? 그럼 도야마 씨는 어떻게 했을까요? 무로토를 죽였겠죠? 무로토가 죽고, 다케유키는? 고즈에는 제가 죽어서 구원받았을까요? 대체 뭐가 해결된다는 겁니까? 단순하긴 뭐가 단순합니까?"

목에 손날이 박혔다. 숨이 턱 막혀 대번에 의식이 날아갈 뻔했다.

"그 이야기는 무로토를 처리하고 끝나지 않았나? 조용히 사라지게 해 주고 끝났잖아. 다 해결된 일 아니야? 뭐? 다케유키? 그런 꼬맹이가 뭘 할 수 있지? 고즈에? 흥, 내 알 바인가. 그리고 그걸 떠나 너도 '좋은 사람' 교에 속해 있었나?"

아즈미는 숨을 헐떡이며 말했다.

"……하지만 전 살아 있습니다."

무로토가 날 죽이지 않았기 때문이다. 다시 오겠다고 약속했기 때문이다.

"이제는 알 때도 됐을 텐데. 그런 얄팍한 집착이 폭력의 사슬을 낳는다는 걸."

도야마를 봤다. 도야마도 아즈미를 보고 있다.

"난 네가 언제 나한테 도움을 청할지 기다리고 있었어. 무로토 따위 사흘 만에 찾아내 나흘째에 세상에서 지워 없앨 수도 있었지. 하지만 넌 그러지 않았어. 날 이용하지 않았어. 어떻게 끝낼 작정인가 싶었는데, 지금도 버젓이 그를 상대하고 있다더군. 대체 뭘 하고 싶은 거지? 마조히즘인가? 아니면 설마 무로토에게 얻어맞는 것으로 죄를 씻으려는 속셈인가?"

411

눈물 때문에 흐릿해진 도야마의 그림자가 침을 뱉는 모습이 보였다.

"웃기지도 않은 소리. 자, 봐라. 복수니 속죄니 그런 미지근한 자기만족의 결말이 바로 이거다. 이런 수준으로 나한테서 졸업하겠다고? 내가 사람을 잘못 봐도 한참 잘못 봤군."

도야마는 짜증스러운 것처럼 짧은 머리카락을 손가락으로 휘저었다.

"어이, 아즈미."

푸른 눈동자로 이쪽을 응시한다.

"나와 다시 한번 함께하지 않겠나?"

대답이 나오지 않았다. 속에서 시큼한 무언가가 치밀어 오른다.

"어차피 이대로 가다가는 쇼게키도 끝이잖나. 예전처럼 힘든 일을 하기 싫은 거면 감안해 주지. 어차피 네가 할 다른 잡일도 얼마든 있으니까. 내가 알아서 잘 챙겨 줄게. 너, 그리고 루이도."

마음이 녹아내릴 것 같았다. 도야마의 눈빛에는 그런 힘이 있었다.

"그러니까 나한테 딱 한 마디, '부탁드립니다'라고 해 봐. 그럼 그때부터 넌 내 동료다. 동료면 내가 다소 쪽을 팔아도 참을 수 있지."

침을 삼킨다. 하마터면 고개를 끄덕일 뻔했다. 부탁드립니다. 제발 끝내 주세요, 라고.

"자, 말해라, 아즈미. 나에게, 범인의 이름을."

마시로 다케유키. 그 이름이 목구멍까지 차올랐다. 다시 한번 침을 삼킨다. 침에서 쇠 맛이 났다.

"……그런가."

도야마가 중얼거렸다. 하늘을 올려다보며 일어서서 아즈미의 얼굴을 본다. 감정의 편린조차 사라진 얼굴로 그는 입을 열었다.

"그럼 직접 어떻게 해 보든가. 사흘 주지. 증거가 없다느니 하는 변명은 통하지 않아. 경찰에 갖다 바치지 못할 거면 그냥 죽여라."

그러지 않으면.

"난 네가 감싸는 진범을 기타가와 루이로 볼 거야."

아즈미가 대답하기도 전에 철판이 박힌 안전화가 배를 파고들었다. 그 후 옆에서 들어온 손이 목에 닿은 순간 압력이 느껴지는 동시에 의식이 아득해졌다.

6

시간은 자정을 넘기고 있다. 나베시마 미치오가 말한 가게는 국도변에 있는 작은 술집으로 포렴을 열고 안에 들어서자 눈에 들어온 카운터석에는 손님이 보이지 않았다.

"예약 손님?"

무뚝뚝한 반백 머리 사장의 "위층"이라는 안내에 따라 아소는 계단을 올랐다. 안쪽 테이블석에 손님 한 명이 앉아서 술을 마시고 있다. 키가 작고 머리숱이 별로 없는 중년 남자다.

"늦었습니다."

"아뇨. 먼저 먹어서 죄송합니다."

손에 든 담배를 재떨이에 비벼 끄고 일어서려는 나베시마를 아소는 제지했다. 테이블 위에는 곱창조림이 담긴 작은 그릇과 병맥주가 있었다.

"한잔하시겠습니까? 아니면 차에서?"

"여기서 하시죠. 그런데 술을 못 해서."

그러자 나베시마가 "주인장" 하고 큰 소리로 주인을 불렀다.

"이런 누추한 곳으로 불러서 죄송할 따름입니다. 오늘 밤에는 안주인이 안 계셔서 풋콩도 다 떨어졌다더군요. 술집에 없어서는 안 될 존재인데."

부루퉁한 표정으로 계단을 올라온 사장에게 아소는 진저에일을 주문했다. 나베시마는 안주를 더 시켰다.

"이번 주말은 어떡할 거야?"

사장이 나베시마에게 물었다.

"나가타가 온다던데."

"됐어. 지금 중요한 일로 상의 중인데 그게 무슨. 얼른 음료수나 갖다줘."

그러자 사장은 "아, 그렇군. 실례" 하고 등을 돌렸다.

"나가타 씨는 누구죠?"

"아, 경정 이야깁니다. 스미노에 경정이요. 나가타는 제가 좋아하는 선수 이름이고요."

"그렇군요. 경정에 관심이 많으신가 봅니다."

"저 양반만큼은 아니죠."

진저에일은 금방 나왔다. 그리고 안주.

"맛은 기대하지 않는 게 좋을 겁니다. 여기는 역시 안주인이 있어야."

음식이 나오는 시간도 두 배는 걸린다고 나베시마는 덧붙였다.

어딘지 모르게 안심되는 남자라고 느꼈다. 나이 탓일까. 아니면 이런 대화에 위안을 느낄 만큼 자신은 지쳐 있는 걸까.

"다시 한번 소개하겠습니다. 나베시마입니다."

"아소입니다. 오늘은 무리한 부탁을 들어주셔서 감사합니다."

"무리하긴요. 그런데 저도 이번 일에 겨우 한 발 걸치고 있는 수준이라 도움이 될지는 모르겠습니다."

나베시마 역시 지쳐 보였다. 갑자기 소속 과도 아닌 다른 곳 상사에게 불려 나온 마당이니 그럴 만도 하다. 미쓰미조가 있었다면 더쉽게 마음을 열고 소통도 원활했겠지만 아소는 그럴 수 없었다. 알코올의 힘을 기대는 게 고작이었다.

"전 신경 쓰지 말고 드시죠."

"네."

나베시마는 영 편치 않아 보였다. 아소는 술을 마시지 못하는 게 처음으로 불편하다고 느꼈다.

한동안 침묵이 흘렀다. 자신이 무슨 일로 이 중년 형사를 만나러 왔는지 하마터면 잊어버릴 뻔할 때쯤 나베시마가 입을 열었다.

"무라세 아즈사의 주변 조사 때문에 절 만나려고 하신 거죠?"

부하 쪽에서 먼저 신경 써서 본론에 들어가다니 이 얼마나 무능한 상사인가.

"그쪽 세계 지인을 통해 같은 기획사에 있는 여자아이에게서 이야기를 조금 들을 수 있었습니다. 놀라울 만큼 시시한 내용이지만."

키미카라는 모델에게서 입수한 정보라고 했다. 내용은 그의 말대로 수사에 별 도움이 안 될 듯했다. 슬슬 '전화 통화로 충분했나'라는 생각이 들 무렵 나베시마가 불쑥 고백했다.

"사실 전에 기타가와 루이를 만난 적이 있습니다."

"쇼게키의 부사장 말입니까?"

"네. 아즈미 마사히코가 데리고 사는 여자."

나베시마는 과거 '과차로'라는 술집에서 일어난 매춘 알선 사건에 대해 짧게 설명했다.

"그 여자는 조금 신경이 쓰입니다. 뭐랄까…… 만만치 않은 타입이라."

단순한 인상론처럼 들렸다. 나베시마 본인도 그걸 의식했는지 말을 더 보태지는 않았다.

성실하고 신중한 성격의 소유자인 듯했다. 그런 사람이 지난 며칠간 자신이 얻은 정보를 서둘러 보고하지 않고 있다. 그것이 모든 걸 말해 주는 듯했다.

잘잘 시간도 아끼며 보고서를 완성해야 하는 마당에 이런 곳에서 시간을 보내는 건 나답지 않다. 아소는 쓸데없는 짓을 한 것 같아

무심코 한숨이 나왔다.

그때 마침 음식이 나와서 자리에서 일어설 수도 없게 됐다. 여기서 먼저 자리를 뜨는 건 역시 실례다.

"이곳의 매콤 오이절임이 아주 일품입니다. 안주인이 직접 담그는 거라 제가 보증합니다."

아소는 "그런가요" 하고 자기 접시에 오이를 가져다 놓고 다시 젓가락을 내렸다.

"역시 제가 기대에 부응하지 못했나 봅니다."

"아뇨. 처음부터 무리한 부탁이었던 것 같습니다. 형사님은 잘해주셨다고 생각합니다."

빈말이 아니지만 나베시마의 찌푸린 표정은 변하지 않았다.

"한 잔 더 해도 될까요?"

"그러시죠. 정말 전 신경 쓰지 마십시오."

나베시마는 "그럼" 하고 잔을 비우더니 직접 잔에 다시 술을 따랐다.

"지금으로서는 아즈미 마사히코가 범인으로 가장 유력하다고 봐야겠죠?"

"네. 현재 상황은 그렇습니다."

나베시마는 "그런가요" 하고 왠지 떨떠름하게 반응했다.

"혹시 뭐 신경 쓰이시는 점이라도?"

"아뇨. 그런 건 없지만, 뭐랄까, 조금⋯⋯."

"뭐죠?"

이상하리만큼 나베시마의 반응이 신경 쓰였다.

"⋯⋯당시 아즈미 마사히코가 있던 현장에 저도 함께 있었습니다. 그때 그는 무라세 아즈사를 보며 대성통곡을 하더군요. 그게 만약 연기였다면 그는 배우가 돼야 할 겁니다."

"체포를 각오한 행동이었다면?"

"글쎄요⋯⋯ 과연 그럴까요."

증거라고는 없다. 논리적 증거는 고사하고 정황 증거조차 부족하다.

그러나 아소는 왠지 그에 대한 나베시마의 의견을 들어보고 싶었다. 단순한 기분 전환, 혹은 시간 때우기. 아니, 그저 다른 누군가에게 자신의 의견을 피력하고 싶은 것인지도 모른다.

"사실 저도 얼마 전까지만 해도 비슷한 생각을 했습니다."

아소는 나베시마를 보며 말을 이어 갔다. 납치극의 진짜 목적을 무라세 아즈사 살인 은폐로 추측하고 퓨와이트가 아즈미 마사히코에게 죄를 뒤집어씌우려고 가짜 납치극을 계획했을 가능성이 있다고 봤다. 아즈미에게 원한을 품은 마시로 다케유키와의 만남, 뼈아팠던 그의 반격, 바로 얼마 전 알게 된 퓨와이트가 운반조에 내린 불합리한 지시까지 아소는 자신이 아는 정보를 숨김없이 털어놓았다. 나베시마는 가끔 맞장구를 치며 열중해서 이야기를 들었다. 그의 잔에 담긴 술이 줄지 않았다.

"주인장. 냉수 한 잔만!"

이야기가 일단락되자마자 나베시마가 외쳤다. 엉덩이가 무거운 주인이 올 때까지 그는 일언반구 없이 허공을 응시했다. 그리고 냉수를 한 모금 마시고 "이상하네요"라고 중얼거렸다.

"확실히 낮은 번호대가 시간에 맞추지 못하는 설정은 이상합니다. 첫 번째 목적지에 5분 늦게 도착한 제가 별말 듣지 않은 건 제가 '당첨'이어서였을까요?"

"꼭 그렇다고 볼 수는 없습니다. 두 번째 목적지를 듣지 못하고 대기 중이던 사람 중에는 나베시마 형사님과 마찬가지로 6시 반에 '부르크7'에 도착할 수 있는 사람도 있었습니다. 형사님으로 무리였다면 다른 사람을 보냈겠죠."

"그 부분이 임기응변이었다는 말이군요. 그럼 5분 지각을 퓨와이트가 넘어가 준 이유가 불분명해집니다만."

"굳이 지적할 필요가 없었기 때문이겠죠. 퓨와이트는 시간에 맞추지 못하는 '아웃'들을 만들어 경찰에 압력을 가하는 게 목적이었을 겁니다. 그래서 피해자의 귀도 자른 거고요."

"자신이 시키는 대로 잘하라는 의미에서?"

"더 나아가 최종적으로 아즈미 마사히코를 범인으로 몰기 위해."

자신의 추론에 고개를 끄덕이면서도 아쉬움은 남았다. 왠지 핵심에서 벗어난 느낌도 들었다.

나베시마가 화제를 바꿨다.

"만약 아즈미 마사히코가 범인이라면 마시로 다케유키가 가장 의심스럽습니다. 하지만 7월 7일 그에게는 알리바이가 있다죠."

"네. 역설적이지만 그 알리바이는 다케유키가 퓨와이트라면 더 완벽해집니다. 거의 철벽 수준으로."

"기후현에 있는 시설이라고 했나요? 미쓰미조 선배는 그날 무라세 아즈사가 그곳에 갔다고 보시는 겁니까?"

"그렇습니다. 하지만 정말 그랬다면 무라세 양이 그곳에 있었다는 걸 시설의 누군가가 증언했을 겁니다."

"혹시 변장이라도?"

"그럴 이유가 없죠."

7월 7일 무라세 아즈사의 행적은 밝혀지지 않았다. 애니웨어콜에서 입고 있었다는 옷이 집에서 나왔으니 한 번은 귀가했을 것이다. 그러나 그 이후는 전혀 알 수 없다. 목격자 증언조차 나오지 않은 이유를 그녀의 변장 탓으로 돌리는 게 아예 터무니없지는 않지만 그렇다고 해서 그녀가 그날 다케유키가 있던 기후현 시설에 갔다는 건 너무 억지스럽다.

"무라세 양은 회사 동료들과 헤어진 후 집에 돌아갔고 그 직후 납치된 것으로 보는 게 자연스럽겠죠."

상대가 아즈미 마사히코든 이름 모를 퓨와이트든.

"무라세 양과 다케유키를 연결하는 접점은 없는 거겠죠?"

"그렇습니다. 아니, 그걸 넘어 지금껏 이성 친구, 동성 친구, 가족까지 무라세 양과 교류가 깊었던 사람은 단 한 명도 나타나지 않았습니다."

블로그나 SNS를 하지도 않았다. 젊은 나이, 그것도 연예계 종사

자치고는 몹시 폐쇄적이었다.

나베시마는 "흐음" 하고 탄식을 내뱉었다. 그 모습을 보며 아소는 후회했다. 자신도 모르게 충동적으로 수사 정보를 흘리고 말았다. 아무 관련 없는 사람을 끌어들일 만큼 탄탄한 논리를 갖추지도 못했는데.

"나베시마 형사님. 조금 전 제 이야기는 잊어 주십시오. 저도 조금 혼란스러운 것 같습니다."

"하지만……."

"이번 일은 이로써 끝입니다. 아즈미 마사히코가 하루빨리 나타나기만을 기다려야겠습니다."

"하나만 여쭤도 될까요?"

"뭐죠?"

"맨 처음 아즈미 마사히코를 진범을 아니라고 생각한 이유를 기억하십니까?"

침묵하는 아소를 보며 나베시마는 식은 곱창조림을 집어 먹었다. 대답해 줄 때까지 기다리겠다는 의사 표시로 보였다.

나는 왜 아즈미 마사히코를 범인이 아니라고 생각했을까. 수없이 스스로 물어 온 수수께끼다. 단순 직감으로 치부해 버리기에는 무리가 있다. 다른 걸 떠나 자신이 그런 걸 인정하지 않는다. 믿는 것은 오직 논리뿐이다.

그렇게 생각하면 역시 석연치 않다. 모든 정황이 아즈미 마사히코의 범인설을 뒷받침하고 있다. 그러나 일부에서 논리의 정합성이 부족하다. 반대로 퓨와이트라는 진범이 아즈미 마사히코를 범인으로 만들고자 했다면 의외로 세세한 부분이 맞아떨어진다. 그러나 이번에는 큰 부분, 즉 범인이 누구냐는 점에서 길이 끊긴다. 왜일까. 뭔가 문제일까.

"……한 잔 받아도 될까요?"

"네?"

놀라는 나베시마를 신경 쓰지 않고 아소는 자기 잔에 맥주를 따랐다. 그리고 단숨에 잔을 비웠다. 뜨거운 숨을 내뱉은 순간 구역질이 밀려왔다. 다행히 위장이 비어 있어 한심한 꼴을 보일 걱정은 없었다.

"솔직히 말씀드리겠습니다. 직감입니다."

나베시마는 웃음기 없는 얼굴로 그저 가만히 아소를 바라봤다.

"정확히 말씀드리면 사건 발생 소식을 듣고 아즈미 마사히코 씨에게 전화를 걸었을 때, 그때 아즈미 씨는 무라세 아즈사 양의 안위를 진심으로 걱정했습니다. 그렇게 느껴졌습니다."

내 귀로 들어도 한심한 이야기다. 결국 논리라고는 없는, 그동안 자신이 틈만 나면 비웃어 온 인상론이 위화감의 밑바탕에 깔려 있었던 것이다.

"퓨와이트와 콜센터 직원의 통화도 들었습니다. 그리고 뭔가 다르다고 느꼈죠. 아즈미 씨와 먼저 통화 후 퓨와이트의 목소리를 들었는데, 제 머릿속에서 두 사람은 연결되지 않았습니다."

납치 사건이 종결된 후 아즈미 마사히코가 현장에서 붙잡혔다는 소식을 듣기 전까지 그런 상상을 단 한 번도 한 적이 없었다.

"만약 아즈미 씨가 범인이라면 허점이 너무 많습니다. 그는 왜 '아웃'을 만들어야 했을까요? 왜 상영관에서 나베시마 형사님을 공격해야 했을까요? 그리고 왜 그 길로 다시 그 아파트에 돌아가야 했을까요?"

"자신이 함정에 빠졌다고 주장하기 위한 연출이었을 가능성은?"

"그러면서도 그 아파트의 보증은 쇼게키가? 그건 말도 안 되지 않습니까!"

달아오르는 체온이 짜증스러웠다. 이런 모습은 아소 요시하루에게 어울리지 않는다. 그렇게 생각하면서도 말을 멈출 수 없었다.

"CCTV가 있는 가게에 가서 시간을 보낸 이유는? 직원의 기억에 남을 수도 있게 숫자를 세며 목소리를 높인 이유는? 물론 범인을 과대평가하는 것일 수 있습니다. 하지만 퓨와이트는 교묘하게 SNS와 콜센터를 이용해 치밀하게 계획을 수행했습니다. 그렇게 볼 수밖에 없습니다. 그런데 정작 가장 중요한 부분에서 바보처럼 자신의 허점을 고스란히 드러냈습니다. 이런 모순이 성립할 수 있을까요? 전도무지 모르겠습니다."

상반신이 앞으로 쏠리려고 하는 걸 간신히 참았다. 그러나 시야가 흔들리고 있다.

하얀 집의 주인이 떠올랐다. 불과 6미터 떨어진 곳에 우두커니 서 있는 마시로 다케유키의 창백한 가면을 보며 아소는 자신의 어린 시절을 떠올렸다. 손바닥 위에 앉은 나비를 쥐어서 짓뭉갠다. 그런 상상을 하며 공포를 느꼈던 그날의 기억.

"아소 경감님."

나베시마의 목소리를 듣고 고개를 들었다.

"전 십여 년 전부터 지키려고 하는 저만의 규칙이 있습니다."

"규칙?"

"네. 꼭 사극 대사처럼 고리타분하게 들릴 수도 있겠지만, 그건 바로 '사람을 믿어 보자'라는 겁니다. 물론 저희 일에는 의심이 반드시 필요하지만 그래도 전 일단 믿어 보기로 했습니다. 믿는 것과 의심하는 것은 모순되지 않습니다."

나베시마는 담담하게 말을 이어 갔다.

"경감님은 지금 아즈미 마사히코를 의심하는 동시에 퓨와이트도 의심하고 있습니다. 서로 맞물리지 않는 지점 때문에 고민하고 있습니다. 그런데 한번 믿어 보시는 건 어떨까요? 아즈미를 믿고 퓨와이트 녀석도 믿어 보는 겁니다. 아즈미 마사히코는 진심으로 무라세 아즈사의 안위를 걱정했다. 퓨와이트는 그런 바보 같은 실수를 저지를 얼간이가 아니다. 그렇게 생각하면 의외로 답은 간단합니다."

"……수사는 더 난항을 겪겠지만."

"그렇습니다. 그래도 믿을 수밖에 없죠. 설령 그것이 실책이더라도, 정말로 실책이었다고 믿을 수 있게 되기까지."

진부한 설교처럼 들리지는 않았다. 나베시마는 나베시마대로 뭔가를 믿고 싶은 게 아닐까. 이 또한 논리로 설명할 수 없는 직감이었다.

"그런데 경감님. 혹시 학창 시절에 누군가의 팬이었던 적이 있습니까?"

"네?"

느닷없는 질문이라 머리가 잘 돌아가지 않았다.

"예컨대 야구 선수나 아이돌 가수의."

"……그게 무슨 말씀이시죠?"

"사실 어떤 과정이 있었는지 몰라도 저희 딸이 '이토헨'의 팬이더군요. 그때 그 상영관에서 공연 영상이 나온 아이돌 말입니다."

라이브 뷰잉 이벤트를 했던 아이돌 그룹을 말한다.

"그걸 듣고 전 어땠을까를 돌이켜봤습니다. 남들처럼 TV를 보고 예쁜 여가수들도 좋아했지만 팬이라고 할 정도는 아니었죠. 그래서 지금껏 잘 이해하지 못했을 수도 있습니다."

혼란스러웠던 머리가 정상으로 돌아오는 것을 느꼈다. 나베시마는 지금 사건에 대해 이야기하고 있다. 뭔가 알아차린 것을 말하려고 하고 있다. 단순한 직감이지만 확신할 수 있었다.

"자, 만약 제가 '이토헨'의 열렬한 팬이고 그들에게 뭔가를 전하고 싶었다고 가정해 보죠. 어떤 방법이 있을까요? 라이브 공연장에 가는 수밖에 없는 걸까요. 요새는 악수회 같은 이벤트도 있기는 하다던데."

나베시마는 "그래도" 하고 상반신을 앞으로 숙였다.

"가장 먼저 떠오르는 건 역시 팬레터 아닐까요?"

아소는 무의식적으로 침을 삼켰다.

"무라세 아즈사 앞으로 온 편지들은 확인하셨나요?"

온몸에 전류가 흘렀다. 무라세 아즈사와 범인의 은밀한 교류. 그 수단이 만약 편지였다면 휴대폰과 컴퓨터에 기록이 없는 것도 당연하다.

"수사본부는 현재 아즈미 마사히코의 범인설로 거의 굳어진 상태죠? 거기에 허점이 있을지도 모릅니다."

소속사 사장이 소속 연예인에게 팬레터를 쓰는 건 있을 수 없는 일이다. 수사가 이뤄지지 않았어도 이상할 게 없다.

"……다케유키 씨와 무라세 양은 편지를 통해 서로 연결돼 있었다?"

"확실하지는 않습니다. 그런데 만약 마시로 다케유키가 아즈미 마사히코에게 복수를 꿈꾸고 있었다면 아즈미를 조사하는 과정에서 무라세를 알게 돼 어떤 식으로든 접촉했을 가능성도 있습니다."

그렇다. 충분히 있을 수 있다.

술기운과 함께 마음의 안개가 걷혔다.

"나베시마 형사님. 감사합니다."

"뭘요. 조금이라도 도움 됐다면 다행이죠. 그런데 저도 한 가지 부탁이 있습니다."

나베시마는 조심스럽게 고개를 숙였다.

"한 번만이라도 좋습니다. 저에게 기타가와 루이를 조사할 기회를 주십시오."

그러더니 그는 "저는" 하고 말을 이었다.

"그녀를 알고 싶습니다."

택시를 기다리는 동안 아소는 미쓰미조에게 전화를 걸었다. 통화음이 몇 번 가다가 ARS 사서함으로 연결됐다.

"아소입니다. 마시로 다케유키를 재조사하고자 합니다. 기한은 제가 만족할 때까지. 그리고 술을 조금 마셨습니다. 매콤 오이절임을 추천합니다."

전화를 끊고 택시가 도착하기 직전에 미쓰미조에게서 전화가 걸려 왔다.

—어떻던가요? 어른의 맛이.

"쓰기만 하던데요."

그러자 미쓰미조는 즐거운 것처럼 "그렇겠죠" 하고 대답했다.

7

귓가에 무라세 아즈사의 목소리가 남아 있다.

저녁 7시. 집이 있는 다카쓰키에서 한큐 전철을 타고 우메다에 도착했다. 우울할 만큼 많은 인파가 보였다. 기노쿠니야 서점 앞에 있는 대형 TV 앞에서 발걸음이 멈췄다. 화장품 광고가 흐르고 있다. 잠시 멍하니 서서 광고를 봤다. 특별한 이유가 있는 건 아니다. 왠지 모르게 멈춰서 엉뚱한 방향을 보고 있다. 요즘 들어 그런 자신을 자주 맞닥뜨렸다. 이 정도면 완전히 정신병자다. 시모아라치 나오타카는 그렇게 느꼈다.

약속 장소로 발걸음을 되돌렸다. 기분도 전환할 겸 친구와 한잔하기로 약속했다.

오늘은 회사에서 조퇴를 신청했다. 회사를 나서는 시모아라치를 보며 후치모토는 몸조리를 잘하라고 했지만 일은 물론 삶, 미래까지 모든 게 귀찮았다. 집에서 나를 기다리는 사람이 있는 것도 아니다. 마지막 연애는 5년 전이었다.

항상 펼쳐져 있는 이부자리에 앉아 냉동 파스타를 먹고 이불 시트를 벗겨 세탁기에 던져 넣었다. 원래 안에 들어 있던 건 베란다에 널었다. 그 후 회사 복지몰에서 구입한 전동 물걸레로 바닥을 닦았다. 고온의 증기를 뿜어내는 전동 걸레는 다른 부서에서 취급하는 인기 제품이지만 아무래도 효과가 별로다. 물걸레를 돌리기 전이나 후나 바닥 상태에 별 차이가 없다. 그러다가 그저께 밤에도 청소하고 쓰레기를 버렸다는 걸 깨달았다. 목욕탕, 화장실, 부엌까지. 순식간에 할 일이 사라졌다. 이불을 넌 탓에 편히 앉을 곳도 없었다.

TV를 켰다. 연이어 채널을 돌리다 지겨워졌다. 온갖 채널에서 광고만 흐르고 있다. 광고가 끝나자 음식 평론가를 자처하는 이들이 인기 식당에 새치기해서 들어가 밥을 먹는 방송이 나왔다. 재미없다. 애초에 관심 있는 건 스포츠 채널 정도다. 어디서 코미디 프로그램이라도 하나 싶어 채널을 돌리다가 익숙한 영상이 눈에 들어왔다. 아테나사의 화장품을 소개하는 인포머셜. 30분짜리 광고 방송이다. 넋이 나간 채로 광고를 봤다.

올인원으로 피부에 탄력과 수분을 공급해 준다는 설명. 사전 체험단의 빤한 후기. 첫 구매 특별가, 30퍼센트 할인이라는 선동 문구. 남자인 자신에게는 제품의 매력이 전혀 와닿지 않지만 지방 방송국에서 내보내는 고작 30분짜리 방송에도 콜 수는 놀라운 수준이다. 상담원 백 명이 한 시간에 처리하는 건수는 5백 건 남짓이고 전표는 3백 건 정도. 실제 가동되는 상담원은 기껏해야 7, 80명 정도이니 3백만 돼도 다행이다. 이런 계산을 하는 버릇은 회사를 관두더라도 한동안은 고쳐지지 않을 것 같았다.

그러고 보면 사건 당일 센터 성적은 어땠을까. 확인하지 못했다. 마지막 전화를 기다리는 동안 고객사의 반응을 들었을 뿐이다.

뭐, 상관없나.

시모아라치는 마룻바닥에 드러누웠다. 천장을 보며 머릿속으로 무라세 아즈사의 목소리를 재생한다. 회사에서 한가한 틈을 타 과거 통화 녹음을 들었다.

─네, 전화 바꿨습니다. 무라세 아즈사입니다.

트레이너가 되어 요즘은 전화를 잘 받지 않던 아즈사가 가장 최근 단골 고객인 자마 노인을 상대한 통화 음성이었다.

—오오, 아즈사, 아즈사.

—또 무슨 일이세요? 시설 관계자분들이 알면 어쩌시려고.

아즈사가 부드럽게 노인을 타일렀다. 귀찮아하기보다 진심이 느껴졌다.

—아즈사. 미안, 미안.

—아뇨, 괜찮아요. 괜찮아요.

의식이 또렷하지 못한 노인을 감싸 안는 것처럼 달래고 있다.

—자, 이제는 전화를 끊어 주세요. 다음에 또 뵈어요.

—응. 아즈사, 아즈사. 보고 싶어. 만나서 사과하고 싶어.

—그래요. 다음에.

그렇게 통화가 끝났다.

허무했다. 오랜만에 들은 아즈사의 목소리에 대한 감상이 아닌, 아즈사의 목소리 자체에 그런 서글픈 분위기가 있었다.

망상에 사로잡혀 있을 노인에게 아즈사의 목소리는 온화하고도 애잔하게 울려 퍼졌다. 일반적인 업무 모드가 아니었던 것만은 확실히 알 수 있었다.

생각해 보면 자신은 아즈사에 대해 아무것도 모른다.

고등학교 시절 검도부에서 땀 흘린 친구들과 함께 술집 테이블 하나를 차지하고 연거푸 술잔을 비웠다.

세 사람은 여전했고 다들 시모아라치 또한 예전 그대로라고 했다. 자기 입으로 조금 살이 쪘다고 웃는 친구가 많이 찐 것 정도가 가장 큰 변화였다.

"그래서? 그 사건 때는 어땠어?"

당연히 그 이야기가 오갔다. 술기운 때문인지 시모아라치도 말이 많아졌다.

"당연히 고생했지. 그놈이 날 협상 상대로 지목하는 바람에 얼마나 식은땀을 흘렸는데."

호기심 어린 눈빛이 쏟아졌다.

"이래 봬도 나도 이 일에는 잔뼈가 굵은 편인데 도저히 상대할수가 없었어. 심지어 그 녀석은 경찰도 가지고 노는 것 같았다니까. 콜센터에서는 이상한 전화가 걸려 오면 대처하는 방법이 대략 정해져 있어. '고객님. 통화 연결 상태가 좋지 않은 것 같으니 다시 걸어주시기를 부탁드립니다'라고 하거나. 그런 게 통할 상대였다면 사건도 쉽게 해결됐을 텐데."

"그럼 나도 할 수 있었겠다."

잔에 담긴 맥주가 빠르게 사라졌다.

"그런데 TV에서 봤는데, 되게 예쁜 애더라. 진짜 아까워."

"네가 아까워해 봐야 뭘 어쩔 건데."

시모아라치의 돌직구 발언에 친구가 웃음을 터뜨렸다.

"근데 시모아라치, 너랑도 잘될 수 있었던 거 아니야?"

시모아라치는 "아니야. 그럴 가능성은 없었어" 하고 미소 지었다.

"그나저나 넌 좀 어때? 지금 사귀는 여자 친구랑 몇 년째지?"

뭐? 벌써 결혼해서 애가 있다고? 응, 두 살이야. 정말? 뭐? 널 닮았다니 비극이네.

"2차는 어디로 갈까?"

"난 먼저 갈게. 너무 많이 마셨어."

그렇게 활기찬 친구들과 헤어져 역으로 향하다가 문득 정신을 차려 보니 어딘지 알 수 없는 곳에 있었다. 민가가 늘어선 밤길을 가로등 불빛이 점점이 비추고 있다. 기괴할 정도로 고요했다.

너무 많이 마셨다는 건 거짓말이 아니었다. 가게를 나서기 전부터 오한이 느껴지고 시야도 흔들렸다. 어디서 길을 잘못 들었을까. 역은 점점 멀어지기만 한다. 쓰러질 것 같은 것을 가까스로 버티며 가까운 전봇대에 몸을 기댔다. 그대로 속에 든 것을 게워내자 위가 텅 비었다. 고통은 잠시였고 상태가 진정돼 정신도 돌아왔다.

하늘을 올려다보니 가로등 불빛에 나방 떼가 모여 있었다. 그 안에서 유독 반짝반짝 빛나는 커다란 나방 한 마리가 섞여 있다.

회사에 첫 출근한 무라세 아즈사를 보며 가장 인상적이었던 건 커다란 귀였다. 꼭 나비 날개처럼 생겼다고 생각했다. 그리고 투명한 피부와 가늘고 긴 목. 어딘지 모르게 애처로운 눈동자.

그런 부분이 기억났지만 전체는 흐릿했다. 낮에 들은 목소리도 이제는 이명처럼 맴돌 뿐이다.

사건 발생 후 2주가 흘렀다. 마지막으로 그녀를 만난 건 그보다 훨씬 전이다. 기껏해야 2년 정도 알고 지낸 시간 동안 얼굴을 제대로 마주한 건 몇 시간일까. 늘 적절한 거리를 유지하며 결코 상대에게 틈을 내 주지 않는 아즈사의 행동은 시모아라치를 초조하게 했다. 웃을 때는 항상 뭔가 곤란한 것처럼 웃었다. 그 이유가 뭐였는지 이제는 영원히 알 수 없다. 어차피 남의 일이기도 하다.

다시 한번 아즈사의 얼굴을 떠올려 봤지만 조금 전보다 더 흐릿했다. 마지막으로 나눈 대화가 뭐였는지도 기억나지 않는다. 아마 '수고하셨습니다' 아니었을까.

이렇게 잊혀 간다. 과거가 되어 간다.

나는 살아 있고, 아즈사는 죽었다.

내 삶은 아무것도 변하지 않는다. 마음 같아서는 회사를 그만두고 싶지만 전혀 다른 업계에 가고 싶지는 않고, 시간이 조금 지나면 전처럼 걸핏하면 부하 직원들에게 짜증을 부려 불만이 접수되는, 그러나 일만큼은 열심히 하는 관리자로 나이를 먹어 갈 것이다. 언젠가 결혼을 하고 부모가 될지도 모른다. 이번 사건 같은 건 작은 무용담으로 각색돼 술안주로 오르내릴 것이다.

인생은 계속된다.

밤하늘이 끝없이 펼쳐져 있다. 정적에도 변화라곤 없다. 가로등 불빛 주변을 날아다니는 날벌레들을 보고 있다.

내 할 일은 했다.

어설펐을지 모르지만 최선을 다했다. 부끄러워할 건 없다.

그런데도 이 개운치 못한 감정은 뭘까.

전봇대를 걷어찼다. 주먹을 휘둘렀다. 아팠다. 그래도 다시 한번 쳤다. 이마를 콘크리트 기둥에 박았다.

—회선을 줄이는 건 어때?

문득 그날의 목소리가 떠올랐다.

후치모토다. 접수 전화기 숫자를 제한할 수 없겠냐는 물음에 그런 건 불가능하다는 내 대답이 이어진다.

그 뒤로도 후치모토는 "정말 안 될까?"라고 거듭 물었다. 의아했다. 현장 책임자로서 업무에 지장을 초래할 수 있는 제안을 도저히 받아들일 수 없었다.

그때 난 아즈사를 걱정하고 있었을까.

그녀를 구하는 걸 최우선으로 생각하고 있었을까.

주체할 수 없는 감정이 또다시 전봇대로 주먹을 향하게 했다. 번민하며 두 손으로 얼굴을 감쌌다. 몸을 웅크렸다.

결과는 다르지 않았을 것이다. 설령 회사원으로서 의무를 저버리고 경찰의 요구에 따랐다고 해도 아즈사는 그때 이미 죽었다. 그래도 그때는 그렇게 해야 하지 않았을까. 가능성이 단 1퍼센트였어도, 그 이하였어도, 아즈사를 구하기 위해.

나는 알고 있다. 형사가 가져온 음성 샘플 속에 퓨와이트의 목소리는 없었다. 모든 분석 파일에 포함돼 있던 남자도 퓨와이트는 아니다. 단조로운 낭독, 가공되지 않은 목소리, 연기의 가능성……. 그 모든 것을 고려해도 변하지 않는다. 네 번이나 퓨와이트와 맞붙어 계속 패배한 자신이니 비로소 알 수 있다.

알면서도 모르는 척했다. 귀찮아서. 그게 편하니까.

언제까지 다다미 위에 드러누워만 있을 거야?

시모아라치는 몸을 일으켜 뛰기 시작했다. 대로로 나가 택시를 잡는다. 목적지는 애니웨어콜이 있는 혼마치 센트럴타워.

이 개운치 못한 기분을 없애기 위해서는 지금 당장 다섯 번째 시합을 시작해야 했다.

8

요란한 소리에 잠에서 깼다. 아즈미 마사히코는 그대로 마사지 체어에 앉아 있었고 상처에는 응급처치가 돼 있었다. 희미하게 비치는 햇빛을 보며 밤이 끝난 것을 깨달았다.

시끄럽게 울어대는 휴대폰을 꺼내 귀에 갖다 댔다.

─잠깐 통화 괜찮아?

루이였다.

─혹시 도야마 씨한테 연락 왔어? 당신을 돕겠다고 해서 번호를 알려 줬는데 갑자기 걱정이 돼서.

"괜찮아."

─정말?

정말이냐고 물으면 거짓말은 아니고 거짓말이냐고 물으면 정말
도 아니다. 멍한 머리로 장난스러운 대답을 떠올리다가 자신의 사타
구니에 박혀 있는 것을 보고 덜컥 숨이 멎었다.

―자, 어떡할 거야?

속을 떠보는 듯한 도야마의 목소리가 머리에 울려 퍼졌다.

"……루이. 지금 어디야?"

―어디냐니. 당연히 집이지. 당신이야말로 어디야?

"……차가 필요해. 형사에게 들키지 않고 가져올 방법 없을까?"

―궁리해 볼게.

곧 다시 목소리가 들렸다.

―그런데 조건이 있어.

"조건?"

―당신이 무사한지부터 확인하게 해 줘.

강한 어조에서 이것만큼은 양보하지 않겠다는 의지가 묻어났다.
루이는 같은 톤으로 말을 이어 갔다.

―어디로 가면 돼?

어디로?

이곳이 어딘지 아즈미는 알지 못했다. 그러나 앞으로 가야 할 곳
은 정해져 있다.

"다시 연락할게."

일방적으로 전화를 끊고 나서 의자에서 몸을 일으켰다. 걷어차
인 갈비뼈에서 통증이 느껴져 그대로 다시 앞으로 고꾸라졌다. 가슴

에 갖다 댄 왼손에서도 극심한 통증이 스쳤다. 숨을 쉴 때마다 코뼈가 비명을 질렀고 허벅지에 난 상처도 깊어 보인다. 그러나 가야 한다. 내가 아닌 루이를 지키기 위해, 나는 마시로 다케유키를 만나야 한다.

아즈미는 시트에 꽂힌 칼을 노려보다가 잠시 후 칼을 뽑았다.

5부

1

어젯밤 자리를 떠올리면 부끄러움에 얼굴이 화끈거렸다. 왜 그런 거창한 설교를 늘어놓았을까. 변명이 가능할 만큼 술을 마신 것도 아니다. 그렇다면 연하의 상사에게, 그것도 뭔지 모를 벽에 부딪혀 몸부림치고 번민하는 엘리트에게 조금은 인생 선배 노릇을 하고 싶었던 걸까. 시시한 교훈 같은 것을 들려주며 잘난 척하고 싶었을까.

나베시마의 그런 자기혐오를 깨뜨리기라도 하듯 난카이선 전철이 승강장으로 들어왔다.

7월 28일 월요일은 화창하게 맑은 한여름 날씨였다.

스미노에에서 신이마미야까지 가는 15분 동안 거센 냉방에 몸이 쪼그라들 것 같았다. 그곳에서 해방돼도 이번에는 인파와 체취 때문에 숨이 막힐 지경이었지만 이것만큼은 불평할 처지가 아니었다. 자신 역시 땀과 구취를 뿜어내는 인파의 일원이라는 자각 정도는 있었다.

나니와 경찰서에 도착해 생활안전과에 가서 곧장 과장 자리로 향했다. 나베시마의 기세등등한 모습에 과장이 놀란 표정을 지었다.

"과장님. 혹시 제가 급히 해야 할 일이 있을까요?"

"왜?"

"잠깐 나갔다 오려고 합니다."

"어디?"

"조사할 게 있어서."

"무슨 조사?"

"그게, 이것저것."

"농땡이 부리려는 거야?"

"그럴 거면 이렇게 말씀드리지도 않습니다."

과장은 "그건 그렇군" 하고 다시 물었다.

"귀찮은 일?"

"아뇨, 그런 건 아닙니다. 그냥 예전 사건에서 조금 되짚어보고 싶은 부분이 있어서요."

"안에서는 안 되나?"

"네. 사람을 만나야 해서."

"귀찮은 일?"

과장이 같은 질문을 반복했다. 얼빠진 얼굴이지만 머리만큼은 잘 돌아간다. 그런 사람이다.

"무슨 일이 생기면 불러 주십시오. 바로 달려오겠습니다."

과장은 "흐음" 하고 고개를 돌렸다.

"5시까지 돌아와서 전부 보고해."

나베시마는 "네" 하고 고개를 숙이고 빠르게 출구로 향했다.

나카노시마 도서관은 세련된 외관 때문에 멈춰 서서 구경하기 좋지만 안에 들어가려면 조금 용기가 필요했다. 중요 문화재로 지정된 건물은 다이쇼* 시대의 낭만 그 자체이고 겉은 르네상스 양식, 내부는 바로크 양식이라고 하는데 가방끈이 짧은 중년 남자에게는 그저 '편하지 않은 공간'이라는 감상만 들었다. 이질감에 몸이 움츠리며 할리우드 영화에 나올 법한 거대한 계단을 올라 2층 벤치로 향했다. 만나기로 한 남자가 그곳에 있었다.

그 옆에 앉아 고개를 숙였다.

"오래 기다리게 해서 죄송합니다."

남자는 말없이 나베시마를 힐끗 봤다.

"경찰수첩을 보여드릴까요?"

"아뇨, 괜찮습니다."

부경 본부 형사는 나베시마의 얼굴을 미리 확인하고 온 듯했다.

"솔직히 별로 기분 좋지는 않네요."

대머리 형사는 앞을 보며 내뱉었다.

"죄송합니다. 힘든 시기에 중요한 일을 맡으신 분을."

"형사님이 사과하실 일은 아니죠. 거절 못 한 제 잘못이지."

* 　1912년부터 1926년까지의 일본 연호.

"저희 과장님도 미쓰미조 형사 앞에서는 여전히 고개를 들지 못하는 것 같습니다."

그러고 나서 "저도⋯⋯"라고 덧붙였다. 어젯밤 아소와 헤어지고 한 시간이 지나 나베시마는 미쓰미조의 칙명을 받고 이곳에 왔다.

미도 하지메가 입꼬리를 일그러뜨리며 "안타깝지만" 하고 말을 이어 갔다.

"저는 특정 누군가 때문에 이러는 건 아닙니다."

그는 손에 든 A4 크기 갈색 봉투를 내려놓고 몸을 일으켰다.

"기분이 좋지 않은 건 아무래도 형사님에게 선수를 빼앗겨서인 것 같네요."

미도는 강렬한 눈빛으로 나베시마를 쏘아봤다.

"만약 거기서 뭔가 나온다면 저한테도 연락 한 통 주십쇼."

"네. 꼭."

나베시마의 대답을 듣고 미도는 곧장 발걸음을 내디뎠다. 건장한 뒷모습은 건물에 뒤지지 않을 만큼 위풍당당했다.

열람실로 자리를 옮겨 구석 자리에 앉았다. 갈색 봉투에서 두툼한 서류 뭉치를 꺼내 한 장 한 장 넘기며 확인한다. 무라세 아즈사에게 온 팬레터의 복사본이었다.

이 안에 퓨와이트와 무라세 아즈사를 연결할 실타래가 숨어 있다.

편지는 전부 무라세 아즈사의 자택에서 발견됐다. 한 통당 한 장씩 복사했는데 개중에는 편지지 두 장에 걸친 장문 편지도 있었다.

대충 세어 보니 50통 남짓. 무라세 아즈사가 연예계 활동을 시작한 건 재작년 겨울이고 가장 오래된 편지에는 작년 3월 소인이 찍혀 있었다. 나베시마는 업계의 기준을 알지 못하지만 키미카의 말을 들어 보면 비교적 순조롭게 팬을 확보한 것 같다. 열 통 가까이 보낸 사람도 있었지만 대부분 한 통이었다.

팬레터를 통해 무라세 아즈사와 퓨와이트가 소통한 게 아니냐는 것이 나베시마의 추론이었다. 무라세 아즈사의 컴퓨터와 휴대폰에서 기록이 나오지 않은 점을 고려하면 한 번만 주고받았다고 보기도 어렵다. 나베시마는 일단 한 사람에게 한 통씩 온 편지들은 제쳐 두었다.

다음 조건은 편지가 일방통행이 아니라는 점이다. 두 사람은 실제 만나기도 했으니 무라세 아즈사가 답장을 보냈을 것이다. 편지 교환이 성립됐다면 팬레터를 보낸 사람의 주소가 기재돼 있어야 한다. 그 안에 마시로 다케유키의 주소가 있다면.

그러나 일이 그렇게 쉽게 풀리지는 않았다. 보낸 사람 주소가 적힌 봉투에는 마시로 다케유키라는 이름도, 고베 주소도 없었다. 실망할 뻔했지만 그렇다고 방법이 아예 없지는 않다는 걸 깨달았다. 편지 봉투 안에 답장용 봉투를 숨겨 두는 방법도 있기 때문이다.

그렇게 생각하니 봉투에 적힌 주소를 액면 그대로 받아들일 수 없었다. 결국 내용을 보며 퓨와이트가 누군지 추측해야 했다.

우선 한 사람에게 여러 번 온 편지를 전부 확인한 후 한 통뿐인 편지들을 확인했다. 그러나 이렇다 할 수확은 없었다. 한 번만 온 편지는 다시 갈색 봉투에 넣었다.

여러 번 온 편지들을 다시 확인했다. 이 안에 정말 퓨와이트가 있는지 알 수 없지만 어쨌든 있다고 가정하고 읽었다.

보낸 사람 이름. 실명이 아닌 닉네임이 많지만 그중에서도 여자처럼 느껴지는 건 제외했다. 퓨와이트는 남자, 아니 적어도 마시로 다케유키는 남자다. 편지를 추리다가 문득 손이 멈췄다. 퓨와이트가 성별을 속였을 가능성도 떠올랐기 때문이다. 한숨을 내쉬고 손가락으로 미간을 꾹 눌렀다. 쉬운 길은 사람을 안일한 해답으로 이끈다. 예전 선배가 가르쳐 준 교훈이었다.

마음을 다잡고 다시 편지를 마주했다. 가장 먼저 제외할 것은 편지를 가장 많이 보낸 요시히코라는 사람의 편지. 그가 열렬한 팬이라는 것은 이쪽 세계를 잘 모르는 나베시마도 알 수 있었다. 편지 한 통이 거의 보고서 분량이다. 무라세 아즈사의 아름다움을 칭찬하며 열렬한 자신의 마음을 써내려 갔지만 다소 병적인 분위기도 있다. 부르면 만나고 싶은 상대는 아닐 것이다. 무라세 아즈사에게 그 정도 분별력은 있다고 믿었다.

반대로 마치 기업 앞으로 보낸 듯한 영업용 서신 같은 문체의 편지도 있었다. 처음에는 반드시 계절 인사로 시작해 '모쪼록 몸조심하십시오'라는 말로 끝을 맺고 있다. 반대로 문장 부호와 이모티콘을 남발하는 산만한 편지도 있는데 이쪽은 아마 나이 어린 팬일 것이다. 하지만 그 역시 '아마'에 그쳤다.

나베시마는 이중 후보를 메이, 오즈, 하시모토 준이치, 다이요 네 사람으로 압축했다. 이유는 확실했다. 이 네 사람만이 무라세 아즈사의 답장을 받았다고 짐작할 내용의 편지가 있었기 때문이다. 편지 속 문체도 요시히코의 편지처럼 일방적이거나 쓸데없이 격식을 차리지도 않는 데다가 이메일 느낌의 경박함도 없는 소통의 형식을 띠고 있다고 느꼈다.

메이는 여자 팬답게 패션과 뷰티 이야기, 그리고 세 번째 편지에서는 연애 이야기가 주를 이뤘다.

—아즈사 씨는 내 모든 걸 바쳐도 되는 그런 사랑을 해 보고 싶지 않으세요?

오즈는 편지에서 아이돌이라는 직업을 이야기하면서 무리한 다이어트가 신체에 미치는 영향에 대해 전문 용어를 섞어 가며 설명했다. 다소 말만 앞서는 것 같은 느낌이 있지만 그래도 똑똑한 사람 같았다.

하시모토 준이치는 오즈와 비슷할 만큼 박학다식하고 말이 많았다. 조금은 위악적인 느낌도 드는데 오히려 그게 매력적이었다. 편지 곳곳에 유머러스함도 있어 호감이 갔다.

다이요는 시인 기질이 있었다. 편지에 짧은 시 같은 글이 몇 구절 있고 그 아래에는 '언젠가 아즈사 씨의 노랫가사로 쓰였으면 좋겠다'라는 말을 덧붙이기도 했다. 나베시마는 읽어도 별 감흥이 없었지만 연예계처럼 감성적인 세상에 사는 여자라면 관심을 가졌을 수 있다. 무엇보다 무라세 아즈사에게서도 시로 된 답장이 왔음을 짐작할 수 있는 내용도 있었다.

거기서 나베시마는 다시 벽에 부딪혔다. 가능성이 있다면 이 네 명이다. 기대해도 좋을 만한 배율인데도 결정타가 부족했다. 경정의 6분의 1보다 당첨 확률이 크지만 이 일은 푼돈이 늘었다 줄었다 하는 시간 때우기용 도박이 아니었다.

역시 쉬운 길이라곤 없나. 그렇게 생각하며 나베시마는 다시 눈으로 글자를 좇았다. 그 후 몇 번을 다시 정독해도 정답에 도달할 수 없었다. 어떤 편지에도 무라세 아즈사를 불러내는 듯한 내용은 없고, 시설의 칠석 이벤트 이야기는 고사하고 기후의 기 자도 보이지 않았다. 2시가 지나자 슬슬 '틀렸나' 하는 생각이 들기 시작했다. 처음부터 담당도 아닌 중년 형사의 엉뚱한 발상에 불과했다.

그렇다고 원점으로 돌아간 것은 아니다. 한 가지 가능성은 없었다. 아즈미 마사히코를 퓨와이트로 단정 지은 수사본부는 사적인 메일과 통화 내역을 분석했지만 연예인으로서의 무라세 아즈사의 소통 창구는 중시하지 않았다. 그 안에 퓨와이트가 숨어 있을 가능성은 여전히 있다.

하지만 방법은 제한적이었을 것이다. 기껏해야 소속사 홈페이지에 메시지를 남기는 수준 아니었을까.

무라세 아즈사는 블로그나 SNS를 하지도 않았다. 퓨와이트와 교류 운운하기 전에 과연 연예인으로 성공할 의욕이 있었는지도 의심스럽다. 키미카만 해도 블로그나 SNS를 이용해 홍보나 공지 등을 했다고 했다.

"앗!"

그때 무심코 입에서 소리가 터져 나왔다. 중대한 실수를 깨닫고 이마를 찰싹 때린다. 키미카가 말하지 않았던가. 자신이 무라세 아즈사 앞으로 온 편지를 불태웠다고. 만약 무라세 아즈사도 같은 행동을 했다면.

퓨와이트가 보낸 편지는 모종의 이유로 무라세 아즈사 본인이 직접 폐기했을 가능성도 있는 것이다.

2

역시나 눈꺼풀이 무거웠다. 한숨도 자지 못한 채 관사에서 끌려 나온 게 바로 조금 전. 운전석에 앉은 미쓰미조의 피부에서는 윤기가 흘렀다. 마찬가지로 불면증에 시달렸을 텐데 아침으로 햄버거를 맛있게 먹는 모습은 생기가 넘쳤다.

"안 드시나요?"

"이 안에서 토해도 된다면."

"그건 곤란합니다. 아직 대출도 남아서."

애마의 핸들을 애정 어린 손길로 쓰다듬는 나이 많은 부하 형사는 기분이 좋아 보였다.

"일개 공무원에게는 너무 과할까요? 매달 내야 하는 돈을 들고 아내는 반대가 심했죠. 딸들에게도 한 소리 들었지만 밀어붙였습니다. 형사가 되기로 결심했을 때부터 제 꿈이었거든요. 언젠가 아버지가 그토록 동경하던 차로 자동차 추격전을 벌이다가 멋지게 난파시켜 버리고 싶었습니다."

그런데.

"막상 타다 보니 자연스럽게 애착이 생기더군요. 이제는 휴일 세차 시간이 거의 저만의 힐링 타임이 됐습니다. 은퇴하면 아마 더 아끼며 타겠죠."

즐거운 수다를 흘려들으며 아소는 연한 커피를 홀짝이고 무릎에 올려 둔 노트북을 두드렸다. 다카노가 지시한 보고서를 아직 완성하지 못했다. 오늘 중으로 마무리해서 제출하지 않으면 이제는 정말 조직 안에서 내 미래가 사라진다. 그걸 아는데도 나는 왜 오늘 이 차에 탔을까. 어젯밤 오랜만에 마신 맥주 때문이라면 이제 두 번 다시 입에 대지 않아야겠다고 생각했다.

"눈 좀 붙이시는 게 어떨까요? 이제 와서 서두르셔 봐야 어차피 못 맞출 텐데."

미쓰미조의 무책임한 발언은 정곡을 찌르는 만큼 더 와닿았다. 원래대로라면 아침 일찍 본부에 보고서를 제출하고 그 길로 소네자키 경찰서 영상실에 갔어야 한다. 메이신 고속도로를 향해 달리는 렉서스의 조수석에 앉은 시점에 이미 시합 결과는 정해졌다.

"그리고 어차피 다시 써야 할 겁니다."

한숨이 나왔다. 아소도 그렇게 생각하고 있었으니 미쓰미조의 제안을 거부하지 않았다. 퓨와이트 사건의 진실을 독자적으로 밝혀 내겠다는 폭거에.

"미쓰미조 형사님. 어떻게 그렇게 낙관적일 수 있습니까? 성과를 못 내고 끝나면 저뿐만 아니라 형사님의 처지도 위태로워질 텐데요."

"그때는 최대한 주임님 책임으로 돌려 봐야죠, 뭐."

장난 섞인 같은 말투에서 악의는 느껴지지 않았다. 혹시 이 사람은 모든 걸 혼자 짊어지려는 게 아닌가 하는 의심마저 들었다.

"어차피 처분은 함께 내려질 겁니다."

"네. 그런데 주임님과 달리 전 별로 잃을 게 없으니 부담도 없어요."

"가족분들이 있잖습니까. 이 차의 대출금도."

그러자 미쓰미조는 진심으로 우스운 것처럼 웃음을 터뜨렸다.

"그건 그렇죠. 거기에 저희 둘째랑 셋째도 대학에 가고 싶다고 하는 마당이니 아무리 벌어도 부족할 겁니다."

제대로 한탕해서 금일봉을 노리는 걸까. 그러나 리스크를 생각하면 균형이 맞지 않는다.

"그런데 문제가 생겨도 뭐 어떻게든 되겠죠. 조직 안에서 자리가 없어져도 버티면 그만이고, 정 못 버티겠다 싶으면 그때 다른 일을 찾으면 됩니다."

그렇게 간단한 이야기는 아닐 것이다. 현장을 뛰는 형사로 실력과 경력을 쌓아 온 사람이 사무직에 좌천돼 만족할 리 없고 경찰 일을 그만두면 당장 다른 일을 구하기도 힘들다. 좋은 직장에 재취업하기는 쉽지 않다. 말없이 바라보는 아소의 시선에 화답하듯 미쓰미조는 말을 이어 갔다.

"시모아라치 씨 앞에서 제가 했던 말 기억하십니까? 어떤 사건에 휘말리든 살아 있는 한 인생은 계속된다. 그런 겁니다."

"그런데 보통 그 계속되는 인생을 어떻게든 편안하게 보내려고 절치부심하기 마련이죠."

"합리적이시네요. 전 구닥다리 골통이라서요. 계산 같은 건 잘 못합니다."

렉서스가 메이신 고속도로 나들목을 향해 속도를 냈다.

"사실 거기에는 뒤에 덧붙이는 말도 있습니다. 어떤 일에 휘말리든 살아 있는 한 인생은 계속된다. 그러니 앞만 보며 살아가는 게 낫다. 하지만 그 역시 언젠가는 끝이 찾아온다. 바로 죽음이죠."

ETC의 문이 열려 고속도로에 진입했다.

"주임님은 죽음에 대해 생각해 본 적이 있습니까?"

"학생 때는 나름대로. 전 철학에 약한 편입니다."

"괜찮습니다. 다들 비슷할 테니까요. 사실 제 아내는 간호사입니다. 젊을 때부터 수많은 사람들의 죽음을 지켜봐 왔죠. 아마 수사1과 형사보다 더 많이 봤을걸요."

결혼과 동시에 은퇴했지만 아이들이 다 커서 최근 다시 복직했다고 했다.

"지금은 요양 병원에서 일하고 있습니다. 그곳에서도 매일 누군가가 죽고 있죠. 행복한 임종이 있고 후회스러운 임종이 있고 고독한 임종도 있습니다. 무엇보다 우리는 갑작스러운 죽음으로부터 벗어날 수 없어요. 지금 당장 이 차가 불을 뿜으며 우리 목숨을 앗아갈 수도 있다는 겁니다.”

“심장마비 가능성도 있겠죠.”

“맞습니다. 그러니 젊다고 해서 방심하시면 안 됩니다.”

미쓰미조가 씩 웃었다.

“그런데 걱정해 봐야 무슨 소용 있겠습니까. 다 때가 되면 온다. 뭐 그런 거죠.”

렉서스는 아슬아슬하게 법정 속도를 준수하며 달렸다. 그래도 안정감 있는 주행이었다.

“하는 일이 이렇다 보니 저도 몇 번인가 생명의 위험을 느낀 적이 있습니다. 주임님 정도 나이 때는 별생각이 없었는데, 몇 년 전 총에 맞았습니다.”

강도와 추격전을 벌이다 복부에 총상을 입었다. 즉시 구급차를 타고 병원에 실려 가 다행히 목숨을 건졌다. 수사1과의 거물이 특수범죄과로 옮겨 온 배경에는 그런 사정이 있었을지 모른다고 아소는 추측했다.

“한심한 이야기지만 구급차를 타고 가는 길에 ‘이제 끝이구나’라는 생각이 들더군요. 그리고 그때 처음으로 이런저런 것들을 떠올렸습니다. 죽기 전 미련 같은 게 있을지. 먼저 아내와 아이들의 얼굴이 떠올랐습니다. 돌아가신 부모님의 얼굴도. 그렇게 이것저것 떠올리다 보니 ‘좋아. 괜찮겠네’라는 결론이 나왔습니다.”

“죽어도 괜찮다?”

"네. 어차피 아내와 딸들은 누구보다 잘 살아가고 있습니다. 전 경찰 조직에서야 칭찬해 주는 사람이 많지만 사실 당치도 않습니다. 집에 가면 어리바리한 이등병이거든요. 괜찮다. 걱정 안 해도 된다. 그 사람들은 나 없어도 잘 살 수 있다. 그러고 나서 제 인생을 돌아봤습니다. 부끄러운 실수나 되돌리고 싶은 순간이 너무나 많더군요. 많지만, 그래도 괜찮다는 생각이 들었습니다. 그것들을 전부 합친 게 미쓰미조라는 한 인간의 삶이었다고 납득한 겁니다. 너무 자화자찬일지 모르지만 이 정도면 그래도 행복한 인생이었다고 할 수 있지 않을까요?"

"부럽습니다."

진심이었다. 미쓰미조의 이야기에는 설득력도 있었다.

"전 그 쾌감을 잊을 수 없습니다."

아소는 "네?" 하고 미쓰미조를 봤다. 쾌감이라는 단어가 문맥에 맞지 않았다.

핸들을 잡은 미쓰미조가 차분한 얼굴로 설명을 덧붙였다.

"만족스러운 죽음, 이라고 할까요. 물론 다른 사람들 눈으로 보면 불행한 결말일 겁니다. 순직을 꼭 최고의 죽음이라 부를 수는 없을 테니까요. 그런데 당사자는 만족하고 이 정도면 괜찮다고 느낀다. 그건 의외로 기분 좋은 일이었습니다. 언젠가 또다시 문득 죽음이 찾아왔을 때, 아니 갑작스럽지 않더라도 눈앞에 다가왔을 때 비슷한 안도감을 맛보고 싶습니다."

미쓰미조는 단호하게 말했다.

"과거는 과거일 뿐입니다. 하지만 죽기 직전에는 과거가 전부죠. 최후의 순간에 돌아볼 과거가 허울투성이라면 전 그런 건 사절입니다."

선배 형사의 생사관을 아소는 공유할 수 없을 것 같았다. 자신은 피할 수 없는 죽음을 눈앞에 두고도 분명 '아, 그렇군'이라고 중얼거릴 사람이기 때문이다.

"그래서, 주임님. 이런 말씀 드리기 송구스럽지만 제가 주임님과 함께하려는 것도 어쩌면 제 멋진 최후를 위해서일지도 모릅니다."

"그럼 어쩔 수 없네요."

자연스럽게 그런 대답이 나왔다. 미쓰미조는 만족스럽게 미소 지었다. 갑자기 졸음이 쏟아졌다. 자신의 내면에 '이게 바로 내 삶의 방식이다' 같은 자부는 없다. 그렇기에 세상의 루틴에 따르는 길을 선택하고 있다.

하지만 미쓰미조를 위해서라면. 이 중년 형사가 최후의 순간에 평온한 죽음을 맞이하기 위해 자신이 쓰인다면, 그것도 나쁘지 않다.

아소는 식어 버린 커피를 다 마시고 노트북을 닫았다.

CCTV 영상 확인 작업을 보이콧한 미쓰미조는 그동안 놀고 있었던 게 아니라 나름대로 수사를 이어 가고 있었다.

"기후 시설의 이름이 라파홈이라고 하더군요. 마시로 가문이 소유한 부동산 회사가 오너 기업에 이름을 올리고 있습니다."

"다케유키 씨도 그 안에 포함돼 있다는 말일까요?"

"직접 관련은 없겠지만 아마 그런 인연으로 마시로 고즈에도 그곳에 특별 입주해 있는 거겠죠."

노인 요양 센터에 아직 30대인 고즈에가 거주하고 있다. 입주 시점은 3년 전이라고 했다.

"모친이 있는 시설도 마시로 부동산의 입김이 닿는 곳인 것 같습니다."

이름은 요양 병원이지만 실제로는 정신병원에 가깝다고 한다. 원래는 고즈에도 교토의 그 시설에 있었지만 환경에 잘 적응하지 못했다.

"교토에서 고즈에를 담당했던 여자 간호사를 만났습니다. 그녀가 말하기를 꽤나 까다로운 아이였다고 하더군요."

우선 모친과의 소통이 원활하지 않았다. 서로가 서로를 피했고 급기야 두 사람 사이의 대화가 단절됐다.

"모친은 이미 오래전부터 혼자 힘으로는 걸을 수 없을 만큼 쇠약해진 상태였다고 합니다. 고즈에는 나이가 젊어서 정신적인 면은 그렇다 쳐도 육체적으로 별문제가 없었죠. 그런데 그만큼 더 힘들었다고 합니다."

"그게 무슨 뜻이죠?"

"걸핏하면 화를 내며 시설에서 난동을 부렸다더군요."

이런 시설의 장단점을 명확히 따지기는 어렵다. 시설에 입소하면 결과적으로 증상이 더 악화하는 사례도 있다. 사회와의 단절은 사람의 생활력을 앗아 갈 위험성을 내포하고 있다.

"담당 간호사도 많이 맞았다고 합니다. 특히 화가 나면 달려들어서 깨물었다고 하네요."

"힘들었겠군요."

"네. 그런데 그럴 때를 제외하고는 얌전했다고 합니다. 꼭 인형처럼. 그러다가 어떤 계기가 생기면 갑자기 폭력적으로 돌변했다고."

"라파홈으로 옮겨 간 이후에는 어땠습니까?"

"지금 그 이야기를 들으러 가는 중입니다."

그랬구나. 내가 생각해도 너무 조급했다.

미쓰미조는 오후 3시에 약속을 잡았다고 했다. 예기치 못한 사고라도 있지 않은 한 충분히 시간에 맞출 수 있다.

"그쪽에는 어떻게 설명했습니까?"

"사건 관계자들의 행적을 조사 중이라고만 했습니다. 그쪽에서 경계하면 저희도 움직이기 어렵고 그 안에서 신경 쓰이는 사람이 다케유키만은 아니니까요. 7일 밤 행사 때 온 모든 사람을 조사해야 할 것 같습니다."

다케유키의 알리바이가 확실하다면 그날 방문자 중 무라세 아즈사가 있어야 한다. 그녀가 오지 않았다면 다케유키는 무라세 아즈사를 죽일 수 없다.

"하지만 수수께끼는 여전히 남아 있습니다. 그날 무라세 양이 라파홈에 있었다면 왜 변장 같은 걸 했는지."

"그걸 떠나 애초에 라파홈에 간 목적도 불분명하죠."

다케유키에게 살해당하러 갔을 리는 없다.

"그 부분은 생활안전과의 그 녀석이 뭔가를 물어 오면 좋을 텐데 말이죠."

무라세 아즈사와 마시로 다케유키를 잇는 접점을 밝히지 못하면 모든 게 물거품으로 돌아간다.

미쓰미조가 혀를 쯧 찼다. 머리 위 전광판이 사고로 인한 교통 체증을 알리고 있었다.

3

정오를 넘긴 시간, 아즈미 마사히코는 요도가와강에 걸린 주소 대교 한가운데에 서 있었다. 총 길이 6백 80미터에 이르는 이 대형 아치교 왼편에는 주소, 오른편에는 우메다의 거리 풍경이 보인다. 짙은 연지색 한큐 전철이 눈앞에서 오사카우메다 방면을 향해 달리고 있었다.

도야마가 아즈미 마사히코를 방치하고 간 곳은 효고현의 어느 시골구석이었다. 가장 가까운 역까지 길을 헤매며 거의 한 시간을 걸었다. 다행히 역이 무인역이어서 사람들의 시선을 신경 쓸 필요는 없었다.

JR 아마가사키역에서 도자이선으로 열차를 갈아타고 신후쿠시마역으로. 역에서 걸어 주소대교에 도착해 잠시 기다리는 중이었다.

주머니에 넣어 둔 칼 끝부분이 손에 닿았다.

루이를 보호하려면 다케유키의 자백을 받아 죄를 인정하게 해야한다. 경찰서에 출두해 무죄를 주장하는 가장 상식적인 방법은 이미늦었다. 진실이 밝혀질 때까지 도야마가 기다려 줄 리 없고 머지않아루이의 목숨이 위험해질 것이다.

다케유키에게는 알리바이가 있다. 7월 7일 기후에 있었던 그가오사카에서 아즈사를 살해할 수는 없다. 그런 수수께끼로 남겨 둔 채로는 아무리 설득해도 다케유키가 죄를 인정할 것 같지 않았다.

결국 폭력에 의지해야 할까. 그를 납치하고 감금해 고문하며 자백을 강요해야 할까.

할 수 있을까? 내가.

그래야 할까? 나는.

고즈에의 모습을 떠올렸다. 세상으로부터 버림받은 그녀. 오직다케유키만이 누나를 돌보고 있다. 그런 동생을 나는 그녀에게서 빼앗으려는 걸까.

선택지는 하나 더 있다. 지금 당장 이 다리의 난간을 뛰어넘는 것이다. 내가 죽으면 도야마의 보복이나 다케유키의 복수도 전부 끝난다.

뭔가에 이끌리듯 상반신이 앞으로 기울었지만 결심은 서지 않았다. 죽고 싶지 않았다.

박약한 의지에 또다시 자괴감에 빠질 뻔하며 속으로 다케유키에게 물었다.

왜 죽였지?

네가 죽여야 할 사람은 나잖나.

그런데 왜, 무라세 아즈사를.

문득 머릿속에 '혹시 그녀라면 이유를 알지 않을까' 하는 생각이 들었다.

그때 휴대폰이 진동했다.

—잘 도착했어?

뒤쪽에서 거센 바람이 불어 루이의 목소리가 잘 들리지 않았다.

"꾀죄죄한 양복을 입고 다리 한가운데에 서 있는 남자가 보이지?"

—아직 거리가 너무 멀어. 그런데 괜찮은 거 맞지?

아즈미는 말을 잇지 못했다. 온몸의 상처는 무로토에게 당했을 때보다 상태가 더 심각하다. 아즈미는 대답 대신 물었다.

"너야말로 괜찮아?"

다케유키를 만나 진실을 끌어내려면 차가 필요했다. 믿을 수 있는 사람은 루이뿐이지만 자신이 대외적으로 종적을 감춘 이상 루이 옆에는 형사가 붙어 있을 게 뻔했다.

—그냥 갑자기 당신이 사라졌다고만 했어. 물론 믿지는 않겠지만 그렇다고 강제로 날 어디 가둬 둘 수도 없겠지.

자신처럼 일부러 루이를 자유롭게 풀어 놓고 있는 것이다.

—그래서 지금쯤 당황하고 있을 거야.

요도가와강 너머에서 배 한 척이 다가왔다. 뱃머리에 날씬한 사람의 윤곽이 보인다.

루이는 쇼게키 직원의 차를 타고 후쿠시마 선착장에 가서 개인 크루저를 전세로 빌렸다고 했다. 배는 현재 요도가와강을 지나 고베로 향하고 있다. 아즈미는 어떤 사고 회로를 가져야 이런 양동작전을 생각해 낼 수 있는지 감탄하는 한편으로 놀라움을 금치 못했다.

"경찰은 애초에 나 같은 놈보다 널 체포해야 했다고 후회하고 있겠지."

—어차피 조사는 받겠지만 혼전 우울증 때문이었다고 할게.

루이의 담담한 말을 들으며 아즈미는 미소 지었다.

다시 웃음을 감추고 다리 쪽으로 다가오는 크루즈선 끝에 선 여자에게 말을 걸었다.

"하나만 물어도 돼?"

—이미 수족처럼 날 부리고 있으면서 심문까지 하려고?

"네가 숨기는 걸 알아내려면 어쩔 수 없어."

루이의 대답이 없다. 그녀의 모습이 점점 커진다.

"루이. 넌 아즈사가 연예계 활동을 그만두는 상황을 나에게 납득시키려고 그날 아즈사의 스케줄을 취소했어. 은퇴는 아즈사의 의지가 아닌 네 의지였던 거야."

아즈사에게 강한 의지가 있었다면 그런 계획도 필요 없었을 것이다.

—……무슨 말을 하려는 거야?

"만약 그날 내가 무로토 때문에 감금되지 않았다면 넌 어떡할 생각이었을까?"

루이는 다시 침묵을 지켰다. 부르릉 하는 엔진 소리가 다가온다.

"난 촬영장에 나타나지 않은 아즈사에게 전화를 걸었겠지. 왜 갑자기 스케줄을 취소했는지 물으려고."

만약 계획적으로 스케줄이 취소된 걸 알면 자신은 루이의 거짓말을 비난하고 은퇴도 완강히 반대했을 것이다.

"사후 보고였으니 난 네 말을 믿었어. 아즈사가 정말 일을 그만두고 싶어 한다고 왠지 모르게 납득하고 말았어."

그러나 그건 결과론에 불과했다.

"그날 밤 무로토의 습격을 당신이 예상할 수 있었을 리 없어. 무로토 쓰토무와 내통하지 않는 이상."

다른 사람도 아닌 루이이니 당연히 여러 패턴을 예상해 아즈미를 설득할 방법을 준비했을 것이다. 그중에서도 역시 아즈사와 연락이 두절되는 방법이 가장 효과적이었다.

"아즈사가 전화를 받지 않을 거란 자신이 있었겠지?"

설령 아즈미가 감금되지 않고 그 자리에서 바로 전화를 걸어도 아즈사가 받지 않을 거라는 자신이.

"넌 역시 알고 있었구나. 아즈사가 그날 어디 가는지, 누구를 만나는지."

그래서 일주일간 연락이 두절된 상태에서도 평온하게 지낼 수 있었다.

"아즈사가 만나러 간 사람이 다케유키였나?"

크루저가 바로 눈앞까지 다가왔다. 그러나 루이의 표정은 여전히 멀기만 하다.

　—난…….

　루이가 입을 열었다.

　—그런 사람 몰라. 정말이야.

　"하지만 장소는 알고 있었겠지. 기후에 있는 시설."

　시설 성격상 **전화를 사용할 수 없는 곳.**

　"아즈사에게 전화를 사용할 수 없는 곳이라고 들었지? 그러니 착각한 거야."

　—경찰한테 병원 이야기를 했어?

　닷새 만에 집에 돌아온 아즈미에게 침대에서 루이가 내뱉은 의아한 말이다. 그녀는 아즈사의 행선지를 병원으로 추측하고 속을 떠본 것이다. 정말 아즈미가 아즈사의 행방을 모르는지.

　"아즈사는 그날 왜 라파홈에 갔을까? 왜 아무도 그 사실을 증언하지 않고 있는 걸까? 다케유키와의 관계를 경찰은 왜 밝히지 못하는 걸까?"

　그리고 두 사람은 어떻게 만났을까.

　—당신, 추리 소설을 써 보는 게 어때?

　"진실을 알려 줘! 루이, 지금 넌 뭘 숨기고 있지? 뭘 지키고 있는 거야?"

　루이는 대답하지 않는다. 루이를 태운 배가 주소대교에 다다른다. 아즈미 바로 아래에 루이가 다가왔다. 그래도 약 90미터의 거리가 두 사람 사이를 가로막고 있었다.

"부탁이야. 네가 아는 걸 전부 말해 줘. 난 널 잃고 싶지 않아."

루이가 눈을 감는 게 보였다. 숨을 들이마시는 기척이 전해진다. 하얀 물결이 꼬리를 길게 빼고 있다.

―아즈사는…….

루이가 입에 담은 아즈사의 비밀에 아즈미는 놀라움을 금치 못했고, 퍼즐 한 조각이 맞춰지는 느낌을 받았다.

그래서 그 녀석은 **일요일에 가짜 납치극을 결행한 걸까.**

은행 문을 열지 않아 몸값을 준비하기 불편한 날을 굳이 정해서.

퍼즐 조각은 채워졌지만 전체상은 아직 보이지 않았다.

―이게 내가 아는 전부야.

"날 어떻게 믿지?"

"뭐?" 하고 올려다보는 루이의 표정에서 완고한 가면은 이미 사라지고 없었다.

"그날 무로토에게 습격당한 건 나와 그 녀석만의 진실이야. 그걸 어떻게 믿는 거야?"

애초에 무로토의 습격이 거짓말이고 자신이 아즈사에게 관계를 강요하다가 화가 나서 죽였다는 스토리도 있을 수 있다. 그러니 루이는 아즈미를 시험했다.

그런데도 지금 루이는 나를 믿고 있다. 자신이 거짓말을 하지 않았다는 증거 따위 어디에도 없는데.

배가 다리 그늘 아래로 들어가는 순간 대답이 돌아왔다.

―배신당해도 괜찮으니까.

그 말을 끝으로 전화가 끊겼다.

아즈미는 루이의 잔상을 떨치고 우메다 방향으로 걷기 시작했다. 온몸의 통증을 참으며 앞으로 나아간다. 루이를 태운 쇼게키 직원의 차가 파친코 가게 주차장에 세워져 있었다. 열쇠는 트렁크 아래에 붙어 있을 것이다. 루이가 경찰의 주의를 끄는 동안 자신은 그곳으로 향한다.

다케유키를 만날 확률이 가장 큰 곳.

기후현에 있는 시설 라파홈.

이미 결심을 굳혔다. 칼끝에 손을 얹고 아즈미는 속으로 중얼거렸다.

나는 루이를 지킨다.

하지만 그 방법이 과연 그녀를 행복하게 만들 수 있을까.

4

편지와의 눈싸움을 마치고 나베시마는 나카노시마를 떠났다. 결국 편지 글과 봉투에 적힌 주소 그 어느 곳에서도 퓨와이트, 그리고 마시로 다케유키의 그림자는 보이지 않았다.

후쿠시마역에서 이마미야로 향하는 간조선 열차 안에서 나베시마는 다시 한번 생각을 정리했다. 아직 밝혀야 할 문제가 무엇인지 확인하는 단계였다.

우선 '아즈미 마사히코는 진범이 아니다'를 전제해야 한다. 그렇다면 진범인 퓨와이트는 어떤 인물일까. 무라세 아즈사를 잘 아는 인물이다. 이는 그녀의 시신이 발견된 아파트 계약서에 쇼게키 회사 직인이 쓰인 점에서도 명백하다. 동시에 그는 아즈미 마사히코에게 원한을 품고 있을 가능성이 크다. 이 역시 회사 직인이 쓰인 사실이 뒷받침한다.

금세 한 가지 의문이 생겼다.

퓨와이트가 무라세 아즈사를 죽인 것은 처음부터 아즈미 마사히코에게 죄를 덮어씌울 목적이었을까. 아니면 무라세 아즈사를 죽였으니 아즈미 마사히코에게 죄를 덮어씌우려고 한 걸까.

아소의 말을 들어보면 납치극은 무라세 아즈사의 죽음을 계기로 급조된 것처럼 보인다. 아파트가 뒤늦게 계약됐고, 욕조와 냉동고도 무라세가 사라진 이후 구입했다. 그렇다면 이 모든 것이 계획 범행이었다고 보기는 어렵다.

무라세 아즈사의 살인은 갑작스러운 사고였고, 퓨와이트가 그로부터 일주일이 안 되는 기간에 아즈미 마사히코에게 죄를 덮어씌울 계획을 세웠다면 그는 역시 처음부터 아즈미 마사히코라는 인물을 염두에 두고 있었을 가능성이 크다. 그런 점에서도 아즈미 마사히코에게 원한을 품은 사람이 범인이라는 가설에 무리는 없다. 즉, 퓨와이트가 무라세 아즈사에게 접근한 동기 또한 아즈미 마사히코에게 있는 것이다. 그는 아즈미 마사히코에게 복수심을 품고 무라세 아즈사와 접촉했다. 그러다가 무라세 아즈사 살해라는 사고로 순서가 바뀌어 버렸다.

다음 의문은 퓨와이트가 무라세 아즈사와 어떻게 소통했느냐는 것이다. 나베시마는 그 수단을 팬레터로 추측했지만 지금으로서는 명확한 증거가 없다.

또 하나, 무라세 아즈사가 살해된 곳은 어디인가.

이는 수사본부가 아즈미 마사히코 체포에 적극적으로 나서지 못하는 가장 큰 이유다. 살해의 구체성이 전혀 드러나지 않고 있다.

만약 퓨와이트를 마시로 다케유키로 가정하면 그는 7월 7일에 알리바이가 있다. 그날 그는 누나가 거주하는 기후현 시설에 있었다고 한다. 이 말이 사실이라면 적어도 다케유키는 오사카에서 무라세 아즈사를 죽일 수 없었다. 즉, 무라세 아즈사가 기후에 갔어야 한다. 그러나 그런 정보는 어디서도 나오지 않았다. TV에서 그토록 대대적으로 보도됐으니 일본 전역에서 무라세 아즈사를 본 사람이 있으면 전화 한 통쯤은 왔을 것이다.

그에 대해 아소와 미쓰미조가 내린 해답은 이랬다. 무라세 아즈사는 그날 변장을 했던 게 아닐까. 그래서 아무도 눈치채지 못했던 게 아닐까.

바로 이게 네 번째 의문이다. 무라세 아즈사는 왜 그래야 했을까. 그런 행동을 하면서까지 기후에 간 이유가 뭘까. 만약 마시로 다케유키를 만나러 간 거라면 그건 또다시 '마시로 다케유키는 무라세 아즈사와 어떻게 소통했는가'라는 의문과 겹친다.

지금 자신은 전혀 엉뚱한 길을 걷고 있는 게 아닐까.

나베시마는 문득 그런 의심이 들었다.

한숨이 나올 때쯤 열차가 벤텐초에 도착했다. 승객이 뒤바뀐다. 인파가 문을 지나 우르르 나가서 사방으로 흩어진다. 그리고 열차를 기다리던 사람들이 역류해 좁은 차 안에서 각자 자리를 찾아간다.

마치 그때 우리들처럼.

납치 사건 때문에 급하게 모인 형사들은 혼마치 센트럴타워를 뛰쳐나가 전국 각지로 흩어졌다.

그건 무슨 의미였을까.

왜 백 명의 운반책이 필요했을까. 아직 영리 목적의 납치극을 의심하던 시기에 품었던 의문이었다. 퓨와이트는 미치광이고 인간의 목숨을 아무렇지 않게 여기는 사디스트 쾌락범이다. 그 정도로밖에 설명되지 않았다. 살인을 은폐하기 위한 가짜 납치극이라는 게 밝혀졌을 때 오히려 납득했다. 납득하고 그대로 뒀다. 깊이 생각하지 않았다.

하지만 냉정하게 돌이켜보면 역시 이상하다. 퓨와이트의 목적은 무라세 아즈사를 살해한 죄를 아즈미 마사히코에게 덮어씌우는 것이다. 살인이 만약 사고였다면 퓨와이트를 무계획적인 미치광이라고 잘라 말할 수 없게 된다.

그럼 왜 그런 연출이 필요했을까. 백 명의 형사를 저마다 다른 곳에 보낸 의미는 뭘까.

자꾸만 머릿속에 들어차는 의문의 답이 나오기도 전에 열차는 이마미야에 도착했다.

나니와 경찰서와 반대편으로 걸었다. JR역이면 난바가 더 가깝지만 환승하기 귀찮아 걸어갔다. 시간은 2시를 향해 가고 있다. 걸으며 전화를 걸었다. 아소가 아닌 지금 만나러 가는 남자의 휴대폰으로. 그는 언짢은 듯하면서도 교태 섞인 목소리로 "어쩔 수 없죠"라고 했다. '과차로'까지는 15분이 더 걸렸다.

가게에는 사키나카가 혼자 있었다. 문에 '준비 중'이라는 팻말이 걸려 있다.

"난 당신의 정부가 아니에요."

"무서운 소리 하지 마. 친구잖아."

사키나카는 토라진 듯이 "어휴, 정말" 하고 투덜거렸다.

"돈은 받을 거예요."

"당신 것도?"

"당연하죠. 부가세도 전부."

중년의 게이가 힘차게 맥주를 마셨다. 젠장. 맛있게도 마시네. 일하는 중이라 역시 술을 마실 수는 없어 나베시마가 진저에일을 주문하자 사키나카는 "직접 따라 마셔요"라고 했다. 주인이 눈앞에 있는데도 카운터에 들어가야 했다.

"미리 말해 두겠는데, 그 사람 일이면 대답 안 해요."

"아즈미 마사히코 말인가?"

사키나카가 고개를 획 돌렸다.

"그렇게 빡빡하게 굴지 마. 아즈미 마사히코를 어떻게 하려는 건 아니니까."

사키나카는 "글쎄요" 하고 호응해 주지 않았다.

"그보다 피해자인 무라세 아즈사가 궁금해."

"네? 내가 걔에 대해 알 리 없잖아요."

"가만히 있어도 귀에 들어오는 이야기는 있었겠지. 특히 당신처럼 발이 넓은 사람이라면."

추켜세우기 작전이 조금은 효과가 있었다.

"뭐 물론 조금 들은 게 있긴 해요. 그런데 정말 별거 아니에요."

"충분해. 한 잔 더 하겠어?"

"그럼 모스코 뮬†로."

"그런 건 못 만드니 그냥 맥주로 해."

사키나카는 "정말, 할 줄 아는 게 뭐예요?" 하고 또 투덜거렸다.

"뭐가 궁금한데요?"

"무라세 아즈사가 쇼게키에 들어가게 된 이유."

"그걸 내가 어떻게 알겠어요?"

"이봐. 지금 당신과 티격태격할 시간이 없어. 쇼게키와 오래전부터 알고 지냈잖아."

"대체 뭘⋯⋯."

"난 생활안전과 형사야. 조사하려고 마음만 먹으면 어느 정도 알아낼 수 있다고. 당신은 아즈미 마사히코의 회사에 기타가와 루이 외

---

† 보드카를 베이스로 한 칵테일.

에도 몇 명을 더 소개해 줬어. 애프터케어도 도왔고."

입술을 쭉 내민 채 고개를 돌린 사키나카에게 나베시마는 말을 이어 갔다.

"키미카에게 출연을 제안했다는 AV 회사 사장도 당신 가게 단골이라지? 신치에 있는 게이바."

사키나카는 "게이바가 아니라 뉴하프‡바예요"라고 토라진 듯 말했다.

"그런데 그게 왜요? AV가 범죄예요?"

"범죄는 아니지. 나쁘다는 것도 아니고. 당신이 소개했으니 강압적인 일도 아닐 거야."

사키나카는 한숨을 내쉬고 체념한 것처럼 입을 열었다.

"맞아요. 제가 쇼게키에 몇 명을 소개해 줬다는 건. 나랑도 친하게 지낼 정도이니 전부 상처 하나 정도 있는 애들이기는 했어요. 그리고 그런 애들에게 제대로 된 일을 주는 사람은 아즈미 마사히코 씨뿐이었죠. 애프터케어도 잘해 줬고요. 그러니 나도 안심하고 괜찮은 아이들을 소개해 준 거예요."

"기타가와 루이처럼?"

사키나카는 "네, 뭐 그렇죠" 하고 맥주를 마셨다.

"무라세 아즈사는?"

"걔는 내가 소개한 게 아니에요. 제 발로 쇼게키를 찾아갔다고

‡   여장한 남성이나 여성으로 성전환을 한 남성을 뜻하는 말.

471

해요."

"무라세 아즈사를 가장 잘 알 사람이 누구지?"

"그건…… 루이겠죠."

기타가와 루이. 역시 피할 수 없나.

"기타가와 루이는 여기 자주 오나?"

"가게에는 안 와요. 가끔 통화하는 사이."

"무라세 아즈사에 대해 뭐라고 했지?"

"좋은 아이가 들어왔다고 했어요. 어쩌면 대박이 날지도 모르겠다고."

"연예인으로서?"

"그거 말고 또 뭐가 있겠어요?"

그렇기는 하다.

"무라세 아즈사도 상처를 가진 아이인가?"

"……복잡한 것 같아요."

사키나카가 들려준 이야기는 나베시마도 이미 아는 내용이었다. 아소에게 들은 것과 크게 다르지 않다. 그녀는 어머니를 잃었고 친아버지가 재혼 상대의 딸을 능욕한 과거를 짊어지고 있었다.

"그런 짓을 할 때는 애비가 꼭 아즈사를 옷장에 넣었다고 해요. 그리고 음악을 틀어 놓았대요."

"음악?"

"네. 아이가 지르는 비명을 감추려고. 크게. 하지만 옷장에 있어도 다 들렸겠죠. 아빠가 튼 음악과 여동생의 비명이. 나 대신 여동생이 당하고 있다. 그런 죄책감이 계속 남아 있었을 거예요."

기분이 가라앉았다. 메스꺼움마저 느껴질 정도다.

하지만.

"그러다 어떻게 연예계에서 활동하게 된 거지? 원래는 범죄 피해자 지원 단체에 있었다며?"

"어떻게 그리 잘 알아요?"

말이 너무 많았나.

"쓸데없는 건 묻지 말고, 아무튼 기타가와 루이는 거기에 대해서는 뭐라고 했어?"

"자세한 건 루이도 모르나 봐요. 그런데 아즈사가 그렇게 연예계 일에 열성적이지는 않았던 것 같아요. 루이도 그 점은 걱정하고 있었어요. 그 아이는 과연 뭘 하고 싶은 걸까, 하고."

"뭘 하고 싶었을까?"

"루이도 몰랐는데 내가 알겠어요?"

당연히 모를 것이다.

"루이는 아즈사에게 자기와 비슷한 면이 있다고도 했어요."

"그 여자 역시 연예계 출신이니. 기타가와 루이는 뭘 하고 싶었지?"

"그러니까, 그걸 내가……."

알 리 없다.

주문을 받아서 맥주를 한 잔 더 내줬다.

"형사를 이렇게까지 부려 먹는데 좀 더 쓸 만한 정보 없나?"

"누가 그렇게 하래요? 아무튼, 그리고 보니 요즘 들어 루이는 아즈사 이야기를 거의 하지 않았던 것 같아요."

"요즘?"

"작년 겨울쯤부터였나? 잘 기억은 안 나는데."

그럼 어쩔 수 없다.

"다른 건?"

"대체 언제까지 괴롭힐 거예요? 아즈사는 자기 활동보다 연구를 더 열심히 했다고 해요."

"연구라고 하면 보이스 트레이닝 같은 거 말인가?"

"어려운 단어도 잘 아네요."

"생활안전과를 얕보지 마."

"그래 봐야 일개 중년 아저씨 주제에."

사키나카는 그렇게 비아냥거리고 말을 이었다.

"아무튼 그런 건 아니에요. 연기 공부도 아니고 연출이나 안무, 소속사 운영 같은 프로듀싱 일에 관심이 있었던 것 같아요."

겉으로 나서는 일이 아닌 뒤에서 지원하는 일을 하고 싶었던 걸까. 그렇다면 기타가와 루이와 비슷하지만 이번 사건과 관련된 정보 같지는 않았다.

슬슬 가야 할 때가 됐나 싶었을 때 사키나카가 느닷없는 말을 꺼냈다.

"엄청 좋아했다고 해요. '이토헨'을."

'과차로'에서 나가 미도에게 전화를 걸었다. "뭡니까?"라는 그의 질문에 대답하지 않고 곧장 본론에 들어갔다.

"무라세 아즈사의 집에 DVD가 있었습니까?"

—DVD?

"'이토헨'의 DVD."

—……잠깐만요.

잠시 후 대답이 돌아왔다.

—있었습니다. 출시된 건 다 있었다고 합니다. 그래 봐야 세 장이지만.

"TV는?"

—TV?

"네. 요즘 나오는 TV는 하드디스크에 영상을 녹화할 수 있지 않습니까?"

—……나베시마 형사님, 대체…….

"부탁입니다. 조사해 주실 수 있나요?"

—알겠습니다.

미도의 목소리에서도 긴장감이 느껴졌다. 형용하기 힘든 확신에 몸이 저절로 떨렸다.

이 직감이 맞는다면 이번 사건의 정황이 다시 한번 백팔십도 뒤집힐 수 있다.

5

약속 시간을 훌쩍 지나 나타난 방문자를 야마네라는 매니저가 사무적으로 맞이했다. 그의 얼굴에서는 숨길 수 없는 불안감과 의구심이 엿보였다.

"입장하실 때 가족분들께는 가족 카드를 제시해 달라고 부탁하고 있습니다. 그걸 기계에 통과시키는 방식으로 관리하고 있습니다."

"직원과 업체 관계자들은 어떻게 하고 있죠?"

"관계자용 출입구가 따로 있습니다."

"그곳으로 일반 방문객도 출입할 수 있습니까? 예컨대 그 카드 기록을 남기지 않고."

그렇게 묻는 아소에게 야마네는 노골적으로 얼굴을 찌푸렸다.

"아닙니다. 그쪽 출입구에는 스물네 시간 직원이 붙어 있습니다. CCTV도 있고요. 시설 특성상 보안에 만전을 기하고 있습니다."

치매 노인 등의 무단 외출을 막기 위함일 것이다.

"그리고 그걸 떠나 입소자 가족분들이 그런 식으로 이곳을 드나들 이유가 없지요."

가면을 벗고 불안의 민낯을 드러낸 야마네에게 미쓰미조가 말했다.

"단언할 수는 없지 않을까요? 이곳은 평범한 요양 시설에 비하면 상당히 고급스러워 보입니다. 즉, 입주한 노인들이 나름대로 부유층일 거라는 말입니다. 유언장 변경 문제 같은, 뒤가 켕기는 동기로 찾아올 사람이 아예 없을 거라고 단정 짓는 건 위험합니다."

야마네는 창백한 얼굴로 "그런 건……" 하고 눈을 크게 떴다.

"그냥 그럴 가능성도 있을 거라는 말입니다. 시설에 문제를 제기하는 건 아니고요."

"그럼……."

야마네는 '뭐 하러 오신 겁니까?'라고 표정으로 물었다.

"어쨌든 출입은 컴퓨터로 확실히 관리하고 있습니다. 적절한 서류를 가져오시면 공개할 용의도 있습니다."

영장을 가져오라는 뜻일까.

"자, 자, 그렇게 예민하게 굴지 않으셔도 됩니다. 저희도 쓸데없이 입소자들의 프라이버시를 건들 생각은 없으니까요. 다만 필요한 정보를 가능한 범위에서 알려 주셨으면 하는 바람입니다. 가족이 아닌 다른 방문객은 어떻게 관리하고 있습니까? 입주자의 친구라거나."

"사전에 예약하거나 당사자의 양해를 구한 후 게스트 카드를 빌려 드립니다. 두 경우 모두 입장 시 신분증을 확인하고요."

"신원 불명의 누군가가 이곳에 들어오는 건 어렵다?"

"물론입니다."

미쓰미조는 흐음, 하고 허리에 손을 얹고 다시 물었다.

"7월 7일의 방문 데이터를 보여 주실 수 있습니까?"

그러자 야마네는 "그건……" 하고 말끝을 흐렸다. 당연한 반응이다.

미쓰미조가 한 발 더 나아갔다.

"불가능하다면 말씀하신 서류 같은 걸 가져와서 공개를 요구할 수 있겠지만, 글쎄요. 그렇게까지 민감하게 다룰 문제인지 저로서는 잘 이해가 안 되네요."

야마네의 모습이 마치 뱀 앞에 선 개구리 같아 아소는 눈앞의 남자가 조금 안쓰러워졌다.

"잠깐만 기다려 주십시오."

"가능하면 입주자 명단도 부탁드리고 싶습니다."

"형사님……."

"그 밖의 다른 건 요구하지 않겠습니다. 일절."

야마네는 결국 어깨를 움츠린 채 면회실을 나갔다.

"좋은 곳이군요."

창밖을 보며 미쓰미조가 혀를 찼다. '야마네가 있을 때 그런 말을 했으면 더 좋았을 텐데'라는 생각이 아소의 머리를 스쳤다.

"이렇게 안락한 곳에서 여생을 보내는 것도 나쁘지 않겠죠."

"형사님과는 무관하지 않을까요?"

"아놀드 슈워제네거도 노인이 됐는데 저라고 다를까요."

미쓰미조는 천진난만하게 미소 지었다.

노인 몇 사람이 안뜰을 오가고 있다. 평온한 얼굴로 느릿느릿 걷는다. 그중 한 남자는 벤치에 앉아 입을 반쯤 벌린 채 멍하니 허공을 보고 있었다.

삶의 끝자락에서 노인의 머릿속에 떠오르는 건 뭘까.

흐뭇한 추억 같지는 않다. 남자의 모습은 생기가 느껴지지 않는데다 이곳의 캐치프레이즈라는 '휴양'이라는 단어와 거리가 멀어 보인다. 마치 죄수 같다. 자연스럽게 그런 생각이 들었다.

여기 오는 길에 들은 미쓰미조의 이야기가 머리에 남아 있는 걸까. 아소는 그것을 떨치기로 했다.

잠시 후 야마네가 노트북을 들고 돌아왔다.

"7월 7일의 데이터입니다."

아소와 미쓰미조는 야마네와 함께 작은 모니터를 들여다봤다. 날짜와 시간, 옆에는 ID 넘버, 그리고 입관, 퇴관이라는 글자가 적혀 있다.

"마시로 다케유키 씨는 어딨죠?"

그러자 야마네가 숨을 들이마셨다.

"야마네 씨. 이러다 정말 민감한 문제로 발전할 수 있습니다."

"그, 그게 무슨 뜻이죠?"

"말 그대로입니다. 이건 협박이나 허세 같은 게 아니에요. 여기서 저희에게 협조해 주시면 저희도 물심양면으로 야마네 씨에게 도움이 될 수 있게 노력하겠습니다."

가면 같은 건 이제 멀리 사라졌다. 야마네는 땀을 뻘뻘 흘리며 희미하게 몸을 떨었다.

"……다케유키 님은 이겁니다."

야마네가 ID를 클릭하자 모니터 가득 다케유키의 개인 정보가 표시됐다.

마시로 다케유키, 25세. 효고현 고베시 거주. 특징, 입주자 가족. 해당 입주자, 마시로 고즈에.

그 밑으로는 출입 내역이 줄줄이 적혀 있었다.

"상당히 자주 이곳을 드나들었네요."

"일주일에 한 번은 꼭 오십니다. 가끔 하룻밤 묵고 가시는 날도 있고요."

"그렇군요. 7월 7일도 마찬가지군요. 퇴관이 다음 날인 8일로 돼 있네요."

그는 7월 7일 13시 30분에 시설에 들어와 다음 날 오전 10시에 나갔다.

"이날은 칠석 행사가 있었다고?"

"네. 다케유키 님도 그 일 때문에 오신 겁니다. 이벤트에서 연주를 맡으셔서."

"키보드?"

아소가 물었다.

"그렇습니다. 댁에서 직접 들고 오셨습니다."

"다른 때도 그런 일이 자주 있습니까?"

"고즈에 님을 위해 키보드를 가져오실 때는 많았지만 모든 입주자 앞에서 연주한 건 처음이었을 겁니다. 반응은 아주 좋았습니다. 주변을 의식하지 않고 눈물을 흘리는 부부도 있었죠."

무라세 아즈사가 살해된 날 밤 처음으로 사람들 앞에서 키보드를 연주했다. 이건 우연일까.

"혹시 그날 다케유키 씨의 모습에서 뭔가 이상한 낌새는 없었나요?"

"아뇨, 특별히……."

"사소한 거라도 괜찮습니다. 한 번만 더 되짚어 보세요."

아소의 기세에 눌려 야마네는 고개를 갸웃거렸다.

"그러고 보니 한밤중에 로비에 내려오셔서 비닐봉지를 달라고 하셨습니다."

"비닐봉지?"

"네. 어떤 입주자 가족에게 선물을 받았다고 하시면서."

"그때는 어땠습니까? 당황하거나 초조해하는 것 같지 않았나요?"

"글쎄요. 그런 건 모르겠는데 아마 샤워를 하고 막 내려오신 것 같았습니다. 머리가 젖어 있었으니까요."

아소는 무심코 입술에 손가락을 갖다 댔다. 한 가지 가설이 떠올랐다.

"혹시 한밤중에 어디론가 외출하는 것도 가능합니까?"

미쓰미조의 질문에 야마네는 "아뇨"라고 대답했다. 시설 문이 닫힌 후에는 흔적을 남기지 않고 외부에 나갔다 돌아오는 건 불가능하다고 했다.

"직원용 출입구뿐 아니라 로비에도 24시간 당직자가 있으니까요."

강제로 출입을 시도하면 경보가 울린다. 모든 시스템을 의도적으로 다운시키지 않는 한 불가능하다.

"9일부터 11일까지 매일 오셨군요."

아소가 모니터를 가리키며 말했다.

"네? 아아, 그렇군요."

"무슨 사정이라도?"

"특별한 사정은 없었습니다. 고즈에 님의 몸 상태도 괜찮았던 걸로 기억하고요. 그런데 다케유키 님이 연달아 이곳에 오시는 게 그리 드문 일은 아닙니다."

"7일에 이곳에서 하룻밤 묵기까지 했는데 그 뒤로 사흘 연속을 더 찾아오는 건 너무 잦지 않나요? 7일을 포함하면 일주일에 나흘입니다."

"그렇군요. 그건 뭐…… 맞습니다."

야마네는 고개를 갸웃거렸다. 뭐가 문제인지 잘 모르겠다는 표정이다. 그러다 문득 떠오른 것처럼 목소리를 높였다.

"그러고 보니 체류 시간이 굉장히 짧네요."

"그게 무슨 말이죠?"

놀라는 아소에게 야마네가 모니터를 가리켰다.

"이 사흘 동안. 아무리 늦어도 오신 지 다섯 시간 뒤에는 퇴관하셨습니다. 다케유키 님은 누님을 향한 애정이 매우 깊은 분입니다. 한번 방문하면 보통 폐관 직전까지 계셨는데."

늘어선 숫자를 지그시 바라본다. 야마네의 말대로 9일부터 11일까지 사흘 동안의 체류 시간이 짧다. 처음 이틀은 오전에 와서 저녁이 되기 전 나갔고 11일은 낮에 와서 한 시간 만에 돌아갔다.

"고베에서라면 거리도 꽤 멀어서 보통 오래 머무르시는데."

"평소 다케유키 씨는 이곳에 오면 뭘 했습니까?"

"뭐냐고 물으셔도……. 늘 고즈에 님의 방에 계시죠. 고즈에 님은 바깥출입을 별로 하지 않으시니 아마 방 안에서 연주 같은 걸 들려주셨을 겁니다."

그러나 문제의 사흘간은 온 지 얼마 안 돼 다시 이곳을 떠났다.

"준비 중이었던 게 아닐까요?"

13일에 일어날 가짜 납치극의 준비.

"그럼 굳이 왜 이곳에 왔는지가."

"사정이 있었겠죠."

즉, 고베에서 이곳 기후의 라파홈을 방문하는 것도 그의 계획에 포함돼 있었다.

"7일 방문자 기록을 다시 한번 보여 주십시오."

다케유키의 프로필 화면에서 다시 전체 이력으로 돌아갔다.

아소는 눈을 부릅뜨고 그것들을 훑어보며 물었다.

"다케유키 씨를 제외하면 열두 명. 이 중에서 뭔가 기억에 남는 분은 없습니까?"

"그게 무슨 뜻이죠?"

"평소 보지 못한 분이나 스타일 같은 게 범상치 않아서 뭔가 수상한."

"수상하다니……. 그런 분이 오시면 처음부터 입장시키지 않습

483

니다."

미쓰미조가 "뭐 그건 그렇겠네요" 하고 다시 물었다.

"그런데 1년에 한 번 있는 이벤트잖습니까. 요즘은 핼러윈 분장처럼 그, 뭐라고 하죠?"

"코스프레?"

"네. 그런 걸 하고 오신 분은 없었습니까?"

"기억에 남는 분은……."

"얼굴을 가리고 있었다거나."

아소의 말에 야마네는 "네?" 하고 고개를 갸우뚱했다.

"선글라스나 마스크, 모자 등으로. 어떻습니까?"

"거기까지는 기억이……."

"CCTV 영상은?"

"그건 일주일에 한 번씩 자동으로 덮어쓰기가 돼서……."

"이중 그 후 다시 이곳을 찾지 않은 사람이 있습니까?"

잇따른 질문에 야마네의 시선이 허공을 맴돌기 시작했다.

"야마네 씨. 매우 중요한 사안입니다."

"하지만……."

"이걸."

아소는 사진을 한 장 내밀었다.

"아시죠?"

"네. 그, 납치 사건 때……."

거기까지 중얼거리고서야 야마네는 비로소 형사들의 의도를 정확히 파악한 듯했다.

"설마……."

"비밀로 해 주시길 부탁드립니다."

"지금 다케유키 님이 그 사건에 관여했다고 보시는 건가요?"

"수사 중입니다. 그리고 그 사건의 피해 여성이 이곳에 오지 않았을까 하는 게 저희 추측입니다."

"자, 잠깐만요. 저도 TV를 봐서 피해자분의 얼굴을 알고 있습니다. 다른 직원이나 입주자분들도 마찬가지일 거고요. 아무도 알아차리지 못했다는 건 말이 안 됩니다."

"그러니 변장이나 분장 같은 걸 했는지 물었습니다."

야마네는 혼란스러운 듯이 "하지만……" 하고 말을 이어 갔다.

"그분의 성함이……."

"무라세 아즈사 양입니다."

"그런 분은 이곳에 입주해 계시지 않습니다. 가족분들 명단에도……."

야마네가 노트북 키보드를 몇 번 두드렸다.

"……없네요. 그날은 게스트가 없었으니 그런 분이 오셨을 리 없습니다."

"업체 관계자나 스태프 중에는?"

"농담하시는 거죠? 있을 리 없잖습니까."

무라세 아즈사의 이름이 입주자 가족 리스트에 없다. 게스트 명단에도 없다. 그렇다면 가능성은 두 가지다. 그녀가 누군가를 사칭했거나 이름을 속여서 등록했거나.

하지만 왜 그렇게까지 해야 했을까. 자신은 지금 원하는 스토리에 현실을 억지로 끼워 맞추려는 게 아닐까 하는 우려가 들기 시작했다.

그때 미쓰미조가 불쑥 끼어들어 물었다.

"'자마'라는 성을 가진 분은?"

"네?"

"자마 신야. 자리 좌座에 사이 간間, 그리고 이름은 펼 신伸에 잇기 야也를 쓰는 분입니다."

아소는 미쓰미조가 언급한 이름을 알지 못했다.

"자마 님이라면…… 있습니다."

"나이가?"

미쓰미조는 걸걸한 목소리로 야마네에게 날카롭게 물었다.

"쉰셋이라고 적혀 있는데……."

"시설 입주자치고 젊은 편이네요. 특별한 사정이라도?"

야마네는 입을 다물었다.

"입주 시점이 언제입니까?"

"……작년 말입니다만."

"최근이군요. 7월 7일에 그분 가족도 왔습니까?"

"……네."

"이름이?"

"자마 레나 님입니다."

"입주자와의 관계는?"

"아내입니다."

"나이는?"

"서른아홉이라고 적혀 있습니다만……."

"얼굴을 기억하십니까?"

"아뇨. ……자주 오시는 분은 아니라……."

"그럼 20대 여성이 그 정도 나이로 보이게 화장하고 가족 카드를 손에 들고 자신이 자마 레나라고 하면 의심하셨겠습니까?"

야마네는 거의 울 것 같은 표정이었다.

"입장할 때 카드를 확인한다고 하셨는데 퇴관할 때도 그런가요?"

"네?"

"가족이라면 가족 카드를 목에 걸고 다니겠죠? 그냥 산책하듯 나가서 집에 돌아가도 모를 가능성이 있지 않습니까?"

"그건……."

"만약 자마 레나라고 하는 누군가가 가족 카드로 시설에 입장한 후 **퇴관하지 않았다면**. 여러분은 어떻게 하십니까? 전화를 걸거나 하나요?"

야마네는 완전히 말문이 막혔다.

아연실색하는 그를 보며 미쓰미조가 거듭 물었다.

"자마 씨의 방은 몇 층에 있죠? 혹시 고즈에 씨 방과 가깝지 않습니까?"

"바, 바로 옆방입니다."

"하나만 더. 자마 씨는 입주할 때 누구 소개를 받은 겁니까?"

입을 뻐끔거리는 남자에게 미쓰미조가 한층 압박을 가했다.

"야마네 씨. 제가 맞혀 보겠습니다. 소개해 준 분이 마시로 다케 유키 씨시죠?"

"잠깐만요. 실례합니다."

야마네는 도망치듯 응접실을 뛰쳐나갔다.

"미쓰미조 형사님."

"아, 죄송합니다. 너무 성급했을까요."

아니, 그런 건 중요하지 않다.

"자마 신야가 누굽니까?"

미쓰미조는 또다시 "죄송합니다" 하고 사과했다.

"숨길 생각은 없었습니다. 여기 오기 전까지 그것이 얼마나 중요한 정보인지 몰랐을 뿐이죠."

미쓰미조는 "사실 그 영상 확인 작업 기간에 나름 조사해 봤습니다" 하고 머리를 긁적이고 설명했다.

"자마 신야는 돗토리현 출신의 남자입니다. 사건을 일으켜 복역하고 출소 후 불우한 삶을 살았다더군요. 흔히 말하는 노숙자. 그러다 몇 년 전 복지 시설에 들어갔다고 합니다. 정신질환을 앓아서 혼자서는 제대로 된 생활을 할 수 없는 상태였다네요. 그런데 작년 무렵에 갑자기 그의 보호자가 나타나 시설에서 퇴소했습니다."

"아내인가요?"

"아뇨. 아내는 있지만 10년도 더 전에 세상을 떠났습니다."

"그럼?"

"딸입니다. 이곳에 등록할 때 죽은 모친의 이름을 쓴 건 부자연스러움을 감추기 위한 의도였겠죠. 다케유키가 뒤를 봐줬으니 심사를 엄격하게 하지도 않았을 겁니다."

이쯤 되니 아소는 미쓰미조가 내린 결론을 예상할 수 있었다. 그리고 그의 예상에 등골이 오싹해졌다.

"자마 신야는 바로 무라세 아즈사의 친아버지입니다. 재혼 상대의 딸을 범한 후 관계가 끊긴 아버지 말입니다."

산속 시설과 어울리지 않는 경적 소리가 들려 아소는 반사적으로 밖을 봤다. 해가 기울고 있다.

벤치에 앉아 있던 노인은 더는 그곳에 없었다.

그 후 다시 돌아온 야마네에게 몇 가지를 더 확인하고 라파홈을 떠났다. 어렴풋하게나마 빛이 남아 있는 산길에서 렉서스가 급브레이크를 밟은 건 주차장을 빠져나간 지 얼마 안 된, 샛길과 도로가 갈라지는 지점에서였다.

마치 버려진 것처럼 길가에 바이크가 쓰러져 있었다.

"SR이네요."

"마시로 다케유키의 바이크 아닌가요?"

고개를 끄덕인 미쓰미조와 함께 주변을 둘러봤지만 인기척은 없다. 바이크 옆에는 가방에 담긴 키보드도 있었다.

마른 땅에 남은 타이어 자국으로 시선이 향했다. 그 너머로 숲의 아치에 둘러싸인 길이 있는데 끝이 어딘지는 분명하지 않다.

"가 보죠."

렉서스를 그대로 세워 놓고 둘이 함께 산길을 올랐다. 순식간에 어둠 때문에 시야가 가려졌다. 계절감을 잊은 싸늘한 바람이 불었다.

장비도 없이 더 이상 가는 건 슬슬 위험하다는 생각이 들기 시작할 무렵.

"이쪽 같습니다."

미쓰미조가 가리킨 좁은 길 입구에 누군가가 억지로 길을 비집고 들어간 흔적이 보였다.

"오늘은 일단 돌아갈까요?"

한여름 저녁 7시로는 보이지 않는 길은 어둠이 시야를 가리고 있었다. 기이한 정적과 맞물려 본능적인 공포를 불러일으키기 충분하다. 그러나 아소의 제안에 미쓰미조는 고개를 저었다.

"상황 확인은 해야죠."

바이크가 길가에 쓰러져 있는데도 정작 주인이 없다. 사고가 일어났다고 하기에는 구급차가 온 흔적이 없다. 의심할 여지 없이 사건의 가능성이 컸다.

"이럴 때 형사는 불편하네요."

미쓰미조는 허리에 손을 얹은 채로 웃었다. 파출소 순경이 아니니 무기를 휴대하고 다닐 수 없다. 손전등 같은 것도 없다.

두 사람은 한동안 말없이 발걸음을 옮겼다. 터벅터벅 하는 발소리만 들린다. 아소는 예상보다 더 긴장해 있었고 그 이상 침착해진 자신도 발견했다.

생각해 보면 게릴라전처럼 이렇게 현장에 발을 들이는 것은 처음이었다. 경찰은 원래 치밀하게 수사를 진행해 증거를 수집하고 안전을 확보한 뒤에야 체포영장을 들고 간다. 그러나 지금은 모든 게 불확실하다. 무슨 일이 벌어졌는지조차 알 수 없는 상황에서 법도 권위도 통하지 않는 순수한 자연 속을 맨몸으로 걷고 있다. 그러나 미쓰미조의 뒷모습을 보고 있자니 이 길이 잘못되지 않았다는 걸 느낄 수 있었다.

"저건……."

갑자기 그의 뒷모습이 움직임을 멈췄다. 아소도 눈을 부릅뜬다. 뭔가가 버석거리며 날갯짓하는 소리가 들려서 무심코 주위를 둘러봤다.

"마치§인가."

미쓰미조가 그렇게 중얼거리며 어둠에 떠오른 차량으로 다가갔다. 왠지 이런 숲속에서 보는 차는 고철 덩어리라고 부르는 게 더 어울릴 것 같다는 생각이 들었다. 시동과 불이 모두 꺼져 있다. 이 장소에서는 마치 그것이 올바른 모습이라도 되는 것처럼.

덩그러니 놓인 고철 덩어리가 더 가까이 눈에 들어왔다. 얼마 지나지 않아 미쓰미조는 긴장이 풀린 듯했다. 이유는 금세 알 수 있었

§ 닛산 자동차에서 제조, 판매하는 경차 차종.

다. 차 안에 아무도 없다.

"혹시 근처에 자살 명소라도 있는 걸까요?"

그러나 가벼운 말투는 곧 다시 사라졌다. 차 문에 손을 갖다 대자 쉽게 열렸고 안을 들여다본 미쓰미조가 다시 움직임을 멈췄다.

"왜 그러시죠?"

"이걸."

아소도 내부를 봤다. 조수석 시트가 젖어 있다.

"피입니다. 아직 덜 말랐습니다."

그때 머리 위에서 또다시 뭔가가 날갯짓하는 소리가 들렸다.

6

시모아라치는 오후 4시에 회사에 도착했다.

머리가 지끈거려 견딜 수 없었다. 어젯밤 술을 마신 후 그대로 회사에 출근해 새벽까지 계속 통화 녹취록을 들은 탓이다.

"시모치 씨. 무슨 일이세요?"

시모아라치를 맞이한 사람은 심야 아르바이트생 관리자인 노란 머리 베이시스트 이마무라였다. 평소 존재감도 표정 변화도 거의 없는 사람이지만 한눈에 봐도 놀란 모습이다. 시모아라치가 사복 차림에다 입에서 술 냄새를 폴폴 풍기고 주먹에서는 피가 빨갛게 배어나는 상태였기 때문이다.

"여전히 머리가 샛노랗네."

그렇게 시치미를 떼며 시모아라치는 당연한 듯이 자기 책상으로 향했다. 사규에 까다롭게 구는 회사지만 심야 시간대 복장 규정은 자유로운 편이다.

시간은 어느덧 자정을 향해 가고 있었다. 애니웨어콜에서는 21시부터 다음 날 아침 9시까지를 야간 근무 시간으로 정해 놓고 있다. 그 시간대에 근무하는 상담원은 채 열 명이 안 되는데 젊은 청년부터 재취업한 중년까지 연령층이 다양하며 낮 시간대에 비해 남자 비율이 높다.

"시모치 선배님."

이번에는 고타니가 다가와 말을 걸었다. 어제부터 야간 근무를 하느라 낮에는 쉬어서 보이지 않았던 걸까.

"혹시 뭐 두고 가신 물건이라도?"

"그게 말이지. 오늘 일찍 퇴근했고 내일도 쉬는데 할 일이 있는 걸 깜빡했어."

고타니는 눈에 띄게 의심하는 눈초리로 시모아라치를 봤다.

"출근이 아니라 그냥 작업 조금만 하고 갈 거야. 괜찮지 않아?"

"서비스 야근은 법적으로 금지예요."

"이건 야근이라 할 수 없어. 그냥 사적인 일이니까."

"그럼 더 안 돼요."

"금방 갈게."

고타니의 제지를 뿌리치고 시모아라치는 통화 녹음 시스템을 켰다.

시모아라치의 생각은 이랬다.

7월 13일 퓨와이트는 일부러 광고 시간에 맞춰 애니웨어콜에 전화를 걸었다. 즉, 한창 바쁘게 일하는 타이밍을 노렸다. 여유를 빼앗고 주도권을 쥘 목적이었을 것이다.

그러나 그날이 광고가 쏟아지는 날인 것을 아는 사람은 콜센터 관계자들뿐이었다. 설령 퓨와이트가 무라세 아즈사에게 정보를 전해 들었더라도 정확한 시간까지 알 수는 없었을 것이다.

퓨와이트는 그날 계속 TV를 보고 있었을까. 요즘은 휴대폰으로도 TV를 볼 수 있다지만 그저 우연이었을 가능성도 있다. 하지만 우연이 아니라면 어떨까. 사전에 확인했다면. 어디서 확인을? 당연히 콜센터다. 실제 퓨와이트는 범행 전 통화 녹음 시스템을 이용해 지시를 내렸다. 그렇다면 그전에도 그가 이곳에 전화를 걸었을 수도 있지 않을까.

시모아라치는 7월 8일부터 7월 12일까지의 모든 통화 기록을 확인하기로 했다.

하루 평균 3천 콜. 닷새간 걸려 온 전화는 1만 건이 넘는다. 전부 확인하는 건 터무니없는 일이지만 부글부글 끓어오르는 열기에 맞서고 싶지 않았다. 힘들지언정 해야 했다.

시모아라치는 이어폰을 귀에 꽂고 마우스를 두드렸다.

어차피 아마추어의 즉흥적인 발상이다. 무의미하게 끝난 작업을 되돌아보는 시모아라치의 머리에 자꾸만 부정적인 생각이 스쳤다.

날짜가 바뀌는 시간부터 새벽 5시까지 1천 5백 건의 녹취 음성을 쉬지 않고 들었다. 아테나의 오프닝 멘트가 귀울림이 생길 정도로 귀에 새겨졌다. 그러나 '당첨'은 없었다. 나머지 약 1만3천5백 건. 아직 10퍼센트 남짓을 소화했을 뿐인데도 마음이 꺾일 것 같았다.

퓨와이트를 남자로 단정 짓고 여자 고객의 음성은 듣지 않고 넘겼다. 이 양자택일이 틀렸다면 모든 게 근본부터 뒤집힌다. 처음에는 자신 있던 목소리 구분도 이제는 불안하기만 했다. 자신은 보이스 체인저를 쓰는 그와 단 몇 분 대화를 나눴을 뿐이다.

어젯밤 수확은 세 건. 남자 고객이 어떤 방송이 나올지를 확인한 전화다. 확률은 5백 분의 1이지만 그마저도 전부 퓨와이트가 아니라는 사실을 곧장 알 수 있었다. 너무 나이가 많은 고객이거나 방송 확인 날짜가 7월 13일이 아니거나.

평소 전화를 걸어서 며칠 후 어떤 방송이 나올지 확인하는 사람은 거의 없다. 그러니 날짜까지 7월 13일로 지정한 사람이 있다면 그가 퓨와이트일 확률이 상당히 큰 셈이다.

아니, 과연 그럴까. 전화를 거는 고객 중에는 아내나 어머니에게 보여 주겠다며 특정 날짜에 나올 방송을 확인하는 사람도 있다. 게다가 13일은 일요일이라 그럴 가능성도 있다.

끝이 없다. 그러나 무모하다는 건 처음부터 알고 있었다.

그렇게 되뇌며 시모아라치는 엘리베이터에 올라탔다.

오늘 안에 1만 건의 통화 녹취를 전부 확인하려면 야근 팀에 섞이는 것만으로는 부족했다. 휴게실에 가려다가 흡연실로 방향을 바꿨다. 그곳에는 자판기가 있고 C팀 직원 중에는 흡연자도 없다. 우선 그곳에서 천천히 휴일 출근의 핑계를 떠올리려고 했다.

그러나 흡연실 문을 열고 들어가니 뜻밖의 얼굴이 있었다.

"어? 뭐야? 네가 왜?"

후치모토가 연기를 뿜으며 진심으로 놀란 얼굴로 시모아라치를 맞이했다.

"오늘 쉬는 날 아니야?"

시모아라치는 일단 "그래" 하고 건성으로 대답했다. 바로 다시 나가는 것도 이상하니 무슨 말을 할지 떠올리며 캔 커피를 샀다. 스스로 봐도 행동이 어색했다.

"담배 피웠어?"

"원래는 끊었는데 요즘 자꾸 손이 가네."

"안 피운 지 얼마나 됐지?"

"2년. 집사람 잔소리가 하도 심해서 말이야. 그런데 뭐, 다 망했어. 유명한 농담 있지? '금연은 쉽다. 난 이미 백 번은 했다'."

웃을 수 없었다.

"뭐야. 웃기지 않은 건 내 탓이 아니야."

어느새 두 사람은 마치 대결하듯 서로를 마주 보고 있었다.

"후치모토. 오늘 작업 좀 할 테니까 못 본 척 좀 해 줘."

"작업?"

"그냥."

후치모토의 표정에서는 뚜렷한 의심의 기운이 느껴졌다.

시모아라치는 숨을 한 번 들이마시고 말했다.

"사실 말이지. 난 아즈사를 좋아했어."

후치모토가 눈을 휘둥그레 떴다.

"그러니까 부탁 좀 할게."

후치모토의 대답을 듣지 않고 등을 돌려 흡연실을 나갔다. 망설임은 없다. 유일하면서도 확실한 해답은 그것뿐이다.

나는 지금 내가 좋아하던 여자를 죽인 자식을 처단하려 하고 있다.

사무실에 돌아가니 역시나 주위에서 의심의 눈초리가 쏟아졌다. 시모아라치는 아랑곳하지 않고 원래 앉아 있었던 자리로 향했다.

"이봐. 자네. 여기 뭐 하러 왔어?"

야나기가 다가와서 물었다. 오후가 되면 늘 어디론가 사라지는 주제에 하필 이럴 때 있다니.

"내일을 대비해 준비할 게 조금 있어서."

"우리 회사는 서비스 야근 금지인 거 몰라?"

"요즘 일에 잘 신경을 못 써서 미리 보충 좀 해 놓으려고요."

"휴일마다 전날 출근을 허락하라는 건가? 거기에 자네는 주임이잖나. 윗사람이 그러면 아랫사람들이 힘들어져."

"제발 부탁입니다. 오늘만."

"안 돼. 돌아가."

체구가 작은 남자의 담갈색 얼굴을 바라봤다. 새삼 정말 시끄러운 자식이라고 느꼈다.

"부탁드립니다. 오늘 꼭 해야 합니다."

두 사람은 서로를 노려봤다. 맹금류를 닮은 눈빛에서 노골적인 분노가 느껴졌지만 시모아라치도 물러서고 싶지 않았다.

"난 인정 못 하니 정 할 거면 내 눈에 보이지 않는 곳에서 해."

어깨를 들썩이며 돌아가는 뒷모습을 보며 속으로 '얼른 집에나 가쇼' 하고 독설을 내뱉었다.

주변 시선은 신경 쓰이지 않았다. 할 일은 정해져 있다. 헛수고로 끝날지언정 해야 한다. 시모아라치는 구석 책상에 앉아 컴퓨터를 켰다.

세 시간 정도 작업을 계속하다 보니 역시나 몸 이곳저곳이 뻣뻣했다. 기지개를 켜고 목을 한 바퀴 돌린다. 마침내 7월 8일 밤 분량을 마치고 9일 9시 분량에 도달했다. 이미 음성을 5백 개는 들었다. 여자와 나이 든 사람의 목소리는 무시하고 넘어갔다. 나라면 알 수 있다. 음성 변조기를 썼다고 해도 퓨와이트의 목소리라면 알아들을 수 있다. 시모아라치는 거의 기도하듯 스스로 그렇게 되뇌었다.

자리에서 일어나 사무실을 나갔다. 휴게실에서 커피를 사서 창가 자리에 앉아 한숨을 돌렸다.

퓨와이트는 11일에 지시를 내렸다. 그렇다면 그 시점에 범행 계획은 이미 완성된 걸로 봐야 하지 않을까. 그럼 이제는 사실상 이틀 반나절 분량만 남았다고 볼 수 있다.

그렇게 생각하니 마음이 조금 편해졌고 얼마 안 돼 진저리가 났다. 근거라고는 없는 추측이다. 퓨와이트가 콜센터에 방송 확인 전화를 했다는 건 나만의 추론, 아니 희망 사항에 불과하다.

또다시 마음이 꺾일 것 같았다. 이런 돈도 안 되는 일을 대체 누굴 위해 하는 걸까. 무엇을 위해 하는 걸까. 어떤 의미가 있을까. 생각할수록 공허감에 빠져들 것 같았다.

휴우, 하고 한숨을 크게 내쉬었다.

모든 통화 녹취 음성을 듣는다. 그렇게 결심했다. 그렇다면 해라. 의미가 있느니 없느니는 나중에 생각해라. 문제는 하나다. 내가 납득할 수 있느냐.

자리에 돌아갔을 때는 이미 7시가 지났다. 아무리 생각해도 하룻밤 안에 끝날 것 같지 않다. 내일은 낮 출근이다. 근무는 밤 9시까지. 아침까지 버틸 것인가. 그럼 조금은 가망성이 있다.

"도와줄까?"

깜짝 놀라 고개를 돌리니 후치모토가 서 있었다.

"거기서 뭐 해?"

"누가 할 소리를. 수상한 걸로 치면 지금 이 안에서 너보다 수상한 사람은 없어."

시모아라치는 속으로 '그건 그렇군' 하고 동의하며 말했다.

"집에 가. 초과 야근은 서비스 야근보다 더 나빠."

"내가 할 일도 있지 않아?"

"있을 리가."

"농담이 아니라 진지해."

"그러다가 부장한테 된통 깨져."

"이미 깨졌어. 아까 밥을 같이 먹었는데 회사로 돌아가겠다고 하니 얼굴색이 벌게지더라. 널 걱정하고 계셔."

"······부장이 나랑 냉전 중인 거 몰라?"

"너야말로 모르는 것 같은데. 부장님이 어떤 사람인지."

"융통성이라고는 없는 고집불통이잖아. 괜히 귀찮아질까 봐 아즈사 일도 못 본 척하려 하고."

"정말 그렇게 생각해? 부장이 정말 그런 인간이야?"

그 말에는 대답하지 않았다. 그 정도는 자신도 알고 있다. 은근히 아랫사람을 신경 쓰는 속 깊은 상사를 자신이 진정으로 미워한 적은 없다는 걸.

"시모치. 너, 지금 그 사건 때문에 이러는 거지?"

후치모토가 얼굴을 들이밀며 물었다.

"부장님은 이런 상황이 펼쳐질까 봐 꺼리셨던 거야. 우리가 괜히 그 사건에 더 깊숙이 관여할까 봐."

아마도 이 말이 맞을 것이다. 아마추어인 자신과 후치모토가 전면에 나서 봐야 득 될 건 없다. 그러나 자신은 이미 협상 역할을 떠맡으며 완전히 발목을 잡혔다. 회사를 지킨다. 그 말은 야나기 부장에게 부하 직원들을 지킨다는 것과 같은 의미였다.

"하지만 부장님도 사람을 잘못 보셨지. 나랑 네가 그런 걸 그냥 넘길 타입이 아닌데."

새삼 후치모토를 봤다. 건강해 보이던 얼굴이 핼쑥해졌다. 눈에는 핏발이 서 있다. 하루 이틀 쌓인 피로가 아닌 건 한눈에 알 수 있다.

"널 돕겠다고 하니 부장님이 나한테 뭐라고 했는지 알아? 서비스 야근은 인정하지 않는다. 하지만 단순 친목이 목적이라면 내 알 바 아니다."

그리고 또 하나.

"한번 할 거면 마음이 풀릴 때까지 철저히 해라."

"제기랄. 나니와부시¶야?"

"난 싫어하지 않아. 나니와부시."

자신도 마찬가지다.

"그래서, 뭘 하면 돼?"

그렇게 묻는 후치모토를 다시 봤다. 이 녀석도 싸워야만 앞으로 나아갈 수 있는 사람이다. 그런 마음이 전해졌다. 참견의 이유는 그걸로 충분했다.

7

등줄기가 쭉 펴지는 오싹한 긴장감이 스쳤다. 낯선 부경 본부의 상담실이라는 공간 때문인가 싶었지만 곰곰이 생각하니 2주 전에도 자

¶   주로 의리나 인정을 노래하는 일본의 전통 창가.

신은 여기 앉아 있었다. 물론 앉은 위치는 반대였다.

발소리가 들리더니 문이 열렸다. 미도 하지메는 나베시마를 노려보며 옆으로 한 발짝 물러섰다. 그러자 수사1과 주임 뒤에 선 키 큰 여자가 나베시마를 봤다. 청순한 얼굴과 날씬한 몸매. 그러나 눈빛에는 타인의 접근을 함부로 허락하지 않는 커튼이 드리워져 있다.

기타가와 루이는 태연하게 나베시마 앞에 앉았다.

"괜찮다면 둘이서만 이야기하고 싶은데."

미도와 기타가와 뒤에 서 있던 여경이 놀란 표정을 지어 보였다.

조사 상대가 여자라면 일정 정도 배려가 필요하다. 그럼에도 나베시마는 기타가와 루이의 흔들림 없는 눈빛을 향해 물었다.

"당신만 허락해 주면 돼. 어때?"

"괜찮아요."

"그럼 문을 닫아도 될까?"

"네."

미도가 "나베시마 형사님" 하고 끼어들자 기타가와 루이가 냉랭한 목소리로 말했다.

"괜찮습니다. 무슨 일이 생기면 부를게요."

"하지만……."

"제 발로 여기까지 찾아온 수사 협조인이 그렇게 원하고 있습니다. 여러분께서 거절할 이유가 있나요?"

고개도 돌리지 않고 중얼거리는 기타가와 루이를 보며 스포츠머리 형사의 얼굴에 조금씩 분노가 퍼졌다.

"그럼 밖에 있겠습니다. 무슨 일이 생기면 부르십시오."

감정을 억누르는 미도를 보며 감탄하면서도 나베시마는 쓴웃음을 참지 못했다.

"여전하군. 고베까지의 크루징은 쾌적했나?"

"전에 뵌 적이 있었나요?"

"5년 전쯤에. 뭐 나 같은 아저씨는 당연히 잊어버렸겠지만."

"농담이에요. 잊었을 리 없죠. 나베시마 형사님을."

"그때는 감사했습니다" 하는 루이의 말에서는 약간 빈정거리는 느낌이 묻어났다.

"그때보다 더 예뻐졌는걸."

"요즘은 그런 말도 성희롱이 된다고 해요."

"이 나이에 징계면직은 꼴사나우니 좀 봐줘."

그러자 루이의 입꼬리가 살짝 올라갔다.

"순서가 바뀌었지만 아무튼 바쁜 와중에 갑자기 불러내서 미안하군."

"괜찮습니다. 어차피 덕분에 개점휴업 중이니까요."

"고생이 많아 보이네."

"네. 그러니 오늘 여기 온 건 여행의 연장선, 그리고 기분 전환이라고 할까요."

두려움이라고는 느껴지지 않는 당당한 태도다.

"그래서, 용건이 뭐죠?"

창문을 통해 들어오는 빛이 흰색에서 붉은빛으로 빠르게 물들기 시작한다. 주홍빛에 비친 기타가와 루이의 살결이 한층 투명해 보였다.

"무라세 아즈사 양과 관련해서 몇 가지 확인하고 싶은 게 있어."

"필요한 건 이미 전부 말씀드렸을 텐데요."

"당신도 알겠지만 지금 상황이 꽤나 복잡하게 됐어. 아무리 사소한 거여도 사건 해결에 도움 될 수 있으니 모쪼록 협조해 줬으면 해. 남편을 위해서라도."

"전 독신이에요."

"기묘한 우연이로군. 나도 비슷한 처지인데."

따스함을 머금은 냉소가 돌아왔다.

"이제 와서 뭐가 더 필요하죠?"

"단도직입적으로 묻지. 무라세 양은 왜 연예인이 되려고 했나?"

얼굴에서 웃음기가 사라진다.

"나베시마 형사님은 왜 형사가 되셨나요?"

"나? 글쎄. 난 별다른 재주가 없고 똑똑하지도 않아. 특별히 하고 싶은 것도 없었고. 그런 인간이 얼른 안정된 수입을 바란 결과라고나 할까. 재미없는 대답이겠지만."

"대부분 그렇겠죠."

"무라세 양은 어땠지?"

"비슷해요."

짜증이 나기보다는 왠지 반가웠다. 5년 전, 루이가 스무 살이었을 때 만났을 때와 전혀 변한 게 없다.

그때 기타가와 루이는 피의자였다. 지금은 요주의 인물이기는 해도 선의를 가진 일반 시민이다. 입장은 뒤바뀌었지만 그래도 아직 자신에게 명분이 있다고 나베시마는 생각했다.

"'이토헨'을 아나?"

"우리나라에서 그 아이들을 모르는 업계 사람을 찾기가 더 힘들걸요."

대답에 막힘이 없다. 그러나 입을 떼기 전 한 박자 반의 공백을 나베시마는 놓치지 않았다. 올바른 길을 가고 있다고 확신했다.

"무라세 양은 그 그룹을 열심히 연구했다고 들었어."

"누구한테요?"

"그건 말할 수 없어. 말할 수 없지만, 무라세 양의 집에서는 '이토헨'의 공연 DVD 세 장이 나왔다지. 시중에 출시된 것 전부라고 해. 그리고 TV에 달린 하드디스크에는 그 그룹이 출연한 방송이 잔뜩 녹화돼 있었고."

"요즘 가장 핫한 아이돌이잖아요. 연구하는 게 당연하죠."

"정작 무라세 양 본인의 활동과는 조금 거리가 있었던 것 같던데. 모델 일이나 심지어 TV에 출연할 때도 무라세 양은 그다지 열정적이지 않았다는 게 업계 관계자들의 증언이야."

"무책임도 이 업계에 필요한 재능이거든요. 연예 정보 프로그램 같은 걸 보시면 아실 수 있을 텐데."

"그 아이는 대체 뭘 하려고 연예인이 된 걸까?"

기타가와 루이의 표정에는 변화가 없다. 몸에도 변화가 없다. 다만 투명한 피부에 은은한 붉은 기가 도는 것 같았다.

"유명해지고 싶다. 돈을 벌고 싶다. 아무리 조사해도 무라세 양은 그런 것들에는 관심이 없었던 것 같아. 심지어 그녀가 정말 하고 싶었던 건 누군가의 뒷바라지였다고 말하는 사람들도 있더군."

"그럴 수도 있겠죠. 걔는 평소에 늘 누군가의 도움이 되고 싶어 했으니까요."

"예를 들어 누구?"

"누구라고 콕 집어 말할 수는 없어요. 굳이 말하자면 어려운 사람, 억압받는 사람."

"자선 사업가 같은 타입이었다는 말인가?"

"글쎄요. 전 그런 쪽은 잘 몰라서."

이번에는 나베시마가 "흐음" 하고 잠시 뜸을 들였다. 찬찬히 기타가와 루이를 관찰한다. 흔들림이라고는 찾아볼 수 없다.

"그러고 보면 아즈미 마사히코에게도 비슷한 면이 있던 것 같더군."

나베시마는 천천히 다시 말을 이어 갔다.

"그 사람은 팔리지도 않는 자기 소속사 아이들의 애프터케어를 열심히 했다지. 오히려 그쪽이 본업이 아니냐는 의견도 있었어."

"누구한테 어떤 이야기를 들으셨는지 모르겠지만 아쉽게도 전 그런 이야기를 접한 적도, 누군가에게 들은 적도, 심지어 비슷한 말을 들은 기억도 전혀 없답니다."

"난 왠지 당신도 비슷한 것 같아."

기타가와 루이가 살짝 눈을 가늘게 떴다.

"아닌가?"

미묘한 숨소리. 체념 섞인 그 소리는 방어선을 조금 낮추겠다는 결단처럼 들렸다.

"그 사람은 저보다 훨씬 긍정적인 사람이에요."

"그 말은?"

"연예인으로 성공하지 못한 아이들의 두 번째 인생 준비가 그리 쉬울 리 없죠. 콘서트에서 받는 스포트라이트와 사무실 전등은 온도 차가 너무 심하기도 하고."

"그래서 AV 출연을 권했나?"

그제야 표정에 분명한 색이 떠오른다. 불쾌감의 색이.

"실은 나를 찾아와 상의한 아이가 있어. 연예계 활동을 그만두고 AV에 출연할지 말지 고민하더군. 당신이 알선한 거 아니야?"

"그 아이가 직접 그렇게 말했나요?"

"아니. 그 아이는 그저 '과차로'에 들렀을 뿐이고 거기서 그런 제안을 들었겠지. 하지만 그 모든 걸 주도한 사람은 당신이었어."

"증거는?"

"없어. 그런 게 필요하지도 않고. 걔는 성인이라 AV 출연이 딱히 범죄도 아니니까."

키미카에게 직접 확인했다. 기타가와 루이가 '과차로'의 사키나카를 찾아가 상의해 보는 게 어떻겠냐고 조언했다고 그녀는 인정했다.

"이 세상의 윤리 같은 걸 들이밀 생각은 없어. AV 출연이 꼭 나쁘다고 보지도 않고. 다만 상처받고 약해진 여자아이들의 등을 망설임 없이 뒤에서 미는 당신의 진짜 속내가 궁금할 뿐이야."

"그런 거창한 건 없답니다."

지그시 루이를 본다. 루이도 나베시마를 봤다. 망설임이라곤 티끌만큼도 없는 눈빛으로.

"사건과 관련 있는 이야기 같지 않네요. 아니면 이런 걸 두고 행정 지도라고 하나요?"

"그럴 리가. 하지만 아예 무관한 이야기를 하는 것도 아닐 텐데."

"짧게 부탁드려도 될까요? 아니면 역시 밖에 계신 동료분들을 불러 드리는 게 나을까요?"

"그건 당신이 알아서 해. 계속해도 되겠나?"

침묵을 긍정으로 해석하고 나베시마는 다시 입을 열었다.

"무라세 양과 사귀는 사람이 있었나?"

"모르겠네요."

"친한 친구는?"

"모르겠어요."

"사적으로 자주 만나던 사람은? 가족이든 예전 직장 동료든."

"같은 질문을 지겨울 정도로 많이 받았고, 매번 같은 대답을 반복해서 했답니다."

속을 알 수 없다.

"당신은 모르는 누군가가 있었을 수도 있지 않나?"

"그럴 수도 있겠죠. 전 전혀 모르지만."

"거기서부터 이상해."

나베시마는 검지를 세웠다. 굳이 연기 섞인 몸짓으로 루이를 몰아붙였다.

"사람의 마음을 쥐락펴락 하는 당신 능력을 누구보다 잘 알거든. 5년 전에도 마찬가지야. 당신은 어린 여자아이들의 마음을 완벽하게 사로잡고 통제했어. 당신의 그런 능력을 난 의심하지 않아. 쇼게키에서도 마찬가지였겠지. 그토록 관심받고 싶어 하는 연예인 지망생들이 아무도 이번 사건을 이용하려 하지 않는 걸 보면 역시나."

손가락을 내려놓고 루이를 본다.

"그런데도 무라세 양에 대해서는 전혀 모른다? 어떻게 그럴 수 있을까. 이상하지 않아?"

"형사님만의 억측이에요."

"그럴지도 모르지. 하지만 난 일단 믿어 보기로 했어."

지금의 한숨은 체념이 아닌 어처구니없어하는 의사 표시일까.

"무라세 양의 집안 사정은 경찰도 파악하고 있어. 당신도 알고 있었을 테고. 그런데 당신은 뭘 숨기려고 하는가. 왜 공개하지 않는가. 아무리 생각해도 잘 이해가 안 돼."

루이가 눈을 가늘게 뜨고 나베시마를 날카롭게 째려봤다.

"어차피 조사하면 다 나올 정보 아닌가? '이토헨'의 이토 준이 무라세 양의 의붓 여동생이라는 거."

침묵이 흘렀다. 1초, 2초…….

짧고 긴 공백이 냉소로 깨질 때까지 나베시마는 숨도 제대로 쉬지 못했다.

"뭐 문제라도 있나요?"

나베시마는 한숨을 내쉬고 천장을 올려다봤다.

"무라세 양이 연예인이 된 건, 전에 자신이 지켜 주지 못한 여동생을 돕고 싶다는 일념에서였어. 아닌가?"

루이는 대답하지 않는다. 이 역시 긍정으로 받아들였다.

'이토헨'이 슬슬 인기 아이돌 반열에 오를 무렵 무라세 아즈사는 다니던 복지 법인을 그만뒀다. TV에 나오는 여동생을 보며 그녀가 어떤 생각을 했는지 나베시마는 알 수 없다. 그러나 분명 축복했을 것이다. 동시에 동생을 과거로부터 지켜 줘야 한다고도 생각했을 것이다.

공개적으로 만나러 갈 수는 없었다. 자신의 존재는 의붓 여동생에게 과거 그 자체. 숨겨 둔 상처가 드러나면 세상은 호기심 어린 시선으로 이토 준을 괴롭힐 게 뻔했다.

지키고 싶지만, 지킬 수 없다. 그런 양가적인 감정이 무라세 아즈사가 연예계 활동에 전념하지 못한 원인이었을 수 있다.

"이토 준과 무라세 양은 서로 연락을 주고받았나?"

"형사님은 모르시겠지만 '이토헨'이 소속한 패싱 프로모션은 엄격한 소속 연예인 관리로 유명한 곳이랍니다."

"방법은 있었겠지. 예를 들어 팬레터를 통해 당사자들끼리만 알 수 있는 비밀스러운 교류도 가능했을 테고. 아닌가?"

무라세 아즈사는 친아버지의 범죄 행위가 밝혀진 후 외할아버지, 외할머니의 집에 들어가 두 사람 손에서 자랐다. 성도 무라세로 바뀌었다. 이토 준 역시 마찬가지로 어머니 쪽 성으로 돌아갔을 것이다. 한동안 두 사람이 공유하던 이름은 서로의 존재를 인정하는 암호이기도 했다.

자마. 그것은 이토 준을 능욕한 무라세 아즈사의 친아버지의 성이다. 만약 자마 아즈사의 이름으로 편지가 도착했다면 준은 어떻게 했을까. 편지를 태워 버리고 없었던 일로 여겼을까. 아니면 답장을 썼을까.

기타가와 루이가 질문을 던졌다.

"이토 준이 이번 사건과 관련됐다는 말인가요?"

"그렇게 생각하지는 않아. 그 아이는 당일 공연 준비로 바빴을 거야. 느긋하게 밖에 나갈 수도 없었겠지. 적어도 6시에 애니웨어콜에 전화를 걸 수는 없었어. 납치 사건에 한해서만큼은 결백해."

"그럼 그 아이가 아즈사를 죽였다?"

"어떻게 생각해?"

"말이 돼요?"

"가능성은 있지. 만약 그 아이가 범인이라면 아즈미 마사히코는 무죄가 되는 거고."

기타가와 루이가 눈을 가늘게 떴다. 더없이 차가워 보이는 입술이 굳게 닫혀 있다. 주홍빛에서 조금씩 검정이 짙어지는 취조실 안에서 오로지 그녀만 투명한 막에 싸여 있는 것 같았다.

"……안심해. 국민 아이돌 이토 준은 7일 도쿄 어느 라디오 방송국의 생방송에 출연했으니까."

루이의 표정은 바뀌지 않았다.

"혹시 범인이 누군지 짐작이 가나?"

"전 줄곧 무로토 쓰토무라고 믿었어요."

지체 없는 대답이었다.

"아즈미 마사히코는 무라세 양을 얼마나 잘 알고 있지?"

"그냥 주변 환경 정도만. 이토 준과 아버지의 존재에 대해서는 최근까지 몰랐을 거예요."

"그럼 당신은 뭘 어디까지 알고 있지? 그리고 왜 경찰에 말하지 않았지?"

"말해 봐야 소용없으니까요. 지금까지 저희가 나눈 대화에서 범인 체포에 도움 될 만한 정보가 있나요?"

5년 전 조사 때도 이 여자는 이토록 퉁명스러웠다. 나베시마는 그 안에서 기타가와 루이의 반항심을 읽었다. 그리고 그로부터 5년이 흐르자 그녀 안에 숨어 있는 또 다른 감정이 보였다.

"당신, 친절해졌네."

나베시마를 바라보는 눈동자가 살짝 커진다.

"5년 전과 다른 것 같아. 무라세 양은 이미 죽었는데도 당신은 왜 둘의 관계를 계속 숨겼을까. 이유는 하나일 거야. 당신은 이토 준을 지키려 하고 있어. 무라세 양이 그랬던 것처럼, 그녀의 유지를 이어받아 이토 준을 과거의 스캔들에서 벗어나게 해 주려는 거야."

하지만.

"그런 게 정말 이토 준의 행복으로 이어질까?"

기타가와 루이가 나베시마를 노려봤다.

"적어도 당신은 그 아이에게 그 아이의 과거가 아닌 현재까지의 무라세 아즈사에 대해 알려 줘야 하지 않겠어?"

5년 전 기타가와 루이였다면 '무의미하다'라고 잘라 말했을 것이다. 그때 그녀는 오로지 앞만 보며 달리고 있었다. 소녀들에게 가장 큰 이익을 가져다줄 수단을 매춘으로 보고 그것을 알선했다. 하지만 지금은.

잠시 후 루이는 눈을 감고 길게 한숨을 내쉬었다.

"저도 아즈사가 어디서 누구를 만났는지 정확히 몰라요."

나베시마는 고개를 끄덕였다. 만약 그걸 알았다면 경찰에도 털어놓았을 것이다.

"작년 가을쯤에 아즈사가 절 찾아와 실종된 아버지가 나타났으니 데려가라는 연락을 받았다고 했어요. 병원에 입원시키고 싶지만 돈이 많이 든다며 고민 중이었죠. 이토 준과의 관계를 알게 된 것도 그때예요. 전 그때 이렇게 말했죠. 그냥, 버리라고."

이 여자는 이런 말을 이토록 평온한 표정으로 하다니.

"아즈사는 고개를 끄덕이지 않았어요. 그러더니 연말쯤 친척의 도움으로 아버지를 입원시켰다고 하더군요. 거짓말이라는 건 금세 알 수 있었어요. 믿을 만한 친척이 있다면 처음부터 절 찾아오지도 않았을 테니까요."

"아즈미 마사히코에게도 그 이야기를 했나?"

"아뇨. 하지 않았고, 물어볼 수도 없었어요."

"왜지?"

그 질문에 기타가와 루이는 나베시마에게서 시선을 떼고 고개를 떨궜다.

"두려웠기 때문이랄까요."

자조 섞인, 혹은 토라진 소녀처럼 미소 지으며 말했다.

"왜냐하면 전 아즈사를 도와준 사람이 그 사람인 줄 알았거든요."

그러니 무라세 아즈사의 죽음을 알고 나서도 경찰에 밝히지 않았다. 아즈미 마사히코를 향한 의혹이 더 짙어질 것으로 판단했기 때문이다. 아즈미 마사히코가 범인이 아닌 이상 그는 거짓말을 하지 않았다. 그렇다면 무로토 쓰토무를 범인으로 믿는 것도 자연스럽다. 범인이 무로토라면 이토 준의 과거 폭로로 이어질 자마의 존재를 쓸데없이 밝힐 필요가 없다고 판단했을 것이다.

"아버지 이야기를 처음 들을 때부터 좋지 않다고 생각했어요. 아버지를 돌보고 이토 준의 그림자를 쫓으며 연예계 활동을 이어 간다. 그런 삶에 지칠 아즈사의 미래가 훤히 보였으니까요. 그래서 우선 연예계 일을 그만두게 해야겠다고 생각했죠. 그런데 다른 소속사로 옮긴 뒤라면 이미 늦고, 설령 아즈사를 직접 설득한다고 해도 아즈미가 말릴 게 뻔했어요. 그래서 그가 먼저 포기하게 할 계기부터 마련한 거예요."

7일 아버지가 있는 시설에 가서 잠시 시간을 보낼 계획이라고 아즈사 본인에게 직접 들었다. 그것을 이용해 거짓으로 일방적인 스케줄 취소를 계획한 것이다.

"아즈사는 바보였어요. 과거에 사로잡힌 채 현재를 희생하고 있었죠. 전 그런 게 싫어요. 현재는 마땅히 미래를 위해 희생해야 하지 않나요?"

루이가 금세 웃음을 잃었다.

"나베시마 형사님. '과차로' 때 형사님은 절 의심했어요."

"지금도 마찬가지야. 소녀들과 손님을 연결해 준 사람은 페코였지만 아이들의 동의를 얻어낸 사람은 당신이니까."

"맞아요. 저예요."

루이가 순순히 인정했다.

"드디어 인정하나. 이제 와서 체포할 수도 없겠지만."

"그때 인정해도 괜찮았어요."

"그럼 왜 그렇게 끈질기게 버텼지?"

"형사님한테 화가 나서요."

"나한테?"

"네. 그때 형사님은 매춘을 더러운 일이라고 단정 지었어요. 아닌가요?"

받아칠 도리가 없다. 그럴 수도 있고 아니었을 수도 있다. 지금에 와서는 뭐라고 말할 수 없다. 다만 그때 자신은 미성년자의 약점을 이용하는 루이의 방식에 분노를 느꼈을 것이다.

"매춘이 아닌 당신의 수법이 더럽다고 한 거야."

"네. 전 그게 화가 났어요. 별다른 재주가 없고 머리도 좋지 못한 형사님이 경찰이 되어 직접 몸을 쓰며 돈을 벌었듯이 그 아이들도 자신의 재능을 살려서 돈을 벌려고 한 것뿐이에요. 그 아이들과 형사님이 뭐가 다른가요?"

"궤변이야."

"어차피 법률 같은 것도 궤변 아닌가요? 당시 그곳에서 매춘에 나선 아이들이 얼마나 궁지에 몰려 있었는지 아시나요? 뚜렷한 의지와 목적을 가지고 삶을 다시 시작하기 위해 내린 결정을 형사님이 짓밟았다는 걸 아시나요? 그 후 그 아이들이 어떤 삶을 살게 됐는지 아시나요?"

목구멍 깊숙한 곳에서 말이 걸렸다. 쏟아내고 싶지만 기타가와 루이 앞에서만큼은 주춤하게 된다.

"지금 전 돈 이야기를 하는 게 아니에요. 그 아이들은 미래가 너무 멀리 있는 나머지 현재에 숨 막혀 하고 있었어요. 예를 들어 10년 동안 죽은 것처럼 살 바에야 단 1년이라도 모든 걸 불태우고 싶다. 전 미래를 위해서 현재를 희생하는 삶의 방식이 나쁘다고 보지 않아요."

"……그렇기는 해도 줄기 마련이야."

루이의 시선이 한곳에 멈췄다.

"희생한 현재의 무게 때문에 무언가가 줄어서 사라지게 돼 있다고. 안 그런가?"

나베시마는 상반신을 앞으로 숙였다.

"아즈미 마사히코도 마찬가지 아니야? 그 역시 과거에 사로잡힌 채 현재를 희생하며 발버둥을 치고 있지. 당신이 그런 그와 함께하는 이유가 뭐지? 그가 범인이 아니라고 당신이 믿을 수 있는 건 그의 삶의 방식을 곁에서 지켜봐 왔기 때문 아닌가?"

루이가 후훗 하고 웃음을 터뜨렸다. 서늘하고 애처롭지만 상쾌한 웃음이다.

"하나만 알려 드리죠. 아즈사는 이토 준에게 편지를 쓰기는 했어도 만나지는 않았다고 했어요. 답장도 못 받았다고 했죠. 그리고 아즈미 마사히코는, 정말 바보 그 자체예요."

눈빛에서 조롱의 기운은 조금도 찾아볼 수 없다.

"하나만 더 알려 줘."

무언의 미소가 나베시마를 자극했다.

"'과차로'의 그 아이들은…… 그 후 어떻게 됐지?"

루이는 그대로 미소를 머금은 채 말했다.

"상상하세요. 앞으로도 쭉, 영원히."

그러고는 자리에서 일어나 조사실을 나갔다.

8

아즈미 마사히코는 쇼게키 직원의 낡은 차를 타고 한신 고속도로를 달렸다. 스이타 JCT를 지나 메이신 고속도로로 들어가 기후하시마 IC로 향한다. 편도 5천 엔 요금에 기름값을 더하면 왕복 1만 엔이 넘는다.

라파홈 직원 말에 따르면 7일 즉, 칠석 이벤트가 있던 주간에 다케유키는 이런 왕복 여행을 서너 번이나 반복했다. 아버지가 자살한 뒤에도 다른 사람들보다 경제적으로는 풍족했을 것은 의심의 여지가 없다.

그런데도 왜 그는 무라세 아즈사를 죽이는 선택에 이르렀을까. 왜 아버지의 죽음을 극복하고 미래를 살려고 하지 않았을까. 왜 과거에 집착하며 최악의 길을 내달리고 만 걸까.

그것을 그저 치기나 어리광으로 치부하는 건 제삼자라면 할 수 있을 것이고 또 그럴 만도 하다. 그러나 세상에서 유일하게 그런 말을 입에 담는 것이 허락되지 않은 사람은 다름 아닌 아즈미 자신이었다.

고즈에도 여전히 마음을 죽인 채 살고 있다.

문득 고민이 생겼다.

내가 정말 다케유키를 추궁할 수 있을까. 추궁해도 끝까지 죄를 인정하지 않는다면 이 칼을 꺼내 들 수 있을까. 아즈사를 애도하기 위해. 루이를 지키기 위해.

그런 짓을 할 바에야 차라리 이 가속 페달을 힘껏 밟으며 손에서 핸들을 놓고 브레이크를 포기해야 하지 않을까. 내가 죽으면 모든 게 청산되지 않을까.

정말로 내가 죽으면 모든 게 끝일까.

해답은 없다. 통증을 참아 가며 아즈미는 라파홈으로 가는 도로를 달렸다.

산길을 오르니 건물이 눈에 들어왔다. 부지 내 주차장에는 경비원이 보이지 않고 잘 가꿔진 안뜰이 펼쳐져 있다. 노인 몇 사람이 산책을 하고 있다. 날씨가 맑았다.

한 바퀴를 돌아도 바이크 같은 건 보이지 않았다.

일단 부지를 나가 산길로 돌아갔다. 산기슭에서 뻗은 포장도로는 중간에 라파홈으로 향하는 외길과 다른 길로 나뉘어 있다. 갈림길에 도착해서도 바이크 같은 건 맞닥뜨리지 못했다.

핸들을 오르막길 방향으로 꺾는다. 다케유키에게 내 존재를 알리고 싶지 않았다. 느닷없이 나타나 붙잡아서 추궁한다. 구체적인 계획 같은 건 없는 어차피 운수소관의 싸움이다.

마침 적당한 곳에 샛길이 보였다. 그 앞에 놀이터가 펼쳐져 있다. 그곳을 지나 후진해서 놀이터에 진입했다. 위치를 조정하고 차를 세운다. 운전석에서도 산을 오가는 차량이 잘 보이는 곳이다. 우거진 숲이 블라인드가 되어 저쪽에서는 이쪽이 보이지 않을 것이다. 시동을 끄자 단숨에 정적이 찾아왔다.

이제 남은 건 다케유키가 오늘 시설에 올 가능성에 베팅하는 것뿐이다.

범행을 인정하지 않으면 어떡해야 할까. 시선을 차도에 못 박은 채 아즈미는 고민했다.

인정하게 만들어야 한다. 변명할 수 없도록 몰아붙여야 한다.

칼의 힘을 빌릴 수도 있다. 그러나 실제로 칼을 쓰고 싶지는 않았다.

쓴웃음이 나왔다. 문득 도야마의 말이 떠올랐다. 좋은 사람으로 남고 싶을 뿐이라는 말.

도야마 밑에서 일하던 시절 자신은 어엿한 악당이었다. 말도 안 되는 누명을 씌워 상대를 비난했고 아무렇지 않게 주먹을 휘두르고 발길질을 가했다. 마시로 노리히사의 죽음이 나에게 전환점이 됐지만 나만 모를 뿐이지 내 행동이 누군가의 불행과 죽음의 원인이 된 적도 있을 것이다.

이제 와서 윤리 같은 걸 논할 처지는 아니다. 그렇다면 다케유키를 죽이는 것에 무슨 장애물이 있는가. 또 이번에는 이쪽도 물러설 수 없는 상황이다. 게임처럼 다른 사람을 공격해 쓰러뜨리는 것과는 차원이 다르다.

핸들을 쿵 내려쳤다. 통증이 느껴진다. 숨을 내쉬었다.

좋은 사람으로 남고 싶다.

아니, 그렇지 않다.

아니, 그럴지도 모른다.

결국 내 한 몸 지키기일지 모른다. 속죄하는 척하며 쇼게키를 운영했던 것도 전부 그 일환이었다.

생각이 꼬리에 꼬리를 물었다. 그동안에도 산에 올라오는 차량은 한 대도 없었다.

지금은 다케유키에게 자백을 받아낼 방법만 궁리하자.

다케유키에게는 알리바이가 있다. 7일 라파홈에 있었다는 알리바이다. 다케유키는 그 과정을 순순히 털어놓을까. 무라세 아즈사와의 관계를 인정할까. 내가 가진 카드는 한 장뿐이다. 히와가 본인이 맞다고 인정한 무로토 쓰토무의 증언. 그러나 정작 그 말을 한 무로토는 사라졌다. 헛소리라고 반박하면 증명할 방법이 없다.

숲이 정적에 갇혀 있다.

결국 폭력밖에 답이 없을까. 폭력을 동원해 입을 열게 할 수밖에 없을까. 허벅지에 칼을 들이밀고 얼굴을 때려서 코를 부러뜨린다. 손가락과 귀를 자른다…….

귀.

잘려 나간 아즈사의 귀.

아즈미는 몸을 일으켰다. 차도에 고정돼 있던 시선이 허공으로 향한다.

그렇다. 그것은 맹점이라고 할 만한 모순이었다.

다케유키의 목적은 아즈미에게 고통을 주는 것이다. 무라세 아즈사를 앗아 가서 죽이고 그 죄를 덮어씌웠다. 가짜 납치극을 연기하며 농락했다.

아즈사의 귀가 잘렸다면 나는 평온하게 있을 수 없다. 크게 놀라고 당황할 게 분명하다. 다케유키의 바람대로.

그러나 **나는 그 사실을 몰랐다.**

납치 도중에 아즈사의 귀가 잘렸다는 사실을 아즈미는 알지 못했다. 그걸 알려 준 사람은 미도였다. 기회는 얼마든 있었을 텐데 다케유키는 아즈미에게 그 사실을 알리지 않았다.

아즈사의 몸은 토막 난 채 욕조 안에 방치돼 있었다.

몸을 해체하는 김에 귀도 자른 걸까. 위협할 상대는 내가 아닌 수사 중인 경찰이었을까. 계획을 끝까지 수행하려고 나를 필요 이상 자극하지 않으려 했을까.

그럴싸하지만…….

아즈미는 다시 차도로 시선을 향했다. 다케유키를 붙잡아 추궁하겠다는 결심을 재차 굳힌다.

나는 진실을 알고 싶다.

몇 시간 후 산길에 차량이 올라왔다. 시간은 2시경. 흥분은 없다. 차량은 다케유키의 SR이 아닌 구형 렉서스였다.

그 후 한 시간이 지나도록 라파홈을 찾는 사람은 없었다. 오른손에 쥔 칼의 끝부분에 손가락을 갖다 대며 아즈미는 집중력을 잃지 않으려고 노력했다.

그때 배기음이 귓가에 들려 무심코 몸을 일으켰다. 숨을 죽인다. 바이크가 경사진 산길을 올라오고 있다.

아즈미는 반사적으로 차에 시동을 걸었다.

경적을 울리자 마시로 다케유키는 오토바이를 세우고 이쪽으로 고개를 돌렸다. 차를 거칠게 돌진하자 SR의 앞바퀴와 차체가 부딪쳤다. 다케유키가 몸을 비틀거렸고 오토바이가 옆으로 쓰러졌다. 어깨에 멘 가방이 떨어진다. 아즈미는 재빨리 차에서 내려 다케유키의 어깨에 팔을 감고 목에 칼을 들이댔다.

"타라."

칼을 목에 갖다 댄 채 운전석에서 조수석으로 가라고 했다. 다케유키는 아즈미를 힐끗하고 지시에 따랐다. 다케유키가 앉은 것을 확인하고 아즈미도 차에 올라타 힘차게 차를 후진했다. 일단 잠복해 있던 놀이터로 들어가 이번에는 산 정상을 향해 달린다. 전부 순간적인 판단이었다.

다친 왼손으로 칼을 바꿔 들고 조수석에 앉은 다케유키에게 칼을 겨눈 채 어쨌든 위를 향해 달렸다. 바로 조금 전만 해도 한가로웠던 자연 풍경이 무수한 생과 사를 품은 사나운 감옥으로 바뀌어 버렸다.

다케유키는 한마디도 하지 않았다. 두려움 때문은 아닌 듯하지만 어차피 자신의 상상이다. 아즈미는 다케유키의 얼굴을 제대로 보지 못했다.

옆길로 틀어 그 뒤로 계속 좁은 길을 달렸다. 길다운 길이 끊긴 곳에서 차를 멈춰 세운다. 어둡고 황량한 곳이다. 여름이 순식간에 어디론가 사라진 듯했다. 그러나 정적만은 변함없이 견고했다.

"처음 뵙겠습니다."

목소리가 들린 쪽을 보니 다케유키는 정면을 바라보며 입가에 미소를 머금고 있었다. 처음 얼굴을 마주한 마시로 다케유키는 한 대 치면 부러질 것 같은 가냘픈 몸에다 피부는 병자처럼 보일 정도로 창백했다.

"아니, 두 번째 뵙네요. 아즈미 씨."

기억이 되살아났다. 아베노바시에 있는 '타셋'에 자신이 찾아간 것과 동시에 자리에서 일어났던 청년.

힘주어 입을 연다.

"이번에는 못 도망쳐."

그러자 훗 하는 냉소적인 웃음이 돌아왔다.

"아즈미 씨와 맞서 싸울 생각은 없습니다."

"내가 괜한 소리를 하는 것 같아?"

칼을 뺨에 갖다 댄다.

"설마요. 제가 모르는 사정이 있겠죠? 다치신 것도 메이크업이 아닌 진짜 같은데."

"쓸데없는 소리 하지 말고 내가 묻는 것에만 대답해."

다시 한번 청년의 얼굴에 냉소가 퍼졌다.

"뭐가 우습지?"

"기뻐서요. 어쩌면 아즈미 씨를 평생 못 만날 수도 있겠다고 생각했거든요."

"네 계획에서 말인가?"

대답은 돌아오지 않았다.

"넌 아즈사를 죽이고 가짜 납치극을 꾸민 후 나한테 죄를 덮어씌우려고 했어. 그렇지?"

"······."

"계획에 무로토 쓰토무를 동원했고."

"······."

"날 증오했나?"

아즈미는 웃음이 사라진 무표정한 얼굴을 향해 거듭 질문을 던졌다.

"아즈사를 왜 죽였지?"

"……."

"몸을 왜 토막 냈지? 어떻게 그렇게 잔인한 짓을 할 수 있었지?"

"……."

"대답해! 죽여 버리기 전에!"

볼에서 목으로 칼을 옮긴다. 자칫 칼날이 살갗을 찢을 뻔했다. 떨리고 있다. 자신의 왼손이.

"죽여 보시겠어요?"

"뭐?"

"그럼 이번 게임은 제 승리겠죠. 아즈미 씨를 진정한 살인자로 만든 거니. 진정한 의미의 기브 앤 테이크가 실현되는 겁니다."

"무슨 헛소리야?"

"물물교환. 이 세상의 엄연한 법칙이죠. 뭔가를 주고 뭔가를 받는다. 마찬가지로 뭔가를 저지르면 뭔가를 짊어진다."

다케유키는 조용히 말을 이어 갔다.

"아즈미 씨는 살인자입니다. 그런데도 죄와 벌의 물물교환에서 도망쳤죠."

"……그게 이유인가?"

다케유키의 냉랭한 얼굴을 향해 내뱉는다.

525

"그게 아즈사를 죽인 이유인가!"

"제가 아즈미 씨 손에 죽음으로써 무라세 아즈사와의 물물교환이 이뤄진다. 동시에 아즈미 씨는 죄인이 되어 과거 자신이 저지른 죄와의 물물교환이 이뤄진다. 생각하기에 따라 이것이 진정한 의미의 공정한 거래일 수 있겠습니다."

"헛소리 하지 마!"

오른 주먹이 다케유키의 얼굴에 박혔다. 청년은 고개를 숙인 채 코에서 새빨간 피를 흘렸다. 눈가에 눈물이 맺혀 있다. 그런 나약한 모습에도 불구하고 표정만은 싸늘했다.

"아즈사를 어떻게 불러냈지?"

"무슨 말씀이죠?"

"라파홈에 아즈사를 불렀잖아! 7일 밤에!"

"증거가 있나요?"

"네놈 자체가 증거야!"

"무모하네요. 전근대적인 자백 존중주의입니다."

"이 자식이!"

목을 움켜쥐고 조른다. 순식간에 다케유키의 얼굴이 창백해졌다. 입가가 흔들린다. 그래도 눈만은, 오직 눈만은 깊은 물 속에서 아즈미를 들여다보고 있는 듯했다.

"대답해! 아즈사와 어떤 관계였어?"

다케유키는 대답하지 않는다. 목이 졸려서 못하는 것은 아니다. 대답할 의지가 없는 것이다. 눈을 보면 알 수 있다.

"왜지? 네가 증오하던 사람은 나 아닌가? 내가 죗값을 치르도록 바란 게 아닌가? 그럼 날 죽이면 되지, 왜! 왜, 아즈사를!"

흥분한 탓에 손에 힘이 더 들어가자 다케유키의 몸이 덜덜 떨리기 시작했다. 본능적으로 아즈미의 오른손을 움켜쥔다. 그러나 역시 눈빛만은 그대로다.

"제기랄!"

아즈미는 다케유키를 풀어 주고 핸들을 내려쳤다. 몇 번이고, 몇 번이고. 옆에서는 다케유키가 기침을 하고 있지만 아즈미는 더 이상 칼을 겨누지 않았다. 반격당할 수 있지만 상관없다. 그저 슬프고 억울했다. 눈물이 쏟아진다. 계속해서 핸들을 내려친다. 대체 나는 어디서 뭘 어떻게 잘못한 걸까. 그 답은 간단해 보이면서도 영원히 알 수 없을 것 같았다.

"아즈미 씨."

귓가에서 힘없는 목소리가 들렸다.

"다행이시겠어요. 피해자가 될 수 있어서."

"……뭐?"

어둠이 장막처럼 주변에 깔려 있다. 검게 물든 마시로 다케유키가 담담히 말했다.

"피해자는 언제나 정의죠. 아즈미 씨는 피해자가 됨으로써 면죄부를 받을 겁니다. 앞으로 아즈미 씨는 자유예요. 설령 감옥에 들어가더라도 고통은 사라지겠죠. 가해자라는 과거를 피해자라는 현재로 덮어쓸 수 있으니까요. 무라세 아즈사 씨에게 감사하세요. 나를

527

위해 죽어 줘서 고맙다고. 그리고 저한테도. 나를 위해 복수해 줘서 고맙다고. 무라세 아즈사를 죽여 줘서 고맙다고."

다음 순간, 아즈미는 칼을 휘둘렀다.

9

가까운 경찰서의 지원을 기다리는 동안 아소의 휴대폰이 두 번이나 진동했다.

─벌써 도착했어야 할 보고서가 보이지 않는데, 어떻게 된 거지?

다카노 형사부장의 목소리에는 억누르지 못할 분노가 담겨 있었다.

─소네자키 경찰서에도 출근하지 않았더군.

아소는 대답하지 않았다.

─지금 당장 돌아올지 아니면 두 번 다시 돌아오지 않을지 선택해.

"죄송합니다. 지금은 비상 상황이라 움직일 수 없습니다."

─내 지시는 비상이 아니라는 건가?

차가운 바람이 뺨을 스쳐 갔다.

─비상 상황이라는 게 대체 뭐지?

"방치된 차량에서 새 혈흔이 발견됐습니다. 현장을 보존한 채 지원을 기다리는 중입니다."

─혼자 말인가?

다카노가 단정 짓듯 물었다.

―미쓰미조가 옆에 붙어 있군.

당사자인 선배 형사는 차 바로 앞에 서서 주의 깊게 주변을 살피고 있다. 물론 이 대화 소리도 들릴 것이다.

―장소는 어디지?

"……기후입니다."

한숨에 이어 노성이 울려 퍼졌다.

―왜 그런 곳에 가 있는 거야!

아소는 입을 다물었다. 지금은 경위를 설명할 시간이 없고 쓸모도 없다.

―그런 곳은 관할에 맡기고 냉큼 돌아와!

"불가능합니다. 장소가 장소이니 지원이 도착하기까지 시간이 좀 더 걸릴 것 같습니다."

―그럼 미쓰미조만 남겨 놓고 지금 당장 돌아와. 원하는 대로 일을 그만두게 해 줄 테니.

"그건 내일이어도."

이번에는 다카노의 말문이 막혔다. 그럴 만하다. 형사부장이라는 권력자의 호출을 경시하는 이 발언은 분명 비상식적이다.

―아소. 한 번만 더 말할 테니 잘 생각하고 대답해. 지금 당장 돌아와라. 마지막 기회다.

아소의 이성이 속삭였다. 다카노의 말이 맞다. 자신이 이곳에 남을 절대적인 이유는 없고 미쓰미조에게 상황 설명을 맡긴 후 관할서 수사관에게 인계하면 된다. 여기는 우리가 있을 자리가 아니고 심지어 무슨 일이 벌어지는지조차 제대로 알지 못하고 있다. 적어도 오사카 부경 수사1과 특수범죄과 인원이 필요한 상황은 아니다.

다른 모든 걸 감안해도 다카노에게 자신은 버리기 아까운 패일 것이다. 형사부에서 경무부에 보낼 스파이로 자질도 인정하고 있다. 오직 이해관계로 성립하는 정치의 세계가 자신의 천직이라고도 생각한다. 나쁜 제안은 아니다. 오히려 앞으로 경찰 조직에서 살아가며 형사부장에게 맞선 역사는 완벽한 오점으로 따라다닐 테니 아무리 생각해도 합리적인 선택은 하나뿐이다.

"알겠습니다. 최대한 빨리 찾아뵙겠습니다."

—그래. 다 자네를 위해서야.

전화가 끊겼다.

미쓰미조가 다가와 렉서스 차 키를 내밀었다.

"사고만 안 나게 조심하십시오."

"미쓰미조 형사님."

"살면서 처세술도 필요한 법입니다. 부끄러워할 일이 아니에요."

"부끄럽지는 않지만 사양하겠습니다. 전 운전을 잘 못해서요. 형사님 차를 운전할 자신이 없습니다."

"하지만 관할서 차량으로 이동하면 시간이 많이 걸릴 겁니다."

"어쩔 수 없죠."

"주임님."

"최대한 빨리 가겠다고 했습니다. **최대한** 빨리요."

아소의 진의를 파악한 미쓰미조가 어안이 벙벙해졌다.

"지금 제정신이십니까?"

"저도 모르겠습니다. 다만 지금 전 이곳에서 해야 할 일이 있습니다. 그뿐입니다."

과연 그럴까. 모르겠다. 그저 예감일 뿐이고 어쩌면 충동적인 반항심에 불과한 것 같기도 하다. 이 반항심이 내 인생에 끼칠 피해는 엄청날 것이다. 앞날을 고려하면 솔직히 두렵기도 했다. 오늘 밤 일을 몇 번이고 되돌아보며 후회하게 될지 모른다.

그러나 여기서 물러서는 것은 아소 요시하루의 인생에 더 큰 상흔으로 새겨질 것이다.

"문제가 생기면 모두 미쓰미조 형사님 탓으로 돌리겠습니다."

"꼭 그렇게 해 주십쇼."

"농담입니다."

"저도 농담입니다."

두 사람은 소리 죽여 웃음을 터뜨렸다. 그때 두 번째 전화가 울렸다. 나니와 경찰서의 나베시마 형사였다.

—늦게나마 몇 가지 보고드립니다.

그렇게 운을 뗀 나베시마가 수사 결과를 보고했다. 무라세 아즈사에게 도착한 팬레터로는 다케유키와의 접점을 찾지 못했다는 이야기. 그리고 납치 사건 때 공연 영상이 방영된 '이토헨'의 멤버 이토준이 무라세 아즈사의 의붓 여동생이라는 이야기.

"그게 정말입니까?"

531

—확실합니다. 미도 주임님께 부탁해 돗토리현 경찰 쪽에도 확인했습니다. 이토 준의 소속사는 자신들은 모르는 일이라고 잡아떼고 있다고 합니다만.

"무라세 양의 친아버지는 다케유키 씨의 누나와 같은 시설에 거주하고 있습니다."

이번에는 나베시마가 놀랄 차례였다.

—이제야 두 사람이 연결되는군요.

"아뇨. 그렇다고 해도 다케유키 씨와 무라세 양의 사적인 접점까지는 알 수 없습니다. 그 시설은 다른 곳과 비교하면 고급 시설입니다. 무라세 양처럼 아르바이트로 생계를 유지하던 젊은 여자가 거주 비용을 지불할 만한 곳이 아니죠. 아마 다케유키 씨가 도움을 준 것 같지만 왜 그렇게 했는지는 불분명합니다."

—늦게까지 돌아다닌 보람이 있네요.

"네?"

—무라세 양이 전에 일했다는 사회 복지법인 커뮤니케어에 다녀왔습니다. 프라이버시 문제도 있고 해서 명확히 알려 주지는 않았지만, 범죄 피해자를 지원하는 그 단체에 마시로 고즈에가 드나들던 시기가 있던 것 같습니다.

마침내 모든 것이 그림이 되었다. 숨겨진 관계가 드러나 점이 선이 됐다.

—이건 제 상상입니다만, 두 사람은 아마 거기서 만났을 겁니다. 그리고 다케유키는 무라세 양이 아즈미 마사히코의 회사에서 연예

인으로 활동한다는 사실을 알고 연락을 취했겠죠.

"거액의 돈을 후원하면서까지 그녀의 아버지를 도와준 이유는?"

—아즈미 마사히코에게 복수할 때 그녀를 이용하려고.

일리는 있다.

그러나 의문도 생긴다. 가장 큰 의문이.

"다케유키 씨는 역시 아즈미 마사히코에게 복수하려고 무라세 양을 죽인 걸까요?"

나베시마의 대답은 없다. 침묵의 시간이 흘렀지만 아소는 잠자코 기다렸다.

—경감님은 시신을 왜 토막 냈다고 생각하십니까?

"네?"

—마시로 다케유키가 무라세 양의 시신을 토막 낸 이유 말입니다. 잘린 신체 부위는 한곳에 모여 있었습니다. 경찰에 압력을 가할 목적이라면 귀로도 충분했을 겁니다.

그렇다.

—이 이야기는 머리가 굳어 버린 형사의 헛소리로 흘려들어 주십시오. 전 아무리 생각해도 거기에 뭔가 이유가 있는 것 같습니다. 신체 부위가 한곳에 있는데도 굳이 시신을 토막 낸 이유. 리스크와 수고를 무릅쓰고 그런 짓을 벌일 이유가 마시로 다케유키에게는 있지 않았을까요.

"합리적인 이유겠죠?"

아소는 해답을 이미 가지고 있었다. 그러나 그것이 과연 나베시마가 품은 의문에 대한 해답으로 충분한지는 알 수 없었다.

─단지 제 직감입니다. 그리고 아소 경감님.

"네?"

─아즈미 마사히코를 잘 부탁합니다. 그가 범인이든 아니든 전 그의 이야기를 들어보고 싶습니다.

아소가 "알겠습니다" 하고 통화를 마쳤을 때 차의 전조등 불빛이 보였다. 비노출 경찰차 한 대가 다가와 앞에 멈춰 섰고 그 안에서 남자 세 명이 내렸다.

"안녕하십니까. 현경의 기누가사라고합니다. 이쪽은 아베. 그리고 이분은 라파홈의 야간 경비원입니다."

제모를 깊숙이 눌러쓴 건장한 중년 남자가 가볍게 고개를 숙였다.

"이분이 말씀하시기를 외부인이나 다친 사람이 라파홈을 찾은 적은 없었다고 합니다."

그러고 나서 기누가사는 차 안에 남은 혈흔을 확인하고 얼굴색이 변했다.

"산을 뒤져야 할 수도 있겠군요. 지원을 부르죠. 두 분은 어떡하실 겁니까?"

"손전등을 빌릴 수 있을까요? 먼저 안쪽을 확인해 보고 싶습니다."

미쓰미조의 말에 기누가사가 당혹감을 보였다.

"하지만……."

"지원이 올 때까지 기다릴 시간이 없습니다. 이것 보세요."

불빛이 닿은 땅바닥에 핏자국이 보였다. 핏자국은 숲속 깊숙한 곳까지 점점이 이어져 있다.

"아직은 시간에 맞출 수 있을 겁니다. 늦으면 책임 소재를 가리게 될 거예요."

미쓰미조가 협박하듯 기누가사를 내려다봤다.

결국 현경 형사 두 명을 현장에 남겨 놓고 아소와 미쓰미조는 숲길을 나아갔다. 어둠 속에서 한 줄기 손전등 불빛에 의지하며 간신히 목적지를 파악했다.

"아무래도 내기에서 이긴 것 같네요."

미쓰미조가 나직이 속삭였다.

"아버지의 자살로 마음의 병을 앓게 된 고즈에가 커뮤니케어에 다녔고 그곳에서 무라세 아즈사를 만났다. 그리고 고즈에는 전적으로 동생인 다케유키가 돌봤으니 그 역시 아즈사를 만날 기회가 있었겠죠."

이후 의붓 여동생인 이토 준이 연예인으로 활동한다는 것을 알게 돼 무라세 아즈사는 쇼게키에 들어갔다.

"무라세 아즈사의 소식을 들은 다케유키는 그녀에게 연락을 취했다. 그리고 복수에 그녀를 이용할 수 있겠다고 판단하고 그녀의 아버지를 라파홈에 입주시켰다. 7일 밤, 무라세 아즈사는 친아버지를 만나려고 어머니의 이름을 사칭해 라파홈에 찾아갔습니다. 신분을 속인 건 아버지의 존재를 주변에 알리고 싶지 않아서였겠죠. 우연한 기회에 그의 존재가 밝혀져 여동생에게 피해가 갈 가능성을 우려했을지 모르겠습니다."

핏자국은 좌우로 조금씩 흔들리기는 하지만 두 사람을 계속해서 깊은 숲으로 이끌었다.

"그러나 7일 밤 어떤 문제가 발생해 다케유키는 무라세 아즈사를 죽였다. 그리고 그것을 아즈미 마사히코에게 덮어씌울 계획을 세웠다."

"살해 현장은 고즈에 씨의 방이겠죠?"

"그렇겠죠. 자마의 방이 바로 옆이니 오가기는 쉬웠을 겁니다. 아마 시신을 토막 내는 것도."

그 후 샤워를 마치고 비닐봉지를 받으러 갔다. 토막 낸 시신을 담기 위해.

아소가 말을 받았다.

"7일부터 납치극 전까지 다케유키가 시설을 자주 찾은 건 절단된 시신을 없애기 위해서였다."

양팔, 양다리, 둘로 자른 몸통과 머리. 다케유키는 짧은 방문을 거듭하며 일곱 조각으로 나뉜 무라세의 시신을 옮겼다.

이런 추리를 뒷받침할 정보는 야마네에게 들었다. 사건 발생 이후 그는 다케유키의 요청으로 업자가 고즈에의 방을 철저히 청소했다고 했다. 시신을 보관한 것으로 추정되는 대형 냉장고도 폐기했다. 어디까지 흔적을 쫓을 수 있을지, 그리고 증거가 남아 있을지 지금으로서는 알 수 없다.

"이제 남은 수수께끼는 히와라는 남자가 누구인가. 그리고 다케유키와 무라세 아즈사 사이에 어떤 갈등이 있었는가겠군요."

상상도 되지 않았다. 특히 후자는 아무리 짐작해도 소용없을 것이다. 그런데도 가장 중요한 퍼즐 조각처럼 느껴졌다.

그것은 경찰, 그리고 무엇보다 아소 요시하루라는 한 인간으로서 이해하지 못하고 이해를 포기하게 하는 것. 합리를 넘어선 살의.

인간은 왜 손익 같은 걸 잊고 다른 사람을 죽이는가.

미쓰미조가 언급한 사건 설명에는 이 부분이 완전히 빠져 있다. 어쩌면 앞으로도 진정한 의미로 그것은 채워지지 않을지 모른다. 어쨌든 실행범으로 누군가는 붙잡히고 재판에서 판결을 통해 마땅한 벌을 받게 될 것이다. 처음부터 끝까지, 합리적으로.

그것을 기꺼이 받아들이지 못하는 것은 지금 자신이 사건의 중심에 들어서고 있다는 흥분이 초래하는 일시적인 착각일까. 아니면…….

아소의 머릿속에 문득 나베시마의 말이 떠올랐다.

―경감님은 시신을 왜 토막 냈다고 생각하십니까?

―리스크와 수고를 무릅쓰고 그런 짓을 벌일 이유가 마시로 다케유키에게는 있지 않았을까요.

―신체 부위가 한곳에 있었는데도 굳이 시신을 토막 낸 이유 말입니다.

아소는 그것을 무라세 아즈사의 시신을 오사카로 가져가기 위해서라고 추리했다. 틀리지 않았을 것이다. 틀리지는 않겠지만…….

순간 벼락을 맞은 것처럼 오랫동안 품고 있던 의문이 되살아났다.

왜 1억이라는 거금이 필요했을까.

왜 백 명이라는 운반책이 필요했을까.

왜 일부러 시간을 늦게 설정했을까.

그리고 왜, **납치극을 연출했을까.**

물론 죄를 아즈미 마사히코에게 덮어씌우기 위해서다. 그게 가장 큰 이유일 것이다.

하지만 다른 이유는 없을까.

다른 무언가, 토막 난 시신과 납치극과 연결될 우리가 아직 도달하지 못한 진실…….

"젠장."

미쓰미조가 조용히 중얼거렸다. 한밤의 숲길은 어둡고 손전등 불빛도 어둠에 흡수돼 희미하다. 길 아닌 길이다. 바닥에서 솟은 나무뿌리에 걸려 넘어질 뻔한 게 몇 번째일까.

이 광활한 미로 속에서 과연 다케유키를 찾을 수 있을까. 그의 본모습을.

그때 어떤 소리가 들렸다.

"쉿."

미쓰미조를 따라 멈춰 서서 귀를 기울였다.

음악 소리다.

"이쪽입니다."

미쓰미조가 뛰기 시작해 아소도 달렸다. 작은 선율에 점점 가까워져 간다.

그리고.

"그만!"

분노의 외침이 울려 퍼졌다.

시야 끝에서는 남자 세 명이 고개를 돌린 모습이 보였다.

10

둘이 분담해도 작업은 생각보다 잘 진척되지 않았다. 시모아라치가 9일 치를 들고 후치모토가 10일 치 절반을 마친 후 잠시 한숨 돌리기로 했다.

"귀가 먹먹해."

"난 이미 맛이 간 지 오래야."

"집요하네."

후치모토의 말에서 비아냥 같은 건 느껴지지 않았다.

"이제 이틀 남았나. 오늘 안에는 불가능할 것 같은데."

"그래도 도와줘서 고마워. 내가 내일 끝낼게."

꼭 야나기 부장의 말에 감동해서는 아니지만 이렇게 된 이상 물러설 수 없었다. 헛수고에 그칠 가능성이 큰 걸 알면서도 끝까지 하기로 마음먹었다. 그러나 아무래도 자기만족으로 끝날 듯한 기운이 짙게 풍기자 피로가 밀려왔다.

남자 고객의 문의가 몇 건 있었다. 혼자 들은 이틀간의 분량보다 더 많았다. 그래서 시간을 잡아먹었지만 결국 이렇다 할 수확은 없었다.

후치모토도 피로를 감추지 못했지만 힘들다는 내색 한 번 하지 않았다.

의자 등받이에 몸을 기댄 채 후치모토가 물었다.

"만약 음성을 찾으면 어떡할 거야?"

"바로 전화해야지. 심야든 새벽이든 전화를 걸어서 받으면 말해 줄 거야. '인마, 넌 이제 끝이다. 이건 장난이 아니야'라고."

어린아이 같은 말에 후치모토는 미소 짓다가 잠시 후 다시 진지하게 입을 열었다.

"어쨌든 사전에 이곳에 전화를 걸었는지 안 걸었는지는 아직 도박인 셈인가."

시모아라치는 "뭐, 그렇지"라고 대답할 수밖에 없었다.

"처음은 그렇다 쳐도 두 번째, 세 번째는 이쪽도 경계할 테니 바쁘든 말든 상관없었고 또 광고가 나갈 정확한 시간은 우리도 몰랐어. 퓨와이트도 퓨와이트 나름의 사정이 있었을 테니 일부러 방송 시간에 맞춰서 계획을 변경하기는 어려웠을 거야."

"즉, 지금 내가 하는 건 경마에서 꼴찌 말이 일 등 하기를 바라는 수준의 확률인가."

"내가 아니라 우리지."

쓴웃음을 지어 보인다.

후치모토는 문득 진지한 얼굴로 고개를 숙였다.

"왜?"

"아니…… 그게, 시모치, 너 학창 시절 별명이 뭐였어?"

"별명? 뭐야, 갑자기."

"다른 사람들도 시모아라치라고 들으면 바로 시모치가 떠오르려나?"

"……글쎄. 보통 떠올리지 않을까?"

"흔하지 않은 성이니?"

무슨 말을 하려는 걸까.

"나 같으면 '시모'라고 부를 텐데."

"학창 시절에는 그렇게 불렸어. 사실 시모치라는 별명은 야나기 부장이 지어 준 거야."

후치모토는 "역시 그렇구나" 하고 중얼거리고 다시 입을 뗐다.

"혹시 첫 전화 때 퓨와이트가 널 시모치라고 부르지 않았어?"

"뭐?"

"그러니까 '시모아라치? 이상한 이름이네'라고 말한 뒤에."

기억난다. 그 말을 듣고 더욱 단순한 장난 전화라고 생각하게 됐다.

"하지만 첫 전화 때는 시모치라고 하지 않았던 것 같은데……"

"어디선가 말했을지 몰라."

퓨와이트의 목소리는 경찰의 요청으로 삭제됐다. 수사 편의 같은 이유를 들었지만 직원을 통해 음성이 유출되는 상황을 막기 위해서일 것이다.

"두 번째 통화는 기억해?"

"응. 갑자기 1억이니 백 명이니 하는 말을 듣고 엄청 당황했지."

"그야 누구든 당황할 거야."

"위로는 됐고, 지금 무슨 생각 중인지 말해 봐."

후치모토는 "그래" 하고 설명을 시작했다.

"퓨와이트는 납치 협상을 하려고 굳이 콜센터에 전화를 걸었어. 난 이런 식의 수법은 처음 들어봐."

"그래. 적어도 TV 드라마 같은 데서 본 적은 없지."

"그렇지? 이유가 뭘까?"

"무라세 아즈사에게는 의지할 가족이 없었으니?"

그러지 않았다면 굳이 회사에 전화할 이유가 없다. 피차 곤란할 뿐이다. 실제 애니웨어콜은 무라세 아즈사의 몸값 대납을 거절했다.

"그래. 그런데 혹시 다른 이유도 있지 않았을까? 그러니까, 너 같은 아마추어를 협상 상대로 삼아 자기 입맛에 맞춰 일을 진행하려고 한 거지."

"고마워서 눈물이 날 지경이네. 그런데 사실 나도 도중에 그렇게 느꼈어."

"응. 근데 첫 전화 때 네가 전화를 대신 받지 않았다면 어떻게 됐을까?"

시모아라치는 "뭐?" 하고 무심코 몸을 앞으로 내밀었다.

"느닷없이 윗선을 바꾸라고 했잖아. 그 전화가 너한테까지 올라오기 전에 상담원이 단순한 장난 전화로 치부하고 끊어 버릴 가능성도 있지 않았을까?"

"요새 그런 콜센터가 어딨어?"

"그건 우리의 상식이야. 일반인이면 그런 가능성도 염두에 두지 않을까? 특히 콜센터를 납치 창구로 삼으려는 녀석이라면 더 신중했겠지."

이해는 가지만 후치모토의 가설이 어디에 도달할지가 보이지 않았다.

"지금 생각하면 첫 번째 전화는 꽤나 위험했어. 아무 전제도 없이 느닷없이 바로 윗선을 바꾸라고 했잖아. 녀석 입장에서는 우리를 반드시 납치 창구로 삼아야 하는 상황이었어. 그런데 그런 방식으로는 우리가 제대로 상대해 주지 않을 가능성도 너무 컸다는 말이야."

"자신이 있었을까?"

"그래. 우리는 이런 전화도 제대로 상대해 준다. 윗선을 바꾸라고 하면 바꿔 준다. 그런 자신이 있었겠지."

아테나의 운영 방침은 그렇다. 아니, 고객사와 상관없이 하청 콜센터는 원래 그렇다. 하지만 후치모토의 말대로 그런 사정도 모르는 제삼자가 이런 방법을 쓰기에는 리스크가 너무 크다.

순간 기억의 밑바닥에서 '시모치' 하는 귀에 익은 소리가 들렸다.

"아, 그래. 생각났다. 세 번째 전화였어. 그때 녀석은 확실히 날 '시모치'라고 불렀어."

―어이, 초등학생도 아는 단위잖아. 자, 시모치 씨.

"시모치라는 호칭도 그렇지만 시모아라치라는 이름을 한 번에 외운 것도 이상하지 않아?"

'시모아라치'라는 이름을 언급하면 고객들은 보통 "뭐라고요?"

하고 되물으며 당황하곤 했다. 그러나 퓨와이트는 아무렇지 않게 "이상한 이름이네" 하며 장난스럽게 반응했다.

후치모토는 "그 녀석은……" 하고 시모아라치를 봤다.

"네 이름을 처음부터 알고 있었던 거야."

"아즈사한테 들었을까?"

"그럴지도 모르지만 아닐 가능성도 있겠지. 그 녀석은 네 이름을 알 뿐만 아니라 거칠게 나가도 우리가 끝까지 상대해 줄 거라는 자신감이 있었어."

쿵 하고 배 밑바닥에 뭔가가 떨어진 듯한 느낌이 들었다.

"……설마."

"그래. 녀석은 **사전에 예행연습을 한 게 아닐까?** 무라세 아즈사가 사망한 7일부터 사건 당일까지 우리가 단순 장난 전화나 블랙 컨슈머의 전화에 어떻게 반응하는지 확인하려고."

그리고.

"그때 분명 전화를 받은 사람은 너였을 거야."

처음부터 이름을 알고 있었다. 이미 알고 있었던 이름이니 되묻지 않고 놀라지도 않았다.

"관리자급으로 올라온 안건은 장난 전화든 뭐든 보고 전표를 쓰는 게 원칙이야. 납품 데이터를 확인하면 금방 찾을 수 있겠지. 네가 빠뜨리지만 않았다면."

"빠뜨릴 리 있나. 나처럼 일을 열심히 하는 사람이 어딨다고."

시모아라치와 후치모토는 동시에 일어나 납품 단말 쪽으로 뛰어

갔다.

11

집에 도착했을 때는 이미 10시가 지나 있었다. 거실에 모미지는 보이지 않지만 딸의 방 문을 두드릴 엄두가 나지 않았다. 미도의 허락을 받아서 가져온 팬레터 복사본을 거실 탁자에 올려놓고 나베시마는 한숨을 돌렸다. 오늘 수사 내용을 바탕으로 사건을 다시 정리하려고 노트를 꺼냈지만 머리가 잘 돌아가지 않았다. 눈앞에는 눈여겨본 네 사람의 편지가 놓여 있다. 그러나 마시로 다케유키와 무라세 아즈사의 관계가 밝혀진 지금은 쓸모없을지 모른다. 그렇게 생각하니 대번에 몸이 무거워졌다. 따뜻한 물에 몸을 담그고 싶었다.

욕조에 몸을 담근 채 지난번에 찾은 사회 복지법인 커뮤니케어의 부이사와의 대화를 떠올렸다.

커뮤니케어를 방문한 계기는 기타가와 루이와의 만남 이후 무라세 아즈사에 대해 조금 더 알고 싶었기 때문이었다. 갑작스러운 방문에도 부이사는 흔쾌히 나베시마를 맞아 주었다. 설마 자신도 그곳에서 마시로 고즈에게 도달할 줄은 꿈에도 예상하지 못했다.

"무라세 양의 아버지에게 성폭행을 당한 의붓 여동생이 지금은 어떻게 지내는지 아십니까?"

나베시마의 질문에 초로의 남자는 표정이 어두워졌다. 그 모습을 보며 남자가 모든 걸 알고 있다는 게 느껴졌다.

"다른 말씀은 드리지 않겠습니다. 현재 TV에서 활약하는 연예인 아닌가요?"

부이사는 긍정도 부정도 하지 않고 입을 열었다.

"언젠가 무라세 양이 저를 찾아와 상담한 적이 있습니다. 동생의 현재 상황을 알게 된 무라세 양은 큰 충격을 받은 듯하더군요. 나쁜 쪽이 아닌 좋은 쪽으로요. 동시에 굉장히 불안해했습니다. 언젠가 동생의 과거가 밝혀져 사회에서 부조리하게 매장당하지는 않을까. 그리고 얼마 지나지 않아 무라세 양은 이곳을 그만두겠다는 말을 꺼냈습니다."

무라세 아즈사의 상사였던 남자는 처음에는 아즈사가 이대로 자취를 감추려는 건 아닐지 걱정했다. 연예계에서 활약하는 여동생과 거리를 두며 동생을 보호하려는 게 아닐까, 하고.

그러나 무라세 아즈사도 연예계 활동을 시작했다는 소식을 듣고 한 가지 가능성을 떠올렸다고 했다.

"만약의 사태가 발생할 경우 동생이 아닌 자신이 성범죄 피해 당사자라고 나설 수도 있겠다는 생각이 들더군요."

제 발로 연예계에 들어갔으면서 성공에는 전혀 관심이 없는 무라세 아즈사의 모순된 태도는 그런 숨은 뜻과 일치했다. 언젠가 동생의 힘이 돼 주고 싶다. 그리고 막상 때가 닥치면 자신이 직접 나서서 화살을 맞는다.

"그녀가 그런 결심을 하게 된 건 어떤 상담자와의 만남이 계기였던 것 같습니다."

그 상담자가 바로 마시로 고즈였다.

"그녀는 자신 때문에 아버지가 목숨을 끊었다 믿고 그야말로 복잡한 감정에 사로잡혀 있었습니다. 자신이 저지른 잘못을 보상할 기회를 영원히 잃어버린 것에 대한 후회와 분노가 뒤섞인, 한마디로 표현하기 힘든 감정이었죠. 무라세 양은 그런 그녀의 하소연을 친절히 들어줬고 자기 사정도 털어놓았다고 합니다. 하지만 좋은 의도에서 한 행동이 그분에게는 역효과를 불러일으켰습니다. '속죄할 기회가 있으면서 속죄하지 않는 당신은 정말 최악의 인간이다. 이렇게 자기만족을 할 시간이 있으면 차라리 그 사람 앞에서 죽어 버려라'라는 폭언을 쏟아냈다고 합니다."

서글픈 대화였다. 두 사람 다 진정한 의미에서 잘못을 저질렀던 것은 아니다. 오히려 두 사람 다 피해자였다. 그러나 죄책감에 시달리고 그것을 해소하지 못한 채 몸부림치고 있었다. 한 사람은 속죄할 상대를 잃었고, 다른 한 사람은 속죄할 방법을 알지 못했다.

허무했다. 그런 감정 때문에 마음이 닫히려 할 때쯤 나베시마는 급히 눈을 떴다. 무심코 잠들어 익사체가 될 뻔했다.

수건으로 몸을 닦으며 아내를 떠올렸다.

그것을 죄라 부른다면 대체 누가 보상해야 하고, 누가 보상받아야 할까. 과거를 숨기고 있던 후미에일까. 아니면 그녀의 과거를 무의식적으로 캐던 자신일까. 만약 후미에가 도주 중인 살인범과 불륜 관계라는 사실을 자신이 처음 알게 됐을 때 그것을 문제 삼고 정면으로 맞부딪혔다면 지금 두 사람은 어떻게 됐을까. 후미에가 자신에게 사과하고, 자신이 그녀를 용서하며 앙금도 깔끔하게 풀리지 않았을까.

그러나 나는 그녀에게 죄를 갚을 기회를 주지 않았다. 처음부터 없었던 일로 치부했다. 그런 게 친절이라고 믿었다.

지금 생각해 보면 후미에에게 속죄할 기회를 빼앗은 사람은 다름 아닌 자신이었을지 모른다. 나베시마는 상대를 속죄하게 하는 친절도 있다는 걸 지금껏 상상하지 못했다.

거울에 비친 중년 남자를 빤히 쳐다봤다. 이 초라한 몸뚱이에 담긴 것은 마찬가지로 초라한 마음 아닐까. 피상적인 도덕과 인간의 선함만이 최고라고 믿으며 한 치도 의심하지 않는 얄팍한 인간.

기타가와 루이는 그런 나베시마 앞에서 잘라 말했다.

—상상하세요. 앞으로도 쭉, 영원히.

잠옷을 입고 거실에 가니 모미지가 있었다. 나베시마가 펼쳐 놓은 노트를 읽고 있다.

"함부로 읽으면 안 돼. 수사 자료야."

"이렇게 대놓고 펼쳐 놓은 사람이 잘못 아니야?"

그건 그렇다.

"이게 범인 편지?"

모미지가 편지 한 통을 가리키며 말했다.

"……왜 그렇게 생각하지?"

"왜냐니, 범인 이름이잖아."

모미지는 노트에 갈겨 쓴 '마시로 다케유키'라는 글자를 가리켰다.

"어디 가서 그런 이야기 하면 안 돼."

"나도 알아. 잔소리 그만해."

토라진 딸을 향해 나베시마는 다시 물었다.

"이 편지를 왜 범인 거라고 생각하는 거야?"

"다케유키가 오즈잖아."

나베시마는 "뭐?" 하고 고개를 갸웃거렸다. 확실히 오즈의 편지는 팬레터에 어울리지 않는 워드프로세서 작성 문서이고 봉투에 서명 같은 것도 없다. 아마 답장용 봉투를 안에 숨겨 뒀을 것이다. 수상한 점만 놓고 보면 눈에 띄지만 내용에 이렇다 할 게 없어서 확신을 가질 수준은 아니었다.

마지막 편지에는 작년 11월 소인이 찍혀 있다. 무라세 아즈사의 친아버지가 라파홈에 들어가기 전이다. 만약 네 번째 편지에서 자기 신원을 밝혔다면 아즈사가 편지를 폐기했을 가능성도 있다. 이후 두 사람은 정기적으로 라파홈에서 얼굴을 마주했다는 전개도 터무니없지는 않다.

그러나 이는 어디까지나 이 편지가 '당첨'이었을 경우의 가설에 불과하다.

"그것만으로는 확신이 안 돼. 조금 더 설명해 봐."

"뭐야, 그 명령조는."

"아니, 미안. 혹시 뭐 알아낸 게 있으면 아빠한테도 알려 줄래?"

모미지는 "기분 나빠" 하면서도 펜을 들었다.

"이 '다케雄' 자, '오'**라고도 읽지?"

"그건 그렇지."

"그리고 '유키之' 자는 이런 모양."

펜을 움직이는 딸 뒤에서 나베시마는 신음했다. 이럴 수가. 자신처럼 머리가 굳어 버린 중년 형사는 몇십 년이 지나도 이런 암호는 풀지 못할 것이다.

오즈. OZ.

"쉽네."

모미지는 자신만만하게 결론 내렸다.

12

휘두른 칼이 다케유키의 팔 바로 앞에서 멈췄다. 대체 무엇이 자신의 격정을 가라앉히는지 아즈미는 알 수 없었다.

그러나 그런 망설임도 다케유키의 다음 행동으로 사라졌다.

다케유키는 멈춘 아즈미의 손을 움켜쥐고 일직선 아래로 힘껏 끌어당겼다. 한 치의 망설임이라고는 없는, 마치 정해진 것 같은 움직임이었다. 퍽 하고 선혈이 눈앞에 튀자 아즈미는 소스라치게 놀랐다. 다케유키의 팔에 한 줄기 균열이 생겼다. 그곳에서 넘쳐흐르는

** 일본어로 '雄'는 '다케'로도 '오'로도 읽는다.

것처럼 새빨간 피가 줄줄 흘렀다.

"너 이 자식!"

다케유키의 손을 뿌리치고 아즈미는 스스로 자기 자신을 상처 입힌 청년에게 소리쳤다.

붉게 물든 왼팔을 끌어안고 다케유키는 고통에 찬 얼굴로 아즈미를 비웃었다.

"이로써 정당방위입니다."

사고가 멈추고 잠시 후 전율을 느꼈다. 그의 오른손이 청바지 주머니를 더듬는 게 보였다. 급히 두 손으로 얼굴을 보호하자 다케유키가 휘두른 칼이 왼팔에 꽂혔다. 타는 듯한 고통이 몰려왔다.

"죽여 드리죠."

중얼거리는 저주의 말에 순식간에 땀이 식었다. 문에 등을 맞댄 채 두 다리를 들어 발버둥을 쳤다. 거칠게 숨을 내쉬는 동안 손에 든 칼 같은 건 어느새 잊었다.

두 다리를 버둥거리며 필사적으로 차 문을 열고 밖으로 굴러떨어졌다. 밤의 밑바닥에 추락한 기분이었다. 바닥에 부딪힌 충격 때문에 좀처럼 일어서지 못하자 다케유키가 얼굴을 쑥 내밀었다.

"또 도망치는 겁니까? 이번에는 몇 년이나?"

암흑 속에서도 왠지 다케유키의 표정이 선명하게 눈에 들어왔다. 냉정한 것 같기도, 놀라는 것 같기도, 체념한 것 같기도 한 그 표정은 언어로는 정확히 표현할 수 없다. 다만 칼날의 싸늘함만은 확실했다.

"우오오!"

무턱대고 소리치며 몸에 힘을 집어넣었다. 네발로 기어서 도망쳤다. 깊은 숲속으로 들어간다. 팔다리 움직임이 제각각이라 몇 번이나 앞으로 고꾸라질 뻔한 것을 간신히 버티며 도망쳤다. 뒤돌아보지 않았고, 싸우고 싶지도 않았다. 그저 눈물과 침, 땀을 흘리며 도망쳤다.

다케유키가 쫓아왔다. 나의 죄와 벌이 내 숨통을 끊으려고 달려온다. 이것은 내 과거다. 도망칠 수 없는 영원한 나의 간수이자 사형 집행인이다.

더 깊이, 더 깊이.

현기증이 나고 어둠이 뱅글뱅글 돌지만 그래도 도망쳤다. 이 앞에는 용서 따위 없고 아무리 가도 창살 없는 감옥만 계속될 것이다. 출구도 없다.

얼마나 더 갔을까. 간신히 붙들고 있던 실타래가 끊기며 아즈미는 무너져 내렸다. 나무줄기를 끌어안고 뜨거운 숨을 연달아 내쉰다. 눈물이 멈추지 않는다. 대체 어떤 눈물인지도 이제는 알 수 없었다.

사각사각, 사각사각 하고 낙엽을 밟는 소리가 다가온다. 일정한 리듬이 마치 카운트다운처럼 정확한 간격으로 크고 또렷하게 귀에 와닿는다.

나무줄기에 몸을 기댄 채 뒤를 돌아봤다.

"초라하네요. 아즈미 씨."

"……그래. 이젠 지쳤어."

자연스럽게 그런 말이 나왔다. 진심이었다. 내 죄는 오늘 이곳에서 끝난다. 공포의 몇 분의 일일지 모를 안도감이 느껴지지 않는다고 하면 거짓말이다.

"이것도 다 계획대로인가?"

"설마요. 당신이 절 공격할 것까지 계획하는 건 불가능하죠. 지금 이 상황은 제게 주어진 행운의 선물이에요."

"그 칼은 호신용인가 보군."

"워낙 뒤숭숭한 세상이니까요. 그리고 전 이런 상황을 지난 십 년간 꿈꿔 왔습니다."

숨을 크게 들이마시고 다시 내쉰다. 그래. 네 소원은 이뤄질 것이다. 그것을 축복해 주고 싶다는 우스운 기분까지 들었다.

"마지막으로 하나만 알려 줘."

자신을 내려다보는 다케유키에게 물었다.

"넌 나에게 복수하려고 아즈사를 죽였나?"

그렇다면.

"난 널 용서 못 해."

"용서 못 한다? 마음대로 하세요. 저승에서 절 저주하실 건가요? 귀신이 돼서? 우리 아버지가 머리맡에 찾아온 적이 있습니까? 할 수 있다면 해 보시죠. 참회든 뭐든 해 드릴 테니까요. 그리고 그때 또다시 죽여 드리겠습니다."

"……창살 없는 감옥이야."

"네?"

"날 죽여도 네게는 죄가 되지 않을지 몰라. 하지만 널 그런 감옥에 가둬 버릴 말이 나한테는 있어. 그러니 대답해 줘. 왜 아즈사를 죽였지? 왜 몸을 토막 냈지? 대답해!"

흔들렸다. 그전까지 섬뜩할 만큼 무표정하던 다케유키의 표정이 확실히 흔들리고 있다. 그것은 어둠이 보여 주는 잔물결 같은 착각일지 모르지만 아즈미는 그렇게 느꼈다.

"……무로토 쓰토무도 그 사실을 알고 있나?"

아즈미는 목소리를 내뱉었다.

"네가 아무 상관도 없는 사람을 끌어들여 내게 복수를 했다는 걸 그도 알고 있나? 도요사키의 아파트를 계약했다는 히와라는 중년 남자가 무로토지? 쇼게키의 직인을 준비해 준 사람도 그 녀석이겠지. 그는 날 만나러 왔어. 날 해치려고 온 게 아니야. 네 흉악한 행동을 보며 놀라 널 말리기 위해 온 거지."

아즈미는 자신을 내려다보는 다케유키를 빤히 바라봤다.

"대답해라, 다케유키. 대답해 주면 나도 네가 원하는 말을 뱉어 주마. 네가 나라는 과거에 갇히지 않아도 될 말을 해 주마. 네 아버지는 패배자고 너도, 네 엄마도, 네 누나도 다 약해서 잡아먹힌 거라고. 그렇게 말해 주마. 약해서 패배해서 죽은 멍청이들이라고. 어때? 내 입에서 그런 말이 나왔으면 좋겠지? 그럼 날 죽이기도 수월해지겠지? 그러니까 대답해라. 넌 왜 내가 아닌 아즈사를 죽였나?"

바람이 멈춰 있다. 달이 숨어 있다. 고요함만이 가득하다. 시간이 숨죽이고 있다. 그러나 두 사람의 심장 박동만큼은 앞으로도 시간이 계속될 것을 암시하고 있다.

"……당연히 당신에게 복수하기 위해서죠."

비꼬는 듯한 웃음이 침묵을 깨뜨렸다.

"무라세 아즈사는 세상 모든 불행을 혼자서 짊어진 것 같은 음울한 여자였습니다. 누군가를 위해 고통받는 게 속죄라도 되는 양 믿고 있었죠. 똑같이 속죄를 바라는 멍청한 녀석이 지금 연예 기획사를 하고 있다고 알려 줬는데, 설마 그곳에서 연예계 활동을 시작할 줄은 몰랐습니다. 재미 삼아 편지를 썼더니 답장이 왔고 그 뒤로 몇 통을 더 주고받다가 이벤트 행사장에 찾아가 절 소개했습니다. 그리고 누나가 있는 라파홈에 초대했더니 바로 절 찾아오더군요."

그 후 한 달에 몇 번씩 만나게 됐고 아즈사는 그곳에 아버지를 데려와도 될지 다케유키에게 고민을 털어놓았다.

"무라세 아즈사는 자기 존재가 세상에 알려지는 걸 극도로 꺼렸습니다. 그러니 이용할 수 있겠다고 판단했죠. 언젠가 당신에게 복수할 때. 그래서 시설에 넣어 주기로 한 겁니다."

다케유키는 옅게 미소 지으며 기계적으로 말을 이어 갔다.

"말하자면 인질. 그 후 그 여자는 제 말이라면 무엇이든 듣게 됐습니다. 무엇이든."

"……어떻게 연락을 주고받았지?"

"그 선불폰. 그건 제가 무라세 아즈사한테 직접 준 겁니다."

체온이 내려갔지만 속은 뜨거웠다. 증오나 분노 같은 것과는 다른, 아마 슬픔에 가장 가까운 온도였다.

"자, 이것으로 이야기는 끝입니다. 당신 말 따위 듣지 않아도 상관없어요. 절 저주하겠다? 할 수 있으면 해 보시죠."

"다케유키……."

청년이 칼을 위로 치켜들었다.

"정말, 미안하다."

순간 청년의 움직임이 멈췄다.

아즈미는 눈을 감았다. 시간이 흐른다. 아무 일도 일어나지 않았다. 마치 자신이 살아온 십여 년의 세월을 응축한 공백처럼 느꼈다.

"……왜 이제 와서 그런 말을."

목소리에는 평온을 가장한 절박함이 묻어났다.

아즈미는 잠자코 기다렸다. 마지막 말은 했다. 더 이상 할 말은 없다.

"웃기지 마! 아즈미 마사히코! 이제 와서 그게 무슨 소리야! 너 때문에, 너 때문에 우리가!"

끝난다. 그리고 이어진다. 나는 사라지고, 대신 다케유키가 갇힌다. 이 창살 없는 감옥에.

안타까운 마음이 스쳤다. 무라세 아즈사의 죽음, 기타가와 루이의 미래, 무로토 쓰토무의 삶, 다케유키와 가족들의 앞날. 그러나 이제는 어쩔 수 없다. 내가 뭘 어떡할 수 있을까.

나는 물러난다.

다만 할 수 있다면 너만큼은 이 감옥을 1초라도 빨리 벗어나기를 바란다. 이 공허한 감옥에서 나는 그 방법을 찾지 못했지만 너라면 어떻게든…….

마지막 순간에 가슴에 들어찬 이 무력감이야말로 내가 받아들여야 할 형벌일까.

"······아즈사가!"

그 외침에 아즈미는 눈을 크게 떴다. 괴로움에 가득 찬 다케유키의 얼굴이 보였다. 이를 악물고 필사적으로 뭔가를 집어삼키려는 듯한 얼굴이.

머릿속에 하얀 욕조가 떠올랐다. 아즈사가 안치돼 있던 관이다.

다케유키는 굳이 왜 그런 걸 준비했을까.

토막 낸 시신은 그냥 마룻바닥에 던져 버려도 되는데. 위험을 무릅쓰고 무로토를 시켜 욕조를 주문했다.

아아. 그런가.

무로토는 네 계획을 몰랐지만 '의식'을 할 때 '이토헨'의 라디오 방송을 틀었다. 그들을 만날 수 없겠냐고 물었다. 그건 네 희망이었구나. 그리고 넌 몸값을 준비 못할 가능성도 무시한 채 일요일에 가짜 납치극을 결행했다. '이토헨'의 라이브 공연에 맞춰.

다케유키, 넌 아즈사를······.

"아즈미!"

다케유키가 칼을 휘두른다. 지금이라도 칼이 내게 내려오려 하고 있다. 어둠 속에서 오직 칼날만이 빛나고 있다.

"안 돼."

나도 모르게 목소리가 나왔다. 몸을 굴러 칼끝을 피한다. 다케유키의 불타는 눈동자가 아즈미를 향했다.

"그만해라, 다케유키."

다케유키는 여전히 칼을 휘두른다. 아즈미는 그것을 아슬아슬하게 피한다. 엉덩방아를 찧은 상태에서 흙먼지를 뒤집어쓰고, 땀을 흘리고, 침을 흘리며.

"언제까지 도망칠 작정이야!"

욕설을 들어도 팔다리를 버둥거리며 도망친다. 조금 전 그 체념은 흔적도 없이 사라졌다. 아무리 초라하고 비겁하고 꼴사나워도, 설령 그게 더 편하다고 해도 나는 죽어서는 안 된다.

"날 죽이지 마."

"닥쳐!"

다케유키가 몸 위에 올라왔다. 두 손으로 쥔 칼이 얼굴로 향한다. 급히 손목을 움켜쥐고 버텼다. 다케유키의 왼팔에서 튄 피가 얼굴에 묻었다. 내 팔에서 떨어지는 피도 섞였다.

"포기해! 아즈미!"

간신히 버티고 있는 다케유키의 무게에 필사적으로 저항했다. 포기할 수 없다. 기꺼이 죽음을 맞이할 수 없다. 무슨 일이 있어도 **나는 다케유키의 손에 죽어서는 안 된다.** 세상에서 오직 나만큼은 그것을 용납해서는 안 된다.

칼을 사이에 둔 적대감의 틈새에서 다케유키를 마주했다. 얼굴이 일그러져 있다. 표정이 여러 겹으로 겹쳐 증오인지 고통인지도 알수 없다.

이제는 끝인가. 근육이 힘을 잃어 갔다. 무엇 하나 끝내지 못할 죽음이 다가오고 있다.

그때, 음악이 울려 퍼졌다.

다케유키의 눈이 크게 떠졌다. 놀라움이 온몸을 휘감는 게 보였다.

"다케, 유키……"

"닥쳐."

음악이 계속 울려 퍼진다. 다케유키의 주머니 속 휴대폰에서. 그렇게 얼마나 대치하고 있었을까. 이윽고 다케유키의 얼굴이 일그러진다. 칼에 실린 힘이…….

"그만!"

분노의 함성이 울려 퍼졌다. 어둠 깊숙한 곳에서.

"그만!"

왼쪽을 보니 양복 차림의 두 사람이 달려왔다. 그 모습을 확인한 다케유키에게서 힘이 빠져나갔다. 가볍게 일어나 자세를 바로잡는다.

"마시로 다케유키, 아즈미 마사히코 맞나?"

나이가 지긋한 중년 남자가 물었다.

"손에 들고 있는 걸 이리로 넘겨."

우두커니 서 있던 다케유키가 칼을 툭 떨궜다.

"마시로 다케유키. 바이크와 키보드는 회수했다. 키보드에서 무라세 아즈사의 DNA가 나오는지 조사해도 되겠나?"

훗, 하는 자조 섞인 웃음.

"나올 겁니다. 처음에 머리와 함께 그걸 가져갔으니까요."

중년 남자가 "이리 와" 하고 다케유키의 팔을 잡아챘다.

"괜찮으십니까?"

또 다른 젊은 형사가 아즈미를 보며 물었다.

"지금 당장 구급차를 부르겠습니다."

"형사님. 제가 먼저 저 사람을 공격했습니다. 저 사람은 정당방위입니다."

"아즈미 씨."

다케유키가 고개를 돌려 아즈미를 봤다.

"당신, 나한테 물었지? 내가 아니라 왜 아즈사냐고. 그럼 나도 물을게. 내가 아니라 왜 누나였지?"

호소하듯 절박한 눈빛으로 아즈미를 바라보고 있다.

"오래전부터 그런 의문을 가지고 있었어. 그날, 당신의 함정에 빠져 사람을 치었다고 믿은 그날 밤 누나는 흥분해서 나한테 말했어. '오늘 누군가가 날 도와줘서 살았어'라고."

뜨거운 무언가가 솟구쳐 올라왔다. 하얀 방에서 말없이 있던 그 여자는 아즈미를 믿었다. 선의를 가진 사람이 자기편이 돼 주었다고 믿어 의심치 않았다.

나는 그 마음을 짓밟았다. 되돌릴 수 없는 수많은 것들을 빼앗았다.

다케유키의 주머니에서는 피아노 멜로디가 계속 흘러나왔다. 벨소리로 어울리지 않을 만큼 아름다운 선율이다. 그것은 마지막으로 사무실에서 아즈사를 만났을 때 아즈사가 흥얼거리던 선율이기도 했다.

중년 형사가 청년을 향해 고개를 살짝 기울이자 다케유키가 중얼거렸다.

"7일 밤 그 여자 앞에서 연주한 곡입니다."

밤하늘을 올려다보는 다케유키의 입에서 희미한 숨결이 새어 나왔다.

"프란츠 리스트의 '사랑의 꿈' 3번이죠."

한밤의 숲속에 울려 퍼지는 선율에 아즈미의 흐느낌이 반주가 되어 겹쳤다.

에필로그

1

7월 30일 수요일 오전 11시가 넘은 시각. 흡연실 창가에 앉은 시모아라치는 숨을 크게 내쉬었다. 밤새 한숨도 못 잤다. 그걸 넘어 벌써 반나절 이상 회사에 머물러 있다. 그리고 놀랍게도 한 시간 뒤면 사흘 만의 출근 시간이다. 끈적끈적한 셔츠를 입은 채 보낸 아홉 시간을 생각하면 눈을 깜빡이는 것조차 귀찮았다.

"수고했어."

그렇게 말하며 다가온 후치모토의 턱에도 열아홉 시간 동안 자란 무성한 수염이 눈에 띄었다.

"존경스럽네. 나 대신 지금부터라도 당장 일할 수 있을 분위기잖아."

"헛소리하지 마. 나도 이제는 무리야."

시모아라치는 덩달아 웃었다. 담배를 꺼내 불을 붙이며 후치모토가 말했다.

"형사가 알려 줬는데, 범인이 무라세 아즈사를 죽였다고 인정했다고 해."

보고 전표에서 시모아라치에게 올라온 안건을 찾는 건 순식간이었다. 그중 젊은 남자의 음성을 확인하는 데까지도 얼마 걸리지 않았다. 그 번호로 전화를 걸었다. 계속 울리던 통화음 소리는 결국 시모아라치에게 다섯 번째 시합을 가져다주지 않았지만, 그 직후 다시 전화가 걸려 왔다. 미쓰미조라는 이름의 만두귀 형사의 걸걸한 목소리는 지금도 기억하고 있다.

그리고 회사에 찾아온 형사를 상대로 후치모토와 함께 상황을 설명했다. 집에 갈 수도 있었지만 귀찮아서 모든 것이 일단락될 때까지 함께하기로 한 게 실수였다. 기다리고, 불려 가고, 또 기다렸다. 잠깐 낮잠을 자는 동안 집에 갈 타이밍마저 놓쳐 버렸다.

그리고 바로 얼마 전 몇 번째인지 모를 상황 설명을 끝으로 마침내 면죄부를 받았다.

"헛수고라는 단어에 이토록 들어맞는 상황도 없을 것 같아."

"아니, 그렇지도 않아. 훌륭한 정황 증거라면서 칭찬을 아끼지 않았잖아."

"어차피 자백했어. 그냥 위로 차원에서 하는 말이겠지. 형사들 말을 곧이곧대로 믿으면 안 돼."

후치모토는 "뭐 그건 그래" 하고 웃으며 연기를 내뱉었다.

"시모치."

"왜?"

"사실 나도 무라세 아즈사를 좋아했어."

"……와이프도 있는 자식이."

"그래, 있지. 물론 와이프도 사랑해. 하지만 나도 모르게 그렇게 되더라."

후치모토는 쓸쓸하게 미소 지으며 시모아라치를 한 번 보고 먼 허공을 응시했다.

"어차피 헛수고로 끝나긴 했어도 잘한 것 같아. 사건 이후부터 계속, 아니 사건 당시부터 계속 난 네가 부러웠거든. 무라세 아즈사를 위해 뭔가를 하려는 네가."

"……난 네가 부러워. 이제 집에 가서 잠을 잘 수 있으니."

"그건 그래" 하고 웃는 후치모토의 말을 들으며 생각했다.

그렇구나. 난 실연한 거구나.

담배 연기가 자욱한 방에 눈 부신 빛이 쏟아져 무자비하게 땀을 앗아 간다. 눈물을 떠올릴 새도 없을 만큼 오늘은 너무 더웠다.

"만약 퓨와이트가 전화를 받으면 뭐라고 하려고 했어?"

"글쎄. 다른 건 몰라도 '전화 주셔서 감사합니다'라고 하지는 않았겠지."

"그랬으면 널 때렸을 거야."

시모아라치는 몸을 일으켜 동료에게서 등을 돌렸다.

"난 이만 일하러 갈게."

"뭐 필요한 거 있어? 사다 줄게."

"그럼 양말 한 켤레만."

시모아라치는 한 손을 들고 앞으로 걷기 시작했다.

2

눈 붙일 시간 따위 없었다.

다케유키의 신병을 구속하고 아즈미 마사히코와 함께 병원에 가서 각종 절차를 밟으며 상황을 설명했고 언론 대책을 세우고 수사본부를 비롯한 관계 기관에 연락하기까지 단 1초도 쉴 틈이 없었다. 오사카에서 달려온 미도에게 설명을 마쳤을 때는 어느새 아침 해가 얼굴을 내밀고 있었다. 그래도 풀려나지 못한 채 미쓰미조와 함께 바쁘게 뛰어다니는 시간이 계속됐다.

다카노 형사부장에게 전화가 걸려 온 건 낮 3시. 병실에서 진행될 다케유키 조사를 미도에게 맡기고 아소는 복도로 나갔다.

—훌륭해. 큰 공을 세웠군.

형사부장은 쾌활한 목소리로 아소를 격려했다.

—센다 자식, 오늘 아침 회의에서 팍 쪼그라들었다고 해. 범인에게 속아 엉뚱한 피해자를 장기간 구속시켰으니. 내년 인사가 기대되는군.

"부장님."

—보고서는 걱정 안 해도 돼. 이쪽에서 잘 처리할 테니까. 자네는 이만 돌아가서 푹 쉬어.

"아뇨. 잠깐만."

—응? 뭐가 더 남았나?

"네. 여러 가지가."

다카노는 잠시 침묵했다. 아소의 목소리에서 범상치 않은 분위기를 감지하는 능력 정도는 갖추고 있다.

—또 무슨 꿍꿍이야?

"안심하셔도 됩니다. 일을 확실히 마무리 짓고 싶을 뿐이니까요. 돌아가겠습니다. 최대한 빨리."

아소는 "그럼" 하고 전화를 끊었다.

사건 해결 주역의 이 정도 반항을 일일이 제지하다가는 형사부장 일도 할 수 없다. 아소는 그렇게 생각하는 자신을 보며 놀랐다. 설령 징계받는다고 해도 의지가 흔들릴 것 같지는 않다. 마시로 다케유키와 아즈미 마사히코를 끝까지 추궁할 것이다. 사건의 전모가 드러날 때까지.

"주임님."

미쓰미조가 거구를 흔들며 다가왔다. 역시나 얼굴은 피곤해 보인다.

"나베시마 형사가 찾아낸 편지에 무라세 양이 아닌 다른 사람의 지문이 묻어 있다고 합니다. 이게 다케유키의 지문이라면 외곽이 어느 정도 메워지겠네요."

이미 애니웨어콜에 녹음된 음성과 다케유키의 성문 분석이 진행되고 있다. 머지않아 키보드에 남은 무라세 아즈사의 DNA도 검출될 것이다.

"아즈미 마사히코에게 흥미로운 이야기를 들을 수 있었습니다. 무라세 양과 다케유키의 관계입니다만."

아즈미 마사히코의 대면 조사는 미쓰미조가 맡았다. 그는 대부분 솔직하게 그간의 사정을 털어놓았다고 하지만 몇 가지 사안에 대해서는 말을 흐렸다.

"다친 건 본인 말로는 자살을 기도하다가 다쳤다더군요. 말도 안 되죠. 그런 사람이 마시로 다케유키를 찾아가 공격했겠습니까?"

아즈미 마사히코가 누군가를 두둔하고 있는 것만은 명백하다. 그가 누군지 대략 예상도 된다. 그러나 추적해 봐야 소용없을 것이다.

"한 가지 더. 히와에 대해서입니다. 아즈미는 히와라는 인물을 전혀 모르겠다고 합니다."

"다케유키는 자신이 히와라고 했다더군요."

"아무리 그래도 다케유키가 마흔의 중년이 될 수는 없겠죠."

"그건 그렇습니다."

그러나 당사자들이 그렇게 주장하는 이상 무너뜨리기는 어려울 거라 판단했다. 자신이 체포될 상황을 다케유키가 미리 예상한 듯한 느낌도 있다. 그는 조사에 순순히 응하고 있다.

미쓰미조가 말을 이어 갔다.

"이제 남은 건 세 번째 남자가 어디로 사라졌는가, 입니다만."

숲속에서 아즈미와 다케유키를 발견했을 때 그곳에는 또 다른 누군가가 함께 있었다. 어둠에 숨어 얼굴도 잘 보이지 않던 세 번째 사람이 있었다.

그는 미쓰미조가 소리치자마자 사라졌고 이후 수사에서도 발견되지 않았다.

"그리고 최신 정보. 라파홈에서 일하던 야간 경비원과 연락이 두절됐다고 합니다. 이름은 토무라 긴이치라고 하는데, 어젯밤 현경 형사와 함께 왔던 그 사람입니다."

탄탄한 그의 체격이 떠올랐다. 제모를 눌러쓴 탓에 얼굴은 보이지 않았다.

"저희를 따라 숲속에 들어왔다가 그대로 사라졌다고 합니다. 그런데 조사해 보니 이 녀석, 7일부터 9일까지 유급 휴가를 썼다더군요. 그리고 그다음 날에도 컨디션이 좋지 않다며 결근했습니다. 또 아즈미가 사라진 덴진마쓰리 날에도요. 뭔가 냄새가 나지 않습니까?"

히와다. 그 시설에서는 다케유키의 협력자가 일하고 있었다.

"무슨 생각을 하시죠?"

말없이 있는 아소에게 미쓰미조가 물었다.

"신경 쓰이는 게 있습니다. 키보드입니다."

"키보드?"

"네. 다케유키는 무라세 양을 죽이고 그녀의 머리를 잘라 키보드 가방에 넣어서 오사카에 가져갔습니다."

"네. 그 뒤로는 가방만 가져왔지만 첫날에는 그럴 수 없었겠죠."

"그런 행동이 얼마나 위험한지 알고 있었을 텐데도 가방과 키보드를 처분하지 않았습니다."

"그렇게까지 위험하지는 않다고 판단한 게 아닐까요?"

"고즈에 씨의 방을 그토록 철저히 청소했으면서 말입니까?"

미쓰미조는 반론하지 못했다.

"또 하나. 시신을 토막 낸 이유가 정말 시신을 원활하게 운반하기 위해서였을까요?"

"다른 이유가 있을까요?"

"납치극을 연출한 이유는?"

그러자 선배 형사는 어깨를 으쓱했다.

"주임님. 또 무슨 생각을 하시는 겁니까?"

"공상입니다. 논리가 아닌 단순한 공상. 납치라는 현재 진행형 범죄가 일어나고 있었으니 눈에 띄지 않았던 행위가 있습니다. 몸값이 1억 엔이라는 거금이어서 운반책을 백 명이나 요구한 건 자연스러웠습니다."

돈이 목적이 아닌데도 1억 엔이 필요했던 이유다. 그리고 백 명이 필요했던 이유는.

"무려 백 명이 목적지까지 이동해야 하니 **늦게 도착하는 사람이 생겨도 이상하지 않았죠.**"

1번 형사가 무리한 시간을 지정받은 이유. 다케유키에게는 **운반책 중 누군가가 지정 시간보다 늦게 도착할 필요가 있었다.**

"그러지 않았다면…… 무라세 아즈사 양의 **귀를 자를 수도 없었을 겁니다.**"

토막 난 시신에서 유일하게 지금껏 찾지 못한 부위.

미쓰미조가 깜짝 놀라 숨을 죽였다.

"납치라는 상황, 토막 살인이라는 결과에 가려져 그것은 자연스럽게 우리 의식에서 멀어졌습니다. 가짜 납치극을 벌이고 시신을 토막 낸 것도 다 **아주 자연스럽게 무라세의 귀를 자르려는 목적 아니었을까요?**"

"잠깐만요. 왜 그런 짓을 한다는 겁니까? 무라세 아즈사는 이미 죽었습니다. 목을 자르든 귀를 자르든 달라지는 게 뭐죠?"

"만약 거기에 숨기고 싶은 뭔가가 있었다면."

아소는 미쓰미조를 똑바로 쳐다봤다.

"예를 들어…… 치열."

마시로 고즈에는 한번 발작을 일으키면 다른 사람을 깨무는 버릇이 있었다고 했다.

과연 무라세 아즈사를 살해한 사람은 누구였을까. 계획적이지 않은 범행이 일어난 이유는? 마시로 다케유키와 무라세 아즈사는 정말 서로 이용하고 이용당하는 관계였을까?

7일 밤, 다케유키는 라파홈의 모든 입주자들 앞에서 연주를 선보였다. 관객 중에서는 감동해서 눈물을 흘리는 부부도 있었다.

부부. 그들은 사실 부녀지간 아니었을까. 변장한 무라세 아즈사와 자마 신야 아니었을까.

두 사람이 눈물을 흘린 이유를 아소는 영원히 알 수 없을 것이다. 다만 다케유키가 그때 음악을 전달하고 싶었던 사람은 무라세 아즈사 아니었을까.

그리고 고즈에는 그걸 알아차리지 않았을까. 아버지를 잃고 어머니에게 버림받고 유일하게 의지하던 사람, 오직 자신만을 위해 음악을 연주하던 동생이 지금 다른 여자를 위해 음악을 연주 중이라는 것을……. 마음의 병을 앓고 무너진 고독한 누나가 사랑하던 동생을 빼앗길 위기를 직감했다면.

다케유키가 무라세 아즈사를 살해한 후에 샤워를 한 게 아니라, 그가 샤워하는 도중에 범행이 이뤄졌다면.

그리고 만약 그 모든 사실이 밝혀졌을 때 누나를 지키기 위해 다케유키가 제 한 몸 바쳐 가장 큰 증거를 숨겼다고 해석할 수도 있지 않을까.

귀를 잘랐다는 것에 시선이 쏠리지 않게 하기 위해서라면 시신을 가루로 만들어 버리는 선택지도 있었을 것이다. 흔적도 없이, 엉망진창으로.

그러나 다케유키는 그렇게 하지 않았다. 시신을 토막 내기는 했지만 그 이상 추한 모습으로 만들지 않았다. 만들 수 없었다.

아소는 상상했다. 숨이 끊어진 나비를 손바닥에 올려놓고 이를 악물고 있는 다케유키의 모습을. 아름다운 깃털을 뜯어내는 손가락의 떨림을.

"……증거가 있나요?"

"전혀. 그러니 이건 그저 형사의 직감입니다."

그래도 포기하고 싶지 않았다. 갈 수 있는 데까지 갈 수밖에 없다. 설령 실수하더라도, 패배하더라도 언젠가 이 순간을 돌아보며 쓴웃음이라도 짓고 싶기에.

"직감과 동반 자살할 각오가 선다면 비로소 형사로서 일인분을 할 수 있게 된다죠."

"조직 안에서 출세는 못 하겠지만."

"그게 그렇게 나쁘지만은 않습니다. 훌륭한 아내만 옆에 있으면. 다음에 좋은 여자를 소개해 드리겠습니다."

미쓰미조가 다가와서 어깨를 두드렸다. 기분 나쁘지는 않았다.

"아무튼 그렇게 정해지면 조금 더 힘내서 다음에는 더 좋은 술을 함께 한잔했으면 좋겠습니다."

그 역시 완전히 헛되지는 않을지 모른다.

3

모미지와 둘이 외출하는 게 얼마 만일까. 아니, 어쩌면 처음일지 모른다. 그 영광의 첫 장소가 경정장이라는 건 분위기가 없어도 너무 없다며 나베시마는 자조했다

하지만 모미지도 이런 무감각한 아버지에게 이탈리안 레스토랑 같은 건 기대하지 않을 것이다. 딸은 투덜거리면서도 순순히 따라왔다.

스미노에 보트 시티 나이트의 첫날이었다. 입장료 백 엔을 지불하고 경정장에 들어섰을 때는 이미 중반 레이스가 끝난 뒤였다. 저녁이 지나 주변이 점점 어두워지고 있다. 거액의 상금이 걸린 시리즈가 아니어서인지 관객 수도 드물었다. 야외 스탠드에 앉아 곱창구이를 내밀자 모미지는 한숨을 내쉬면서도 맛있게 먹었다.

"엄마도 좋아했어."

그러자 모미지는 "응? 그래?" 라고 되물었다.

"티켓 샀어?"

"응? 아니. 아빠가 오늘 살 건 다다음 시합이야."

"왜?"

"아빠가 좋아하는 선수가 나오거든. 나가타라는 선수인데 남자답고 아주 잘생긴 선수야."

시간을 때울 겸 경정장 안에 붙은 선수 명단으로 향했다. 모미지가 신난 것처럼 명단을 들여다봤다. 설마 딸이 도박에 빠질 일은 없겠지만, 조금은 불안했다.

"이 사람."

"와, 정말 잘생겼네?"

"실력도 좋아. 출발할 때 쏜살같이 돌진해서 바로바로 치고 나가는 모습이 아주 통쾌하지."

"흐음."

"왜?"

"나중에 정년퇴직하면 도박에 빠질 것 같아서 불안해."

풋 하고 웃음이 나왔다. 자신이면 모를까 모미지는 괜찮다. 그렇게 생각했다.

"아빠. 코스 같은 건 어떻게 정해?"

딸의 질문에 대답하며 다시 자리로 돌아갔다. 어느새 경정장 안에 조명이 들어와 있다. 한가로운 객석에서는 축제 분위기가 조금씩

나기 시작했다.

"빨간색이 이길 것 같아."

"그럼 아빠는 파란색 4번."

별 근거도 없이 직감만으로 지목된 선수들이 조금 안타깝기도 하지만 부녀간의 소통을 위한 것이니 부디 용서해 주기를 바랐다.

낮에는 눈코 뜰 새 없이 바빴다. 부경 본부와 소네자키 경찰서에서 대부분의 시간을 보냈다. 상황 설명을 얼추 끝내니 또다시 나니와 경찰서 과장에게 불려 가 설교를 듣고 다시 한번 상황을 설명한 뒤에야 격려를 들었다. "생활안전과의 근성을 보여 줬군". 자신이 멋대로 벌인 일 덕분에 과장의 입지가 좋아졌다면 기쁜 일이다. 그리고 말이 나온 김에 고백을 하나 더 했다. 과장은 "그래서?"라고 물었고 나베시마는 "그뿐입니다"라고 대답했다.

그 후 기타에게 전화를 걸었다.

—여어, 우리 영웅.

그런 비아냥거림 섞인 축복을 듣고 말했다.

"방금 고백 하나 하고 왔어."

—뭐? 여자한테?

"진짜 여자한테 한 거면 너한테 이렇게 전화했겠어? ······실은 말이지. 납치 사건 때 난 지시를 어겼어. 우메다의 그 상영관에 조용히 앉아 있으라고 했는데 나도 모르게 일어서고 말았거든. 라이브 공연 화면에 딸의 모습이 비친 것 같아서."

—······그래서?

"과장님과 반응이 똑같네. 아무튼 그 일이 계속 마음에 걸려서 말이야. 납치극 해결이라는 중대 임무를 수행하던 중에 고작 그런 이유로 실수를 저질렀으니 당연히 부끄럽지 않겠어?"

맞장구는 돌아오지 않았다.

"그런데 말이지. 역시 말하지 않으면 계속 찜찜할 것 같더라. 너나 과장님 입장에서는 별일 아닐지 몰라도 난 계속 신경 쓰였거든. 누구에게나 그런 거 하나쯤 있지 않아?"

―무슨 말을 하고 싶은 거야?

"아니, 그냥. 그런데 난 네가 얼마나 훌륭한 녀석인지 알고 있으니까. 너랑 맞붙으면 절대 못 이길 거야. 형사로서도 난 널 존경하고 있어."

대답이 없다. 없어도 괜찮다. 그냥 전하고 싶었을 뿐이다.

"아무튼 뭐, 그렇다고."

그렇게 통화를 마쳤다.

가짜 납치극 사건 당시 기타가 빼앗겼다는 백만 엔의 행방은 아직 밝혀지지 않았다.

그것은 친구에게 반드시 필요한 돈일 것이다. 그것만 있으면 현재를 되살릴 수 있는, 그런 돈이다.

그러나 현재는 되살릴 수 있어도 내일은 어떨까.

그 내일은, 영원히 이어지는 내일의 한 점 얼룩으로 남지 않을까.

―상상하세요. 앞으로도 쭉, 영원히.

"안 사?"

"응?"

어느새 나가타가 출전하는 레이스가 주회 전시를 마치고 출발을 앞두고 있었다.

"오, 이런. 5번 코스인가. 불리하네."

"왜?"

"아까 설명했잖아."

모미지는 "한 번만 듣고 어떻게 알아?"라고 투덜거리면서도 나베시마에게 이것저것 물었다. 1위는 나가타, 2위는 모미지에게 선택하게 했다. 각각 천 엔씩 구입. 그 김에 맥주도 한 잔 더 샀다.

시합 5분 전 안내 방송이 흘러나왔다. 어느새 주변 풍경은 완연한 밤으로 바뀌었고 수면에 반사되는 불빛이 고요한 흥분을 불러일으켰다.

"딸."

"왜?"

"그날, 너 '이토헨' 공연을 보러 갔었지? ……엄마랑."

딸은 대답하지 않았다. 말없이 아버지와 같은 풍경을 바라보고 있다.

"언젠가 셋이 함께 가자."

보트가 출발 위치로 나란히 다가간다. 팡파르가 울려 퍼진다.

"생각해 볼게."

딸이 몸을 일으켰다.

여섯 척의 보트가 출발 위치에서 코스 순으로 줄을 선다. 커다란 시곗바늘이 돌아간다. 초침이 움직이기 시작한다. 모든 보트가 각자의 페이스로 엔진을 가동한다. 달리기 시작한다.

"간다아!"

모미지가 외쳤다. 행사장에 울려 퍼질 만큼 큰 소리로.

"아빠도 일어나!"

예상 못 한 상황에 반신반의하면서도 나베시마도 자리에서 일어서서 외쳤다.

"나가타아! 네 실력을 보여라!"

여섯 줄기의 파도가 직선을 그리다가 잠시 후 곡선이 되어 그 앞으로 펼쳐진 미래를 향해 달려갔다.

4

어느새 의식을 잃고 깨어 보니 날짜가 바뀌어 있었다. 배정받은 1인실에는 은은한 빛이 가득하다. 커튼이 살랑살랑 흔들리고 있었다.

어렴풋한 의식 속에서 어제 일을 떠올렸다. 긴 것 같기도 짧은 것 같기도 한, 판단하기 어려운 하루였다.

하루라는 표현에 별 의미가 있는 것 같지도 않다. 어제는 그제 밤부터 이어졌고 그제 밤도 아침과 낮부터 이어졌다. 그날 아침도…….

몸을 뒤척이려는데 팔이 아팠다. 마시로 다케유키에게 찔린 왼팔이다. 힘줄은 다치지 않았습니다. 행운입니다. 의사는 그렇게 말했다.

문득 시야 한구석을 가로지르는 뭔가가 있었다. 새하얀 나비다. 나비는 아즈미의 눈앞에서 춤추듯이 날고 있다. 거기에 이끌리듯 상반신을 일으켜 세우고 한동안 나비의 날갯짓을 바라봤다. 어디로 가려는 걸까. 아니, 어디에도 가지 못하는 걸까. 이곳에 있고 싶은 걸까⋯⋯. 손을 내밀어도 닿기도 전에 나비는 도망쳐 버렸다.

침대 옆 탁자에서 휴대폰이 진동했다. 현재 자신은 피해자가 되었으며 다케유키에게 가한 폭행 책임은 묻지 않을 가능성이 크다.

액정에 표시된 것은 '발신자 번호 표시 제한' 글자였다. 순간 도야마 이쿠의 얼굴이 떠올랐다.

"여보세요."

대답이 없다. 다시 한번 "여보세요"라고 물어도 침묵만 이어진다.

눈앞에서 나비가 분주하게 날아다니고 있다. 환희일까, 아니면 고통에 찬 몸부림일까.

"무로토 씨."

그의 이름을 부른다. 확신은 없었다. 틀렸어도 상관없다. 다만 나비를 보고 있자니 왠지 무로토에게 말을 걸고 싶었다.

"전 기뻤습니다. 그날, 덴진마쓰리 날 밤에 무로토 씨가 절 불러주셔서 기뻤습니다. 무로토 씨만은 제가 결백하다는 걸 알고 있었으니까요. 그러니 기뻤습니다."

돌아오는 말은 없다. 그것으로 충분하다. 나는 그저 당신에게 전하고 싶을 뿐이다.

"그리고 그때 다케유키를 막아 주셔서."

한밤의 숲에서 두 번 울려 퍼진 "그만!"이라는 목소리의 주인공. 그 첫 번째는 무로토, 당신이었을 것이다.

"기뻤습니다. 이건 제 목숨을 구해 주셔서가 아닙니다. 무로토 씨가 다케유키를 구해 준 게 기뻤습니다."

나비는 여전히 쉬지 않고 날아다니고 있다.

무로토에게는 직접 죄를 짊어지는 선택지도 있었을 것이다. 그라면 그렇게 했어도 이상하지 않다.

그러나 형사가 나타난 순간 그가 선택한 것은 도주였다.

제 한 몸을 지킬 목적은 아니다.

그의 결정은 다케유키를 창살 없는 감옥에 가두지 않기 위한 것이었다.

"무로토 씨. 전 진심으로 당신에게 감사하고 있습니다. 그러니……언젠가 절 꼭 다시 만나러 와 주십시오."

—……오버하지 마.

통화가 끝났다. 아즈미는 소리 없는 휴대폰을 계속 내려다봤다.

"어머, 일어나셨어요?"

나이가 지긋한 간호사가 다가와 미소 지었다. 손에는 꽃다발을 들고 있다.

"몇 시간이나 잠들어 있었던 겁니까?"

"정말 푹 주무시더라고요. 이대로 깨어나시지 않는 건 아닐까 걱정될 정도로."

"그렇군요."

"이건 변호사 선생님께서 보내 주신 위문품이랍니다."

사이드테이블에 놓인 꽃다발에 편지가 꽂혀 있다. 꺼내서 펼쳐 본다. 그리운 글자가 눈에 들어왔다.

'졸업 축하해.'

어울리지 않는 글씨체. 도야마 이쿠의 글씨였다.

"아, 그리고 접수처에 손님이 찾아오셨습니다."

어젯밤 기억에 남은 마지막 시간에 루이에게 전화를 걸었다. 루이가 말하기를 패싱 프로모션에서 연락이 왔는데 이토 준이 만남을 청했다고 했다.

무슨 용건이냐고 묻자 루이는 "아즈사와 아버지 일 때문이겠지"라고만 했다. 피 한 방울 섞이지 않은 자매가 마침내 재회하게 된다. 어쩌면 다케유키가 가짜 납치극의 무대로 '이토헨'의 라이브 공연 상영관을 택한 목적이 달성될지도 모른다.

아즈사는 7일 밤 왜 라파홈에 갔을까. 다케유키를 만나기 위해서라면 굳이 변장까지 해서 기후의 요양 시설에 갈 필요가 없다. 다케유키뿐만 아니라 고즈에, 그리고 자신의 아버지를 만나기 위해서였을 것이다.

아즈사. 넌 그를, 네게 죄를 안긴 그 사람을 용서한 거니?

11년 전 저지른 자신의 죄가 되돌아와 아즈사의 목숨을 앗아 갔다. 누가 부정하든 그런 생각에서 벗어날 수는 없을 것이다.

죄를 갚는 건 무엇을 의미할까.

용서란 무엇이며 그 끝은 어디에 있을까.

알 수 없는 일이다.

그러나 결코 물물교환은 아니다.

"급하게 일어나시면 안 돼요."

주의 사항을 지키며 천천히 슬리퍼에 발을 집어넣었다.

죽은 듯이 잠들어 있던 남자가 깨어났다. 지금은 화장실에 가고 싶고 배도 고프다. 루이를 만나서 꼭 안아 주고 싶다.

살아 있다.

이쿠 씨. 난 당신에게서는 졸업해도 내 과거에서는 졸업하지 못했습니다. 이 창살 없는 감옥에서 앞으로도 계속 살아갈 겁니다.

크게 기지개를 켜고 병실을 한 바퀴 둘러보니 어느새 나비는 환상처럼 사라지고 없었다.

등가 교환이 될 수 없는 죄와 벌, 그리고 속죄

TV 홈쇼핑 뷰티 제품의 수주를 맡으며 하루 종일 전화기 백여 대가 끊임없이 울려대는 하청 콜센터. 그곳에서 상담원으로 열심히 근무하며 능력을 인정받던 아르바이트 여직원 무라세 아즈사가 어느 날 갑자기 종적을 감추고 내리 사흘을 무단결근합니다. 결국 광고가 몰리는 가장 바쁜 날에도 회사에 나오지 않아 신경이 잔뜩 곤두선 관리 직원 시모아라치 나오타카는 '관리자를 바꿔 달라'라는 고객의 클레임성 전화를 대신 받게 됩니다. 내친 김에 단순 장난 전화나 블랙 컨슈머라면 허용 범위 내의 가벼운 폭언 한마디라도 해 주려고 단단히 벼르던 시모아라치에게 기계로 가공한 듯한 묘한 목소리의 주인공은 느닷없이 충격적인 말을 던집니다. "무라세 아즈사를 데리고 있다. 이건 장난 같은 게 아닌 엄연한 영리 목적의 납치다".

이후 '퓨와이트'라고 자신의 이름을 밝힌 그는 협상 창구를 맡은 콜센터와 경찰을 상대로 기존 납치 사건의 전례와 상식 안에서는 도저히 이해하기 어려운 지시 사항을 잇달아 던집니다. 바로 인질의 목숨을 구하려면 1억 엔의 몸값을 총 1백 명의 경찰이 각각 1백만 엔씩 소지한 채 일본 전국 각지로 운반하라는 것. 순식간에 일본 전국 경찰이 발칵 뒤집어졌고, 이후 이 전대미문의 납치극은 콜센터 관리 직원으로서 느닷없이 범인과의 협상 역할을 맡게 된 시모아라치 나오타카와 후치모토, 중소 연예 기획사의 대표 아즈미 마사히코와 부사장 기타가와 루이, 오사카 부경 특수범죄과의 주임 아소와 미쓰미조, 생활안전과의 나베시마 등 수많은 관련 인물의 그간의 잔잔했던 삶에 거대한 파문을 일으키며 더욱더 예측하기 어려운 사태로 발전하게 됩니다. 과연 범인의 목적은 무엇이며, 이 사상 최대 규모의 납치 사건이 도달할 종착점은 어디일까요. 그리고 사건 이후에도 남겨져 삶을 계속 살아갈 사람들에게 구원과 희망은 있을까요.

본작 『로스트』는 2015년 『도덕의 시간』으로 재일동포 출신 작가 최초로 제61회 에도가와 란포상을 수상하며 화려하게 데뷔한 오승호(고 가쓰히로, 이하 오승호) 작가가 데뷔작 출간 후 단 넉 달 만에 세상에 내놓은 두 번째 장편 미스터리입니다. 신인 작가의 두 번째 작품이 이토록 짧은 텀을 두고 출간된 것도 드문 일이지만, 그것도 모자라 문고본 기준 무려 624페이지라는 압도적인 볼륨의 장편 납치 미스터리라는 점에서 『로스트』는 젊은 작가의 패기와 작가를 향한 출판사의 믿음, 그리고 도전 정신을 고스란히 증명한 작품이라고 할 수 있습니다. 또 작품에는 지금껏 여타 납치 미스터리에서는 볼 수 없는 여러 가지 신선한 요소들을 찾아볼 수 있는데 대표적으로 납치 사건이 진행되는 무대로 보기 드문 '콜센터'를 배경으로 했다는 점, 범인이 직접 전화를 걸어 '1억 엔의 몸값, 1백 명의 경찰 운반책'을 요구한다는 전대미문의 설정, 어느 하나 허투루 낭비되지 않는 다양하고 개성 넘치는 등장인물의 밀도 있는 사연과 이야기, 영상학과를 졸업해 한때 영화감독을 지망했던 작가의 작품다운 입체적이고도 치밀한 플롯 등을 꼽을 수 있습니다. 초중반이 생생하면서도 손에 땀을 쥐게 하는 납치범과의 실시간 대결 묘사로 거대 스케일 납치 미스터리 소설의 왕도적인 재미를 추구했다면, 중반 이후부터는 사건에 얽힌 사람들의 내면과 갈등, 그리고 그들 각자의 '속죄'의 과정을 그리며 작품의 톤이 사뭇 달라지는 것도 본 작품의 특징입니다. 그러면서도 후반부에는 '범인은 왜 무라세 아즈사를 납치했는가', '범인은 왜 가족이 아닌 그녀의 회사에 전화를 걸었는가', '범인은 왜 1억 엔을 요구했는가', '범인은 왜 1백 명의 경찰을 운반조로 지정했는가' 등 작품 전체에 깔린 수많은 '왜?'를 교묘하게 회수하며 미스터리 소설로서의 재미도 놓치지 않았습니다. 작품 출간 후 서평가 오야 히로코는 '젊은 작가 특유의 거칠지만 끝까지 읽게 하는 에너지가 넘치는 작품'이라 호평했고, 그 기세를 이어받아 『로스트』는 그해 출간된 하드보일드, 미스터리 장르 소설 중 가장 눈에 띄는 작품에 수여하는 제19회 '오야부 하루히코상' 후보작에 역시 신인 작가의 두 번째 작품으로는 보기 드물게 이름을 올리기도 했습니다.

우리는 누구나 살면서 자신도 모르는 사이에, 또는 알면서도 크고 작은 죄를 저지르며 살아갑니다. 법에 의한 심판과 사회 규범에 따른 처분을 받아 죄와 벌 사이에 일대일의 완벽한 등가 교환, 물물 교환이 이뤄진다면 편하겠지요. 그러나 그럴 수 없는 것이 현실이고,

결국 그 어떤 거대한 사건과 사고 이후에도 살아남은 자들의 삶은 계속되며 그 안에서 사람들은 그대로 크고 작은 죄를 짊어진 채 살아갑니다. 물론 등가 교환이 됐다고 믿고 살아가거나, 모르는 척 고개를 돌리거나, 심지어 죄 자체를 아예 잊어버리는 사람도 많지만, 평생 죄의 무게에 짓눌려 살아가면서 어떻게든 자신만의 '속죄' 방법을 찾는 이들도 있습니다. 속죄의 사전적 의미는 '지은 죄를 물건이나 다른 공로 따위로 비겨 없앰'이라고 합니다. 죄를 비겨 없앨 물건이나 공로의 기준은 저마다 다를 것이기에 추상적입니다. 또 추상적이기에 거칠고 서툴 수밖에 없습니다. 『로스트』는 바로 그런 서툰 자신만의 속죄에 사로잡혀 동분서주하며 한계까지 내달리는 사람들의 이야기입니다. 뜨겁지만 처연하고, 강렬하지만 애달픈 에너지를 가득 담고 있는 작품입니다. 또 그것은 주제 의식은 각기 다를지언정 오승호 작가의 모든 작품에 통용되는 공통적인 특징이기도 합니다. 『폭탄』, 『히나구치 요리코의 최악의 낙하와 자포자기 캐논볼』처럼 처음부터 눈치 보지 않고 거칠게 질주하는 작품은 말할 것도 없거니와 『하얀 충동』, 『라이언 블루』처럼 시종일관 서늘하고 시니컬한 분위기의 작품 속에도 특유의 강렬한 에너지를 내포하고 있습니다. 감사하게도 작가의 작품을 어느덧 일곱 권째 번역한 저는, 정확하고도 가독성 있는 번역을 넘어 이 작품 특유의 에너지를 어떻게 하면 독자분들께 고스란히 전달할 수 있을지 지금도 고민하고 또 고민합니다. 그리고 오 작가가 2024년 최신작 『Q』 출간 이후 가진 인터뷰에서 '앞으로도 마지막 책장을 덮은 독자의 체온이 1도라도 오르는 작품을 쓰는 것이 목표'라는 포부를 밝힌 이상, 이는 작가의 작품을 번역하여 소개하는 사람이 영원히 숙명처럼 짊어지고 가야 할 과제가 될 것 같습니다. 부디 더 많은 독자분들께서 오승호 작가의 작품을 접하며 체온이 오르는 경험을 하기를 기원합니다. 그리고 거기에 제가 단 0.1도라도 기여한다면 더할 나위 없이 기쁘고 보람찰 것 같습니다.

2024년 여름
이연승

로스트 ロスト

1판 1쇄 인쇄 2024년 6월 4일
1판 1쇄 발행 2024년 6월 14일

지은이 오승호(고 가쓰히로)   **옮긴이** 이연승

발행인 송호준   **편집장** 민현주   **총괄이사** 황인용
표지디자인 박진범   **본문디자인** 알음알음   **제작·마케팅** 송승욱

발행처 블루홀식스   **출판등록** 2016년 4월 5일   제 2016-000100호
주소 경기도 파주시 회동길 483-1   **전화** 031-955-9777   **팩스** 031-955-9779
이메일 blueholesix@naver.com

ISBN 979-11-93149-21-8 03830   **값** 19,800원